1947. Die britische Kolonialmacht entlässt Indien endlich in die Unabhängigkeit. Es herrscht politisches Chaos im Land. Ein blutiger Glaubenskrieg zwingt Gulshan Puri, den Bürgermeister eines kleinen Dorfes im Punjab, mit seiner Frau und den drei Kindern zu fliehen, wollen sie ihr nacktes Leben retten.

Die einstmals wohlhabende Familie schlägt sich zu Fuß nach New Delhi durch, immer in Gefahr, aufgehetzten Fundamentalisten zu begegnen, die jeden Hindu, dessen sie habhaft werden können, grausam abschlachten. Gulshan zwingt sich, seine Angst und Unsicherheit hinter kühler Disziplin und scheinbar unerschütterlicher Gelassenheit zu verbergen.

Mit dem Konflikt zwischen Tradition und Moderne muss sich der Sohn Deepak beim Studium in Deutschland und nach der Rückkehr mit seiner deutschen Frau nach Indien auseinandersetzen. Nicht mehr indisch, nicht mehr deutsch – Wanderer zwischen den Welten.

Nachdem die Familie in den Süden Indiens übergesiedelt ist, setzt sich Deepaks sensibler Sohn Vikram in der malerischen Landschaft Keralas mit den Veränderungen in Indien auseinander. Die Liebe zu der jungen Studentin Sheeba Nair, die nach dem Selbstmord ihrer Mutter Trost bei Vikram sucht, scheint ihm Ruhe zu bringen. Als jedoch Sheebas Vater das Mädchen zwingt, Vikram zu verlassen, versucht dieser verzweifelt, in einem Ashram über seine Liebe hinwegzukommen. Er wird zu einem Getriebenen, versunken in die alten Weisheiten und Philosophien Indiens, auf der Suche nach Vollkommenheit, verstrickt in heimliche Hoffnungen und Sehnsucht nach seiner Liebe...

Jutta Gujral

Dungfeuer

Leben in zwei Welten

Roman

Meinen wunderbaren Kindern
und
meinem unvergleichlichen
Ehemann

Einführung

Nichts in Indien ist eindeutig identifizierbar und zuzuordnen. Jeder Erklärungsversuch gebiert vielerlei Antworten und hüllt Land und Menschen ein im Nebel des Geheimnisvollen.

Seit der frühesten Antike ist Indien, das riesige Land in Südost-Asien, bewohnt von vielen verschiedenen Völkergruppen, von diversen Rassen, ethnischen Gruppen und Gesellschaften. Noch heute ist die indische Bevölkerung das Abbild eines farbenprächtigen Mosaiks der Vergangenheit und bewahrt weiterhin ihre Individualität. Der nachdrücklichste Beweis dafür ist die kontinuierliche Pflege von zahlreichen unterschiedlichen Sprachen mit ihren verschiedenen Schriften und vielerlei Dialekten, die jeweils eine eigene souveräne Literatur vorweisen. Es finden sich gewaltige Unterschiede zwischen den Kulturen, die von der unglaublich primitiven Lebensweise einiger Stämme bis zu vornehm zivilisierten Gesellschaften in den Kulturzentren des Landes reichen. Auch wenn Indien als eine Nation betrachtet wird, ist es in seiner Vielfalt einzigartig.

(nach Jawaharlal Nehru)

Teil 1

Dungfeuer

Der 5. August 1947 begann mit einem friedlichen Morgen in Khushab, einem Dorf im nördlichen Punjab in der Region Sargodha. Die Menschen in Khushab ahnten nicht, wie dieser Tag für viele Dorfbewohner enden würde – mit Ausnahme derer, die es wussten...

Gulshan und Savitri

1

Der Sommer war mit großer Hitze über den Punjab hereingebrochen. Die Lehmwege in Khushab waren staubig, die Felder ausgedörrt und gelb. Heiße Luft waberte über der neuen Brücke, die den Jhelum überspannte. Es sah aus, als verdampfe gurgelnd der Fluss. Nur die Nächte brachten etwas Erleichterung.

Auch im Lande brodelte es. Indien stand nun endlich kurz vor der Unabhängigkeit. Der Vizekönig von Indien und Viscount of Birma, Lord Mountbatten, führte auf britischer Seite die Verhandlungen. Er zwang seine Regierung, öffentlich ein präzises Datum zu nennen, an dem die englische Herrschaft über Indien zu Ende gehen werde. Damit wollte er die skeptische Intelligenz Indiens davon überzeugen, dass die Briten auch wirklich das Land verlassen würden. Denn nur dann konnten seiner Meinung nach realistische Verhandlungen geführt werden. Doch Indien drohte die Teilung. Mohammed Ali Jinnah, der Führer der Muslime, forderte einen souveränen, islamisch bestimmten Staat „Pakistan" mit der Begründung, dass Hindus und Muslime in zwei Nationen aufgespalten werden müssten. Mahatma Gandhi und der Präsident des Indian National

9

Congress, Jawaharlal Nehru, taten alles in ihrer Macht stehende, um eine Teilung Indiens zu verhindern.

Gulshan Puri saß an diesem Augusttag an seinem Schreibtisch und sah nachdenklich auf den Dorfplatz hinaus. Kaum ein Dorfbewohner ließ sich blicken. Jeder versuchte, die heißeste Zeit des Tages an einem schattigen Platz oder im Haus zu verbringen. Gulshan schob einen Berg Akten achtlos zur Seite. Er war besorgt. Vieles hatte sich in Khushab verändert.

Sein Schwiegervater war vor einem Jahr an einer schweren Tuberkulose erkrankt und hatte seinen Verpflichtungen als Bürgermeister nicht mehr nachkommen können. Gulshan war von den Dorfältesten als Nachfolger in dessen Amt gewählt worden. Doch die Jahre, in denen das Leben gemächlich verlaufen war, schienen auch in Khushab vorbei. Die Aggression hatte zugenommen; nicht erst seit gestern, als ein durchreisender muslimischer Händler und ein Dorfbewohner mit Stöcken aufeinander losgegangen waren. Seit im vergangenen Jahr in Kalkutta Muslime über Hindus und Hindus über Muslime hergefallen waren und sich gegenseitig massakriert hatten, schien Gulshan die Stimmung auch hier bedrohlicher geworden zu sein. Es war zwar früher schon hin und wieder zu kleineren, meist harmlosen Streitereien über die unterschiedlichen Lebensweisen, die die Religionen vorschrieben, zwischen Hindus und Muslimen gekommen. Niemals aber hatte man in dem andersgläubigen Nachbarn einen Feind gesehen. Seit er Bürgermeister war, gehörte es nun auch zu seinen Aufgaben, Streit zu schlichten. Doch harmlose Streitereien waren es nicht mehr. Es schien Gulshan Puri, als verändere sich nicht nur die politische Lage im Land; das Land und seine Menschen schienen nicht mehr dieselben.

Gulshan Puri zog die obenauf liegende Akte wieder zu sich heran. Besonders wichtige Angelegenheiten hatte er heute nicht zu bearbeiten – und doch musste auch diese Arbeit getan werden. Er klappte den Aktendeckel auf: der Antrag des

Milchmanns Naved, der ein größeres Ladengeschäft von der Gemeinde mieten wollte. Naved..., dachte Gulshan und trommelte mit seinem Kugelschreiber auf den Schreibtisch. Was war in den Milchmann gefahren? Der freundliche Hindu Naved, der mit seinem muslimischen Freund Habib früher immer einer Meinung gewesen war. Und jetzt dieser Wandel; heute Morgen diese hasserfüllten Worte, als er die Milch ins Haus gebracht hatte. Man müsse in jedes muslimische Haus eine Kobra setzen, damit diese Ungläubigen den Tod stürben, den sie verdienten, hatte er gesagt.

Und Naved stand nicht allein mit diesen unguten Ansichten.

Gulshan schüttelte den Kopf, Zweifel nagten an ihm und er zitterte innerlich vor der Welle der Gewalt, die sich seit Monaten über das Land wälzte und sicher auch vor dem Punjab nicht Halt machen würde. Und doch äußerte er diese Befürchtungen nur ein paar Freunden und Savitri gegenüber.

Er seufzte und versuchte, sich wieder auf seine Arbeit zu konzentrieren. Es gelang ihm nicht. Er stand auf und stellte sich ans Fenster.

Savitri, dachte er, und ein Lächeln glitt über sein Gesicht. Savitri, wie sie heute Morgen am Herd in der Küche ihres Hauses gestanden und mit einem hölzernen Löffel in dem Wok gerührt hatte. Die kleine Namita, ihre Jüngste, hatte breitbeinig auf Savitris linker Hüfte gesessen, vor sich hin gebrabbelt und ihrer Mutter aufmerksam dabei zugesehen, wie sie den im Butterfett zischenden Zwiebeln Gewürze und eine Hand voll Auberginen hinzufügte. Ihre Händchen hatten sich am Sari ihrer Mutter festgeklammert. Der achtjährige Deepak und der fünfjährige Ram Chand waren im Hof gewesen. Durch die offene Küchentür hatte Gulshan Puri ihnen beim Spiel zusehen können. Deepak schien Ram Chand etwas erklärt zu haben, denn der Jüngere hatte bewundernd zu seinem großen Bruder aufgeschaut.

Gulshan liebte es, in der Küche zu sitzen und seiner Familie zuzusehen. Sein Lächeln vertiefte sich, als er daran dachte, dass Savitri morgens beim Ankleiden dem blaugrünen Georgette-Sari

11

nicht hatte wiederstehen können. Und später in der Küche war sie ärgerlich geworden, als das Fett in dem Wok spritzte, und einen hässlichen Fettfleck auf der Seide hinterließ. Er hatte bemerkt, wie sie ihm einen schnellen Blick zuwarf. Gulshan fand seine Frau immer noch so anziehend wie bei der Hochzeit vor neun Jahren. Ihre grazile, mädchenhafte Figur hatte sich auch nach dem dritten Kind nicht verändert.

Er ging langsam zurück zu seinem Schreibtisch. Den trüben Gedanken wollte er an diesem Tag keinen Raum mehr lassen. Lieber dachte er an Savitri. Was für ein Glück er doch hatte! Von Anfang an hatte er gewusst: diese Frau und sonst keine. Selbst wenn man vorher nie wissen konnte, wie eine Ehe verlaufen würde. Natürlich nicht! Aber das Schicksal hatte es gut mit ihm gemeint. Und ihre drei Kinder...

Er konnte zufrieden sein.

2

Längst hatte die Mittagssonne den Morgendunst über dem sich träge dahinwälzenden Jhelum in flirrende Hitze verwandelt. Der Fluss und die durch ihn gespendete Fruchtbarkeit der Erde in einer überbordenden Natur hatten schon immer das Leben der Menschen im Punjab der Kornkammer Indiens bestimmt. Und so wie der Fluss, gemächlich und unveränderlich, war bisher auch das Leben der Menschen in Khushab verlaufen. Warum sollte sich das ändern, fragte sich Gulshan. Bestrebungen, die zur Unabhängigkeit Indiens führen sollten, hatte es doch schon seit Jahrzehnten gegeben. In anderen Teilen des Landes war es oft zu Unruhen gekommen, die von der britischen Kolonialmacht immer wieder blutig niedergeschlagen worden waren. Hier in Khushab wollte man zwar auch die Unabhängigkeit, aber den Kampf darum überließ man den Städtern und Menschen wie Gandhi, versuchte Gulshan seine Befürchtungen zu zerstreuen.

Bei seiner Ankunft in Khushab vor elf Jahren hätte er nicht gedacht, dass dieses Dorf sein weiteres Schicksal bestimmen würde. Als Abgesandter der Behörde für staatliche Bauprojekte sollte er den Bau einer Brücke über den Jhelum überwachen und die Arbeiten koordinieren.

In den Wintermonaten der vorangegangenen Jahre war der Jhelum nach kräftigen Regenfällen immer öfter so stark angeschwollen, dass es zu gefährlich geworden war, den Fluss mit der Fähre zu überqueren. Der Fährmann hatte die eher einem großen Floß als einem stabilen Fährschiff ähnelnde Fähre am Ufer an Holzpfosten vertäut. Zwischen Khushab und den jenseits des Flusses liegenden Dörfern gab es keine Verbindung mehr. Für die fahrenden Händler in der Region war das schlecht, doch wirklich problematisch war es für die Bewohner der Dörfer, die von der Versorgung mit frischen Waren abgeschnitten waren und von ihren Vorräten leben mussten. So hatten sich die Bürgermeister und die Händler der Region Sargodha zusammengetan und Petitionen verfasst, um den Bau einer Brücke über den Jhelum durchzusetzen. Die Regierung hatte letztlich dem Drängen der Menschen nachgegeben und den Bau der Brücke genehmigt.

Das friedliche Dorf und seine mit Gebüsch bewachsenen Hügel waren nicht ohne Eindruck auf Gulshan geblieben. Er liebte die ausgetretenen Dorfstraßen, auf denen Frauen mit bloßen Füßen täglich den Weg zu den Dorfbrunnen nahmen wie schon ihre Mütter und Großmütter, rotbraune, mit Wasser gefüllte tönerne Krüge auf den Köpfen tragend und sich in den Hüften wiegend. Ein Torbogen, dessen einstige von Steinmetzen geschaffene Pracht inzwischen dem Verfall anheim gegeben war, führte in die engen Gassen, vorbei an von Mauern umgebenen Grundstücken, an Hütten, vor denen die Dungfeuer brannten, auf denen Frauen in kupfernen Karais die täglichen Mahlzeiten zubereiteten. Weiter ging es durch die Gassen zu dem kleinen Basar und dem Dorfplatz von Khushab. Wenn die Schatten der Bäume länger wurden und die sengende Sonne ihre Kraft verlor, trafen sich hier die Dorfbewohner zu einem Schwätzchen oder auch, um ernste Angelegenheiten zu bereden.
Tag für Tag saß der behinderte Sohn des Schlachters auf einer Strohmatte unter einem Baum. Vorüberkommende strichen ihm über die dichten Haare oder richteten ein paar freundliche Worte an ihn. Eine Moschee mit drei Kuppeln stand am Ende des Dorfplatzes neben dem Hindu-Tempel. Nach den Gebeten trafen sich die Männer aus der Moschee mit den Männern aus dem benachbarten Tempel zu einem Schwatz oder zum Kartenspiel. Hier hatte es noch nie Unruhen zwischen den Anhängern verschiedener Religionen gegeben. Händler mit bunten Turbanen aus Rawalpindi, Peshawar, Lahore und Delhi versammelten sich auf dem Dorfplatz mit ihren Karawanen und boten ihr Korn, Salz, getrocknete Chilis und bunte Stoffe an, hockten sich neben ihren Verkaufsständen zusammen mit anderen Händlern und Dörflern im Halbkreis auf den Boden, zogen abwechselnd an einer blubbernden Wasserpfeife, reichten

14

sie weiter, erzählten die Geschichten ihrer Reisen und diskutierten die politische Entwicklung im Land. Gulshan fühlte sich wohl in Khushab. Hindus und Muslime lebten freundschaftlich zusammen.

Von Heimweh war Gulshan nie geplagt worden, obgleich seine alten Eltern in der Stadt Jhelum am Jhelum zurückgeblieben waren. Sie hatten ihre Heimatstadt nicht verlassen wollen. Doch Jhelum war nur eine halbe Tagesfahrt mit der Eisenbahn entfernt. Wann immer es möglich gewesen war, hatte er sie sonntags besucht. Er wusste, dass es ihr größter Wunsch war, ihn zu verheiraten, jetzt, da er nicht mehr bei ihnen lebte. Bei jedem Besuch hatte sich das Ritual wiederholt: Sie hatten gedrängt und geschmeichelt, dass es einfach wäre für ihn, ihren gut aussehenden Sohn, so groß und schlank, mit ungewöhnlich hellen Augen, ein hübsches Mädchen aus guter Familie zu finden. Gulshan hatte sie nicht verletzen wollen und immer neue Ausflüchte gesucht.

Eine Frau zu heiraten, die seine Eltern ihm aussuchten und die er vor der Hochzeit weder gesehen noch gesprochen hatte, das wäre für ihn nicht in Frage gekommen, auch wenn er wusste, dass seine Eltern sich die größte Mühe gegeben hätten, ein für ihn passendes Mädchen zu finden. Aber nein, allein die Vorstellung Ehemann zu sein, fand er damals absurd. Und dann war da ja auch diese neue Aufgabe in Khushab, die ihn ganz in Anspruch nahm.

Und doch hatte es in Khushab ein Mädchen gegeben, das ihn beschäftigte. Die Tochter des Bürgermeisters, Savitri Narayan, selbstbewusst und ohne Scheu.

Sie hatten sich häufiger, immer außerhalb des Dorfes getroffen. Der Klatsch über Savitri trieb ohnehin schon Blüten. Hätte man sie öfter zusammen gesehen, wäre Savitris Ruf ruiniert gewesen. Ihre selbstbewusste Art hatte unter den Dorfbewohnern schon oft Befremden hervorgerufen, weil sie ihre Meinung frei heraus sagte und tat, was ihr gefiel. Viele im Dorf verurteilten, dass ihr

Vater sie unterrichtet und gelehrt hatte, sich eine unabhängige Meinung zu bilden. Ein junges Mädchen wie Savitri, gebildet und selbstbewusst, mit einem dermaßen unverschämten Betragen, welcher Mann wollte so eine Frau, wurde hinter vorgehaltener Hand gefragt. Und ihr Vater, der Bürgermeister, unterstützte sie auch noch mit seinen freien Erziehungsmethoden. Doch obwohl Savitri sehr wohl wusste, was im Dorf geredet wurde, schien sie das nicht zu stören.

Der Bau der Brücke hatte sich hingezogen. Immer wieder waren Probleme aufgetaucht, die gelöst werden mussten. Mal war es die Behörde, die Materialanforderungen bürokratisch lange überprüfte, mal waren es Lieferverzögerungen oder fehlende Arbeitskräfte. Manchmal hatte Gulshan am Abend nicht gewusst, wie es am Morgen weitergehen sollte.
Und trotzdem war es für Gulshan eine schöne Zeit gewesen. Zeit, Savitri gut genug kennen zu lernen und den Eltern zu eröffnen, dass für beide eine arrangierte Ehe nicht in Frage käme, denn ihre Wahl hatten sie schon getroffen.
Und dann hatte ganz Khushab begeistert die Hochzeit der Bürgermeistertochter gefeiert, die nun wider Erwarten doch noch einen Ehemann gefunden hatte. Und was für einen! Gulshan war beliebt im Dorf. Er war inzwischen einer von ihnen, hatte sich angepasst und fühlte sich bei ihnen sichtlich wohl, obwohl er doch aus der Stadt kam.

Gulshan Puri schob die Erinnerungen beiseite und zwang sich zur Konzentration. Als er die letzte Akte weglegte, sah er vom Schreibtisch auf. Die Sonne stand schon lange nicht mehr im Zenit. Die Farbe des Himmels hatte sich von einem gleißenden Weiß in ein helles Violett verwandelt. Gulshan dachte daran, dass er bald nach Hause gehen würde. Er freute sich auf die Methi-Paranthas, die leckeren mit Spinat gefüllten Brotfladen. Savitri hatte versprochen, sie zum Abendessen zuzubereiten. Hoffentlich würde er nicht wieder von einem ängstlichen Dorfbewohner aufgehalten werden. Alle hatten plötzlich Angst und wollten von ihm, ihrem Bürgermeister, eine Bestätigung, dass die politischen Unruhen im Land und die Gewalt zwischen Hindus und Muslimen nicht auf ihr Dorf übergreifen konnten. Was verlangten sie von ihm? Zum Glück war es ihm bisher immer noch gelungen, die Menschen zu beruhigen. Vielleicht sollte er wie Gandhi von Hütte zu Hütte, von Haus zu Haus gehen und mit allen Dorfbewohnern reden. Oder vielleicht besser eine Versammlung einberufen, die Menschen miteinander sprechen lassen – selbst wenn es zum Streit käme? Wie oft hatte er in den letzten Monaten Streit schlichten müssen. Wenn er mit Savitri darüber gesprochen hatte, hatte sie nicht wahrhaben wollen, dass es ihn auch hier gab, den Hass. Doch nicht hier in ihrem Khushab!, hatte sie ihn zurechtgewiesen. Nicht hier, wo sie die meisten Menschen ein Leben lang kannte. Wo sie aufgewachsen war. Wo ihre Mutter einmal wöchentlich die Frauen des Dorfes, ob Muslima oder Hindu, zu einem Schwatz bei Tee und Gebäck in ihren Garten lud. Wo Gulshans Wort als Bürgermeister Gewicht hatte, etwas galt. In den großen Städten, in der Anonymität, konnte der Hass auf die Andersgläubigen geschürt werden, Blut und Zerstörung vor sich hertreiben und verbrannte Erde hinterlassen. Aber nein, nicht hier, glaubte sie. Wie oft hatte Savitri mit ihm in den letzten Wochen darüber gestritten und versucht, seine Bedenken zu zerstreuen.

3

Savitri betrachtete stolz den neuen Anbau im Hof ihres Hauses. Gulshan hatte Habib, den Maurer, vor Wochen damit beauftragt. In Khushab war das Baugewerbe schon immer fest in muslimischer Hand gewesen. Sie waren die geschicktesten Maurer und Zimmerleute. Der beste Freund Habibs war Naved, der Milchmann. Unzertrennlich waren die beiden, Habib, der Muslim und Naved, der Hindu. Savitri sah sie vor sich, wie Naved ihr eines Morgens die Milch gebracht und Habib sofort seine Arbeit am Anbau unterbrochen hatte. Die Politik war wieder das Thema gewesen. Mit wichtiger Geste hatte Habib seinen Freund beiseite geschoben: „Habt ihr von Gandhis Auftritt in London gehört?", hatte er aufgeregt mit hörbarem Stolz in der Stimme gefragt.

„In Lendentuch und Sandalen, in seiner üblichen Bekleidung, ist er zum Tee beim König erschienen. Und als er dann von einem englischen Reporter gefragt wurde, ob er diese Bekleidung angemessen finde, hat er geantwortet: ‚Der König hatte genug für uns beide an.' Dröhnend hatte Habib gelacht und den Milchmann übermütig in die Brust geboxt.

„In der Zeitung schreiben sie, Churchill habe Gift und Galle gespuckt. Und der ist ja jetzt nicht einmal mehr Premierminister."

„Dieser verlogene Fettwanst", war Naved dazwischengefahren, er, der sich sonst aus der Politik nichts machte, sich lieber nur um seine Milch kümmerte. „Dieser Churchill, dieser Pavianarsch, wollte uns Inder doch schon immer blöd halten. Der und seine englischen Milchgesichter denken, dass wir ohne sie nichts sind. Wenn der sich gedemütigt fühlt – gut so!" Er wackelte mit dem Kopf und grinste.

Savitri hatte genickt und ihm die Milch abgenommen.

„Irgendwann werden wir frei sein", hatte Habib noch gesagt und sich wieder an seine Arbeit gemacht.

Wie einig sie sich waren, der Hindu Naved und der Muslim Habib, wenn es um die Unabhängigkeit Indiens ging, dachte Savitri.

Auch Gulshan und sie hatten natürlich gelesen wie London auf Gandhi reagiert, welch tiefen Eindruck er hinterlassen hatte. Englands Presse und Öffentlichkeit waren fasziniert von diesem kleinen Mann, der das Empire durch Sanftmut in die Knie zwingen wollte. Er war berühmt geworden im Königreich durch die Wochenschauaufnahmen seines *Salzmarsches*. Für die englischen Massen, die unter der Wirtschaftskrise, der Arbeitslosigkeit und großer sozialer Ungerechtigkeit litten, war dieser seltsame kleine Mann aus dem Osten eine faszinierende Persönlichkeit. Fast beruhigend hatte er gewirkt in seinem Baumwolltuch mit seiner an Christus erinnernden Botschaft der Nächstenliebe. Vielleicht, dachte Savitri, wird Gandhi mit seiner Entschlossenheit und seinem Mut erreichen, dass England reif für einen Wandel wird.

Wenn Savitri sich manchmal fragte, wie es kam, dass Gulshan trotz ihrer häufigen Auseinandersetzungen im richtigen Moment immer das Richtige getan hatte, so kam ihr stets seine bedingungslose Liebe zu ihr in den Sinn.

Schon als sie sich kennenlernten, hatte er sie so geliebt wie sie war: unabhängig in ihrer Meinung und oftmals rebellisch.

Sie hatten sich in der ersten Zeit meist in der Nähe des Jhelum getroffen, waren an seinen Ufern entlang gewandert und hatten geredet. Gulshan hatte von seinen Eltern erzählt, von seinem Bruder, zu dem er immer ein zwiespältiges Verhältnis hatte. Der von ihm einerseits den Respekt des jüngeren Bruders vor dem älteren forderte, andererseits den Eltern gerade diesen Respekt nicht entgegenbrachte. Und Savitri hatte von ihrer Familie gesprochen und von dem Leben, das sie bisher in Khushab geführt hatte.

Im ersten Jahr ihrer Ehe hatte es häufig Streit gegeben. Savitri war keine Frau, die sich nicht einmischte. Sie sagte Gulshan klar ihre Meinung zu den täglichen Dingen des Lebens.

Auch zur Politik, zu Gandhis Aktionen und der schwierigen Lage im Land hatte sie eine Auffassung, die der seinen nicht entsprach. Aber Gulshan hatte immer gewusst, dass sie nicht wie die meisten Frauen, die Ansichten des Ehemannes vertrat, sondern vehement ihre eigenen. Sie war sich bewusst, dass ihr zuweilen cholerisches Temperament, der Strom ihrer Gedanken und Gefühle eine solche Wucht hatte, dass ihre Worte alles wegschwemmten, was Gulshan sagte. Manchmal warf er ihr Überheblichkeit vor, woraufhin sie seine Ignoranz beklagte. Erst als Deepak und drei Jahre später Ram Chand geboren wurden, harmonisierte sich ihr Verhältnis. Die Kinder sorgten für Ausgleich. Savitris überschäumende Ausbrüche wurden etwas gedämpfter. Doch im Grunde wusste sie, dass Gulshan sie gerade auch wegen ihres Temperaments liebte, wenn sie vor Leben sprühte und das, was sie sagte, auch ehrlich meinte. Durch die Jahrhunderte währende männliche Unterdrückung bedienten sich viele indische Frauen listiger Schachzüge, um auf diese Weise ihre Wünsche durchzusetzen. Solcherlei Tricks verachtete Savitri.

Immer wieder hatte Savitri von Gulshan gehört, wie er ihre Lebhaftigkeit vermisste, wenn er abends nach Hause kam und sie nicht vorfand. An einem solchen Abend hatte er Pläne gemacht. Er hatte beschlossen, dem Haus einen kleinen Anbau hinzuzufügen, in dem zwei Kinderzimmer entstehen sollten. Deepak kränkelte etwas, konnte immer noch nicht laufen, als Ram Chand geboren wurde. Aber Savitri ging das Herz über, wenn sie den lebhaften Blick ihres Jungen aus den blitzenden braunen Kinderaugen sah. Dankbar dachte sie an die alte Kräuterfrau, die ihn damals auf so wundersame Weise geheilt hatte. Nachdem Deepak gesund geworden war, hatte sie sich gewünscht, dass es bei zwei Kindern nicht bleiben sollte. Und hierin war sie sich mit Gulshan einig gewesen.

20

Den Anbau für die Kinderzimmer hatte Gulshan veranlasst, kurz bevor sie bemerkt hatte, dass sie wieder ein Kind erwartete.

Und dann war zu den beiden Jungen Deepak und Ram Chand noch die kleine Namita hinzugekommen. Welch ein Glück sie doch hatte, dachte Savitri oft.

4

An diesem 5. August 1947 schien es, als wolle die Hitze die
Erde verschlingen. Selbst die Nachmittagsstunden brachten
keine Erleichterung. Savitri lief der Schweiß den Nacken
herunter. Sie nahm den Wok vom Feuer. Mit einer heftigen
Bewegung stellte sie ihn auf das steinerne Bord neben dem
Herd. Wo blieb Gulshan heute bloß wieder? Er hätte längst zu
Haus sein müssen.

Savitri lehnte sich an den Türrahmen und sah ihren Söhnen beim
Spiel zu. Die kleine Namita wollte heute nicht von ihr lassen.
Den ganzen Tag hatte sie sie herumtragen müssen. Der Duft der
Methi-Paranthas lag würzig und schwer in der Luft. Wütend
dachte Savitri, wahrscheinlich hatte ihn wieder ein ängstlicher
Dorfbewohner aufgehalten, wie so oft in letzter Zeit.

Savitri schaute wieder auf die Uhr. Namita war auf ihrem Arm
eingeschlafen. Hinter dem Haus war der Wäscher noch immer
bei der Arbeit. Das rhythmische Klatschen der Wäsche auf den
Waschstein drang durch das rückwärtige Küchenfenster an
Savitris Ohr. Plötzlich horchte sie auf. Das klatschende
Geräusch hatte aufgehört. Lärm drang von der Straße her ins
Haus. Sie erstarrte. Das waren Hilferufe! Es roch merkwürdig.
Wo war Gulshan nur?

Der Lärm wecke Namita. Savitri setzte die Kleine rasch auf den
verschlissenen Teppich vor dem gescheuerten Holztisch und lief
zur Tür. Qualm und Brandgeruch schlugen ihr entgegen, nahmen
ihr den Atem. Sie versuchte, mit den Augen den beißenden
Qualm, der sich zwischen den Hütten auf den Straßen und
Wegen ausbreitete, zu durchdringen. Es gelang ihr kaum. In dem
undurchdringlichen Häusergewirr bewegten sich schreiende
Schatten. Sie ahnte, dass etwas Ungeheuerliches vor sich ging
und lief ein paar Schritte auf die Straße. Nein, das konnte nicht
sein! Die Nachbarn, bewaffnet mit Knüppeln, Eisenstangen,
Messern, Schaufeln. Wie Bestien brüllend fielen sie
übereinander her, mit allem, womit man einem Menschen den

Schädel einschlagen konnte. Einige, mit brennenden Holzscheiten Bewaffnete, zündeten die nächststehenden Häuser an. Das Geschehen hatte etwas Unwirkliches. Savitri Puri schien es, als sei sie Statistin einer Filmszene. Sie stand erstarrt, ihr Herz raste, der Schweiß lief ihr von der Stirn. Ihr Verstand wollte nicht erfassen, was da geschah. Mit Entsetzen sah sie den Kaufmann Gopal am Boden liegen während Habib, der Maurer, mit einer Eisenstange auf ihn einschlug. Gopal schrie gellend und versuchte, die Schläge mit den Händen abzuwehren

„Habib, Habib! Ich bin Gopal! Dein Freund!"

Er wand sich im Staub und flehte um sein Leben. Sein Haus stand in Flammen. Die Schreie gingen in leises Wimmern über. Wie von Sinnen schlug Habib weiter zu. Gopal rührte sich nicht mehr. Eine Blutlache bildete sich unter seinem Kopf.

Savitri unterdrückte einen Schrei, als sich Gopals Frau, Malu, über ihren toten Mann warf und seinen Kopf in beide Hände nahm. Doch da stürzten sich auch schon wieder die beiden Männer, die sie festgehalten hatten, während Habib auf Gopal einschlug, auf die wimmernde Frau und zerrten sie an den Straßenrand. Savitri lief los, um Malu beizustehen.

Erst jetzt traf sie die Erkenntnis wie ein Schlag. Ihre muslimischen Nachbarn machten sich mit entfesselter Wut hasserfüllt über jeden Hindu her, dessen sie habhaft werden konnten. Von überall aus dem Dorf gellte nun der Lärm wie Schlachtgetümmel zu ihr herüber. Von panischer Angst erfasst machte sie kehrt. Ihre Beine schienen nicht zu gehorchen. Es kam ihr vor, als seien Stunden vergangen, bis sie endlich die Haustür hinter sich zuschlagen und den Riegel davorschieben konnte. Atemlos rief sie nach Deepak, der bleich neben seinem Bruder stand und auf den Lärm horchte.

„Deepak, nimm Ram Chand an die Hand, wir müssen hier weg!", schrie sie.

Deepak gehorchte instinktiv, als ahne er, dass im Dorf etwas Schreckliches vor sich ging. Er riss Ram Chand hoch, der immer noch in sein Spiel mit den Holzkugeln versunken auf dem Boden saß und rannte mit ihm zur Hoftür.

Wo blieb Gulshan? Oh Gott..., war er vielleicht auch schon tot, schoss es Savitri durch den Kopf, während sie mit der schreienden Namita auf dem Arm hinter Deepak herlief. Er hat bestimmt versucht, im Dorf zu schlichten – bei *Shiva*, das würde er nicht überleben. Sie musste mit den Kindern flüchten!

Da flog die Hoftür auf. Gulshan! Seine Kleidung war blutig, über sein Gesicht liefen Tränen. Aber er lebte - bei den Göttern, er lebte!

„Wir müssen laufen, laufen! Sie wollen uns umbringen!" Seine Stimme klang rau. Mit vom Qualm der Feuer entzündeten Augen schaute er sich kurz in der Küche um, lief in den kleinen Schlafraum, griff sich aus der Schublade das Bargeld und stieß die zitternde Savitri zur Hintertür hinaus. Dann packte er seine beiden Söhne bei den Händen und lief mit ihnen los - nur mit dem, was sie auf dem Leib trugen, Savitri mit bloßen Füßen. Ein paar Meter hinter ihrem Hof, am Rande des Dorfes bei den angrenzenden Weizenfeldern rutschte Savitri plötzlich auf dem Lehmweg in einer Milchlache aus. Im Fallen versuchte sie, Namita vor dem Aufprall zu schützen und fiel mit ihr der Länge nach in eine Masse aus Milch, Erde und Blut. Als sie sich aufrappelte, sah sie den Milchmann Naved mit durchschnittener Kehle am Straßenrand liegen. Sein Blut hatte sich mit der verschütteten Milch zu einem ekelhaften rosafarbenen Rinnsal vermischt. Wie ein vom Wind gepeitschter Nebelfetzen tauchte eine Szene vor ihr auf: Naved, der Hindu, in Einigkeit neben seinem Freund Habib, dem Muslim. Savitri rann der Schweiß über das Gesicht. Der Sari klebte nass an ihrem Körper.

Gulshan zischte heiser: „Weiter, weiter!" und zerrte Ram Chand hinter sich her, quer über die abgeernteten Weizenfelder, nur weg, weg von dem Wüten und Schreien. Im Laufen wagte er einen Blick zurück und sah Rauchsäulen aufsteigen. Die Hälfte des Dorfes stand in Flammen.

Deepak hatte in Panik die Hand des Vaters losgelassen und war voraus gelaufen. Gulshan schrie: „Lauf in den Wald! In den Wald!"

24

Savitri raffte ihren Sari. Die Angst, wieder zu fallen und vor Erschöpfung im Stoppelfeld liegen zu bleiben, nahm ihr den Atem. Sie musste weiter! Dass ihre Füße und Beine bluteten von den wie spitze Messer aus der Erde ragenden Stoppeln aufgeschlitzt, nahm sie nicht wahr.

Das freie Feld bot wenig Deckung. Doch zogen sich überall durch die Ebene, die an die Weizenfelder anschloss, trockene Gräben, und hier gab es reichlich dorniges Gebüsch und Elefantengras, in dem man sogar eine Ziegenherde hätte verstecken können. Dorthin mussten sie es schaffen. Als sie keuchend das erste Gebüsch erreicht hatten, sahen sie im Gras einen toten Mann liegen, von Schmeißfliegen umsummt. Selbst bis hier her hatte sich also schon jemand geflüchtet. Der Dorfbewohner war durchs hohe Gras gekrochen und dort gestorben. So schwere Verletzungen hatten sein Gesicht verunstaltet, dass Savitri und Gulshan Puri nicht mehr erkennen konnten, wer er war. Es war ein Wunder, wie er sich noch so weit hatte schleppen können.

Dass auch andere den Versuch gemacht hatten, querfeldein zu flüchten statt über die Straße, machte Gulshan besorgt. Es kam ihm nun vor, als habe er den falschen Weg gewählt. Geduckt hinter den Büschen Deckung suchend schob er die Kinder weiter, bis sie endlich den Wald erreicht und sich so weit vom Dorf entfernt hatten, dass sie einen Moment durchatmen konnten. Ihr rasselnder Atem drohte, ihnen die Brust zu sprengen. Savitri versuchte, ihre eigenen Ängste und die der Kinder einzulullen, indem sie atemlos immer wieder dasselbe Lied summte.

Die Schreie der Gequälten und das Prasseln des Feuers, das Bersten der in Flammen stehenden Balken der Häuser und Hütten, im Dorf zu einem Höllenlärm angeschwollen, drangen nun nur noch gedämpft aus der Ferne zu ihnen. Es schien, als seien sie den Mördern erst einmal entkommen. Jetzt zählte nur noch der Instinkt zu überleben.

Gulshan trieb die erschöpfte Savitri weiter. Er hatte Ram Chand inzwischen auf den Arm genommen, um schneller vorwärts zu kommen. Nun setzte er ihn ab und nahm Savitri die schreiende Namita aus den Armen. Das Kind spürte die Panik ihrer Eltern und Geschwister. Gulshan Puri drückte sie fest an sich. Ram Chand nahm er an die andere Hand. Von seinen Haarspitzen tropfte der Schweiß, seine weiße Baumwollhose hing ihm, vom Lehm verdreckt und den Dornen zerfetzt, von den Hüften.

„Wir können nicht ausruhen! Wer weiß, ob sie nicht die Verfolgung aufnehmen", keuchte er. „Wir müssen weiter! Wir wären für sie die wichtigsten Opfer – der Bürgermeister und seine Familie! Vielleicht sind sie schon hinter uns. Mögen die Götter uns beistehen!"

Deepak zog seine Mutter hinter sich her. „Ma-ji, lauf!", krächzte er mit fremder Stimme. Seine zerkratzten dünnen Beine suchten sich einen Weg durchs Unterholz.

Endlich hatten sie sich so weit vom Dorf entfernt, dass kein Lärm mehr zu ihnen drang. Sie hörten nur noch den in der Nähe brausenden Fluss und die im warmen Abendwind sanft rauschenden Blätter der Bäume und Sträucher am Wegesrand. Die Vögel in den Büschen zwitscherten und die von der Abendsonne blutrot gefärbten Zirruswolken am dunkler werdenden Himmel bewegten sich nicht, so als hätte die Zeit aufgehört zu existieren.

In Gulshan Puris Kopf überschlugen sich die Gedanken. Schnell würde es dunkel werden. Er musste einen Unterschlupf finden, der ihnen Quartier und Sicherheit für die kommende Nacht bot. Wie unwirklich friedlich wirkt hier alles, dachte er erschöpft. Am Ufer des Jhelum oder in der Nähe des Flusses könnten wir vielleicht ein paar essbare Beeren finden und uns im Fluss säubern. Andererseits würden Verfolger das Flussufer sicherlich zuerst absuchen. Aber es nützte nichts, sie mussten sich bald ein paar Minuten ausruhen.

Auf einer kleinen Lichtung ließ sich Savitri stöhnend ins warme Gras fallen.

„Ich kann nicht mehr weiter! Einen Augenblick nur!"
Mit wirrem Blick sah sie zu Gulshan auf.

Ihre Gedanken wirbelten. Wie konnte sie das ganze Ausmaß des Geschehens begreifen?

„Können wir nicht mehr zurück ins Dorf? Was geschieht mit uns?", keuchte sie.

Als Gulshan ihr keine Antwort gab, sich nur neben sie setzte und sie an sich zog, flüsterte sie: „Unsere Nachbarn... Wir waren doch Freunde. Und nun... Ich habe gesehen wie Habib über Gopal hergefallen ist und ‚Pakistan Zindabad! Es lebe Pakistan!' geschrien hat. Er hat ihn erschlagen. Habib, der doch früher nicht einmal einer Fliege etwas zuleide tun konnte!" Ein Weinkrampf ließ sie verstummen.

Gulshan zuckte die Achseln. Er sah ihren düsteren Blick, als sie erfasste, was der Tod von Menschen, mit denen sie zusammengelebt hatten, bedeutete. Er verstärkte den Druck seines Armes und umfing mit dem anderen seine drei Kinder. So saßen sie eine Weile umschlungen beieinander.

Die Nachbarn..., dieselben, mit denen wir Sorgen geteilt, Feste gefeiert, zusammen gelacht und geweint haben, dachte Gulshan - diese friedlichen Menschen von gestern... - plötzlich rasende Ungeheuer und Mörder... Sein Kopf dröhnte.

„Männer aus unserem Dorf", flüsterte Savitri, „haben Malu vergewaltigt, wie wilde Tiere!"

Gulshan schüttelte sich: „Indien kocht! - Blutige Freiheit!", sagte er bitter und konnte die Todesangst nicht vertreiben, die sein Denken beherrschte. Sie waren ja auch noch nicht außer Gefahr. Und Unabhängigkeit dröhnte es in seinem Kopf - wie gleichgültig ihm diese Unabhängigkeit plötzlich war. Unabhängigkeit..., noch nicht erreicht, und schon fegt Gewalt wie ein heißer Feuersturm über uns hinweg, nimmt uns den Atem, verbrennt das Herz Indiens und auch unser Dorf. Er krümmte sich. Das Stöhnen und die Schreie der Menschen hatten sich für immer in seinem Kopf eingebrannt, würden wie ein Echo in ihm nachhallen. Nachhause zurückkehren konnten sie nicht mehr, das wusste er. Aber er hütete sich, das laut auszusprechen.

Deepak schmiegte sich noch dichter an Savitri. Ram Chand kaute auf seinen Lippen und schaute seinen Vater mit ängstlichen Augen an. Gulshan küsste ihn auf die Stirn. Er verfluchte diese machtgierigen Politiker, die mit ihren Worten so viel Hass in die Herzen der Menschen geträufelt hatten, dass sie zu Ungeheuern, zu Werkzeugen in ihren gnadenlosen Händen geworden sind. Wie ein Gewitter schossen Fragmente seiner Gedanken aus den letzten Monaten durch seinen Kopf. Er hatte Recht behalten... Der Punjab war nicht verschont geblieben...

Nach dem gewalttätigen Ausbruch in Kalkutta..., wie ein Fanal hatte er gewirkt. Das ganze Land in Aufruhr, entfesselte Mordlust unter den verfeindeten Religionsgruppen. „Pakistan Zindabad!" – der Schlachtruf der Muslim-Liga. Zu Tausenden waren sie aus ihren Elendsquartieren gestürmt. Mit Keulen, Schaufeln und Eisenstangen hatten sie jedem Hindu den Schädel eingeschlagen, dem sie begegneten. Solange sie keinen Ausweg sahen... Alle sollten wissen, dass sie sich ihr Pakistan durch Gewalt schaffen würden. Geboren in der Hölle Kalkuttas, den Slums, der dichtesten Zusammenballung von Menschen auf der Erde, in beispiellosem Schmutz und Elend dahinvegetierend - waren sie leichte Beute einer rücksichtslosen Politik. - Und später die Rache der Hindus... Verzweifelt fuhr sich Gulshan über die Augen. Wehrlose Muslime niedergemetzelt, muslimische Kulis zu Dutzenden erschlagen zwischen dem Gestänge ihrer Rikschas. Die Schwachen und Wehrlosen – ihnen erging es überall am schlimmsten.

Gulshan fror trotz des Schweißes auf seiner Haut. Er rieb sich die entzündeten Augen. Furcht stieg wieder in ihm hoch, Furcht vor der kommenden Nacht. Er zeigte auf die schräg durch die Äste der Bäume fallenden Sonnenstrahlen. „Wir müssen weiter! Vor der Dunkelheit müssen wir ein Versteck gefunden haben."

Als die orangerote Sonne am Horizont verschwand, entdeckte Gulshan im diffusen Licht der anbrechenden Dämmerung zwei alte ineinander gewachsene Bougainvilleabüsche im Schutze eines Felsüberhanges, nicht weit vom Ufer des Jhelum entfernt. Jetzt waren die Berge im Dämmerlicht nur noch schemenhaft zu erkennen. Er bog die Zweige auseinander und fuhr erschrocken zurück. Zwei aufgescheuchte braune Rebhühner flatterten ihm schreiend entgegen und verschwanden am Flussufer. Die Bougainvilleabüsche, im Frühling dicht an dicht mit orangeroten, lila oder weißen Blüten besetzt, neigten ihre verdorrten Zweige bis auf die ausgetrocknete lehmige Erde und boten einen kleinen Unterschlupf von nicht mehr als zwei mal zwei Metern. Hier hinein krochen Gulshan und Savitri Puri mit den Kindern.

Savitri hatte das Ende ihres blau-grünen Saris, das jetzt mehr einem staubigen zerrissenen Stofffetzen glich, um die kleine Namita gewickelt. Sie hielt die Kleine, die jetzt vor Hunger schrie, an sich gepresst und redete beruhigend auf sie ein. „Meine kleine Rani, sei still, sei still. Wir sind jetzt in Sicherheit", sagte sie mit einem Blick auf Gulshan – Bestätigung suchend.

Wie gut, dachte sie, als sie Namita an die Brust legte, dass ich die Kleine immer noch stille. Wenigstens ein Kind wird satt werden. Sie klopfte Namita mit ihrer flachen Hand auf die Stirn und schaukelte sie in ihrem Schoß sanft in den Schlaf. Die rhythmischen Bewegungen lullten Namita ein und bald schlief sie friedlich. Savitri atmete tief ein, um ihrem Körper ein wenig Spannung zu nehmen. Doch die Angst wurde wieder übermächtig. Das erste Mal seit ihrer Flucht dachte sie an ihre Eltern! Sie waren alt, der Vater krank. Hatten sie flüchten können? Lebten sie noch? Ihre Kehle schmerzte, doch sie hielt die Tränen zurück. Wie hatte ihr kluger Vater sich diesmal getäuscht. Er hatte immer daran geglaubt, dass Gandhi mit seinen Bußmärschen auf den blutdurchtränkten Wegen den Hass aus den Dörfern und Hütten vertreiben konnte. Hatte gemeint, dies sei ein besserer Weg, als mit Jinnah, dem Führer der Muslim-Liga, zu verhandeln. Zuerst müssten die Menschen dazu gebracht werden, untereinander Frieden zu schließen, dann würde sich diese Friedfertigkeit auch in ihren Führern widerspiegeln. Welch ein Trugschluss! Und dann sah Savitri ihre

Mutter vor sich, wie sie dem Vater im Wohnzimmer mit übereinander geschlagenen Beinen gegenüber gesessen hatte, klein, drahtig und couragiert. Wie sie ihm mit blitzenden Augen ins Wort gefallen war. „Dieser todkranke, verbitterte Jinnah will seinen eigenen Staat Pakistan. Für dieses Ziel wird er kämpfen wie das sterbende Alpha-Tier eines Löwenrudels, das selbst nicht mehr kämpfen kann, dessen Zähne und Krallen aber noch scharf genug sind, das von dem Rudel erlegte Opfer zu zerfleischen." Und der Vater, an die Temperamentsausbrüche der Mutter gewöhnt, hatte beruhigend die Hand gehoben: „Jinnah hat zwar dem Kongress und den Engländern den Fehdehandschuh hingeworfen. Hat ihnen gedroht, er und seine Muslim-Liga würden Indien entweder in die Teilung oder in die Zerstörung treiben. Aber wird er den Mut dazu haben? Wird er nicht an die vielen Leben denken, die diese Teilung vernichten würde?"

Ihr immer zum Ausgleich bereiter Vater! Wie wenig Beachtung hatte er den heftigen Worten ihrer Mutter geschenkt, dachte Savitri. Und nun waren die Drohungen, die Warnungen vor einer Katastrophe Realität geworden. Einer Katastrophe, die über Indien hereinbrechen würde, wenn man den Muslimen einen eigenen Staat verweigerte. Sie und ihre Familie auf der Flucht - versteckt in einem Erdloch. Die Eltern vielleicht schon tot. Wieder sah sie die Mutter vor sich mit ihrem fein geschnittenen Gesicht und den streng zum Knoten gewundenen grau melierten Haaren. Wie viel Liebe hatte sie von ihr empfangen, wie viel Kraft. Würde sie jemals wieder die Wärme ihrer Umarmung spüren? Tränen liefen über ihre Wangen.

Gulshan Puri säuberte seine schmutzigen Kleider notdürftig und wusch sich im frischen Wasser des Flusses den Schweiß, das Blut und den Staub der Flucht ab. Das Rauschen des Flusses übertönte nicht das Hämmern in seinem Kopf. Wie hätte er ahnen können, dass nach dem Morgen mit seiner gewohnten Geschäftigkeit, seinen Geräuschen und Gerüchen, am späten Nachmittag das Entsetzen über das sonst so friedliche Dorf hereinbrechen und es in eine lärmende, nach Tod riechende Hölle verwandeln würde. Was war passiert, dass auch in Khushab der Hass sich in Gewalt entlud? Plötzlich sah jeder in dem anderen einen Todfeind. Sicher, Anzeichen hatte es seit langem gegeben, dachte Gulshan, als er vorsichtig zurück zu ihrem Versteck schlich. Aber hatte er sich so täuschen können? Es war zwar immer darauf hinausgelaufen, dass die Muslime sich den Hindus als die wahren Gläubigen überlegen fühlten und umgekehrt, aber sonst hatte man doch einander geachtet. Erst diese mörderische Hetze hatte den Wandel verursacht! Verdammt sollen sie sein, diese machtgierigen Politiker, dachte er und schlug sich auf die Schenkel. Gandhis Vorahnung schien sich nun zu bewahrheiten, dass die Teilung ein grausames Gemetzel auslösen, Freund über den Freund, Nachbar über den Nachbarn, der Fremde über den Fremden herfallen würden. Um eines sinnlosen Zieles willen wird so viel Blut vergossen. Ein geteiltes Land wird die Folge sein. Ein Muslimstaat wird entstehen: Pakistan – Land der Reinen. Und ein reduziertes Indien, in dem dennoch weiterhin Millionen Muslime leben werden. Gandhi hatte die Teilung immer verhindern wollen. Gulshan schüttelte sich heftig die letzten Wassertropfen aus den Haaren. Wie und wo das Land zu teilen sei, würde die *Radcliffe-Kommission* entscheiden, mit einem Briten als Vorsitzendem! Gipfel der Perversion, dachte er. Bei allen Göttern! Wut und Hilflosigkeit war alles, was er empfinden konnte. Und Trauer. Trauer darüber, dass er aus seiner Heimat fliehen musste mit Savitri und seinen drei kleinen Kindern. Trauer über die vielen toten Freunde und Nachbarn und Angst um die Zurückgebliebenen, um diejenigen, die es aus Altersgründen, oder weil sie krank waren, nicht geschafft hatten zu fliehen, oder die einfach ihre Heimat nicht verlassen konnten.

Aber was sollte er sich sorgen um das, was hinter ihnen lag, befahl er seinem ruhelosen Geist. Was geschehen war, war geschehen. Jetzt galt es zu überleben, sich und seine Familie in Sicherheit zu bringen. Unsicher und sich selbst ein bisschen fremd, kam es ihm nun vor, als habe das bisherige ruhige Leben gar nicht wirklich stattgefunden.

In der fortgeschrittenen Dunkelheit starrte er durch die Zweige ihres Unterschlupfes auf den schemenhaft zu erkennenden grauen rissigen Stamm eines Lilac-Baumes, dessen farnartiges Blätterdach den Bougainvilleastrauch zusätzlich abschirmte, sodass Mond und Sternenhimmel nicht mehr zu erkennen waren. In dieser schützenden Höhle fühlte Gulshan Puri sich und seine Familie zumindest für eine Nacht sicher. Ein Blick auf seine schlafenden Kinder machte ihm aber bewusst, wie gefährlich die kommenden Tage werden würden. Mit einer müden Geste zog er Savitri an sich.

Wir haben alles verloren, dachte er verzweifelt. Und es gibt kein Zurück mehr. Aber wir leben. Ein lebender Hund ist besser als ein toter Löwe. Wir müssen es schaffen. Wir werden es schaffen! Und wieder nüchterner suchte sein ruheloser Verstand nach Erklärungen für das, was jetzt geschah. Die ließen sich schon finden. Natürlich! Auf dem kühler werdenden harten Lehmboden schien Gulshan mit einem Male alles ganz klar. Nach dem Jahrhunderte dauernden Joch der Unterdrückung, dem Elend der Massen, den Ausschweifungen der Reichen, der Bestechlichkeit der Staatsdiener blieb nun nicht mehr verborgen, wie es um Indien wirklich stand, im nicht enden wollenden Kampf um die Unabhängigkeit und das Recht, Indien von Indern regieren zu lassen. Es war immer schwerer gefallen, diesen Gärbottich von unterdrückten Emotionen unter Kontrolle zu halten. Nun gab es kein Halten mehr. Er fühlte eine Hilflosigkeit, eine Einsamkeit von schwindelerregender Tiefe in sich.

„Weißt du, Gulshan", unterbrach Savitri seine Gedanken mit schwacher Stimme, „sterben müssen wir alle. Es gibt viele Tode, aber es liegt viel daran, welchen Todes man stirbt und wie es passiert. Von Nachbarn massakriert und erschlagen zu werden, gehört zu den schrecklichsten."

Gulshan nickte stumm und winkelte seine Beine an, um in der Enge des Unterschlupfs eine möglichst bequeme Position für die Nacht zu finden. Savitri passte sich seiner Körperhaltung an und sank nach wenigen Minuten erschöpft in einen tiefen Schlaf.

Gulshan aber lag wach... *Lasst den Gedanken mir Halt geben, dass unter den Sternen dort einer ist, der mein Leben durch das dunkle Unbekannte führt.* Tagore, mein Philosoph in allen Lebenslagen, dachte er und starrte auf die über ihnen hängenden Zweige, die sich gegen den Nachthimmel wie dürre lange Krakenarme ausnahmen.

Er schloss die Augen und dachte an seine Eltern, seine Familie, die zur Kaste der Khashatris, der Krieger und Könige gehörte. In Jhelum war er aufgewachsen, umsorgt und verwöhnt. Die Umgebung von Jhelum und der gleichnamige Fluss hatten seine Kindheit geprägt. Mit seinem besten Freund Kamal war er durch die fruchtbaren Täler gestreift. Sie hatten im nahen Fluss gebadet, im Gras gelegen und die in der Ferne schemenhaft zu erkennenden Berge des Himalajas betrachtet. Immer wieder hatten sie nachgespielt, wie von dort her vor Jahrhunderten plündernde und mordende Horden über Indien hergefallen waren. In ihrer Phantasie waren sie bei den Eroberungsfeldzügen an der Seite Alexanders des Großen oder des Perserkönigs Darius geritten, deren Spuren noch heute sichtbar waren. Sein Freund Kamal hatte diese Spiele besonders geliebt. Jedes Buch über die mehr als fünftausend Jahre bewegter Geschichte Indiens, das er in die Finger bekam, hatte er verschlungen. An solchen Tagen der kindlichen Ausgelassenheit hatte Kamal Gulshan zurückgeführt durch die Jahrhunderte. Säbelschwingend hatten sie sich vorgestellt, wie sie mit den Hunnen von Afghanistan her in den Punjab einfielen, wie sie über grüne Hügel und fruchtbare Auen ritten; wie sie an der Seite der Hunnenkrieger die unermesslichen Schätze, das Gold, die Edelsteine raubten und die Dörfer plünderten, um dann mit Siegesgebrüll in die Lager zurückzukehren und sich im nächsten Moment den vor den Mongolen fliehenden Flüchtlingsströmen anzuschließen. Sie hatten den Segen des Gottes Shiva, des

Zerstörers mit dem Dreizack erfleht, der sich verbündet hatte mit Pawan, dem Gott der Winde, der die Flüchtenden mit seinem heißen zerstörerischen Atem todbringend überrollte. Sie hatten Shiva verflucht, weil er sich gegen das Land verbündet hatte mit seiner Gattin, der furchterregenden, vielarmigen schwarzen Göttin Kali, die um den Hals eine Girlande aus Menschenschädeln und um die Taille einen Gürtel aus abgeschlagenen Köpfen trug. Der größte Spaß aber war es für die Freunde gewesen, wenn sie den wilden Blick der Schwarzen Kali mit der heraushängenden Zunge nachahmten. Bei diesen Spielen waren Gulshans Phantasien weit in die Vergangenheit eingetaucht. Diese Gefühle kannten keine Zeit. Die tausend Veränderungen, die die Zeit vorangetrieben hatte, waren dann flüchtig und unwirklich. Und es war immer Kamal gewesen, der Phantasievolle, der ihn, Gulshan den Träumer, in die Gegenwart zurückgeholt hatte.

Gulshans Eltern waren nicht reich, sie hatten nie eine Schule besucht, konnten weder lesen noch schreiben. Ihr ganzes Streben war auf die beiden Söhne gerichtet, Gulshan und dessen älteren Bruder Avinash. Und es war ihnen gelungen, beiden eine gute Erziehung und Ausbildung zu ermöglichen. Als die Söhne erwachsen waren, wandte sich der ältere der beiden von den Eltern ab. Er schämte sich ihrer Unwissenheit. Auch Gulshan ertappte sich manchmal bei dem Gefühl einer aufsteigenden Scham, wenn seine Freunde aus gebildeten Familien zu Besuch kamen. Hinterher verachtete er sich für diesen Impuls. Er wusste, dass seine Eltern alles für seine Ausbildung getan hatten, eine Ausbildung, die sie selbst nicht hatten haben können.
Dankbar dafür hatte er sich als gebildeter junger Mann neben der Philosophie, den Naturwissenschaften und Wirtschafts- wissenschaften mit den Wertbegriffen der englischen Gesellschaft befassen können, um einen wesentlichen Teil des Verlaufs der indischen Geschichte zu verstehen. Er wollte begreifen, wollte die politische Situation in seinem Land verstehen lernen. Nie hatte er gezweifelt, dass Indien die

Unabhängigkeit erlangen und sich von der englischen Vorherrschaft befreien würde. Nur wie, das wusste er damals nicht.

In ihrem Unterschlupf glitt er gegen Morgen in einen unruhigen Schlaf. Er sah sich in einem unwirklichen Licht der Sonne reiten, an der Seite des ersten Mogulherrschers, Babur von Samarkand. Durch den Punjab ritten sie, das Fünf-Ströme-Land, wo inmitten saftig-grüner Hügel sich im Licht der Sonne, wie das Silber in den Schatzkammern Shah-Jahans glitzernd, gurgelnd die Wasser des Jhelum, Chenab, Ravi und Sutlej ihren Weg in den Indus, den Vater der Ströme, suchten. Durch flimmernde Sonnenpunkte und wabernde Nebelbänke schienen sie dem Himalaja entgegenzureiten, dorthin, wo sich Stürme, Regen, Sommerwinde und Sandstürme schon seit Urzeiten von Norden her Bahn durch den Khaiberpass brechen.

5

In dem engen Versteck unter dem Felsvorsprung durchlief Gulshan Puri ein Kälteschauer. Er erwachte zitternd. Das Rauschen des Flusses war in der Stille der Nacht zu einem Brausen angeschwollen, die Bäume und Sträucher hatten sich in bewegte Schatten verwandelt. Als er durch die Zweige spähte, konnte er am Himmel die ersten Anzeichen der aufziehenden Dämmerung erkennen. Als der Tag sich anschickte, träge die taunasse Ebene zu erwecken, ragte die Mauer des Gebirges hoch über dem Nebel auf, rosig angehaucht vom ersten Frühlicht. In der klaren Morgenluft erschienen ihm die Berge nur wenige Meilen entfernt, nicht weiter als einen ordentlichen Tagesmarsch. Auf einen Ellbogen gestützt betrachtete Gulshan sie sehnsüchtig. Er wusste, dass er nie mehr dort hingelangen würde in einem geteilten Land.

Langsam stieg die Sonne über die Hügel und warf tastend ihre Strahlen über den Fluss. Namita lag satt und zufrieden schlafend in den Armen ihrer Mutter. Auch die beiden Jungen und Savitri schliefen noch fest, obwohl sie abends nichts mehr gegessen hatten. Mit knurrenden Mägen waren sie eingeschlafen. Gulshan beschloss, in der Ruhe des anbrechenden Tages ein Bad im Fluss zu nehmen. Das kalte klare Wasser würde seine Lebensgeister erfrischen.

Gulshan lehnte sich an einen aus dem Fluss ragenden Felsen und ließ sich vom Wasser umspülen. In der Nähe krächzten ein paar aufgescheuchte Dohlen. Er beachtete sie nicht, wie er auch die dichten Hibiskusbüsche am Ufer nicht sah, deren Zweige sich mit den letzten trockenen Blüten in der klaren Morgenluft neigten. Er dachte an sein großes Vorbild Mahatma Gandhi. Ihm musste das blutige Chaos im Land das Herz zerreißen. Kurz vor der Erfüllung seines großen Lebenstraumes, seines Triumphes - so kurz vor der Freiheit. Zwar hatte Gandhi Indien wohl in die Unabhängigkeit geführt. Seine große Lehre aber, die Idee der Gewaltlosigkeit, war gescheitert. Gulshan Puri lag mit geschlossenen Augen im seichten Wasser und konnte den alten Mann, nur in ein weißes Tuch gewickelt, vor sich sehen, wie er, eine Hand auf die Schulter seiner Nichte Manu gestützt, barfuß von Dorf zu Dorf, von Stadt zu Stadt zog, um die Menschen zu beruhigen und das Schlimmste zu verhindern. Es war ihm nicht gelungen, dachte Gulshan resigniert. Und ich? Was habe ich getan? Ich hätte merken müssen, wie die Stimmung in Khushab umschlug. Ich hätte mit den Menschen mehr über ihre Gefühle reden müssen, anstatt zu beruhigen, zu beschönigen und mich nur mit der Verwaltung und neuen Bauprojekten im Dorf zu beschäftigen. Schuldig! Ich bin schuldig. Ich hätte verhindern können, was dieser eine Tag zerstört hat. Unsinn! Es war ja nicht nur dieser eine Tag!

Wie viele werden überleben? Dieses Chaos! Wie soll ich meine Familie sicher in die Hauptstadt bringen? Wieder schob sich ein Gedicht Tagores zwischen seine düsteren jagenden Gedanken:

Bist du draußen in stürmischer Nacht
Auf deiner Reise, mein Freund?
Der Himmel ächzt wie ein Verzweifelter.
Kein Schlaf kommt heute Nacht zu mir.
Ich öffne das Tor immer wieder und schaue
Ins Dunkel, mein Freund!
Ich kann nichts erkennen vor mir,
wo, frage ich, liegt der Pfad?
An welch dunklem Gestade des pechschwarzen
Flusses, welch fernem Rand des düsteren
Waldes, durch welch labyrinthische Tiefe
Des Schattens suchst du deinen
Weg zu mir, mein Freund?

Gulshan fror. Seine Haut hatte sich vom kalten Wasser des Jhelum blau verfärbt. Er zitterte. Am Ufer rieb er seinen Körper solange mit den zerfetzten Resten seines Shawls, bis ihn die Haut schmerzte und er die Angst, die ihm fast die Sinne geraubt hatte, nicht mehr so übermächtig spürte.

Die schwache Brise des Morgens strich bereits über die Erde, ließ das hohe Gras in der Flussebene rascheln und erweckte die Illusion von Kühle in der Luft. Einzelne Gegenstände waren in dem sich auflösenden, schon von Sonnenstrahlen durchbrochenen Nebel auszumachen: ein Felsbrocken, Gebüsch, fedriges Pampasgras, und weiter in der Ferne zogen Antilopen am Waldrand entlang. Während der Nacht hatten sie wohl auf den Feldern geäst. Und dort eine einsame, graue Hyäne. Auch sie trottete dem Walde zu.

Savitri war erwacht und sah ihm ungeduldig entgegen. Ausgeruht vom Schlaf und ruhiger als gestern umarmte sie ihn und setzte ihm Namita auf den Schoß. Sie hatte die Kleine schon gestillt und ihre Morgengebete beendet. Nun lief sie zum Fluss.

Gulshan sah ihr zu, wie sie im flachen Wasser des Flusses stand, die Waden von Wellen umspült, der Saum ihres zerrissenen, einstmals schönen blau-grünen Saris bewegte sich im Wasser wie ein schwereloser Schwarm kleiner Fische.

Auch Deepak und Ram Chand waren erwacht und rannten aus dem nächtlichen Versteck hervor. Sie stürzten sich in das Wasser, ohne einen Laut von sich zu geben.

Gulshan, mit Namita auf dem Arm, schützte mit seiner freien Hand die Augen vor der stärker werdenden Sonne und beobachtete für einige Minuten seine Frau und seine Söhne, wie sie sich gegen die Strömung stemmten. Aus dem Fluss ragende Steine ließen das Wasser im flachen Uferbereich hoch aufschäumen, im Gegenlicht der aufgehenden Sonne einem Sprühregen funkelnder Sterne gleich. Dahinter das ovale Gesicht Savitris mit der schmalen geraden Nase, den dunklen Augen, umrahmt von glänzendem dunkelbraunen Haar, das locker über ihre Schultern fiel. Wie schön sie war – selbst jetzt in ihrer Verzweiflung. Er hatte früher nicht gewusst, dass er zu so heftigen Gefühlen fähig war. Im Laufe ihrer Ehe hatten sich diese Empfindungen noch vertieft. Er war sicher, dass Savitri ebenso fühlte. Es tat weh, sie nun so traurig und verstört zu sehen. Als sie sich umdrehte, formte er die Hand zu einem Trichter: „Es wird Zeit...“

Wir sollten uns jetzt wirklich auf den Weg machen, dachte er, denn während der Mittagshitze müssen wir wieder rasten, an einem geschützten Ort im Schatten.

„Wir brauchen dringend etwas zu essen. Können wir es wagen, bei einem Bauern etwas einzukaufen?“, fragte Savitri, als sie in dem nass an ihrem Körper klebenden Sari wie eine Flussgöttin auf ihn zukam. Gulshan hob die Schultern: „Hoffentlich!?“

Die langen blauen Schatten des Morgens verkürzten sich gegen Mittag. Die Kinder waren müde, spürten aber die Nervosität ihrer Eltern und wussten, dass sie weiter mussten. Immer wieder waren Savitri und Gulshan genötigt, die Kleinen zu ermahnen, sich still zu verhalten, um nicht etwaige Verfolger auf sich aufmerksam zu machen. In der Nähe von Dörfern vermischten sich die Geräusche der Natur mit denen des indischen Alltages. Brunnenräder knarrten, auf den Feldern kreischten Fasane, ein Geschwader Kraniche überquerte mit rauschendem Gefieder den Fluss, in einem Getreidefeld schrie ein Pfau, Eichhörnchen und Webervögel lärmten im Gezweig der Bäume. Eine Horde brauner Affen zankte sich am Ufer des Flusses. Wenig später erhob sich vom Strom her ein leichter Wind. Das von ihm verursachte Rascheln des Grases überdeckte alle anderen Geräusche.

Das Knarren der Räder eines von zwei Ochsen gezogenen Karrens ließ die Familie aufschrecken. Sie verbargen sich in den Büschen, die in einiger Entfernung von der Straße standen. Der vertraute Anblick des gemächlich dahinrollenden Gefährtes beruhigte Savitri ein wenig. Als der Karren vorüber war, erhob sich Gulshan langsam und spähte zwischen den Grashalmen hindurch. Die Straße lag verlassen im hellen Tageslicht. Nichts bewegt sich darauf soweit Gulshan sehen konnte.

Sie überquerten eine Ebene. Der Hunger begann zu quälen. Rebhühner krächzten, Wildenten quakten am Fluss und die Sumpfschildkröten, die am Ufer ihr Sonnenbad genommen hatten, ließen sich wieder ins Wasser plumpsen. Es war wieder ein außergewöhnlich heißer Tag. In dem gleißenden Licht des Nachmittags gelang es kaum, die Augen offen zu halten. Es war, als stöhne die Erde unter der Hitze.

Abseits der Straße, die sich zwischen kargen, steinigen Hügeln entlang schlängelte, stießen sie vereinzelt auf Gerippe verhungerter Rinder. Der Fluss hatte sich hier in einen reißenden, rostfarbenen Strom verwandelt, doch die Uferebene war ausgedörrt und staubig. Bäume und Felder waren auch hier von der Gluthitze des Sommers zu einem gleichförmigen Gelbbraun verbrannt. Die Felsformationen der Berge wechselten ständig ihre Farbe: eben noch weit entfernt, bläulich und durchsichtig wie Glas, bald darauf ganz nahe gerückt, und von den schwarzen Schatten unzähliger Schluchten durchzogen. Gulshan Puri blieb für einen Moment stehen, legte den Kopf in den Nacken und betrachtete die Berge mit dem dahinter liegenden Grenzgebirge. Jenseits dieser Pässe lag Afghanistan. Afghanistan! Welch ein Land! Diese kahlen Berge und weiten Ebenen, dieser Wind, der auf das Land einschlägt; dann die Sonne, gleißend und unbarmherzig, die alles zu Staub verwandelt. Afghanistan, in dem ruhelose Stämme leben, die kein Gesetz kennen, nur Gewalt. Diese Menschen hatten sich nie und von niemandem beherrschen lassen – auch nicht von den Briten, dachte Gulshan – in der Vergangenheit so wenig wie heute. Sie waren gewöhnt Rache zu üben, und lagen ständig als rivalisierende Gruppen miteinander im Krieg. Und dort, an dieser Nordwestgrenze, dem Tor nach Indien, war vor Zeiten Alexander der Große mit seinen Soldaten eingefallen. Dieses Grenzgebirge werden wir bald nicht mehr sehen können, dachte er, nie mehr werden wir an den Ufern des Jhelum entlanglaufen können. Auch das hatten sie jetzt verloren. Ja – auch das. Müde zwang sich Gulshan, den Blick nach vorne zu richten. Und doch konnte er nicht verhindern, dass er plötzlich die Stimme seines Vaters vernahm, der an dieser Nordwestgrenze geboren war. So wie er als kleiner Junge immer wieder seinen Vater hatte erzählen hören, so hallte es in seinem Kopf wider. Des Vaters

Nöte, wenn er sich gefragt hatte, warum diese weißhäutigen Männer mit ihren hellen Augen, ihren roten und gelben Haaren ihre Kommandostimme weithin über Indien erschallen ließen, es ausbeuteten und dem Volk alles nahmen. Früher, ja, da gab es selbst in den kleinsten Dörfern genug, ja reichlich zu essen. Reis, Mehl, Butter, Bohnen, alles reichte für alle. Allmählich haben die Briten Indien alles genommen. Das Volk musste hungern, war unterernährt, viele starben. Sie wussten nicht einmal, warum. Woher sollten sie auch wissen, hatte der Vater zornig gesagt, dass die Früchte des Landes, die Schätze der indischen Erde auf Schiffe verladen und über die Meere gebracht wurden zu Menschen, die selbst genug zu essen hatten. Gab England Indien irgendetwas zurück? pflegte er mit erhobener Stimme zu fragen. Nichts durften die Inder selbst produzieren, sie sollten kaufen, was aus indischen Rohstoffen in England verarbeitet worden war. Nicht einmal lesen lernen sollten sie, damit sie bloß nicht aus englischen Zeitungen erfahren konnten, was in der Welt geschah. Mit welchem Recht glauben sie eigentlich, uns geistig überlegen zu sein, hatte der Vater mit zornesrotem Gesicht gepoltert. Wer hat denn die Zahlen von eins bis neun und die Null erfunden? Längst weiß doch die Welt, dass die Grundlagen der modernen Arithmetik und Algebra vor langer Zeit in Indien gelegt wurden, in ihrer Einfachheit der plumpen Methode des Rechenbretts oder der Kompliziertheit der römischen Zahlen weit überlegen. Mit einem Kopfschütteln verbannte Gulshan die Stimme seines Vaters. Was nutzte es denn? Indien stand vor der Unabhängigkeit, aber gleichzeitig am Rande des moralischen Bankrotts.

Sich immer abseits der Straße in Richtung der nächsten großen Stadt Sargodha haltend, kamen sie gegen Nachmittag, als die Sonne sich dem Horizont näherte, in die Nähe des Dorfes Shahpur. Eine Allee aus Flaschenputzer-Bäumen führte in das Dorf hinein. Die überhängenden Zweige, an denen sich trotz der Trockenheit Büschel von schmalen Blättern um eine wie Flaschenputzer geformte scharlachrote Blütenpracht gruppierten, spendeten der müden Familie angenehmen Schatten. Eine Zeit lang beobachteten sie, unter die Bäume gekauert, das Treiben im Dorf. Über ihnen in den Zweigen erklang das Tee-ur, Tee-ur einer Taubenlärche. Alles schien friedlich. Doch sie durften das Dorf nicht bei Tageslicht betreten. Die Kinder waren so durstig, dass Savitri Puri sich entschloss, etwas Wasser aus dem nahe gelegenen Fluss zu holen. Sie füllte den Kupferbecher, den Deepak immer am Gürtel hängend mit sich trug, im seichten Wasser und kehrte zu dem Platz nahe der Straße zurück, vorsichtig und meist gedeckt von dem entlang der Straße wachsenden Gebüsch; gelegentlich verbarg sie sich hinter Steinbrocken oder Baumstümpfen, um nicht beobachtet zu werden. Das bisschen Wasser musste für sie alle reichen.

Sie nahmen sich vor, hier draußen die Abenddämmerung abzuwarten und erst nach dem Dunkelwerden ins Dorf zu gehen. Gulshan flüsterte: „Es wird alles gut. Wir müssen versuchen, nach Delhi zu kommen. Dort werden wir in Sicherheit sein."

„Glaubst du nicht, dass wir im Punjab bleiben können? Delhi, diese fremde Stadt macht mir Angst. Was erwartet uns dort?"

„Ich weiß es nicht... Aber ich glaube, dass wir nur dort eine Chance haben. In Delhi wird das Schicksal Indiens entschieden. Einen Neuanfang kann es nur dort geben."

„Meinst du, wir schaffen es? Zu Fuß, mit den Kindern?"

„Wir müssen! Vielleicht können wir uns einen Ochsenkarren mieten oder sogar eine Strecke mit der Bahn fahren."

Namita begann unruhig zu werden und Savitri gab ihr die Brust. Die Jungen hatten sich im Gras ausgestreckt und waren in der Hitze eingeschlafen. Langsam wanderte die Sonne dem Horizont entgegen.

Erst jetzt wagten sie sich in das Dorf. Ihre Rücken schmerzten vom langen Kauern. Vorsichtig schlichen sie in den Hof des am Rande des Dorfes gelegenen Bauerngehöfts. Die Bäuerin saß vor der Hütte und bakte duftende Brotfladen, als Gulshan vor sie trat. Sie sah blinzelnd auf und schien überhaupt nicht erstaunt, eine Familie vor sich zu sehen, die sich ganz offensichtlich auf der Flucht befand. Es war, als habe der Wind die Nachricht von den Massakern durchs Land getragen. Die Bauersleute waren auch Hindus und voller Mitgefühl. Der Bauer mit einem zerfurchtem, von der Sonne gebräunten Gesicht und zuckenden Augenlidern zwirbelte seinen gewaltigen Schnurrbart und musterte die Flüchtlinge. Die Bäuerin, hager und leutselig, schaffte sofort Wasser herbei und für die Kinder sogar etwas Milch. Schnell bereitete die Frau für alle ein einfaches Abendessen, das die Flüchtlinge mit Heißhunger verschlangen. Die Lehmhütte war klein und bot gerade genug Platz für die Bauersfamilie. Kurzerhand wurden die Ziegen im benachbarten Stall in einer Ecke festgebunden und ein Lager aus Stroh vorbereitet, wo die Kinder und bald auch Gulshan und Savitri in einen tiefen, erholsamen Schlaf fielen.

Der Morgen weckte sie mit seinen Geräuschen und Gerüchen. Es war eine gesegnete Stunde, die Zeit der Götter, so uralt und ewig wie Indien selbst. Von überall her drangen gemurmelte Gebete wie ein Flüstern an das Ohr. Vor den Lehmhütten stieg der Rauch der Dungfeuer auf, über denen das Essen für den Tag zubereitet wurde, Brotfladen mit Gemüse, das karge Mahl der indischen Bauern. Davor kauerten die Frauen, dünn und ausgemergelt. Manche von ihnen mit dicken Bäuchen, vielleicht nur aufgebläht von der einseitigen Ernährung oder zum soundsovielten Male schwanger. Sie drückten die bunten ausgeblichenen Saris an die Schulter, schürten mit klimpernden, klingenden, in allen Farben funkelnden Glasreifen an den bloßen Armen ihre Feuer und legten die runden, flachen Fladen aus getrocknetem Kuhdung nach. Der Rauch, der von diesen zahllosen Feuern aufstieg und die Luft mit seinem charakteristischen stechenden Geruch durchtränkt, vermischte sich mit dem Duft scharf gewürzter Speisen. Das war der Geruch Indiens, bunt, schwer und vielfältig, wie das Land selbst.

Die Bäuerin bereitete Gulshan und seiner Familie ein gutes Frühstück und Verpflegung für den Tag. Der Bauer, dessen Augenlider ununterbrochen zuckten, spannte seine Ochsen vor den Karren.

„Ich bringe euch nach Sarghoda zu meinem Schwager Sanjit", knurrte er, „der wird euch weiterhelfen. Bei ihm werdet ihr nicht auffallen. Er führt ein Gasthaus. Jeden Tag übernachten Fremde bei ihm." Und ohne ein weiteres Wort fuhr er los.

6

In den Monaten Juni, Juli und August macht man um die Gegend um Sarghoda am besten einen weiten Bogen. Hitze und Staub verwandeln es in ein wahres Inferno. Wer dennoch dort ausharren muss, wird unfehlbar von lästigen Sommerkrankheiten befallen, angefangen beim Hitzschlag bis hin zum Fieber, das durch die Stiche der Sandflöhe verursacht wird.

Am Ortseingang fuhr der Bauer mit seinem Ochsenkarren durch einen steinernen Torbogen, in dessen Schatten ein Blinder beide Hände bittend ausstreckte. Dahinter sahen Gulshan und Savitri Puri ineinander gebaute Häuser, von denen jedes eine gemeinsame Mauer mit dem Nachbarhaus hatte. Das Häusergewirr schien so undurchdringlich, dass ein Fremder nicht hindurchfinden könnte, würde er nicht von einem Ortskundigen geführt werden. Hinter den Mauern eines großen Hauses öffnete sich die Straße zu einem kleinen Basar hin, in dem Schneider in ihren Läden saßen und nähten. Händler priesen lautstark im Wind flatternde Stoffe an. Sie waren über Stangen gehängt, damit ihre Muster besser zur Geltung kamen. Aus anderen Läden duftete es nach Gewürzen, und einige Händler verkauften in süßem Zuckersirup getränktes Gebäck und andere Leckereien. Ganz in der Nähe konnte man die zwiebelförmigen Kuppeln einer Moschee erkennen, ehe das Gefährt wieder in eine der vielen Gassen einbog.

Der Bauer zeigte auf das Ende der Gasse und sagte: „Dort, wo die Gasse in den großen Marktplatz übergeht, steht Sanjits Haus."

Seit einiger Zeit schon hörten sie Lärm und Geschrei wie von einer großen Menschenansammlung. Je näher sie dem Markplatz kamen, desto lauter wurde es. Ängstlich schaut Savitri Gulshan an. Sollten sie am Ende wieder in einen Aufruhr hineingeraten? Beruhigend nahm Gulshan ihre Hand. Jetzt war man dem Lärm sehr nahe. Fahnen waren zu erkennen. Es waren Fahnen der Muslim-Liga. Männer reckten ihre Fäuste in die Höhe und schrien „Pakistan Zindabad! Es lebe Pakistan!", während andere die Fahnen schwenkten.

Gulshan und Savitri Puri duckten sich tiefer in den Ochsenkarren. Vorsichtig lenkte der Bauer sein Gespann um die Menge herum. Der riesige Neembaum, unter dem Sanjits Gasthaus am anderen Ende des Marktplatzes stand, war grau vom Staub. Sogar die Berge waren verborgen hinter Staubwolken und Hitzeschleiern. Ein heißer Wind schüttelte das Laub des Baumes, ließ es klappern wie Würfel in einem Lederbecher. Dieses Klappern schien sich dem Geschrei der Menschenmenge nicht unterzuordnen.

Sanjit, der Wirt, stand hinter dem Fenster und beobachtete stirnrunzelnd die Demonstranten. Als er seinen Schwager auf dem sich nähernden Ochsengespann erspähte, öffnete er schnell die beiden Torflügel zu seinem Hof und zog die Ochsen mit Gulshan Puri und seiner Familie auf dem Karren hinter die schützenden Mauern.

Ruhig hörte er sich ihre Geschichte an und strich den Kindern über die Haare. „Selbstverständlich könnt ihr bei mir übernachten. Ihr solltet aber in der Wirtsstube nicht gesehen werden. Das Risiko ist zu groß."

Später brachte er ihnen das Essen aufs Zimmer und versprach: „Morgen in aller Frühe bringe ich euch zum Bahnhof. Mir scheint, dass es auch hier in Sarghoda brenzlig werden wird."

Schon im Morgengrauen drängten sich Angehörige der verschiedensten Religionen vor dem Bahnhof. Gulshan und Savitri Puri ließen ihre Blicke schweifen. Aus der Menge ragten die unterschiedlichen Turbane der Sikhs und der Männer aus den verschiedenen Regionen des Landes heraus. Es waren großgewachsene, breitschultrige Pathanen aus den Bergen darunter und andere, denen man ihren Glauben nicht ansah. Savitri und die Kinder lauschten den Rufen, die von den zahlreichen Teeständen herüberschallten: *„Moslem-Chai!"*, *„Hindu-Chai!"*, während sie darauf warteten, dass Gulshan seine kostbaren Rupien für die Fahrkarten über die neue Grenze nach Jalandhar auf den Fahrkartenschalter zählte.

Sanjit gab ihnen die Adresse seiner Verwandten in Delhi: „Bei meinem Cousin Rohan Vig könnt ihr bestimmt für die ersten paar Tage unterkommen." Schweißperlen bildeten sich über seinen Lippen, als er sagte: „Ich werde mit meiner Familie bleiben. Wir können hier nicht weg. Was sollen wir machen? Das Gasthaus..." Verlegen schaute er auf seine Hände und ließ seine Knöchel knacken, indem er die Finger gegen die Handfläche drückte. Leise und zögernd murmelte er: „Ich habe mit dem Imam in der Moschee gesprochen. Wir werden zum Islam übertreten und unseren Namen ändern."

Gulshan Puri nickte. Was sollte der arme Kerl auch tun?

Savitri seufzte und drückte einen langen Moment seine Hand.

„Es sind viele Hindus, die jetzt konvertieren", sagte Gulshan heiser.

Schnell umarmten sie ihn zum Abschied. Savitri sagte mit belegter Stimme: „Sanjit, wir danken dir und deinem Schwager. Die Götter werden euch für eure Taten segnen!"

Auf dem Bahnsteig nahmen sie den Geruch von brennender Kohle wahr. Eine Dampfwolke gab der Szene, die sich vor ihnen auftat, etwas Unwirkliches. Vor dem Zug drängten sich verzweifelt schreiend Männer, Frauen und Kinder. Es mussten Hunderte, nein Tausende von Menschen sein, die alle in diesen einen Zug nach Lahore steigen wollten, auf der Flucht aus ihrer Heimat. Savitri Puri legte den Arm fest um Namita und hielt sich die Tasche mit der Wasserflasche und der Verpflegung, die Sanjits Frau für sie gepackt hatte, vor die Brust. Gulshan Puri setzte sich Ram Chand auf die Schultern, nahm Deepak an die Hand und schob ihn vor sich her. Es gelang ihm kaum, sich und Savitri einen Weg durch die Menge zu bahnen. Männer arbeiteten sich fluchend, ihre Ellbogen gebrauchend, vorwärts, Babys weinten und Frauen riefen panisch die Namen ihrer Kinder. Zischend stiegen Dampfwolken über der Lokomotive in den Himmel. Ein schrilles Pfeifen übertönte den Lärm auf dem

Bahnsteig. Fäuste rammten sich in Rücken, vorwärts geschobene Gepäckstücke ließen Kniekehlen einknicken. Gulshan und Savitri Puri wurden von verzweifelt blickenden Menschen bedrängt. Sie versuchten, wenigstens die Körper der Kinder vor der Menge abzuschirmen. Keuchend kämpften sie sich voran, die Kleidung klebte nass an ihrer Haut. Sie stolperten über abgestellte, zurückgelassene Koffer. Hab und Gut, Land und Freunde, Hoffnungen und Träume, alles blieb zurück, nur noch das nackte Leben zählte. Vor Gulshan stürzte eine junge Frau. Sie gab keinen Laut von sich. Die Menge schob sich über sie hinweg. Als Gulshan versuche, ihre Hand zu fassen, merkte er, dass Savitri ein Stück von ihm weggedrängt wurde und einige Meter weiter im Gewimmel zu verschwinden drohte. Schon war auch die gestürzte Frau in dem Gewühl von Leibern nicht mehr zu sehen. Schreckliche Angst, Savitri könnte von ihm getrennt werden, packte ihn. Wieder ließ ihn ein Schlag zwischen die Schulterblätter taumeln. Er konnte sich nicht wehren: auf den Schultern Ram Chand, an einer Hand Deepak und mit der anderen nach Savitri, ins Leere greifend. Nun versuchte auch er rücksichtsloser, sich mit seinem Arm einen Freiraum zu schaffen und sich den Weg zu Savitri freizukämpfen. Dann hörte er ganz in der Nähe ihre Stimme. Mit einem Gefühl der Erleichterung ließ er die Luft aus seinen Lungen entweichen. Nur noch zwei Meter und Savitri legte in einer knappen Geste, mit einem geflüsterten „den Göttern sei Dank", die Hand auf seinen Arm, während sie schon weiter gedrängt und geschoben wurden.

Am Zug griffen die Flüchtlinge nach allem, woran sie sich festhalten konnten. „Kommt, macht schnell! Der Zug fährt gleich ab! Los! Los! Fata-fat, fata-fat!", tönte es von überall her. Die Menschen kletterten mit ihren Kindern, die wie Affen an ihnen baumelten, die Leitern an den Waggons hinauf aufs Dach. Bündel und Säcke wurden hinterhergeschoben. Gulshan und Savitri Puri waren einer Waggontür jetzt so nahe, dass sie diese fast berühren konnten. Die Lokomotive pfiff wieder, gleich würde der Zug abfahren.

Gulshan Puri benutzte seine Ellbogen jetzt nach allen Seiten stoßend, um die Stufen des Waggons zu erreichen. Er musste Deepak loslassen. Mit einer Hand musste er irgendeinen Halt finden.

„Deepak, halte dich an meiner *Kurta* fest!" Er versuchte die Schreie der Menschen zu übertönen. Da hatte er plötzlich ein Metallteil in der Hand. Er konnte sich festklammern. Verzweifelt versuchte er, mit seinen Füßen Tritt zu fassen. Seine Schulter knallte gegen die Waggonwand. Der Schmerz raubte ihm den Atem. Ram Chand, der sich an seinem Hals festgeklammert hatte, rutschte ihm von den Schultern. Da spürte er eine Hand, die ihn auf eine Stufe des Waggons zog, und ihm Ram Chand vom Rücken nahm. Deepak hatte sich an die Beine seines Vaters geklammert und schaffte es, sich auf das Trittbrett zu ziehen. Die Räder des Zuges setzten sich stampfend in Bewegung. Verzweifelt lehnte sich Gulshan weit heraus. Er musste es schaffen, Savitri und Namita in den Zug zu ziehen, sonst würden er und die Jungen auch wieder abspringen. Immer wieder versuchte er, ihre Hand zu fassen. Längst hatte sie das Bündel mit der Verpflegung fallenlassen. Gulshan spannte in einer letzten Anstrengung alle seine Muskeln an. Jetzt hatte er Savitris schmales Handgelenk umfasst. Er hielt sie so fest er konnte, aber die schiebende Menge drohte, sie ihm wieder zu entreißen. Da packten wieder kräftige Hände hinter ihm zu. Savitri wurde, Namita fest an ihre Brust gedrückt, über die Köpfe der schreienden Menge hinweg in den Waggon gezogen. Der kräftige Sikh hinter Gulshan hatte seine Familie gerettet.

Als die Menschen auf dem Bahnsteig merkten, dass sich der Zug in Bewegung gesetzt hatte und sie nicht mehr mitkommen würden, erhob sich ein verzweifeltes Klagen.

Weinend ließ sich Savitri Puri in dem überfüllten Zug an der Wand auf den Boden gleiten. Das Erlebte und die Verzweiflung der Flüchtlinge drohten, ihr den Verstand zu rauben. Ihr zerrissener Sari war schweißdurchtränkt. Im Zug standen und hockten die Menschen dicht gedrängt auf ihren geschnürten Bündeln, der einzigen Habe, die ihnen geblieben war. Gulshan

Puri hatte in der Ecke des Waggons auf dem Boden einen Platz für seine Familie erkämpft. Er selbst stand am Fenster des ratternden Zuges nur mühsam die Tränen zurückhaltend, alle Muskeln schmerzten, er atmete stoßweise. Wehmütig sah er die wohlbekannte Landschaft an sich vorbeiziehen. Immer wieder, mal nahe der Bahngleise, mal weiter entfernt brannten Dörfer. Der Himmel war dort in das wabernde Rot-Orange der auflodernden Flammen getaucht. Bald stellte sich Deepak neben ihn. Der Junge hatte tapfer durchgehalten. Nun aber liefen ihm Tränen die Wangen herunter. Gulshan legte den Arm um seinen Sohn. Er merkte wie Deepak gegen den Kloß in seinem Hals ankämpfte.

„Bhapa-ji, werden wir nie in unser Dorf zurückkehren? Ich habe Angst... Jetzt sind wir doch ganz allein!"

Gulshan räusperte sich und zog den Jungen tröstend an sich.

„Wir müssen jetzt mutig sein, Deepak. Auf uns beide verlassen sich die anderen. Das Karma hat es so gewollt. Kämpfen müssen wir jetzt, kämpfen! Weißt du, ein berühmter Mann hat einmal gesagt: Wer sein Schicksal nicht herausfordert, wer nicht gewillt ist, alles zu gewinnen oder zu verlieren, der fürchtet sich zu sehr und gewinnt nichts. Und wir beide wollen gewinnen. Das wollen wir doch, nicht wahr?"

Deepak schmiegte sich an seinen Vater, schluckte die Tränen herunter und nickte tapfer.

„Weißt du" fuhr Gulshan fort, „an allen besonders wichtigen Stationen des Lebens ist man immer allein. Wenn wir auf die Welt kommen und wenn wir sie wieder verlassen. Uns liebende und nahe stehende Menschen sind zwar unsere Begleiter, aber wenn sich das Leben schicksalhaft wendet, müssen wir allein entscheiden. Und dazu brauchen wir Mut und Kraft." Er schaute seinen Sohn aufmunternd an. „Und", setzte er hinzu, „Angst ist immer ein schlechter Ratgeber!" Gulshan wusste, das war ein Rat, den er sich selbst zu Herzen nehmen musste.

„Ich habe Kraft und ich habe Mut. Wir werden es schaffen, Bhapa-ji", sagte Deepak, streckte die Schultern, hob das Kinn und schluckte endlich den Kloß in seinem Hals herunter.

Der Junge hat das Herz eines Löwen, dachte Gulshan, lächelte unter Tränen, küsste Deepak auf die Stirn und drängte sich mit ihm durch die stehenden und sitzenden Menschen zu seiner Familie.

Als der Zug in Lahore einlief, spielten sich auf dem Bahnsteig herzzerreißende Szenen ab, als die Menschen merkten, dass keiner der Passagiere den Zug verließ und für sie kein Platz in oder auf den Waggons mehr war. Der Schaffner pfiff sofort zur Weiterfahrt, damit es zu keinem großen Tumult kommen konnte. Die Fahrt über die Grenze nach Amritsar und weiter nach Jalandhar verlief ohne besondere Zwischenfälle. Endlich konnten sich die erschöpften Menschen für einige Zeit ausruhen. Je weiter sie sich von der Grenze entfernten, desto sicherer fühlten sie sich. Es wurde still im Zug. Die meisten dösten erschöpft vor sich hin. Einige waren eingeschlafen, als plötzlich ein alter Mann, europäisch gekleidet und mit einer Nickelbrille auf der Nase neben Gulshan aufsprang, mit irrem Gesichtsausdruck die Fäuste drohend zum Himmel hob und mit sich überschlagender Stimme schrie: „Ihr Engländer, Söhne von Kojoten, möge Shiva seinen Dreizack nach euch schleudern, euch für immer vernichten. Ihr habt Schuld an unserem Karma!" Wild gestikulierend schlug er um sich. Ein junger Sikh legte ihm begütigend die Hand auf die Schulter: „Pita-ji, Väterchen, beruhigt euch." Der Alte fegte mit einer wilden Geste die Hand von seiner Schulter. „Sie haben uns unwissend gelassen. So konnten sie ihre Macht erhalten. Und als sich endlich einige zu wehren begannen, haben sie Hindus und Muslime gegeneinander aufgehetzt. Ich frage euch", schrie er, „haben nicht alle Religionen in Indien früher immer ihren Platz gehabt?" Der Alte wackelte mit dem Kopf und setzte sich wieder. Er verbarg sein Gesicht in den Händen und redete vor sich hin: „Mahavira Jain war der erste, der die Botschaft der Gewaltfreiheit verkündete, und heute Gandhi. Buddha brachte den Buddhismus. Aus Palästina landeten vertriebene Juden an unseren Stränden. Die muslimischen Eroberer ließen die Stimme des Propheten

51

Mohammed über unserem Land erschallen und beteten zu Allah." Die Luft ging ihm aus. Nach einer Weile hob er den Kopf und fuhr heiser fort: „Und damit nicht genug. Die christlichen Missionare kamen und erzählten von Jesus und von ihrem einzigen Gott. Die Herzen der Menschen waren offen. Manchmal, ja, manchmal hatten sie Streit miteinander. Ja, Natürlich... Aber erst als die Engländer Gift in unsere Herzen geträufelt hatten, sind wir zu Raubtieren geworden." Er ließ den Kopf sinken und die Menschen um ihn schlossen wieder die Augen. Der Alte aber schaute in die Runde und fuhr so leise fort, dass nur die unmittelbar neben ihm Sitzenden seine Worte verstanden. „Teile und herrsche! Ihre Macht erhalten, das wollten sie. Deshalb versprachen sie den Muslimen einen eigenen Staat. Und", jetzt hob er die Stimme wieder, „denkt an die große Hungersnot vor fünf Jahren! Die Menschen hatten keinen Reis. Sie konnten ihren Hunger nicht stillen und starben. Sie starben zu tausenden! Doch die Lebensmittellager, die Lebensmittellager waren voll. Es starben Menschen aus allen Religionen. Aus allen Religionen. Und warum starben sie? Ich frage euch, warum starben sie? Ihr wisst es nicht?" Er lachte höhnisch. „Sie starben, weil die Lebensmittel nach Europa geschafft wurden, wo Krieg war. Soldaten haben unseren Reis gegessen!" Den letzten Satz presste er mit aller Kraft heraus. Dann ließ er den Kopf erschöpft auf die Brust sinken. Von überall her erklang zustimmendes Gemurmel, manche klatschten.

Ram Chand hatte sich bei dem Ausbruch des Alten unter dem Sari seiner Mutter versteckt. Deepak war noch näher an Gulshan herangerückt. Hatte der alte Mann auch zuerst einen irren Eindruck gemacht, so war doch alles, was er gesagt hatte, richtig, dachte Gulshan. Das, was jetzt geschieht und was unter der Herrschaft der Briten geschehen ist, wird sich in den Köpfen der Menschen ablagern wie über die Jahrhunderte die Sedimentstreifen im Erdinneren.

7

Die Stadt Jalandhar machte einen ruhigen Eindruck. Am Bahnhof erkundigte sich Gulshan Puri beim Bahnhofsvorsteher nach einer Unterkunft. Der Mann beschrieb ihnen den Weg zu einem *Dharamsala*, einer Art klösterliche Unterkunft für Obdachlose, die durch Spenden aus Hindutempeln finanziert wurde.

Die Betriebsamkeit in der Stadt deutete weder auf politische Demonstrationen noch auf Unruhen hin. Der Weg führte sie durch ein Gewirr von Gassen, gesäumt von kleinen Häusern mit vielen Wohnungen und lauter kleinen Geschäften. Viele der Händler wohnten hier in ihren Geschäften, die teilweise so klein waren, dass der Mann zur Nacht gerade Platz genug hatte, sich zwischen seinen Waren auszustrecken. Einige Läden waren wie Schläuche, lang und dunkel. Es war eine Gegend, wo seit Generationen Wohnung und Geschäft immer vom Vater an den Sohn weitergegeben wurden, eine Gegend, wo das Geschäft das Leben und Denken der Menschen bestimmte und die Politik uninteressant war. Welche Herren auch immer die Macht im Lande hatten, hier hatte das nie eine Rolle gespielt. Schon immer hatte hier jeder gelebt, wie es für ihn passend war. Der alte Muslim, der von morgens bis abends die neunundneunzig Namen Allahs hersagte, der Barbier mit seinem zerbrochenen, fleckigen Spiegel, der im Schatten der Häuser einem Kunden die Ohren säuberte. Der alte Händler, der sich die Wartezeit auf den nächsten Kunden mit tiefen Zügen aus der tönernen Wasserpfeife versüßte, dort ein Verkäufer von Armreifen, der die Reifen eifrig klimpern ließ, um damit Käuferinnen anzulocken.

Ein Schneider war gerade damit beschäftigt, eine Burka für eine Muslima auf einer handbetriebenen Singer-Nähmaschine zu nähen. Fertige Schlafanzüge, bunte Salwar Kamiz, die weiten Hosen mit den passenden Tuniken und die dazu gehörigen langen bunten Tücher aus zartem Gewebe flatterten im Wind, über eine Stange gehängt. Dann gab es einen Turbanfärber, der in vielen verschiedenen alten Konservendosen die unterschiedlichsten bunten Farbtöne angerührt hatte. In allen Farben leuchtende Stoffbahnen hingen auf einem Stück Leine zum Trocknen. Wenn der Wind in sie fuhr, schien es, als lege sich ein Regenbogen über das geschäftige Treiben in der Straße und gebiete für einen Moment Einhalt. Deepak und Ram Chand sahen sich staunend um. Wie viel gab es hier für Kinderaugen zu entdecken.

Hinter dem Basar erweiterte sich die Gasse zu einer breiten, mit Ziegelsteinen gemauerten Straße, gesäumt von großen zweistöckigen Häusern mit schönen Innenhöfen. Hier, abseits des hektischen Treibens der Innenstadt, lag das *Dharamsala,* ein zweistöckiges, grau verputztes Haus mit einem Flachdach, in U-Form um einen geräumigen Innenhof gebaut. Ein alter Neembaum tauchte mit seiner gewaltigen Krone alles in sanftes schattiges Licht. In der Mitte waren die Reste eines Springbrunnens zu einer Feuerstelle umfunktioniert worden. In der linken Ecke des Hofes hatte man eine Wasserstelle für das tägliche Bad und zum Waschen der Wäsche eingerichtet. Die Räume, weiß getüncht und ohne jede Möblierung, boten den Flüchtlingen Schutz und Quartier. Und wenn auch nur auf dem Fußboden ausgestreckt, so war doch eine ungestörte Nachruhe für Gulshan Puri und seine Familie garantiert. Sie hatten das große leere Haus ganz für sich allein. Endlich waren sie in Sicherheit.

Als hätten Trommeln ihre Ankunft verkündet, verbreitete sich die Nachricht vom Eintreffen der Flüchtlingsfamilie im *Dharamsala* wie ein Lauffeuer in den umliegenden Straßen und Tempeln. Nachbarn kamen, um die Neuankömmlinge zu begrüßen und ihre Geschichte zu hören. Jeder brachte etwas mit. Die einen Mehl, die anderen Gemüse oder Kleidung. Die Menschen fühlten sich mit ihren Glaubensbrüdern solidarisch, spürten Verantwortung und Pflicht.

Ausgezehrt und übermüdet, aber in der Gewissheit in Sicherheit zu sein, schliefen Gulshan Puri und seine Familie eine Nacht und den nächsten Tag bis in den Nachmittag hinein. Als sich am Abend der Hunger wieder meldete, wickelte Gulshan Puri eine *Dhoti* eng um die Taille. Jemand hatte sie ihm geschenkt. Er fuhr sich mit der Hand durch die dichten dunkelbraunen Haare.

„Ich muss etwas zu essen für uns beschaffen", sagte er und wandte sich zur Tür.

Savitri Puri kreuzte die Beine auf ihrer Decke, mit den Fersen berührte sie ihre Kniekehlen. Sie drückte die kleine Namita an die Brust. „Wie lange werden wir noch betteln müssen?", rief sie ihm hinterher.

Gulshan blieb stehen und starrte ein paar Sekunden reglos vor sich hin. Was sollte das? Wir haben überlebt, andere nicht, dachte er ärgerlich.

„Wir müssen dankbar annehmen, was uns gegeben wird", sagte er laut und lächelte schwach. Nun ja, er verstand sie. Wie schwer musste ihr das alles fallen. Er ging zurück zu ihr, nahm ihr Gesicht in beide Hände und küsste sie auf die Stirn: „Wenn die sonnigen Tage nicht ewig blieben, werden die regnerischen auch nicht ewig dauern!"

Aber durfte er ihre Ängste auf die leichte Schulter nehmen? Eine eigentümliche Stimmung erfasste ihn. Auch seine Zuversicht drohte einer ängstlichen Verzagtheit zu weichen. Ihr Dorf..., die Lebensgefahr... Er dachte an die ermordeten Nachbarn, an die brennenden Dörfer, die sie auf der Flucht gesehen hatten. Würde es überhaupt ein Morgen, ein normales Leben für seine Familie geben können nach allem, was passiert war?

Deepak und Ram Chand wurden wach und rieben sich den Schlaf aus den Augen. Gulshan setzte sich noch einmal zu ihnen und nahm sie in die Arme, bevor er ging.

Es trafen drei weitere Flüchtlingsfamilien im *Dharamsala* ein, ebenso ausgehungert, mit zerrissener, verschmutzter Kleidung. Unter ihnen auch eine *Sikh*-Familie. Der Mann war ein hellhäutiger Riese, neben dem Gulshan fast wie ein Zwerg wirkte. Er hatte seinen rauen Bart in einem Haarnetz unter seinem Kinn zusammengerollt und festgebunden, trug einen großen blauen Turban, mit einem Shamla-Fächer an der Seite, wie er in der Gegend von Rawalpindi getragen wurde. Seine Frau, eine große *Sardarni* mit kräftigen Händen, denen man ansah, dass sie zupacken konnten, hatte die Arme um die beiden Söhne gelegt. Die langen Haare der Jungen waren auf dem Kopf zu einem Knoten gewunden und mit einem Taschentuch zusammengehalten. Auf den ersten Blick war zu erkennen, dass die Familie, wie die meisten *Sikhs*, nach der Lehre des Guru Nanak lebte, der ihnen die Beachtung der fünf „K" vorschrieb.

Savitri Puri versuchte sich an die fünf „K" zu erinnern. Stumm zählte sie auf: *Kara*, der Stahlreifen am Handgelenk... *Kes*, die langen Haare, die nie gestutzt werden durften... *Kachcha*, die Unterhose mit besonderem Schnitt, die jeden Tag gewechselt werden sollte... *Kirpan,* das gebogene Schwert und die Sandelholz-*Kanga*, um die langen Haare zu kämmen. Ja, sie wusste noch alles, was ihr ihre Freundin Rhoda, als sie Kinder waren, beigebracht hatte. Wenn Rhoda aus dem *Gurdwara* gekommen war, hatte sie Savitri immer aufgefordert, die fünf „K" aufzusagen.

Die Sardarni ähnelte Rhoda: groß, etwas plump und direkt, mit einem fröhlichen Lachen, dem man nicht widerstehen konnte. Sie könnte eine Freundin werden, dachte Savitri.

Der Sikh ging zu Gulshan und seiner Familie: „Ich bin Amar Singh, das ist meine Frau Samanta Kaur und hier meine Söhne Jaspal und Vir. Sie dürften im gleichen Alter sein wie eure Söhne."

Die beiden Familien teilten sich nun die täglichen Aufgaben. Gulshan und Savitri Puri waren froh, neue Freunde an der Seite zu haben.

Amar Singh war, wie viele *Sikhs*, ein stattlicher, fast zwei Meter großer Mann, der trotz der schwierigen Lage einen Frohsinn ausstrahlte, der sich schnell auf andere übertrug. Er war ein geschickter, einfallsreicher Handwerker und trug dazu bei, das beschwerliche Leben durch provisorisch zusammengebastelte

Gebrauchsgegenstände aus Schrott oder Holzabfällen erheblich zu erleichtern.

Savitri machte es Freude, gemeinsam mit Samanta Kaur die kärglichen Mahlzeiten für die Familien zuzubereiten, die kaum je das Hungergefühl stillen konnten. Und doch waren sie dankbar für das Wenige. Die Abende verbrachten sie zusammen an der Feuerstelle. Amar Singh war ein guter Erzähler. Wenn er die Erlebnisse ihrer Flucht schilderte, hörten alle gespannt zu. In dieser Stimmung brachte es auch Gulshan Puri über sich, von den Grausamkeiten zu erzählen, die sie in Khushab erlebt hatten. Diese gemeinsamen Abende lenkten von den ständig knurrenden Mägen ab und schafften ein enges Gefühl der Gemeinsamkeit.

Immer mehr Flüchtlinge kamen. Sie fanden selten Arbeit und mussten sich die Spenden der Nachbarn teilen und dazu im Wald nach Früchten suchen, um die Mägen etwas zu füllen. Die Männer und Frauen saßen im Hof des *Dharamsala* zusammen und sprachen über die erschütternden Neuigkeiten, die ihnen jeden Tag aufs Neue zu Ohren kamen. Die Zeit erstreckte sich endlos vor ihnen. Sie waren erfüllt von dem Drang zu handeln, dem sie nicht nachgeben konnten, denn es gab wenig zu tun. In der Stadt sammelten sie so viel Information wie möglich über die Lage im Lande und hörten von Familien, die sich zu Fuß in Flüchtlingstrecks bis nach Jalandhar durchgeschlagen hatten. Sie hörten von Frauen, die unterwegs allein ohne Hilfe ihrer Mütter oder Schwestern Kinder geboren hatten und gleichzeitig mit ansehen mussten, wie Kinder anderer Mütter vor Erschöpfung und Hunger starben. Nicht einmal gegenseitig konnte man sich helfen, weil man selbst jeden Moment in einen Hinterhalt muslimischer Banden geraten konnte. Jeder war allein mit sich und seinem Schicksal. Nachts suchten die Flüchtlinge Verstecke in Straßengräben oder nahe gelegenen Feldern. Immer wieder war die Stille der Nacht von gellenden Schreien unterbrochen worden. Und am nächsten Morgen hatte man geschändete Frauen neben den malträtierten Körpern ihrer Männer gefunden.

„Ob meine Eltern noch am Leben sind?", fragte Savitri zögernd, als die Kinder abends schliefen. „Für eine Flucht sind sie zu alt. Sie konnten wahrscheinlich nur hoffen und abwarten."

Gulshan verschränkte die Arme hinter dem Kopf. „Ich mache mir auch Sorgen um meine Eltern – auch sie sind zu alt. Und mein Bruder Avinash konnte sicherlich nicht aus Gujranwala fliehen. Er ist zwar ein gerissener Kaufmann, aber in praktischen Dingen ziemlich unbeholfen. Politische Ereignisse hat er noch nie richtig einschätzten können. Bestimmt hat er keine Vorkehrungen getroffen."

Gulshan zögerte: „Ich sollte zurückfahren und meinen Bruder und seine Familie aus Gujranwala herausholen."

Savitri richtete sich ungläubig auf. „Das wirst du nicht tun!", flüsterte sie aufgebracht in der Dunkelheit. „Das kann dich dein Leben kosten! Du hast auch Verantwortung für mich und die Kinder." Als Gulshan nicht antwortete, setzte sie hinzu: „Es mag ja sein, dass dein Bruder Hilfe braucht, aber er ist ein erwachsener Mann. Er war doch immer nur auf seinen Vorteil bedacht. Hat er sich jemals um dich oder um uns gekümmert? Außerdem ist er reich. Mit seinem vielen Geld wird er bestimmt jemanden finden, der ihm zur Flucht verhilft."

Gulshan antwortete nicht, in seinem Kopf arbeitete es. Nach einer Weile sagte er ruhig: „So darfst du nicht denken, Savitri. Es ist meine Pflicht als jüngerer Bruder." Er legte den Arm um sie. „Beruhige dich, ich werde vorsichtig sein. Morgen nehme ich die erste Bahn nach Gujranwala."

Mit Tränen in den Augen wandte Savitri sich ab.

An Schlaf war nicht mehr zu denken. Savitri hing ihren ängstlichen Gedanken nach und Gulshan malte sich im Kopf die künftigen Grenzen des Landes auf, so wie er es in der Zeitung gelesen hatte. Was konnte die *Radcliff-Kommission* dazu getrieben haben, die Grenzen des neuen Staates Pakistan so festzulegen, dass sich zwischen dessen Teilen Westpakistan und Ostpakistan 2000 km indisches Staatsgebiet erstreckte? Ein geschickter Schachzug, vermutlich... So konnte die Region instabil gehalten werden, und England hatte weiterhin die

Möglichkeit, Macht auszuüben. Dieses zerrissene Pakistan war kein Staatsgebilde, sondern ein Missgebilde, dachte Gulshan. Und überall in diesem Missgebilde finden furchtbar gewaltsame, brutale Übergriffe auf Hindus und Sikhs statt. Nun ja, gestand er sich ein, die Hindus sind nicht weniger grausam. Sie rächen sich in Indien mit nicht geringeren Schandtaten an Muslimen. Überall wird geraubt und geplündert. Und Gandhi, mein großes Idol... Was haben seine Pilgerfahrten in die von Hass zerrissenen Dörfer gebracht? Was hat es für einen Sinn gehabt, dass er die Weite seines Denkens dem Volk dadurch vermitteln wollte, dass er in seinem Reisegepäck einen Koran, eine Bibel, die Tora und die *Bhagavadgita* mit sich führte? Hatte er geglaubt, die Menschen würden verstehen? Er hatte das Volk nicht wachrütteln, das Denken der Menschen nicht verändern können. Ja, auf seinem gewaltlosen Weg gegen die Engländer bis zur Unabhängigkeit waren sie ihm noch gefolgt. Aber jetzt war der Frieden im indischen Volk zerstört und Gandhi hatte ihn nicht wieder herstellen können.

8

Der Zug nach dem 200 km entfernten Gujranwala fuhr mittags um 12.25 Uhr ab und war mit muslimischen Familien überfüllt. Sie alle waren auf der Flucht aus Indien in ihr gelobtes Pakistan. Obwohl Gulshan Puri eine halbe Stunde vor Abfahrt des Zuges am Bahnhof war, gelang es ihm nicht, einen Platz in einem der Abteile zu ergattern. So kletterte er, wie viele andere, auf das Dach eines Waggons und setzte sich zwischen die aufgeregt durcheinander redenden Muslime. Er wurde nicht beachtet, viel zu beschäftigt waren sie mit ihrem eigenen *Kismet.*

Immer wenn der Wind drehte, legten sich grauschwarze Dampfschwaden aus dem Schornstein der Lokomotive wie riesige Tarnkappen über die Reisenden auf dem Dach. Der Zug hielt auch an den kleinsten Bahnhöfen und nahm noch mehr Menschen auf. Auf den Dächern der Waggons wurde es immer enger. Als sie die Stadtmauer von Gujranwala passierten, war die Sonne schon untergegangen und die Häuser wirkten grau und abweisend im letzten Licht der Dämmerung. Am Bahnhof sprach es sich wie ein Lauffeuer unter den Reisenden herum, dass über die Stadt eine totale Ausgangssperre bei Einbruch der Dunkelheit verhängt worden war. Gulshan Puri konnte das Bahnhofsgelände nicht mehr verlassen. Er sah sich um und ging dann auf einen etwa neunjährigen Teeverkäufer zu, der lautstark sein Getränk anpries.

„Junge, du kennst dich doch in deiner Stadt aus. Kannst du für mich eine Nachricht überbringen, ohne dich erwischen zu lassen?"

Zehn Rupien wechselten den Besitzer. Der Junge betrachtete das Geld in seiner Hand und pfiff durch die Zähne: „So viel verdiene ich in einer ganzen Nacht nicht!"

Er grinste und gab Gulshan die Hand:

„Abgemacht, *Babu!* Keiner kennt die Stadt besser als ich. Und erwischen...? Raj Kumar hat sich noch nie erwischen lassen", pustete er verächtlich und stellte seine Teeutensilien in eine

Ecke, während Gulshan ein paar Sätze an Avinash auf einen Zettel kritzelte. Der Junge machte sich mit dem Zettel in der Hosentasche auf den Weg. Gulshan sah ihm nach, bis er in der Dunkelheit verschwunden war. Er suchte sich einen Platz an der Bahnhofsmauer neben all den anderen im Bahnhof festsitzenden Reisenden. Er fragte sich wie sein Bruder reagieren würde. Er, der immer eigene Entscheidungen getroffen, der nie den Rat eines anderen, schon gar nicht den seines jüngeren Bruders, angenommen hatte, würde er überhaupt bereit sein, Gujranwala zu verlassen? Hatte er den Ernst der Lage erkannt? Himmel noch mal, dieser Idiot hatte wahrscheinlich in seinem Hochmut nichts verstanden! Die Situation drohte doch, immer unübersichtlicher und gefährlicher zu werden. Zeit wäre ja noch, dachte Gulshan, in der Nacht das Nötigste und Wichtigste einzupacken, damit man sich am nächsten Tag so früh wie möglich auf den Weg machen könnte. Hoffentlich war Avinash klug genug.

Als die Ausgangssperre am nächsten Morgen nach Sonnenaufgang für ein paar Stunden aufgehoben wurde, mietete Gulshan Puri zwei *Tangas*. Die Pferdekutschen würden für das notwendigste Gepäck ausreichen. Mit Beklemmung dachte er an die bevorstehende Begegnung mit seiner Schwägerin Pful Devi. Die Vergangenheit würde ihn wieder einholen. Die *Tangas* schlängelten sich langsam zwischen den Rikschas, den Ochsenkarren, Pferdewagen und Fahrrädern hindurch. Gulshan sah Frauen mit über den Kopf und ins Gesicht gezogenen Tüchern und Babys auf dem Arm, Hindus und Sikhs mit Turbanen dem Bahnhof zustreben, Panik in den Augen. Der Schreck über ihre Nachbarn, die sie immer zuerst als Freunde und erst dann als Muslime gesehen hatten, stand ihnen ins Gesicht geschrieben. Es war ein Bild des Jammers und Gulshan musste den Kloß im Hals gewaltsam herunterschlucken.

Am Haus seines Bruders angekommen, traf ihn die Erkenntnis wie ein Schlag. Sein Bruder führte, ganz im Gegensatz zu ihrer beider Erziehung zur Bescheidenheit, ein Leben in Luxus und Prunk. Und wieder kamen ihm Zweifel, ob Avinash wohl die bittere Pille schlucken würde. Würde er sein Haus verlassen, alle Brücken hinter sich abbrechen? Könnte er ohne all den Luxus leben? Die Antwort ließ nicht lange auf sich warten, als Avinash ihm durch die Haustür entgegenstürzte und begriff, was Gulshan wollte. Ein Schwall von Anschuldigungen und Vorwürfen ergoss sich über Gulshan. Seine langen, mit Pomade an den Kopf geklebten Haare lagen wie ein Helm über seinen entzündeten, verquollenen Augen. Offensichtlich hatte er in der Nacht kein Auge zugetan. Er hob abwehrend die Hände, als wolle er sagen: komm keinen Schritt näher. Seine Stimme überschlug sich fast. „Was..., was stellst du dir eigentlich vor? Wir können doch nicht das alles...", er machte eine ausholende Armbewegung, „das alles hierlassen. Mindestens zwei Tage brauchen wir, um alles einzupacken und zu verladen - und dann auf zwei *Tangas!* Wie stellst du dir das denn vor?"

So war es also wieder, sein Bruder hatte noch immer nichts verstanden, dachte Gulshan und zwang sich zur Geduld. Zeit für lange Diskussionen war ohnehin nicht mehr. Am Bahnhof hatte er sich Zigaretten gekauft. Ein Wahnsinn..., bei den wenigen Rupien in der Tasche. Er steckte sich einen dieser kostbaren Glimmstängel an und rauchte. Er rauchte und sagte nichts. Die Glut der Zigarette wuchs und schrumpfte. Aus schmalen Augen sah er seinem Bruder zu, wie der unruhig hin und her ging, sich immer wieder die Handflächen an seiner Hose trocken wischte und vor sich hin schimpfte. Als Gulshan schließlich sprach, war es, als habe er seiner Stimme einen Dämpfer aufgesetzt. Die Worte klangen nicht nur sanfter und dunkler, sondern auch rauer. „Was willst du eigentlich? Deine Frau, deine beiden Kinder sind wichtig. Der Luxus in deinem Haus wird euch nicht das Leben retten. Viel Zeit bleibt nicht. Der Zug nach Jalandhar fährt um 11.50 Uhr. Niemand weiß, ob danach überhaupt noch ein Zug fahren wird. Und die Ausgangssperre könnte wegen der Unruhen auch schon früher verhängt werden!"

Mit einem Fluch wandte sich Avinash Puri an seine Frau Pful Devi, die versunken am Türrahmen lehnte und Gulshan anlächelte, als habe sie den Sinn seiner Worte nicht verstanden.

Sie musste sich gerade ihre langen Haare gewaschen haben. An den nassen Haarspitzen sammelten sich Tropfen, die auf ihrer roten Bluse dunkle Flecken hinterließen. „Steh nicht herum wie eine Idiotin!" schnauzte Avinash. „Pack zwei Koffer, aber nimm nur das Wertvollste. Und mach schneller als sonst!"

Hai Ram! Wie er sie behandelte... Gulshan schaute unangenehm berührt zu Boden.

Dann trommelte Avinash die Hausangestellten zusammen, zahlte sie aus und schickte sie fort, ohne ein Wort des Dankes für ihre Dienste. Gulshan folgte ihm in den großen Wohnraum. Ein Safe verbarg sich hinter einem geschmacklos bunten Ölgemälde, das zwei Liebende in einem Blumengarten zeigte, umgeben von exotischen Vögeln. Avinash entnahm ihm ein Bündel Geld und mehrere Schmuckschatullen. Er leerte die Schatullen und verstaute Geld und Schmuck in zwei Leinensäckchen, wovon er sich eines um den Hals, das andere um die Hüfte band. Beide verbarg er unter seinem langen Hemd. Dann folgte er Gulshan auf die Terrasse. Von hier oben hatte man einen Blick über die ganze Stadt. Die Folgen der Unruhen waren deutlich zu sehen. Der Geruch der schwelenden Brände stieg den Männern in die Nasen.

„Es wird höchste Zeit, dass wir von hier fortkommen, Avinash." Gulshan war nervös.

„Mein Haus und meine Familie..., wir gelten etwas in Gujranwala...!" Mit einer überheblichen Geste schlug er sich an die Brust. „Uns würde bestimmt nichts passieren, wenn wir blieben."

Einen Augenblick starrte Avinash auf die Qualmwolken und stieß dann hervor: „Du warst doch schon immer ein *Darpoak*, ein Angsthase, der Liebling von Vater und Mutter. Hast immer alles richtig gemacht!" Er grinste: „Bis auf das eine Mal, als du mit Pful Devi eine Nacht lang verschwunden warst. Wer hat dich rausgepaukt, als ihr Vater dich zur Heirat zwingen wollte? Ich! Ich habe sie geheiratet!"

Gulshan drehte ihm den Rücken zu und schwieg.

„Zum *Narak,* zur Hölle mit dir. Wahrscheinlich hast du wieder Recht. Sie schlagen sich hier gegenseitig die Schädel ein, haben keinen Respekt." Avinash ballte die Fäuste. Er sah Gulshan von der Seite an. „Ich hoffte bis heute, es würde sich alles zum Guten wenden."

Etwas wie die Bitte um Verständnis flackerte kurz in Avinash Puris Augen auf.

Gulshan konnte sich über so viel Naivität nur wundern. Was für ein verdammter Ignorant sein Bruder doch war.

Die beiden Kinder tanzten fröhlich um die Männer herum. Für sie war der Aufbruch ein Abenteuer. Gulshan Puri ging ins Haus und sah Pful Devi beim Packen zu. Sie schien in ihrer Aufregung nicht mehr zwischen wichtigen und unwichtigen Dingen unterscheiden zu können. Wie aufgescheucht lief sie hin und her, kämmte sich zwischendurch ihre nassen Haare mit einem grobzinkigen Kamm, den sie immer wieder auf das Bett warf. Sie griff wahllos nach Wäschestücken und Kleidung und warf sie in die Koffer. Unkonzentriert nahm sie mal das eine, mal das andere Kleidungsstück in die Hand und schaute Gulshan fragend an. Gulshan wurde immer ungeduldiger.

„Kannst du nicht ein bisschen schneller packen? Die Bahn wartet nicht auf uns!"

Dann stand Avinash hinter ihm. Er war ihm gefolgt. Sein missbilligender Blick traf Gulshan. Aus seiner Stimme sprach Verachtung, als er seine Frau zur Eile anhielt.

Gulshan wandte sich um und ging verärgert vor das Haus, wo die beiden *Tangas* warteten. Er setzte sich auf einen Mauervorsprung und beobachtete beunruhigt die Straße. Noch schien alles ruhig – noch…

Avinash und die Kinder kamen aus dem Haus und setzten sich zu ihm. Die Wartezeit schien sich endlos hinzuziehen, und Gulshan musste etwas tun, um seine Unruhe zu bekämpfen. Er bot seinem Bruder eine Zigarette an, steckte sich selbst eine zwischen die Lippen und begann, von der eigenen Flucht nach Jalandhar zu berichten. Die Augen der Kinder hingen an seinen Lippen, folgten jeder seiner Bewegungen.

Endlich erschien Pful Devi mit zwei schweren Koffern, die Gulshan ihr abnahm und in einer *Tanga* verstaute. Für die Kinder hatte sie je ein Bündel gepackt. Sie hängte es ihnen über die Schultern.

Ohne sich noch einmal umzuwenden bestiegen Avinash und die Kinder eine *Tanga*, während Gulshan seine weinende Schwägerin und das restliche Gepäck in die andere *Tanga* verfrachtete und sich mit einem „Endlich, allen Göttern sei Dank!", zwischen die Koffer und Gepäckstücke quetschte.

„Zum Bahnhof!" Erschöpft lehnte er sich gegen die Leinenbündel.

Pful Devi legte ihren Kopf an Gulshans Schulter, das Gesicht nass von Tränen. „Du hast gesehen wie er mich behandelt. So war es immer, die ganzen Jahre. Er hat mir meine Liebe zu dir nie verziehen."

Unangenehm berührt schob Gulshan ihren Kopf beiseite. „Lass das, er könnte sich umschauen."

Zögernd hob Pful Devi den Kopf. „Als der Bote gestern deinen Brief brachte, konnte ich vor Freude kaum erwarten, dass es Morgen würde. In der Nacht... All die Zeit an seiner Seite. Nie habe ich ihn geliebt. Es war ein goldener Käfig, in dem ich gelebt habe."

„Sei doch still", sagte Gulshan. Das Gewissen quälte ihn. Aber hatte nicht sie sich ihm damals an den Hals geworfen. Er hatte doch nur dem Gefühl des Moments nachgegeben.

„Ja, ich weiß", sagte sie dumpf, „du bist glücklich verheiratet und ich bin die Mutter seiner Kinder. Ich habe sonst alles – es fehlt mir an nichts. Na ja, wenigstens in der Öffentlichkeit erniedrigt er mich nicht. Er ist stolz auf meine Schönheit." Sie warf ihm von der Seite einen Blick zu. „Karun, mein Ältester, ist sieben Monate nach der Hochzeit geboren."

Wie vom Donner gerührt sah Gulshan sie an. „Willst du damit sagen...?" Sie sah ihn nur an. Den Rest des Weges schwiegen sie.

Die Stadt war ruhig. Ohne besondere Zwischenfälle gelangten sie zum Bahnhof, erreichten den 11.50-Uhr-Zug und konnten sich sogar Plätze in einem Waggon erkämpfen.

Als der Zug das erste Mal in Indien, in Amritsar hielt, beugte sich Avinash zu Gulshan herüber sagte düster: „Hoffentlich ist Indien das Opfer wert, das wir gebracht haben."

Gulshan antwortete nicht, lehnte sich zurück und versuchte erschöpft, ein wenig Schlaf zu finden. Pful Devis Worte auf dem Weg zum Bahnhof ließen das aber nicht zu.

Am späten Nachmittag fuhr der Zug im Bahnhof von Jalandhar ein. Um das Bahnhofsgelände herum herrschte reges Treiben und es bereitete Gulshan Puri keine Schwierigkeiten, zwei *Tangas* für seinen Bruder und dessen Familie zu mieten, während er mit einer Fahrradrikscha voraus fuhr, um die Ankunft für seinen Bruder vorzubereiten.

Erleichtert lief Savitri ihm entgegen, als sie die Rikscha vorfahren sah. Dem Himmel sei Dank! Seit dem Mittag hatte sie die Straße nicht mehr aus den Augen gelassen. Sie umarmte ihn stürmisch. In knappen Sätzen erzählte er von der Reise, während sie den Hof durch das große Tor betraten.

Eine halbe Stunde später trafen die beiden *Tangas* ein. Avinash Puri erhob sich langsam von dem hölzernen Sitz und ließ seinen Blick über das *Dharamsala* und die neugierig davor versammelten Flüchtlinge gleiten. Keiner hatte sich die Ankunft von Gulshan Puris Bruder entgehen lassen wollen.

Avinash Puri raunzte in die Richtung Pful Devis: „Bleib sitzen und lass die Kinder nicht aussteigen."

Savitri ging zu ihrer Schwägerin und umarmte sie und die Kinder. Ihr entging nicht der sehnsüchtige Blick, den Pful Devi ihr zuwarf. Doch ihnen blieb nicht einmal die Zeit, ein paar Sätze zu wechseln. Avinash stürmte schon wieder aus dem Hof und schwang sich neben seine Frau auf den Sitz der *Tanga*. Nach einem Blick in den mit den Gerätschaften der Flüchtlinge vollgestopften Hof, in die leeren Zimmer mit den auf dem Fußboden ausgebreiteten Matten, sah er Gulshan verächtlich an und sagte mit schneidender Arroganz in der Stimme:

"Du glaubst doch wohl nicht, dass ich in diesem schäbigen Obdachlosenasyl auch nur eine Nacht verbringen werde?"

Er bellte einen Befehl und die Pferde setzten sich unter den sprachlosen Blicken der Umstehenden in Bewegung. Gulshan starrte ihnen sekundenlang reglos hinterher, bis Amar Singh sich aus der verblüfft gaffenden Menge löste und seinen Arm um Gulshans Schulter legte.

„Es gibt Menschen, die sind die Gedanken, die wir uns um sie machen, nicht wert. Denke nicht länger darüber nach. Mein Vater sagte immer: Tue etwas Gutes und wirf es in den Brunnen!"

Gulshans Lächeln missglückte.

Was Savitri betraf, so atmete sie erleichtert auf. „Es ist besser so", tröstete sie Gulshan. „Wären sie geblieben, hättest du für sie mitdenken müssen, und alle hier im Haus hätten sich Tag für Tag Avinash` Nörgeleien anhören müssen."

Zwei Tage später kam eine der jungen Frauen aus dem *Dharamsala*, die *Chunni* ins Gesicht gezogen, zu Gulshan Puri. Es war Saraswati, Aruns Frau. Die Flüchtlinge in der Gemeinschaft legten Wert auf Gulshans Rat. So manche Streiterei hatte er zwischen ihnen schon geschlichtet. Sie wussten, dass er in Khushab Bürgermeister gewesen war.

„*Chaudhri*-ji", sagte Saraswati in aufgeregten, abgehackten Worten, „verzeih..., ich mache mir Sorgen... Mein Mann Arun ist gestern mit dem Zug nach Amritsar gefahren. Er wollte unsere Eltern abholen. Aus Lahore sollten sie kommen. Sie sind alt. Eigentlich wollten sie ihre Heimat nie verlassen. Aber jetzt! Was sollen sie noch dort? Ist doch niemand mehr da. Vor zwei Tagen sind Freunde hier angekommen. Die haben uns die Nachricht überbracht, dass die Eltern kommen wollten. Gestern Abend sollte Arun mit ihnen zurück sein." Sie schluckte, die Stimme versagte ihr.

„Sie sind nicht gekommen", schluchzte sie. „Nicht mit dem Nachtzug und nicht mit dem Zug, der mittags hier eintrifft. Und Arun ist auch nicht zurück."

Gulshan schaute auf seine Armbanduhr – ein Hochzeitsgeschenk seiner Schwiegereltern: „Der letzte Zug aus Amritsar müsste kurz nach 18.00 Uhr hier eingetroffen sein, falls er pünktlich war. Wir gehen zum Bahnhof. Sollte zwischen Lahore und Amritsar etwas passiert sein, wird der Stationsvorsteher Bescheid wissen."

Er wandte sich an Amar Singh. „Begleitest du uns?"

Amar Singh nickte.

Plötzlich taumelte eine Gestalt in den Hof. Im Licht der flackernden Gaslaternen waren die Umrisse nur schemenhaft zu erkennen. Saraswati schlug die Hand vor den Mund.

„Arun!", presste sie hervor. Arun glitt mit dem Rücken an der grau getünchten Mauer des Hofes entlang zu Boden. Er starrte durch die Menschen hindurch, vergrub den Kopf in den Armen. Ihn schüttelte ein Weinkrampf. Ein Zittern lief in Wellen durch seinen Körper. Langsam umringten ihn die Flüchtlinge – mit einer trägen Scheu, als wollten sie nicht hören, was passiert war. Manche murmelten beruhigende Worte, andere stellten leise Fragen. Abwehrend hielt er sich die Ohren zu.

Saraswati setzte sich neben ihn, legte seinen Kopf in ihren Schoß und strich ihm beruhigend über den Rücken.

„Arun, Arun!"

Ein animalischer Laut kam aus seiner Kehle, rau und voller Hilflosigkeit. Saraswati fuhr ihm über den Kopf.

Arun unterdrückte das Schluchzen. Mit dem Handrücken wischte er sich die Tränen und den Schweiß aus dem Gesicht. Er sagte nichts. Die Flüchtlinge spürten, wie er litt. Als er schließlich zu sprechen begann, wurde es still im Hof.

„Ich komme vom Bahnhof. Ich bin gerannt! Es ist schrecklich!"

Er schlug sich mit der Faust immer wieder gegen den Kopf. Der Schweiß rann ihm den Nacken herunter. Seine gestammelten Worte waren das einzige, was die Menschen im Hof von der furchtbaren Stille trennte, die dann herrschte. Es dauerte lange, bis Arun sich beruhigte.

„Ich kam früh an. Die Fahrt von hier nach Amritsar dauert ja nicht lange. Der Bahnsteig war so voll, dass ich kaum aussteigen konnte. Muslime stürmten den Zug, beladen mit Gepäck. Der Zug fuhr ja weiter nach Pakistan. Viele Menschen warteten aber auf den Zug, der gegen Mittag aus Lahore ankommen sollte."

Wieder konnte er die Tränen nicht zurückhalten. Saraswati wischte ihm mit dem Ende ihres Saris über das Gesicht. Arun schnäuzte sich. Er habe gewartet, erzählte er. Es sei zwei Uhr, es sei drei Uhr geworden, der Zug war nicht gekommen. Die Menschen waren immer unruhiger geworden. Endlich sei ein Zug gekommen. Merkwürdig langsam sei er in den Bahnhof eingefahren. Eine plötzliche, unheimliche Stille habe sich über die wartende Menschenmenge auf dem Bahnsteig gelegt. Er habe keinen weiteren Schritt zu tun gewagt und wie alle anderen der Lok entgegen geschaut. Sehr, sehr langsam sei der Zug näher gekommen. Er habe gespürt wie sich etwas um seine Brust gelegt, ihm wie eine eiserne Klammer den Atem genommen habe. Niemand habe wie gewöhnlich neugierig aus den Fenstern geschaut, auf den Dächern waren keine winkenden und gestikulierenden Menschen zu sehen gewesen. Aus den Fenstern schienen aber Gegenstände und bunte Stoffe zu hängen, Stoffbündel bedeckten die Dächer. Als endlich Einzelheiten zu erkennen waren, habe Entsetzen die Menschen gelähmt.

„Kein Laut, nur das Kreischen der Bremsen und das Zischen des ausströmenden Dampfes. Der Zugführer... Er kletterte schwankend aus der Lokomotive und fiel in Ohnmacht."

Arun erzählte stockend, immer wieder von Weinkrämpfen geschüttelt, „Ein Leichenzug... - Der Lokführer... - Der einzige Überlebende." Er schluchzte laut auf. „Körper mit abgeschlagenen Gliedmaßen in blutigen Kleidern hingen aus den Fenstern", schrie er. „In den Abteilen.... Massakrierte Leiber übereinander, tote Augen in abgeschlagenen Köpfen. Nicht einmal Babys haben die Bestien verschont."

Saraswati flüsterte: „Was ist mit unseren Eltern?"

Arun antwortete ihr nicht. Die Flüchtlinge im Hof waren verstört. Die Männer auf eine stille blasse Art, die Frauen begannen zu klagen und schlugen sich mit Händen und Fäusten gegen Brust und Kopf. „Ayi, ayi, ayi!"

Arun hob den Kopf, ohne auf das Geschrei der Frauen zu achten. „Ich habe es immer gewusst – die Muslime, diese grausamen blutrünstigen Barbaren." Er starrte ins Leere.

Einer der Männer schrie ihn an: „Rede Arun! So rede doch!"

Arun schaute sich um, mit irren Augen. Er flüsterte: „Dann kam ein Arzt und suchte in den Waggons nach Überlebenden. Der Lokführer hatte das Bewusstsein wiedererlangt und schrie und schrie und schrie. Das Grauen wollte aus ihm heraus. Viele kümmerten sich nicht um ihn. Sie stürmten hinter dem Arzt in die Waggons, drehten jede Leiche um. Ich konnte mich nicht bewegen. Ich hatte Blei an den Füßen. Nur den Lokführer sah ich, konnte nicht in den Zug steigen, konnte es einfach nicht, musste hören, was passiert war. Unsere Eltern..."

Arun schluckte schwer: „Der Lokführer stieß Worte hervor, erst zusammenhanglos und unverständlich. Dann klarer, dass der Zug pünktlich den Bahnhof von Lahore verlassen habe. Überfüllt, wie immer in den letzten Wochen. Flüchtlinge aus Pakistan... Plötzlich, auf freier Strecke, ein Trupp Reiter. Muslime! Die Gleise versperrt. Sie schwenkten Tücher. Der Zugführer ahnte... Er verringerte die Geschwindigkeit nicht. Da zogen sie ihre Säbel. Mit ihren Pferden jagten sie schreiend neben der Lok her. Zwei von ihnen schwangen sich auf die Lokomotive. Der Kopf des Heizers rollte über den Boden. Einer setzte dem Lokführer den Säbel an die Gurgel. Der musste den Zug anhalten. Plötzlich preschten aus den Büschen und hinter den Felsen noch mehr bewaffnete Reiter hervor. Sie sprangen von den Pferden, rissen die Waggontüren auf und stürzten sich schreiend auf alles, was sich im Zug bewegte... wie im Blutrausch. Menschen fielen auf die Knie, bettelten um ihr Leben - wurden enthauptet. Die Kinder – die Mörder ergriffen sie und zerschmetterten ihnen vor den Augen ihrer Mütter die Köpfe. Dann die Mütter! Die fliehen wollten, wurden eingeholt... tot, alle tot."

Arun starrte wieder ins Leere. Die Flüchtlinge im Hof konnten nicht glauben, was sie hörten. Es war still. Bis eine der Frauen wieder anfing zu klagen. Ein Mann packte Arun bei den

Schultern: „Du lügst!", schrie er. Doch dann ließ er resigniert die Arme sinken: „Nein, es muss wahr sein."

Arun hatte den Mann gar nicht wahrgenommen. Er sprach tonlos weiter: „Der Lokführer war plötzlich von Menschen umringt. Jemand nahm ihn in den Arm. Er schüttelte sich wie im Fieber. Der Anführer sei plötzlich auf ihn zugekommen. Sein Säbel durchschnitt zischend die Luft und sauste über den Kopf des Lokführers hinweg. An der Schwelle des Todes..., ein grausiges Lachen. Dann begriff der Lokführer: er lebte! Sah das teuflisch lachende Gesicht seines Peinigers vor sich. Eiskalte Augen... Mit der flachen Seite des Säbels klatschte der ihm auf die Brust: ‚Du bleibst am Leben. Wirst die Botschaft überbringen: Pakistan ist unser heiliges Land. Alle Ungläubigen werden vertrieben. Das ist erst der Anfang. Es lebe der heilige Krieg! Viele Totenfeuer werden brennen, bis unser Land gesäubert ist von allen Ungläubigen.' Sie riefen: Pakistan Zindabad! Pakistan Zindabad! Und jagten auf ihren Pferden davon. Der Lokomotivführer blieb als einziger lebend zurück. Irgendwie hat er den Zug über die Grenze gebracht."

Saraswati fragte wieder dumpf: „Unsere Eltern?"

Mit blicklosen Augen starrte Arun durch sie hindurch: „Tot! Alle tot!", sagte er mit tonloser Stimme.

„Hast du sie gefunden?" schrie Saraswati ihn an und schüttelte ihn.

„Ja! Tot, alle tot."

Wimmernd brach Saraswati zusammen. Arun rührte sich nicht.

„Wir haben die Leichen eingesammelt und neben dem Bahnhof verbrannt. Wenigstens das haben wir für sie getan. Der Wind soll ihre glühende Asche über das Land tragen", stieß er hervor, „die Glut soll sich in die Herzen der Mörder bohren und sie verbrennen."

Das Grauen war über die Flüchtlinge gekommen und drohte, sie zu ersticken. Gulshan Puri stand starr. Das war aus Gandhis Politik der Gewaltlosigkeit geworden, schoss es ihm durch den Kopf. Sie war auf dem Scheiterhaufen des Hasses zu Asche verbrannt. Es war Gandhi nicht gelungen, die Schlange zu töten, ohne den Stock dabei zu zerbrechen. Welch ein Inferno kam da auf Indien zu! Nun würden die Extremisten in den Reihen der Hindus und Sikhs zurückschlagen. Mit gleicher grausamer Münze würden sie zurückzahlen, was ihren Glaubensbrüdern angetan worden war. Die schwersten Stunden stehen Indien erst noch bevor, dachte Gulshan.

Es folgte eine schlaflose Nacht. Gulshan hatte Savitri in den Arm genommen. Sie lagen auf ihren Matten und Savitri fragte mit matter Stimme in die Dunkelheit hinein. „Wohin treiben wir? Ich habe Angst, schreckliche Angst. Diese Grausamkeiten in den Lehmhütten der Dörfer, in den großen *Havelis* von Rawalpindi und Lahore... Wenn ich höre, dass Frauen in den Dörfern in Brunnen springen, weil sie ein noch schrecklicheres Schicksal fürchten, das wird sich einnisten in den Köpfen. Es wird noch mehr Hass entstehen. Die Schattenwesen der Geschundenen werden uns verfolgen, dicht auf unseren Fersen."

9

Am nächsten Tag setzten sich die Flüchtlinge zu einer Trauerzeremonie zusammen. Gulshan Puri bemerkte, dass der sonst so fröhliche Amar Singh Mühe hatte, seine Stimme beherrscht klingen zu lassen, wenn er mit den anderen Flüchtlingen sprach. Alle beteten, außer ihm. Und Gulshan kannte den Grund. Amar Singh hatte ihm erzählt, was er erlebt hatte. Der Hass brannte im ganzen Land, auch unter den Sikhs. Im April war es auch bei ihnen zu ersten Gewaltausbrüchen gekommen. Die Muslim-Liga hatte mit ihren Parolen für ein freies Pakistan provoziert. Und eine Horde Sikhs hatte mit dem Ruf „Pakistan Murdabad", „Nieder mit Pakistan" die Fahne der Muslim-Liga zerstört. Die Antwort der Muslime auf diese Herausforderung war nicht lange ausgeblieben. Mehr als dreitausend Menschen, Muslime, Hindus und Sikhs waren umgekommen. Am schlimmsten war es innerhalb der Stadtmauer von Lahore zugegangen, in dem am dichtesten besiedelten Teil der Stadt. Hier hatten früher etwa dreihunderttausend Muslime und gut hunderttausend Hindus und Sikhs in friedlicher, religiöser Koexistenz gelebt. Doch dann hatte es plötzlich wie gärender Schaum gebrodelt in dem Labyrinth der Gassen, Läden, Tempel, Moscheen und Basare. Der Tod hatte wie ein Blitz zugeschlagen. Im Nu war alles vorüber gewesen. Noch bevor sie überhaupt um Hilfe rufen konnten, lagen die Menschen schon sterbend auf der Straße. Die Überlebenden hatten hastig alle Türen verschlossen und bald danach schien der Stadtteil ausgestorben.

Der große, kräftige Amar Singh saß zusammengesunken mit hängenden Schultern neben Gulshan Puri.

„Diese quälenden Fragen", sagte er. Was geschieht mit uns? Sind wir alle verrückt geworden? Jetzt, in den Tagen der Befreiung aus der englischen Knechtschaft, schlachten wir uns gegenseitig ab. Jahrhundertelang waren wir unterdrückt. Doch hassen wir die Unterdrücker? Nein, wir hassen uns gegenseitig.

Können wir denn nicht mehr zwischen Freund und Feind unterscheiden? Ich glaube, wir haben das Gefühl für Würde und Selbstachtung verloren."

Gulshan Puri antwortete nicht. Waren die Menschen seiner Generation über die Maßen verflucht? Waren sie für eine Prüfung auserwählt, die grausamer war als die ihrer Väter und Mütter? So war es wohl, so musste es sein, angesichts dieser Grausamkeiten. Niemand wusste so genau, was im ganzen Land geschah, was sich sonst noch zusammenbraute. Genau kannte man nur das eigene Schicksal und das der Freunde.

Amar Singh sah seinen Freund an: „Ist das der Preis für die Freiheit? Muss erst ein grausamer Dämon in die Menschen fahren, um sie am Ende wieder friedlich miteinander leben zu lassen?" Gulshan hob hilflos die Schultern.

Inzwischen war Mitternacht längst vorbei, nur noch das verglimmende Feuer und der Mond beleuchteten den Hof. Müde und von den Ereignissen physisch erschöpft ließen sich die Flüchtlinge auf ihre Lager fallen, um in dieser Nacht endlich zu schlafen. Nur Gulshan Puri lag wieder wach. Außer Savitri wusste nur noch Amar Singh, dass es Nächte wie diese gab, in denen er vor Angst um die Zukunft nicht schlafen konnte. Und nicht nur nicht schlafen. Es war, als hätte er Asthma. Er rang auf seinem Lager nach Luft, die seine Lunge kaum aufnehmen konnte. Andere hätten es nicht gemerkt, denn er war geübt in den letzten Wochen in der Angst um die Familie, geübt den Kummer zu verbergen. Doch in seinem Kopf herrschte Wirrwarr. Ein Wirrwarr aus unmittelbar Greifbarem und..., er wusste es selbst nicht. Der Tod war allgegenwärtig. Ach, nur nicht denken! Jedenfalls musste das Überleben seiner Familie gesichert werden. Seltsam wie ein Herz krank sein konnte von dem, was die Augen sahen und die Ohren hörten und gleichzeitig voller Liebe, wenn er an Savitri und die Kinder dachte.

Und dann kam es wieder über ihn, holten ihn Wut und Schrecken wieder ein, überrollte die Vergangenheit seinen Geist. Sein Kopf war klar. Er sah sich selbst, wie er in den vergangenen Jahren in verantwortlicher Position unter britischer Oberaufsicht hatte arbeiten müssen. Wie er oft gezwungen gewesen war, seine Empörung über die Missachtung und Überheblichkeit vieler Engländer herunterzuschlucken, die die Inder als unzivilisierte Heiden betrachteten, aus denen sich mit viel Geduld und Strenge und bei etwas Glück brauchbare Dienstboten machen ließen. Damals gab es nur die Hoffnung, dass die Zeit und die politische Entwicklung in Indien, Europa und der Welt die Wende bringen würde. War es das, was jetzt geschah? Konnte ein Volk Jahrhunderte unter der Knute einer Fremdherrschaft leben, ohne schließlich in einem Akt der Gewalt auch gegen sich selbst aufzubegehren? Und wenn Gulshan sich vorstellte wie harmlos das alles im 17. Jahrhundert angefangen hatte mit der „Ehrenwerten Ostindischen Kompanie", überflutete ihn die Wut vergangener Generationen. Englische Kaufleute, die damals einen ertragreichen Handel von Indien aus betrieben hatten, unter der Oberhoheit der indischen Fürsten, zeigten schon bald ihr wahres Gesicht, ihre Maßlosigkeit. In einem Jahrhundert der Eroberungen hatten sie 1757 den mächtigen *Nawab* von Bengalen besiegt und sich so die Vorherrschaft auch in diesem Gebiet gesichert. Die Londoner Regierung hatte schon vorher in Madras und Bombay britische Gouverneure eingesetzt. Jetzt wurden diese dem Generalgouverneur von Bengalen unterstellt. So wurde eine Macht gefestigt, die sich im Laufe des Jahrhunderts über ganz Indien erstreckte. Wenn man sich die tragische Geschichte Indiens über die Jahrhunderte vor Augen hält, dachte Gulshan Puri, war es auch nicht verwunderlich, dass der bewaffnete *Sepoyaufstand* von 1857 fehlschlug. Die meuternden Truppen der britisch-indischen Armee hatten sich damals schlecht organisiert mit der entmachteten indischen Oberschicht zusammengetan. Der Aufstand war aber von den gut organisierten britischen Truppen rasch niedergeschlagen worden.

Ja, das hatten die Briten den Indern voraus, gestand sich Gulshan zähneknirschend ein. Ihr Organisationstalent war unschlagbar.

Es war eben nicht nur ein schlechter Stern, der jahrhundertelang über Indiens Schicksal gestanden hatte. Dass die Briten so erfolgreich sein konnten, auch das war Gulshan Puri klar, lag sicherlich auch daran, dass die indischen Fürsten durch ihr Leben in Luxus degeneriert und träge geworden waren und dem britischen Expansionswillen wenig entgegensetzen konnten.

Wenn Gulshan, in diesen Gedanken verfangen, hinüberglitt in einen leichten Schlaf, fand er auch darin keine Ruhe. Er sah über den Hügeln des Punjabs britische Flaggen, von Geisterhand getragen, im Winde wehen. Dahinter tanzten im Dunst manchmal sichtbar, dann wieder von den flatternden Fahnen verdeckt, unbekleidete Menschen wilde Tänze. Dabei schwenkten sie Speere, auf denen abgeschlagene Köpfe gespenstisch hin und her tanzten. Schweißbedeckt erwachte Gulshan dann. Er wollte nicht mehr einschlafen. Die Gedanken sollten nur kommen. Er würde damit fertig werden.

Wie war es dann, als die Ostindische Kompanie aufgelöst wurde, konzentrierte er sich, um nicht wieder einzuschlafen. Die Verantwortung für das Schicksal von dreihundertzwanzig Millionen Indern lag in den Händen einer neununddreißigjährigen rundlichen Frau: Königin Viktoria. Sie verkörperte den Anspruch der britischen Rasse auf Weltherrschaft. Die Briten fühlten sich in einzigartiger Weise berufen, „geringere Rassen, denen das Gesetz fehlt", zu beherrschen. Und welch pittoreskes, romantisches Indienbild die Engländer damals hatten. Es war das Indien aus Kiplings Erzählungen.

Gulshan Puri schaute in der Dunkelheit auf die Leiber der Schlafenden. Wie gut, dass sie schliefen. Seine Gedanken schickte er in die Vergangenheit zurück, in das damalige Indien, ein Land, beherrscht von englischen Offizieren, die in properen, scharlachroten Waffenröcken, ihren *Sepoys* voran ritten. Es war das Indien der jungen Briten, die sich in einem Zelt mitten im Dschungel in Anzug und Krawatte zum Dinner setzten und ein Glas Portwein auf das Wohl Queen Viktorias, der Kaiserin von Indien, tranken. Sie hielten ihre Überlegenheit für unangreifbar und schlürften auf den Veranden ihrer Klubs, zu denen nur Europäer Zutritt hatten, ihren Whisky. Es waren Männer aus Familien von ‚untadeligem' Stammbaum, aber nicht so gefestigtem Wohlstand. Es waren Kleinadlige, die ihre Vermögen durchgebracht hatten und nun in Indien ihr Glück suchten oder begabte zweite Söhne des Landadels, denen das Erstgeburtsrecht die Aussicht auf das Erbe nahm; es waren Söhne von Pfarrern, Schullehrern und Professoren. In England hatten sie in den Klassenzimmern der Eliteschulen und in den Militärakademien die Tugenden erlernt, die sie befähigen sollten, ein Weltreich zu regieren. Und sie taten es so lange, bis Indien endlich den Indern übergeben wurde. Aber zu welchem Preis! England hatte Indien zwar regiert, aber die Engländer lebten in ihrer eigenen Welt. Bei Abendgesellschaften kam auf jeden Gast ein indischer Diener. Indische Gäste wurden dagegen niemals eingeladen. Nichts war so wichtig wie die gesellschaftliche Rangstellung, und es galt als Todsünde, wenn man sie nicht beachtete.

Nein, bei den Göttern, viel hatte sich in den Jahren nicht geändert, dachte Gulshan. Im viktorianischen Indien war die gesellschaftliche Trennung zwischen Briten und Indern weitgehend das Werk der englischen Ehefrauen, der *Memsahibs*, sie gaben den Ton an. Doch auch zum Ende der britischen Herrschaft war das größte Problem die Distanz, aus der sie ihre Autorität ausübten, der Rassendünkel, der sie von den Menschen trennte, über die sie herrschten. Vom Höchstgestellten bis zum Niedrigsten, vom Plantagenverwalter bis zum kleinsten Beamten waren sie davon überzeugt, einer Rasse anzugehören, die Gott zu Regierung und Herrschaft bestimmt hatte. Nur wenige Engländer hielten private Kontakte oder gar freundschaftliche Beziehungen zu Indern.

Früher, während seiner Ausbildung und auch lange danach, war es immer Gulshan Puris Wunsch gewesen, eine Reise nach England zu unternehmen, weil er dachte, um einen Gegner kennen zu lernen, müsse man lernen, so zu denken wie er. Man müsse mit seinen Augen sehen können. Er wollte die englische

Kultur, die englischen Städte auf den Britischen Inseln sehen. Er wollte ergründen, warum sie mit dieser größenwahnsinnigen Überheblichkeit die Inder als minderwertige Menschen verachteten. Doch in den letzten Jahren hatte er kein derartiges Verlangen mehr empfunden. Jeder Gedanke daran war ihm zuwider. Nur noch sehr selten verspürte er den Wunsch, über indische Probleme mit Briten zu diskutieren. Er glaubte auch nicht, dass sie sich für irgendetwas, was in Indien geschehen war, verantwortlich fühlten. Und wenn, dann zeigten sie es nicht. Verantwortlich fühlten sich immer nur die Besiegten für Taten, die ihr Volk begangen hat.

Nun ja, gestand er sich ein - er hatte auch ein paar englische Freunde, die den Imperialismus verurteilten und wussten, was Indien vom Empire angetan worden war. Man konnte nicht das ganze Volk verurteilen. Aber das durfte er nicht laut sagen. Die Flüchtlinge im *Dharamsala* hätten es nicht verstanden. Blind vor Angst fühlten sich die Menschen jetzt immer gleich beleidigt. Der Schrecken hatte Einzug gehalten in den Familien und ließ sich nicht mehr vertreiben.

Die Morgendämmerung überzog den Raum mit einer feuchten Frische. Gulshan stieg über die Schlafenden hinweg, ging in den Hof, drehte den Wasserhahn auf und ließ das kalte Wasser über seinen heißen Kopf laufen. Wieder war eine schlaflose Nacht vorüber. Als er das Feuer für das Frühstück entzünden wollte und sich nach einem Fladen Kuhdung bückte, sah er plötzlich aus dem Augenwinkel in einer Ecke des Hofes drei Gestalten kauern. Es waren Kinder. Eng aneinandergeschmiegt schauten sie ihn ängstlich an. Der älteste der drei musterte ihn kurz und löste sich dann mit einer zwingenden Geste aus den Armen der Jüngeren. Er stand auf und kam zögernd auf Gulshan zu.

„Ich bin Prem Singh. Wir", sagte er und deutete auf die beiden kleineren Jungen, „sind heute Nacht angekommen. Wir wussten nicht, ob wir bleiben können."

Gulshan Puris Schatten um die Augen vertieften sich. Er ahnte, dass auch diese Jungen ein schlimmes Schicksal hatten.

Aufmunternd lächelte er. „Sicher könnt ihr bleiben. Ihr habt bestimmt Hunger. Sag deinen Brüdern, dass es gleich etwas zu essen gibt."

„Sie sind nicht meine Brüder", sagte Prem Singh knapp.

Inzwischen war auch Savitri in den Hof gekommen. Ihr Blick ruhte auf Prem Singh, der immer wieder einen würgenden Kloß im Hals herunterzuschlucken versuchte. Sie legte ihm beruhigend die Hand auf die Schulter. „Wie alt seid ihr denn? Und woher kommt ihr?"

Prem Singh suchte ihre Augen mit scheuem Blick. „Aus dem Dorf Jalalpur, nördlich von Wazirabad. Ich bin fünfzehn, die beiden anderen fünf und sieben."

Gulshan und Savitri Puri stellten keine weiteren Fragen. Savitri backte ein paar *Chapati,* und Gulshan bereitete in einer Ecke des Zimmers ein Lager für die drei Jungen, die, kaum dass sie gegessen und sich hingelegt hatten, in einen tiefen Schlaf sanken.

Die zermürbenden Gedanken, die Savitri Puri in den Nächten seit ihrer Flucht quälten, ließen sie nun auch am Tage nicht mehr los. Der Tod im Land war wie ein schleichendes Schreckgespenst vor dem es keine Rettung gab. Und diese Jungen! Wie viele ausgemergelte Kinder werden ohne Eltern überleben, nur knapp dem Tod entronnen, für immer seelisch und körperlich verkrüppelt? Ihr Geist wird sich, wie der ihrer Eltern, nicht aus dem Gefängnis beengender religiöse Anschauungen und Rachegedanken lösen können. Er wird verkümmern und sie an der Entwicklung hindern. Ihre schöpferischen Kräfte, ihre Talente und Fähigkeiten werden unterdrückt und zurückgehalten werden. Können sie jemals den Mut und den Willen zur Selbstverantwortung wiederfinden? Werden sie klug genug sein, auch wenn es ihren Eltern, Großeltern und Urgroßeltern nicht erlaubt war, den Verstand zu gebrauchen? Doch immer wieder fragte sich Savitri auch, was ihre eigenen Kinder erwartete? Namita würde heiraten. Vielleicht einen aufgeschlossenen klugen Mann, der ihr nicht die alte, traditionelle Rolle der Frau am Herd zuweist. Und der vernünftige Deepak mit seinen wachen, ernsten Augen, die schon viel zu viel Leid gesehen hatten..., und dann Ram Chand, der kleine lustige Ram Chand. Sie gehörten zu der Generation, die Indien zum Aufbruch verhelfen könnte, die dieses Leben, die Gegenwart anpacken muss. In Indien haben Inder vor uns große Leistungen vollbracht, dachte sie nicht ohne Stolz. Vor viertausend Jahren schon gab es im Indus-Tal eine Zivilisation mit städtischen Siedlungen. In Häusern mit gekachelten Bädern hatten sie ein ausgeklügeltes Abflusssystem geschaffen. Bis heute wissen die Menschen nicht, wie die polierten, alterslosen Ashoka-Säulen aus rostfreiem Stahl damals, vor mehr als zweitausend Jahren, hergestellt wurden. Und der prächtige Goldene Tempel, dann das Taj Mahal, eines der neuen Weltwunder. Savitris Gedanken ließen ihre Stimmung umschlagen. Trotzig dachte sie: Ja, stolz können wir sein! Unsere Kultur sollte sich nie mehr unterdrücken lassen. Wir werden unsere Kinder stark machen. Auch diese drei Jungen werden es schaffen, sagte sie beschwörend laut vor sich hin.

In den nächsten Tagen häuften sich die Meldungen von Zügen voller Leichen aus beiden Richtungen. Hindu-Extremisten rächten sich grausam an muslimischen Flüchtlingen, die auf dem Weg nach Pakistan waren. Das ganze Land war in einen wilden, unkontrollierbaren Blutrausch verfallen, dem Tausende und Abertausende zum Opfer fielen. Rache an Unschuldigen, an ihresgleichen, für jahrelang ertragenes Leid und geduldete Erniedrigungen durch Fremde.

10

Der September hatte der großen Hitze keinen Einhalt geboten. Der Regen, der zwar schon zweimal gefallen war, hatte die Luft mit einem erdigen Geruch geschwängert, aber wenig Abkühlung gebracht.

Im *Dharamsala* war es eng geworden. Immer wieder kamen Flüchtlinge an. Mehrere Familien teilten sich nun ein Zimmer. Die Nächte wurden schon etwas kühler, als die Krankheit über die Stadt Jalandhar hereinbrach.

Flüchtlinge, denen eine gastfreundliche Familie Unterkunft geboten hatte, schleppten Typhus ein. Ein Flüchtling starb kurz vor Sonnenaufgang, seine Begleiter flohen und ließen den Leichnam zurück. Er wurde morgens von seinen Gastgebern gefunden. Gegen Abend hatten drei Familienmitglieder Krankheitssymptome. Der Typhus wütete so entsetzlich unter ihnen, dass keiner die Nacht überlebte. Er stahl sich durch alle Spalten in den Türen, suhlte sich in den Wasserlöchern, verbarg sich im Essen und im Wasser und streckte alle ohne Ausnahme nieder. Besonders die Schwachen und Unterernährten waren die schnellen Opfer.

Im *Dharamsala* brach Panik aus; in den Zimmern stöhnten die Kranken. Viele Flüchtlinge packten ihre Sachen und verschwanden.

Gulshan Puris Familie kümmerte sich voller Sorge um den kleinen Ram Chand, der sich in Fieberträumen wand. Die anderen waren noch verschont geblieben. Aber wie lange? Savitri probierte alle Hausmittel aus, von denen sie annahm, sie könnten die Krankheit besiegen. Sie kochte Ingwer-Tee mit Zimt und Kardamomsamen. Bereitete Khichri zu, ein ungewürztes und salzarmes Gericht aus Reis und leicht verdaulichen roten Linsen. Doch Ram Chand konnte kaum etwas bei sich behalten. Im Laufe einer Woche waren im Haus fünf Tote zu beklagen. Im Hof brachen die Totengesänge der Frauen nicht ab. Savitri und Gulshan Puri saßen neben dem Kleinen, streichelten ihm die hohlen Wangen und forschten in dem eingefallenen Gesichtchen nach Besserung. Deepak und den anderen Kindern hatten sie befohlen, sich von Ram Chand fern zu halten. Bei Namita hofften sie, dass ihr die Muttermilch genug Abwehrkräfte geben würde, der Krankheit zu trotzen.

Immer wieder mussten die vom Schweiß durchtränkten und mit Kot verschmutzten Laken gewechselt werden, bis sich Ram Chand eines Morgens besser fühlte und mit dünnem Stimmchen sagte: „Ich möchte in den Hof, in die Sonne gebracht werden."

Mit einem Hochgefühl setzte Savitri Puri sich neben ihren Sohn, der in Laken gehüllt auf einer Pritsche lag. Unter den Tüchern war sein kleiner ausgemergelter Leib kaum zu erkennen. Er schaute in den wolkenlosen Himmel hinauf und hob sein mageres Ärmchen, um Savitri auf eine Dohle aufmerksam zu machen, die sich auf dem Banyan-Baum niedergelassen hatte. Die Morgensonne schien auf seine bleichen Wangen und Savitri war glücklich, dass endlich wieder Leben in den kleinen Körper zurückgekehrt war, so wie auch das Leben im *Dharamsala* allmählich zu seinem gewohnten Verlauf zurückfand.

Gulshan Puri und Amar Singh freuten sich nun wieder auf ihre gemeinsamen Spaziergänge am Spätnachmittag, wenn sie mit knurrenden Mägen versuchten, Lebensmittel oder andere brauchbare Dinge aufzutreiben. Diese gemeinsamen Spaziergänge waren zu einem Ritual geworden.

Heute waren sie wieder am Stadtrand unterwegs. Plötzlich blieb Amar Singh stehen: „Schau, Gulshan, sehe ich richtig? Oder spielt mir mein leerer Magen einen Streich? Gaukeln mir die Schatten dort", er zeigte zum Tempel auf der kleinen Anhöhe vor ihnen, „eine weidende Ziegenherde vor?" Tief saugte er Luft in seine Nase. „Oh, ich kann den Duft eines gebratenen Zickleins förmlich riechen, meine Zunge schmeckt das köstliche Fleisch, beim heiligen *Guru Nanak-ji*, sag mir, dass ich keine Fata Morgana sehe!", rief er, die Handflächen aneinandergelegt und gen Himmel erhoben. Gulshan lachte und legte seinem Freund die Hand auf die Schulter.

„Han-ji, mein lieber Amar, du siehst richtig. Aber der Schäfer wird uns mit seinem Knüppel den Buckel bearbeiten, wenn wir nicht bald von hier verschwinden und seine Ziegen noch länger anstarren."

Amar Singh zog verächtlich die Mundwinkel herab: „Pessimist! Und was ist mit dem verirrten Zicklein, das abseits der Herde an dem Tulsi-Busch herumknabbert? Schau, wie es sich bereitwillig für uns unter den dichten Zweigen vor dem Hirten verbirgt. Wenn das kein Festbraten für unsere Familien ist!"

Gulshan grinste und schaute sich um. Niemand auf der lehmigen Straße, niemand in der Nähe... Rasch kauerten sich beide in das kniehohe Pampasgras. Der Westhimmel war ein leuchtender Schleier aus Gelb, Pink und Blau.

„Lass uns noch warten. Im Dunkeln ist es einfacher, die Ziege einzufangen."

Die Dämmerung ging sehr schnell in Dunkelheit über. Sie mussten nicht lange warten. Inzwischen war der Schäfer mit der Herde weiter gezogen. Fast war er außer Sichtweite.

Amar Sing und Gulshan wechselten einen Blick und schlichen sich geduckt an den Tulsi-Busch heran. Das junge Zicklein war immer noch mit den saftigen Blättchen beschäftigt. Es bemerkte die beiden Männer nicht. Plötzlich schnellte Amar Singh vor, warf sich mit einem Hechtsprung auf das Zicklein, drückte es zu Boden und versuchte den jämmerlichen Schrei des Tieres durch seinen Körper zu ersticken. Als es sich etwas beruhigt hatte, band Gulshan der Ziege mit ein paar Pampasgrashalmen das kleine Maul zu, und Amar Singh legte es sich über die Schulter. Im Schutze der Dunkelheit trugen es die Freunde scherzend und vor sich hin summend nach Hause. Die Flüchtlinge umringten sie. Begeisterte „Ah's" und „Oh's" erfüllten den Hof.

Amar Singh ging mit sicheren Schritten auf den Hauklotz zu, der ihnen zum Holzhacken diente, nun aber zum Schafott für die junge Ziege werden sollte. Er legte den Kopf der Ziege darauf und wies Gulshan an, das Tier an den kleinen Hörnerstummeln festzuhalten.

„Deepak", rief er, „du hältst die Hinterbeine der Ziege fest."

Der Junge stand wie angewurzelt.

„Nun mach schon", drängte Amar Singh.

„Ich..., ich will nicht mithelfen, das Zicklein zu töten", stotterte Deepak. „So etwas habe ich noch nie getan!"

Sein Vater fuhr ihn ungeduldig an: „Aber essen willst du das Fleisch, was? Willst du die Ziege retten oder eine gute Mahlzeit bekommen? Also los!"

Und Amar Singh setzte gutmütig hinzu: „Fleisch füllt nicht nur den Magen, es wärmt auch die Seele, Deepak!"

Zögernd griff Deepak nach den zitternden Hinterbeinen der Ziege, drehte den Kopf weg, kniff die Augen zu und schrie: „Schlag zu, schlag zu!"

Amar Singh zog sein *Kirpan* und schlug dem Zicklein mit einem einzigen kräftigen Hieb den Kopf ab. Die Frauen eilten mit bereitgehaltenen Schüsseln herbei, um das herausschießende kostbare Blut aufzufangen. Dann häutete Amar Singh die Ziege und zerlegte sie in kleine Teile, während die Frauen den gesammelten Kuhdung aufschichteten und das Dungfeuer entfachten. In einem großen Wok wurden Zwiebeln und Gewürze in heißem Fett angebraten. Als sie das Fleisch des Zickleins hinzufügten, zog ein köstlicher Duft durch den Hof, in alle Räume des Hauses. Nun umringten die Bewohner erwartungsvoll das Feuer. Nur der Junge Prem Singh mit den beiden Kleinen stand noch abseits. Seit dem Tag ihrer Ankunft hatten sie kein Wort gesprochen – nur beobachtet und dankbar angenommen, was die Frauen ihnen zu essen gaben.

Gulshan Puri lächelte, als Amar Singh mit gezücktem Schwert um das Feuer tanzte und aus vollem Halse das Siegeslied der Sikh-Soldaten sang. Den ganzen Rückweg mit dem Zicklein auf den Schultern hatte er sich zur Ruhe gezwungen. Nun ließ er seiner Freude freien Lauf.

Es war ein großer Topf voll Fleisch geworden. Man aß, lachte und erzählte. Sogar Prem Singh und die kleinen Jungen waren näher gerückt. So ausgelassen und fröhlich hatte man noch nie beieinander gesessen. Und das *Karma* mit seinen Erinnerungen? Für den Moment war es weggesperrt. Doch schlich es sich immer wieder zwischen die Flüchtlinge, stieg zwischen ihnen empor, wie ein Ballon, den man vergeblich versucht, unter Wasser zu halten.

Jaswant Singh, ein Sikh mittleren Alters, konnte sich nicht mehr zurückhalten. Er zwirbelte – zufrieden und satt von dem guten Essen – seinen beachtlichen Schnurrbart und bemerkte mit blitzenden Augen:

„Es muss raus, ich muss euch jetzt erzählen, was ich auf der Flucht erlebt habe. Seid ihr einverstanden?"

Die Bäuche der Flüchtlinge waren voll, man fühlte sich stark, man konnte es aushalten, konnte verkraften, was da erzählt wurde. Und man liebte Geschichten und war in Hochstimmung, sollte kommen, was wolle.

Jaswant Singh grinste, schlug sich mit der Faust mehrere Male an die Brust, dass die spitzen Enden seines prächtigen Schnurrbartes tanzten.

„Ich will euch ja nicht beleidigen", begann er und schaute entschuldigend, aber mit herausfordernden Augen in die Runde.

„Ich komme aus Pind Dadan Khan, der Orchidee des Punjab. Eine kleine Stadt zwar, aber sie liegt in einer märchenhaften Gegend." Mit den Armen machte er eine ausholende Bewegung und nickte dazu mit dem Kopf. „Eine hohe Stadtmauer, eine Festung mit drei Eingängen, einem Haupttor und zwei etwas kleineren Toren. Abends wurden sie immer geschlossen. Das Land drumherum fruchtbar. Es ernährte alle reichlich. Die sanften grünen Hügel vor der Stadt und die dichten Wälder - wie das Paradies." Er grunzte zufrieden und sein gelber Turban wackelte vor Stolz. „Wir Sikhs wohnten neben Hindus und Muslimen, aber uns Sikhs gehörten die meisten Ländereien in der Umgebung. Das könnt ihr mir glauben. Ja, ja. Und bis August fühlten wir uns alle wie Brüder, natürlich mit den üblichen kleinen Zänkereien, wie in anderen Städten auch. Jeder aber respektierte den anderen und ging seiner Arbeit nach. Als kleiner Junge war ich verliebt in das Land", schwärmte Jaswant Singh und schaute versonnen in die Ferne, als sähe er sie wieder vor sich, die blühenden Gärten und die fruchtbaren Felder. „Ach, ich bin es noch heute, gerade jetzt!" Bekräftigend wackelte er mit dem Kopf.

„Wir trafen uns damals zum Spielen vor der Stadt an den kleinen Bächen oder streiften durch die nahe gelegenen Wälder", erzählte er weiter, strich über seinen Bart, umfasste den Schaft seines *Kirpan* und lächelte in Erinnerung.

„Am 15. August war die Teilung Indiens offiziell bestätigt worden. Doch niemand wusste, wo die Grenze verlief. Wir jedenfalls hatten zu diesem Zeitpunkt keine Angst. Die Idee eines unabhängigen Pakistans war ja nicht neu. Was würde das für einen Unterschied für uns machen, dachten wir. Statt dieser englischen Verwaltungshengste würden sich dann eben indische Muslime an englischen Schreibtischen ihre Ärsche platt sitzen. Bei uns sind Regierungen schon immer gekommen und gegangen. Nie hatte das einen Einfluss auf den armen Mann in unserer Stadt. *Bilkul thiek! G*enauso war es!" Er schaute in die Runde und wackelte wieder mit dem Kopf.

„Wir kümmerten uns also um nichts. Am 20. August starb ein Mitglied des Ältestenrates unserer Stadt. Wir saßen zusammen im Haus eines Stadtältesten und trauerten. Die Frauen saßen auf Teppichen in einer Ecke des großen Hofes. Wir Männer hatten uns in der anderen Ecke versammelt. Nun ja, ihr wisst ja, wie das ist. Die Frauen lamentierten, weinten und schlugen sich an die Brust. Sie schrien all ihren Schmerz über diese elende Welt und über ihre durch Wiedergeburt vergangenen, noch elenderen, Leben heraus. Wir Männer saßen stumm beisammen, ließen die Frauen klagen.

Plötzlich stand ein Fremder im Hof, den wir noch nie in unserer Stadt gesehen hatten. Es war ein Staatsbeamter der neuen pakistanischen Regierung, der mit uns kurzen Prozess machte. Ohne mit der Wimper zu zucken befahl er barsch: ‚Hört mit dem Gegreine auf! Den dort', er zeigte auf die in Leinentücher eingewickelte Leiche, ‚den macht ihr mit dem Geschrei nicht wieder lebendig. Wenn ihr nicht wollt, dass ihr auch so endet, dann macht euch schnellstens mit euren paar Habseligkeiten auf nach Indien. Alle Hindus und Sikhs haben die Stadt innerhalb von 24 Stunden zu verlassen.'

War das zu glauben? Als wir dann aber begriffen, waren wir schockiert. Wir verloren im wahrsten Sinne den Boden unter den Füßen. Aber was hätten wir tun können? Hatten wir eine Alternative? Es war hoffnungslos!"

Seine Bartspitzen hüpften vor Empörung. Trotzig wölbte er seine Brust. „Viele Familien begannen sofort, ihr Hab und Gut in Ochsenkarren zu verstauen. Die Alten litten. Hatten sie doch ihr ganzes Leben in unserer Stadt verbracht. Wir, die Jüngeren, waren neugierig und zuversichtlich genug, dass wir uns trauten, die Zukunft irgendwo in Indien anzupacken. Viele junge Leute verstanden deshalb die Hilflosigkeit und Trauer unserer Großväter nicht. Sie nahmen sie nicht ernst. Sie sahen die Ereignisse als Chance, aus der Enge der kleinen Stadt herauszukommen. Voller Abenteuerlust wollten sie in ein neues Leben, in eine neue Welt aufbrechen. Einige der muslimischen Nachbarn waren empört über die neue Regierung und rieten uns, trotzdem zu bleiben. Hier seien wir doch geboren, das sei unsere Heimat. Anderen aber schaute die Habgier aus den Augen. Sie konnten es kaum erwarten, die fremden Besitztümer, die zurückgelassen werden mussten, an sich zu reißen." Jaswant Singh wackelte bedeutungsvoll mit dem Kopf. „Bilkul thiek, genauso war es!", bekräftigte er.

„Es war noch dunkel, als der Treck am nächsten Morgen abfahrbereit war. Plötzlich trug der Wind Lärm und Geschrei in unsere Stadt. Einige von uns kletterten schnell auf den Wall unserer Stadtmauer. In der grauen Morgendämmerung konnte man schemenhaft erkennen, dass von allen Seiten Männer mit gezogenen Schwertern und Gewehren grölend auf die drei Stadttore zustürmten. Unsere Leute fuchtelten wild mit den Armen und schrien, wir sollten die Tore schließen. Wir wollten es nicht glauben. Ein Mob aufgewiegelter Muslime lief auf unsere Stadt zu. Sie versuchten mit Keulen und Brecheisen, die hastig geschlossenen Tore aufzubrechen. Sie schrien und schimpften, waren wie berauscht. Unter ihnen waren sogar einige bekannte Gesichter, Muslime aus unserer Umgebung."

Jaswant Singh wischte sich über die Augen. Nach langem Schweigen presste er verlegen heraus: „Ihr wisst ja alle, wie das ist. Es überkommt einen immer wieder."

Seine Fröhlichkeit war dahin. Er räusperte sich.

„Ihr müsst wissen, viele Männer waren wir nicht in unserem Städtchen. Frauen und Kinder gab es mehr. Wir Sikhs besaßen außer unserem *Kirpan* keine Waffen, und in nur wenigen Hindu-Familien gab es ein Schwert. Wir hätten uns nicht verteidigen können. Na ja, und da dachten wir, unser letztes Stündchen habe geschlagen…"

Wieder macht er eine Pause und schüttelte den Kopf. Die anderen starrten stumm ins Feuer, ihnen war die eigene Flucht wieder gegenwärtig.

„Einige von uns waren in das Haus unseres alten *Chaudri,* des Weisen des Dorfes, geflohen. Der hatte schon den Ältestenrat um sich versammelt, der aus Vertretern aller Religionsgruppen bestand. Man suchte nach Auswegen aus der Ausweglosigkeit. Alle hatten große Angst und schrien vor Aufregung wild durcheinander. Es konnte kein klares Wort gesprochen werden. Erst als der bekannteste *Mahut* der Stadt auf den Tisch sprang und sich wie der Leibhaftige gebärdete, wurde es ruhig. Mit erhobener Faust sprach der zu den Versammelten. Er sagte, dass wir zwar keine Gewehre, aber doch unsere Arbeitselefanten hätten. Sie seien unsere einzige Chance. Die Elefanten sollten unseren Moslemfreunden einen netten Empfang bereiten!'

Wir dachten, der Elefantenführer sei verrückt geworden. Einige schüttelten missbilligend ihre Köpfe. Manche waren so aufgebracht, dass sie laut schimpften und aufgeregt an ihren Bärten zerrten. Sie schrien, der *Mahut* sei wahnsinnig geworden! Er spiele mit dem Feuer! Die Tore seien stabil genug, sie würden den Angreifern standhalten. Wenn wir sie öffneten, würden sich die Muslime mit ihren Schwertern, Eisenspeeren und Gewehren nicht durch unsere Elefanten aufhalten lassen. Sie würden sich im Gegenteil auch noch einen Spaß daraus machen, die Tiere zu töten, bevor sie uns abschlachteten."

Gulshan Puri hatte fasziniert zugehört. Wieviel Mut, verzweifelter, hartnäckiger Mut, wurde ihnen abverlangt? Aber war es eigentlich Mut? Es war doch nur der verzweifelte Versuch zu überleben. Das Spektakel in seinem Kopf in diesem Moment rührte aus der Erkenntnis, dass das Gehörte genügte, um Szenen des eigenen Schicksals heraufzubeschwören, die er aus der Erinnerung verbannen wollte. So musste es allen hier im Hof ergehen. Wie aufgewühlt waren sie! Bewundernswert, mit wie viel Selbstbeherrschung sie Jaswant Singh zuhörten.

„Gebeugt, nicht nur vom Alter, sondern auch vor Trauer, gingen die Greise unter den Sikhs in den *Gurdwara*. Die Hindus beteten in ihrem Tempel. Die Muslime der Stadt riefen Allah um Hilfe an. Die Idee des *Mahuts* hatte sich wie ein Lauffeuer verbreitet. Einen besseren Vorschlag zur Verteidigung hatte es nicht gegeben. Dann kamen die anderen *Mahuts* mit ihren Elefanten. Sieben an der Zahl. Sie vertrauten der Klugheit ihres Freundes und verteilten sich an den Toren. An das Haupttor stellten sich drei und an die beiden anderen Tore je zwei *Mahuts* mit ihren Elefanten. Die Tiere waren sehr erregt. Sie spürten die Nervosität der Menschen und fühlten, wie die langen Speere der Mahuts immer wieder ihre Flanken berührten. Sie schlugen mit den Ohren klatschend an ihre behäbigen Körper und stampften mit den gewaltigen Beinen, dass die Erde vibrierte. Die *Mahuts* klopften ihnen beruhigend die faltigen Rücken und redeten leise auf sie ein. In der Zwischenzeit hatten andere Einwohner auf dem Wehrgang der Stadtmauer Reisig und Hölzer aufgeschichtet und angezündet. Seit Jahrhunderten rief man so bei uns Hilfe aus den Nachbardörfern herbei. In kurzer Zeit loderten mehr als zwanzig Feuer auf dem Wehrgang rund um die Stadt hoch in den Himmel hinein. Vor den Toren hatten die Angreifer inzwischen aus Baumstämmen Rammböcke gebaut. Das dumpfe Dröhnen ließ uns erzittern, wenn die Baumstämme gegen die Tore knallten... Aber die Tore hielten! Beim *Guru Nanak*, alles in unserer Stadt war solide gebaut, auch die Tore. *Bilkul thiek!* So war es!" Wieder schaute Jaswant Singh triumphierend in die Runde. Dann fuhr er fort: „Und plötzlich begannen die Trommeln der Stadt laut zu tönen, und alle drei Tore wurden gleichzeitig geöffnet. Überrascht hielten die Angreifer inne. Doch dann ließen sie die Rammböcke fallen und stürzten schreiend in die Stadt. Sie schwangen ihre Säbel und Speere. Da gaben die *Mahuts* das Signal zum Angriff. Die Elefanten setzten sich wie riesige Walzen in Bewegung und zermalmten alles, was sich ihnen in den Weg stellte. Als die Angreifer in den ersten Reihen die Gefahr erkannten, machten sie kehrt und wollten flüchten. Die Nachrückenden konnten aber nicht sehen, was vor ihnen geschah. Sie drängten brüllend vorwärts. In dem Lärm des Getümmels verstanden sie nicht, was die Zurückweichenden riefen. Sie prallten aufeinander, kamen zu Fall und konnten sich nicht mehr aufrappeln. Die wenigen, die nicht von den Elefanten zermalmt oder von ihren eigenen Leuten niedergetrampelt wurden, flüchteten in Panik." Jaswant Singh schlug sich auf die Schenkel und seine Bartspitzen hüpften. „Ihr hättet das Triumphgeschrei unserer Leute hören sollen! Auch von den beiden anderen Toren war Jubelgeschrei zu hören. Dort hatte es auch funktioniert. Ja, so war das, *bilkul thiek*", sagte Jaswant Singh und ließ die Zähne blitzen. Er hob die Hand um das beifällige Gemurmel der Zuhörer zu beenden.

„Wartet! Meine Geschichte ist noch nicht zu Ende. Die Feuer auf dem Wehrgang der Stadtmauer waren weit in der Umgebung sichtbar gewesen. In den Nachbardörfern hatte man die Armee alarmiert. Kavallerie und Militärtransporter waren im Anmarsch auf unser Städtchen. Wir sahen in der Ferne Scheinwerfer. Demütig nahmen wir es als Zeichen, dass unsere Gebete erhört worden waren."

Jaswant Singh legte die Handflächen zusammen und verbeugte sich vor seinem Gott. Die anderen Sikhs im Hof taten es ihm gleich. Dann fuhr er fort: „Der befehlshabende Offizier, selbst ein Muslim, aber einer von der gerechten Sorte", sagte er bedeutungsvoll, „ließ seine Soldaten in die Luft feuern, dass es gewaltig krachte. Er wollte den flüchtenden Angreifern noch einmal ordentlich Angst machen. Das würde sie von der Stadt fernhalten. *Bilkul thiek*, so war es. Und wir triumphierten. Niemandem von uns war ein Haar gekrümmt worden", sagte Jaswant Singh stolz.

„Die Soldaten gaben uns dann über einige Meilen Begleitschutz, bis wir einen sicheren Platz für die Nacht gefunden hatten. Wir lösten den Treck dann aber am nächsten Morgen auf und zogen getrennt weiter. Nun ja, das schien uns sicherer. Eine einzelne Familie in einem Ochsenkarren war ein alltägliches Bild auf den Straßen des Landes." Er breitete die Arme aus: „So bin ich mit meiner Familie als einziger aus unserer Stadt hier zu euch nach Jalandhar gekommen." Er senkte den Kopf. „Ob es den anderen aus meinem Städtchen gelungen ist, heil über die Grenze zu kommen? Das wissen die Götter."

Jaswant Singh zog geräuschvoll die Nachtluft durch die Zähne, hob den Kopf und sagte mit einem bedeutsamen Lächeln: „Stundenlang haben die Muslime versucht, unsere Stadt in ihre Gewalt zu bekommen. Es ist ihnen nicht gelungen. Trotzdem haben sie etwas von uns mit nach Hause genommen: die Niederlage. *Bilkul thiek!* So war es! Wer seine Waffen zu Göttern macht, ist geschlagen, selbst wenn diese Waffen siegen sollten!"

Die älteren Flüchtlinge nickten bedächtig mit ernsten Gesichtern. Bei den jüngeren in der Runde aber war der Bann gebrochen. Sie schlugen sich vor Begeisterung auf die Schenkel. Amar Singh fixierte Jaswant Singh mit blitzenden Augen und rief triumphierend: „Natürlich habt ihr die Angreifer in die Flucht geschlagen. Wir Sikhs sind eben nicht nur mutig und klug, sondern auch gewitzte Strategen. Nicht umsonst sind unsere Ahnen die berühmten Sikh-Soldaten. Die Muslime sollten sich das hinter die Ohren schreiben. Wer den Tiger reitet, kann nicht mehr abspringen, sonst wird er zerrissen!"

Während Jaswant Singh sprach, hatte der 15-jährige Prem Singh mit den beiden Kleinen bewegungslos am Feuer gesessen, das

91

Gesicht eine reglose Maske. Auch jetzt stimmte er nicht in das fröhliche Gelächter ein. Es sah eher aus, als müsse er sich zur Tapferkeit zwingen. Plötzlich liefen Tränen wie Sturzbäche über seine Wangen. Als die Flüchtlinge im Hof ihn fragend ansahen brach es kehlig aus ihm heraus: „Ich und die Kleinen hier, wir haben Unerträgliches erlebt!"

„Achcha, achcha?", taten die Männer in der Runde etwas ungläubig. Dieser Junge war wohl ein Weichling. Saß einfach da, sagte seit Tagen nichts, und nun heulte er auch noch. Die Frauen wiegten mitleidig ihre Köpfe. Sie spürten den inneren Kampf dieses Jungen.

„Dann erzähl uns doch, was euch passiert ist", forderten sie ihn auf. Behäbig stand Samanta Kaur auf, setzte sich neben die Kinder und nahm die beiden kleinen in die Arme. Die dürren Körper verschwanden fast vollständig unter ihren gewaltigen Brüsten. Sie strich ihnen mit ihren großen Händen über die Köpfe und wiegte sie beruhigend wie zwei Säuglinge – *„Beta, sub thiek ho joyega-* alles wird gut!"

Prem Singh hatte Mühe, einen Anfang zu finden. Erst nach einigen Minuten hatte er sich soweit beruhigt, dass er beginnen konnte.

„In unserem Dorf Jalalpur", begann er mit zitternder Stimme, „wohnten meine Eltern und ich an der Hauptstraße des Dorfes." Er schluckte schwer. „Vor einer Woche umstellten die Muslime aus der Nachbarschaft unser Viertel und brüllten: ‚Raus aus Pakistan, raus, raus, raus! Die Ungläubigen, müssen raus, sonst droht ihnen der Garaus!'" Wieder liefen ihm die Tränen über die Wangen. Er wischte sich mit dem Handrücken die Nase und griff mit einer schnellen Bewegung nach den Jungen in Samanta Kaurs Armen, als wolle er sich vergewissern, dass sie noch da waren. Prem Singh sprach leise. Die Flüchtlinge verstanden ihn kaum und beugten sich näher.

„Wir rannten zum Haus unseres alten Guru-ji, der uns immer geholfen hatte. Es waren schon andere zu ihm geflüchtet..." Prem Sings Stimme bebte. „Sie kamen mit Schwertern, Messern und Eisenstangen, mit Tüchern, die sie in Kerosin getaucht

92

hatten. Verbrennen... Sie wollten uns verbrennen." Er starrte ins Feuer, als sehe er dort brennende Leiber. „Ich sehe wieder alles vor mir", murmelte er.

„Wir warfen Steine. Die hielten sie nicht auf. Sie zündeten das Haus des Gurus an. Dann ging alles ganz schnell. Ich weiß nicht, was alles passierte. Sie packten die Männer, die aus dem brennenden Haus liefen. Durchbohrten sie auf der Straße. Ich sah meinen Vater... mein Vater", er schluchzte auf. „Er und der Guru starben nebeneinander. Nichts konnte ich machen! Meine Mutter... Ich rannte mit ihr auf das Dach. Da waren schon Frauen mit Babys und Kindern. Alle Männer auf der Straße wurden umgebracht. Wir wussten, dass wir die nächsten sein würden. Und die Frauen!" Prem Singh schaute die Frauen am Feuer an. Niemand sagte ein Wort. Er zuckte die Achseln und wischte sich wieder mit dem Handrücken die Nase. „Die Flammen hatten das Dach noch nicht erreicht, aber die Hitze wurde unerträglich. Manche Frauen schienen ganz ruhig. Sie legten ihre Babys an die Brust und nahmen ihre schreienden Kinder in die Arme. Als das Feuer das Dach erreichte, stürzte sich die erste mit ihrem Baby im Arm und einem Kind an der Hand in die Flammen. Die anderen folgten ihr."

Der junge Sikh hielt sich die Ohren zu, als hörte er immer noch die Schreie der sterbenden Kinder und Frauen. „Die Flammen! Die Kinder! Die Toten!" Er wischte sich mit dem Ärmel seines Hemdes Speichel und Tränen aus dem Gesicht. Savitri legte ihm den Arm um die Schulter: „Erzähl weiter Junge", sagte sie beschwichtigend und drückte ihn an sich.

Prem Singh schnäuzte sich, entwand sich Savitris Armen und fuhr fort: „Die größeren Kinder schrien vor Angst. Ihre Mütter zogen sie mit ins Feuer. Meine Mutter blickte mich noch einmal an und sprang. Ein Inferno! Ich flüchtete ans andere Ende des Daches, dorthin, wo es noch nicht brannte, wahnsinnig vor Angst. Konnte nicht mehr hinschauen. Dann spürte ich Hände an mir. Ich dachte, jetzt wollen sie mich hinunterstoßen. Aber es waren die beiden Jungen hier. Sie hatten sich von ihrer Mutter losgerissen, als sie ins Feuer gesprungen war."

Die Kleinen schnieften in Samanta Kaurs Armen. Prem Singh unterdrückte ein Aufschluchzen.

„Ich nahm jeden von ihnen an eine Hand und schrie: Wir springen! Und wir sprangen auf der Rückseite des Hauses vom Dach herab in den Gemüsegarten des Guru, wo das Feuer noch nicht wütete. Gebückt liefen wir zu einem großen Baum in der Nähe des brennenden Hauses und versteckten uns hinter dem Stamm. Wir sahen, wie die Flammen auf dem Dach in die Höhe schlugen. Dann brannten auch die Sträucher im Gemüsegarten. Das Haus war ein einziges Flammenmeer. Dieses gleißende, gelbe Licht. Nie werde ich das vergessen. Und dann das Triumphgeschrei! - Aber, Guru Nanak sei Dank, niemand suchte die Umgebung ab. Als die Nacht kam, hob ich zuerst Udai, den Älteren, und danach Sudhir, den Jüngeren auf den untersten Ast des Baumes und kletterte dann hinterher. Vorsichtig stiegen wir Ast um Ast weiter hinauf, bis in die Krone. Im dichten Gehölz gab es Halt und wir konnten uns für die nächsten Stunden verstecken. Die Jungen zitterten und klapperten mit den Zähnen. Ich musste überlegen... Denken! Wenn sie nun weinen oder schreien würden? Ich redete leise auf sie ein. Immer wieder musste ich aber mich selbst beruhigen. Ich sagte ihnen, wenn sie überleben wollten, müssten sie sich ganz ruhig verhalten, keinen Laut von sich geben. Sonst würden die Mörder uns finden. Sie verstanden, trotz ihrer Angst. Sie pressten die Lippen zusammen, das Klappern hörte auf. Wir klammerten uns an die Äste. Und dann kam der Gestank. Der Wind fegte Gestank, Gestank von verbranntem Fleisch vom Haus herüber. Wir drei haben unsere Eltern verloren", sagte er dumpf. „Nur noch wir... Alle Hindus und Sikhs im Dorf tot. Vor Verzweiflung konnte ich kaum noch atmen. Wegen der kleinen Jungen musste ich so tun, als sei ich stark. Aber ich hatte doch selbst meine Eltern verloren." Das Schluchzen schüttelte ihn wieder. Er brauchte Zeit sich zu beruhigen. Dann fuhr er noch leiser fort: „Die Nacht im Baum neben dem Totenhaus. Wir konnten nicht einmal weinen. Damit wir nicht einschliefen und vom Baum fielen, redete ich die ganze Nacht leise flüsternd auf die Kleinen ein. Als die

94

Morgendämmerung kam, wurde es ruhig in den Straßen. Aus dem Haus stieg immer noch Qualm auf."

Im Hof herrschte beklemmende Stille. Einigen der Flüchtlinge liefen Tränen über die Wangen. Prem Singh konnte lange nicht weitersprechen.

„Dann wagten wir es; kletterten vom Baum. Ich befahl den Jungen zu warten und schlich mich zu dem niedergebrannten Haus. Überall Leichen, zur Unkenntlichkeit verbrannte Leichen. Ich konnte meine Eltern nicht finden. Und der Gestank... Die Mörder hatten die ermordeten Männer ins Feuer geworfen. Irgendwie tröstete mich das aber. Durch das Feuer hatten die Toten wenigstens ihre Würde behalten. Und die Mörder... Sie schliefen ruhig in ihren Häusern.

Ich wollte weg, nur weg. Mit einem blutverkrusteten Messer, das ich aufhob und im Gras säuberte, schnitt ich mir und den beiden Jungen das Haar kurz. Niemand sollte uns mehr als Sikhs erkennen. Wir mussten uns beeilen, mussten fliehen. Wenn die Mörder wach geworden wären und uns gefunden hätten..."

Im Hof war die gute Stimmung einer bedrückenden Stille gewichen. Savitri Puri strich den beiden schluchzenden Jungen in Samanta Kaurs Armen sanft mit dem Rücken ihres Zeigefingers über die Wangen. „Weint ruhig, das ist gut. Weint um eure Eltern, weint um eure Geschwister. Jetzt könnt ihr weinen."

Prem Singh hob abwehrend die Hände, als eine der Frauen ihn in den Arm nehmen wollte.

Die Wut auf die Muslime schien im Hof greifbar wie Materie. Schwer, grau und ohne jeden Hoffnungsstrahl hatte sich in den Gemütern die finstere Keimzelle des Hasses eingenistet. Die Gräuel und das Leid in diesen Wochen machten keinen Unterschied zwischen den Religionsgruppen. Die Menschen handelten blind nach der Devise, „Auge um Auge, Zahn um Zahn".

Amar Singh, den sein fröhliches Gemüt und seine Zuversicht gewöhnlich nie lange im Stich ließen, sah Prem Singh und den Menschen um das Feuer in die Augen.

„Ich bin auch Sikh", sagte er. „Meiner Familie ist auch großes Unrecht zugefügt worden. Aber wie viele muslimische Kinder sind auch Waisen, weil Hindus und Sikhs ihre Eltern umgebracht haben." Unwilliges Gemurmel wurde laut. Doch Amar Sing sagte mit belegter Stimme: „Dieser gegenseitige Hass vernichtet uns. Vielleicht eines Tages", sagte er langsam, „wird es ein neues Indien geben, in dem Herkunft und Religion keine Rolle mehr spielen werden, wenn wir nicht mehr hassen, nicht mehr Rache üben."

Soviel auf einmal über ein ernstes Thema hatte er noch nie geredet. Er begegnete Gulshans Blick und blickte verlegen zu Boden, erstaunt über die eigenen Worte. Jetzt schrien die Flüchtlinge empört durcheinander: „Bist du von Sinnen? Wir sitzen hier! Wir sind die Opfer! Was kümmern uns die Kinder der Mörder? Geh doch zu diesen Allah-Anbetern, wenn du Mitleid mit ihnen hast!"

Amar Singh stand auf und verließ den Hof. Samanta Kaur folgte ihm.

Er hat Recht, dachte Gulshan Puri. Das Leben wurde einfach zu vordergründig gesehen. Hindus sahen die Muslime als Unberührbare, als unterste Gesellschaftsschicht, und die Muslime betrachteten alle Andersgläubigen als Ungläubige, die ihnen also in keiner Weise ebenbürtig sein konnten. Bisher war es zwar selten zu Konflikten gekommen, weil ja alle unter dem Joch des Kolonialismus standen. Nun hatte es nur einiger dogmatischer Extremisten und der aufhetzenden Propaganda indischer und englischer Politiker bedurft, um das am Grunde schon brodelnde Fass zum Überlaufen zu bringen. Er stand auf und suchte seinen Freund. Amar Singh stand draußen an eine Straßenecke gelehnt. Samanta Kaur strich ihm beruhigend über das Gesicht.

„Ich habe es falsch angefangen", sagte Amar Singh deprimiert, als er Gulshan sah. Sein Gesicht spiegelte seine zwiespältigen

96

Gefühle wider. „Ich wollte beruhigen und habe alle nur noch mehr aufgebracht." Gulshan nahm ihn in den Arm. „Du hast doch Recht!" Er wollte sagen, dass es die Pflicht, die Verantwortung der Überlebenden sei, die Zukunft auch für diejenigen zu leben, die keine Zukunft mehr hatten. Aber auf einmal erschien ihm all das, was ihm leidlich logisch vorgekommen war, vor dem Hintergrund der bestürzenden Schicksale wirr und nebelhaft. Er wünschte sich brennend, Amar Singh ein paar bestätigende Worte mehr sagen zu können. Er konnte aber nichts von alledem ausdrücken.

Die Nacht kam und legte sich wie ein schützender Kokon über den Hof. Es wurde still im *Dharamsala*.

11

Für den nächsten Morgen hatte der Bürgermeister von Jalandhar seinen Besuch im *Dharamsala* angekündigt. Als überzeugter Anhänger Gandhis hatte er die Unabhängigkeitsbewegung in der Stadt geführt. Und nun sah er es als seine Aufgabe, den Menschen, die sich in seine Stadt geflüchtet hatten, Mut zuzusprechen.

So gut es eben ging hatten die Bewohner des *Dharamshala* sich auf den Besuch vorbereitet. Sie hatten nicht gut geschlafen. Das reichliche gute Essen am Abend, das gestohlene Zicklein waren den ausgehungerten Flüchtlingen nicht bekommen. Ihre Mägen und Därme waren mit der ungewohnten Menge und dem guten Fleisch überfordert gewesen und hatten rebelliert. Und dann war ihnen durch Jaswant Singh und Prem Singh wieder zu deutlich die Tragik des eigenen Schicksals bewusst geworden, als dass sie eine ruhige Nacht hätten verbringen können.

Gulshan Puri empfing den Bürgermeister am Tor, begrüßte ihn im Namen der Flüchtlinge und bedankte sich für das Interesse an ihrem Schicksal. Der Bürgermeister nickte kurz, fasste Gulshan beim Arm und betrat den Hof. Er war ein schwerfälliger Mann mit struppigem Haar auf einem Bauernschädel und einer umständlichen Art, die nicht zu dem Amt eines Bürgermeisters passte. Mit seinem zerknitterten Hemd und der unförmigen Baumwollhose hätte man sich ihn eher auf dem Land hinter einem Ochsenpflug vorstellen können als in der Stadt hinter einem Schreibtisch. Doch er schien ein kluger Mann zu sein, ohne Illusionen, der Sachlichkeit vor Emotionen setzte. Als sei er einer von ihnen, mischte er sich unter die Flüchtlinge, setzte sich zu ihnen und hörte ruhig zu. Er schien die Stimmung der Menschen im Land zu kennen, schnell zu verstehen. Er wusste wohl, dass die meisten in dieser Zeit nicht mehr klar denken konnten, die Hindus in den Muslimen mörderische Monster sahen und umgekehrt die Muslime in den Hindus.

Gulshan hatte sich erkundigt, hatte gehört, dass der Bürgermeister ein rigoroser Atheist sei, ein abgeklärter Befürworter des gewaltlosen Kampfes. Ob er die Gefühle der Flüchtlinge verstand? Vielleicht in einem anderen Sinne, nämlich in ihrer Traurigkeit und Qual über den erlittenen Verlust ihrer Angehörigen, ihrer Heimat, ohne ihren Hass zu billigen.

Und tatsächlich fand der Bürgermeister beruhigende Worte. Er sprach davon, dass nicht erst die Unruhen der letzten Jahre, sondern auch die sozialen Schranken von jeher das Verstehen zwischen Hindus und Muslimen verhindert hätten. Das Kastensystem der Hindugesellschaft habe diesen Mangel an Verständnis in Dunkelheit gefangen gehalten, weil es bestimmte, ob die Seele in ihrer nächsten Inkarnation in der Kastenhierarchie auf- oder abstieg, und Andersgläubige rigoros in die unterste Kaste verwies. Erst durch die Kaste wurde der sozialen Ungleichheit göttliche Sanktion verliehen. Er wollte verständlich machen, dass es diese Unterjochung nicht nur im Hinduismus oder im Islam gab, sondern, dass auch die christliche Kirche im Abendland die Menschen dazu angehalten hätte, ihr elendes Dasein in Erwartung des himmlischen Paradieses zu vergessen. Die Religionen hätten die Armen der Welt gelehrt, ihr Los in Demut zu tragen. Den Hindus würde eingeredet, Wohlverhalten sei die sicherste Gewähr für ein besseres *Karma* in der nächsten Inkarnation. Die Muslime dachten, den einzig wahren Glauben zu besitzen. Und wer als Märtyrer stürbe oder Ungläubige im Jihad tötete, würde von Allah belohnt werden. So würde das Feuer des Hasses immer wieder aufs Neue entfacht, sagte er.

Es sei aber die lebenslange Suche nach dem Gleichgewicht zwischen Körper und Geist, zwischen dem Menschen als Teil der Natur und dem Menschen als Teil der Gesellschaft, die ein friedliches Miteinander schaffe, nicht aber die Religion.

Er hatte klug gesprochen, der Bürgermeister von Jalandhar, doch hatten ihn die wenigsten der im Hof versammelten Flüchtlinge verstanden. Wie hätten sie auch. Die meisten kamen vom Land, konnten kaum lesen und schreiben, hatten immer an die Worte der Priester geglaubt. Und nun kam dieser Bürgermeister und wollte ihnen erklären, dass ihre Religion etwas mit ihrer Not zu tun haben sollte. Nein, da hörten sie doch lieber dem Priester zu.

Gulshan Puri war aufgerüttelt, aufgewacht aus einer Trägheit, die ihn und die Seinen im *Dharamsala* festgehalten hatte. Er empfand eine Wachheit, wie er sie schon lange nicht mehr gespürt hatte. Eine Wachheit, die seine Gedanken kreisen und ihn abends auf seiner Matte nicht zur Ruhe kommen ließ. Der Geruch des Schlafes lag schwer über dem engen Zimmer. Savitri zupfte an seiner *Kurta*: „Die Kinder schlafen, lass uns noch für einen Augenblick nach draußen gehen." Vorsichtig stiegen sie über die Leiber der Schlafenden hinweg, bemüht, in der Dunkelheit nicht auf jemanden zu treten.

Groß und dunkel wirkten die Nachbarhäuser im fahlen Licht des Mondes. Hier und da erwachte in ihnen ein gelber Lichtschein, der kurz in die Nacht hineinblinzelte. Der Himmel war mit Sternen übersät, und ein lauer Wind strich um die Ecken. Savitri Puri erfasste ein Schwindel, das seltsame Gefühl, klein und winzig in der großen Unendlichkeit zu sein. Sie stand ganz still neben Gulshan und hielt seine Hand.

Gulshan rieb sich die Stirn und sagte behutsam: „Wir müssen endlich versuchen, wieder etwas Ordnung in unser Leben zu bringen. Etwas tun. Schon aus Achtung vor den vielen Opfern." Er redete, als spräche er zu sich selbst. „Ich glaube, wir sollten so schnell wie möglich nach Delhi aufbrechen."

Savitri versuchte, die Dunkelheit der Nacht mit ihren Augen zu durchdringen. Nur schemenhaft sah sie sein Gesicht neben sich. Es dauerte eine Weile, bis sie leise und bedächtig antwortete: „Du hast Recht. Vielleicht können wir in Delhi endlich wieder einmal satt werden, wenn du Arbeit findest. Und vielleicht finden wir sogar ein neues Zuhause – es wäre zu schön."

„Ich habe Sanjits Brief in der Tasche", bemerkte Gulshan. Fürs erste können wir bestimmt bei seinen Verwandten wohnen."

„Was wird aus Prem Singh und den beiden Kleinen? Können wir sie mitnehmen?"

Gulshan starrte in den Himmel als erwarte er die Entscheidung von den Sternen. „Nein", sagte er dann. „Das können wir nicht. Ich weiß nicht einmal, wie wir unsere eigenen Kinder ernähren sollen. Es geht einfach nicht", setzte er entschieden hinzu. Savitri nickte.

Nach kurzem, unruhigem Schlaf erwachte Gulshan Puri in der Morgendämmerung. So war es in den letzten Wochen immer gewesen, nach wenigen Stunden erwachte er lange vor Sonnenaufgang, und es war mit dem Schlaf vorbei. Dann lag er, die Arme unter dem Kopf gefaltet, und schaute und wartete, bis die graue Morgenhelligkeit in das Zimmer voller Menschen drang und deren Umrisse sichtbar machte. Alles erschien ihm dann so unwirklich, irgendwie nicht zu ihm gehörig. Seine Gedanken wanderten zurück in sein Haus in Khushab. Er hörte wieder die sonore Stimme seines Schwiegervaters, der zu ihm kam, um sich mit ihm über die Angelegenheiten des Dorfes zu beraten. Er empfand wieder das Gefühl der Geborgenheit, das er jetzt so vermisste. Und draußen der schattenlose Garten, in dem die Sonne den Jasmin duften und die Löwenmäulchen, Wicken und Ringelblumen leuchten ließ, wo Beeren und Mangos zum Pflücken einluden.

Der Tag kündigte sich wieder an mit wolkenlosem Himmel und unerbittlichem Sonnenschein, obwohl das Jahr schon fortgeschritten war und sich der Oktober sonst mit einem angenehmen, ausgeglichenen Klima präsentierte. Das helle, gleißende Licht der Morgensonne fegte die Dämmerung hinweg, und eine unangenehme schwüle Hitze legte sich nach der kurzen Abkühlung der Nacht wieder über das mit Leibern gefüllte Zimmer.

Es hielt Gulshan Puri nun nicht länger auf seinem Lager. Sanft berührte er Savitris Schultern und flüsterte ihr ins Ohr: „Lass uns heute nach Delhi aufbrechen. Einpacken müssen wir ja nicht viel. Wir könnten den ersten Zug in die Hauptstadt nehmen."

„Ja? *Achcha*", erwiderte Savitri zögernd. Verschlafen rieb sie sich die Augen, als ließe sie sich nur ungern aus ihren Träumen in die Wirklichkeit zurückholen

„Nun gut, was hält uns hier? Ich wecke die Kinder, und du packst unsere Bündel. Ein paar *Chapatis* von gestern sind noch da, für die Reise."

Die Familie war bereit zum Aufbruch, als das Leben im *Dharamsala* langsam erwachte. Prem Singh und die beiden kleinen Jungen waren lange vor den anderen wach geworden und hatten Gulshan und Savitri Puri bei ihren Vorbereitungen beobachtet. Sie schauten stumm zu. Hin und wieder warf Savitri ihnen einen traurigen Blick zu. Doch sie wusste, es ging nicht anders und hoffte, dass Prem Singh verstand.

Am schwersten fiel Gulshan Puri der Abschied von diesen drei Jungen, aber auch von seinem Freund Amar Singh. Der Hüne zerrte stumm an seinem Bart. Er täuschte einen Hustenanfall vor, um die aufsteigenden Tränen zu verbergen.

„Mein Freund Amar!" Gulshan streckte die Arme aus und versuchte es mit einem Scherz. Aber das Lachen erstarb ihnen auf den Lippen. Langsam, fast wie in Zeitlupe, gingen sie aufeinander zu und fielen sich wortlos in die Arme. Und Amar Singh, der keinen Hang zu trüben Gedanken hatte oder zum Pessimismus neigte, strahlte sofort wieder. Er umfasste Gulshan an den Hüften, hob ihn mühelos hoch und drehte sich mit ihm lachend einige Male um die eigene Achse.

„Wir werden uns wiedersehen!", rief er, ehe er Gulshan wieder auf die Beine stellte. Samanta Kaur und Savitri lagen sich weinend in den Armen. Dann war es soweit, sie standen vor dem Tor. Amar Singh verabschiedete sie mit dem traditionellen Gruß der Sikhs „Sat Sri Akal!"

Auf dem Weg zum Bahnhof sprach Gulshan Puri kein Wort. Blind folgte er Savitri und den Kindern, die taten, als sähen sie seine Tränen nicht. Savitri dachte: Wieder ein Abschied. Wie tief war Gulshans Freundschaft zu Amar Singh. Es würde so bleiben, ein Leben lang, in den tiefsten Schichten seiner Seele. Und es würde ihn quälen. Kaum, dass er diese Freundschaft geschlossen hatte, musste er sie auch schon wieder aufgeben. Diese Abschiede! Auch sie haben wir Leuten wie *Jinnah* zu verdanken, diesem Psychopathen", dachte sie aufgebracht, „der versessen ist auf sein Pakistan um jeden Preis. Indien teilen oder zerstören! Bei den Göttern, er ist krank, wird von der Tuberkulose langsam zerfressen, wird immer härter, ohne Mitleid, und hat doch so viel Macht. Und Pakistan - das Urdu-Wort bedeutet „Land der Reinen". „Ha, Land der Reinen", sagte sie laut vor sich hin, „durch Mord!" Namita weinte. Savitri redete beruhigend auf sie ein und zog Ram Chand an der Hand hinter sich her. Deepak hatte Gulshan ein Bündel abgenommen und ließ seinen Vater nicht mehr aus den Augen. Dem Himmel sei Dank! Der Bahnhof war nicht mehr weit.

12

Der erste Zug in die Hauptstadt fuhr am späten Vormittag.
Savitri Puri setzte sich mit den Kindern unter das Vordach eines
Bahnhofsschuppens, während Gulshan Puri auf dem Bahnsteig
nervös auf und ab lief.

Wieder fuhren sie ins Ungewisse. Gulshan fühlte sich an diesem
Tag gespalten. Teils freute er sich auf die Hauptstadt, denn dort
würde es einen Neuanfang für die Familie geben. Schwer würde
es sein, allemal. Er würde sich beweisen müssen. Und ihm war
klar, dass jeder Neubeginn auch das Saatkorn des Scheiterns in
sich trägt. Und dann die Aufregung bei der Ankunft. Was sie
alles zu sehen bekämen! Diese große Stadt...

Und gleichzeitig sagte die andere Hälfte seines Ichs: Das war es
dann also! Kein Weg führt zurück. Dein Leben lang hast du
geglaubt, du könntest die Zukunft planen, hast dich von deiner
Zuversicht verführen lassen. Und jetzt? Die Wirklichkeit und das
Leben sind die zufällige Folge äußerer Einwirkungen, du kannst
nur noch die Richtung des Weges bestimmen.

Auf dem Bahnhofsgelände herrschte ein buntes, wirres
Durcheinander. Neu angekommene Reisende und andere, die sie
abholten, schoben und drängten sich zwischen Blech- und
Holzkisten, zwischen Berge von Leinenbündeln und Bettrollen,
zerschlissene Reisetaschen und zerbeulte Koffer. Ein
unglaublicher Lärm schwappte wie Wellen über die Reisenden,
weil alle gleichzeitig redeten und schrien. Namen wurden über
die Köpfe der Menschen gerufen, um unter den Ankommenden
Verwandte oder Freunde ausfindig zu machen, die abzuholen
man zum Bahnhof gekommen war. Die Schaffner und
Bahnbeamten wurden bedrängt und mit Dutzenden Fragen nach
ankommenden und abfahrenden Zügen bestürmt. Teeverkäufer
in abgetragenen, notdürftig geflickten *Kurta-Pyjamas*, trugen in
Drahtkörben dampfende Teegläser durch die Menge und
übertönten den Lärm mit ihren Rufen: „*Chai-Wala, Chai-Wala,*

Chai-Wala....." Wasserverkäufer riefen: „*Pani-Wala! Pani-Wala*". Einige Reisende feilschten erregt mit einem Kokosnussverkäufer um ein paar *Paise*. Gulshan setzte sich zu seiner Familie und beobachtete die Menschen am Bahnhof.

„Ach, wie angenehm ist es hier im Schatten, abseits des hektischen Treibens. Erwarten Sie auch geflüchtete Angehörige, oder sind Sie auf der Durchreise?"
Gulshan und Savitri Puri sahen erstaunt auf. Vor ihnen stand ein junger *Punjabi* mit glänzendem schwarzen Haar und melancholischen Augen in einem glattrasierten, aber mit Blutergüssen und Schorf bedeckten Gesicht. Lächelnd stellte er sich als Madan Lal vor und erzählte, dass er auf dem Weg nach Delhi sei. Als Gulshan Puri ihm sagte, dass auch sie nach Delhi wollten, wurde der junge Mann noch lebhafter. Er ließ seine weißen Zähne blitzen und sagte gestelzt: „Es wäre mir eine Freude, wenn ich mich Ihrer Familie auf der Reise anschließen dürfte." In einer schnellen, nervösen Bewegung fuhr er sich mit dem Zeigefinger an der Innenseite seines nicht mehr ganz weißen Hemdkragens entlang.
Gulshan und Savitri Puri murmelten etwas Höfliches, und Madan Lal setzte sich rasch zu ihnen, so als habe er Angst, sie könnten es sich anders überlegen. Savitri fand ihn aufdringlich.
Als sie später den Zug bestiegen hatten, erwies er sich aber als angenehmer Reisebegleiter. Er verstand es, spannende Geschichten aus der Mythologie zu erzählen. Die Kinder himmelten ihn an. Großzügig teilte er seinen reichlichen Reiseproviant mit ihnen, und Gulshan und Savitri Puri konnten nicht anders als ihm amüsiert zuzuschauen und zuzuhören.
Als Madan Lal seinen Redefluss einmal kurz unterbrach, hakte Gulshan Puri rasch ein und fragte ihn nach dem Zweck seiner Reise. Madan Lal schien auf diese Frage nur gewartet zu haben. Er legte seine übereinander geschlagenen Beine bequem zurecht und rutschte einige Male hin und her. Im Abteil saßen dicht gedrängt die Reisenden. Überwiegend Flüchtlinge und Bauern, die ihr Land verlassen hatten, weil es sie nicht mehr ernährte.

Dass sie hungerten, sah man ihren hohlwangigen, zerfurchten Gesichtern an. Dennoch strahlten sie eine ruhige Würde aus. Die Jahrhunderte eines ungleichen Kampfes gegen die Umwelt hatte sie gelehrt, Geduld zu haben, sich einem allmächtigen Schicksal unterzuordnen. Sie hörten zu, hatten immer zugehört. Auch jetzt wandten sie ihre Gesichter diesem lebhaften jungen Mann zu.

Mit einem verklärten Ausdruck im Gesicht erzählte Madan Lal: „Ich bin Eisenbahner - seit ich denken kann. Die indische Eisenbahn war immer meine Heimat. Mein Vater war auch Eisenbahner. In einem kleinen Bahnwärterhäuschen an den Bahngleisen haben wir gewohnt. Ein Garten war neben den Gleisen. Im Frühjahr wuchs dort der orangerote Klatschmohn. Wenn der Wind hineinfuhr, sah es aus, als tanzten lauter orangerote Federwölkchen am Bahndamm entlang. Und die weißen Margeriten dazwischen", er lachte, „sie standen steif wie Gouvernanten auf ihren Stängeln inmitten des lustigen Treibens." Er sah einen Moment melancholisch vor sich hin. „Ja, ich hatte eine schöne und aufregende Kindheit. Die vielen fremden Menschen in den ein- und ausfahrenden Zügen, das Leben an der kleinen Bahnstation. Wenn ich im Gras lag, war für mich dort das Paradies auf Erden. Ich spürte den Sog der ausfahrenden Züge und träumte, ich säße darin, reiste in ferne Länder, wo es galt, die aufregendsten Abenteuer zu bestehen. Eigentlich war für mich immer klar, dass auch ich eines Tages Eisenbahner werden würde." Er sah aus dem Fenster, lauschte dem Stampfen der Lok und dem Rattern der Räder.

Gulshan bemerkte, wie Deepak die Ohren spitzte und den Geschichten Madan Lals fasziniert zuhörte. Der Traum eines jeden neunjährigen Jungen, Lokomotivführer zu werden, dachte Gulshan.

„Aber mein Vater hatte anderes mit mir vor", fuhr Madan Lal fort. „Er schickte mich zum College und anschließend für zwei Jahre zu einem bekannten Guru in einen Ashram, wo ich Philosophie und Kulturgeschichte studieren musste. Sicher habe ich viel gelernt - auch mit Freude studiert, das kann ich nicht bestreiten. Aber die Sehnsucht nach der Freiheit, der Ferne, die

Sehnsucht nach der Eisenbahn blieb. Nun ja, dann war ich zwar gebildet, aber womit sollte ich mein Geld verdienen?" Er lachte schelmisch. „Natürlich bei der Eisenbahn, im Bahnhof von Lahore. Und ich fühlte mich wohl dort. Diese blühende Stadt, das Herz des Punjabs", schwärmte er, „Liebling und verwöhnte Prinzessin der Großmoguln, mit den schönsten Kunstwerken der geschicktesten Handwerker geschmückt. Wie sollte man sich nicht wohl fühlen in dieser toleranten Welt- und Handelsstadt? Unterschiede zwischen den Religionsgruppen hatten dort immer wenig Bedeutung gehabt. Muslime in dem einen Viertel, Hindus und Sikhs in dem anderen lebten friedlich nebeneinander." Er nickte mehrmals bekräftigend.

„Ich wäre gern geblieben. Aber nur ein Jahr war ich dort, dann kamen die Unruhen und die Teilung Indiens. Als Hindu befand ich mich plötzlich auf der falschen Seite der Grenze. Stellt euch vor: der letzte Hindu in der Bahnstation. Und das Töten hatte begonnen."

Er zeigte auf sein verschorftes Gesicht. „Ich bin ihnen entkommen, aber Indien ist eine verlorene Nation. Die Parolen der vergangenen Jahre ‚Indien den Indern' klingen wie Hohn!" Er sah sich um, suchte Zustimmung. Savitri und Gulshan Puri nickten.

„Und Gandhi?", fuhr er fort, „mit seiner Lehre von Gewaltlosigkeit, Furchtlosigkeit und Wahrheit. Ist das jetzt die Gewaltlosigkeit, ist das jetzt die Furchtlosigkeit? Und Wahrheit. Was ist denn Wahrheit? Vielleicht liegt die absolute Wahrheit außerhalb unseres Fassungsvermögens. Jeder Mensch kennt eine andere Wahrheit, beeinflusst von Milieu, Ausbildung und äußeren Impulsen. Ist Wahrheit nicht das, was jeder einzelne als wahr empfindet und erkennt? Gandhis Wahrheit ist die Weigerung, sich einer überheblichen Macht zu unterwerfen. Seine Wahrheit ist die Ablehnung aller Dinge, die nationale Schande mit sich bringen. Er ist unbestreitbar ein Führer. Ein Führer, der die Teilung Indiens nicht verhindern konnte." Mit einem unterdrückten Fluch fuhr er sich mit den Fingern durch die glänzenden Haare.

Bei den Göttern, wie bitter sind die Worte dieses klugen Jungen, dachte Gulshan Puri. Und wie Recht er hat. Die Bauern um uns herum, sie klammern sich an ihre Wahrheit, die Wahrheit hinter der Hoffnung, dass das Leben in den großen Städten für sie einfacher wird. Dort angekommen wird sie eine andere, grausame Wahrheit erwarten. Und die dünnen Mittelschichten in unserem Land? Aufgehalten in ihrer Entwicklung gibt ihnen weder das Alte noch das Neue irgendeine Hoffnung. Von alten Vorurteilen geplagt, kommen sie schon alt zur Welt ohne aber die alte Kultur zu besitzen. Sie treiben wie Geisterschiffe in der Flaute, ziellos im trüben Wasser des indischen Lebens und klammern sich an jeden Strohhalm, der ihnen Halt für Körper und Geist geben könnte. Vielleicht ist Indien wirklich eine verlorene Nation.

Madan Lal zog ein Taschentuch aus der Tasche und wischte sich über die feuchte Stirn. Gulshan Puri sagte über den Lärm im Abteil hinweg: „Du bist doch noch so jung. Du hast die Zukunft noch vor dir. Wenn du nicht mehr hoffst, wer sollte dann noch hoffen?"

Madan Lal schaute ihn an. Plötzlich blitzten seine Augen wieder. Man sah ihm an, dass seine Stimmung umschlug. Ein Blick auf die vorbeifliegende Landschaft...

„Ja, richtig. Eine neue Zeit ist angebrochen", sagte er schulterzuckend. „Neuer Brunnen, frischeres Wasser! Jeder hat die Chance für einen Neuanfang." Und lächelnd setzte er hinzu: „Wir werden nicht still stehen wie die Störche im Wasser, die Köpfe unter die Flügel gesteckt und zusehen, wie der Fortschritt in der Welt an uns vorbeijagt!"

Er beugte sich zu Gulshan, sah ihn mit seinen dunklen Augen durchdringend an und seine Stimme zitterte vor Begeisterung: „Nein, Indien ist nicht verloren! Wirtschaft, Forschung und Technik... Wir werden der Welt zeigen, über welches Potential an Geist und Kraft die Menschen in Indien verfügen."

Gulshan Puri lächelte nachsichtig und lehnte sich mit dem Rücken gegen die Waggonwand. Von seinem Platz aus konnte er den Himmel sehen, der in der Hitze fast lila wirkte. Er war zufrieden. Wenigstens für den Moment war Madan Lal überschäumend vor Zuversicht.

Während Madan Lal gesprochen hatte, war Gulshan in Gedanken zum wiederholten Male seine Möglichkeiten in Delhi durchgegangen und hatte sich ausgemalt, wie es für seine Familie werden würde in der Hauptstadt. Da war sie wieder die Angst, die Angst, es nicht zu schaffen. Etwas davon musste auf seinem Gesicht zu sehen sein, denn Madan Lal fragte erschrocken, ob er anderer Meinung sei.

„Nein, nein, ich stimme dir zu", versicherte Gulshan mit Wärme in der Stimme und wünschte, er müsse nicht immer an dieses schreckliche Chaos in Indien, die vielen Toten und die Familien denken, die mit solcher Brutalität auseinander gerissen worden waren...

„Aber sie wird dauern, diese Umgestaltung Indiens. Sicherlich werden wir etwas bewegen können. Aber Luftschlösser, junger Mann", sagte er und legte Madan Lal gutmütig eine Hand auf den Arm, „Luftschlösser sind wie Zucker im Regen." Madan Lal lachte und umarmte Gulshan. „Wie gut, dass ich euch getroffen habe."

Gulshan Puri schmunzelte und betrachtete die Menschen in dem vollgestopften Abteil. In Zeiten der Angst und der Unsicherheit waren es Geschichten, die die Menschen ablenkten und ihnen Halt gaben. Also sagte er sehr zum Entzücken seiner Kinder: „Zu den Luftschlössern", er hob die Stimme, „zu den Luftschlössern kenne ich eine kleine Geschichte."

Die Reisenden hatten schon längst nicht mehr dem jungen Mann zugehört. Zu unverständlich, ja verrückt schienen ihnen seine Worte. Nun wurden sie wieder hellhörig und wandten sich neugierig um.

Besonders Deepak war stolz auf seinen Vater, wie er von Menschen umringt in der Mitte saß und von dem armen Brahmanen erzählte, der in einem kleinen Fischerdorf an der Küste Süd-Indiens wohnte und sich ausmalte, wie er mit einem Topf Weizenmehl, den ihm Gläubige geschenkt hatten, soviel Profit machen könnte, dass er davon eine Ziegenzucht anfangen, reich werden und sich dann eine hübsche Frau nehmen könnte, wie er bei diesen Gedanken aufgeregt gestikulierend den Topf mit dem Mehl umstieß und so unsanft aus seinem schönen Traum gerissen wurde.

Die Reisenden lachten und applaudierten, während sich der Zug der Hauptstadt Delhi näherte. Im staubigen goldfarbenen Dunst des Sonnenunterganges wurden Mauern, Türme und Minarette von Delhi gegen den Horizont sichtbar.

Gulshan Puri stand auf und stellte sich ans Fenster. Er wollte diese ersten Eindrücke auf sich wirken lassen. Was er sah, war schön. Eine freudige Erregung erfasste ihn. Als Madan Lal sich neben ihn stellte, sah er ihn aufmunternd an. „Wir werden es schaffen, junger Mann. Ein ganz neues Leben..." Und er schaute auf die großen Häuser und die breiten Straßen. Madan Lal sagte, als der Zug in den Bahnhof von Delhi einfuhr: „Die wenigen Stunden, die wir zusammen verbracht haben, waren so wichtig für mich. Ich wünschte, wir könnten uns wiedersehen."

Aber wer wusste schon, was aus Flüchtlingen wurde, die in Delhi ankamen und wo sie bleiben würden in dieser Millionenstadt.

13

„Da wären wir", sagte Gulshan Puri fröhlich, als sie vor dem großen Bahnhofsgebäude in Delhi standen. Er erkundigte sich nach dem Weg zu Sanjits Cousin, der in einer Seitengasse des Silberbasars, des *Chandni Chowk,* in der Nähe des Roten Forts, eine Kupferschmiede betrieb.

Savitri und die Kinder waren durch die lange Reise in dem überfüllten Zug müde geworden. Auch deshalb wollte Gulshan noch vor Einbruch der Dunkelheit ein Dach über dem Kopf haben.

Dieses erstaunliche Chaos... Rikschas, Pferdewagen, Fahrräder, ein Gewimmel von Menschen. Hier konnte man verloren gehen. Die Müdigkeit war wie weggeblasen. Was war aufregender? Die vielen Menschen, das Geschrei, das Gehupe und Geklingel der vielen unterschiedlichen Fahrzeuge oder die gewaltigen Mauern des Roten Forts, an dem sie vorübergingen. Und dann die große Moschee... Majestätisch überragten ihre Minarette die hohen Häuser ringsum.

Inzwischen dämmerte es. Gulshan hatte noch immer nicht die Gasse gefunden, in der Sanjits Cousin wohnte. In der Nähe des Red Forts sollte es sein. Immer wieder fragte er nach dem Weg, wurde hierhin oder dorthin geschickt. Niemand schien sich gut genug auszukennen, um ihnen den richtigen Weg zu zeigen. Dann standen sie plötzlich hinter den Mauern des Red Forts inmitten eines Slums. Bei den Göttern, dachte Gulshan, ein Alptraum mit vielen Gesichtern. Dreck, Müll und Schutt überall. Zu Tausenden drängte sich *Djugghi* an *Djugghi*, Behausung an Behausung, bis hin an die Ufer des Yamuna. Vielgestaltig waren sie. Ein Flechtwerk aus Abfallmaterial, zerfetzten Palmblättern, Bambus, Lumpen und hier und da einem Stück Wellblech. Zerschlissene Decken und löcherige Tücher waren über in die Erde gerammte Stöcke gehängt, zum Schutz vor Regen und Wind. Die rötliche Erde war schlammig, von stinkenden Rinnsalen und Pfützen aufgeweicht. Ein paar Hühner umgackerten die auf dem Boden sitzenden und liegenden Menschen. Es stank bestialisch nach Abwasser und Exkrementen.

„Seid ihr gerade angekommen?" Gulshan drehte sich um. Vor ihm stand ein Mann mit verfilztem Haar, ein schmutziges Stück Stoff um die Hüften geschlungen, sonst war er nackt. Gulshan hätte nicht sagen können, ob der Mann jung oder alt war. Das zerfurchte Gesicht war mit eitrigen Pusteln bedeckt. Der Mann legte Gulshan seine knochige Hand auf die Schulter. „Meine *Djugghi* steht dort hinten am Fluss", sagte er mit krächzender Stimme. „Daneben ist noch etwas Platz. Holt euch von dort Zeitungen. Damit könnt ihr euch zudecken." Er zeigte auf einen Abfallberg, der an der rückwärtigen Mauer des Red Fort emporragte.

Gulshan sah Savitri an. Ihr stand das Entsetzen ins Gesicht geschrieben. Leise schüttelte sie den Kopf. Doch Gulshan ahnte, dass sie genau wie er selbst mit verzweifelter Gewissheit wusste, dass sie keine andere Wahl hatten.

„Nun, was ist?", hörte er wie durch einen Nebel die Stimme des Knöchernen. „Oder glaubt ihr, man würde euch in einem Hotel mit schönen weichen Betten willkommen heißen?" Ein heiseres Lachen ertönte. Ohne eine Antwort kletterte Gulshan auf den Abfallhaufen und sammelte ein paar Zeitungsreste ein. Viel fand er nicht. Es musste eben so gehen. Er würde sein Hemd ausziehen und es über die Kinder decken, und Savitri könnte sich auf ihren Sari legen.

„Kommt", sagte er zu Savitri und den Kindern. Mehr gab es nicht zu sagen. Als sie mit den Zeitungsfetzen unter dem Arm hinter dem Pickligen her trotteten, sah Gulshan wie Deepak sich ungläubig umsah. Für die Kinder muss es ein Schock sein, dachte er. Ach, nicht nur für die Kinder. Du lieber Himmel, was gäbe er darum, das Haus von Sanjits Cousin zu finden. Aber in der Dunkelheit – nicht daran zu denken.

Die *Djuggi* des Pickligen stand tatsächlich direkt am Flussufer. Aber der Fluss stank fürchterlich nach Fäkalien. Und selbst in dem Zwielicht der fortgeschrittenen Dämmerung erkannte Gulshan den Dreck, der sich träge im Fluss dahinwälzte.

„Macht es euch gemütlich", grinste der Picklige und verschwand in seiner *Djuggi*.

Zum Glück war es inzwischen so dunkel geworden, dass man Einzelheiten nicht mehr erkennen konnte. Gulshan breitete die Zeitungsfetzen auf dem Boden aus, damit die Kinder sich darauf legen konnten. Mit seinem Hemd deckte er sie zu und legte sich neben Savitri auf das Ende ihres Saris. Einzig die kleine Namita litt keinen Hunger. Savitris Brüste gaben genug Milch.

Oh, mein Gott, morgen, dachte Gulshan. Hoffentlich finden wir morgen Sanjits Cousin. Er starrte in den Himmel. Es war zunehmender Mond – vielleicht ein gutes Zeichen… Verse von Tagore geisterten durch seinen Kopf, tröstend und doch hämmernd, aufwühlend: *Wo der Geist furchtlos ist und man das Haupt hoch trägt,* - ha, wo konnte man das Haupt jetzt noch hoch tragen?, - *wo die Erkenntnis frei ist, wo die Welt nicht durch enge, häusliche Mauern in einzelne Teile zerbrochen wird,* - nun ja, freie Erkenntnis ja, und enge häusliche Mauern gab es sowieso nicht mehr, dachte Gulshan bitter, - *wo Worte aus Tiefen der Wahrheit kommen, wo unermüdliches Streben die Hand nach Vollkommenheit ausstreckt, wo der klare Strom der Vernunft in dem trockenen Sand der Gewohnheit seinen Weg nicht verliert, wo du den Geist zu immer weiter sich öffnendem Denken und Handeln führst – in diesem Himmel der Freiheit, o Vater, lasse mein Land erwachen.*

Morgen, dachte Gulshan müde, morgen würde man weiter sehen. Und vielleicht würde Indien irgendwann tatsächlich in dem Himmel der Freiheit erwachen.

Am nächsten Morgen, noch bevor die Sonne ihre Strahlen in die elenden Quartiere schickte, weckte Gulshan seine Familie. Sie wollten so schnell wie möglich diesen Ort verlassen, wo Krankheit, Hunger und Elend tiefe Furchen in die Gesichter der Bewohner geschnitten hatten.

Der frühe Morgen zeigte sich nicht weniger laut als der späte Abend. Überall wimmelte es von Menschen, die ihr Tagwerk begannen.

Endlich standen sie in der Gasse vor der Schmiede von Sanjits Cousin. Rohan Vig, ein vierschrötiger, bärtiger Mann mit erstaunlich feingliedrigen Händen, nahm die Familie herzlich in Empfang. Seine Frau Manjula beobachtete die Szene vom Herd aus. Sie bereitete gerade das Mittagessen für die Familie vor. Zwei Kinder mit schmutzigen Gesichtern tobten durch die Küche. Savitri hielt den Atem an, als Manjula sie zur Begrüßung umarmte. Bei den Göttern, wie roch sie? Wie roch es in der ganzen Küche? Verstohlen schaute sie sich um. Im ganzen Raum herrschte chaotisches Durcheinander. Auf einem Regal neben einem Wasserhahn konnte sie zwischen unabgewaschenen Töpfen und Geschirr Essensreste erkennen. Schmutzige Lappen, die offenbar zugleich als Geschirrtücher, Handtücher und Putzlappen dienten, lagen überall herum. Ein Waschbecken gab es nicht, nur den Wasserhahn und im Fußboden einen Ablauf, der mit Gemüseabfällen bedeckt war. Savitri warf Gulshan einen Blick zu. Der schien nichts bemerkt zu haben. Er unterhielt sich lebhaft mit Rohan.

„Komm", forderte Manjula Savitri fröhlich auf, „dann werden wir mal unser Mittagessen ein wenig verlängern, damit es für uns alle reicht. Mit einer lässigen Bewegung nahm sie einen der schmutzigen Töpfe vom Regal, hielt ihn kurz unter den Wasserhahn und kochte dann eine ordentliche Portion Reis darin. Der Duft des Basmati-Reises und der Gewürze stieg Savitri in die Nase. Sie wusste, dass sie nach der langen Fahrt ein kräftiges Essen nötig hatten. Wenn Gulshan und die Kinder aßen, würde auch sie sich überwinden. Wie seltsam dachte sie. Während der Flucht hatten sie häufig keine Möglichkeit gehabt, sich zu waschen, und Savitri war immer barfuß. Aber nie hatte sie sich vor Schmutz so geekelt wie in dieser verdreckten Küche. Sie beherrschte nur mühsam den Drang, ihre Füße unter den Wasserhahn zu halten.

Rohan zeigte auf eins der beiden an die Küche grenzenden Zimmer. „In diesen Zeiten ist in meiner kleinen Behausung Platz für zwei Familien."

Gerührt blickte Gulshan zur Seite und stammelte ein heiseres: „*Shukria, das ist ein großes Geschenk für uns!*"

„Geschenk?", Rohan Vig machte eine wegwerfende Handbewegung. „Geschenke werden doch zum Vergnügen des Schenkenden gemacht!" Er lachte dröhnend.

Auch die zweite Nacht in Delhi war furchtbar. Savitri stritt mit Gulshan. Sie sagte, hier könne sie es nicht aushalten. Wütend zischte Gulshan: „Sie haben uns freundlich aufgenommen. Sei nicht undankbar. Oder sollen wir auf der Straße schlafen? Ein bisschen Dreck hat noch niemandem geschadet!"

„Da irrst du aber!" Savitri war empört. Was war denn in ihn gefahren? „Siehst du nicht, wie die Kinder sich kratzen? Das sind bestimmt Flöhe!" Gulshan antwortete nicht mehr. Er hatte sich umgedreht und versuchte zu schlafen.

Am nächsten Morgen beim Frühstück erzählte Rohan Vig von einer Eilverordnung der indischen Regierung, dass leerstehende, verlassene Häuser von Flüchtlingen besetzt werden könnten, um das dringendste Elend zu mildern. Jedoch müsse sichergestellt sein, dass das Haus auch tatsächlich für immer verlassen sei. Viele Muslime hatten sich nach dem neu gegründeten Pakistan abgesetzt und ihre Häuser und Wohnungen mit allem Mobiliar zurückgelassen.

Savitri Puri schien sich nicht mehr zurückhalten zu können. Unvermittelt stemmte sie die Ellbogen auf den Tisch. „Wenn es per Erlass erlaubt ist", brach es aus ihr heraus, „könnten wir doch ein solch verlassenes Haus für uns suchen, vielleicht haben wir Glück!"

Sie schaute kurz zu Gulshan hinüber. Der wich ihrem Blick aus.

„Bei den Göttern, das wäre ein Glücksfall. Wir hätten ein Dach über dem Kopf und brauchten Rohan und seiner Familie nicht mehr zur Last zu fallen!"

Rohan machte wieder seine wegwerfende Handbewegung: „Hier bei uns seid ihr willkommen. Das braucht euch keine schlaflosen Nächte zu kosten."

An diesem Tag hielt Rohan Vig seine Schmiede geschlossen. Er wollte Gulshan Puri bei der Suche nach Arbeit und Unterkunft helfen.

„Die Frauen können einkaufen, kochen und sich besser kennenlernen. Ich werde dir die Stadt zeigen."

Stolz machte er auf die Sehenswürdigkeiten aufmerksam, während sie sich in Alt-Delhi durch das geschäftige Treiben in den engen Gassen des *Chandni Chowk* drängten.

„Hier die roten Sandsteinmauern des Red Fort, der Roten Festung. Der Großmogul Shah Jahan hatte sie am Ufer des Yamuna errichten lassen, sie aber nie als Hauptresidenz genutzt. Und dort, gegenüber, die Jama Masjid – die große Moschee. Ein herrliches Bauwerk. Auch sie von Shah Jahan erbaut. Aber die Stadt hat auch eine andere Seite", sagte Rohan, „du wirst sehen."

Gleich neben den prächtigen Bauwerken führte sie ihr Weg durch eines der zahlreichen Armenviertel, wo aus den offenen Abflussrinnen Gestank die Luft verpestete und die Gesichter der Bewohner die Narben vieler Krankheiten trugen. Gulshan dachte sofort wieder an die Nacht im Slum hinter dem Red Fort. Es entging ihm auch nicht, dass hier in den Straßen sonderbare und beunruhigende Unterströmungen fühlbar waren. Die Gesprächsfetzen, die er im Vorbeigehen auffing, stimmten ihn noch besorgter. Hier überschlugen sich offenbar die Gerüchte. Die engen Gassen und Basare, erfüllt vom Lärm der Händler, die ihre Waren anpriesen, dem Klingeln der Rikschas, die sich einen Weg durch die Menge bahnten, dem wütenden Gebell der herrenlosen Hunde, wurden von einer Euphorie beherrscht, die der einer Hochzeitsgesellschaft glich. Gleichzeitig aber fühlte man eine bedrohliche, gespannte Atmosphäre in diesem Teil der Stadt.

Gulshan Puri blieb neben einer alten Frau stehen, die sich wie eine verhärmte kleine Maus weinend an eine Mauer lehnte.

„Kann ich Ihnen helfen, Mata-ji", fragte er mitfühlend. Die Alte klagte: „Oh, Babu, das kannst du nicht. Niemand kann den Willen der Götter beeinflussen. Die Cholera... Sie hat gewütet. Viele dahingerafft, viele. Meine ganze Familie. Niemand von den Meinen ist übrig, nur ich, nur ich", schluchzte sie. „Wäre ich doch auch gestorben! Hai Ram, hai Ram! Wie soll ich weiter leben? Diese Nächte... Das Mondlicht, die Hitze, das grässliche Jaulen der Hyänen und Schakale. Und der Gestank - Verwesung. Vollgefressene Geier auf den Bäumen. Ich höre ihre klatschenden Flügelschläge. Die Götter haben uns verlassen, Babu."

Mit irrem Blick sah sie Gulshan an. „Verbrannt worden sind sie alle. Ein Begräbnis, ja, ein ordentliches Begräbnis, ja, ja." Dann legte sie Gulshan ihre knochige, von blauen Venen überzogene Hand auf den Arm. „Der große Vishnu segne dich, mein Sohn. Du hast mir zugehört", murmelte sie, sah verwirrt um sich und hastete weiter.

„Das ist Alltag in Delhi geworden. So etwas wird dir jetzt überall begegnen", sagte Rohan Vig, während sie sich durch das Gewühl drängten. Gulshan bemühte sich, dicht hinter Rohan zu bleiben. Mit halben Ohr hörte er Rohan zu; die Alte ging ihm nicht aus dem Sinn.

Rohan erzählte, dass nicht nur die Cholera vielen Menschen den Tod gebracht hatte. Wie in anderen Städten in Indien war auch in Delhi die Gewalt überall aufgeflackert, in armen und reichen Bezirken. Die Geschäftsleute hatten zusehen müssen, wie Hindu-Horden Textilgeschäfte und Boutiquen angesehener Muslime plünderten und diese umbrachten. Passanten waren über ermordete Ladenbesitzer gestiegen und hatten sich über die vollen, unbeaufsichtigten Regale hergemacht, um mit vollgestopften Taschen geraubter Waren wieder zu verschwinden. Niemand konnte das vergessen.

Endlich hatten sie die belebtesten Straßen hinter sich gelassen. Sie konnten nebeneinander hergehen. Rohan redete ununterbrochen. Gulshan Puri war froh, dass er schweigen konnte und einiges über die Geschehnisse in Delhi erfuhr. Und Rohan erzählte, dass Sikh-Banden in der Nähe der Lodi Colony in die Bungalows muslimischer Beamter und Staatsdiener eingedrungen waren und jedes Lebewesen abgeschlachtet hatten, das ihr *Kirpan* erreichte. In der Nähe der Jama Masjid, hatten sich die Muslime mit schweren Maschinenpistolen und Mörsern bewaffnet, um sich gegen die Randalierer, aber auch gegen Teile der indischen Polizei zu schützen. Muslim-Familien, die nicht flüchten wollten und den Mut hatten zu bleiben, war es gelungen, sich in den verschachtelten Straßen und Häusern des *Chandni Chowk* zu verbarrikadieren und so zu überleben. Manche wurden auch von ihren Nachbarn versteckt.

Gulshan warf einen Seitenblick auf Rohan Vig. Dieser vierschrötige Mann an seiner Seite schien zu begreifen, dass alle gleichermaßen betroffen waren, Hindus und Sikhs, aber eben auch die muslimischen Familien.

„Hat sich die Situation denn jetzt etwas beruhigt?", fragte Gulshan Puri beunruhigt.

„Nun ja, vereinzelt gibt es immer noch Übergriffe. Polizei und Militär versuchen aber, die Kontrolle zu behalten."

Dass dies ein fast aussichtsloses Unterfangen war, konnte Gulshan sich vorstellen. Es waren ja durch diese Ereignisse Millionen Flüchtlinge hin und her gewandert, eine Karawane unvorstellbaren Ausmaßes. Sikhs und Hindus auf der einen Seite und Muslime auf der anderen, waren aus ihren Wohnungen und Häusern, aus den Dörfern ihrer Vorfahren geflohen. Gerade aus dem pakistanischen Teil des Punjabs hatte ein Exodus nach Indien stattgefunden. Viele der Flüchtlinge waren nach Delhi gekommen, wodurch sich die Einwohnerzahl mehr als verdoppelt hatte.

„Die Spannungen in der Stadt zwischen Flüchtlingen und alteingesessenen Einwohnern sind nicht geringer geworden", sagte Rohan und zeigte auf eine Ansammlung von Menschen vor dem Red Fort, die heftig gestikulierend miteinander stritten.

118

Vor der Bude eines Betelblattverkäufers, eines *Paan-Wala,* blieb Rohan Vig stehen und bestellte sich ein mit Gewürzen gefülltes Betelblatt.

„Du auch, Gulshan?", fragte er aufmunternd. Gulshan schüttelte den Kopf. Darauf hatte er keine Lust. Für die Nase war *Paan* zwar ein Vergnügen, er hasste aber die rot verfärbten Zähne beim Zerkauen und die abstoßende Gewohnheit der Männer, den sich im Mund angesammelten Saft auf die Straße zu spucken.

Die kleinen Behälter am Tresen des *Paan-Wala* verströmten köstliche Düfte. Gulshan roch schwarzen Kümmel, Zimt, Anis, Fenchel, Tamarinde, *Chuna* und weitere Ingredienzien, die er nicht zuordnen konnte. Der *Paan-Wala* nahm ein frisches grünes Betel-Blatt in die Hand und bestrich es dünn mit einem *Chuna*-Brei, legte einige schwarze Kümmelsamen, Süßholz und *Supaari,* Betel-Nuss-Splitter, darauf und bestrich alles mit einer dicken braunen, klebrigen Tamarindenpaste, die mit ihrem säuerlichen Geschmack dem Ganzen die letzte Feinheit gab. Dann fügte er noch weitere Gewürze hinzu und faltete das Blatt zu einem dreieckigen Päckchen zusammen. Rohan Vig schob sich das Päckchen in den Mund und kaute stumm darauf herum.

Warum sprach Rohan nicht weiter und nahm ihm diese Beklemmung, die er empfand, seit sie durch die überfüllten Straßen Alt Delhis gingen? Trübsinn lag Gulshan schwer auf der Brust. Er war einfach verzagt, durfte aber jetzt weniger als zuvor verzweifeln und das Selbstvertrauen verlieren. Natürlich konnte er sich vorstellen, dass die Einwohner von Delhi den Flüchtlingsstrom, der über ihre Stadt wie eine Flutwelle hereingebrochen war, nicht gerne sahen. Sie mussten mit Konkurrenz in Handel und Gewerbe rechnen und befürchteten sicherlich auch, politische Macht zu verlieren.

Rohan Vig kaute weiter schweigend sein *Paan,* nur ab und zu ließ er ein tiefes Brummen vernehmen. Dann spuckte er endlich den roten Saft des zerkauten *Betel*-Blattes im hohen Bogen auf die Straße, säuberte sich mit einem Taschentuch den Mund und sprach ohne Übergang weiter: „Es ist einfach so, dass die seit Jahrhunderten in Delhi ansässige alte Elite der Hindus und

Muslime, die *Dilli-walas,* die Neuankömmlinge aus dem Punjab als Bauernflegel verachten, weil sie nicht das vornehme Urdu sprechen und mit der alten Kultur und Volkstradition, den *Mushairas,* den Literatur- und Dichterlesungen der großen Dichter Delhis nichts anzufangen wissen."

Er gab einen grunzenden Laut von sich und puffte Gulshan mit der Faust, triumphierend grinsend, in die Seite.

„Wir Punjabis sind geschickte Handelsleute und gute Handwerker, und wir arbeiten extrem hart, deshalb gelingt es uns auch immer, irgendwie unser Auskommen zu sichern."

Nun ja, dachte Gulshan, vielleicht können wir uns durch unsere Lebenstüchtigkeit mit der Zeit bei unseren neuen Nachbarn Respekt verschaffen und diese durch unseren Fleiß versöhnlicher stimmen.

Die Punjabis mit ihrer Offenheit standen allem Neuen aufgeschlossen gegenüber. Sie würden sich schnell den Normen und Verhaltensweisen der alteingesessenen *Dilli-walas* anpassen, ebenso, wie sie sich gern von der westlichen Zivilisation beeinflussen ließen. Umgekehrt konnte Gulshan sich aber gut vorstellen, dass die Punjabis ihrerseits die *Dilli-walas* heimlich als faule, träge und degenerierte Weichlinge verachteten, die den ganzen Tag auf ihrem Betel-Blatt oder auf ihrem Tabak herumkauten und bis heute von den großen Heldentaten ihrer Vorfahren aus den Mogul-Dynastien träumten, ohne selbst etwas geleistet zu haben.

Rohan lachte wieder sein dröhnendes Lachen und sagte, als habe er Gulshans Gedanken erraten: „Ein zugezogener Punjabi in meiner Nachbarschaft meinte kürzlich, vielleicht seien die *Dilli-walas* nicht ausschließlich faul, sehr aktiv könne man sie aber auch nicht gerade nennen. Die Punjabis dagegen, sagte er, ja, die verstünden ihr Geschäft. Sie seien in der Lage, gutes Geld zu verdienen und es auch wieder großzügig auszugeben. Sie wüssten das Leben zu genießen. Innerhalb kürzester Zeit würden sie in ganz Indien den Handel an sich reißen und wirtschaftlich den Ton angeben. Die *Dilli-walas* dagegen seien habgierig und manchmal auch unaufrichtig. Nie nannten sie die Dinge direkt beim Namen. Gut leben wollten sie, aber dafür arbeiten wollten sie nicht."

Von solchen Stimmungen wurde die Stadt derzeit beherrscht, das war es, was Gulshan Puri spürte. Ärgerlich presste er die Luft durch seine Zähne. Es gab doch nichts Dümmeres, nichts Sinnloseres als Vorurteile. Die Menschen beraubten sich gegenseitig des Respekts.

„Von vielen wird in diesen Zeiten versäumt, ihre Pflicht als Mensch zu erfüllen", sagte Gulshan laut.

„Pflicht als Mensch?", fragte Rohan irritiert.

„Ja!", antwortete Gulshan ein wenig zu heftig. „Statt zu hassen und zu streiten, sollten sie lieber ihre Arbeit tun in der neu gewonnenen Freiheit."

Es war spät geworden. Die Wolken am Horizont hatten sich verfärbt, und eine Welle von Rot überschwemmte den Himmel. Rohan Vig blieb stehen: „Wie sie in der Abendsonne leuchtet, Delhi, unsere Schöne! Sieh sie dir an!"

Er legte Gulshan den Arm um die Schulter und sagte ohne Bedauern: „Arbeit haben wir heute nicht für dich gefunden. Wir haben nur geschwatzt. Dafür hast du einen kleinen Teil der Stadt gesehen. Morgen, wenn ich wieder in meiner Schmiede arbeite, kannst du alleine dein Glück versuchen."

„Gut", meinte Gulshan schwach lächelnd, „dann sehen wir jetzt, was unsere Frauen in der Zwischenzeit gemacht haben."

Rohan lachte dröhnend und brummte: „Ich bin mir sicher, die sind die dicksten Freundinnen. Meine Manjula ist nicht perfekt. Sie ist laut, nicht besonders sauber, aber sie liebt es, die Angelegenheiten anderer Leute in die Hand zu nehmen und die Dinge zu regeln. Meist gelingt ihr das auch. Aber einen Streit mit ihr sollte man vermeiden. Man zieht immer den Kürzeren."

Schwatzend standen die beiden Frauen vor der Kochstelle, als Rohan und Gulshan das Haus betraten. Gulshan war froh über das Bild, das sich ihm bot. Schmunzelnd bemerkte er mit einem Blick in die aufgeräumte Küche: „Unterkunft habe ich nicht gefunden, Arbeit auch nicht - trotzdem scheint hier jedenfalls der Tag erfolgreich gewesen zu sein." Manjula und Savitri sahen sich lachend an.

„Deiner Frau war es hier nicht ordentlich genug. Erst nachdem sie den ganzen Tag geputzt und geräumt hatte, war sie zufrieden." Manjula lächelte gutmütig: „So hat eben jeder seinen Tick."

Am nächsten Morgen weckte Gulshan Puri seinen Ältesten kurz nach Sonnenaufgang.

„Ich möchte, dass du mich heute begleitest, Deepak. Wir wollen uns nach Arbeit umsehen. Vielleicht haben wir Glück."

Savitri bereitete zwei *Chapatis* mit etwas *Achaar* als Verpflegung vor.

14

Deepak war noch dünner geworden. Die Entbehrungen auf der Flucht hatten ihn mitgenommen, wie alle anderen Familienmitglieder auch. Trotzdem unterstütze er seinen Vater mit ungewöhnlicher Zähigkeit bei der Versorgung der Familie.

Gulshan und Deepak waren nun schon den ganzen Vormittag in den Straßen von Delhi unterwegs. Rohan Vig hatte ihnen die Adresse eines Freundes gegeben, der als Verwaltungsbeamter bei der neuen indischen Behörde arbeitete. Das Viertel der Beamten und Staatsangestellten befand sich in der Umgebung der Lodi Road.

Am Anfang ihrer vormittäglichen Entdeckungsreise war Deepak überwältigt von den vielen gegensätzlichen Eindrücken. Wusste nicht, wohin er zuerst schauen sollte. Für einen Augenblick fesselte ihn der riesige Connaught Place, ein Platz, um den herum die Gebäude in zwei Zirkeln gebaut waren, einem inneren und einem äußeren. Hier gab es viele Geschäfte in großen weißen Bürogebäuden. Sich hier zurechtzufinden! Wie verwirrend das alles war.

Er stand ruhelos am imposanten India Gate, wo die Engländer früher ihre Paraden zur Demonstration ihrer Macht abgehalten hatten, ging hinüber zu seinem Vater, setzte sich zu ihm auf den gepflegten Rasen und teilte mit ihm sein Entzücken über die schöne Gartenanlage.

Gulshan erzählte ihm, dass hier im August die Feierlichkeiten zur Unabhängigkeit mit der neuen indischen Regierung und dem zurückgetretenen Vizekönig von Indien, Lord Mountbatten, stattgefunden hatten.

„Können wir nicht später einmal, wenn wir mehr Zeit haben, hierher kommen und uns alles genau anschauen? Dann könntest du mir mehr über Gandhi und Nehru erzählen", sagte Deepak. „Und was meinst du, wie war den Engländern bei den Feierlichkeiten zumute?"

„Alle deine Fragen zu beantworten, lässt einem Mann den Kopf rauchen, Junge", lachte Gulshan. „Natürlich können wir wiederkommen und alle Bauwerke und Denkmäler ansehen. Wir könnten auch Ram Chand mitnehmen – würde dir das gefallen?"
„Oh ja, herrlich!", rief Deepak und ließ sich zurück auf den Rasen sinken. Am wolkenlosen Himmel hoch oben trieb einer Schlangenhaut ähnlich, ein Wolkenfetzen ganz langsam dahin.
Gulshan Puri freute sich über Deepaks Interesse. Er selbst versuchte, sich die Feierlichkeiten zur Unabhängigkeit vorzustellen. Welche Euphorie mussten die indischen Politiker an diesem Tag empfunden haben, nach Jahren des Kampfes nicht nur um die Freiheit, sondern auch um Anerkennung ihrer Fähigkeiten, das Land regieren zu können. Waren sie in London doch immer als Dilettanten betrachtet worden, die diesen Subkontinent nie regieren könnten.
Indiens neuer Ministerpräsident Nehru wusste, wie viel sein Land in der letzten Phase vor der Unabhängigkeit Lord Mountbatten zu verdanken hatte.
Gulshan hatte alles gelesen, was über diesen Engländer je geschrieben worden war. Der sechsundvierzigjährige Vizekönig von Indien und Viscount of Birma war einer der wenigen Briten, die ihn tief beeindruckt hatten. Ja, er bewunderte diesen Mann. Mountbatten war eine der bekanntesten Erscheinungen in der englischen und indischen Öffentlichkeit. Trotz der strapaziösen Belastungen, die ihm die zurückliegenden Jahre in Südostasien gebracht hatten, konnte Gulshan in seinem Gesicht, das Millionen Lesern der Massenpresse vertraut war, kaum einen Anflug von Ermattung und Abgespanntheit erkennen. Die regelmäßigen Züge, der noch immer dichte dunkle Haarschopf, unter dem sich die blauen Augen strahlend abhoben, all dies ließ ihn viel jünger erscheinen. Er war einer der glänzendsten Männer seiner Generation.
Das vizekönigliche Amt war ja auch einer der wichtigsten Posten innerhalb des Empire gewesen, von dem aus England über das Schicksal eines Fünftels der Menschheit bestimmt hatte, dachte Gulshan. Mountbattens Aufgabe hatte aber nicht

darin bestanden, Indien zu regieren, sondern - und das war Gulshan bewusst - eine der für England schmerzlichsten Missionen zu erfüllen – die britische Herrschaft über den Subkontinent zu beenden.

Sein öffentliches Image wurde Mountbatten aber bei weitem nicht gerecht, fand Gulshan. Wenn ihn die Öffentlichkeit als eine Stütze des Establishments betrachtete, so waren doch Mountbatten und seine Frau für eben dieses Establishment selbst eher gefährliche Radikale. Durch sein Kommando in Südostasien hatte er Kenntnisse über nationalistische Bewegungen in Asien, wie sie in England nur wenige besaßen. In Indochina hatte er es mit Anhängern Ho Tschi Minhs zu tun gehabt, mit der Gefolgschaft Sukarnos in Indonesien, Aung Sans in Birma, Kommunisten in Malaysia und rebellischen Gewerkschaftlern in Singapur. Sie, die in seinen Augen die Zukunft Asiens repräsentierten, wollten nicht länger den Unterdrückern Untertan sein. So hatte er sich bemüht, entgegen der Forderung seines Stabes und der Alliierten, mit ihnen zu einer Verständigung zu gelangen. Aber die nationalistische Bewegung, mit der er es nun in Indien zu tun hatte, war die älteste und ungewöhnlichste von allen. Ihre Führung hatte dem größten Imperium der Geschichte die Entscheidung abgerungen, aus Indien abzuziehen, ehe die Macht der Geschichte und der Revolution die Briten aus dem Land getrieben hätten. Gulshan blinzelte in den strahlend blauen Himmel.

Ja, von Anfang an hatte Mountbatten sein Wissen klug eingesetzt und richtig gehandelt, dachte er. Und als er in London freie Hand für die Verhandlungen einforderte, ohne ständige Einmischung von England, war dies etwas, was noch keinem Vizekönig vor ihm gelungen war. Er wusste, dass er dazu verurteilt war, den Schlusspunkt unter den Traum seiner Landsleute vom indischen Kaiserreich zu setzen.

Deepak hatte Gulshan seinen Gedanken überlassen, ohne ihn zu stören. Er selbst lag immer noch reglos im Gras, war bezaubert von dem Duft der Blumen ringsum und malte sich mit seiner

kindlichen Phantasie eine märchenhafte Zukunft in dieser
beeindruckenden Stadt aus.

In der Lodi-Road standen sie vor der Mauer des Lodi-Gardens –
noch eine große Parkanlage mitten in der Stadt, stellte Gulshan
Puri erfreut fest. Die *Chapatis*, die Savitri ihnen als Mittagessen
eingepackt hatte, könnten sie im Park essen.

Auf den gepflegten Rasenflächen saßen Leute, die sich
unterhielten oder aßen. Die Luft war mild, und je weiter sie
gingen, desto weniger drang der Lärm der Straße in die Stille des
Parks. Über eine gestutzte Gardenienhecke hinweg betrachteten
sie den dahinter liegenden Rosengarten, der mit niedrigem
Buchsbaum eingefasst war. Die geometrischen Muster des
Buchsbaums ließen den Rosengarten wie ein Gemälde
erscheinen. Gulshan nahm Deepaks Hand. Sie kletterten die
Hänge künstlich angelegter, grasbewachsener Hügel hinauf und
gingen auf Kieswegen, die von Blumenrabatten gesäumt waren,
auf einen kleinen See zu. Hier, am Ufer des Sees ließen sie sich
ins Gras fallen. Die nackten Füße im Wasser baumelnd, aßen sie
ihre *Chapatis*.

In ihrer Nähe saß ein *Pandit* mit gekreuzten Beinen im Gras und
aß aus einem aus Blättern geflochtenen Napf. Er bedachte Vater
und Sohn mit missbilligenden Blicken.

Gulshan flüsterte Deepak zu: „Ich wette, der Pandit sucht gleich
das Weite."

Der alte Brahmane fuhrwerkte mit seiner freien Hand herum,
stellte seinen Napf mal hierhin, mal dorthin und warf die Reste
seines Essens schließlich mit einer angewiderten Geste ins
Gebüsch. Die beiden Nichtbrahmanen hatten mit ihrer
Anwesenheit seine Mahlzeit verunreinigt.

Gulshan und Deepak lachten über den kauzigen Mann und
ließen mit ihren Füßen übermütig das Wasser des Sees hoch
aufspritzen. Der Pandit rappelte sich auf seine krummen Beine
und schlurfte vor sich hin schimpfend auf seinen ausgetretenen
Chappals davon.

126

Gulshan sah auf die Uhr. Wenn sie Rohans Freund in der Mittagspause zu Hause antreffen wollten, mussten sie sich beeilen. Vor dem Park fragte er einen Passanten nach dem Weg zu dem Wohnblock, in dem Rohans Freund wohnte.

Dieser Passant - Gulshan traute seinen Augen kaum. Vor ihnen stand Savitris Cousin Naveen! Naveen, der hässliche kleine Mann - der gute Freund mit seinen weit auseinanderstehenden wässrigen Augen. Nur die Fettpolster um seine Hüften waren nicht mehr da, ausgemergelt sah er aus. Sie sahen einander verblüfft an. Naveen streckte in der Sekunde des Erkennens die Arme aus: „Gulshan! Ihr seid dem Gemetzel entkommen?"

Sie klopften sich auf die Schultern und lachten. Dass sie sich in der Millionenstadt Delhi zufällig über den Weg gelaufen waren...

Naveen sagte freudestrahlend: „Dass ich dich hier treffe! Zufälle gibt es nicht!" Er tätschelte Deepaks Kopf. „Ein Fingerzeig der Götter! Wo ist der Rest der Familie?"

Sie rafften ihre *Dhotis,* hockten sich in den Schatten der Bäume und erzählten sich ihre Geschichten. Als Naveen bemerkte, dass Deepak ihn unverwandt ansah, strich er ihm über die Haare und fragte: „Deine Mutter? Ist sie gesund?"

Deepak antwortete widerwillig. „Meiner Mutter geht es gut. Aber wir sind eigentlich auf dem Weg zu einem Mann, der meinem Vater vielleicht eine Arbeit vermitteln kann", fügte er mit leisem, unschuldig triumphierenden Unterton hinzu, was seinem Vater ein Lächeln entlockte. Deepaks Art seine Wünsche durchzusetzen hatte Gulshan immer belustigt.

Gulshan Puri schaute auf seine Armbanduhr: „Oh, nun ist es zu spät! Der Besuch muss bis morgen warten. Die Mittagspause ist vorbei", sagte er, enttäuscht über die verpasste Gelegenheit. Anderseits war er über die zufällige Begegnung mit Naveen so froh, dass seine gute Laune sofort wiederkehrte. Ein alter Freund, den man seit Jahren kannte, ein Verwandter, das tat gut. Was machte es da aus, dass der Besuch auf den nächsten Tag verschoben wurde.

127

In ihr Gespräch vertieft bummelten sie unter Schatten spendenden Bäumen an der Parkmauer entlang. Sie überquerten vornehme Nebenstraßen, in denen die weißen klassischen Bungalows der hohen Regierungsbeamten hinter massiven eisernen Toren verborgen waren. Überall leuchteten die gelben Blüten der Gulmohar-Büsche.

Wie schön, dachte Gulshan, träge durch die Eindrücke. Wie schön, wieder ohne Angst mit einem Freund zu plaudern.

Er hörte Naveens gedehnte Stimme: „Vor drei Monaten sind wir aus dem Punjab in Delhi angekommen. Damals, zu Beginn des Exodus, waren es erst wenige Flüchtlinge hier in Delhi. Wir hatten Glück. Gleich nach unserer Ankunft fand ich Arbeit beim Straßenbauamt - dreimal in der Woche. Man hat uns auch eine Wohnung in der Lodi-Road zugewiesen. Ich verdiene nicht viel, aber wir kommen zurecht."

Er erzählte, dass sich in den wenigen Wochen seit der Unabhängigkeit in Delhi manches verändert habe. Viele Leute, die man traf, waren auch Flüchtlinge aus dem Punjab. Zeitungsredakteure, erfolgreiche Geschäftsleute, bekannte Politiker waren, wie alle anderen, als arme und mittellose Flüchtlinge angekommen. Eines war ihnen allen gemeinsam: Sie dachten wehmütig an ihre Heimat, ihre Häuser, die sie verlassen mussten, an Entführungen und Vergewaltigungen, die sie auf ihrer Flucht erleben mussten. Die entsetzliche und grauenvolle Geschichte dieser Teilung Indiens. Gulshan nickte zustimmend.

„Tut denn die neue indische Regierung nichts, um die Not der Flüchtlinge zu lindern?"

„Natürlich! Aber wie willst du den Zuzug der Flüchtlinge kontrollieren? Da entstehen Probleme. Delhi platzt aus allen Nähten. Neue Slums schießen wie Pilze aus dem Boden. Wegen der Menschenmengen kann man sich, wie du siehst, in den Straßen kaum fortbewegen."

Naveen sprach von den Abwässern und dem Unrat. Alles werde ungeklärt in den *Yamuna* eingeleitet. Die Stadtplaner und die Unternehmer arbeiteten zwar daran. Aber diese vielen Flüchtlinge! Neue Kolonien, notdürftig ausgestattet, wurden aus dem Boden gestampft. Man ging sogar soweit, eine Infrastruktur in den Außenbezirken zu planen, ohne Rücksicht auf die alten Kulturdenkmäler, die Grabmale oder Türme.

„Neue Straßen und ganze Bezirke werden rücksichtslos auf den Überresten der alten Dynastien erbaut." Er unterstrich seine Worte mit lebhafter Gestik. „Aber zum Glück gibt es auch andere Bereiche in der Stadt. Sie scheinen über Jahrhunderte, ja Jahrtausende, intakt geblieben zu sein. Ich bin immer wieder von den vielen historischen Ruinen dieser Stadt fasziniert." Er hielt inne, legte Gulshan seine schmale Hand auf die Schulter, in der sich die Knöchel wie Pfeilspitzen durch die Haut drückten, und knetete sie liebevoll: „Du bist so stumm! Ich rede wohl zu viel über Dinge, die dir im Moment furchtbar unwichtig erscheinen."

„Nein, nein sprich nur weiter. Wenn du redest, spüre ich den Puls der Stadt und kann mir ein sehr gutes Bild machen." Gulshan Puri lächelte zurück in das hässliche, hohlwangige Gesicht seines alten Freundes, in seine wachen, wässrigen Augen unter dem schwarzen Haarschopf. Verdammt, dachte er, es wird nicht einfach werden, als Flüchtling hier zu überleben.

Nachdenklich sagte Naveen: „Die Flüchtlinge. Sie werden wohl zum Prüfstein für Delhi werden. Sie kommen mit neuen Ideen. Sie haben Initiative. Kurz, das gesamte Bild Delhis, der Bazare, der Kolonien, wird sich gewaltig ändern. Das Unterste wird zuoberst gekehrt werden."

Würde das alles ohne Unruhe abgehen?, überlegte Gulshan. Würden es nicht eher die Flüchtlinge sein müssen, die sich den Einheimischen anpassen?

„Unmittelbar nach meiner Ankunft in Delhi", fuhr Naveen fort, „ich erinnere mich gut, hat sich mein Nachbar, ein junger Lehrer, bitter darüber beklagt, dass im gesamten Bereich Delhi vor der Unabhängigkeit kaum eine Schule vom Staat finanziert wurde. Auch die drei einzigen existierenden Universitäten sind privat. Der Staat wird in die Pflicht genommen werden müssen", sagte Naveen mit Überzeugung. „Bei achtzig Prozent Analphabeten…"

129

Plötzlich blieb er stehen und lachte: „Wir wollen doch nicht unsere Zeit nur mit Schwatzen vertun. Ihr sucht eine Unterkunft – da wären wir!"

Sie standen vor einem schmalen ebenerdigen Häuschen in einer sehr einfachen Barackensiedlung. Von einem winzigen Hof aus konnte man in die dahinter liegende kleine Küche schauen, gerade groß genug für eine Person. An die Küche schloss sich das einzige Zimmer an, aus dem das Haus bestand.

In mehreren Reihen waren hier bis zu zwanzig kleine Einzimmerwohnungen mit Flachdächern aneinander gebaut worden, überwiegend bewohnt von Bediensteten der Regierungsbeamten und Arbeitern. Die Reihen waren durch Wege mit einer Regen- und Abwasserrinne in der Mitte getrennt. Statt Wasser und Toiletten in den Wohnungen gab es mehrere Gemeinschaftswasserstellen und -toiletten.

„Ihr könnt fürs erste bei uns wohnen. Wir rücken zusammen. Viel Platz ist nicht. Wir werden dicht gepackt, wie Räucherstäbchen schlafen müssen. Eine lustige Großfamilie werden wir abgeben", sagte Naveen, zuversichtlich schmunzelnd. „Unser Auskommen, nun ja, es ist eher schlecht als recht, aber eine Weile wird es für alle reichen. Wenn du mitarbeitest, wird's leichter."

Gulshan war berührt von der Freundlichkeit und Hilfsbereitschaft Naveens. „Mir ist jede Arbeit recht", sagte er.

Naveen nickte. „Gerade jetzt müssen wir zusammenhalten und alles tun, damit das Schlachtfeld von gestern mit Gras und Blumen bedeckt werden kann, Cousin!"

Gulshan schaute seinen Sohn an: „Wir werden es schaffen, so viel weiß ich!" Er legte den Arm um Deepaks Schulter und zog ihn an sich.

Nach all dem Chaos senkte sich eine Art müder Ruhe über Gulshan und Savitri Puri. In der Lodi Road bei Naveen und seiner Frau wurden sie in die enge nachbarschaftliche Gemeinschaft aufgenommen. Und Savitri bemerkte, dass mit einem Mal wieder die soziale Stellung in der Gemeinschaft von

Bedeutung war. Die Menschen hatten schon wieder Angst vor dem Gerede der Leute, fingen an, wieder nach Kaste, Klasse und Religionsgemeinschaft zu sortieren. Sie fragte sich, ob es nicht möglich sei, sich freizumachen von den Ketten und Bürden der Vergangenheit. Man würde sehen.

15

Dieser November war sehr seltsam mit seinen feurig-glühenden Sonnenuntergängen, wie das Spiel eines Flammenmeeres am Himmel. Bei Sonnenuntergang mischten sich die abendlichen Dämpfe und Ausdünstungen der Stadt mit dem Geruch der Dungfeuer und den Essensgerüchen aus den vielen kleinen Küchen in der Lodi Road. Die schwere, staubige Luft ließ die Farben der Dämmerung unnatürlich lebhaft leuchten. Die Kuppeln der umliegenden Grabmale wurden in unwirkliches Rot, Purpur und Orange getaucht und strahlten gegen den flammenden Himmel. Verglichen mit den vergangenen Monaten war die Temperatur endlich angenehm. Im Himalaja war der erste Schnee gefallen. Die kühlen, in die Ebene strebenden Luftmassen ließen das heiße Pflaster der Städte abkühlen.

Eng war es in dem kleinen Haus. Der vier mal drei Meter große Raum war zur Schlafstätte von Naveens vierköpfiger und Gulshans fünfköpfiger Familie geworden. Nachts lagen die Kinder eng an ihre Eltern gedrängt. Aber die Stimmung war gut. Es herrschte jenes stumme Einverständnis, wie es zwischen alten Freunden besteht, die sich lange genug kennen und wissen, dass sie einander vertrauen können.

Rohan Vigs Freund hatte Gulshan keine Arbeit vermitteln können und so verdingten sich Gulshan Puri und Deepak in der Stadt als Tagelöhner. Abends kamen sie müde, aber mit ein paar Rupien in der Tasche zurück. Als sie eines Morgens einem Händler beim Entladen der *Dal*-Säcke halfen, erzählte auch dieser ihnen wieder von dem Regierungserlass. Mit behördlicher Erlaubnis dürften sich Flüchtlinge mit Hausrat, Möbeln und den notwendigsten Dingen zum Überleben versorgen aus Häusern, die von flüchtenden Muslimen verlassen worden waren. In der Nähe sei ein großes verlassenes Haus, sagte er und zeigte vage ans Ende der Straße.

„Wahrscheinlich werdet ihr dort aber kein Glück mehr haben. Alle Flüchtlinge wissen immer sofort Bescheid, so als habe der Wind es ihnen ins Ohr gewispert." Er zuckte die Schultern. „Aber vielleicht findet ihr doch noch etwas Brauchbares."

Aufgeregt ließen sich Gulshan und Deepak ihren Lohn auszahlen und machten sich sofort auf den Weg. In einer ruhigen Nebenstraße fanden sie das verlassene Haus. Dieser große, weiße Bungalow mit seinen vielen Zimmern musste einer sehr wohlhabenden muslimischen Familie gehört haben. Er war umgeben von einem herrlichen, etwas verwilderten Garten. Blumenrabatten zeugten davon, dass sich hier Menschen inmitten der hektischen Großstadt ein grünes Paradies geschaffen hatten. Üppig blühten Dahlien, Zinnien und Campanula in der Abendsonne und gaben dem Garten etwas friedlich Lebendiges. Nur die offen stehenden Türen des Hauses, Scherben zerbrochener Vasen auf den Gartenwegen und vertrocknete, aus ihren Töpfen gerissene Pflanzen zeugten davon, dass hier geplündert worden war.

Deepak sah seinen Vater fragend an, als der unschlüssig an der Eingangstür stehen blieb.

„Sollen wir reingehen, Bhapa-ji?", fragte er aufmunternd.

Gulshan Puri zögerte nur einen Moment. Er nickte stumm. Nein, er hatte kein schlechtes Gewissen. Welche Alternative hatte er denn, wenn seine Familie überleben wollte? Alles, was geschehen ist, ist nicht mein Wille. Ich bin nur Zuschauer, die Vorstellung bestreiten andere, also kämpfe! dachte er.

Langsam folgte er Deepak von einem leeren, geplünderten Zimmer ins andere. Er wunderte sich, warum sich hier keine Flüchtlinge einquartiert hatten. Aber vielleicht suchten sie, genau wie er und seine Familie, die Nähe von Verwandten und Freunden. Oder war es das Haus. Groß, leer und still wirkte es fast ein wenig unheimlich. Wie schnell ein verlassenes Haus verfällt und die Natur davon Besitz ergreift, dachte er bestürzt. Noch konnten es die Vorbesitzer nicht lange verlassen haben, und schon waren die Wände feucht und fleckig, Spinnen und Moskitos hatten sich in den Ecken häuslich eingerichtet. Dem eigentlichen Haupthaus waren an beiden Seiten u-förmig Diener- und Gästeflügel angeschlossen, die in einem noch schlechteren Zustand waren. Der alte Banyan-Baum, der die große Terrasse beschattete, würde bald in die Wände des Hauses hineinwachsen, weil kein Gärtner mehr mit der Schere zur Hand war, um dem Wildwuchs Einhalt zu gebieten.

Hier und da lagen zurückgelassene, unbrauchbare Haushaltsgegenstände herum. Mobiliar gab es nicht mehr. In einer Abstellkammer fand Deepak einen Stapel Porzellanteller. Die konnte man vielleicht auf dem Markt verkaufen.

Wie fleißige Ameisen liefen die Menschen auf dem großen Marktplatz in der Nähe der Lodi Road durcheinander. Ein Händler übertönte den anderen durch lautes Anpreisen seiner Waren. Zwischen den aus Holz gezimmerten Marktbuden der alteingesessenen *Dilli-walas* hatten einige Punjabis ihre Waren direkt auf dem staubigen Boden ausgebreitet, andere auf baumwollenen Stofffetzen. Diejenigen, denen es etwas besser ging, hatten sogar gewebte Läufer, auf denen sie ihre Waren präsentierten. Viele Menschen schauten nur, manche kauften, von den Händlern in geschickte Verkaufsgespräche verwickelt. Das alles machte den Eindruck, es habe sich jeder, der etwas zu verkaufen hatte oder kaufen wollte, entschlossen, auf diesem Marktplatz sein Glück zu machen.

Stolz, von seinem Vater wie ein gleichberechtigter Erwachsener behandelt zu werden, rief Deepak mit heller Stimme lautstark in die Menge: „Porzellanteller aus feinstem China-Porzellan, pro Teller, nur eine Rupie! Eine einmalige Gelegenheit! Billig, billig, feinstes Porzellan! Speisen Sie wie die Maharajas von bestem Porzellan. Nur eine Rupie pro Stück! Nur eine Rupie für beste Ware!"

Neugierig hatte sich eine Traube Menschen um Deepak und Gulshan Puri versammelt. Einige griffen sofort in die Tasche, um nach Münzen zu suchen.

Am Abend hatten sie ihren Bestand verkauft und so viele Rupien in der Tasche, dass Gulshan davon am nächsten Tag bei einem

Großhändler einen Sack Zucker kaufen konnte. Den Zucker verkauften sie pfundweise weiter, an demselben Platz, an dem sie am Vortage die Teller verkauft hatten. Bald waren sie wieder von Käufern umringt. Der Handel schien dem kleinen Deepak im Blut zu liegen. Schnell hatte es sich auf dem Markt herumgesprochen, dass die Tellerverkäufer - der Vater mit seinem Sohn - heute Zucker viel billiger verkauften, als alle anderen Händler in den Marktbuden. Es dauerte keinen halben Tag, und der Zucker war verkauft. Über das investierte Geld hinaus war ihnen ein kleiner Gewinn geblieben – und der leere Sack. Für sie ein Vermögen. Sorgfältig legten sie den Sack zusammen und brachten ihn dem Großhändler zurück, der ihnen dafür eine Rupie und fünfzig Paise zahlte. Endlich konnten sie wieder Lebensmittel für die Familie einkaufen – nach so langer Zeit.

Auf dem Heimweg strich Gulshan seinem Sohn über den Kopf: „Du hast mich in den letzten Tagen gut unterstützt, Deepak. Jetzt haben wir wieder etwas Geld in der Tasche." Nach einer Pause sagte er leise: „Dank den unbekannten Muslimen, die ihr Haus und all ihren Besitz zurücklassen mussten. Durch ihr Porzellan haben wir seit zwei Tagen genug zu essen und uns", setzte er schelmisch hinzu, „damit das erste Geld für ein eigenes Geschäft verdient." Erstaunt sah Deepak zu seinem Vater empor. Hatte er richtig gehört?

„Mit den paar Rupien kann man doch kein Geschäft gründen!", sagte er mit herausfordernd erhobener Stimme.

Gulshan schmunzelte. Der Junge war in den letzten Monaten wirklich reifer geworden.

„Wir werden jetzt jeden Morgen auf dem Markt Zucker verkaufen, so lange, bis wir zwanzig bis fünfundzwanzig Rupien gespart haben. Das würde ausreichen. Damit könnten wir für ein Milchgeschäft die notwendigsten Gerätschaften kaufen. Wir brauchen eine flache *Karai,* eine Terracottaschale für Joghurt, Kellen und ein paar andere Utensilien. Mit einem Bauern aus der Umgebung habe ich schon gesprochen und eine Vereinbarung getroffen. Wenn es soweit ist, werden wir morgens, vor

Sonnenaufgang, einige Liter Milch bei ihm abholen. Die verkaufen wir, und aus dem Rest, den wir nicht verkaufen können, machen wir Joghurt und *Lassi*. Der Bauer bekommt sein Geld für die Milch einen Tag später, wenn wir unsere Ware verkauft haben. Na, Sohn, was hältst du davon?"

Mit beträchtlichem Stolz darüber, dass sein Vater mit ihm die Gründung eines Geschäfts besprach, in dem er mitarbeiten durfte, antwortete Deepak begeistert: „Ich will Tag und Nacht arbeiten, Bhapa-ji." In seiner kindlichen Begeisterung malte er sich aus, wie sich das Geschäft weiterentwickeln könnte.

„Wir könnten sehr reich, vielleicht Millionäre, werden."

Gulshan Puri lachte schallend. Ernster sagte er: „Fasse die Flügel des Vogels in Gold und er wird sich nie wieder in die Lüfte erheben!"

Deepak hüpfte auf einem Bein aufgeregt ein paar Meter voraus; dann blieb er stehen. Er schien von Gulshans Einwand nicht sonderlich beeindruckt.

Diese gute kindliche Unbeschwertheit, dachte Gulshan Puri, als Deepak weiter vor ihm hersprang. Und diese verrückten Phantasien. Dieses Unangebrachte und doch so überzeugend Richtige. Diese schwindelerregende Zuversicht, unbeirrbar die Zukunft in den rosigsten Farben zu sehen.

Deepak hielt an und wartete auf Gulshan. Er fasste die Hand seines Vaters und ging nun ernst und gedankenverloren neben Gulshan her. In seinem Kopf entstanden Pläne, die – davon war er überzeugt – mit seinem Vater zusammen zum Erfolg führen würden. Er sah zu ihm auf, liebte es, wie sein Vater mit sicherem Gang durch die Straßen von Delhi ging, wie er jede Arbeit annahm, um ein paar Rupien zu verdienen, wo doch jeder sah, dass er zu ganz anderen Dingen fähig war.

Kurz vor Einbruch der Dunkelheit kam ihnen in einer Gasse, die in die Lodi-Road mündete, eine Herde von zehn oder zwölf Kühen entgegen. Niemand war zu sehen, dem die Kühe gehören könnten. Sie marschierten wackelnd und langsam an ihnen vorbei und verursachten die Kollision einiger Hausdiener mit ihren Fahrrädern. Die Diener kehrten mit Einkäufen beladen vom Markt in die Lodi-Road zurück und mussten nun ihr Gemüse, die Orangen und Bananen von der Straße aufsammeln und dabei noch achtgeben, dass die Kühe nicht alles zertrampelten. Gulshan und Deepak lachten.

Gerade versank die Sonne hinter der Allee. Der intensive Geruch der Dungfeuer, auf denen die Abendmahlzeiten zubereitet wurden, stieg ihnen in die Nasen. Erst jetzt merkten sie, wie hungrig sie waren.

Zu Hause blickte Savitri ihnen freudig entgegen: „Lebensmittel" rief sie, „das gibt ein Festessen!"

Mit ausgestreckten Armen ging sie auf die beiden zu und nahm ihnen Mehl und Gemüse ab.

Gulshan lächelte. „Zuerst, Frau, brauchen die müden Handelsleute ein Fußbad und dann ein weiches Ruhelager!"

Savitri blieb stehen und hob drohend den Zeigefinger: „Spiel dich nicht als Maharaja oder erfolgreicher Kaufmann auf, sonst kriegst du einen Eimer kaltes Wasser über den Kopf, dann sind nicht nur deine Füße gewaschen!"

Deepak und sein kleiner Bruder Ram Chand prusteten los, froh darüber, dass die Hoffnung wenigstens für einen Abend die trübe Stimmung der letzten Wochen vertrieben hatte.

„Du bist gut gelaunt!", sagte Savitri zufrieden.

„Ja", erwiderte Gulshan ernsthaft. „Ich finde, für den Anfang geht es doch ganz gut."

„Das ist nicht zu leugnen!", sagte Savitri und begann, gemeinsam mit Naveens Frau Lajwanti, das Essen vorzubereiten. Endlich konnten sie etwas von der Großzügigkeit, die sie seit ihrer Ankunft erfahren hatten an Naveens Familie zurückgeben. Die Kinder und Männer setzten sich in der Vorfreude auf ein gutes Essen in den kleinen Vorhof und sahen den Frauen beim Putzen des Gemüses zu.

„Wollt ihr Nichtsnutze nur faul herumsitzen? Schürt das Feuer!", rief Savitri den Kindern zu. Die Kleinen sprangen auf und liefen zum Feuer.

„He, he, die Kleinen haben am Feuer nichts zu suchen" rief Lajwanti ihnen hinterher. „Deepak soll das machen!"

137

Gulshan Puri betrachtete in stiller Freude seine Familie. Wir werden es schaffen, dachte er. Wir müssen es schaffen. Savitri hatte ihm am Vorabend gesagt, dass sie wieder ein Kind erwartete. Eigentlich hätte er sich freuen müssen. Aber der Zeitpunkt – nun ja, sehr ungünstig. Er fragte sich, wie sie es überhaupt fertiggebracht hatten bei den wenigen Gelegenheiten der Zweisamkeit. Doch genug, für heute jedenfalls wollte er sich die Laune nicht verderben lassen.

In der Nacht lag Deepak noch lange wach und malte sich aus, wie es sein würde als Besitzer eines eigenen Ladens. Als der Nachtwächter seine vierte Runde machte, seinen Stock auf den harten Belag der Straße knallte und dabei rief, *„Khabar dar!"*, „Sei wachsam!", schlief er endlich ein.

Wie Gulshan Puri vorausgesehen hatte, waren durch den Zuckerhandel schnell genügend Rupien verdient. Er begann seinen Plan zu verwirklichen. In der Lodi-Road war in den letzten Monaten ein Flüchtlingsmarkt entstanden. Viele kleine Ladengeschäfte aneinander gereiht, gezimmert aus einfachen Brettern, hatte der Staat im Rahmen der Flüchtlingsförderung gebaut. Gulshan Puri mietete eine dieser Parzellen und kaufte die wenigen Gerätschaften, die für ein Milchgeschäft gebraucht wurden. Er erstand ein altes Fahrrad, dessen Lenkstange und Gepäckträger sein Freund Rohan Vig, der Schmied, durch zwei dicke runde Eisenverstrebungen verstärkte und mit der Achse des Vorderrades und am Gepäckträger mit der Hinterradachse verband. Dadurch bekam das Fahrrad die nötige Stabilität. Gulshan konnte nun zwei volle 10-Liter-Kannen an der Lenkstange und zwei 5-Liter-Kannen am Gepäckträger transportieren. Von nun an radelte er jeden Morgen vor Sonnenaufgang durch die menschenleeren Straßen ins nächste Dorf zu dem Bauern.
Gegen sieben Uhr war er zurück. Mit den gefüllten Milchkannen am Fahrrad ging er mit Deepak von Gasse zu Gasse und von Haus zu Haus.

138

„Dudh-Wala! Dudh-Wala!" Mit seiner hellen Stimme lockte der Junge die Frauen aus ihren Häusern. Es dauerte nicht lange, bis der größte Teil der Milch verkauft war. Wenn es zu warm wurde, kehrten sie in den Laden zurück, kochten die restliche Milch ab, füllten sie in Terrakottagefäße und versetzten sie mit Joghurtbakterien. Am nächsten Morgen hatte sich auf dem Joghurt eine dicke Sahneschicht gebildet, die ihre Kunden in diesen kargen Zeiten liebten. Viele hielten auf dem Weg zur Arbeit bei Gulshan Puri und Deepak an, um ein köstliches Glas kühles Lassi zu trinken oder ein Schüsselchen sahnigen Joghurt zu essen.

Die Herstellung des Lassis war Deepaks Aufgabe. Jeden Morgen wurde Eis in großen Blöcken angeliefert, die in einer mit Decken insolierten Wanne aufbewahrt wurden. Wenn ein Kunde ein Glas Lassi verlangte, verquirlte Deepak Joghurt in einem Becher, bis er cremig wurde und fügte Wasser und etwas gestoßenes Eis hinzu. Je nach Geschmack gab er Salz, Zucker, Banane oder Mango dazu und goss das erfrischende Getränk mit gekonntem Schwung in ein Glas, wobei sich köstlicher Schaum wie eine Krone auf das Lassi setzte.

Deepaks Herz hüpfte vor Freude, wenn er sah, dass es den Leuten schmeckte. Und bei denen, die er besonders gern mochte, setzte er dem Lassi noch ein extra Sahne-Häubchen auf.

16

Ende Dezember kam der erhoffte Regen. Der Himmel war voller schwarzer Wolken, die sich langsam in Richtung der sandigen, mit Kamelgras bewachsenen Hügel bewegten. Zum Nachmittag hin wurden die Wolken noch dichter und hingen schwer wie ein dunkler Vorhang, der alles in ein trübes Licht tauchte, über der Stadt. Dann jagte der Wind die Wolken über die Dächer der Häuser und ein sintflutartiger Regen überschwemmte die Straßen. Man konnte die Hand nicht vor den Augen sehen. Tagelang droschen Wolkenbrüche auf die flachen Dächer in der Lodi-Road. Aus den Wasserspeiern schossen Kaskaden. Dann ebbte der Sturm ab. Obwohl es frühmorgens und abends noch grau und dunstig war, begann es nachmittags zunehmend wärmer und heller zu werden.

Als Deepak an einem grauen Morgen die Ladentür aufschloss, bemerkte er drei Jungen an eine Nachbartür gelehnt, die ihn beobachteten. Die größere der Gestalten löste sich aus dem Morgendunst und kam auf ihn zu. Deepak holte tief Luft: „Prem Singh, bist du das?"

Prem Singh sah zum Fürchten aus. Die Kleider hingen in Fetzen an ihm herunter, sein Körper schien nur noch aus Knochen zu bestehen. Hohläugig sah er Deepak an. Inzwischen hatten sich die beiden anderen Gestalten auch aufgerappelt. Es waren Udai und Sudhir, beide ebenso verschmutzt und knochig wie Prem Singh. Deepak nahm die drei mit in den Laden und stellte eine Schüssel mit Joghurt vom Vortag vor sie hin. Ausgehungert stürzten sie sich darauf.

„Etwas anderes zu essen habe ich nicht", sagte Deepak. „Wenn mein Vater zurückkommt wird er euch etwas kaufen."

Dankbar sah Prem Singh ihn an. „Als wir gestern hier auf diesen Markt kamen, haben wir jemanden über deinen Vater reden gehört", er stockte. „Wir wussten nicht genau, ob er es war, über den sie redeten – aber wir hofften es... Wir haben gefragt. Sie haben uns dann hierher geschickt. Das Geschäft war zu, da haben wir hier geschlafen und gewartet."

„Wie seid ihr denn aus Jalandhar nach Delhi gekommen?", fragte Deepak.

„Manchmal haben wir uns einem Treck mit Flüchtlingen angeschlossen. Und dann", Prem Singh lächelte schief, „sind wir auf Züge aufgesprungen, wenn sie langsam aus den Bahnhöfen fuhren." Er zuckte mit den Schultern. „Woher sollten wir denn das Geld für Fahrkarten nehmen?"

„Und hier in Delhi? Wo schlaft ihr? Wovon lebt ihr?"

„Nachts haben wir auf der Straße geschlafen und uns tagsüber auf den Punjabi-Märkten herumgedrückt. Manchmal hat uns jemand einen *Chapati* geschenkt - meistens haben wir uns aber was geklaut."

„Wer hat hier geklaut?" Gulshan hatte die letzten Worte gehört, als er mit zwei vollen Milchkannen den Laden betrat. Er erkannte die drei dürren Gestalten nicht sofort. Erst als Prem Singh ihm seine schmutzige Hand entgegenstreckte und sagte: „Wir sind es, Onkel", wusste er, wer vor ihm stand.

„Gütiger Himmel, wie seht ihr denn aus?", rief Gulshan und drückte die drei vor Schmutz starrenden Jungen an sich. Er schob sie in eine Ecke des Ladens und drückte ihnen ein Stück Seife in die Hand. „Ich besorge euch etwas zu essen, und Deepak geht mit euch zur Wasserstelle. Erst wenn ihr euch gründlich gewaschen habt, kommt ihr zurück! Ihr verscheucht mir ja sonst die Kundschaft", brummte er.

Als die drei Jungen mit glänzenden, sauber gerubbelten Gesichtern und Händen zurück in den Laden kamen, war Gulshan schon mit der Zubereitung des Joghurts beschäftigt. Es roch wunderbar nach frisch gebackenen *Paranthas*. Gulshan deutete mit dem Kopf zum Tisch.

„Dort steht was für euch! Vorher zieht ihr euch aber noch um. Ich habe ein paar saubere Sachen besorgt."

In Windeseile zogen die drei ihre schmutzige Kleidung aus, schlüpften in die sauberen Hemden und Hosen und schlangen dann die warmen *Paranthas* herunter.

Gulshan und Deepak sahen nur hin und wieder zu den drei Jungen hinüber. Sie arbeiteten schnell, denn bald würden die ersten Kunden nach einer frischen Milch oder einem Lassi fragen. Erst im Laufe des Tages erfuhren sie, was die drei erlebt hatten, seit Gulshan mit seiner Familie das *Dharamsala* in Jalandhar verlassen hatte.

Als es dunkelte und keine Kunden mehr kamen, schloss Gulshan den Laden. Befangen sah Prem Singh ihm dabei zu, an der einen Hand Udai, an der anderen Sudhir. Gulshan sah die Angst in den Augen der Jungen.

„Ihr kommt natürlich mit uns. Irgendeine Schlafstelle wird sich für euch schon finden", sagte er mit beschwörender Geste, während er sich fragte, wie das zu bewerkstelligen sein würde - sie schliefen doch in Naveens Haus schon wie die Räucherstäbchen eng aneinandergedrückt, und nun noch drei Kinder mehr.

Zu Hause hörten sich Naveen und die Frauen die Geschichte der Jungen an. Naveen stand auf und wühlte in der einen Ecke des Hofes in einem Stapel mit alten Sachen und Gegenständen - was man so in diesen Zeiten alles aufbewahrte, um es irgendwann noch einmal zu verwenden. Triumphierend hob er den Arm: Hier, zwei Zuckersäcke aus deiner Zeit als Zuckerhändler", grinste er Gulshan an. „Den einen zerschneiden wir und spannen ihn als Dach über eine Ecke des Hofes. Vielleicht finden wir auch noch etwas, das gegen Regen schützt. Der andere Sack wird euch in der Nacht etwas wärmen. Das ist allemal besser als euer Lager auf der Straße", sagte er und puffte Prem Singh übermütig in die Seite. Die drei sagten nichts, aber ihre Augen strahlten.

„Gut", sagte Gulshan und bemühte sich, streng zu erscheinen, „und ich habe Arbeit für euch. Ihr werdet Deepak und mir im Geschäft helfen und euch eure Mahlzeiten selbst verdienen. Es gibt genug zu tun."

Im Januar schickte der Frühling die ersten Vorboten in die Gärten. Die zartgrünen Blattknospen der Bougainvillea waren kurz davor aufzubrechen. Es war die schönste Jahreszeit in Delhi. Die Nächte waren zwar noch recht kühl, aber die Sonne hatte genügend Zeit, die Tage aufzuwärmen.

Gulshan Puri hatte nicht damit gerechnet, bald eine eigene Wohnung zu finden. Nun aber, nach fast drei Monaten in der Lodi-Road war in der Siedlung eine Parzelle freigeworden, in der Reihe, in der auch Naveens Wohnung lag. Gulshans Bewerbung bei der zuständigen Behörde war erfolgreich gewesen.

Endlich wieder ein eigenes Zuhause! Wie einfach es auch immer ist, dachte Savitri Puri, es ist unsere eigene Wohnung und unser viertes Kind wird hier geboren werden, in dieser Stadt...

Manchmal aber litt sie unter der Verachtung, die man ihnen wegen ihrer Armut und ihres Flüchtlingsdaseins entgegenbrachte. Sie entschloss sich dann jedes Mal aufs Neue beherzt, dies zu ignorieren. Eigentlich war es doch nur ärgerlich, aber trotzdem lag es ihr schwer auf der Seele.

Bei der Besichtigung der neuen Wohnung bedeckte zu ihrer Überraschung alle Flächen des Zimmers eine dicke Staubschicht wie ein vergilbtes graues Laken. Es roch nicht gut. Eine Spatzen-Familie nistete in der Ecke, und Spinnennetze hatten sich wie große geometrische Muster über die Wände verteilt. Die Behörde hatte eine ältere Frau mit den Schlüsseln für die Wohnung geschickt. Sie stand an der Eingangstür, eine schmale zierliche Gestalt.

„Die letzten Mieter waren wohl nicht sehr sauber", sagte sie gleichgültig und schob die Spinnweben mit einem Stock beiseite, als sie Savitri die Schlüssel in die Hand drückte.

Savitri ging sofort daran, ihr neues Heim gründlich zu reinigen.

„Es macht mir nichts aus", grollte sie, „dass wir beengt leben müssen und kein Geld haben, um wenigstens Betten zu kaufen. Bedrückend aber ist die Art und Weise, wie man uns begegnet. Sind wir Flüchtlinge denn weniger wert als die alteingesessenen Einwohner von Delhi?"

Gulshan nahm sie in den Arm: „Auch das wird sich ändern. Wer Erfolg hat, wird geachtet. Es ist alles eine Frage der Zeit und der Geduld."

Als Gulshan und Savitri Puri ihre wenige Habe in die neue Wohnung gebracht hatten, versammelten sich am späten Nachmittag des 30. Januar 1948 bei ihnen alle Verwandten, die sich in Delhi wiedergefunden hatten. Es waren nur die Jüngeren; die Alten hatten den Punjab nicht verlassen wollen. Es fehlte nur noch Naveen. Alle saßen im Hof und warteten auf ihn. Die untergehende Sonne gab dem Abend einen goldenen Schimmer. Dann sah Gulshan Naveen, wie er außer Atem die Straße heraufgehetzt kam. Sein Gesichtsausdruck ließ vermuten, dass er nicht kam, um fröhlich zu plaudern.

„Gerade haben sie im Rundfunk die Meldung gebracht, dass Gandhi erschossen wurde", rief er schon von weitem.

Es war, als hielten alle den Atem an. Die Hälfte des Hauses lag jetzt schon im Schatten. Grüne Papageien zogen schreiend ihre Kreise, aus dem Schatten ins Licht und wieder zurück. Sonst herrschte Stille, bedrückende Stille. Die Zeit schien zu verweilen, schien in der Luft, im Geist der Menschen im Hof einen langsameren Takt zu schlagen.

Es war entsetzlich. Gandhi, der Befreier Indiens, der Mahatma, die große Seele, tot! Zusammengebrochen unter den Kugeln eines Hindufanatikers.

Naveens Stimme überschlug sich: „Sie sagen, dreimal sei geschossen worden. Mahatma Ghandi sei mit dem Namen *Ramas* auf den Lippen gestorben, die Hände zur Grußgebärde erhoben."

Er, der sich nie von Drohungen hatte einschüchtern lassen, der geglaubt hatte, dass es die erste Eigenschaft eines Verfechters der Gewaltlosigkeit zu sein habe, physischen Mut aufzubringen, Prügel ohne Protest hinzunehmen, der Gefahr mit ruhiger Entschlossenheit ins Auge zu blicken, war der Gewalt zum Opfer gefallen.

Gulshan sagte ungläubig: Ich habe doch gerade in der Zeitung gelesen, dass Gandhi am 3. Februar abreisen wollte... Du lieber

Himmel, wäre er doch früher gereist. Er hätte es doch gekonnt. Das moralische Klima in der Stadt hatte sich durch ihn doch schon verändert. Bei den Göttern, er hätte längst abreisen können."

Als Gandhi vor vier Monaten nach New Delhi gekommen war, hatte er eine Stadt der Toten vorgefunden. Die Boulevards waren mit Leichen gesäumt, es hatten Furcht und Panik geherrscht. Nun aber war Ruhe in der Stadt. Er hatte so viel bewirkt, dachte Gulshan Puri. Durch sein letztes Fasten hatte Gandhi es fertiggebracht, Hindus, Sikhs und Muslime zum jährlichen Fest in der Jama Masjid, der ältesten Moschee Indiens, zu vereinen. Am Eingang hatten Hindus und Sikhs muslimische Pilger mit Blumengirlanden bekränzt, statt sie mit Dolchen und Säbeln zu empfangen. Gandhi hatte in dieser riesigen Menge aus Muslimen, Sikhs und Hindus Tränen der Dankbarkeit in den Augen gehabt, als er sie aufforderte, an diesem heiligen Ort den Entschluss zu fassen, als Freunde und Brüder zu leben. Selbst wenn sie getrennt, nach den Vorschriften ihrer jeweiligen Religion lebten, hatte er gesagt, seien sie doch Blätter vom gleichen Baum…

Warum war er nicht schon früher abgereist?

Gulshan Puri lief zum Radio, schaltete es ein. Es wurde Trauermusik gesendet und zwischendurch immer wieder Berichte über die Tragödie. Es war der zweite Mordanschlag auf Gandhi, nachdem zuvor ein Bombenattentat fehlgeschlagen war. Den fundamentalistischen Hindu-Attentätern war das Bemühen Gandhis, die Religionen miteinander zu versöhnen, ein Dorn im Auge. Sie wollten dem Hass neue Nahrung geben.

Der Sprecher berichtete mit bewegter Stimme, dass Gandhi am Vorabend seines Todes, unter Hustenanfällen leidend, seiner Nichte Manu aufgetragen habe: „Wenn eine Bombe explodiert, wie letzte Woche, oder jemand auf mich schießt, und die Kugel mir in die Brust dringt, und ich ohne einen Seufzer, nur mit *Ramas* Namen auf den Lippen, sterbe, dann, nur dann sollst du sagen, dass ich ein echter Mahatma, eine große Seele, war. Das wird gut für das indische Volk sein."

Die neue Wohnung - es hätte ein Freudenfest werden sollen, dachte Gulshan, und nun saßen alle wortlos, bedrückt in Ungläubigkeit und Trauer beisammen.

Savitri Puri war doppelt gefangen in Schmerz und Trauer. An diesem Nachmittag hatte ihr eine Cousine, die gerade erst in Delhi eingetroffen war, die Nachricht vom Tod ihrer geliebten Eltern überbracht. Sie hatten das Massaker nicht überlebt.

Savitri trauerte still, wohl wissend, dass wenig Zeit für Trauer blieb, denn ihre Familie, die Überlebenden brauchten sie.

Am Abend, als alle gegangen waren, suchte Deepak die Nähe seines Vaters. Ihn hatte der Tod seiner Nani und seines Nana ins Herz getroffen.

„Bhapa-ji. Die Götter..., die Götter sind doch gerecht, nicht wahr? Es ist doch so, nicht wahr, dass Menschen, die hier in diesem Leben Schlechtes tun, als niedrige Kreaturen wiedergeboren werden? In ihrem nächsten Leben werden sie bestraft werden, nicht wahr? Und in ihren vielen weiteren Leben werden sie ihre Missetaten büßen müssen. Und Nani und Nana…, sie werden es im nächsten Leben besser haben, denn sie waren ja gut, nicht wahr?"

Nimm und tue, was dir gefällt, und zahle den Preis, dachte Gulshan Puri. Laut aber sagte er: „Ja, Deepak, ich glaube schon daran, dass wir für alles, was wir im Leben tun oder nicht tun, bezahlen müssen! O ja!"

„Glaubst du daran, dass wir immer wieder geboren werden? Dass du und ich und Mami schon viele Male gelebt haben und noch viele Male leben werden?"

„Warum nicht? Wer weiß das schon? Wer einmal geboren wird, kann doch vielleicht auch öfter geboren werden. In den heiligen Büchern jedenfalls steht, dass es so ist. Sie lehren, dass nur, wer rein wie Gott Brahma wird, Befreiung findet aus dem Karussell der Wiedergeburt und den Weg der Götter, das *Nirwana* betreten darf. Weder du noch ich, noch irgendwer kann aus dem

Kreislauf des Wiedergeborenwerdens ausscheiden. Wir müssen uns für unsere Taten verantworten, bis wir den Weg der Götter beschreiten dürfen."

„Dann, Bhapa-ji, wenn das so ist, werden die Mörder von Nani und Nana in ihren nächsten Leben bestraft werden!"

Gulshan sah seinen Sohn bekümmert an. Zögernd sagte er: „So wird es wohl sein."

Auch Gulshan Puri trauerte um seine Schwiegereltern. Seinen eigenen Eltern war dieses furchtbare Schicksal erspart geblieben, Verwandte aus dem Punjab hatten ihm berichtet, dass beide gesund seien. Als auch in ihrer Gegend die Unruhen in Gewalttätigkeiten umschlugen, waren sie von muslimischen Freunden und Nachbarn versteckt und geschützt worden. Eine Erleichterung mit bitterem Beigeschmack, denn er wusste, dass er seine alten Eltern nie wiedersehen würde.

Nachts saß Savitri auf ihrer Decke und ließ ihren Gefühlen freien Lauf. Gulshan nahm ihr Gesicht in beide Hände und wischte ihr die Tränen von den Wangen.

„Trauere nur. Du hast einen Teil von dir verloren. Dieser Tod macht für dich alles noch schlimmer."

Savitri schluchzte laut auf.

„Gib deinen toten Eltern Unsterblichkeit in deinem Herzen und uns Lebenden deine Liebe. Schau auf das werdende Leben in deinem Leib. Das würden deine Eltern wollen, da bin ich mir sicher."

Savitri entzog sich ihm traurig. „Ich will versuchen, vorwärts zu schauen, aber ich brauche Zeit."

Der vorsichtige Optimismus, der Savitris und Gulshans Gedanken hier und da erhellt hatte, war durch den Tod von Savitris Eltern und die Ermordung Gandhis melancholischem Schweigen gewichen. Die Angst war wieder allgegenwärtig. Gulshan fragte sich, wie es mit ihnen weitergehen sollte? Wie mit Indien? Hatte die Gewalt die Gewaltlosigkeit endgültig besiegt? Diese Aussicht war so entsetzlich, dass er diesem

Gedanken eigentlich keinen Raum lassen konnte. Und dennoch sah er in der politischen Entwicklung nur Grund zur Unruhe. Jeden Morgen kaufte er sich nun eine Zeitung. Die Informationen waren ihm das Geld wert. Es war erstaunlich schnell gegangen, dass man den Attentäter verhaftet hatte. Die neue indische Regierung schien handlungsfähig zu sein. Das gab Hoffnung.

Eines Morgens standen die Namen des Attentäters und seiner Hintermänner in der Zeitung. Gulshan folgte mit dem Zeigefinger den Namen. Plötzlich machte sein Finger Halt. Der Schreck fuhr ihm in die Glieder. Dort stand unter den Helfershelfern der Name seines Freundes Kamal, des Freundes seiner Kinder- und Jugendjahre. Gulshans Herz hämmerte. Er konnte es nicht glauben. Und doch musste es wahr sein. Kamals Name stand da, wo sein Zeigefinger das Papier der Zeitung feucht werden ließ. Hatte Kamal sich so verstiegen, dass er vor dem Mord an diesem großen, in der ganzen Welt verehrten Mann nicht zurückschreckte? Und plötzlich waren sie wieder da, die Erinnerungen. Gulshan fühlte sich zurückversetzt in seine Kindheit und Jugend. Der Kamal seiner Kindertage, zu dem er später wütend den Kontakt abgebrochen hatte, weil er sich verändert hatte, seit er sich mit fundamentalistischen Freunden umgab. Und er selbst, Gulshan, wie er sich für seine Feigheit hasste, weil er damals mit Kamals aggressiven Freunden nicht gestritten hatte. Der phantasievolle, kluge Kamal, der nicht zum College gehen konnte, weil es sich seine Eltern bei acht Kindern nicht leisten konnten. Es hatte ihn verbittert, dass er eine anspruchslose Arbeit in einem Süßwarengeschäft tun musste, während Gulshan zum College ging. Als Gulshan Puri dann nach dem College-Abschluss zurückkehrte, hatte Kamal neue Freunde. Mit ihnen führte er kämpferische Diskussionen. Für Gulshan hatte er nur noch wenig Zeit. Wie hatte er damals den phantasievollen Freund vergangener Jahre vermisst.

Anfangs hatte Gulshan seinen Freund manchmal abends in dessen Elternhaus besucht. Dann saßen in dem kleinen dunklen Zimmer, das Kamal sich mit drei seiner Brüder teilte, dicht gedrängt auf Bambusmatten neue Freunde. Auf einem kleinen Tisch im Hintergrund flackerte eine Petroleumlampe. Diese Abende schienen immer gleich zu verlaufen. Aus anfänglichen Unterhaltungen über Alltäglichkeiten wurden heftige politische Diskussionen, in deren Verlauf Kamal und seine Freunde mit wachsender Erregung von allen verantwortungsbewussten Indern Gewaltaktionen gegen die Engländer gefordert hatten. Am Ende war viel geredet worden, ohne dass sich an den Ansichten der Einzelnen etwas geändert hätte. An einen dieser Freunde erinnerte sich Gulshan besonders gut. Er wurde Bobby genannt und saß immer auf demselben Platz in einer Ecke. Schon der Name war Gulshan zuwider, wie der ganze Kerl. Wie er stoisch dort saß mit seinem viereckigen Gesicht, seiner fliehenden Stirn und dem stoppeligen Haarschnitt - wie vom Rasenmäher geschnitten. Und seine Sprache! Er spuckte die Worte aggressiv in atemberaubender Geschwindigkeit und mit sprühenden Augen aus. Es machte Angst, wenn er aufsprang und mit erhobener Faust rief, dass es ihre verdammte Pflicht sei, die Engländer mit Gewalt aus Indien zu vertreiben. Auch diese gottverdammten Muslime müssten auf ihren Platz in diesem Land verwiesen werden, diese Söhne einer Hyäne! Solche Sätze beendete er immer mit einem „*Badmaash*", zum Teufel mit ihnen. Gulshan Puri dachte, wie weit aus der Geschichte dieser Bobby seine Tiraden gegen die Muslime hergeholt hatte, wenn er wetterte, dass Hindus die Muslime großzügig ins Land gelassen hatten, nachdem Babur von Samarkand vor Jahrhunderten Indien erobert hatte.

Nun ja, gestand sich Gulshan ein, alle früheren Eroberer wollten nur den Reichtum Indiens an sich reißen, aber Babur von Samarkand blieb und errichtete eine Jahrhunderte andauernde Dynastie. Unserer Kultur hat es nicht geschadet, selbst wenn sich der Islam im ganzen Land ausgebreitet hat. Doch jetzt der Muslimstaat – dieses Pakistan…

In seinem Kopf dröhnte wieder die aggressive Stimme dieses Bobby: Diese Ratten! Reicht es nicht, dass wir sie und ihre Moscheen neben unseren Tempeln dulden? Reicht es nicht, dass wir den Anblick ihrer in Burkas verpackten Frauen ertragen müssen?

An diesem Abend hatte Gulshan Puri verärgert Kamals Haus verlassen, und Kamal war ihm hinterhergelaufen, hatte ihn beschimpft, ob aus ihm am College ein Schwächling geworden sei. Ob er klare Worte nicht mehr vertragen könne und nur noch gelehrtes Gewäsch verstünde, weil ihm hochtrabende Bücher das Gehirn vernebelt hätten.

Danach hatte er Kamal nicht wiedergesehen.

Gulshans Finger lag immer noch auf der Zeitungsmeldung unter Kamals Namen. Er fühlte eine schmerzliche Trauer. Gandhi war tot, getötet auch von seinem Freund, dem fundamentalistische Ideen den Geist verwirrt hatten.

Den Verhafteten wurde schnell der Prozess gemacht. Und wieder erfuhr Gulshan aus der Zeitung, dass Kamal zu lebenslanger Haft verurteilt worden war. Und diesmal war Gulshan nicht erschrocken über die Zeitungsmeldung. Es hatte so kommen müssen, und es war richtig so.

Aus verschiedenen Gründen hob sich Gulshan Puris Stimmung in den nächsten Wochen. Das Milchgeschäft entwickelte sich gut. Deepak arbeitete von morgens bis abends mit seinem Vater zusammen, unterstützte ihn nach Kräften. Auch Prem Singh und die beiden Kleinen machten ihre Sache gut. Sie hatten so viel zu tun, dass sie die Arbeit allein nicht mehr bewältigen konnten. Gulshan stellte mehr Hilfskräfte ein. Dreizehn Angestellte arbeiteten nun für ihn. Er selbst kümmerte sich um die Organisation des Geschäfts.

In der Stadt waren die Unruhen nach Gandhis Ermordung allmählich der alltäglichen Geschäftigkeit gewichen. Der Wille zum Neuanfang war überall zu spüren und die Hoffnung, Indien werde früher oder später demokratisch regiert werden.

Deepak arbeitete mit den drei Jungen den ganzen Tag im Laden. Es gab inzwischen viele Kunden, die sich jeden Tag ein Lassi von ihm quirlen ließen. Wenn Deepak kassierte, addierte er im Kopf flink die Beträge. Der Direktor einer nahe gelegenen Textilfabrik, Herr Varma, hatte Deepaks Fertigkeiten schon eine Zeit lang beobachtet.

„Na, Deepak, wie alt bist du denn jetzt?", fragte er, während er sein Lassi schlürfte.

„Neun, aber im Juni werde ich zehn."

„Hm, dann bist du ja schon fast erwachsen. Und wann bist du das letzte Mal zur Schule gegangen?"

Stolz antwortete Deepak schnell: „Na, bis zum Tag unserer Flucht aus dem Punjab. Danach habe ich zusammen mit meinem Vater Geld verdient und dieses Geschäft aufgebaut."

„Ja, ja, du machst das sehr gut, wie ich sehe. Wo ist denn dein Vater heute? Ich würde gern einmal mit ihm sprechen."

„Bhapa-ji kauft gerade *Alu-Tikka* in der Garküche um die Ecke. Er ist bestimmt gleich zurück."

Als Gulshan Puri den Laden betrat, verbreiteten die warmen Kartoffelfrikadellen ihren köstlichen Duft. Er stellte die Pappteller auf den kleinen grob gezimmerten Holztisch. Herr Varma war Stammkunde. Die beiden Männer kannten sich schon lange und hatten auf der Holzbank im Laden oft die aktuelle Politik diskutiert. Herr Varma hatte sich häufig über Nehrus Flirt mit dem Kommunismus beklagt, über die Fünf-Jahres-Pläne, und die Abschottung der indischen Wirtschaft gegenüber der westlichen Welt.

„Ich sehe das doch täglich in meiner Fabrik. Wir könnten zum Beispiel Handel mit Europa treiben. Ich könnte Stoffe und Textilien exportieren. Aber so...", schimpfte er häufig.

Gulshan dagegen war immer der Meinung gewesen, dass Nehru genau das Richtige tat. Erst einmal Ordnung und Aufbau im eigenen Land und danach die Öffnung nach draußen. Erst einmal Selbstvertrauen und Sicherheit zurückgewinnen und dann den europäischen Kolonialisten als gleichberechtigter Partner gegenübertreten.

Auch heute begrüßte Gulshan ihn erfreut und lud ihn ein, sich neben ihn auf die Bank zu setzen. Er freute sich auf den

Gedankenaustausch. „Bevor wir uns über die Politik die Köpfe heiß reden", sagte er, „lassen wir uns erst einmal die *Alu-Tikka* schmecken." Deepak brachte Herrn Varma ein Lassi.

„Gulshan, heute wollte ich mit Ihnen nicht über Nehru und seine verquere Wirtschaftspolitik reden", begann Varma, während er mit vollen Backen kaute. „Ich möchte über Deepak sprechen."

Deepak spitzte die Ohren, tat aber so, als sei er ganz in seine Arbeit vertieft. Es war typisch für ihn, dass er versuchte, von dem Gespräch so viel wie möglich mitzubekommen. Nie wollte er sich die Gespräche der Männer entgehen lassen, sie waren für ihn die einzige geistige Nahrung, die er bekommen konnte. Meist rief er sich das Gesagte hinterher wieder ins Gedächtnis zurück, dachte darüber nach und versuchte zu verstehen. Und schließlich wusste er ja, dass sie jetzt über ihn sprachen. Auch Prem Singh arbeitete bedächtig weiter, während auch er versuchte, dem Gespräch zu folgen.

Gulshan Puri legte die Handflächen aneinander und verbeugte sich: „*Shukria,* Sie wissen, dass ich ihre Meinung zu schätzen weiß."

„Worauf ich hinaus will", sagte Varma, „ich beobachte von Anfang an, wie flink Deepak beim Rechnen ist. Auch bei seinen Antworten ist er nicht auf den Mund gefallen. Also kurz gesagt: Er ist ein kluger Junge. Sie sollten ihn wieder zur Schule schicken, jetzt, wo ihr Geschäft doch offensichtlich gut läuft."

Gulshan hoffte, dass man ihm auf seinem erhitzten Gesicht die Beschämung nicht ansah. Da hatte er seinem Sohn in der Sorge um die Familie ein Leben als Erwachsener abverlangt, und das noch immer, als das Geschäft auch ohne Deepak gut lief. Er hatte ihn eingeschlossen in die Arbeitswelt der Erwachsenen, ohne ihm den Schlüssel zu übergeben. Er hatte ihn an sich gefesselt, ohne ihm die Chance zu geben, die Stricke zu lösen, um seinen Geist frei entfalten zu können. Er hatte im Gegensatz zu seiner Überzeugung gehandelt, dass gute Bildung die Chance für ein besseres Leben sei. Das Land ist im Aufbruch, dachte er, und ich gehe einen Schritt rückwärts, bringe meinen Sohn um diese Chance. Seine stumme Selbstanklage wurde durch Varmas Stimme unterbrochen.

„Das Geschäft läuft doch gut? Da irre ich mich doch nicht?"

„Ja, das ist richtig. Ich hätte selbst daran denken müssen, und viel früher. Aber Sie wissen ja, wie es mit uns Flüchtlingen ist. Anfangs hatten wir überhaupt nichts, haben gehungert, gearbeitet und versucht, eine Existenz für die Familie zu schaffen. Dabei ist Deepak mir eine große Hilfe gewesen. Das Schulgeld hätten wir in dieser Zeit ohnehin nicht aufbringen können. Inzwischen hat sich unser Leben zwar verbessert, die Schule ist aber immer noch sehr teuer. Sie haben aber völlig Recht. Deepak muss zur Schule."

Gulshan Puri blickte Herrn Varma würdevoll in die Augen, aber hinter dieser Würde verbarg sich eine bange Frage.

„Die richtige Schule zu finden, das wird nicht so einfach sein. Im Umkreis von acht Meilen gibt es keine. Die nächstgelegene ist eine Privatschule. Da werden wir Referenzen brauchen."

Herr Varma lächelte zufrieden: „Die werde ich Ihnen selbstverständlich geben. Ich bin nämlich überzeugt, dass Deepak über genügend Regsamkeit und Fähigkeiten verfügt. Er wird schnell Fortschritte machen. Ich werde mich regelmäßig nach ihm erkundigen", sagte er und stand auf.

Gulshan und Deepak Puri sahen Herrn Varma nach, wie er mit schnellen Schritten zwischen den Geschäften verschwand. Gulshan nahm seinen Sohn in die Arme und zerzauste ihm die Haare. „Junge, Herr Varma hat recht, morgen melden wir dich in der Schule an!"

Die *Arya-Samaj*-Schule lag in einem Außenbezirk Delhis. Das Gebäude war alt und nicht sonderlich gepflegt, aber umgeben von einem großen Schulhof, an dessen Mauern sich die Hütten der Armen schmiegten. Deepak gefiel die Schule.

Hinter einem massiven Schreibtisch, dem man sein Alter ansah, saß behäbig der Rektor, ein schwerer, Respekt einflößender älterer Mann in europäischer Kleidung.

„So, Ihr Sohn soll also unsere Schule besuchen? Das freut mich, das freut mich", sagte er. Und an Deepak gewandt: „Herr Varma hat uns von dir berichtet. Hast du denn schon einmal etwas von unserer Schule gehört, mein Junge?"

Deepak wollte antworten, aber vor Aufregung versagte ihm die Stimme. Verlegen schaute er zu Boden.

„Na, lass gut sein. Ich werde deinem Vater und dir unsere Philosophie erklären."

Beruhigt von der väterlichen Güte des Rektors entspannte sich Deepak etwas auf seinem Stuhl. Es war ja hier auch alles gar nicht so beängstigend. Er hätte sich wirklich nicht so sehr zu fürchten brauchen. Wie ungezwungen sich mein Vater mit dem Schulleiter unterhält, dachte er und sah sich verstohlen im Zimmer um, während er den Worten des Rektors lauschte. In einer Ecke des Zimmers hingen große Landkarten an hölzernen Gestellen und an den Wänden eingerahmte Diplome. Die hellen Vorhänge vor dem großen geöffneten Fenster ließen gedämpftes Licht in den Raum und bewegten sich im Wind.

„Unsere Schule ist eine philosophisch-hinduistische Schule, die der Reformbewegung *Arya Samaj* angehört. Sie hat ihren Schwerpunkt in der altindischen, arischen Kultur, der Meditation und der Yogalehre. Die Bewegung *Arya Samaj* ist in der zweiten Hälfte des 19. Jahrhunderts entstanden" fuhr er fort, „und hat sich große Verdienste bei der Verbreitung der Volksbildung unter Knaben und Mädchen, bei der Verbesserung der Lage der Frauen und bei der Hebung des Status' und des Lebensstandards der unterdrückten Klassen erworben. In diesem Sinne arbeiten wir noch heute."

Gulshan Puri nickte: „Das ist eine Erziehung, die mir zusagt, und ich glaube, Deepak wird sich bei Ihnen wohl fühlen."

Deepak hörte nicht mehr zu. Er ließ seine Gedanken nach vorne schweifen, seine Augen schimmerten. Als säße er auf einem fliegenden Teppich, glitt sein Geist hinaus durch einen Spalt in den Gardinen, durch das Fenster auf den Hof, wo jüngere und ältere Kinder lärmend durcheinander liefen, in Klassenräume ohne Bänke und Tische, wo Schüler auf dem Boden saßen und lernten. Dann weiter durch die ausgefransten Säume der Stadt, wo Flüchtlinge und die Ärmsten der Armen in aus Abfällen zusammengebauten primitiven Hütten lebten oder ihren Schlafplatz jede Nacht unter einem Busch neben der Straße suchten. Dann weiter in das Geschäft seines Vaters und in das kleine Haus in der Lodi-Road – ein Zimmer für seine Familie. Dann wieder zurück in diese Schule, diese wundervolle Schule – er jubelte innerlich: Ich darf lernen, ich darf lernen!

Natürlich wusste er, dass er zweimal am Tag acht Meilen laufen musste, hin und zurück. Aber daran würde er sich schnell gewöhnen.

Und so war es dann auch. Der lange Weg stählte seine Gesundheit, machte ihn zäh und kräftig. Und er liebte dieses alte Schulgebäude. Jeden Morgen sah er schon von weitem die zwei herrlichen Pappeln, die ein paar Meter von der Eingangstür entfernt standen. Manchmal saßen im Schatten der Bäume auf der hölzernen Bank Kinder mit ihren Heften auf dem Schoß. Sie kritzelten noch schnell vor Schulbeginn ein paar vergessene Hausaufgaben in ihre Hefte. Wahrhaftig, auch wenn es ein langer Weg hierher war, was machte das schon.

Das Lernen fiel ihm leicht. Er wollte Wissen für sich erobern – ein Vorgeschmack auf all das, was er im Leben später noch lernen wollte. Erfolg wollte er haben - und der Erfolg bestand für Deepak aus zwei wesentlichen Teilen. Erstens wollte er sich als würdig erweisen und ein ausgezeichneter Schüler sein, auf den die Familie stolz sein konnte. Zum zweiten sollte er ihn in die Lage versetzen, eines schönen Tages zu studieren und Ingenieur zu werden.

17

Eines Morgens im Juli schrie ein neugeborener kleiner Junge in Savitris Armen. Dieses Ereignis hatte zur Folge, dass sich alle Verwandten aus Delhi in der Lodi-Road versammelten, um die Geburt des kleinen Motu zu feiern. Zeremonie reihte sich an Zeremonie. Fast wie früher im Punjab, dachte Savitri Puri, nur unsere Eltern fehlen. Und doch war sie glücklich. Was war es für eine gesegnete Eigenschaft der Menschen, trotz des erlittenen Leids wieder Glück empfinden zu können.

Jetzt, da das Milchgeschäft sich gut entwickelt hatte, freute sich Savitri über die Geburt ihres vierten Kindes. Zu Beginn der Schwangerschaft hatte sie gegen Ängste zu kämpfen gehabt. Sie hatte sich nicht nur einmal gefragt, wie sie es schaffen sollten, noch ein weiteres Kind zu ernähren. In den letzten Wochen war ihr diese Sorge von den Schultern genommen worden. Sie schaute in das runde braune Gesichtchen ihres Kindes und staunte wieder über das Glück, das ihnen nach all dem Elend beschieden war. Das kleine Haus würde zwar ein wenig eng werden, denn Prem Singh, Udai und Sudhir waren ja auch noch da, aber was machte das schon. Vielleicht würde sich das sogar bald ändern, denn Gulshan hatte ihr erzählt, dass die Regierung in den Randgebieten der Stadt Siedlungen für die Flüchtlinge errichtete - kleine Reihenhäuser mit Flachdächern. Gulshan hatte sie sich in dem Vorort Kalka-ji schon angesehen. Vier winzige Zimmerchen, um einen kleinen quadratischen Innenhof herum, mit einer Kochstelle, einem Badezimmer und einer Toilette, so hatte er ihr die Häuser beschrieben. Welch ein Luxus. Nicht auszudenken, wenn es Gulshan gelänge, dort ein Haus zu mieten. Das wäre wunderbar.

Gulshan Puri war Savitri in den schweren Monaten oft dankbar gewesen – dankbar dafür, dass es sie gab, wenn er nicht mehr wusste, wer er war, ob er es schaffen würde und wenn

Selbstzweifel ihn packten. Sie gab ihm in seinen dunkelsten Stunden den Glauben an sich zurück. Die Ereignisse hatten sie, wie alle anderen in Indien auch, nicht zufällig getroffen. Auch ihr Schicksal folgte einem gewissen Muster. Die Unbeständigkeit seines Gefühlslebens kam ihm manchmal geradezu logisch vor. So weit, so gut – wenn nur nicht immer wieder mit krampfhafter Schärfe die Gewissheit in ihm aufgestiegen wäre, erfolgreich sein zu müssen, und dass er nicht so viel Zeit hätte darauf verschwenden müssen, seine Zweifel zu bekämpfen.

Kaum dass das Geschäft sich gut entwickelt hatte und genügend Geld für Lebensmittel in der Kasse war, musste das Schulgeld für Deepak und Ram-Chand aufgebracht werden. Weil der kleine Ram-Chand nicht kräftig genug war, die vielen Meilen zur Schule und wieder zurück zu laufen, wurde ein Fahrrad gekauft, mit dem Deepak jeden Morgen, mit Ram-Chand auf dem Gepäckträger, zur Schule radelte. Wie hatten sich die beiden Jungen darüber gefreut – Gulshan lächelte bei der Erinnerung daran, wie Deepak mit offenem Mund ungläubig das Fahrrad angestarrt hatte. Das Glück in den strahlenden Augen der Jungen hatte Gulshan die zusätzliche Ausgabe schnell vergessen lassen.

Und jetzt? Natürlich war das eine Zimmer in der Lodi Road zu klein – jetzt, seit der kleine Motu geboren war. Er würde bald laufen können, und dann würde die Enge zum Chaos werden. Gulshan dachte immer öfter an die Häuschen in Kalka-ji, die wie Bienenwaben aneinandergebaut waren. Und…, ach, verdammt noch mal, hätten sie sich nicht zurückhalten können? Savitri war schon wieder schwanger – drei Monate nach der Geburt von Motu. Aber was sollte er tun, um die Selbstzweifel auszuräumen? Ungewollte Gedanken konnte er nicht aus seinem Kopf verbannen wie den, dass das Geschäft nicht genügend Gewinn abwerfen würde, um ein kleines Haus mit mehreren Zimmern zu mieten, wie er es in Kalka-ji gesehen hatte – für sie beide und ihre bald fünf Kinder und schließlich auch mit Prem

Singh und den beiden Kleinen. Er konnte nur hoffen, dass nicht alles in sich zusammenfiel.

Für Gulshan Puri mochte es eine neue Krise sein, nicht zu wissen, ob sein Vorhaben zu kühn war. Für Savitri, die auf Gulshan und seine Fähigkeiten vertraute, bedeutete es, dass ihre Familie wuchs und die Aussicht bestand, dass sie in ein kleines Haus umziehen könnten. Im Augenblick beschäftigten sich ihre Gedanken ausschließlich mit dem kleinen Motu und ihrer Schwangerschaft. Zum Glück brauchte sie sich um die beiden Großen jetzt kaum zu kümmern – sie waren in der Schule, und Namita – sie war ein so vernünftiges Kind, immer darauf bedacht, ihrer Mutter zu helfen, nie war sie eine Last.
Savitri ging mit Motu auf dem Arm in die Küche hinüber. Er wurde ihr langsam zu schwer. Laufen konnte er doch schon. Warum war er so träge? Vielleicht sollte sie einen Tee... Mit dem Wasserkessel in der Hand blieb sie für eine Weile stehen, schaute selbstvergessen hinaus in den Hof über die Mauer hinweg auf die Alleebäume. Papageien schimpften laut in den Ästen. Einen Mangokern wollte sie in die Erde setzen und einen Baum daraus ziehen in Kalka-ji – gleich, wenn sie einzögen - wenn sie denn einzögen.

Gulshan zog es in den folgenden Monaten immer wieder nach Kalka-ji. Diese Häuser dort waren in aller Eile und mit dem geringsten Aufwand an Kosten und Material erbaut worden; das sah er wohl. Die Regierung musste ja mit ihren geringen finanziellen Mitteln das Flüchtlingsproblem so schnell wie möglich lösen. Bei seinem ersten Besuch in Kalka-ji hatte er sich ein wenig unter den Bewohnern der neuen Häuser umgehört. Er hatte erfahren, dass die Bauaufträge an die billigsten Anbieter vergeben worden waren, die wiederum so viel Gewinn wie nur möglich machen wollten. Also war der Mörtel so mager angemischt worden, dass die Häuser nur durch den Putz zusammengehalten wurden und der Sand zwischen den Mauersteinen still lag, wie in einer Sanduhr, die darauf wartete, umgedreht zu werden. Ein Anwohner meinte resigniert, einen Nagel in die Wand zu schlagen hieße, das Schicksal herauszufordern und eine Kaskade bröselnden Putzes auszulösen. Also unterließ man es und gab stattdessen den Wänden durch eine zusätzliche Farbschicht ein wenig mehr Stabilität.

Und dennoch war es der Traum und das Ziel einer jeden Flüchtlingsfamilie, in einer dieser Siedlungen ein kleines Haus zu beziehen. Die meisten Flüchtlinge mussten weiterhin in provisorischen Unterkünften, in Slums oder auf der Straße leben. Die Chance, ein solches Haus zu mieten bedeutete aber, Formulare, Anträge und nochmals Formulare auszufüllen. Die indischen Regierungsbeamten ließen den englischen Bürokratismus weiterleben – ja, sie verfestigten ihn noch. Die Korruption trieb Blüten.

Es dauerte Monate, bis Gulshan endlich alle Unterlagen eingereicht hatte. Nun konnten sie nur noch warten. Ein Losverfahren würde entscheiden, welche Familie ein Haus mieten konnte. Gulshan und Savitri Puri rechneten keineswegs damit, dass das Los auf sie fallen würde. Aber – so schien es zumindest Savitri – die notwendigen Dinge im Haus und im Geschäft wurden in dieser Hoffnung getan. Oder sie beschloss für sich, es müsse so sein, jetzt mehr denn je, und sie strich sich über ihren prallen Bauch. Ihre nächste Niederkunft stand kurz bevor.

Der kleine Raum war stickig. Die Hebamme aus der Lodi Road, die alte Aruna, hatte die Kinder in den Hof gescheucht und wischte der stöhnenden Savitri den Schweiß von der Stirn. Wieder war es Juli, die heißeste Zeit im Jahr. Keine gute Zeit für eine Entbindung. Für Aruna war es tägliches Geschäft. Jeden Tag half sie Müttern in der Umgebung bei der Geburt. Und manches Mal konnte sie sich des Gedankens nicht erwehren, dass es einfach zu viele waren. Zu viele Kinder, deren hungrige Mäuler gestopft werden mussten. Mit einem verächtlichen Grunzen dachte sie, dass nicht einmal gebildete Leute wie dieser

Gulshan Puri es schafften, sich etwas mehr zurückzuhalten oder, wenn sie das nicht konnten, sich mehr vorzusehen. Wie die Böcke waren sie, die Männer. Den Göttern sei Dank, dass sie das hinter sich hatte. Von ihren sieben Kindern waren fünf am Leben geblieben. Zum Glück auch drei Jungen, die für sie sorgen würden, wenn sie einmal nicht mehr arbeiten könnte.

Savitri stöhnte laut auf. Seit acht Stunden ging das nun schon so, dachte Aruna. Das fünfte Kind... Da müsste sie es eigentlich leichter haben. Warum machte es das kleine Würmchen seiner Mutter so schwer? Doch dann bäumte Savitri sich auf, presste... Jetzt konnte Aruna zugreifen. Mit einer geschickten Drehung zog sie erst die Schultern und dann den kleinen, mit Blut und Schleim bedeckten Körper hervor. Es war ein Mädchen.

Erschöpft lag Savitri in den Laken, als Gulshan vorsichtig zur Tür hereinschaute. Aruna stand über eine Zinkwanne gebeugt und wusch das Baby. Nachdem er sich vergewissert hatte, dass es Savitri gut ging, trat er hinter die alte Aruna und schaute ihr über die Schulter. Er war entzückt von seiner Tochter, diesem kleinen schrumpeligen Wesen. Savitri nahm seine Hand, als er sich zu ihr setzte.

„Die Glücksgöttin Lakshmi hat uns wieder ein Geschenk gemacht", sagte Gulshan und umarmte seine Frau. Die Hebamme sah ihn kurz an und ließ wieder ihr verächtliches Grunzen hören. Savitri und Gulshan kümmerten sich nicht darum. „Nanawati soll sie heißen", sagte Savitri.

Die kleine Nanawati schien der Familie tatsächlich Glück zu bringen. Sie war keine drei Tage alt, als Gulshan ein Schreiben der Stadtverwaltung erhielt. Der Familie Puri wurde ein Haus in Kalka-ji zugewiesen. Savitri fragte Gulshan nicht, wie es zugegangen war.

Der Umzug war schnell getan. Es gab ja nicht viel zu transportieren. Mit dem Wenigen, das ihr zur Verfügung stand, richtete Savitri Puri das kleine Haus so bequem und persönlich wie möglich ein. Jeder Winkel des Hauses strahlte bald ihre Wärme aus. Der Mangokern, den sie vor dem Haus in die Erde

gesteckt hatte, machte schon einen Trieb und würde bald zu
einem kleinen Mangobäumchen heranwachsen.

Für Deepak hatte der Umzug zur Folge, dass er für seinen
Schulweg täglich noch mehr Meilen auf dem Fahrrad mit seinem
kleinen Bruder auf dem Gepäckträger zurücklegen musste. Es
störte ihn aber nicht. Er liebte seine Schule, saugte alles in sich
auf. Kein Lernstoff war ihm zu schwierig. Im ersten Jahr hatte er
die fünfte Klasse als Zweitbester bestanden. Und er wusste, dass
er sich in diesem Jahr noch verbessert hatte.

18

Savitri und Gulshan bereuten es nicht, mit ihren Kindern nach Kalka-ji gezogen zu sein. Das Leben ähnelte dem im Punjab. Ausschließlich Punjabis wohnten hier Tür an Tür. Früh am Morgen, wenn die ersten Sonnenstrahlen durch die kleine Gasse zwischen den Häuserzeilen huschten und den Himmel noch in einem kühlen Hellblau erstrahlen ließen, trafen sich Savitri und die Nachbarsfrauen mit einem Becher Tee in der Hand zu einem morgendlichen Schwatz. Gegen neun Uhr, wenn die Dungfeuer schon lange brannten und die Ruhe des Morgens durch die unverwechselbaren Rufe der fahrenden Händler unterbrochen wurde, umringten die Frauen die mit frischen verlockenden Waren vollbeladenen Karren.

„Sabzi-Wala! Sabzi-Wala!", schrie der Gemüsehändler, gefolgt von dem Obsthändler, der mit seinem Geschrei: „Mangos! Chikoos! Guave! Lychees! Bananas! Papaya!", den Gemüsehändler übertönte. Wenn die Frauen mit ihren vollen Taschen dann in ihren Häusern verschwanden, schwangen sich die Händler wieder auf ihre Fahrräder und zogen die schweren Karren an langen Deichseln hinter sich her. Manchmal nachmittags oder sonntags kamen der Schlangenbeschwörer, der Affendressierer oder ein Akrobat mit seinem tanzenden Braunbären. Ihre Ankunft wurde durch Trommeln, Flötenspiel und Gesang angekündigt. Im Handumdrehen waren alle Kinder auf der Straße. Ein junger Akkordeonspieler bewegte mit seinen melodischen religiösen Liedern und Zitaten aus den heiligen Büchern die Herzen der Frauen. Einmal in der Woche ging er singend durch die Straßen des Viertels. Es war ein Vergnügen – fast wie früher. Und immer suchten die Leute in ihren Taschen nach kleinen Spenden für die Künstler – hier ein Paisa, dort zwei Paise..., man wollte sicher sein, dass sie wiederkamen.

Für Deepak waren es anstrengende, keine gnädigen Jahre. In dieser Zeit gab es für ihn keine Ereignisse mit großem

Erinnerungswert, aber die alltäglichen Rituale gaben ihm auch Kraft. Wenn er aus der Schule in den Laden in der Lodi Road zurückkehrte, erledigte er neben den im Geschäft anfallenden Arbeiten seine Hausaufgaben. Er lächelte, wenn er daran dachte, mit welcher Ehrfurcht er an seinem ersten Schultag vor dem Schreibtisch des Rektors gesessen hatte und sich mit erregender Neugier auf das Lernen gefreut hatte.

Das Geschäft seines Vaters hatte sich zu einem kleinen Unternehmen entwickelt. Mehrere Bauern aus dem Umland waren jetzt seine Partner. Gulshan Puri hatte mit ihnen per Handschlag Verträge geschlossen, ihnen je zwei junge Wasserbüffel gekauft, die sehr viel mehr Milch mit einem wesentlich höheren Fettgehalt gaben als Kühe. Die Bauern behielten einen Teil der Milch für den Eigenbedarf, der Rest wurde dem Geschäft überlassen. Es oblag den Bauern, die Büffel zu melken, zu pflegen und zu füttern, und nach ungefähr zwei Jahren gingen sie dann in den Besitz der Bauern über. Gulshan Puri hatte einen Lastwagen angeschafft, der täglich vor dem Morgengrauen die nun erheblichen Mengen Milch aus den Dörfern abholte.

Über einige Rechnungen gebeugt saß Gulshan Puri im Geschäft, als Deepak an seinem letzten Schultag aus der Schule kam. Strahlend zog er sein Zeugnis aus der Tasche: „Hier Bhapa-ji, mein Abschlusszeugnis!"

Gulshan sah auf: „Na, dann wollen wir mal sehen!"

„Ich habe als Jahrgangszweiter abgeschlossen und ..." Er zögerte und sah verlegen zu Boden.

„Und was?", fragte Gulshan lächelnd.

„Ich würde gern auf das neue College in Kalka-ji gehen."

Dieser Junge geht seinen Weg. Nichts wird ihn aufhalten, dachte Gulshan stolz. Er legte ihm beide Hände auf die Schultern und sah ihm in das strahlende Gesicht.

„Wer ein so gutes Abschlusszeugnis nach Hause bringt, hat es verdient, aufs College zu gehen, mein Junge. Ich bin stolz auf dich" sagte er und zog ihn an seine Brust. „Jetzt mach aber, dass du zu deiner Mutter nach Hause kommst, sie wird sich freuen", sagte er und gab ihm einen freundschaftlichen Klaps.

Schon von weitem sah Deepak wie seine Mutter an der Tür mit einer Nachbarin plauderte. Ihr Bauch wölbte sich schon wieder schwer unter ihrem Sari.

Wenn sich das nicht ändert, dass die Frauen in Indien alle zwei Jahre Kinder gebären, kann es im Land nicht vorwärts gehen, dachte er. Oder vielleicht…, fragte er sich, könnte sich dieses Potential an Arbeitskräften irgendwann einmal als positiv erweisen? Er wusste es nicht und hatte auch keine Zeit, diesen Gedanken nachzuhängen. Seine Mutter nahm ihn in den Arm und strich ihm zärtlich über die Haare. Über ihre Schulter hinweg sah er in das lächelnde Gesicht der Nachbarin.

Peinlich, dachte Deepak mit leichtem Groll, sie behandelten ihn immer noch wie ein Kind, dabei war er schon sechzehn. Gleichzeitig spürte er aber die angenehme Wärme, die Geborgenheit, wie immer, wenn seine Mutter ihn umarmte. Schnell entwand er sich ihren Armen und ging voraus in den Hof.

Savitri setzte sich auf die Bank im Hof und zog Deepak neben sich. Sie sah ihm an, dass ihn etwas beschäftigte. Und schließlich hatte es ja heute die Abschlusszeugnisse gegeben. Im Moment aber schienen beide erst einmal zufrieden, die Augenblicke schweigend verstreichen zu lassen. Dann aber überkam Savitri erneut die Zärtlichkeit für ihren großen Sohn und leise lachend zog sie ihn wieder an sich. Dem folgte ein lebhafter Wirrwarr aus Fragen und Antworten, so gleichzeitig, dass beide in Gelächter ausbrachen. Deepak lehnte sich an die Schulter seiner Mutter.

Eine vertrauliche Mitteilung steht bevor, dachte Savitri. Seine Stimmung schien euphorisch zu sein. Dieser kluge Sohn, den sie für seine Zielstrebigkeit bewunderte. Sie wartete darauf, dass er sprach.

Stolz legte Deepak ihr das Zeugnis auf die Knie.

„Ich habe mit Bhapa-ji gesprochen. Er ist einverstanden, dass ich zum College gehe. Hier in Kalka-ji."

„Du bist unverbesserlich", sagte Savitri und hob amüsiert die Brauen.

„Ich wusste, dass du mich verstehst", bemerkte Deepak trocken und sah ihr prüfend ins Gesicht. „Bhabi-ji, du lächelst aber über irgendetwas. Ich weiß ja, dass mein Schicksal eine äußerst erheiternde Angelegenheit ist, aber..."

„Hab' ich gelächelt? Ziemlich aufregend, die Zukunft zu planen. Ja, natürlich. Ich freue mich jedenfalls, meinen Ältesten für die nächsten Jahre wieder zu Hause zu haben; zum College sind es ja nur wenige Minuten zu Fuß."

Deepak war aufgestanden und tippte ihr mit den Fingerspitzen leicht auf die Schulter: „Das Leben ist wirklich ziemlich aufregend. Manchmal denke ich, Bhapa-ji braucht mich weiter dringend im Geschäft. Aber dann... Da sind ja auch noch Prem Singh und die anderen, die meine Arbeit übernehmen können."

Savitri lächelte immer noch, als Deepak sich umdrehte und nach seinen Geschwistern rief. Er konnte nicht abwarten, allen die Neuigkeit zu verkünden.

Nicht nur klug ist er, auch stark, mit einer prachtvollen Figur, dachte Savitri stolz. Das Lächeln auf ihrem Gesicht verwandelte sich in einen Ausdruck der Dankbarkeit. Sie sah ihn wieder vor sich, den kleinen Deepak, krank und schwach. Wie hatten sie und Gulshan um ihn gebangt. Sie hatten anfangs nicht geglaubt, dass er überleben würde.

Bis zu seinem vierten Lebensjahr war er ein Sorgenkind gewesen, hatte nicht wie andere Kinder gespielt. Sitzen hatte er zwar gelernt, war aber zu schwach zu laufen. Tagsüber hatte er damals in Khushab vor dem Haus in der Morgensonne auf einer *Charpai* gesessen. Wenn es heiß wurde, hatte ihn Savitri in den Innenhof gebracht, wo er den Rest des Tages im Schatten eines Ashoka-Baumes lag und mit allen redete. Sprechen konnte er sehr früh. Und was ihm aus mangelnder Körperkraft nicht gelang, glich er durch einen hellen Verstand aus.

Savitri sah gedankenverloren vor sich hin. Aber Gulshan und sie hatten immer gehofft, dass Deepak gesund würde. Und dann eines Tages hatte plötzlich diese alte Frau auf der Schwelle zur Küche gesessen und mit krächzender Stimme gesagt, sie könne dem kleinen Deepak helfen. Nie würde sie das faltige, zahnlose Gesicht der Alten vergessen. Es war kurz nach Sonnenaufgang gewesen. Deepak hatte wie immer auf seiner Pritsche vor dem Haus gelegen. Die alte *Sadhvi,* die Heilerin, mit einem Sack voller Kräuter über der Schulter, war vor Deepak stehen geblieben.

„Na, mein Sohn, was fehlt dir denn?", hatte sie gefragt.

Deepak hatte sich aufgerichtet und sich auf die Ellenborgen gestützt. Er hatte die Alte mit seinen dunklen Kinderaugen in dem schmalen Gesicht empört angesehen und geantwortet: „Mata-ji, mir fehlt nichts! Ich liege hier in der Morgensonne, das sieht doch jeder."

Die Alte hatte gelächelt: „Gut, gut mein Sohn. Wo finde ich denn deine Mutter?"

Und dann hatte sie sich auf die Türschwelle zur Küche gesetzt und Savitri beobachtet, wie sie *Chapatis* backte und ein wenig Gemüse vom Vorabend aufwärmte. Eine Weile hatte Savitri Puri nichts gesagt. Als die Alte sie aber weiter nur stumm beobachtete, hatte sie gefragt: „Mata-ji, ich habe dich noch nie in unserem Dorf gesehen. Was verschafft mir die Ehre deines Besuchs?"

„Tochter", begann die *Kräuterdai,* „dein Sohn ist krank. Er hat zwar eine geschickte, schnelle Zunge und einen regen Geist, aber sein Körper ist krank. Ich kann ihm helfen."

„Du hast Recht, Mata-ji, Deepak ist körperlich so schwach, dass er bis jetzt nicht laufen gelernt hat. Wir haben alles versucht - ohne Erfolg. Wenn du ihm helfen kannst? Ich nehme jede Hilfe dankbar an", hatte Savitri geantwortet.

„Gut", hatte die Alte gesagt, „dann bring den Kleinen in ein dunkles Zimmer, beschaffe mir frischen Kuhdung und lass mich mit ihm alleine."

Savitri Puri hatte alles so vorbereitet, wie die *Sadhvi* es gewünscht hatte.

Inzwischen hatten sich auch die Nachbarsfrauen neugierig im Hof versammelt. Es hatte sich herumgesprochen, dass im Haus nebenan etwas Ungewöhnliches geschah. Aus dem Raum hörte man die alte Heilerin mit dunkler Stimme, mal leise, dann lauter werdend, rhythmisch Verse murmeln. Die Frauen im Innenhof hatte eine innere Erregung erfasst, keine hatte zu sprechen gewagt, alle wiegten sich im Rhythmus des Singsangs, der aus dem Zimmer zu hören war.

Die Stunden flossen ineinander... Es musste eine Ewigkeit vergangen sein, bis die Alte das Zimmer verließ und zurück in den Hof trat. Sie betrachtete die im Kreis sitzenden Frauen, öffnete ihren zahnlosen Mund zu einem merkwürdigen Lächeln und sagte, an Savitri gewandt: „Dein Sohn wird jetzt sehr schnell gesund werden. Gib ihm viel Milch zu trinken und gutes Essen. Er wird in wenigen Tagen laufen können und gut gedeihen."

Savitri Puri hatte die Handflächen aneinander gelegt, in Ehrerbietung den Kopf geneigt und gefragt: „Mata-ji, wie kann ich dir danken?"

Das geheimnisvolle, zahnlose Lächeln war wieder über das Gesicht der Kräuterfrau gehuscht. Mit einer abwehrenden Handbewegung, hatte sie gesagt: „Was ich tat, musste getan werden. Das Strahlen in deinen Augen und die Freude in deinem Herzen, wenn dein Sohn laufen wird, sind mir des Dankes genug." Dann hatte sie ihr Kräuterbündel geschultert und war ihres Weges gegangen.

Der Innenhof war erfüllt gewesen vom Widerhall aufgeregter Frauenstimmen. Alle hatten sich gleichzeitig in das kleine Zimmer gedrängt, um Deepak anzuschauen, der auf seiner Liege saß und munter, mit keckem Blick die drängelnden Frauen ansah. Sie waren dann jeden Tag gekommen, um sich von Deepaks Heilung zu überzeugen, erstaunt von seinen Fortschritten zu hören und seine runder werdenden Bäckchen zu bewundern. Am vierten Tag hatten sie Deepak auf noch unsicheren Beinchen, aber schon bei recht geschickten

Gehversuchen beobachten können. Es war wirklich wie ein Wunder; Savitri und Gulshan Puri mochten es kaum glauben. Danach war Deepaks Entwicklung wie bei allen anderen Jungen seines Alters verlaufen.

Die alte Heilerin hatte man in den folgenden Jahren nie wieder im Dorf oder der näheren Umgebung gesehen.

Und nun würde Deepak das College besuchen.

Savitri saß immer noch gedankenversunken in derselben Haltung auf der Bank. Als es plötzlich laut wurde, drehte sie sich um. Ihre Kinder stürmten hinter Deepak in den Hof und scharten sich um ihn. Sie strich sich über ihren prallen Bauch und genoss die angenehme innere Ruhe, die ihrem Geist Leichtigkeit verlieh. Es ist wohl so, dachte Savitri und blinzelte zufrieden in die Sonne, wir versuchen immer, alles zu erklären, alles mit dem Verstand zu erfassen. Aber es gibt zwischen Himmel und Erde doch vieles, das eben nicht zu erklären ist.

Als der September angenehmere Temperaturen brachte, der Monsun endlich vorüber war, blieb Gulshan häufiger zu Hause bei seiner Familie. Das Geschäft lief gut – auch ohne ihn. Savitri würde bald niederkommen. Warum sollte er nicht zu Hause bleiben?

Er saß oft im Hof und beobachtete das Treiben in seinem Haus. Da war immer Unruhe, wenn die Kinder am Nachmittag von der Schule heimkamen. Aber er empfand Freude an dem Durcheinander in seiner Familie. Er liebte den Innenhof mit der Bank und dem Handwaschbecken an der Wand, das, wenn die Sonne am Nachmittag schräg in den Hof schien, Schatten auf den Terrazzoboden warf, und die immer offen stehende Tür zur Küche, die den Blick auf die blank geputzten Töpfe und Pfannen zuließ.

Handfester noch war seine Genugtuung darüber, wie Deepak sich entwickelt hatte. Er hatte Erfolg am College. Gulshan schmunzelte, wenn er daran dachte, wie Deepak am Anfang eines neuen Schuljahres die Lehrbücher seiner Geschwister über indische Geschichte und Mythologie einsammelte. Und dann las er bis in die Nacht hinein. Nur ab und zu wurde etwas Geld abgezweigt für Bücher, die sich mit Technik befassten und ihn interessierten. Sonst mussten eben die Schulbücher ausreichen, wenn ihn die Lesewut packte. Aber auch das würde sich ändern, dachte Gulshan zufrieden, selbst wenn sie bald noch ein sechstes Kind durchzufüttern hätten.

Teil 2

Deepak

1

Am Morgen hatte es geregnet. Ungewöhnlich, denn der September ging schon seinem Ende entgegen. Die letzten Monsunschauer waren Anfang des Monats niedergegangen. Die Straße vor dem Haus dampfte noch in der Sonne, als die alte Hebamme Aruna mit ihren Gerätschaften in Savitris Zimmer verschwand.

Während sie auf den ersten Schrei des Babys warteten, hatte Deepak selbstvergessen neben seinem Vater am Fenster gestanden. Wie so oft schon fragte er sich auch jetzt wieder, warum an so vielen schlechten Traditionen festgehalten wurde. Diese vielen Kinder in den Familien laugten nicht nur die Mütter aus, sie waren auch der Grund, dass die Armut anhielt. Wenn es die einfachen Menschen schon nicht erkannten, dann sollten doch wenigstens Menschen wie seine Eltern klüger sein. Und die Politiker sollten eine bessere Familienpolitik betreiben. Natürlich war ihm klar, dass Rückständigkeit eines Volkes nicht nur auf eigenes Versagen zurückzuführen war, sondern grundsätzlich auf Mangel an Aufklärung und auf eine lange Unterdrückung durch andere. Sobald allen Indern die Türen zu Bildung offen stünden, würden ungeheure Energien und Fähigkeiten freigesetzt und das Land würde schnell umgestaltet werden können. Es wird sich eine einheitliche, neuzeitliche Auffassung entwickeln müssen, die alle Verschiedenheiten tolerieren wird und dennoch die Mythologie und die alten Überlieferungen Indiens nicht vergisst, dachte er. Jetzt, nach acht Jahren in Unabhängigkeit und Freiheit wird der Verstand endlich gewissenhaft und kritisch arbeiten müssen. Auch müsste sich eine neue, richtige, geschichtliche Perspektive entwickeln. Die hauptsächlich von Engländern geschriebenen vorhandenen Geschichtsbücher beschäftigten sich damit, die britische Herrschaft zu rechtfertigen und die britischen Vorzüge zu verherrlichen, während fast unverhohlen verächtlich

173

wiedergegeben wurde, was sich in den vergangenen Jahrtausenden in Indien ereignet hatte. Über zweihundert Jahre war Indien in die Maschen eines Karmas verstrickt gewesen - die erzwungene Verbindung zwischen Indien und England. Wir müssen uns von diesem erniedrigenden Erbe der Vergangenheit lösen, schwirrte es in Deepaks Kopf. Und Karma? Karma ist doch allein das Gesetz von Ursache und Wirkung, geschaffen durch vergangenes Handeln, aber kaum ein unveränderliches Schicksal.

Nun, dachte Deepak, vieles scheint sich ja schon zu ändern. Seine Entscheidung jedenfalls, aufs College zu gehen, war richtig gewesen, das hatte er immer gewusst. Er hatte festgestellt, dass er eine Begabung für die Naturwissenschaften hatte. Wenn er auch – wie sein Vater immer sagte – das Zeug zu einem durchaus fähigen Kaufmann habe, war ihm klar, dass sich sein Lebensinhalt nicht darauf beschränken sollte.

Er arbeitete mit der richtigen Anspannung und Ruhe auf einen guten Abschluss hin, wohl wissend, dass noch ein langer Weg vor ihm lag. Sein Traum - ein Studium, eine Karriere! Die Universität wäre eine so großartige Chance.

Da, der erste Schrei des Babys. Deepak wandte sich um und schaute auf seine Armbanduhr. Diesmal war es schnell gegangen, dachte er. Wie gut für seine Mutter, die Wehen hatten nur drei Stunden gedauert. Er blickte in das freudige Gesicht seines Vaters. Als die alte Aruna in der Tür erschien und das kleine Mädchen – seine Eltern hatten beschlossen, wenn es ein Mädchen würde, es Vimla zu nennen - den Armen Gulshans übergab, waren Deepaks Zweifel dem Staunen über das Wunder dieses neuen Lebens gewichen.

2

Deepak Puri hätte in Delhi bleiben, studieren, heiraten und ein ganz normales Leben führen können, hätten ihm seine Vorfahren aus der Kaste der Khashatris, der Krieger und Könige, nicht ein gehöriges Maß Neugier, Abenteuerlust und den Drang nach neuen Herausforderungen mitgegeben. Von dem Verlangen gepackt, mehr von der Welt kennen zu lernen, hatte er lange mit seinem Gewissen gekämpft. Konnte er, der älteste Sohn, die Familie verlassen und ins Ausland gehen? Das ganze letzte Jahr auf dem College hatte er davon geträumt, nach Amerika zu reisen und dort zu studieren. Alles, was er über diese neue Welt wusste, faszinierte ihn. Das andere Leben, die fremde Kultur. Auch die amerikanischen Mädchen schienen ganz anders als die behüteten indischen Mädchen zu sein. War doch unter den Jungen oft genug hinter vorgehaltener Hand davon geflüstert worden, wie freizügig die Amerikanerinnen mit dem anderen Geschlecht umgingen und wie schön sie seien. Manche mit einer Haut so zart und weiß, dass man den roten Wein in ihren Adern fließen sehen könne, dem sie verfallen seien und der es so leicht mache, sie zu erobern.

Zuerst war es ein unklarer, aber heftiger Wunsch gewesen. Nach und nach hatte er versucht, ihn deutlicher zu umreißen. Er wollte so viel wie möglich von der Welt sehen und studieren, ehe er sich in Delhi niederlassen und heiraten würde. Damals dachte er: Amerika, vielleicht auch Europa – Bücher und Bilder, Länder und Leute. Er wollte sich den Kopf mit Eindrücken füllen.

Mit anderen Worten, sagte er sich, ist es Egoismus. Und doch, auch seine Familie würde davon profitieren, denn als Ingenieur würde er gutes Geld verdienen. Und war es nicht sein Vater, der immer gepredigt hatte: Wissen ist Macht, Wissen ist der größte Schatz, den ein Mensch besitzen kann? Ja, sein Vater verstand ihn, hatte ihn immer unterstützt und stark gemacht.

Auch diesmal war sich Deepak sicher, dass sein Vater ihn nicht verurteilen würde, als er sich ohne Wissen seiner Eltern um einen Studienplatz an der Technischen Universität in Kalifornien bewarb. Dass das Studium teuer werden würde, wusste er, auch, dass er von seinen Eltern wenig finanzielle Unterstützung erwarten konnte. Aber da war sein Ziel – Amerika. Er wollte alles versuchen.

Und dann kam die Zusage. Die Universität gewährte ihm wegen seiner guten Leistungen ein Stipendium. Deepak hatte das Gefühl, nichts in der Welt könne ihn nun noch aufhalten.

Am Abend sprach er mit seinem Vater. Gulshan Puri war überrascht, auch ein wenig ärgerlich, dass Deepak ihn vor vollendete Tatsache stellte. Doch dann siegte der Stolz: „Oh, was für eine Tollheit! Ich glaube, du lässt deine Gedanken und Wünsche zu weit in der Welt spazieren gehen. Aber ich wusste natürlich immer, dass du einen besonderen Ehrgeiz hast", sagte er und setzte Deepaks Euphorie doch noch einen Dämpfer auf, als er hinzufügte, dass er den Aufenthalt in Amerika nicht finanzieren könne. Eigentlich hatte Deepak das gewusst. Und dennoch - ein wenig Hoffnung auf Unterstützung hatte er sich schon gemacht.

Gulshan Puri zog die Stirne kraus und schwieg. Deepak wagte nicht, das Schweigen seines Vaters zu unterbrechen und schaute zerknirscht auf das Schreiben der California University in seiner Hand. Gulshan Puri beobachtete seinen Sohn. Er wollte ihn nicht länger zappeln lassen und nahm ihm das Schreiben aus der Hand. Als er die Zusage sorgfältig studiert hatte, sah er Deepak ernst an: „Zumindest die Schiffspassage ans andere Ende der Welt werde ich bezahlen können. Für alles Weitere wirst du selbst sorgen müssen."

Mit diesem Sturm der Gefühle, der nun folgte, hatte Gulshan nicht gerechnet. Deepak sprang auf und umarmte seinen Vater glücklich. „Ich habe es ja gewusst, ich habe es gewusst", rief er aufgeregt.

Gulshan Puri befreite sich lachend aus den Armen seines Sohnes.

Natürlich war Deepak entschlossen, für sich selbst zu sorgen. Er würde neben dem Studium arbeiten und damit sein Leben in Amerika finanzieren.

Deepaks Begeisterungssturm war nicht unbemerkt geblieben. Seine Mutter kam aus der Küche: „Was ist hier denn los. Hast du in der Lotterie gewonnen, Deepak, oder weshalb führst du dich so auf?"

Deepak Puri wusste, dass er nun seine ganze Überzeugungskraft einsetzen musste. Seine Mutter würde ihn nur schweren Herzens ziehen lassen. Er zog sie neben sich auf die Bank und suchte die richtigen Worte für sein Geständnis. Vorsichtig und behutsam erzählte er ihr von seinen Plänen.

„Du lieber Himmel, nein!", rief sie, holte tief Luft und schlug die Hände vors Gesicht.

Deepak legte den Arm um ihre Schultern: „Schau, Bhabi-ji, es ist mein größter Wunsch. Und ich werde nach dem Studium hierher zurückkehren."

Mit einer müden Geste fuhr sich Savitri über die Haare und ließ langsam die Hände sinken. Wie zu sich selbst sagte sie leise: „Ich wusste eigentlich schon lange, dass du weg willst, dass du das Land der duftenden Sonne verlassen willst. Ich wusste es."

Sie nickte wehmütig, nahm sein Gesicht zwischen ihre von der Hausarbeit rau gewordenen Hände und strich ihm zärtlich über seine Wangen.

„Du willst die Weisheiten unserer Väter mit dem Wissen des Okzidents vereinen", murmelte sie und in ihren Mundwinkeln zeigte sich wieder ein Lächeln.

„Also ja, warum nicht? Ich bin so stolz auf dich... Dann musst du aber auch westliche Kleidung bekommen!", fügte sie nachdrücklich hinzu, gab ihm einen Klaps und nahm ihn in die Arme.

Deepak lachte laut heraus. Savitri stimmte in sein Lachen ein.

„Aber eines" sagte sie und wurde wieder ernst, „eines musst du mir versprechen, Deepak. Auch wenn du dort sehr viel lernen wirst, achte die Menschen wie bisher und werde nicht arrogant."

177

Deepak sah in das Gesicht seines Vaters, der ihnen auf dem alten klapperigen Lehnstuhl gegenüber saß. Er sah das feuchte Glitzern in seines Vaters Augen und hatte Mühe, die eigenen Tränen zu unterdrücken.

Savitri sah von ihrem Mann zu ihrem Sohn und sagte mit fester Stimme:

„Je mehr Früchte ein Baum trägt, desto geneigter sind seine Äste. Erinnere dich immer daran, Deepak, wenn du glaubst, mehr zu wissen als andere."

Deepak saß still neben ihr und wusste in diesem Augenblick, dass ihn in Amerika das Heimweh plagen würde. Aber noch war es nicht so weit, dachte er. Es gab noch viel zu tun.

Ein Reisepass musste beantragt werden. Eine Herausforderung! In den Behörden wucherte die Korruption. Man brauchte eben nicht nur Geduld und Zeit. Aber er hätte nie geglaubt, wie viel Hochmut und Verachtung er in indischen Behörden ausgesetzt sein würde.

Weder Gulshan noch Deepak Puri verfügten in Delhi über eines der allgegenwärtigen Beziehungsnetzwerke, ohne die man wenig oder gar nichts erreichte. Auch fehlte ihnen die pralle Brieftasche, die wie ein „Sesam-öffne-Dich" der Türen in den Büros und Amtsstuben wirkte. Der aufgeblähte öffentliche Dienst. In den Ämtern arbeiteten zu viele gut ausgebildete Arbeitskräfte für wenig Geld. Vom Staat als gigantische Arbeitsbeschaffungsmaßnahme gedacht mit der Folge, dass auch die Bestechlichkeit der Beamten gigantische Ausmaße annahm.

Wie ein lästiger Bittsteller wurde Deepak hierhin und dorthin geschickt, von Behörde zu Behörde. Ohne Erfolg. Was sollte er machen? Er war resigniert und enttäuscht, bis ihm Raj Kumar einfiel, ein ehemaliger Klassenkamerad. Dessen Vater war persönlicher Berater eines Ministers. Und tatsächlich besorgte Raj Kumar ihm einen Termin bei einem einflussreichen Staatssekretär.

Deepak bat seinen Vater, ihn zu begleiten. Gulshan Puris aufrechte Haltung und seine Körpergröße hatten noch nie ihre

Wirkung verfehlt. Und auch diesmal nahm sich der Staatsbeamte hinter seinem Schreibtisch klein und unscheinbar gegen Gulshan Puri aus. Deepak war alarmiert. Er schaute seinen Vater von der Seite an. Gulshan schien dasselbe zu denken: Je kleiner eine Peperoni, desto schärfer ist sie.

Höflich und respektvoll, aber mit rückhaltloser Offenheit berichtete Gulshan von Deepaks Odyssee durch den Behördendschungel und fügte abschließend hinzu: „Unbestechlichkeit – gewiss, die gibt es, ich kann es nicht bestreiten. Findet man sie aber noch in unserem Land?"

Der Staatssekretär in seinem ledernen Schreibtischsessel, die kurzen Beine unter dem Schreibtisch ausgestreckt, brummte und sah Gulshan ein wenig zu lange schweigend aus schmalen Augen an. Entrüstung stand ihm ins Gesicht geschrieben.

Deepak sah seine Sache schon gescheitert und ahnte die Antwort - Ich sehe mich nicht in der Lage, Ihrem Sohn einen Reisepass auszustellen!

Plötzlich aber änderte sich der Gesichtsausdruck des Mannes. Der schmalen Brust des Beamten entwich ein erstaunlich volltönendes Lachen: „Gut, gut, Herr Puri, ich hoffe, Ihr Sohn wird unserem Land in Amerika Ehre machen!" Er nahm einen Zettel und kritzelte ein paar Sätze darauf. Den Zettel reichte er Deepak und schickte Vater und Sohn in die Passstelle. Sich aus seinem Stuhl zu erheben, schien jedoch eine Anstrengung für sich zu sein. Als Gulshan und Deepak Puri die Flügeltür erreichten, rief er ihnen nach: „Viel Glück, junger Mann, und vergiss den Geruch Indiens nicht!"

„Doch keine Peperoni", schmunzelte Gulshan und Deepak atmete erleichtert auf.

Bis zum Beginn des Studiums blieben Deepak noch sechs Monate. Zeit genug, an der Delhi-Universität Physik-Vorlesungen zu hören. Ein Student fiel ihm dort besonders auf. Ein Europäer, blond und groß. Für Deepaks Geschmack sah er vielleicht ein bisschen zu sehr einem Adonis gleich, aber er schien nett zu sein. Als Deepak ihn ansprach, erfuhr er, dass

Klaus der Sohn eines deutschen Ingenieurs war, den seine Firma für einige Jahre in die Filiale nach Delhi geschickt hatte. Klaus schien sich darüber zu freuen, dass Deepak sich in den Vorlesungen fortan neben ihn setzte und ihm nachmittags die Seiten der Stadt zeigte, die sich einem Ausländer normalerweise nicht erschließen. Und er war ein wunderbarer Zuhörer, wenn Deepak über Politik sprach und sich über das geographische Missgebilde Pakistan erregte. Diesen Staat aus zwei Teilen, die durch knapp zweitausend Kilometer rein indisches Territorium getrennt waren. Zwei der früher eigenständigsten Gebiete Indiens, der Punjab und Bengalen, waren für dieses zerrissene Pakistan geteilt worden. Wenn man von dem einen Teil Pakistans in den anderen gelangen wollte, musste man eine wochenlange Seereise um den Subkontinent in Kauf nehmen oder einen für die meisten Menschen unbezahlbaren Platz im Flugzeug buchen, ereiferte sich Deepak.

Es tat ihm gut, dass Klaus mitfühlendes Verständnis zeigte, wenn Deepak ihm erklärte, dass die geographische Entfernung zwischen den beiden Teilen Pakistans noch gering war im Vergleich zu der psychologischen Distanz und dem äußeren Erscheinungsbild zwischen den Punjabis und den Bengalen. Ihnen war nichts gemeinsam, außer dem Glauben an Allah. Die Bengalen waren klein, dunkelhäutig und agil, rassemäßig den asiatischen Massen zugehörig. Die Punjabis dagegen waren Arier, in deren Adern das Blut von Eroberergenerationen aus dreitausend Jahren floss. Ihre Gesichtszüge trugen die Spuren Russlands, der zentralasiatischen Steppen, Persiens und der arabischen Wüsten.

Umgekehrt hörte Deepak gespannt zu, wenn Klaus von Deutschland erzählte, einem ebenfalls auseinandergerissen Staat, geteilt in zwei Teile. Auch ein Krüppel des Krieges. Auch hier wurden Familien gewaltsam und willkürlich getrennt - ein Teil dem Westen verbunden, der andere Teil unter der Herrschaft des Kommunismus. Klaus stammte aus dem westlichen Teil. Ihm war anzumerken, dass er sehr oft von Heimweh geplagt wurde und es deshalb genoss, Deepak von Deutschland zu erzählen. So oft, so häufig, dass Deepaks Gedanken bald begannen, um dieses ihm bislang unbekannte Land zu kreisen. Er studierte Landkarten, besorgte sich in der Bibliothek der Universität Bücher über Deutschland, wollte von Klaus alles über die Lebensgewohnheiten der Deutschen wissen.

Eines Nachts träumte er, er befinde sich auf einem großen Schiff. Das Meer vor ihm wild und unruhig, ein Hexenkessel. Bei allen Göttern, was kam da hoch? Haushohe Wogen, Kaskaden von Wasser donnerten gegen das hilflos in den Fluten treibende Schiff. Aus den Nebelschwaden tauchte sturmgepeitscht hin und wieder die Küste Amerikas mit der Freiheitsstatue auf, sie schwankte bedrohlich in der aufgewühlten See. Wenn er jedoch nach Backbord blickte, konnte er ruhiges, in der Sonne schillerndes Wasser erkennen und dahinter einen Streifen grünes Land. Er kämpfte sich durch den Sturm über das Deck zum Steuerrad und riss es mit solcher Entschiedenheit und Kraft herum, dass das Schiff zu kentern drohte. Doch es richtete sich auf und fand sich in ruhigeren Gewässern wieder. Das grüne Land am Horizont schien zum Greifen nahe – nicht mehr erahnend, sondern sehr klar.

Als Deepak erwachte, richtete er sich erschrocken auf. Ein merkwürdiger Traum war das gewesen. Hatten sich seine Gedanken und Überlegungen so verselbständigt? Sollte der Traum bedeuten, dass er sich gegen Amerika entscheiden sollte? Hellwach ließ er sich zurück auf seine *Charpai* sinken. War die Entscheidung für Deutschland unbewusst schon längst von ihm getroffen worden? Wie aber sollte er das verwirklichen können? Ohne Stipendium in Deutschland und ohne Sprachkenntnisse. Wie wenig wusste er im Grunde von diesem Land. Hatte ihn das Fernweh so übermannt, dass er zum Traumtänzer wurde? Beschwichtigend dachte er, dass es doch nur eine vage Neigung, eine verschwommene Idee sei, keine genaue Vorstellung.

Klaus lud ihn ein, eine Ausstellung über Deutschland in der deutschen Botschaft zu besuchen.

In der Nacht davor lag Deepak Puri wach und grübelte. Sollte der kommende Tag seine Pläne verändern? Als endlich der

Morgen dämmerte, drang das Schwatzen und Kreischen aus vielen Vogelkehlen ins Zimmer. Auf dem Mangobaum vor dem Fenster, der aus dem Kern gewachsen war, den seine Mutter beim Einzug in Kalka-ji in die Erde gesetzt hatte, saßen dicht gedrängt viele kleine grüne Papageien, die zusammen in die Luft aufstiegen, um gleich darauf zum Boden herunterzustoßen und sich dort um ein paar Körnchen zu balgen, die der Vater jeden Morgen ausstreute. Eigentlich gedacht für die vielen kleinen Spatzen, die der Vater immer lächelnd als Priesterinnen bezeichnete. Nun waren es Papageien, die sich wie von einem leichten Windhauch getragen über die Krone des Mangobaumes erhoben und in zitternden Wellenbewegungen wieder zu Boden flatterten. Einige Zeit beobachtete Deepak die Vögel, bis der Schwarm hoch in die Luft aufstieg, um nicht mehr zurückzukehren.

Es war April in Delhi, die Jahreszeit, in der die angenehmen Temperaturen des Frühjahrs Tag für Tag allmählich einer ermüdenden Hitze weichen. Klaus hatte versprochen, Deepak im Auto seines Vaters abzuholen. Als der alte Morris mit Klaus am Steuer in Kalka-ji vorfuhr, wurde er gleich von staunenden Kindern umringt, denen sich zögernd, nach und nach auch neugierige Erwachsene zugesellten. Deepak stieg ein. Doch es brauchte Zeit, bis die beiden endlich an den neugierigen Menschen vorbei die Hauptstraße erreicht hatten. Viele Personenwagen waren nicht unterwegs, denn nur reiche Industrielle, hochgestellte Angehörige der Regierung oder Ausländer konnten sich Autos leisten. Dafür waren die Straßen voll von kreuz und quer fahrenden Tucktucks, Mopeds, Motorrädern, deren Fahrern jede Verkehrsordnung oder Verkehrsregel fremd war. Lastwagen, die an allen freien Flächen in verschnörkelten bunten Schriftzügen die Aufforderung: „Horn please!" trugen und dieser Aufforderung mit Vergnügen eifrig nachkamen, schlängelten sich durch das Gewühl. Es wurde mehr mit der Hupe als mit dem Gaspedal gefahren. Unablässig musste Klaus anhalten, weil Ochsenkarren die Straße kreuzten oder heilige Kühe mit großen Augen dem Auto entgegen sahen. Bei jedem Halt versammeln sich Gaffer, die zu den Fenstern herein starrten, bis der Lärm der in den unterschiedlichsten Tonlagen gellenden Hupen wieder freie Fahrt durchsetzte.

Dann hatten sie das Diplomaten-Viertel erreicht, und der Blick öffnete sich auf die weißen Botschafter-Villen, umgeben von großzügig angelegten Gärten mit gepflegten Blumenrabatten und gestutzten Sträuchern, die Zäune und Mauern der Areale in paradiesische Blütenpracht tauchten.

Vor einer Villa, von deren Dach die schwarz-rot-goldene Flagge wehte, wies ihnen ein livrierter Bediensteter einen Parkplatz zu. Deepak spürte das Klopfen seines Herzens. Noch nie hatte er eine dieser weißen Villen betreten, noch war er einem ihrer Bewohner begegnet.

Durch die geöffneten Flügel des reich mit Intarsien und Bronzebeschlägen versehenen Tores, zu dessen beiden Seiten je ein livrierter Bediensteter stand, betraten sie den Garten. Die großen Rasenflächen rechts und links des Weges vermittelten den Eindruck von Weite. Deepak roch die reich blühenden Rosen, die gelben Tagetes und den Jasmin. Die brennende Sonne machte den Duft so intensiv.

Sie betraten eine große Empfangshalle, in der in strahlendes Weiß gekleidete Dienstboten sich leichtfüßig durch die dort versammelten Menschen bewegten und den Gästen auf Tabletts Getränke oder kleine Leckereien anboten.

In dem Saal von vollendeter Schönheit sah Deepak Puri sich mit scheuer Bewunderung um. Über den Marmorboden war ein bunter, mit Ornamenten, Vögeln, Blättern und Blüten kunstvoll gearbeiteter Teppich gebreitet, der fast den ganzen Saal ausfüllte. Mehrere Nischen aus weißem Marmor, begrenzten den Raum an zwei Seiten, verbunden durch einen Fries aus indischen Miniaturen in halber Höhe. In die Nischen hatte man runde hohe Stehtische gestellt, auf denen kleine Schälchen mit Nüssen und Knabbereien standen. Dunkelrote lederne Clubsessel mit kleinen

Beistelltischen waren geschickt über den ganzen Saal verteilt. Alles sprach von außerordentlichem Geschmack.

Deepak, der von der Pracht und den vielen miteinander plaudernden Menschen eingeschüchtert in der Tür stehen geblieben war, spürte, wie Klaus ihm einen Schubs gab und dicht an seinem Ohr flüsterte: „Los, los! Oder willst du hier wie eine Statue stehen bleiben?" Er schlug Deepak aufmunternd auf die Schulter. „Da hinten im Gedränge steht mein Vater. Der wird dich ein paar wichtigen Leuten vorstellen. Wenn wir Glück haben, lernst du vielleicht den deutschen Botschafter kennen."

Mit trockenem Mund nickte Deepak und folgte seinem Freund, der durch die Gäste hindurch auf seinen Vater zusteuerte.

Deepak Puri erfuhr an diesem Vormittag manches über Deutschland und lernte viele Deutsche kennen, die sich gern mit ihm zu unterhalten schienen. Als ihm dann sogar der deutsche Botschafter erklärte, dass Deutschland nach dem Krieg ganz besonders daran interessiert sei, viele ausländische Studenten an seinen Universitäten studieren zu lassen, war seine Entscheidung gefallen – er würde auf das Stipendium in den USA verzichten und in Deutschland studieren.

Dennoch... Deepak beschloss, seine Entscheidung durch die Meinung eines Nachbarn aus Kalka-ji abzusichern, von dem er wusste, dass er während des Krieges in deutscher Kriegsgefangenschaft gewesen war. Die Ansichten und die Beurteilung Deutschlands durch einen Inder, der Deutschland gerade auch in kritischen Zeiten erlebt hatte, dürften aufschlussreich sein.

Tags darauf besuchte Deepak Ajai Kumar. Dieser bot ihm eine Tasse Tee an und bat ihn sich zu setzen. Er schien erfreut, wieder einmal über seine Zeit in Deutschland erzählen zu können.

„In diesem Krieg...", sagte Ajai Kumar, ließ sich Zeit und schlürfte erst einmal seinen Tee. Er wackelte mit dem Kopf: „Ich habe wirklich großes Glück gehabt, dass ich in Kriegsgefangenschaft geraten bin. Viele meiner Kameraden sind gefallen. Ja, auch einer meiner engsten Freunde." Mit trübem Blick wackelte er wieder mit dem Kopf und erzählte dann, dass er sich bei den Deutschen gut behandelt gefühlt habe. „Eigentlich haben sie sich von ihrer besten Seite gezeigt. Einige deutsche Offiziere sprachen sehr gut Englisch und unterhielten sich gern mit uns. Sie wollten viel über Indien hören. Und wir Inder", er lachte laut, „wir beschwerten uns oft über das Essen. Bei den Göttern, das war ein gruseliger Fraß, schmeckte nach nichts! Oder halt - nach Pappe!" Er verzog angewidert das Gesicht. „Aber die Deutschen hatten ja auch nur diesen Fraß." Er grinste.

Außerdem habe er schon vor dem Krieg mit Deutschland zu tun gehabt, als er in der indischen Armee als Versorgungsoffizier diente, erzählte er. Kurz vor Ausbruch des Zweiten Weltkrieges mussten damals für verschiedene Garnisonen einige Küchengeräte ersetzt werden, unter anderem wurden auch hunderttausend neue Messer gebraucht. „Für die Armee immer nur das Beste! Die Deutschen stellten in Solingen Messerwaren von höchster Qualität her. Das wussten wir in der Armee. Hunderttausend Messer haben wir also dort bei einer Firma bestellt und eine Anzahlung geleistet. - Dann kam der Krieg. Kein Schwein interessierte sich mehr für die Bestellung. Indien war ja nun an der Seite der englischen Armee Deutschlands Feind. Tja, und die Anzahlung..."

Ajai Kumar schmunzelte. „Stell dir vor, der Krieg war kaum zu Ende – in Deutschland lag alles in Schutt und Asche. Da kam doch eines schönen Tages ein Schreiben aus Solingen. Sie baten um Entschuldigung, dass die Lieferung der Messer aus den bekannten Gründen nicht erfolgen konnte, und forderten uns auf, doch bitteschön mitzuteilen, ob wir noch immer an der Lieferung interessiert seien. Andernfalls würde die geleistete Anzahlung selbstverständlich zurückgezahlt werden."

Ajai Kumar schlug Deepak Puri begeistert auf die Oberschenkel. „Kannst du dir das vorstellen, Deepak? Korrekt bis zum bitteren Ende!" Er wurde ernst. „So sind die Deutschen... Wollen alles perfekt machen. Selbst in den KZs. In diesen bis ins Kleinste organisierten Vernichtungsmaschinerien haben sie genau Buch geführt über jeden ermordeten Insassen." Er wackelte einige Male mit dem Kopf.

„Im Übrigen haben wir", seine Stirn glättete sich wieder und er strahlte Deepak an, „die Messer liefern lassen. Der Auftrag ist natürlich perfekt ausgeführt worden – wie zu erwarten. So etwas vergisst man nicht."

3

Am 5. Juni 1957, um vier Uhr morgens, als selbst die Vögel noch zu müde zum Singen waren, war die ganze Familie Puri schon auf den Beinen, weil Gulshan und Deepak Puri den Zug nach Bombay erreichen mussten. Alles war vorbereitet für die Reise.

Deepaks kleine Geschwister hingen an seinen Armen, klammerten sich wie kleine Äffchen an ihm fest. Savitri weinte und hielt ihn umschlungen. Als sich Deepak sanft von ihr löste, legte sie ihre rechte Hand segnend auf seinen Kopf.

Der Metallkoffer war schnell in dem wartenden Tucktuck verstaut, und schon sah Deepak die Lichter von Kalka-ji hinter sich im Dunst des heranbrechenden Tages verschwinden. Die kalte Morgenluft tat gut, er fühlte sie kühl und erfrischend auf seinem erhitzten Gesicht.

Der Zug verließ pünktlich den Bahnhof von Delhi und fuhr mit gemäßigtem Tempo auf den Stadtrand zu, vorbei an Häusern, in denen hier und da schon Lichter brannten und die Dungfeuer für die Zubereitung des Frühstücks entfacht wurden.

Wann werde ich das alles wohl wieder sehen, fragte Deepak sich ein wenig wehmütig und schaute Gulshan von der Seite an, wohl wissend, dass auch seinen Vater ähnliche Fragen bewegten. Er war überrascht von der Beklemmung, die ihn plötzlich befiel. Aber die Entscheidung war gefallen und von allen akzeptiert worden. Europa! So aufregend es auch sein würde – Heimat würde es ihm sicher nie werden können. Sein Herz hing an seiner Familie, seine Wurzeln reichten tief in die indische Kultur hinein. Dennoch glaubte Deepak nicht, dass er sich in dem fremden Deutschland einsam fühlen würde. Seine Einstellung zum Leben war zu positiv, und er hatte Kraft genug.

Deepak und Gulshan Puri hatten es sich in ihren Sitzen bequem gemacht. Noch ein wenig Schlaf tat jetzt gut.

Kaum waren sie eingeschlafen, wurden sie von kreischenden Bremsen geweckt. Der Zug stand.

Inzwischen war der Morgen längst heraufgedämmert, und die den Himmel überziehende Röte ließ wieder einen heißen Tag erwarten. Deepak versuchte, durch das vergitterte Fenster die Ursache für den abrupten Halt zu erspähen. Er sah mehrere Menschen nach vorn zur Lokomotive laufen. Mehr konnte er nicht erkennen. Kurz entschlossen stand er auf und sprang die Stufen des Waggons hinunter. Keine drei Meter vor der Lok lag mitten auf den Gleisen eine Kuh, die mit ihren großen Augen gelassen die aufgeregten Menschen um sich herum ansah, während sie auf einem schmutzigen Stofffetzen herumkaute. Der hellgraue Kopf mit dem hängenden Doppelkinn drehte sich gemächlich hierhin und dorthin, und die ein wenig schief sitzenden Augen schienen zu fragen: Was soll denn diese Aufregung?

Der Schaffner, der Lokführer und einige Reisende standen stoßend, schiebend und zerrend vor und hinter ihr, während manche Fahrgäste mit anfeuerndem Rufen in das Geschehen eingreifen wollten.

„Vorwärts, *Gau Mata-ji*! Steh auf *Gau Mata-ji*!", riefen sie ihr aufmunternd zu. Endlich – sie wackelte mit dem Kopf, ruckelte ihren ausgemergelten Körper hin und her und rappelte sich, mit einem müden Blick auf die zerrenden, stoßenden und schreienden Menschen, endlich auf die Beine. Wie sollte sie auch begreifen, warum sie gestoßen und geschoben wurde. Was wollten diese Zweibeiner nur von ihr? Unsicher machte sie ein paar staksige Schritte. Die Büsche und das Gras am Rande des Bahndamms schienen besser geeignete Nahrung zu sein, als der verdreckte Stofffetzen. Lokführer und Schaffner lockten sie auf diesen Weg. Endlich war sie von den Gleisen gebracht und zockelte davon. Die Reisenden gingen, amüsiert von diesem Zwischenspiel, zu ihren Waggons zurück und nahmen ihre Plätze wieder ein.

Gulshan Puri, der müde in seinem Sitz ausgeharrt hatte, hörte sich schmunzelnd die Geschichte an, während der Zug Geschwindigkeit aufnahm, um die Verspätung wieder aufzuholen.

Am Morgen des 6. Juni 1957 fuhr der Zug im Bahnhof von Bombay ein. Feuchte, heiße Luft senkte sich wie eine Glocke über Deepak und Gulshan Puri. Die Hemden klebten ihnen nass am Körper, noch bevor sie den Bahnhof verlassen hatten. Es war Monsun-Zeit. Bei jeder Bewegung, bei jedem Schritt brach ihnen der Schweiß aus.

Das italienische Schiff, die „ASIA", lag im Hafen von Bombay. Auf ihr hatte Gulshan die Passage für Deepak nach Genua gebucht.

Die Halbinsel im äußersten Süden der Stadt umschloss das Hafenbecken wie ein Geschmeide den Hals einer Frau. Hier pulsierte das Leben. Hohe prächtige Mietshäuser mit mondänen Geschäften und teuren Auslagen in den Fenstern säumten breite Straßen. Dann das gewaltige, eindrucksvolle „Gateway of India", ein aus gelbem Basalt zu Ehren des Besuchs König George V. im Jahre 1911 erbauter Triumphbogen, der den Blick frei gab auf den Marine Drive, die Prachtstraße entlang des Hafenbeckens und auf das freie Meer.

Direkt in Hafennähe wurden die Straßen enger und machten einen ärmlicheren Eindruck. Gulshan und Deepak mischten sich in das quirlige Durcheinander von Menschen verschiedener Hautfarben. Wortfetzen fremder Sprachen drangen an ihre Ohren.

Deepak Puri hielt den Atem an. Der Geruch von Salz, Tang und Meer drang zum ersten Mal in seine Nase. Beeindruckt schaute er auf die Weite des Meeres. Welch eine Stadt, welch eine Atmosphäre. Für einige Augenblicke genossen Vater und Sohn den Anblick. Sie hatten Zeit. Die „ASIA" sollte erst um fünf Uhr nachmittags ablegen. Sie steuerten auf die Docks zu. Deepaks Fröhlichkeit hatte Gulshan neben ihm verstummen lassen. Deepak wusste, dass er seinem Vater fehlen würde. Aber auch er würde Gulshan vermissen, die Zuneigung, die Neckereien und Scherze. Er wollte verhindern, dass sich Schwermut wie ein Virus in ihnen festsetzte. Dann lieber aufgesetzte Fröhlichkeit. Bevor er einen Scherz machen konnte, begann sein Vater mit gezwungenem Lächeln ein Gespräch über die ersten Europäer, die über das Meer kommend Indiens Häfen angesteuert hatten.

Nur jeder zweite, sagte er, während Deepak seinen Blick spürte, habe die endlose Reise mit Krankheiten, Schiffbruch oder den Überfällen von Piraten bis an die indische Küste überlebt. Und dann, kaum angekommen, hatten sie nicht nur verbissen um die Vorherrschaft beim Handel gekämpft, sondern auch arrogant versucht, Macht über die dort seit Jahrtausenden lebenden Menschen zu erlangen.

„Ja, Bhapa-ji", unterbrach ihn Deepak, er kannte die Geschichte der allmählichen Kolonialisierung und Ausbeutung Indiens nur zu gut. Er wisse schon, was sein Vater sagen wolle. Dass im sechzehnten und siebzehnten Jahrhundert Portugiesen und Spanier, Engländer und Holländer ihren gegenseitigen religiösen Hass bis an die Küsten Asiens getragen hatten. Und dass die katholischen Portugiesen vorschrieben, einen in ihrem Hoheitsgebiet verstorbenen protestantischen Seemann weit außerhalb der Kolonie, im steinigen Ödland zu verscharren. Schon oft hatte Deepak seinen Vater das erzählen gehört.

Aber Gulshan konnte sich dann doch nicht verkneifen zu ergänzen, dass die Europäer kamen, weil es die europäischen Könige nach den unendlichen Reichtümern Indiens gelüstete – nicht nur den Edelsteinen, die Indiens Erde hervorbrachte. Die reichlichen Vorkommen an Bauxit, Chrom und anderen Bodenschätzen - auch sie waren Objekte der Begierde gewesen. Und es waren nicht nur die Könige, die die Pracht liebten. Händler und Kaufleute schafften so viel von Indiens Schätzen nach Europa wie sie nur konnten.

Gulshan Puris Stimmung schien sich zu bessern, als Deepak ihm heiter den Arm um die Schulter legte: „Schau, Bhapa-ji, ich bin jetzt zwar erwachsen, auf dem Weg nach Europa, deine Gedanken und Geschichten werden mich aber auch dort immer begleiten. Ich werde sie nicht vergessen."

Gulshan und Deepak Puri blieb genügend Zeit, sich das Treiben im Hafen anzuschauen. Sie beobachteten, wie in farbenprächtige

Baumwollsaris gehüllte Fischerfrauen den Fang der Nacht am Kai sortierten, während die Fischer im feinen, weißen Sand über ihre Netze gebeugt saßen, sie kontrollierten, zusammenlegten und wenn nötig flickten. Kein Fisch sollte ihnen in der kommenden Nacht entwischen können.

Sie bestaunten die riesigen Schiffe, besonders natürlich die „ASIA" - ein Passagierschiff, das schon viele Male zwischen Bombay und Genua die Meere durchpflügt hatte. Es erhob sich in eindrucksvoller Größe am Kai über ihnen aus dem Wasser. Deepak erschien es gewaltig. Und die Menschen! Wie Miniaturfiguren liefen sie geschäftig an Deck hin und her. Auf einem großen Frachtschiff daneben wurde gerade die Ladung gelöscht. Ein Kran hob riesige Kisten, in Leinwand gewickelte Ballen und große Jutesäcke vom Deck des Schiffes und schwenkte sie an Seilen baumelnd durch die Luft, um sie dann am Kai abzusetzen. Geschäftig beluden Hafenarbeiter Wagen und brachten die Waren in die angrenzenden Lagerhäuser.

„Was wohl in den Ballen und Kisten für Kostbarkeiten sein mögen?", fragte Deepak und setzte verschmitzt hinzu: „Vermutlich sind Ballen edelster Seide darin und Schätze aus Gold und Edelsteinen. Gulshan schmunzelte: „Märchenerzähler! Träumer!"

Er legte seinen Arm um Deepak: „Gut so, halte sie fest, die Träume. Die Schiffe mögen beladen sein mit bunten Stoffen, Gewürzen und anderen schönen Dingen, und mit einem frohen Herzen kann man all das lieben. Aber wem elend zumute ist, den kann nichts erfreuen. Du selbst gibst den Dingen ihren Wert."

Das waren die letzten Sätze, die Gulshan Puri an seinen Sohn richtete. Und sie waren es, die Deepak in einsamen Stunden in Deutschland Mut machten und Kraft gaben.

4

Deepak Puri stand in der brennenden Nachmittagssonne an Deck der „ASIA". Nie zuvor hatte er ein Schiff betreten. Zum ersten Mal konnte er das Land vom Meer aus betrachten und schaute zurück auf den Hafen von Bombay als das Schiff das Hafenbecken verließ. Der leichte Wind von See her wirkte erfrischend. In dem über Bombay wabernden feucht-heißen Dunst konnte er bald nur noch schemenhaft die Kai-Anlagen mit den hin und her laufenden Menschen erkennen, die aus der Entfernung wie eifrige Ameisen wirkten. Auch sein Vater stand dort irgendwo zwischen ihnen und sah dem Schiff nach, das Deepak nach Europa bringen sollte.

Immer kleiner nahm sich Bombay aus der Entfernung aus, bis es, nur noch winzig, ganz am Horizont verschwand. Da waren nur noch das Meer und Weite – endlose Weite. Deepak überkam ein Gefühl von Freiheit, und er genoss es, trotz aller Ungewissheit, in die er fuhr, trotz allen Abschiedsschmerzes. Wenn er über die Reling schaute, dorthin, wo der Rumpf der „ASIA" zuweilen von den Wellen aus dem Wasser gehoben wurde, war das Schiff wie von Narben überdeckt mit Mollusken verkrustet. Empfanden die anderen Passagiere auch dieses schwindelerregende Gefühl für das Meer, für diesen Wechsel aus dem grünlich-braunen Küstengewässer in die blaue Tiefsee? Durch die gleißenden Sonnenstrahlen funkelten silbern die Wellenkämme. Erstaunt und fast etwas schuldbewusst über das Hochgefühl in seinem Inneren schaute er zum Heck des Schiffes, um das immer noch die Möwen stiegen, fielen und kreisten. Dann blickte er nach vorne auf das offene Meer.

Neben dem italienischen Kapitän und der italienischen Besatzung waren ein französischer Steuermann und ein chinesischer Koch an Bord. Die wohlhabenden Passagiere belegten mittschiffs ihre bequem ausgestatteten Kabinen, während die übrigen Reisenden in winzigen Kajüten mit jeweils vier Kojen auf dem Vorschiff untergebracht waren. Deepak bekam in einer dieser Kabinen die untere Koje zugewiesen und konnte sich mit seinen drei Kajütennachbarn bekannt machen. Sie waren etwas älter als er.

Hier unten hatte er das Gefühl, dass das Schiff stärker schlingerte. Die salzige Seeluft und der frische Wind an Deck hatten ihm gut getan. Er beschloss, wieder nach oben zu gehen.

Deepak Puri lehnte selbstvergessen an der Reling und schaute auf das bewegte Wasser. Seine Erinnerungen wanderten müßig und glücklich zwischen seiner Familie und den Ereignissen in seinem letzten College-Jahr hin und her.

Die „ASIA" hatte sich in den Tanz des Meeres gefügt. Deepak konnte die aufkommende Übelkeit kaum mehr ignorieren, sie nicht mehr unterdrücken. Bisher hatte er versucht, gegen seinen rebellierenden Magen anzukämpfen. Doch schaute er hinaus aufs Wasser, so verursachte die schwankende Linie des Horizonts noch mehr Übelkeit. Lag er in seiner Koje, fühlte er sich sterbenskrank. Diese ersten Tage auf See waren eine Tortur. Seine drei Reisebegleiter hatten inzwischen herausgefunden, dass Deepak ein großes Glas scharf gewürzte Mango-Pickles im Gepäck hatte. Diese Pickles verstand nur sein Vater so köstlich einzulegen.

„Junge, du musst Pickles essen! Durch die Gewürze werden die Magensäfte angeregt und die Übelkeit vergeht. Sieh uns an. Wir haben Erfolg damit", rieten sie ihm grinsend. Das Glas war inzwischen halb geleert. Deepak jedenfalls halfen die Pickles nicht, sie brachten kein Quäntchen Erleichterung. Er konnte kaum etwas im Magen behalten. Sein Körper drohte allmählich auszutrocknen. Teelöffelweise flößte er sich etwas Wasser mit Salz und Zucker ein.

„Komm mit uns an Deck, Deepak, an der frischen Luft wird es dir besser gehen!" Zwei nahmen ihn in die Mitte und schleppten ihn die steile Treppe hinauf. Der penetrante Fischgeruch, der aus dem Indischen Ozean aufstieg, verstärkte indes nur seine Übelkeit. Wellen eines entsetzlichen Schwindelgefühls fluteten durch sein Hirn. Das Blut pulste in seinen Schläfen. Sein Gesicht war kalkweiß, wie das eines Schwerkranken.

Bei dieser Qual ist man versucht, über Bord zu springen, um diesem Leiden ein für alle Mal ein Ende zu setzen, dachte er, als er sich schwankend zurück in seine Kabine tastete. Er ließ sich auf sein Bett fallen. Am besten war es noch liegend in der Koje zu ertragen.

Deepak Puri war erschöpft, aber sein Geist war wach. Dachte er ununterbrochen an seine Übelkeit, wurde es nur noch schlimmer. Jetzt lag er auf dem Rücken und schaute auf das gemaserte Holz der Koje über ihm. Er zwang seine Gedanken zurück nach Hause, dachte daran, wie es ihm gelungen war, seine Träume doch noch Wirklichkeit werden zu lassen

Nach vier Tagen hatte Deepak Puri sich endlich an den Wellengang gewöhnt und begann, die frische Luft an Deck zu genießen. Oh, diese Erleichterung! Er schloss die Augen, hob den Kopf und zog in großen Zügen die frische Meeresluft in seine Lungen. Auch der Fischgeruch störte ihn nun nicht mehr.

Die Gesellschaft seiner drei Mitreisenden tat ihm gut; ein jeder mit seinen Geschichten, seinen Hoffnungen für die Zukunft und seinem jetzt schon spürbaren Heimweh. Das Abgeschiedensein von der übrigen Welt und die Gewissheit, dass sie einander brauchten, brachte sie einander näher.

Nun konnte er auch wieder im Speisesaal mit den anderen Passagieren zusammen essen. Der Koch hatte eigens für Deepaks entwöhnten Magen eine Hühnerbrühe mit frischem Ingwer zubereitet.

„Ich habe gehört, du hast vier Tage lang die Fische gefüttert?"

Ein hochgewachsener, gut gekleideter junger Sikh mit einem dunklen Bart und stahlgrauen Augen stand an seinem Tisch.

Deepak blinzelte zu ihm empor und nickte. Der Sikh fragte nicht lange, setzte sich neben ihn, stützte sein Kinn in eine Hand und beobachtete Deepak, wie er seine Suppe löffelte.

„Ich bin Mohan Singh. Mein Vater ist Arzt. Ich habe einiges von ihm gelernt. Du solltest Vitamine und Mineralien schlucken."

Mit diesen Worten holte er aus seiner Jackentasche mehrere Medikamentenpackungen. Bevor ihm sein Essen serviert wurde, hatte er sich schon eine Handvoll Tabletten in den Mund gestopft und sie mit einem Glas Wasser heruntergespült.

Deepak lehnte amüsiert ab, als der junge Sikh ihm die Vitamine über den Tisch schob. Ihm gefiel aber, wie Mohan Singh erzählte oder sich über die Passagiere an Bord lustig machte.

„Schau mal, dort drüben der Italiener an dem Einzeltisch. Ich beobachte ihn schon seit Tagen. Jeden Mittag und jeden Abend wird ihm ein riesiger Teller mit einem Berg Spaghetti serviert, die er bis auf die letzte Nudel verputzt!", kicherte er. „Sieht ekelig aus und schmeckt bestimmt auch so!"

„Was weiß denn ein Affe, wie Ingwer schmeckt!", grinste Deepak.

Mohan Singh blickte erstaunt: „Was willst du denn damit sagen?"

Deepak legte ihm begütigend die Hand auf den Arm: „Ach, nur ein Spruch meiner Mutter. Den hat sie immer parat, wenn jemand über eine Speise urteilt, die er nie probiert hat."

Trocken sagte Mohan Singh: „Na fabelhaft! Jetzt weiß ich ja, was du von mir hältst."

Deepak Puri war froh, an Bord einen Freund gefunden zu haben, mit dem er gern seine Zeit verbrachte. Mohan Singh war ein fröhlicher Mensch, der viel gelassener als Deepak in die Zukunft schaute und es verstand, ihn merkwürdig unernst in kontroverse Gespräche zu verwickeln.

„Wir fahren nach Europa, Kontinent unserer Unterdrücker, Kontinent der Kolonialherren", provozierte Mohan Singh wieder einmal hausausfordernd grinsend, als sie nach dem Essen an der Reling lehnten und in das ruhige Meer schauten. Er pfiff leise vor sich hin und wartete auf Deepaks Reaktion.

„Unterdrücker..., Kolonialherren... Das kann dir doch heute egal sein. Indien ist jetzt frei. Und du kannst dir deinen eigenen Weg suchen." Deepak schaute seinen neuen Freund von der Seite an: „Also, leg die Scheuklappen ab!"

„Gut, gut. Aber was passiert, wenn ich mich in England wohl fühlen sollte?" fragte Mohan Singh mit einem ironischen Zug um den Mund. „Dir darf es in Deutschland ja gefallen. Deutschland hat Indien nicht ausgebeutet. Aber ich muss nach England! Eigentlich müsste ich dieses Land und seine Menschen hassen."

„Was dir für Sachen einfallen!"

„Ja, du hast gut lachen, aber schau es dir auf der Karte an. England ist zwar nur eine kleine Insel, aber wenn du überlegst, mit ihren vielen Kolonien beherrschten die Engländer fast ein Drittel des Globus', ein Empire, in dem die Sonne nie unterging. Zum Teufel nochmal... Wenn sie das fertiggebracht haben, können sie vielleicht auch mich erobern!" Er seufzte und grinste: „Ja..., der Mensch ist eben nur ein Schilfrohr im Wind, schwach ist seine Natur."

Jetzt lachte Deepak laut heraus. „Ja, aber ein denkendes Schilfrohr. Vielleicht wird dir dort klar, dass nicht zuletzt durch Klugheit ein Imperium aufgebaut werden konnte. Ich nehme an, du kannst ganz sicher einiges von den Engländern lernen!", fügte er spöttisch hinzu. „Mein weiser Großvater pflegte zu sagen: Das Große scheut sich nicht, mit dem Geringen zu gehen, nur das Mittelmäßige hält sich abseits."

„Achha, Achha, Baba-Guru! Ein Philosoph, dein Großvater!", grinste Mohan herausfordernd. "Gibt es nicht schon genug Inder mit britischer Arroganz? Schlecht erzogen und ignorant?"

„Ganz richtig. Die beiden jungen Inder dort drüben, verwöhnte Jungen aus reichen Familien. Wie sie die Mannschaft behandeln. Mich wundert, dass nicht längst die Faust eines Matrosen in ihren weichlichen Gesichtern gelandet ist."

„Und du glaubst, das würde Sie ändern? Pah!" Mohan Singh spuckte über die Reling.

Deepak zuckte mit den Schultern. „Sie werden in Europa spüren, was es heißt, verachtet zu werden."

Am Abend des dreizehnten Tages auf See legte die „ASIA" für vierundzwanzig Stunden im Hafen von Neapel an. Es war eine laue Nacht. Das Meer schimmerte wie Silber im Widerschein des Mondes, die Lichter des Hafens spiegelten sich hüpfend im Wasser des Hafenbeckens. Deepak Puri stand lange an der Reling, betrachtete das Spiel der Lichter und die Sterne am Himmel. Er hatte den Eindruck, mit den Augen immer tiefer in den Raum einzudringen. Die vertrauten Sternbilder schienen hier am europäischen Himmel von unsichtbarer Hand verschoben, die Milchstraße, ein durchscheinender blasser Fleck. Wenn er die Augen schloss, waren die Sterne wieder dort, wo sie hingehörten, zu Hause, in Kalka-ji. Dann sah er auch die Gesichter seiner Eltern, die Farbenpracht der blühenden Bäume und Büsche. Er konnte den Duft Indiens riechen. Später in seiner schmalen Koje verschwanden die Bilder nicht. In seinem Kopf schwirrte es: Was hatte sich in den zehn Jahren seit Indiens Unabhängigkeit alles getan. Pakistan hatte noch immer nicht zu einer Identität gefunden. Vor den Augen der Welt wurde dieses Kunstgebilde mit dem islamischen Erbe gerechtfertigt. Um ihm eine islamische Identität zu geben, nehmen pakistanische Politiker Gelder von den reichen Golfstaaten an, um damit viele neue Moscheen zu bauen. Was bedeuten diesen arabischen Scheichs denn schon ein paar Millionen Rupien? Der Einfluss, den sie damit gewinnen, ist ihnen das allemal wert!

Und dann der zweijährige Krieg um Kaschmir. Nicht nur Indien, auch Pakistan machten ihren Anspruch geltend. Deepak war zwar nie dort gewesen, hatte aber viele Filme über Kashmir gesehen. Eine traumhafte Landschaft. Vielleicht würde es in ein paar Jahren friedlich werden in der Region. Dann würde er nach Kaschmir reisen an die kristallklaren Flüsse, würde an ihren Ufern entlang laufen, über die grünen Wiesen wandern bis hin zu den türkisfarbenen Seen inmitten der gewaltigen Berge.

Deepak schaute auf seine Armbanduhr. In der Dunkelheit der Kabine war nichts zu erkennen. Es musste aber längst weit nach Mitternacht sein, und doch konnte er nicht schlafen. Das Schiff schlingerte sanft. Das Meer war ruhig. Wenn er einmal anfing, über die Geschichte Indiens nachzudenken, fiel es ihm schwer, seine Gedanken etwas anderem zuzuwenden. Sollten sie doch wandern, die Gedanken.

Damals, lange vor der Unabhängigkeit, zur Zeit des britischen Königs, Georg V., Kaiser von Indien, waren die großen Fürsten Indiens von den Briten zum Eintritt in ein neues Staatsgebilde, die Indische Union, gezwungen worden. Der Widerstand der Maharajas, Nawabs, Nizams und Großkönige war gebrochen worden, mit einer Machtdemonstration, einem bisher nie dagewesenen Triumphzug, prächtig und pompös. Ein gewaltiges Heer aus Elefanten, Kamelen und Pferden zog in Hitze und Staub an König Georg V. und den Maharajas vorbei. Die Briten hatten ihre Übermacht sichtbar gemacht. Soldaten aus allen Völkern des gesamten Empires waren dabei: Gurkhas aus dem Himalaja mit ihren reich verzierten Krummdolchen in prächtigen Uniformen, Sikhs mit ihren farbenfrohen Turbanen, Afrikaner, berittene Engländer, Kanadier und Australier mit funkelnden Säbeln und Brustpanzern, Soldaten mit schweren Waffen und Kanonen – keine Fata Morgana, aus dem Staub geboren, sondern eine Machtdemonstration, nach der kein indischer Herrscher mehr gegen die Einverleibung ihrer Königreiche aufbegehrt hatte. Aber, dachte Deepak Puri träge in seiner Koje, das war Vergangenheit - nicht vergessen, aber vorüber. Jetzt wurde Indien von Indern regiert. Jawaharlal Nehru war an der Spitze seiner Kongresspartei erster Premierminister geworden. Er, der unter den Briten lange Jahre in Gefängnissen verbracht und dort seine Gedanken zu einer indischen Demokratie entwickelt hatte, er hatte Indien zur Republik gemacht, dem Land eine Verfassung gegeben. Die Inder sollten heranreifen zu einem modernen Staatsvolk. Deepak empfand eine tiefe Bewunderung für diesen Mann, dessen Kampf für die Menschen, für das Land. Aber der Kampf war noch nicht zu Ende. Die Lebensbedingungen hatten sich zwar in den letzten Jahren bescheiden verbessert, doch die Menschen vermehrten sich in einer nicht enden wollenden Explosion. Viele verließen Indien. Sie suchten in anderen Ländern bessere Ausbildung und Arbeit. So wie ich, dachte Deepak bevor ihm endlich die Augen

198

zufielen. Und während er in den Schlaf hinüberglitt, dachte er noch vage: Ich werde nach Indien zurückkehren.

Am nächsten Morgen gingen Deepak Puri und Mohan Singh gemeinsam von Bord. Die ganze Reise hindurch hatte Deepak schon der Gedanke an eine Erkundung der Stadt Neapel gereizt. Seine erste Stadt auf dem europäischen Kontinent.

Als sie festes Land betraten, schien der Boden unter ihren Füßen zu schwanken. In der kleinen Gasse, die sie aus dem Hafenbereich herausführte, spürte Deepak, noch unsicher auf den Beinen, plötzlich eine Hand auf seinem Arm. Erschrocken fuhr er herum. Vor ihm stand ein junger Italiener, der ihm einige Münzen hinhielt und heftig auf ihn einredete.

„Komm, lass uns weitergehen", meinte Mohan Singh, „wir verstehen ihn doch sowieso nicht."

„Vielleicht will er Geld gewechselt haben", erwiderte Deepak und nahm ein Fünfmarkstück und einige deutsche Münzen aus seiner Tasche, die er vor der Abreise eingewechselt hatte.

Kaum hatte er sie in der Hand, griff der Junge danach und rannte davon. Deepak schnappte nach Luft und starrte ihm wütend hinterher, nicht versöhnlicher gestimmt durch Mohan Singhs lautes Gelächter. Doch sein Freund legte ihm gutmütig den Arm um die Schulter: „Ärgere dich nicht. Verprügeln kannst du ihn sowieso nicht mehr, er ist längst über alle Berge." Er puffte Deepak fröhlich in die Seite: „Vergiss es einfach."

„Du lieber Himmel, was bin ich einfältig", sagte Deepak ärgerlich.

Mohan Singh lachte schallend. „Es sieht so aus, als könntest auch du in Europa einiges lernen. Ach komm, vergiss dein Geld!"

Deepak knurrte unwirsch. Doch Mohan Singh verstand es, mit seiner guten Laune auch ihn wieder aufzuheitern: „Schauen wir uns lieber die italienischen Mädchen genauer an. Ich muss gestehen, für Ausländerinnen sind sie gar nicht so hässlich. Sehen doch fast ein bisschen asiatisch aus - diese ovalen Augen. Und dann diese glänzenden schwarzen Haare. Sie schimmern wie polierter schwarzer Marmor. Zum Glück habe ich noch keine mit solch einer teuflisch roten oder gelben Mähne gesehen wie in manchen amerikanischen Filmen. Ich würde sofort zurück auf das Schiff flüchten."

Am Nachmittag des nächsten Tages erreichte die „ASIA" ihren Zielhafen Genua. Der Abschied von Mohan Singh fiel Deepak Puri nicht leicht; keiner von beiden wusste eine Adresse zu nennen, unter der er zu erreichen sein würde.

Der Bahnhof von Genua war beeindruckend. Das große alte Gebäude wirkte im Vergleich zu dem Bahnhof in Delhi gepflegt und gut organisiert. Deepak sah sich in der Bahnhofshalle um und klopfte hin und wieder an seine Brusttasche, um sich zu vergewissern, ob sie noch dort war, die Zusage der Technischen Universität in West-Berlin. Zuerst aber wollte er nach Frankfurt am Main reisen, das für das Studium erforderliche halbjährige Praktikum hinter sich bringen und etwas Geld verdienen.

Während er auf die Abfahrt des Zuges wartete, spürte er die Freude auf Deutschland. Oder vielmehr wirbelte sie im Taumel seiner Gefühle, verschwand zwischen den anderen, eher aufregenden oder sentimentalen und tauchte dann wieder an die Oberfläche. Endlich gab der Schaffner das Signal zur Abfahrt.

5

Am Vormittag des 22. Juni 1957 betrat Deepak Puri zum ersten Mal deutschen Boden. Ein hartnäckiger, für Deepaks Empfinden viel zu kalter Wind fegte über die Gleise, aber der Tag war heiter. Die Silhouette von Frankfurt am Main zeichnete sich gegen einen hellblauen Himmel ab. Er betrat den breiten, von Straßenbahnschienen durchschnittenen Vorplatz vor dem Hauptbahnhof. Es war unbeschreiblich. Selbst der Geruch dieser großen fremden Stadt glich in nichts dem Geruch indischer Städte.

Deepak hatte geglaubt, dass die Folgen des Weltkrieges noch hier und da sichtbar wären. Aber nichts war mehr zu spüren von der zerstörerischen Gewalt des Krieges. Was er hier sah, war eine lebendig pulsierende Metropole.

Doch jetzt wurde es schwierig – die deutsche Sprache. Deepaks Entscheidung für Deutschland war so spät gefallen, dass er in Delhi keine Zeit mehr für einen Anfängerkurs gehabt hatte. Nun gut, fürs erste würde es auch so klappen, er war hart im Nehmen und schnell im Lernen. Er musste herausfinden, wie man zum Studentenheim der Goethe-Universität kam. Die Adresse hatte er von der deutschen Botschaft in Delhi bekommen. Hilfsbereit erklärte ihm ein Bahnbeamter in holperigem Englisch, dass er die Straßenbahn Nummer Eins nehmen müsse, die genau vor dem Bahnhof hielt.

An der Haltestelle beobachtete Deepak das fremde Treiben auf der Straße. Geruhsam war hier nichts. Die Menschen bewegten sich hektisch, von ruhelosem Tätigkeitsdrang getrieben - so schien es ihm jedenfalls.

Da kam auch schon die Straßenbahn Nummer Eins. Deepak griff nach seinem Koffer. Irritiert hielt er inne. In welche Richtung musste er fahren? Er zögerte zu lange. Der Schaffner zog die Klingelleine und die Straßenbahn setzte die Fahrt ohne ihn fort. Himmel noch mal, es musste sich doch herausfinden lassen.

Aber die meisten Passanten, die er auf Englisch ansprach, zuckten entweder die Schultern und hasteten weiter oder antworteten auf Deutsch, als er ihnen den Zettel mit der Adresse zeigte. Er hatte das Gefühl, auf einen fremden Planeten geraten zu sein. Resigniert beschloss er, auf die nächste Straßenbahn zu warten, vielleicht kannte der Schaffner das Studentenheim - hoffte er und setzte sich auf seinen Koffer. Zum Teufel, dachte er und machte ein finsteres Gesicht. Da tippte ihm jemand von hinten auf die Schulter. Als Deepak sind umwandte, sah er in das freundliche Gesicht eines älteren Mannes. Offenbar hatte der ihn schon eine Weile beobachtet. Sein Englisch war nicht besonders gut, aber es reichte, um Deepak die Auskunft zu geben, die er brauchte. Und dem Deutschen schien es Spaß zu machen, wieder einmal die englischen Wörter zu gebrauchen, die er, wie er radebrechend erzählte, in englischer Kriegsgefangenschaft gelernt hatte.

Als die nächste Straßenbahn quietschend hielt, half der freundliche Mann Deepak, den schweren Koffer in die Bahn zu heben, und wünschte ihm viel Glück. Jetzt war Deepak Puri wieder sich selbst überlassen. Er hielt dem Schaffner eine Handvoll Münzen hin, aus denen der sich das Fahrgeld herausfischte und setzte sich, nun etwas entspannter, auf den Sitz hinter dem Fahrer, um die Haltestelle am Studentenheim nicht zu verpassen.

Wegen der Semesterferien war das Studentenheim nicht voll belegt. Deepak begegnete nur wenigen Studenten. Das ihm zugewiesene Zimmer konnte er für einen Monat bewohnen, hatte man ihm zugesichert.

In dem Zimmer traf er niemand an. Sein Mitbewohner schien unterwegs zu sein. Nur die herumliegende Kleidung, der Schreibtisch beladen mit Büchern, ein Aschenbecher von Kippen überquellend und der in der Luft hängende Geruch nach kaltem Zigarettenqualm zeugten davon, dass jemand das Zimmer erst kürzlich verlassen hatte. Er blieb stehen und schaute sich um. Zwei Holzbetten, eng und schlicht. Auf dem einen lagen in wilder Unordnung Pullover und andere Kleidungsstücke herum, eines war ordentlich gemacht – das musste seines sein. Ein offen stehender kleiner Schrank, eher einem Spind ähnelnd, war vollgestopft mit Büchern und Kleidung. Deepak stellte seinen Koffer ab und öffnete den zweiten Schrank. Die Tür quietschte. Der Geruch seines Vorgängers hing noch in ihm. Er ließ die Schranktür weit geöffnet und setzte sich erschöpft aufs Bett. Ihn quälte ein furchtbarer Hunger. Sein leerer Magen krümmt sich unter einer Woge von Übelkeit. Wie lange hatte er eigentlich nichts mehr gegessen? Dieses Chapati ähnliche, mit merkwürdigen Fleischscheiben belegte Ding am Bahnhof von Genua war seine letzte Mahlzeit gewesen. Aber nun, wo sollte er etwas zu essen herbekommen, und vor allem was?

Plötzlich flog die Zimmertür auf und vor ihm stand ein langer dünner, jungenhaft wirkender Mann mit sehr heller Haut, blauen Augen und rötlichen Locken, die ihm wild ins Gesicht fielen. Das musste sein Mitbewohner sein.

„Oh, hallo! Ich bin Roland. Und du?", fragte der Lange auf Englisch und schob sich mit einer schnellen, ungeduldigen Geste die roten Locken aus der Stirn.

Deepak sprang vom Bett und stellte sich vor.

„Aha, aus Indien. Lässt sich nicht verleugnen", meinte Roland und forderte Deepak mit einer Handbewegung auf, sich wieder zu setzen, schob auf seinem Bett die Kleider beiseite und setzte sich ihm gegenüber.

„Dann erzähl doch mal ein bisschen", forderte Roland ihn auf. „Hast du dich hier schon etwas umgesehen?"

„Eigentlich nicht. Ich komme nämlich um vor Hunger. Könnten wir nicht zusammen etwas essen gehen? "

Roland lachte unbeschwert und schlug ihm freundschaftlich auf die Schulter.

„Hätt' ich mir denken können. Komm mit, ich zeige dir die Mensa."

Roland bestellte zwei Wiener Schnitzel. Deepak betrachtete misstrauisch die braune Sauce auf seinem Teller, in der ein riesiges Stück Fleisch mit einer Panade und drei bleiche gekochte Kartoffeln schwammen.

Wenn es in Indien einmal Fleisch gegeben hatte, dann hatte die Menge auf seinem Teller für die halbe Familie reichen müssen. Also gut. Wunderbar. Er schob den Gedanken beiseite, weil der Hunger übermächtig war. Alles andere um ihn herum war nicht wichtig. Er aß viel zu schnell. Das Essen erwies sich trotz der fehlenden Gewürze als köstlich und gern hätte er noch mehr gegessen, denn satt fühlte er sich trotz der großen Fleischmenge nicht. Ihm fehlten die sättigenden indischen Beilagen.

Roland hatte das Essen genau so schnell wie Deepak heruntergeschlungen und verabschiedete sich sofort wieder mit der Erklärung, dass er sich durch Nachtarbeit in der Druckerei der „Frankfurter Allgemeinen Zeitung" das Geld für sein Studium verdienen müsse.

Deepak war also wieder sich selbst überlassen. Während er durch die Straßen schlenderte – immer darauf bedacht, sich nicht zu weit vom Studentenheim zu entfernen – dachte er an zuhause, an die Zeit, als er mit seinen Eltern als kleiner Junge auf der Flucht aus der Heimat ins Ungewisse war. Der Hunger, als sie im Freien unter Büschen übernachteten. Die flüsternde Brise im hohen Pampasgras und in den Zweigen der Bäume am Fluss. Der Geruch von Süßwasser, so anders als der von Salzwasser.

Hier in Deutschland war sein Weg klar. Doch kostete es ihn einige Mühe gelassen zu bleiben, wenn er an seine Eltern dachte. Deepak erwartete nicht, seine Gedanken sofort und immer ordnen zu können. Und doch musste er einen klaren Kopf behalten, durfte sich nicht in Heimweh verlieren.

Die Auslagen der Schaufenster lenkten ihn dann auch schnell von seinen Erinnerungen ab. Vor einer Metzgerei blieb er perplex stehen. Himmel, was waren das für unanständige Gebilde, die dort an den Haken hingen, dachte er. Verschieden in Größe, Form und Farbe, konnte er sich keinen Reim darauf machen. Er spähte in das Innere des Geschäfts. Ein Mann hinter dem Verkaufstresen war damit beschäftigt, für eine Kundin dünne Scheiben von einem dieser Gebilde abzuschneiden. -

Deutsche Wurst, wie er bald lernte. Deren billigste, die Blutwurst, wurde neben Brot für die nächsten Monate zu seinem Hauptnahrungsmittel.

Deepak Puri war entschlossen, erst einmal in Frankfurt zu bleiben, Geld zu verdienen und das Praktikum hinter sich zu bringen. Er hatte etwas Ruheloses in diesen Tagen, nahm Verbindung zu Organisationen auf, die Ausländer und Studenten berieten und unterstützten. In der Carl-Duisberg-Gesellschaft fand er in der ersten Zeit Beistand und so etwas wie eine Familiengemeinschaft. Junge Menschen aus vielen Nationen trafen sich abends, sangen die Lieder ihrer Heimat, tanzten die Tänze ihres Volkes und vertrieben sich die Zeit mit Gesellschaftsspielen.

Der vergangene Krieg, seine Folgen und die Rolle Deutschlands waren immer wieder heißes Thema bei Diskussionen. Deepak fand es verwunderlich, wie viele Parallelen zwischen diesem Weltkrieg und jenen Kriegen bestanden, die in den 700 bis 500 vor Christus verfassten indischen Epen Ramayana und Mahabharata geschildert wurden. Als hätten die Menschen im Westen das Geheimnis der uralten Waffen Indiens gefunden und zum Leben erweckt: die Sabdawedi, Kanonenkugeln, die einer Klangspur folgend ihr Ziel fanden; die Brahmastra, Wundergeschosse, die zersprangen, alles in Nebel hüllten und Armeen in tiefsten Schlaf versenkten; den fliegenden Wagen, der aus den Wolken hervorstieß und angriff... – und dann die Führer der Schlacht, die von einem Fenster aus das weit entfernte Schlachtgetümmel verfolgen konnten und daraus Schlüsse für ihre Strategie zogen.

Mein Gott, dieses Deutschland, das den totalen, globalen Krieg angezettelt, ihn verloren hatte und in der Folge durch die alliierten Siegermächte zweigeteilt wurde, was für ein erstaunliches Land, dachte Deepak Puri häufig. Und die Menschen... Sie blickten zurück auf zwielichtige Jahre. Für einen Teil der Bevölkerung war Deutschland in der NS-Diktatur auf dem einzig richtigen Weg gewesen, ein anderer Teil hatte akzeptiert und geduldet. Viele aber hatten diese Jahre nicht überlebt oder unendliches Leid und Elend ertragen müssen. All dies schien nun in weiter Ferne zu liegen. Die Zeit arbeitete schnell im Nachkriegsdeutschland, fand Deepak. Die Deutschen hatten sich gewöhnt an die Welt, die aus dem Chaos des Krieges geboren war – eine zweigeteilte Welt aus unschuldig und schuldig, friedliebend und aggressiv. Ein Land, in dem wieder so etwas wie Selbstbewusstsein zu keimen schien, seit der Wiederaufbau mit Hilfe der Amerikaner vorangetrieben, das Recht, wo es mit Füßen getreten oder gebogen worden war, wiederhergestellt war und die zerrüttete Moral wieder zu erstarken begonnen hatte.

Deepak hatte das Gefühl, dass die Deutschen nach ihrer großen Niederlage interessiert waren an allem, was die Welt zu bieten hatte. Sie wollten über den Zaun sehen, lernten fremde Sprachen, wollten Brücken zu anderen Kulturen bauen. Noch aber waren es in diesen Nachkriegsjahren wenige Ausländer, die nach Deutschland kamen. Man fürchtete sich in der Welt immer noch vor diesem Land.

Deepak Puris Gefühle waren zwiespältig. Er war gleichzeitig glücklich und traurig – glücklich, weil nun in Europa so viel Neues, Unbekanntes auf ihn einstürmte, er lernen und seine Zukunft gestalten konnte. Traurig, weil er vieles vermisste: seine Eltern und Geschwister, mit denen er jeden Abend stumm Zwiesprache hielt; das köstliche Essen, wie es nur seine Mutter zubereiten konnte, die Geräusche, den Geruch und die Farben Indiens. Seinen Vater, dessen heitere und gelassene Miene und sein spontanes Lächeln, das ihm immer Sicherheit gegeben hatte. Ihn überflutete eine tiefe, dunkle Wehmut. Nichts Vertrautes mehr ringsum. Wie lebte man ohne das Leben, das einen hervorgebracht hatte?

Und in den Nächten suchten ihn merkwürdige Träume heim, die seine Sehnsucht mit den neuesten politischen Nachrichten und Entwicklungen in Indien verschmelzen ließen. Wenn er aus diesen Träumen erwachte, fühlte er sich verwirrt, wusste nicht so recht, ob er sich in Indien oder Deutschland befand.

Deepak schleppte Bündel von knapp drei Meter langen Eisenstangen von voll beladenen Lastwagen in ein Lagerhaus – eine Tagelöhnerarbeit. Neben ihm arbeiteten große, kräftige Kerle. Sie hatten sich ihre Schultern mit einem gepolsterten Lederstück geschützt. Deepak Puris knochige Schultern trugen die Eisenbündel auf der bloßen Haut. Wie hätte er auch wissen sollen, was da auf ihn zukam, als er sich als Tagelöhner verdingte? Jede Arbeit war gut, um Geld zu verdienen, war sein Motto gewesen. Und nun das, eindeutig ernüchternd. Dennoch, er schwor sich durchzuhalten, wenigsten diesen einen Tag, auch wenn die Schultern durchgescheuert waren und höllisch brannten.

Bei alledem, bis zu einem gewissen Grad war Deepak zufrieden mit sich. Er hatte einen Deutschkurs belegt und wendete das Gelernte immer sofort selbstbewusst an, auch wenn es Rückschläge gab. Immer noch stieg ihm das Blut in den Kopf, wenn er daran dachte, wie er sich in der Mensa der Universität bei der Küchenhilfe blamiert hatte. Mit einer kleinen Verbeugung hatte er „Vielen Dank, gnädige Frau!" gesagt, als sie ihm den Teller mit seiner Mahlzeit reichte. Die etwa 50-jährige Frau, die schon dabei war, den nächsten Teller für den hinter ihm wartenden Studenten zu füllen, hatte empört innegehalten und ihn, mit der Kelle fuchtelnd, böse angefahren: „Fräulein, nicht Frau und schon gar nicht gnädige...! Merk dir das gefälligst, du Früchtchen!"

Das war Deepak durch und durch gegangen. Das hatte ihm das Mittagessen verdorben. Was hatte er denn falsch gemacht, hatte er sich gefragt. „Gnädige Frau" hatte er gelernt, sei die respektvollste Anrede für eine Frau.

Derartige unwichtige Dinge bereiteten ihm Unbehagen. Ärgerliche Kleinigkeiten, aber vielleicht wurde er zu schnell nervös. Seine Euphorie über seine neu erworbenen Sprachkenntnisse jedenfalls hatte einen ordentlichen Dämpfer bekommen. Doch nach ein paar Stunden hatte er die Unfreundlichkeit der Frau abgeschüttelt. Er sagte sich halb amüsiert, dass er sich vermutlich noch oft blamieren werde – und unfreundliche Menschen gab es überall, nicht nur in Deutschland.

Das Praktikum in der Maschinenbaufirma gefiel Deepak Puri, es war abwechslungsreich und machte ihm Spaß. Und doch wunderte er sich über sich selbst und seine wachsende Sehnsucht, Frankfurt den Rücken zu kehren und endlich in Berlin mit seinem Studium zu beginnen.

Nicht, dass etwas passiert wäre... Es war einfach so, dass sein Deutsch inzwischen so gut geworden war, dass er glaubte, das Studium angehen zu können. Eine panische Angst erfasste ihn aber immer noch jedes Mal, wenn er telefonieren musste. Dann hatte er das Gefühl, ganz schnell alles Wichtige sagen zu müssen – dabei fehlte ihm dann aber ein freundliches Gegenüber, das ihm signalisierte: Ich habe verstanden, was du sagen willst...

Und er wollte raus aus der Fabrik, als der Herbst mit Stürmen und kaltem Dauerregen über das Land fegte. Die Vögel, über die Deepak sich gefreut hatte, wenn er morgens in die Fabrik ging, hatten sich stumm in ihre Nester in den Hecken und Sträuchern zurückgezogen. Nur selten sah er in der morgendlichen Dunkelheit schimpfend eine Amsel auffliegen. Auf den Hochspannungsleitungen und auf den Freileitungsmasten saßen dicht gedrängt Krähen, Flügel an Flügel. Sie zeichneten sich in ihrer Schwärze kaum gegen den dunkelgrauen Himmel ab. Nur ein leichter Schein am Horizont, der vom Dunkelgrau ins Grau überging, ließ den nahenden Tag erahnen.

In was für ein Land war er geraten, fragte sich Deepak. Wenn er morgens zur Arbeit ging, war es dunkel, wenn er abends nach Hause kam, war es dunkel. Nur durch die Straßenbeleuchtung konnte er sich orientieren. Es war, als habe sich die Sonne auf die andere Seite des Planeten zurückgezogen. Nur an manchen Tagen erspähte er aus den Fenstern der Fabrik einen Sonnenstrahl.

Wo war die Sonne Indiens, die Sonne seiner Kindheit? In einer verlorenen Welt? Nun gut, er war ja kein Kind mehr. Er würde das schon schaffen.

Deepak Puri hatte gleich zu Beginn seines Praktikums eine einfache Mansarde mit einem winzigen Fenster zum Hof in einem Einfamilienhaus gefunden. Ein Zimmer mit einem Bett und einem Schrank, auf einem Metallständer eine emaillierte Waschschüssel und ein großer Wasserkrug. Ein Bad gab es nicht, und die Toilette befand sich im Hof. Einmal in der Woche war sein Badetag in der öffentlichen Badeanstalt. Er saß in einem gekachelten Warteraum auf einer langen, u-förmigen Bank, der Wrasen waberte in dichten feuchten Wolkengebilden durch den Raum und trieb den Wartenden Schweißtropfen auf die Stirn. Die Kabinen mit den Badewannen, nach oben hin offen, verbargen nicht die Geräusche des einlaufenden Wassers, nicht das Plätschern der Badenden.
Deepak empfand es als befremdlich, den Schmutz mehrerer Tage in der Wanne liegend von seiner Haut zu waschen. In Indien hatte er zweimal am Tag geduscht – wenn auch das kalte Wasser einem nur aus einem einfachen Rohr in der Wand über den Körper lief, so war es doch erfrischend. Hier dagegen lag er schwitzend im zu warmen Wasser und im eigenen Schmutz – nun ja, in einem Land, das einem die Kälteschauer über den Rücken jagte, mieden die Menschen wohl nicht zu Unrecht das Wasser.

Frau Kaiser, seine rundliche kleine Wirtin mit strahlenden Augen in einem freundlichen Gesicht, wuselte geschäftig im Haus herum, immer in dieselbe Kittelschürze gehüllt. Ihr Mann war einer der vielen im Russlandfeldzug vermissten Soldaten. Sie wusste nicht, ob er längst tot war oder immer noch in irgendeinem sibirischen Lager gefangen gehalten wurde. Ihre beiden Töchter musste sie alleine durchbringen. Deepak mochte die Frau, mochte das kleine gemütliche Haus. Frau Kaiser kaufte für ihn ein, wusch seine Wäsche und hielt sein Zimmer sauber.

In der Küche stand ein Kohleherd, die einzige Wärmequelle im Haus. Morgens und abends sorgte ein gemütliches Feuer für Wärme und machte die Kälte des Herbstes erträglicher. Aus dem Wasserbehälter des Herdes schöpfte sich Deepak abends heißes Wasser für die metallene Wärmeflasche. Zum Teufel mit der Kälte in Deutschland, was würde da erst im Winter auf ihn zukommen? Aber wenigstens konnte er mit der Wärmeflasche sein Bett etwas aufwärmen.

Das gemeinsame Abendessen mit der Familie in der Küche bei Brot, billiger Blutwurst und etwas Käse auf den kleinen Brettchen war immer fröhlich. Zuweilen ein bisschen arg viel, dieses Geplapper der Wirtin, welche Nachbarn den gepflegtesten Garten hatten. Und wie schade, dass die Meiers nebenan so hochnäsig seien, weil sie sich ein Auto leisten konnten und, man höre und staune, sogar einen Kühlschrank. Zum Glück zeigten sich die Fischers zur Linken von ihrer besten Seite, obwohl auch sie sich schon einiges leisten konnten. Deepak wurde über die Nachbarn täglich auf dem Laufenden gehalten.

In der Fabrik arbeitete er jeweils mindestens zwei Wochen in unterschiedlichen Werkstätten. Die Arbeiter staunten nicht schlecht über den dünnen jungen Inder, der begierig so viel wie möglich lernen wollte. Aber sie verunsicherten ihn, wenn sie in kurzen, abgehackten, halbfertigen Sätzen mit ihm sprachen.

In der Schmiede traf er Ivo, einen Vorarbeiter aus Jugoslawien. In schwerfälligem, gebrochenem Deutsch erhielt Deepak von ihm Tipps für den Umgang mit den deutschen Kollegen. Wenn die Sirene die Mittagspause ankündigte, forderte Ivo ihn gutmütig auf: „Komm, Deepak, Kartoffeln essen! Kartoffeln essen, immer Kartoffeln essen!"

Eigentlich liebte Deepak Puri Kartoffeln, aber als Gemüse mit einer Sauce aus Gewürzen, so wie seine Mutter sie zubereitete. Nun ja, er musste sich in die Gegebenheiten fügen. Das Essen in Deutschland war zwar nicht so vielfältig und schmackhaft, dafür aber reichhaltig und sättigend. Meist gab es sogar ein Stück

Fleisch dazu. Er war zufrieden, wie es war. Warum auch nicht. Nicht viele hatten dieses Glück.

Aber dennoch... Es ödete ihn an, wenn Arbeiter ihn mit ihren Fragen verlegen machten. Wenn sie ihn obszön grinsend umringten: „Na, Deepak erzähl, wie macht man's mit den Asiatinnen? Haben sie die Muschi quer?" Und, wenn Deepak Puri dann die Schultern zuckte, ein anderer sofort nachhakte: „Na, und wie oft machst du's mit den Frauen?", mit Bewegungen, die bei Deepak keinen Zweifel an dem Sinn der Frage aufkommen ließen. Keine Ruhe gaben sie, bis der Vorarbeiter begütigend eingriff und sie alle wieder an die Arbeit schickte.

Kaum jemand schien etwas über die indische Kultur oder die schöne Landschaft oder gar die indische Literatur hören zu wollen. All diese selbstgefälligen Tölpel, die mit ihrem „Wir-zivilisierten-Völker"-Gewäsch schnell zur Hand waren.

Und dann kam der Dezember. Deepak Puri hatte am letzten Tag vor Weihnachten nur bis zum Nachmittag arbeiten müssen. Schön, dass er die Fabrik endlich einmal bei Tageslicht verlassen konnte. Als er aus dem Gebäude trat, pfiff ihm ein kalter Wind entgegen, der den Himmel leergefegt hatte, bis auf ein paar sehr hoch dahinjagende Wolkenfetzen. Ein Stück des Westhimmels hinter den Hausdächern hatte einen leuchtenden Schleier aus Gelb, Blau und Rosa.

Das Weihnachtsfest war für die Deutschen das wichtigste Fest des Jahres. Deepak freute sich auf die freien Tage. Er hatte zwanzig Mark Weihnachtsgeld in der Tasche, einen Schatz, den er stolz seiner Wirtin zeigte. Ein paar Flaschen Bier zum Abendbrot mussten her. Er legte den Geldschein auf die Zeitungen auf dem Küchentisch und ging rasch zum Kaufmann um die Ecke. Die zwanzig Mark würde er nicht ausgeben, sondern damit später in Berlin Bücher für die Universität kaufen. Von anderen Praktikanten hatte er gehört, dass man in Ost-Berlin fabelhaft billig hervorragende Fachbücher kaufen konnte. Während Deepak beim Kaufmann das Bier in Empfang nahm, schürte Frau Kaiser nochmals ordentlich das Feuer. Sie griff nach den Zeitungen vom Küchentisch, warf sie in die Glut und legte in die hell auflodernden Flammen ein paar Briketts.

Deepak betrat die Küche mit drei Flaschen Bier. Die Wirtin stand am Herd. Die Flammen züngelten und tanzten auf verkohlenden, sich krümmenden Zeitungsresten.

„Mein Weihnachtsgeld!"

„Um Gottes Willen, Maria und Jesus!" Der Schreck trieb Frau Kaiser Tränen in die Augen. Das Feuer im Ofen brannte wunderbar. Da stand Deepak Puri mit den Bierflaschen im Arm. Das erste Mal seit seiner Ankunft in Deutschland war ihm zum Heulen zumute. Er musste das jetzt richtig machen! Deepak hielt den entsetzten Blick von Frau Kaiser einen Moment fest, dann zwinkerte er mit den Augen.

„Ich bin Hindu, kein Christ. Was soll ich mit Weihnachtsgeld!"

Er öffnete zwei Flaschen Bier. „Auf den Schreck, Frau Kaiser!"

Seine Wirtin konnte sich nicht beruhigen.

„Ach Jesus, das habe ich nicht gewollt! Wenn ich könnte... Wir wollen uns den Schaden wenigstens teilen."

„Das ist sehr lieb von Ihnen, aber..."

Doch ihr zusammengepresster Mund zeigte Deepak, dass sie ihre Entscheidung getroffen hatte. Sie würde sich die zehn Mark vom Munde absparen.

6

Berlin! Die ehemalige deutsche Hauptstadt an der Spree. Deepak Puri freute sich auf diese Stadt. Es würde großartig werden, in Berlin zu studieren. Der gute Ruf der Technischen Universität würde ihm überall in der Welt Empfehlung sein.

Das eisige Hellblau des Winterhimmels über Berlin war von weißen Schleiern durchzogen, als die Maschine der PanAm in Berlin-Tempelhof zur Landung ansetzte. Deepak Puri hatte sein sechsmonatiges Praktikum beendet und freute sich nun auf die Universität. Ein ausländischer Student war noch eine Besonderheit in dem nach dem Krieg psychisch und moralisch verbrauchten Deutschland. Studenten des ASTA holten ihn vom Flughafen ab und begrüßten ihn mit einem Blumenstrauß. Er war erleichtert und froh. Er war willkommen – das tat gut.

Und dann Berlin, diese gespaltene Stadt – geteilt und dennoch eindrucksvoll. Der Vergleich zu Indien und Pakistan drängte sich ihm auf. Hier in Deutschland eine Teilung in West und Ost, in zwei politische Blöcke. Doch auch die Abspaltung Pakistans von Indien war in erster Linie eine machtpolitische Teilung gewesen, religiös getarnt.

Deutschland schien Deepak, zwölf Jahre nach dem Krieg, aufzustreben wie ein Adler, dem die gestutzten Flügel schneller als erwartet nachwuchsen. Für die Westmächte war der Gegner von einst – der Westen Deutschlands - längst zum Partner geworden. Obwohl nach Kriegsende in den französischen und britischen Sektoren Maschinen und Gerät abgebaut und in die jeweiligen Mutterländer gebracht worden waren, boomte inzwischen der Wiederaufbau mit Hilfe der amerikanischen Wirtschaft. Die Russen dagegen machten sich den Ostteil Deutschlands untertan, brachten alles nach Russland, was auch nur im Entferntesten brauchbar erschien, und hinterließen Ödnis.

Voller Elan stürzte sich Deepak Puri in sein Studium, Verfahrenstechnik hatte er gewählt. Im Stadtteil Schöneberg hatte er ein Zimmer zur Untermiete gefunden bei Frau Linow, einer jungfräulichen alten Dame, die sich mit christlicher Inbrunst für die Entsendung von Missionaren in die entlegensten Winkel der Welt einsetzte, damit die Zivilisation endlich auch dorthin gelangen könne.

„Aus dir wird auch noch ein ordentlicher Christ werden", erklärte sie überzeugt, mit unendlicher Güte in der Stimme, und drückte Deepak an ihre Matronenbrust. Diesen Wilden würde sie zu einem anständigen Menschen machen, da war sie sich sicher. Deepak amüsierte sich über den Eifer der alten Dame. Es erwies sich als sehr bequem, bei ihr zu wohnen. Sie hielt mütterlich ihre schützende Hand über ihn, bekochte und verwöhnte ihn mit Leckereien, die er sich nie hätte leisten können.

An den Wochenenden traf er sich mit anderen Studenten. Meist jedoch war er mit seinen neuen indischen Freunden Mahesh Taneja und Ravi Dewan zusammen. Weit weg von der Heimat verbanden die gleichen Wurzeln, die gleiche Kultur, war eine große Nähe schnell gefunden. Man hielt zusammen. Und Geld musste verdient werden. Mahesh Taneja und Ravi Dewan stammten zwar aus wohlhabenden Familien, die monatlichen Schecks von ihren Familien reichten aber nie aus. Berlin bot zu viele Verlockungen.

In der Lottozentrale werteten die drei samstagnachts für 1,20 Mark Stundenlohn Tippscheine aus. Unter einer beleuchteten Schablone kontrollierten sie die Scheine. Diejenigen mit richtigen Zahlen wurden aussortiert und gingen dann in eine weitere Kontrolle zur Auswertung der Gewinne.

„Gehen wir heute Abend wieder ins ‚Resi'?, fragte Mahesh und sah Ravi und Deepak auffordernd an.

Deepak lachte und stieß einen Seufzer aus: „Ach herrje, du wirst es doch so wie immer machen. Zuerst ist dir keines der Mädchen hübsch genug, und wenn die gutaussehenden einen Tanzpartner gefunden haben, rennst du den übriggebliebenen hinterher."

„Egal, aber dieses Mal..." Mahesh' Augen blitzten unternehmungslustig. „Dieses Mal kriege ich das hin."

Es wunderte Deepak nicht, dass der gutaussehende, ungewöhnlich große und schlanke Mahesh Erfolg bei Mädchen hatte. Er strahlte trotz seiner Jugend eine gewisse weltmännische Arroganz aus, die ihm die Herzen der Mädchen zufliegen ließ. Ravi dagegen war klein, aber klug und schlagfertig. Er hatte immer Probleme mit Mädchen und war glücklich, wenn er eine Tanzpartnerin gefunden hatte.

Deepak, dem die selbstsichere, leicht überhebliche Art der reichen Inder fehlte, bewunderte seinen Freund Mahesh. Nur allzu oft mischte sich die Bewunderung aber auch mit einem Gefühl des Neides. Wie leicht es diese Söhne aus reichen Familien hatten. Mit welchem Selbstvertrauen sie durchs Leben gingen. Wie viel Geld sie zur Verfügung hatten und dennoch damit nie bis zum Monatsende auskamen.

An manchen Tagen traf sich Deepak mit seinem deutschen Freund Gerhard Wissmann – eigentlich, um gemeinsam zu lernen. Die guten Vorsätze endeten aber meistens damit, dass sie sich in politischen Diskussionen oder im Kino und danach an einer Curry-Wurst-Bude wiederfanden, wo sie die Diskussionen fortsetzten.

Es war die Zeit des Kalten Krieges, und Deutschland stand im Fadenkreuz der Auseinandersetzungen. Jeden Tag meldeten die Medien neue verbale Attacken des Ostblocks gegen die Westmächte. Am 27. November 1958 arbeiteten Deepak und Gerhard ausnahmsweise einmal konzentriert an der Vorbereitung einer Klausur. Daneben hatten sie das Radio eingeschaltet. Es kriselte wieder einmal um Berlin. Gerhard hob den Kopf und stieß Deepak an. Der Nachrichtensprecher verlas ein neues Berlin-Ultimatum, das Chruschtschow an die drei Westmächte gerichtet hatte. Er kündigte darin sämtliche Vereinbarungen über den Status Berlins auf. Es hieß, die Viermächtekontrolle sei durch die Geschichte überholt. Berlin werde von einem souveränen deutschen Staat eingeschlossen, der die Abmachungen des Potsdamer Abkommens akzeptiere und zu dem Berlin schon aus geographischen Gründen gehören müsse. Dem Arbeitseifer der beiden Studenten war damit ein Ende gesetzt. Deepak und Gerhard hörten sich nur noch die Kommentare und Spekulationen im Radio an. Dieses Ultimatum versetzte die gesamte Bevölkerung West-Berlins in Aufruhr. Sicher fühlte man sich in Berlin jedenfalls nicht.

Deepak Puri, der sich inzwischen den mütterlichen Armen der evangelischen Missionarin entzogen hatte und in demselben Studentenheim wie Mahesh und Ravi wohnte, traf seine Freunde aufgeregt diskutierend in Ravis Zimmer an. Sie alle waren ja auch Teil der Westberliner Bevölkerung, waren auch aufgeschreckt. Auf der politischen Bühne brachen hektische Aktivitäten aus. Der Berliner Senat versuchte, die Menschen mit Sonderpräferenzen oder Sonderprämien zu Weihnachten zu beruhigen, die von den Berlinern frech „Zitterprämie" genannt wurden. Die Gelassenheit der Berliner war trotz allem beeindruckend. Mit flotten Sprüchen und ihrer Berliner Schnauze nahmen sie die Politik aufs Korn: „Pass uff, die Russen kommen!" Ein Berliner ließ sich nicht so leicht ins Bockshorn jagen. Man hatte sich an das Damoklesschwert gewöhnt, das seit Jahren über der Stadt schwebte.

Doch dann, im August 1961, spitzte sich die Krise um Berlin dramatisch zu und ließ die Welt an den Rand eines Krieges zwischen Ost und West rücken. Deepak und seine Freunde verfolgten erregt die Berichte. In der Küche des Studentenheims war das Radio jetzt Mittelpunkt mit seinen Meldungen über Armee und Polizeieinheiten, die sich in der geteilten Stadt in Ost und West gegenüberstanden.

In den frühen Morgenstunden des 13. August 1961 begannen Betriebskampfgruppen und Truppen der Nationalen Volksarmee Westberlin abzuriegeln; alle Verkehrsverbindungen wurden unterbrochen. Seit 1949 hatten mehr als 2,6 Millionen Flüchtlinge die DDR und den Ostsektor Berlins verlassen – dem wollte die DDR nun einen Riegel vorschieben.

An diesem Morgen saß Deepak mit anderen Studenten aus seinem Flur in der Küche vor dem Radio. Stumm hörten sie der hektischen Stimme des Nachrichtensprechers zu: „Berlinerinnen und Berliner! Der Mauerbau ist nicht mehr aufzuhalten, die Grenze in Ostberlin wird von Einheiten der Volksarmee und mit Panzern gesichert!"

„Ist der Westen ein Spätzünder? Warum legt er nicht endlich los und bringt die verdammte Sache hinter sich?", schimpfte Mahesh.

Ravi verzog das Gesicht. „Glaub nicht, dass die Westmächte das ohne Gegenwehr hinnehmen werden. Es wird brenzlig werden in Berlin. Bleiben wir oder gehen wir nach Westdeutschland?" Er sah seine Freunde fragend an, bekam aber keine Antwort. Zu sehr schwirrten ihnen die Köpfe von den Ereignissen.

Die Westberliner rechneten stündlich mit dem Eingreifen der Westmächte. Die Stadt kochte vor Empörung und ohnmächtiger Wut. Die Menschen fühlten sich hilflos. Diese nackte und brutale Machtdemonstration konnte doch nicht so einfach hingenommen werden. Es musste doch etwas getan werden.

Der Regierende Bürgermeister Willy Brandt mahnte die Berliner im Westen zur Besonnenheit. An die Volkspolizei jenseits der Grenze appellierte er: „Lasst euch nicht zu Lumpen machen! Schießt nicht auf eure Landsleute! Zeigt menschliches Verhalten, wo immer es euch möglich ist!"

In ganz Deutschland waren die Radios und Fernseher rund um die Uhr eingeschaltet. Deepak, Ravi und Mahesh hatten die ganze Nacht Karten gespielt und Radio gehört. Viele Menschen sahen jetzt die letzte Möglichkeit zur Flucht. Am nächsten Morgen waren die Zeitungen voll von neuesten Meldungen und den Schicksalen der Flüchtlinge. Das Foto eines flüchtenden Soldaten, der bei dem Sprung über die Stacheldrahtrollen sein Gewehr wegwarf, ging um die Welt.

Im Ostsektor hatten Arbeiter unter der Bewachung von Soldaten begonnen, aus Betonteilen eine Mauer zu errichten - und noch immer keine Reaktion des Westens.

Am zweiten Tag nach Beginn des Mauerbaus fuhren die drei Freunde in die Bernauer Straße, ein für Berlin typisches Arbeiterviertel. An den vierstöckigen Häusern blätterte der schmutzig-graue Putz. Hier verlief die Grenze genau an der Häuserfront entlang. Die Straße und die Häuser auf der einen Seite gehören zum Westen, auf der anderen zum Osten.

Aus den geöffneten Fenstern riefen sich Menschen über die Straße, von Ost nach West, etwas zu. Deepak zeigte auf ein Fenster, aus dem gerade mit einem entschlossenen Gesichtsausdruck ein Mann auf die Straße im Westen sprang. Eine Frau im leichten Sommerkleid ließ nacheinander zwei Kinder in die Arme des Mannes fallen und sprang hinterher.

An einem Fenster im ersten Stock ganz in ihrer Nähe klammerte sich ein junges Mädchen mit einer Hand am Fenstersims fest, die andere krallte sich um das Handgelenk eines anderen Mädchens, das sich aus dem Fenster lehnte. Das sah gefährlich aus. Das Mädchen hing über der Straße, einen Stöckelschuh am Fuß, der andere lag schon unten. Sie wagte nicht zu springen.

„Nun spring doch endlich! Spring!", rief die andere.

Verdammt! Deepak Puri verstand die Angst. Plötzlich war seine Kindheit, die eigene Flucht wieder gegenwärtig. Bei Gott, er erinnerte sich an das Gefühl, wenn man vor Angst keine Luft zum Atmen bekam.

„Spring! Ich fange dich auf!", rief er ihr zu.

Das Mädchen schüttelte den Kopf, blickte hinunter. Ihr Gesicht war vor Anstrengung verzerrt. Plötzlich schleuderte sie den zweiten Schuh vom Fuß und ließ sich in die Arme von Deepak und Mahesh fallen. Beide griffen nach ihr, konnten aber der Wucht des Aufpralls nicht standhalten. Das Mädchen schrie auf. Sie lag auf dem Pflaster und rührte sich nicht.

Plötzlich war die Hölle los. Gebrüllte Kommandos, Schüsse. Die Menschen auf der Straße liefen los, fielen hin, rannten weiter. Rufe, „Die Vopos! Schnell Leute, springt!", schallten durch die Straße. In einigen der Fenster auf der Ostseite erschienen die Köpfe von Volkspolizisten. Alle, die noch nicht gesprungen waren, wurden brutal zurückgerissen. Dann wurden die Fenster mit Drohgebärden gegen die Landsleute im Westen geschlossen.

Deepak und Mahesh rappelten sich auf. Um sie herum herrschte Chaos. Deepak blickte in das schmerzverzerrte Gesicht des

Mädchens. Als sie sah, dass ein Vopo ihre Freundin packte und das Fenster schloss, liefen ihr Tränen über das Gesicht. Sie würgte. Die Schuld stand ihr ins Gesicht geschrieben. Ihre Freundin wurde verhaftet, weil sie selbst mit dem Sprung zu lange gezögert hatte. Das linke Bein an die Brust gezogen, saß sie steif und zitternd auf der Straße und blickte stöhnend auf ihr rechtes, unnatürlich verdrehtes Bein.

„Ich glaube, es ist gebrochen!", presste sie zwischen zusammengebissenen Zähnen hervor.

„Ich hole Hilfe", sagte Mahesh und wollte zur nächsten Telefonzelle laufen, als zwei Krankenwagen mit Blaulicht heranrasten." Überall in Berlin glühten die Telefonleitungen. Die Westberliner halfen oder riefen Hilfe herbei. Nie seit Beendigung des Krieges waren sich die Menschen in der Stadt so nahe wie in diesen Tagen.

Die Krankenwagen fuhren an den jungen Leuten vorbei und hielten weiter hinten in der Straße, wo sich eine große Menschenmenge um einige Verletzte drängte.

„Nun gut!", sagte Mahesh und machte mit dem Kopf eine Bewegung in Richtung eines Hauses auf der gegenüberliegenden Straßenseite. Dort stand in einem Torbogen ein alter grauhaariger Mann mit dem Gesicht eines Raubvogels und beobachtete mit unergründlichem Blick die Szene. Er hielt die Lenkstange eines Fahrrades fest, an dessen Gepäckträger die Deichsel eines Handwagens gebunden war.

„Ich werde den Alten da drüben davon überzeugen, dass er seinen Handwagen wiederbekommt, sobald wir die Kleine in das nächste Krankenhaus geschafft haben." Sprach's und kam wenig später mit dem Handwagen zurück.

„Danke! Ich heiße Rita", sagte das Mädchen mit einem verunglückten Lächeln, als die drei Freunde es vorsichtig in den Handwagen hoben.

„Ein schöner Name", sagte Deepak.

„Und ihr? Seid ihr aus Indien?"

„Gut erkannt", antwortete Ravi. „Mein Freund hier, der sich so um dich bemüht", sagte er grinsend, mit einem Seitenblick auf

219

Deepak, „das ist Deepak, ich heiße Ravi und dein Krankenwagenfahrer heißt Mahesh."

Rita versuchte zu lächeln.

„Hast du Verwandte im Westen?"

„Nein. Die Flucht... Meine Freundin... Wir haben uns ganz plötzlich entschlossen. Konnten nichts mehr vorbereiten. Eigentlich weiß ich gar nicht, wohin ich soll."

Man sah, dass es sie eine gewaltige Willensanstrengung kostete, nicht wieder in Tränen auszubrechen.

„Erst einmal ins Krankenhaus, dann sehen wir weiter", nickte Deepak ihr aufmunternd zu.

Schönes Mädchen, diese Rita, dachte er – merkwürdiger Mund, ein wenig arrogant. Zwecklos, sie jetzt nach Einzelheiten zu fragen. Er würde sie im Krankenhaus besuchen, beschloss er.

7

Rita Fischer ging nicht gleich auf jeden zu. Sie schaute sich ihr Gegenüber immer genau an. Ein Blick aus grünen Augen, der nicht genau erkennen ließ, ob sie den Menschen wahrnahm oder ihn vielleicht gar nicht beachtete. In ihrem Gesicht, umrahmt von glänzendem braunen Haar, waren nicht nur die Augen auffällig, auch die ein wenig zu lang geratene gerade Nase mit ein paar Sommersprossen, zog die Blicke auf sich. Sie war schlank, aber kräftig gebaut, mit breiten, athletischen Schultern.

Beide Eltern und ihren kleinen Bruder Dieter hatte sie mit sechzehn bei einem Eisenbahnunglück verloren, als die Familie Ferien im Zittauer Gebirge machen wollte. Es hatte acht Tote gegeben. Von ihrer Familie hatte nur sie überlebt.

Manchmal erschien ihr Dieter. Dann stand sie für einen Augenblick regungslos, egal, wo sie sich gerade befand. Sie musste sich dann aufrütteln und laut vor sich hin sagen: Er liegt auf dem Friedhof von Königs Wusterhausen begraben.

In den zwei Jahren, die ihr damals noch bis zum Abitur blieben, hatte sie die Abhängigkeit von ihrem Onkel Paul klaglos ertragen, auch wenn sie unter ihr litt. Und auch später, während ihrer Ausbildung zur Arzthelferin, musste sie sich von ihrem Onkel immer wieder anhören, wie viel für sie getan wurde, wie sehr man sich selbst einzuschränken hatte, um sie mit durchzubringen.

Als sie endlich ihre Ausbildung beendet hatte, zog sie nach Ostberlin, teilte sich mit ihrer Freundin Erika eine kleine Wohnung in der Proskauer Straße und fand Arbeit in einer internistischen Praxis. Die quirlige Stadt entsprach ihrem Temperament. Unbeschwerten Herzens und leichten Fußes durchquerte sie die Straßen, erkundete die Stadtviertel und bummelte durch Geschäfte. Sie mochte das Kreischen der Straßenbahnen, die an ihr vorbeihastenden Menschen.

Rita Fischer richtete ihre Wahrnehmung auf äußere Vorgänge, zwang sich, ihr aufgewühltes Gemüt zu stabilisieren. Weniger wichtige Gedanken mussten in ihren Kopf. Alte Freunde in Königs Wusterhausen und anderes mehr. Vielleicht am Monatsende, dachte sie, ein neues Kleid, ein paar Schuhe. Das war es – man durfte die Dinge nur streifen.

Nachts im Bett, wenn niemand mit ihr sprach, war sie allein mit den Gedanken an ihre Toten.

Ob sie im Laufe der Jahre ihrer Einsamkeit und Verzweiflung Herr geworden war, wusste sie selbst nicht so genau. Zu verwirrt und widersprüchlich waren ihre Gefühle und Überlegungen. Obwohl in der Schule von Beginn an politisch indoktriniert, Mitglied bei den „Jungen Pionieren" und später bei der „Freien Deutschen Jugend", hatte sie schon vor dem Eisenbahnunglück begonnen, die Erziehungsziele der DDR in Frage zu stellen. Oft hatte sie im Radio heimlich die Westsender eingestellt. Da hörte sich vieles ganz anders an als das, was man ihnen in der Schule erzählte. Auch die vielen Menschen, die aus der DDR in den Westen flüchteten, hatten sie nachdenklich gemacht.

Als sich dann die Nachricht von der Schließung der Grenze wie ein Lauffeuer in Ost-Berlin verbreitete, hatten sie und Erika, ohne noch lange darüber nachzudenken, den Entschluss gefasst, durch die Häuser in der Bernauer Straße zu flüchten.

Bei Gott, eine unüberlegte Entscheidung, aber wohl dennoch die richtige, dachte sie in ihrem Krankenhausbett, das gebrochene Bein in Gips.

Deepak besuchte Rita täglich im Krankenhaus. Er erzählte über sich, seine Eltern, über Indien. Sie lernte ihn langsam kennen, war jedoch fest davon überzeugt, nicht in ihn verliebt zu sein. Aber Deepak Puri war ein lieber Kerl, hübsch, kräftig und sehr einfühlsam. Es war wie ein Spiel. Wenn er da war, durchwehte den Tag ein Hauch von Losgelöstheit, als gäbe es kein Vorher. Losgelöst... Nichts war mehr so, dass es eine Rolle spielte. So war es, das war der Zauber.

Deepak hingegen hatte sich längst rettungslos in Rita verliebt. Wenn er im Krankenhaus neben ihrem Bett saß, betrachtete er sie verstohlen. Die vielen sonnigen Tage dieses Sommers hatten die Haut ihres Gesichts und ihrer Arme gebräunt. Sie schimmerte wie glänzende Bronze. Sie sah einfach zum Verlieben aus.

Rita war in Krankenhauskluft gehüllt, er sah nichts von ihrer Figur. Aber diese grünen Augen, die schönsten Augen, die er je gesehen hatte.

Bisher hatte er mehr Zeit über seinen Lehrbüchern und mit der Arbeit für seinen Lebensunterhalt verbracht als in Gesellschaft von Mädchen. Strömungstechnik, Thermodynamik, Stromumwandlungsprozesse – das war seine Welt.

Nun fiel es ihm schwer, sich auf etwas anderes zu konzentrieren. Da war nur Rita!

Bevor Rita Fischer aus dem Krankenhaus entlassen wurde, hatte Deepak für sie ein Zimmer zur Untermiete bei der 60-jährigen Frau Steiner gefunden. Die Wohnung lag im Bezirk Schöneberg, in der Motzstraße, über einem auf Zubehör für Maler spezialisierten Laden, einem bunten, chaotischen Basar. Daneben, im „Café Marie", konnte es sich jeder Habenichts für ein paar Pfennige bei einem Tee oder Kaffee gut gehen lassen und sich bei Marie, der runden, mütterlichen Wirtin, Rat und, wenn nötig, auch Trost holen. Eine Gegend zum Wohlfühlen, genau richtig für Rita.

Die Wolken hingen an diesem Tag tief am Himmel, und die Stadt lag unter einer schwülen Dunstglocke. Gegen Mittag, als das Thermometer um 30 Grad zeigt, bezog Rita das kleine Zimmer in der Motzstraße. Frau Steiner empfing sie freundlich. Alles Wissenswerte hatte sie schon von Deepak erfahren.

In vertraulichem Ton neigte sie sich zu ihr. „Na, Fräulein Rita, Sie sind ja eine mutige junge Dame – aus dem Fenster zu springen!" Sie schüttelte den Kopf. „Ist ja noch mal gut gegangen", lächelte sie und tätschelte Ritas Wange. „Ich schlage Ihnen einen kleinen Handel vor: Sie brauchen für das Zimmer nicht im Voraus zu bezahlen. Erst wenn Sie eine Arbeit gefunden haben, zahlen Sie die 50 Mark Monatsmiete."

„Das ist sehr großzügig von Ihnen. Und was muss ich dafür tun?"

„Reden und erzählen, Mädchen. Dein junger Freund hier soll uns viel über seine Heimat berichten. Man ist doch sonst nur von abgestumpften Geistern umgeben."

Deepak und Rita schauten sich an, gerührt von der offensichtlichen Einsamkeit dieser Frau.

„Deepak ist ein Meister der Erzählkunst. Er beschreibt Gegenstände, Menschen und Landschaften mit der Detailtreue eines Malers", sagte Rita mit Überzeugung und machte Frau Steiner damit glücklich.

In dieser dunstigen, heißen Augustnacht ging Deepak Puri nicht nach Hause. Nachdem Rita ihre persönlichen Dinge verstaut hatte, saßen sie beieinander; jeder sich der Gegenwart des anderen bewusst. Als es dunkel wurde, hatte Rita eine Kerze auf den niedrigen Nierentisch gestellt. Die Flamme ließ goldene Reflexe auf der polierten Oberfläche tanzen, sonst war alles dunkel. Aus der Wohnung drangen geschäftige Geräusche in das kleine Zimmer. Der Wasserboiler in der Küche nebenan summte.

„Komm näher. Ich seh' dich ja kaum", sagte Rita aus der Dunkelheit heraus.

Vor ein paar Sekunden hatte sich Deepak noch verlegen und gehemmt gefühlt. Nun wechselte seine Stimmung. Als er seine Arme um Ritas Taille legte, kehrte Stille bei ihm ein. Im Kerzenlicht sah er nur die Konturen ihres Gesichts, umrahmt von schimmerndem Goldbraun. Ihr Körper fühlte sich warm und weich an, als er sie an sich zog und küsste. Das war es also. Er wusste, das war ein Gefühl, das er niemals vergessen würde. Keiner von beiden schlief in dieser Nacht mehr als hin und wieder ein paar Minuten.

Als Rita dann endlich in den trüben Morgenstunden in seinen Armen eingeschlummert war, ließ die Hochstimmung Deepak keinen Schlaf finden.

Es lag etwas in ihrem Gesicht, das nur für ihn bestimmt war, das war wunderbar. Er war hingerissen von dem, was er sah. Er konnte mit ihr über alles reden, dachte er, ganz offen, ohne jede Scheu, wozu er zuvor nie in der Lage gewesen war. Und dann Rita, wie sie sich in der Dunkelheit des Zimmers in seinen Armen räkelte. Rita küssend und flüsternd. Das war Liebe – vollkommenes, zauberhaftes Glück.

Ein Brief seines Vaters erreichte ihn am nächsten Tag. Er schrieb, alle in der Familie seien gesund, seine Geschwister würde er bestimmt nicht mehr erkennen, so groß seien sie geworden. Er hoffe, dass es Deepak gut gehe und er mit dem Studium vorankomme.

Nehru und seine Kongresspartei hätten gute Erfolge zu verzeichnen, schrieb er. Während der Kolonialzeit war die Entwicklung der Industrie verhindert worden, deshalb habe Nehru bisher sein Hauptaugenmerk auf den Ausbau der Schwerindustrie gelenkt, nach Gulshans Ansicht aber gleichzeitig sträflich die Bauern und die Landwirtschaft vernachlässigt. Wird die Zeit die Führung des Landes lehren, den Reichtum der Erde zu nutzen, den Strom zwischen dem Volk und dem Land intensiver fließen zu lassen, damit die kränkelnde Blume Indien zu ihrer vollen Schönheit erblühen kann? Wird die indische Kultur, die zu den ältesten und mannigfaltigsten der Erde gehört, wieder an Einfluss gewinnen, wie sie früher ganz Süd- und Südostasien geprägt hat?, sann er in seinen Sätzen in akkurater, fast wie mit der Feder gemalten Schrift.

Welch blumige Sprache, dachte Deepak beim Lesen, die Sprache Indiens, die ihm selbst abhanden gekommen war. Aber sein Vater verstand es auf diese Weise auch immer, ihm sachliche Informationen zu geben, wenn er schrieb, dass die Götter nach den endlosen Jahren des Darbens ein Einsehen zu haben scheinen. Indien strebe nun vorwärts, seine Schätze würden überall geschätzt. Schiffsladungen von Baumwolle,

Zuckerrohr, Tee, Tabak, Kaffee, Jute, Cashewnüssen und Gewürzen würden von indischen Häfen in alle Welt geschickt.

Und Deepak nahm wahr, dass sein Vater bewusst immer auch auf die unterschiedlichen kulturellen Merkmale zwischen Indien und dem Westen hinwies: Die Menschen in der westlichen Welt, denen es durch ihren Reichtum an Orientierung und Halt mangelt, wenden sich hin zu den Weisen unseres Volkes, wollen lernen, in sich zu ruhen, durch die Riten und Philosophie Indiens.

Deepak Puri wusste, dass sein Vater Recht hatte. In der westlichen Welt galten andere Werte. Der amerikanische Kapitalismus war nach Europa übergeschwappt. Die Zeit des Wirtschaftswunders hatte in Deutschland begonnen. Im westlich orientierten Europa regierte der Gott des Geldes. Man maß die eigene Wichtigkeit an dem, was man besaß. Ein Auto, eine Waschmaschine, ein auf Hochglanz polierter Nierentisch aus Nussbaum... Haben, besitzen, ja, das waren die Werte, die nach den entbehrungsreichen Kriegsjahren zählten, die das Ansehen gewaltig steigen ließen. Und dennoch -, es gab viele Menschen, denen diese Oberflächlichkeit nichts galt, die ihr Leben auf andere Weise lebten, die eigene Kultur schätzten und andere Kulturen und Philosophien achteten. Wie würde Rita auf die indische Kultur reagieren? Seit einiger Zeit machte er sich Gedanken darüber. Der Wunsch, mit ihr zusammen nach Indien zurückzukehren, war in den letzten Monaten immer stärker geworden. Es hatte eine Zeit gegeben, wo er es nicht für möglich gehalten hätte, eine Europäerin zu heiraten, weil es eben nicht vorstellbar war. Und nun? Sollte er alle aufkeimende Skepsis ignorieren? Und würde Rita überhaupt wollen?

Ritas Wirtin, Frau Steiner, hinter deren Geschwätzigkeit sich der Charakter einer Glucke verbarg, hatte Deepak mit der Zeit wie einen Sohn lieb gewonnen. Täglich tauschten die beiden Neuigkeiten aus. Und Frau Steiner machte sich so ihre Gedanken: Man merkte, dass dieser Junge seine Heimat vermisste. Das arme Bürschchen konnte einem richtig leidtun. Er war wie ein Igel. Man musste einfach lieb zu ihm sein und ihm ein wenig die Familie ersetzen. Ob Rita eine gute Ehefrau würde, die ihren Mann so richtig verwöhnte, daran wagte sie zu zweifeln. Aber Rita war ein gutes Mädchen, dachte sie gleich darauf entschuldigend.

Es war schwer, Frau Steiner nicht zu mögen. Häufig kochte sie für Rita und Deepak. Wenn Rita oder Deepak die Wohnung betraten, schaute sie ihnen zuerst prüfend ins Gesicht, ob es ihnen denn auch gut gehe. Sie wusste, dass Rita sich in der Arztpraxis, in der sie jetzt arbeitete, nicht so recht wohl fühlte.

Als Deepak eines Tages mit flackerndem Blick, ohne zu grüßen, geradewegs in Ritas Zimmer stürmte, merkte sie sofort, dass etwas nicht in Ordnung war. Auf Zehenspitzen schlich sie hinter ihm her und legte ihr Ohr an die Tür.

Rita schaute erstaunt auf. Deepak ließ sich in den Sessel fallen. „Ich habe wieder einen Brief von meinem Vater bekommen", sagte er erregt und fuchtelte mit dem blauen Luftpostbrief in der Luft herum. „Diesmal ist es kein harmloser Bericht – uns geht es gut..., wie geht es dir... Die politischen Verhältnisse sind...

Er warf den Brief auf den Tisch und stützte den Kopf in die Hände.

„Prem Sing, ein elternloser Junge, den wir als Flüchtling aufgenommen haben, hat im Geschäft meines Vaters Unterschlagungen begangen. Er hatte die Buchhaltung unter sich und hat sich um die kaufmännische Abwicklung gekümmert. Mein Vater schreibt, dass der Konkurs nicht mehr abzuwenden sei."

In Deepak loderte eine unbändige Wut. „Er war wie ein Sohn in der Familie. Das Schlimmste ist, dass mein Vater jetzt nicht mehr weiß, wie er die Familie ernähren soll. Ich muss mir etwas einfallen lassen!"

„Komm, lass uns spazieren gehen, dann können wir reden". Rita warf sich ein leichtes Tuch über die Schultern und fasste ihn bei der Hand.

Als sie die Zimmertür öffneten, stolperten sie über Frau Steiner.

227

„Ich wollte...", stotterte sie und zog sich verlegen in ihr Zimmer zurück, als Rita und Deepak, ohne sie weiter zu beachten, die Wohnungstür hinter sich zuzogen.

Über eine Stunde liefen die beiden durch den Tiergarten, überquerten die Straße des 17. Juni und gelangten am Bettina-von-Arnim-Ufer an die Spree. Vom Wasser herüber schwebten Gelächter und Musik aus einem mit vielen Lichterketten beleuchteten Boot. Jemand feierte auf diesem Boot vielleicht seinen Geburtstag. Deepak erinnerte sich an den Tag, als er mit seinem Vater im Hafen von Bombay staunend vor den riesigen Fracht- und Passagierschiffen gestanden hatte. Gütiger Himmel, wie lange war das her, wie weit weg war das alles.

Er trat dicht an den Fluss heran, dort wo sich das Ufer im dunklen Wasser verlor. „Es ist eine gute Nacht für eine Entscheidung", sagte er in die Dunkelheit hinein. Seine Stimme klang rau, etwas lädiert.

Rita stand hinter ihm: „Ich weiß inzwischen so viel über dich und deine Familie. Sag, wie kann ich helfen?"

„Das ist meine Sache", entgegnete Deepak schroff. Setzte dann aber begütigend hinzu: „Danke. Aber erst einmal muss ich sehen, was überhaupt getan werden kann."

Über ihnen hatte sich eine dicke Wolkendecke zusammengeballt, die den Mond verdeckte und Dächer und Häuser in schwarze Dunkelheit hüllte. Sie liefen los, um vor dem drohenden Gewitter Schutz zu suchen. Mit bleiernen Beinen versuchte Deepak seine Schritte zu beschleunigen. Sie schafften es bis unter das Dach einer Bushaltestelle. Dann prasselte der Regen auch schon auf das Metalldach, und der Boden erzittert unter ihren Füßen, als Blitz und Donner in der Nähe krachten. Vereinzelt hasteten Menschen an ihnen vorüber durch die Nacht, von ihren Schirmen weniger geschützt als behindert.

„Ich habe mich entschieden", sagte Deepak.

8

Fast Tag für Tag regnete es in diesem Spätsommer. Deepak Puri schien es, als habe der indische Monsun in Gestalt eines kalten Dauerregens seinen Weg nach Europa gefunden.

Als der Brief seines Vaters eintraf, hatte das Hochgefühl, das Deepak in den letzten Monaten beherrscht hatte, ein jähes Ende gefunden.

Von hundert Mark Studienbeihilfe, die er seit einem Jahr vom Ausländerinstitut der Universität erhielt, und von dem, was er sich neben dem Studium durch regelmäßige Arbeit dazuverdiente, konnte er, wenn er sparsam war, bescheiden leben. Wie sollte er aber davon auch noch seine Familie ernähren? Er hatte sich oft vorgestellt, dass er nach seinem Studium seine Eltern im Alter unterstützen würde, wenn er als Ingenieur gutes Geld verdiente. Und nun, dachte er, war es die ganze Familie, die ihn brauchte, Jahre, bevor er damit gerechnet hatte.

Doch bald kehrte sein Mut zurück. Er würde es schon schaffen. Nie hatte er erlaubt, dass Zweifel und Selbstmitleid ihn niederzwangen. Und dann war da noch Rita, die sein Leben so reich machte. Im Bewusstsein einer neuen Reife nahm er die Herausforderung an.

Als Werkstudent verdiente er in den Semesterferien so viel dazu, dass er einen ganz erklecklichen Betrag nach Hause schicken konnte. Es gelang ihm sogar, jeden Monat ein wenig Geld für die Schiffspassage zurück nach Indien zu sparen – vielleicht sogar für zwei Passagen. Man würde sehen. Seit dem Brief war ihrer beider Stimmung etwas gedämpft – aber sie stellten fest, dass das Gefühl für einander ungeschwächt war.

Es war Deepak Puri klar, dass er nun nach dem Studium nicht sofort – wie ursprünglich geplant – nach Hause zurück konnte. Er würde wohl für ein paar Jahre in Deutschland arbeiten müssen, damit genug Geld zusammenkam, dass seine Familie in Indien davon für einige Zeit leben und das Schulgeld für seine jüngeren Geschwister aufgebracht werden konnte. Und wie sicher war es eigentlich, dass er in Indien sofort eine gut bezahlte Arbeit fände? Nein, es ging nicht anders, er musste vorläufig bleiben.

Seine Nächte waren aufgeteilt zwischen Rita und den Vorbereitungen zu seiner Diplomarbeit; die Tage verbrachte er an der Universität.

Als in den Tagen nach dem Eintreffen des Briefes feststand, dass sich für Deepak das Leben anhaltend ändern würde, machte dies mancher Leichtigkeit ein Ende – auch für Rita. Aber sie behielt ihre Gedanken für sich. Sie hatte Deepak nicht verraten, dass sie an diesem Abend, als sie an der Bushaltestelle vor dem Gewitter Schutz gesucht hatten, beschlossen hatte, mit ihm nach Indien zu gehen, falls es erforderlich werden würde. Ein Gespräch darüber würde sich noch früh genug ergeben.

Als Deepak Puri nach seinem Schlussexamen die Wohnung in der Motzstraße betrat, hatten sich die ersten Schatten der Dämmerung schon über die Straßen der Stadt gesenkt. Leise öffnete er die Wohnungstür und glitt über die Schwelle. Zuerst wollte er Rita in die Arme nehmen und dann erst Frau Steiner Rechenschaft ablegen, die sicher schon hinter der Tür lauerte.

Die Tür zu Ritas Zimmer war angelehnt. Er drückte sie vorsichtig auf. Auf dem mit Frau Steiners gutem Geschirr festlich gedeckten kleinen Nierentisch standen eine Flasche Wein und eine ganze Torte. In dem orangefarbenen Cocktail-Sessel davor zeichnete sich unbeweglich die Silhouette Ritas ab, die im Halbdunkel des Zimmers eingeschlafen zu sein schien. Sie trug das Kleid, das sie sonst nur zum Ausgehen oder zu Festtagen anzog.

„Hallo, mein Schatz", tönte es fröhlich aus dem Sessel.

Deepak streckte die Arme aus: „Geschafft! Ich habe es geschafft! Alles ist bestens gelaufen."

Rita flog in seine Arme, küsste ihn und deutete aufgeregt auf ein in Geschenkpapier eingewickeltes Päckchen, das auf dem Tisch neben der Torte lag.

„Pack's aus!"

Deepak löste die sorgfältige Verpackung. Er öffnete das schwarz-glänzende schmale Etui. Eine neue Armbanduhr. Auf der Rückseite eine Inschrift: *Deepak 1963.*

Fassungslos sah er Rita an. Seine billige indische Armbanduhr war zuletzt immer wieder stehen geblieben. Rita lachte entzückt. Sie stand da, den Kopf etwas geneigt, eine junge Frau, deren Haltung Glück ausdrückte. Deepak brachte kein Wort heraus. Er umarmte sie fest und drückte seine Lippen auf ihren Hals. Er zwang sich, seine Angst vor der Frage, die er schon lange hatte stellen wollen, zu überwinden.

„Kannst du dir vorstellen, später mit mir in Indien zu leben?"

Rita dachte an die Stärke und Lebenskraft, die sie in sich fühlte, seit sie Deepak kannte. Kaum mehr erschien ihr der tote Bruder in unruhigen Nächten. Das war Sicherheit, das spürte sie. Sicherheit, dass sie an Deepaks Seite jede Herausforderung des Lebens bestehen würde. Sie nickte stumm.

Deepak nahm ihren Kopf in seine Hände und strich ihr sanft über die Wangen.

„Glaubst du, dass du es schaffen kannst? Die fremde Kultur, das ganz andere Leben?"

„Ja, Deepak, das glaube ich!" Und wie sie das schaffen würde. Ritas Selbstbewusstsein bedurfte an diesem Abend keiner Aufmunterung. Sie war energiegeladen und ausgeglichen genug, um sich jeder Herausforderung zu stellen.

Wenn das Glück des Menschen nur in der Gegenwart liegt und weder der Vergangenheit noch der Zukunft bedarf, dann waren Deepak und Rita in dieser Nacht glücklich.

Im schattenhaften Morgengrauen warf Rita Deepak mit liebevollen Knuffen und Küssen aus dem Bett. Zur Feier von Deepaks bestandenem Examen war ein Picknick mit Mahesh und Ravi und deren Freundinnen geplant. Es würde schwer werden, sich in Gegenwart anderer zu beherrschen und nicht vor lauter Lebensfreude laut herauszulachen, dachte Rita. Als sie die Vorhänge öffnete, stellte sie fest, dass es wieder regnete. Aber das war ihr egal, dann würden sie eben zu Hause feiern.

Deepak Puri freute sich auf die Gesellschaft seiner Freunde. Seit er Rita kannte und gleichzeitig auf sein Examen hinarbeitete, waren ihre Treffen seltener geworden.

Mahesh Taneja, übermütiger Sonnyboy wie eh und je, stürmte mit einer Flasche „Oppenheimer Krötenbrunnen" zur Tür herein und umarmte Deepak überschwänglich.

„Hier, zur Feier des Tages", rief er fröhlich. „Den Wein fand ich passend. Du hast sie geschluckt, die Kröten. Mir steht das leider noch bevor."

Zu Mahesh würde eher ein „Kröver Nacktarsch" passen – „auch ein guter Wein, einer, der Mahesh' Vorstellung in der Prüfung angemessener wäre", warf Ravi Dewan frech dazwischen und drückte Deepak einen Gedichtband von Rilke in die Hand.

Während die Mädchen den Frühstückstisch deckten, erzählte Ravi, dass sein älterer Bruder ihm in seinem letzten Brief die Verhältnisse in Indien, seit es mit China im Krieg lag, geschildert hatte. Er schrieb, dass Indien nicht zur Ruhe komme. Erst 1948 der Krieg mit Pakistan um Kaschmir, und nun, fünfzehn Jahre nach der Unabhängigkeit, starben wieder Soldaten an der Grenze zu China. China und Indien stritten um den Verlauf der Grenzlinie. „Und mein Bruder schreibt, die Menschen seien außer sich, weil in den staatlichen Munitionsfabriken Kaffeemaschinen statt Munition gefertigt worden waren. Stellt euch das vor! Indische Soldaten mit alten Einschussgewehren und abgezählten Patronen. Sogar an der Kleidung war gespart worden – und das bei den Witterungsbedingungen im Himalaja. Was sollten sie da gegen die gut ausgerüstete chinesische Armee mit ihren vollautomatischen Waffen ausrichten? ...China rückt immer näher!"

„China ist doch nicht erst heute eine Gefahr", wandte Deepak ein und öffnete die Weinflasche. „Denkt nur daran, wie China 1950 Tibet besetzt hatte. Damals waren doch alle Bemühungen des Dalai Lama, mit der chinesischen Führung eine friedliche Lösung herbeizuführen, von den Bonzen in Peking durchkreuzt worden. Und wie brutal neun Jahre später der Volksaufstand der Tibeter gegen die Unterdrückung von den Chinesen niedergeschlagen worden war."

Ravi brummte: „Ja, das muss man sich mal vorstellen: Der Dalai Lama mit seiner Familie aus Lhasa nach Indien geflohen, viele seiner Begleiter ermordet. Man muss sich wundern, dass es trotzdem Hunderttausenden gelungen ist und noch immer gelingt, ihrem geistlichen Oberhaupt ins indische Exil zu folgen. Ein großer Teil der intellektuellen Elite hat es geschafft."

Rita hatte mit halbem Ohr zugehört. Jetzt mischte sie sich ein: „Wenn so viele Tibeter fliehen konnten, wo haben sie sich dann niedergelassen, wovon leben sie?"

„Sie haben in der nordindischen Stadt Dharamsala eine Exilregierung errichtet und Handwerkszentren, landwirtschaftliche Siedlungen und Schulen gebaut" antwortete Ravi ihr. „Und sie haben Klöster gebaut, in denen Geschichte, Religion, Kultur und die Essenz des tibetischen Geisteslebens bewahrt wird. Es gibt Familien in Tibet, die sich sogar von ihren Kindern trennen. Sie schicken sie auf den gefährlichen Weg über die Berge nach Indien, damit sie in Dharamsala nach tibetischer Tradition und Kultur erzogen werden. Man muss sich das einmal vorstellen, die Eltern wissen nicht, ob sie ihr Kind jemals wiedersehen. Und trotzdem... Manchmal sind sogar Dreijährige unter den Kindern und nur ein Erwachsener, der sie führt. Ihr könnt euch vorstellen, unter welchen Bedingungen sie sich über die Berge kämpfen müssen, immer in Gefahr, von den Chinesen erwischt zu werden."

Erschüttert hatte Rita zugehört: „Und jetzt führt China wieder Krieg gegen Indien?" Es ist, als litten die Menschen an einem Fieber, als säße in ihnen ein böser Geist, der sie dazu bringt, zu zerstören statt aufzubauen.

Die fröhliche Stimmung war dahin.

Rita gab sich einen Ruck. Was sollte diese gedrückte Stimmung? Schließlich waren sie nicht hier, die Welt zu retten, sondern Deepaks Examen zu feiern. Und dazu gehörte – bitte schön – ein gerüttelt Maß an guter Laune. Ihre schmollenden, mit Grimassen unterlegten Aufmunterungen ließen dann auch schnell die Stimmung der Freunde wieder steigen. Der Wein tat ein Übriges, er floss verdammt angenehm durch die Kehlen. Und außerdem musste auf Deepaks neue Anstellung angestoßen werden. Sein Professor hatte ihn schon an ein großes technisches Büro „verkauft".

Den größten Teil seines Gehaltes schickte Deepak Puri nach Indien. Seinen Eltern hatte er in einem Brief vorsichtig angedeutet, dass er in Deutschland ein Mädchen getroffen habe, das er gern heiraten würde. Die Antwort seines Vaters kam postwendend in der ihm eigenen akkuraten Handschrift. Es hatte Deepak schon immer einige Zeit gekostet, Gulshans in Urdu geschriebene Briefe zu entziffern. Er selbst hatte Urdu nie richtig gelernt. Das wenige, das er konnte, hatte er sich selbst angeeignet. Er beherrschte die Nationalsprache Hindi, seine Muttersprache Punjabi, Englisch und etwas Sanskrit. Sein Vater, der sehr gutes Englisch sprach und schrieb, verfasste seine Briefe bewusst in Urdu. Deepak wusste, dass sein Vater seine Gefühle in dieser Sprache besser ausdrücken konnte. Er vermutete aber, dass es auch eine heimliche Taktik war, in ihm den Klang der Kulturen und Sprachen Indiens wach zu halten.
Lange hielt er den Brief seines Vaters in den Händen, bevor er den Mut aufbrachte, ihn zu lesen. Es war klar, dass er seinen Eltern mit der Ankündigung, eine deutsche Frau heiraten zu wollen, einen Schock versetzt hatte. In einem der letzten Briefe hatte sein Vater ihn wissen lassen, dass er Kontakt zu der Familie eines „passenden" Mädchens aufgenommen habe, denn es sei ja nun wohl an der Zeit zu heiraten. Langsam und mit klopfendem Herzen las Deepak mühsam Wort für Wort. Allmählich glitt ein erleichtertes Lächeln über sein Gesicht. Wie so oft hatte Gulshan seine Antwort in Form einer Allegorie gegeben.

Mein Sohn Deepak, schrieb er, nachdem ich deinen Brief gelesen hatte, habe ich deinen Wunsch mit deiner Mutter besprochen. Wir möchten dir nun Folgendes zu bedenken geben. Du bist das älteste unserer Kinder und kennst die Pflichten, die der älteste Sohn in der Familie hat. Es liegen viele Boote in der Werft, die der Bootsbauer noch nicht zu Wasser lassen kann. Die Feinarbeiten, der letzte Schliff fehlen noch, um sie seetauglich zu machen. Der Kapitän ist alt und kann die Schiffe nicht mehr lange auf Kurs halten. Es fehlt der Steuermann. Ohne ihn werden sie hilflos den Gewalten des Meeres ausgesetzt sein. Der Steuermann aber braucht einen klaren Kopf und eine Partnerin, die das indische Meer, die indischen Winde und Naturgewalten versteht. Hat er eine solche Partnerin gefunden, wird ihm alles gelingen.

In Liebe, deine Eltern.

Deepak ließ die Hand mit dem Brief sinken und nahm Rita, die ihn stumm und aufmerksam beim Lesen beobachtet hatte, in die Arme.

„Ich glaube, du wirst meinen Eltern willkommen sein."

Es hatte Rita einige Selbstbeherrschung gekostet ruhig abzuwarten. Nun lächelte sie erleichtert: „Ich bin dir nach dem Mauerbau aus einem Fenster in die Arme gesprungen und dort will ich auch bleiben."

Abends im Bett konnte Rita dennoch keinen Schlaf finden. Vielleicht war sie alldem doch nicht gewachsen? Wie weit vermochte man eigentlich jemanden zu kennen? Bis wohin konnte man einem Menschen in seiner Vorstellung von Lebensweise und Kultur folgen? Was bedeutet es denn eigentlich zu lieben? Ihr Vater hatte nach zwanzigjähriger Ehe immer gesagt, dass es ein Glücksfall sei, wie eine Symphonie, die zur vollkommenen Harmonie führte, wenn Menschen, die einander liebten, in genau dem gleichen Rhythmus leben könnten. Aber im Leben und in der Liebe sei dieses Glück kaum zu erreichen. Das musste man so hinnehmen, denn der eine war ängstlicher, der andere mutiger, der eine verstand schneller, der andere brauchte etwas länger. Deshalb bedeutete das

Zusammenleben wohl auch Anstrengung den Ausgleich zu finden, einander entgegenzukommen, Kompromisse einzugehen.

„Ich bin überzeugt, dass ich es schaffen werde, Vater", flüsterte sie in der Dunkelheit. „Vielleicht hält ja jemand im Himmel die Augen offen."

Am 27. Mai 1964 heirateten Deepak Puri und Rita Fischer auf dem Standesamt von Wilmersdorf - eine einfache Hochzeit mit Mahesh und Ravi als Trauzeugen.

Deepak und Rita waren an diesem Morgen wie verabredet zu Mahesh und Ravi in das Studentenheim gekommen. Gemeinsam wollten sie im Taxi zum Standesamt fahren. Ravi stand noch immer unter der Dusche. Ungebührlich lange, fand Rita und schaute nervös auf die Uhr.

„Wir kommen zu spät", sagte sie ungeduldig. „Kann er sich nicht wenigstens heute etwas beeilen!" Sie wurde immer wütender. Endlich stand Ravi mit noch feuchtem Haar, nach Rasierwasser duftend vor ihnen.

„Das Taxi wartet schon seit einer viertel Stunde", fuhr Rita ihn an.

„Gemach, gemach, du wirst deinen Deepak noch früh genug zum Pantoffelhelden machen. Wir schaffen das schon noch rechtzeitig." Natürlich schafften sie es nicht. Sie kamen zehn Minuten zu spät. Der Standesbeamte hatte mit der Trauung des nächsten Brautpaares längst begonnen. Rita verwünschte Ravi und seine Eitelkeit. Jetzt waren alle nervös. Würden sie nun heute noch getraut werden? Als sich die Tür zum Standesamt öffnete, das gerade getraute Paar heraustrat, lief Deepak aufgeregt auf den Standesbeamten zu. Dieser schmunzelte, als er die beiden sah: „Alle dachten, Sie hätten es sich anders überlegt. Nun denn, dann wollen wir mal!", sagte er und hielt ihnen die Tür auf. Nervös traten sie ein. Rita sah bezaubernd aus in ihrem orangefarbenen Kostüm mit lila abgesetzten Taschen an Rock und Jacke. Sie hatte lang dafür gespart. Deepak trug seinen alten, an den Ärmeln blank gewetzten Prüfungsanzug und fühlte sich auch so – wie vor einer wichtigen, schweren Prüfung.

Für ein Essen nach der Trauung mit ein paar deutschen und indischen Freunden beim Chinesen in der Nachbarschaft hatte Rita monatlich etwas Geld zurückgelegt. Es wurde eine fröhliche Hochzeit, wenn auch nicht vergleichbar mit einer Hochzeit in Indien, so pompös und laut. Diesen Gedanken konnte sich Deepak nicht verkneifen.

Deepak und Rita Puri bezogen eine kleine Einzimmerwohnung im Seitenflügel eines Hauses in der Babelsberger Straße ohne Bad, die Toilette im Treppenhaus. Rita hatte ganz in der Nähe der Wohnung in einer Arztpraxis eine neue Anstellung mit einem ordentlichen Gehalt gefunden. Die Wohnung richteten sie zwangsläufig spartanisch ein. Übereinander gestapelte Apfelsinenkisten, mit schwarzem Papier überzogen, ergaben ein nicht sehr stabiles, aber ganz ansehnliches Bücherregal. Die restliche Einrichtung wurde aus dem Sperrmüll zusammengesammelt und sorgte – schön hergerichtet – für etwas Gemütlichkeit.

Mahesh Taneja kehrte nach bestandenem Examen nach Indien zu seiner Familie zurück und heiratete dort ein indisches Mädchen – natürlich aus reichem Hause. Ravi Dewan dagegen heiratete nach seiner Promotion seine langjährige deutsche Freundin Elvira und bezog mit ihr eine Wohnung in der Nachbarschaft.

Deepaks Freundschaft zu seinem deutschen Freund Gerhard Wissmann hatte sich in den letzten Jahren vertieft. Die Jahre, in denen sie sich auf das Examen vorbereitet hatten, waren eine Gemeinsamkeit, die verband. Meist hatten sie in seinem Elternhaus gearbeitet, wo Gerhards Mutter, eine runde, rotbäckige Frau, es sich nicht nehmen ließ, die beiden mit Kuchen, kleinen Leckereien und warmen Mahlzeiten zu verwöhnen. Gerhard, der mit seinen dunklen Haaren, seinem gutmütigen Gesicht und seinen langen, etwas ungelenken Gliedern sich nicht zu verändern schien und über die Jahre nicht älter als zwanzig wirkte, hatte die zwei Jahre jüngere Sabine

Schlüter geheiratet, die mit einer Größe von 1,78 und ihrem blassen, von braunem Kurzhaar eingefassten Gesicht wie eine römische Statue wirkte. Rita und Sabine verstanden sich in der Sekunde des Kennenlernens wie zwei alte Freundinnen, die durch widrige Umstände für ein paar Jahre getrennt worden waren und sich nun wieder gefunden hatten. Immer, wenn die vier sich trafen, fanden sie viele Gründe, miteinander zu lachen, zu spötteln und ihrer aller Wärme verströmen zu lassen.

9

Deepak Puri hörte den Oktoberwind um die Hausecken heulen, während er den Umschlag von Gulshans Eilbrief öffnete. Ein dünnes, säuberlich gefaltetes blaues Luftpostblatt, vollgeschrieben mit schwarzer Tinte. Die Schrift wirkte diesmal nervös und ungleichmäßig, ganz anders als sonst. Deepak strich den Brief glatt und las ihn atemlos. Etwas musste passiert sein...

Sein Vater schrieb: Mein Sohn, jeder Mut ist aus meinem Herzen gewichen, mein Selbstvertrauen wie ein Ballon nach einem Nadelstich in sich zusammengefallen. Ich muss mich aber zur Wehr setzen – und das kann ich wieder nur mit Deiner Hilfe. Als die Aufforderung der Regierung kam, die Häuser in Kalka-ji käuflich zu erwerben oder auszuziehen, habe ich das Geld, das Du uns dafür geschickt hattest, unserem Vertrauten Sundar, der bei der Behörde angestellt ist, übergeben. Ich habe ihn gebeten, es in meinem Namen bei der Behördenkasse einzuzahlen, damit dann sofort die Eigentumsumschreibung auf meinen Namen vorgenommen werden konnte. Gestern traf die Mitteilung von der Regierungsbehörde ein, dass der Betrag für den käuflichen Erwerb bisher nicht bei der Kasse eingezahlt worden ist. Kannst du dir unsere Verzweiflung vorstellen? Wir werden nun aufgefordert, innerhalb eines Monats auszuziehen. Sundar ist inzwischen unbekannt verzogen, und es gibt für mich keine Möglichkeit, die Übergabe des Geldes nachzuweisen. Ich weiß mir keinen Rat! Wir müssen zahlen oder ausziehen. Könntest du uns das Geld noch einmal schicken? Und wenn ja, so schnell wie möglich? Es tut mir leid. Immer wieder stelle ich mir die Fragen und finde keine Antwort. Wie habe ich so dumm, so naiv an Sundars Ehrlichkeit glauben können? Wie konnte ich nur versäumen, mir eine Quittung geben zu lassen? Mir ist, als fräße eine ätzende Flüssigkeit an meinem Glauben und an den Werten, die mein bisheriges Leben bestimmt haben. Hat das bittere Elend in unserem entwurzelten Volk einen Zerfall, eine Fäulnis, das Ende allen menschlichen Anstands zur Folge?

In Erwartung deiner baldigen Antwort, Dein Vater.

Deepak hielt sich den schmerzenden Kopf und las wieder und wieder die Sätze. Er meinte, die traurige Stimme seines gedemütigten Vaters zu hören. Er spürte den bitteren Nachgeschmack, den diese Nachricht bei ihm selbst auslöste. Wollte das Unglück nicht von seiner Familie weichen? Er würde einen zweiten Kredit zur Bezahlung des Hauses aufnehmen müssen. Würde er ihn aber nochmals bekommen? Vielleicht könnte Rita... Es musste eine Lösung gefunden werden, nur welche? Die Beklemmung und die nagenden Fragen schnürten ihm das Herz zusammen. Er musste es Rita erklären.

Ritas Gesicht verdunkelte sich. Sie stand auf, schaute aus dem Fenster und sagte, ohne Deepak anzuschauen: „Ich hatte gehofft, dass wir bald finanziell etwas entlastet würden. Eigentlich wollte ich es dir erst abends in Ruhe erzählen." Sie drehte sich langsam zu ihm um. „Ich war heute beim Arzt und habe die Bestätigung bekommen, dass ich schwanger bin. Wie sollen wir das jetzt alles schaffen?"

Da stand sie, an das Fenster gelehnt. Ein Blick sagte Deepak, dass sie vorsichtig beobachtete, wie das soeben Offenbarte auf sein Gemüt wirkte. Für ihn war Rita unbeschreiblich. Diese Haltung. Ihre ganze Erscheinung. Ihre Lebendigkeit.

Deepak schüttelte sich, wie sich ein nasser Hund die Tropfen aus dem Fell schüttelt. Er trat zu ihr und nahm sie in die Arme.

„Ein Kind!?"

Die Beklemmung, die sich auf sein Herz gelegte hatte, wich einer unbändigen Freude. Er hielt Rita in den Armen und wiederholte so oft „ein Kind, ein Kind!", dass seine Worte auch Ritas Verzagtheit vertrieben. Es berührte sie, Deepak so zu sehen. Heute war er ihr an Lauterkeit des Herzens eindeutig überlegen.

Am nächsten Morgen ließ Deepak Puri sich beim Postamt telefonisch mit seinem Freund Mahesh Taneja verbinden. Er schilderte die Situation seiner Familie und betonte die Eile, mit der gehandelt werden musste.

„Oh, das tut mir leid für deinen Vater. Aber selbstverständlich kannst du mit uns rechnen", erklärte Mahesh mit alter Fröhlichkeit. „Ich werde deiner Familie die notwendige Summe sofort überbringen lassen. Über die Rückzahlung mach dir keine Sorgen. Ich weiß, dass wir das Geld von dir zurückbekommen", setzte er hinzu.

Diesen Augenblick würde Deepak nie vergessen. Er hätte in die Knie sinken und seine Stirn dankbar auf die Füße seines Freundes drücken mögen.

Auf ein Telegrammformular schrieb er rasch nur einen Satz an seinen Vater: Das Geld wird dir von Mahesh Tanejas Familie überbracht werden.

Eine klare, frische Brise, die nach Herbst roch, wehte Deepak Puri ins Gesicht. Den Oktober in Berlin hat er schon immer gemocht, wenn der leichte Wind die ersten roten Blätter durch die Straßen trieb und die Farbe des Wassers der Seitenkanäle die Frische der Luft zu verstärken schien. Er ging leichten Schrittes dahin, wich Ladenbesitzern aus, die vor ihrem Geschäft die Bürgersteige fegten, und Passanten, die von ihrem Frühstückskaffee aufgemuntert, schnellen Schrittes ihrer Arbeit zustrebten.

Rita würde heute einen weiteren Kredit beantragen. Das hieß aber auch, drei weitere Jahre Deutschland. Es mussten die Schulden abbezahlt und ein Grundstock für den Neuanfang in Indien geschaffen werden. Nun gut. Man hatte sich eben mit dem Unabänderlichen abzufinden. Wie hatte er nur einen Augenblick zweifeln können! Seine Willenskraft und Ritas Stärke. Wie hatte er nur für die Dauer eines Lidschlages den Glauben daran verlieren können!

Am 14. Mai 1965 wurde Vikram geboren. Sein dunkler Haarschopf ließ ihn neben den anderen kahlköpfigen Babys viel älter erscheinen. Rita Puri hatte ihn seit der Geburt nicht mehr aus den Armen gelassen.

„Das Rad hat sich weiter gedreht", sagte Deepak Puri feierlich, einen Schimmer von Stolz in den Augen. „Wir sind jetzt eine vollständige Familie."

Rita schenkte ihm ein dankbares Lächeln. „Ja, das sind wir. Und wir drei werden bald in Indien leben."

Sie sah ihm nach, wie er durch den endlosen Gang des Krankenhauses davonging, bis seine Gestalt mit dem Halbdunkel des Treppenhauses verschmolz.

Es gelang Deepak und Rita Puri nicht, den kleinen Vikram tagsüber in einer Krippe unterzubringen. Krippenplätze waren rar in Berlin, hatte ihnen der Beamte erklärt. Im Übrigen verdienten sie beide zu viel. Es gäbe ja Vorschriften. Einerlei, ob sie nur von Ritas Verdienst leben mussten, einerlei, ob Deepak mit seinem Verdienst seine Familie in Indien vor dem Verhungern bewahrte, einerlei eben, einerlei... Da waren ja die Vorschriften!

Es fand sich für Vikram eine Familie, die ihn tagsüber betreute. Abends wurde er von Rita oder Deepak abgeholt. Ging es dem Kind auch gut? Harte Jahre: wenig Freizeit und ein ständig bohrendes schlechtes Gewissen. Die häuslichen Arbeiten teilte sich Rita mit Deepak. Rita umsorgte morgens und abends den kleinen Vikram; Deepak kaufte ein und bereitete die Mahlzeiten zu. Er hatte schon immer gerne gekocht – allerdings, als er damit anfing, aus der Not geboren. Bei den faden europäischen Gerichten hatte er sich ab und zu einmal ein gut gewürztes indisches Essen zubereiten müssen.

Meine Güte, die erste Zeit in Frankfurt, dachte er zuweilen, wenn er kochte. Damals hatte er auch mit den merkwürdigsten deutschen Spezialitäten Bekanntschaft gemacht.

Eines Abends hatte seine Wirtin mit einer Überraschung aufgewartet. „Deepak, ich habe heute eine hessische Spezialität gekauft. Ich glaube, das wird dir schmecken!", hatte sie gesagt.

Gespannt hatte Deepak Puri zugeschaut, wie sie etwas Rechteckiges, Flaches aus dem Papier wickelte. Du lieber Himmel! Dem Päckchen entwich ein atemberaubender Gestank. Deepak hatte sich die Nase zugehalten. „Das soll essbar sein?", hatte er losgeprustet.

Auf den Geschmack käme es an, er würde schon sehen, und er könne sich ruhig weiter die Nase zuhalten, hatte sie verschmitzt gemeint.

Fasziniert hatte Deepak zugesehen, wie sie das stinkende Etwas in Scheiben schnitt, auf ein Stück Schwarzbrot legte, in Ringe geschnittene Zwiebeln darauf gab, über alles etwas Kümmel streute und mit ein wenig Essig beträufelte.

Triumphierend lächelnd hatte sie ihm erklärt, das sei hessischer „Handkäs mit Musik", eine Köstlichkeit für jeden Kenner.

Argwöhnisch, hatte Deepak Puri vorsichtig in die Scheibe Brot gebissen und die Hand, die immer noch seine Nase zuhielt, erstaunt sinken lassen. Es schmeckte ja tatsächlich köstlich, wenn auch der Gestank eine Beleidigung für jede Nase war. Er lächelte bei der Erinnerung daran.

10

Im November des folgenden Jahres erreichte Deepak die Nachricht, dass Namita im Januar 1967 heiraten würde. Sein Vater schrieb, er mache sich Sorgen, wie die Hochzeitsfeierlichkeiten und die Aussteuer bezahlt werden könnten.

Deepak Puri erkannte daran das Ausmaß der Mutlosigkeit seines Vaters, dessen Kopf sich ohne Unterbrechung mit Geldproblemen zu beschäftigen schien. Verständlich...

Er selbst hatte ja längst beschlossen – was wäre ihm auch anderes übrig geblieben -, dass er nicht nur den Lebensunterhalt für die Familie in Indien, Schulgeld für seine Geschwister, sondern auch alles, was darüber hinaus anfiel, bezahlen und an seine eigene kleine Familie später denken wollte. Er beruhigte also seinen Vater in seinem Antwortschreiben und versprach, für alles Notwendige zu sorgen.

Seit zehn Jahren war er nicht mehr zu Hause gewesen. Er entsann sich des Geruchs Indiens, der köstlichen Gemüsegerichte seiner Mutter, der Geräusche des indischen Alltags, und erstaunlicherweise vermisste er sogar den scharfen Geruch der Dungfeuer. Das Heimweh überfiel ihn mit unvermittelter Heftigkeit.

„Rita, wir fliegen nach Indien zu Namitas Hochzeit!", rief er aufgekratzt und verzog das Gesicht zu einer fröhlichen Grimasse. „Das Geld für den Flug, für die Ausstattung der Hochzeit und für die Aussteuer nehmen wir von den Ersparnissen, die eigentlich für unsere Schiffspassage bestimmt waren."

Rita Puri, die in der Küche gerade den kleinen Vikram fütterte, ließ den Löffel sinken.

„Außerdem wird es Zeit, dass du meine Familie und Indien kennen lernst", hörte sie ihn schon nicht mehr so überzeugt murmeln.

„Oh, wunderbar, manchmal ist eben auch das Unvernünftige das Richtige", sagte sie mit fester Stimme.

Froh über Ritas Reaktion nahm Deepak seinen Sohn aus dem Stühlchen und warf ihn vor lauter Übermut ein paar Mal in die Luft. Der Kleine kreischte vor Freude.

„Hör auf, ich hab' ihn doch gerade gefüttert. Er wird dir gleich den Brei über den Pullover spucken!", protestierte Rita. Ihr Herz pochte vor Aufregung, und ihr Kopf glühte. Indien...

Am nächsten Morgen ging Deepak Puri zum Postamt und schickte seinen Eltern ein Telegramm. Das Geld für die Hochzeit sei überwiesen, und er würde mit Rita und Vikram vierzehn Tage vor der Hochzeit in Delhi eintreffen.

Mit einem Gefühl der Erregung und Vorfreude hatte Rita Puri den eisigen europäischen Winter hinter sich gelassen und genoss die Wärme, die sie am Flughafen von Delhi umfing. Diese warme Luft war erfüllt von Gerüchen, die völlig anders waren als der Geruch des Sommers in Deutschland. Sie atmete tief ein und ignorierte das leichte Grummeln in der Magengegend. Eher wäre sie gestorben, als zuzugeben, dass sie im Grunde Angst hatte vor dem Neuen, das gleich auf sie einstürmen würde, und vor der Begegnung mit Deepaks Familie.

Ach, sie würde es schon schaffen. Ein wenig Bescheidenheit und dazu ein Quäntchen Selbstbeherrschung. Na dann...

Sie folgte Deepak durch den Zoll, weiter durch die große Flügeltür des Flughafens, vor der Trauben von Menschen den Ankommenden erwartungsvoll entgegensahen. Frauen in Saris, Männer mit Turbanen in weißen Hemden, aber auch viele, die europäisch gekleidet waren. Und dann diese Luft, diese Gerüche!

Deepaks Gedanken verschwammen vor Glück. Ja, das war sein Land, der Himmel so weit und so blau, warm die Luft.

Aus der Menschenmenge heraus tönte es: „Deepak, Deepak!"

Ein hoch aufgeschossener junger Mann winkte heftig in ihre Richtung. Deepak lachte: „Das kann nur Ram Chand sein." Da entdeckte er seinen Vater und seine Mutter. Mit Riesenschritten lief er auf sie zu. Doch dann zögerte er eine Sekunde. Sein Vater stand gebeugt mit hängenden Schultern vor ihm, seine Mutter zerbrechlich neben ihm. Beide sahen grau und dürr aus und viel kleiner, als er sie in Erinnerung hatte.

Gulshan Puri machte ein paar Schritte. „Oh mein Gott, wie erwachsen du geworden bist", sagte er. Eine Sekunde später lag Deepak schon in seinen Armen, in der nächsten umarmte er seine Mutter, die ihre Tränen nicht mehr zurückhalten konnte. Als Deepak sich ehrfurchtsvoll vor seinen Eltern beugte und ihre Füße berührte, legte die Mutter segnend die Hand auf seinen Kopf.

„Wir haben dich sehr vermisst", sagte Savitri und senkte den Blick.

„Und ich hab euch vermisst. Aber wen habt ihr denn da alles mitgebracht? Sind das alles meine Geschwister?", fragte er und zwinkerte mit den Augen. Die Kleinen hatten sich hinter Gulshan und Savitri versteckt, hielten sich an Savitris Sari fest und lugten schüchtern und vorsichtig hinter den Eltern hervor. Das war also ihr großer Bruder, von dem dauernd gesprochen wurde.

Mit Vikram auf dem Arm beobachtete Rita die Szene schweigend aus dem Hintergrund. Jetzt schaute sich Deepak nach ihr um. Er strahlte und zog sie durch die Menschenmenge zu seinen Eltern hin.

„Und das ist Rita", sagte er und nahm ihr den kleinen Vikram ab.

Rita legte die Handflächen aneinander und grüßte mit gesenktem Kopf. Mit einer schnellen Geste segneten Gulshan und Savitri Puri sie und gleich darauf lag sie in Savitris Armen.

„Und wer ist denn das hier? Ein kleiner Prinz?", fragte Gulshan Puri und kniff Vikram liebevoll in die kleinen Pausbäckchen. Die älteren Geschwister gaben ihm Klapse auf die dicken Schenkelchen, küssten und herzten ihn. Fröhlich krähend genoss der Kleine die Aufmerksamkeit der vielen Menschen. Und jetzt schien auch bei Deepaks jüngeren Geschwistern der Bann gebrochen. Sie redeten und schrien durcheinander, begannen Ritas Haut zu berühren und an ihren Kleidern zu nesteln.

Savitri Puri hielt sich am Arm ihres Sohnes fest, tätschelte seinen Kopf und sein Gesicht und wurde auf den Wogen des Glücks aus dem Flughafen zu den parkenden Taxis getragen. Sie fand, er sei derselbe geblieben. Die Fremde schien ihn nicht verbogen zu haben.

Mit viel Geschrei, Gerangel und Gestoße waren endlich alle in zwei Taxis verfrachtet. Wie die Ölsardinen dicht gedrängt, nebeneinander und übereinander.

Rita saß mit Vikram auf dem Schoß eingezwängt zwischen Deepak und ihrer Schwiegermutter. Ihr schien, dass alles so gut war wie man es nur erwarten konnte. Sie war als Schwiegertochter freundlich aufgenommen worden. Alle hatten sich wirklich gefreut. Sie schaute durchs Fenster des fahrenden Autos, begierig darauf, soviel wie möglich zu sehen. Immer wieder waren dort Kühe, die wie Denkmäler am Straßenrand standen und die an ihnen vorbeisausenden Autos keines Blickes würdigten, als wüssten sie schon, dass auch die folgenden keine Gefahr für sie bedeuteten. Manche lagerten sogar gelassen mitten auf der Straße, sicher, dass die Autos geschickt um sie herumgesteuert würden. Dass die Kühe den Hindus als heilig galten, wusste Rita, dass sie sich aber grenzenloser Freiheit erfreuten, hätte sie nicht gedacht. Als sie Deepak erstaunt danach fragte, erklärte er ihr, dass diese anscheinend planlos herumlaufenden Kühe auch Besitzer hätten, die sie regelmäßig melkten. Ihr Fleisch würde zwar nicht verzehrt, ihre Milch aber getrunken. Sie war immer die einzig lebensrettende Nahrungsquelle für neugeborene Babys gewesen, deren Mütter bei der Geburt gestorben waren. Deshalb würde die Kuh als heilig verehrt. Auch für die Kuhfladen hatte man Verwendung, erklärte er. Sie würden gesammelt, zum Trocknen an die Wände der Hütten und Häuser geklebt, und dienten dann als Heizmaterial für die zahlreichen Dungfeuer, auf denen im Freien die Mahlzeiten zubereitet wurden. Im frischen Zustand wurden sie als Mörtelersatz beim Bau einfacher Hütten eingesetzt. Es amüsierte ihn, als er den Abscheu in Ritas Augen las.

Rita rümpfte die Nase und überlegte, ob sie ihren Mann damit aufziehen sollte, kam aber zu dem Schluss, dass es nicht nett wäre, sich über die Heiligkeit und Mütterlichkeit der indischen Kühe lustig zu machen. Schließlich war Deepak auch Hindu.

Erheitert provozierte Deepak, der Mensch nutze all ihre Ausscheidungen, den Urin als Farbstoff, den Dung als Wärmespender, und lachte laut heraus, als er Ritas ungläubiges Gesicht sah.

In Kalka-ji angekommen folgte Rita Puri mit Vikram auf dem Arm ihrem Schwager Ram Chand in ein Zimmer, das als Schlafzimmer für Deepak, sie selbst und Vikram für die Zeit ihres Aufenthaltes vorbereitet worden war. Die Koffer aus Deutschland wurden in eine Ecke des kleinen Raumes gestellt, der von zwei sich gegenüberstehenden *Charpais* fast völlig ausgefüllt wurde.

Deepak war in der Tür stehen geblieben und sah sich um. Der Raum wirkte unscheinbarer, als er ihn in Erinnerung hatte. Die weiß gekalkten Wände waren immer noch schmucklos. An der Decke hing der riesige Ventilator. Vor einem halben Leben, so schien es Deepak, war er als Junge mit seiner Familie hier eingezogen, und es war noch immer alles so wie damals, nur schäbiger denn je. Die beiden kleinen Badezimmer, in denen das Wasser aus der Dusche in einem dicken Strahl direkt auf den zementierten Boden fiel und von dort in ein Abflussloch lief, waren ständig besetzt, weil irgendjemand aus der großen Familie gerade duschte. Und doch schien es allen gut so, wie es war.

Natürlich waren Rita Puri und der kleine Vikram die Attraktion der Familie, ja des ganzen Viertels. Während tagsüber hektisch an den Vorbereitungen für Namitas Hochzeit gearbeitet wurde - die Nachbarn kamen und gingen -, versammelte sich abends die ganze Familie im Wohnzimmer des Hauses. Savitri bereitete mit der Hilfe von Namita und Nanawati duftende Gemüsegerichte, Linsen und *Chapatis* zu.

„Ich verhungere", erklärte Deepak mit gespielter Verzweiflung. „Wenn wir nicht bald etwas zu essen bekommen, fliegen wir wieder zurück nach Deutschland!" Seine kleinen Geschwister, die sich neugierig um sie versammelt hatten, schrien entsetzt auf und ließen die beiden nicht aus den Augen. Deepak neigte den Mund an Nareshs Ohr und flüsterte dem jüngsten seiner Geschwister zu: „Bring deinem großen Bruder mal etwas Leckeres aus der Küche."

Das hätte er nicht zweimal zu sagen brauchen. Wie der Wind verschwand Naresh und erschien gleich darauf mit einem Teller voll dampfender *Pacoras*.

Die fünfzehnjährige Vimla setzte sich dicht neben Rita und strich ihr bewundernd über die Haare. „Wie weich und glatt deine Haare sind, und wie hell deine Haut ist."

Gulshan Puri hatte das Zimmer verlassen und die Tür hinter sich geschlossen. Rita sah ihm nach, und ihr erschien das von kalten Neonröhren beleuchtete Zimmer mit diesen vielen fröhlichen Menschen darin irgendwie unwirklich. Wenn jetzt ein Elefant mit einem Löwen im Schlepptau eingetreten wäre, hätte sie sich nicht weiter gewundert. Aber es war ihr Schwiegervater, der wieder das Zimmer betrat. Alle waren plötzlich still. Savitri und Namita waren aus der Küche gekommen und standen abwartend in der Tür. Gulshan hielt eine Hand hinter dem Rücken verborgen und schob mit der anderen einen Stuhl neben Rita. Feierlich nahm er ihre rechte Hand in die seine. Rita war ja Deepaks Liebenswürdigkeit gewöhnt – aber das hier!

„Du bist jetzt Teil unserer Familie und mit diesem Ring heißen wir dich bei uns willkommen", sagte er und steckte ihr mit einem väterlichen Lächeln einen goldenen Ring an den Finger. Einen Moment lang sah Rita ihre toten Eltern und den kleinen Bruder zerquetscht in den Trümmern des Eisenbahnwaggons vor sich, dann verschwand das Bild wieder. Sie hatte eine neue Familie! Gerührt und verlegen schaute sie zu Boden, bevor sie die Hände ihrer Schwiegereltern ergriff: „*Shukria, Bhabi-ji, shukria, Bhapa-ji!*", sagte sie, stolz, dass ihr die Worte sofort wieder einfielen, die sie in Deutschland geübt hatte.

Durch die ungewohnten Geräusche des erwachenden Tages geweckt, horchte Rita Puri am nächsten Morgen in die Dunkelheit. Es roch nach Räucherstäbchen, und ein leichter Wind wehte den Singsang von Morgengebeten aus einem nahe gelegenen Tempel herüber. Schnell stand sie auf, trat in den noch dunklen Innenhof und öffnete das Tor. Die Straße dämmerte noch im Dunst der Nacht dahin und es herrschte eine angenehme Kühle. Flimmernde Gaslaternen beleuchteten die Buden der Händler, die auf ihre ersten Kunden warteten, während die Stadt sich reckte und ihr graues Nachtgewand ablegte.
Plötzlich trat Savitri hinter sie und legte ihr die Hand auf die Schulter. Sie reichte ihr eine Tasse mit dampfendem Gewürztee. Die wenigen englischen Worte hatte sie sich sorgfältig zurechtgelegt, als sie sprach. Es klang unbeholfen, aber unendlich freundlich: „Trinken wir den Morgentee, Rita! Erzähle, erzähle von Deutschland. Wie lebt ihr? Und Deepak? Heimweh?"

Rita und Deepak Puri bekamen den kleinen Vikram in den nächsten Tagen kaum zu Gesicht. Irgendjemand aus der Familie war immer mit ihm unterwegs und zeigte ihn stolz in der Nachbarschaft herum. Wenn er zurückgebracht wurde, leuchteten seine runden Bäckchen meist in verschiedensten Rottönen einer Lippenstiftfarbskala. Die Nachbarinnen konnten der Versuchung nicht widerstehen, ihn auf seine zarten, hellen Wangen zu küssen und ihn mit Süßigkeiten zu bestechen.
Bei diesem prächtigen kleinen Kerl könne er verstehen, dass die Frauen dahinschmelzen, meinte Deepak gut gelaunt zu Rita. Und weil der Kleine so gut aufgehoben sei, könne er ihr jetzt die Stadt zeigen.

Deepak Puri sah von weitem das Red Fort im Nachmittagsdunst – gewaltig mit seinen Mauern aus rotem Stein. Während sie darauf zuliefen, schaute Deepak nur ab und zu hinüber zum Fort, mit einem Blick, in dem gleichzeitig ein Versprechen und ein Hinhalten lagen. Stand er davor – war er zu Hause. Wie hatte er als Junge diese Mauern bestaunt, wie war er sich so winzig vorgekommen angesichts dieses Bauwerks. Natürlich sah er, dass es jetzt viel mehr Verkehr in den Straßen davor gab als damals. Aber das hielt ihn nicht davon ab, das Chaos seiner Kindheit heraufzubeschwören, wenn im gegenüberliegenden Silberbasar die Händler lautstark um Kunden warben, hielt ihn nicht ab, die Wasserfontänen heraufzubeschwören, die die Rikschas hinterließen, wenn sie nach einem Regenguss durch Pfützen fuhren. Und ganz kurz nur blitzte die eine Nacht im Slum hinter dem Red Fort in ihm auf.

Ach, er musste ganz Delhi wieder in Besitz nehmen. Die Erinnerungen seiner Kindheit überfluteten seinen Kopf. Er fühlte sich in einer anderen Zeit.

Da hörte er Rita neben sich fragen: „Hat sich Delhi sehr verändert, seit damals?" Sie hatte die Frage sanft gestellt. Seine Entrücktheit war nicht zu übersehen.

Nun hatte die Gegenwart ihn wieder. „Es ist so anders, dass ich es kaum wiedererkenne. Plötzlich sehe ich Indien mit einem indischen und einem europäischen Auge. Vieles fällt mir auf, dem ich vorher nie Beachtung geschenkt hatte."

Rita umfasste seine Hand: „Und mich überrollt wie eine Riesenwelle das Gefühl, dass diese Stadt alle meine Sinne vibrieren lässt. Ich bin völlig zerrissen: Blumendüfte, die der Wind aus Parkanlagen herüberweht, dann wird mir übel vom Gestank nach Kloake, der an vielen Ecken in der Luft liegt und sich vermischt mit den herrlichsten Essensdüften.

„Mir geht es auch so. Deutschland kommt einem ganz geruchlos dagegen vor, findest du nicht?", antwortete Deepak, inzwischen wieder ganz gefasst.

Auf Rita Puri wirkte alles wie eine Märchenwelt, hinter deren Kulissen man nicht schauen durfte, um nicht die grausame

Wirklichkeit wahrzunehmen. Ach was, man brauchte gar nicht dahinter zu schauen, es sprang einen an, das Elend. An jeder Ecke lauerte es. Die verkrüppelten Bettler, die halbnackten verdreckten Kinder, die mit ihren in Lumpen gehüllten Müttern auf den Straßen saßen und jedes Mal aufsprangen, um an die Autoscheiben zu klopften, wenn ein Auto im Verkehr stecken geblieben war. Und erst die Leprakranken mit zerfressenen Gesichtern und Gliederstümpfen...

Und dann wieder der Gegensatz, der Kontrast! Wenn sie im Tucktuck saßen und Rita sich an der Metallstange hinter dem Fahrer festklammerte. Der kühle Fahrtwind, der ihr über das Gesicht strich, die Gerüche. Sie konnte sich nicht helfen, lachte laut vor Vergnügen und warf den Kopf zurück. „Alles ist so bunt, wirkt so fröhlich. Und weil ich die Sprache nicht verstehe, habe ich bei all dem Geschrei den Eindruck, dass der Mensch nicht vom Affen abstammt, sondern vom Huhn."

Auch Deepak lachte ausgelassen: „Erzähl weiter, was du empfindest!"

Rita verzog das Gesicht zu einer Grimasse. „Schau, dort drüben bieten Händler schreiend ihre Waren an, daneben hupen ununterbrochen Autos, Fahrradklingeln schrillen, als stritten sie um den ersten Platz in einem Wettbewerb. Und dann von dort die aufpeitschende Stimme aus einem voll aufgedrehten Lautsprecher!"

„Die wollen, dass wir in ihre neu gegründete Partei eintreten. Na, wie wär's?" Deepak freute sich diebisch.

Rita schüttelte ungläubig den Kopf. Sie hatte das Gefühl, hier tat jeder das, was er wollte, und keiner regte sich darüber auf. Wie auch sollte ein deutsches Mädchen das verstehen?!

11

Bereits zwei Tage vor dem eigentlichen Hochzeitstermin hatten sich die Familien von Braut und Bräutigam, die engsten Familienangehörigen und auch Nachbarn zu den Feierlichkeiten eingefunden.

Deepak und Rita Puri mochten den Bräutigam, Rajan Gupta. Er war sympathisch, auch wenn Rita fand, für die schöne Namita sei er nicht männlich attraktiv genug. Fasziniert beobachtete sie ihre Schwägerinnen, die Körbe voller Geschenke und Süßigkeiten trugen. Mussten der zukünftigen Schwiegerfamilie nicht die Augen übergehen? Damit diese erste Zeremonie vorteilhaft verlief, sollte wohl die Flut der Seide, des Goldes, die Prachtentfaltung blenden, berauschen und betäuben.

Staunend verspürte Rita in jedem Winkel ihres Bewusstseins die Luft, dieses prickelnde Drum und Dran in dem großen Festzelt, das von schwankenden gelben Laternen erhellt wurde. Aber in ihren Kopf schlich sich auch die Frage, was tat die Tradition mit diesen Menschen? Es war kaum Geld zum Überleben da – und dann diese Pracht. Das hinterließ einen bitteren Geschmack. Für die Hochzeit der Tochter wurde in der indischen Gesellschaft alles getan – koste es, was es wolle. Tochter verheiratet, Familie ruiniert. Aber vielleicht sah sie das alles mit allzu europäischen Augen.

Eigentlich hätte Deepak Puri sich sehr wohl fühlen müssen, doch seine Augen hatten heute nicht ihren fröhlichen Glanz, und er neigte dazu, zu laut und zu lange zu lachen, um dann plötzlich still zu werden. Du lieber Himmel, all dieser Hokuspokus. Keine Hochzeit konnte stattfinden, ohne dass vorher der Hausastrologe oder der Guru den günstigsten Termin für die Trauungszeremonie festgelegt hatte. Die Ehe könnte ja sonst zu einem Desaster werden. Weder Eltern noch Schwiegereltern würden ihre Söhne und Töchter in eine Ehe schicken, ohne das Horoskop befragt zu haben. Die Sterne durften eben ihre

Schirmherrschaft über die Ehe nicht verweigern. Ha! Und wenn mit ein wenig Geld nachgeholfen würde, wäre ein anderer Termin ebenso gut. Aber es hatte ja auch seine guten Seiten, dachte er zwischendurch versöhnlich. Die indischen Astrologen schienen sich darüber einig zu sein, dass die erste Phase des zweiten Frühlingsmondes der am besten geeignete Zeitraum des Jahres zum Heiraten war. So fand die Hälfte aller Hochzeiten im Jahr innerhalb von 14 Tagen, um das *Holi*-Fest herum, statt – im Frühling, der schönsten und angenehmsten Jahreszeit.

Dass aber kein Abweichen von diesem indischen Kulturgut an Glaubenssätzen, Gefühlen und Gedanken zugelassen wurde, war doch etwas mehr als nur ärgerlich.

Am Hochzeitsmorgen war Rita Puri wieder sehr zeitig aufgestanden. Sie stand in der geöffneten Haustür, schaute in die Morgendämmerung und horchte auf die Geräusche der erwachenden Stadt. Plötzlich legte Deepak seine Arme um sie und flüsterte ihr ins Ohr: „Na, bist du schon aufgeregt? Schließlich ist es die erste indische Hochzeit, an der du teilnimmst, und noch dazu in der wichtigen Rolle als Frau des ältesten Bruders."

„Hoffentlich mache ich alles richtig. Ich verstehe den Priester doch gar nicht. Wie soll ich wissen, was ich zu tun habe?"

„Keine Angst, auch bei Hochzeiten geht es bei uns in Indien nicht steif zu. Ich werde dir immer rechtzeitig vorher sagen, was du zu tun hast, und der Pandit wird seine Predigt unterbrechen und warten."

Im Innenhof und im gesamten Eingangsbereich entstanden *Rangolis.* Zwei Frauen ließen mit schnellen Bewegungen verschiedenfarbigen Sand durch ihre Finger auf den Boden rieseln. Er verwandelte sich unter ihren geschickten Fingern in Kunstwerke aus Rosetten, Sternen, Blumen und geometrischen Mustern, wunderschön in Form und Farbe. Rosenblätter und Jasminblüten, geschickt in die Ornamente eingefügt, vermittelten Lebendigkeit und verbreiteten ihren Duft im ganzen Haus. Mit dieser alten indischen Volkskunst wurden die Gäste willkommen geheißen. Und überall hingen Lichterketten, die das Haus in einen geheimnisvollen flimmernden Palast verwandeln sollten.

Rita Puri fühlte sich auf eine Bühne gerufen, auf der sie nicht wusste, was sie zu spielen hatte. Auch Deepaks aufmunternde Worte hatten sie nicht selbstsicherer gemacht. Ein wenig Selbstbeherrschung und Sicherheit im Blick, ermahnte sie sich. Pah, es wäre doch gelacht...

Deepaks Schwestern hatten Rita beim Binden ihres Saris geholfen. Überwältigt betrachtet sie sich im Spiegel. Sie sah einfach fantastisch aus in dem mit purpurnen und lila Pfauen bestickten altrosa Seidensari. Für den kleinen Vikram war eigens eine bestickte *Kurta* von den Nachbarsfrauen genäht worden. Wie ein kleiner Prinz flitzte er auf seinen kurzen Beinchen aufgeregt durchs Haus.

„Ich komme mir vor, als gingen wir zur Hochzeit eines Maharajas. Ich fühle mich zwar noch etwas verloren in dem Sari, aber er gibt jeder Frau die Eleganz einer Maharani."

Deepak fasste sie bei der Hand, seine Augen glitzerten vor Vergnügen. Er freute sich, dass sie in seiner Gegenwart fast alles leicht nehmen konnte, dass er sie dazu brachte, mit den meisten seiner Gefühle im Einklang zu stehen, mit ihm fröhlich zu sein und gleichzeitig seine widersprüchlichen Empfindungen zu verstehen.

„Du riechst wie frisch geernteter Lavendel. Wie eine Femme fatale vernebelst du mir die Sinne, mein Schatz."

Lachend befreite sich Rita. „Ich höre schon die Trommeln des Hochzeitszuges. Also gehen wir jetzt oder nicht?"

Ihre Hand schob sich mit vertrauter Zärtlichkeit rasch und leicht in die seine, als sie mit Vikram auf dem Arm das Zimmer verließen.

Es war schon dunkel und das Haus erstrahlte im Licht der vielen hundert Glühlämpchen, als Rajan Gupta sich auf der weißen Stute näherte. Ein Musikzug und tanzende Hochzeitsgäste begleiteten ihn, eingerahmt von tragbaren Gaslaternen.

„Warum reitet er auf einer Stute? Hat das eine besondere Bedeutung?", schrie Rita durch den Lärm der Trommeln und Trompeten in Deepaks Ohr.

„Das ist, genau wie der kleine Junge, der vor Rajan auf der Stute sitzt, ein Symbol für Fruchtbarkeit und Kinderreichtum und darf bei keiner Hochzeit fehlen."

„Und der hübsche junge Mann, der neben der Stute tanzt, wer ist das?"

„Das ist Rajans bester Freund Rahul, der heute auch sein Trauzeuge ist. Er fungiert während der Trauungszeremonie als Schutzengel. Als Symbol dafür trägt er einen schön verzierten Dolch im Gürtel. Wenn Namitas Freundinnen nach alter Tradition versuchen werden, Rajan zu necken, wird Rahul ihn abschirmen."

Gulshan Puri stand mit seiner Familie und den Gästen seines Hauses zum Empfang der Hochzeitsgesellschaft des Bräutigams bereit. Alle Männer der Familie trugen bestickte *Kurtas* über weißen Hosen mit passenden langen *Shawls*. Auf den Köpfen gemusterte Turbane in verschiedenen Rottönen, den Farben der Freude. Die Frauen waren prächtig anzusehen in ihren in allen Rotschattierungen schimmernden, bestickten und mit Goldborten eingefassten Saris.

Überall auf der Welt waren Hochzeiten schön anzusehende Ereignisse, Kleidung, Dekorationen, Geschenke - ein Feuerwerk an Farbigkeit. Eine Hochzeit in Indien aber übertraf jede Vorstellungskraft. Rita kam sich vor wie im Märchen.

„Farben sind bei uns in Indien nicht nur ein Vergnügen für die Augen, sie haben auch symbolische Bedeutung", meinte Deepak.

„Rot ist die traditionelle Hochzeitsfarbe und symbolisiert Glück, Freude und Liebe. Grün symbolisiert Fruchtbarkeit und Wohlstand. Weiß bedeutet Reinheit, Schlichtheit und Trauer. Aber schau, jetzt beginnt das *Milni*, die Begrüßungszeremonie der beiden Familien."

Das Buffet war schon eröffnet, die dampfenden Schüsseln mit den würzigen Speisen wurden auf lange Tische am Zeltende gebracht, als Rita auffiel, dass Namita nirgends zu sehen war. Die Arme saß wohl immer noch, von Savitri und ihren Freundinnen in ihren Hochzeitssari gehüllt, mit goldenen Ohrringen, Nasen- und Stirnschmuck schwer behangen in dem kleinen Zimmer und wartete auf den Moment ihres Auftritts.

Doch nein, in diesem Moment betrat sie das Zelt. Sie sah wunderschön aus. Rote und elfenbeinfarbene Armreifen, von denen an goldenen Schnüren Muscheln und Glocken herabhingen, schmückten ihre Unterarme bis zu den Ellenbogen. Es war Brauch, dass diese Armreifen, bevor sie der Braut übergestreift wurden, von allen Anwesenden, Familienangehörigen, Freunden und Gästen berührt wurden, Symbol für Glück und gute Wünsche.

Namita Puri und Rajan Gupta begrüßten sich mit Blumengirlanden und nahmen unter einem geschmückten Baldachin auf zwei niedrigen, mit rotem Samt bespannten Hockern Platz. Zu der vom *Pandit* festgelegten Zeit, um 23.30 Uhr, begann die eigentliche Trauungszeremonie.

Von den ersten Feierlichkeiten war Rita geblendet gewesen – aber das hier! Sie fragte sich, wo man sie wohl platzieren würde. Als Frau des ältesten Bruders sicherlich ganz nahe am Geschehen. Nun – Gelassenheit, ermahnte sie sich.

Deepak erhaschte Ritas fragenden Blick und flüsterte: „Es ist Tradition, dass Priester und Brautleute sich gegenüber sitzen. Die nächsten Angehörigen – die Eltern und wir werden unter dem Baldachin um die drei herum Platz nehmen."

Der Priester besprenkelte den Altarbereich mit geweihtem Wasser und entzündete im *Havan Kund* das heilige Feuer. Dann gab er eine Mischung aus Sandelholzpulver, Räucherstäbchen, Butterfett, Kurkuma und anderen Ingredienzien in die Flammen. Ein stark würziger Qualm zog in dicken Schwaden durch das Zelt und brachte Ritas Augen zum Tränen. Während der *Pandit* Gebete und Mantras an die Götter richtete, erklärte Deepak leise: „Das Feuer ist ein ganz wichtiges Element bei den Ritualen. In den *Veden* steht, dass der Mensch aus fünf Elementen besteht, eines davon ist das Feuer. Der Gedanke dahinter ist, durch das Feuer den Göttern die Gebete zu übermitteln und den Segen für einen guten Beginn der Ehe, Wohlstand und immerwährendes Glück zu erbitten."

Die Zeit dehnte sich endlos. Je länger die Zeremonie dauerte, desto unruhiger wurde Rita. Mit gekreuzten Beinen auf dem Boden zu sitzen war anstrengend. Sie wusste nicht mehr, ob sie ihre schmerzenden Beine übereinander schlagen oder ausstrecken sollte. Jede Sitzposition, die sie suchte, war so unbequem wie die vorherige. Und immer wieder wurde auch sie in die heilige Handlung mit einbezogen. Mal musste sie einen Löffel *Ghee* ins Feuer geben, mal ein paar Körnchen Reis. Deepak warf einen Seitenblick auf Rita.

„Was ist los, du bist ganz blass und unruhig?", flüsterte er.

Sie seufzte: „Wann hört der Priester endlich mit seinem ewigen ‚*Swa-haa, swa-haa*' auf? Ich kann nicht mehr sitzen."

Deepak grinste: „Da musst du durch. Stühle sind eine europäische Erfindung. Zumindest bei den religiösen Ritualen haben uns die Engländer noch nicht ihren Stempel aufgedrückt."

Nachdem das Brautpaar nach Stunden, wie es Rita schien, das Feuer siebenmal umrundet und Namita - nun als Frau Gupta - mit Rajans Familie unter Tränen ihrem Elternhaus den Rücken gekehrt hatte, ließ Rita in ihrem Zimmer erschöpft ihren Sari zu Boden fallen und schlüpfte zu Vikram ins Bett, der schon friedlich schlief. Deepak holte tief Luft, als wollte er die wieder gewonnene Ruhe einatmen, bevor er sich auf seine *Charpai* fallen ließ.

Die Zeit war wie im Flug vergangen. Am Tag der Abreise von Deepak und Rita füllte sich das Haus wieder mit den von den Hochzeitsfeierlichkeiten immer noch übermüdeten Verwandten und Freunden. Natürlich wollten alle Deepak und Rita noch einmal umarmen und Vikram mit ihren Küssen liebkosen.

Auf dem Rückflug dachte Deepak an die Gespräche und die politischen Äußerungen der Nachbarn. Indira Gandhi habe als Nachfolgerin ihres Vaters bisher wenig Glück gehabt, war die einhellige Meinung. Und trotz einiger Erfolge würde sie es mit ihrer Kongresspartei schwer haben, die Wahlen zu gewinnen. Ein alter Nachbar, der als Professor an der Delhi Universität lehrte, meinte dagegen, dass Indien unter Nehru schon die Zukunft gesehen habe. Seine Tochter würde es genauso gut machen. Sie habe Visionen, schaue in die Welt. Die Inder seien zwar in sich selbst verwurzelt, aber lernten doch von anderen. Sie holten sich Anregungen aus allen Erdteilen. Aber Kultur müsse sich eben im eigenen Land entwickeln. Kunst und Literatur blieben unbedeutend, wenn sie nur fremde Vorbilder nachahmten. Das sei wie bei der Krähe, die den majestätischen Gang des Schwans imitiere und darüber ihren eigenen vergesse.

Recht hat er, dachte Deepak. Wir müssen Vertrauen haben! Ich glaube, Indira Gandhi wird Indien gut tun.

Kein Trommelwirbel, keine Großfamilie, die Deepak und Rita Puri am Flughafen erwartete. Deutschland empfing sie kalt und ungemütlich, wie es sich für einen Tag im Januar gehörte.

Die neue Zweizimmerwohnung mit Küche und Bad, die sie vor ihrer Abreise nach Indien im ersten Stock eines Nachbarhauses in der Babelsberger Straße gemietet hatten, war mollig warm. Und es war still. Wenn man die Augen schloss, ließ sich für einen Moment der bunte indische Trubel, die Fröhlichkeit wieder einfangen, bevor der deutsche Alltag das Kommando wieder übernehmen würde.

12

Am Abend des 18. Dezember 1970 fegte ein kalter schneidender Wind durch die Straßen als Deepak Puri vor die Tür seines Büros trat. Den ganzen Tag hatte eine stahlgraue Sonne den Horizont, die Dächer und Glockentürme Berlins beschienen. Deepak freute sich auf seine Familie und die warme Wohnung. Vikram war inzwischen fünf Jahre alt und Rita erwartete im Februar ihr zweites Kind.

Als Deepak die Wohnungstür öffnete, stürmte ihm Vikram entgegen und warf sich in seine Arme.

„Papi, Papi, endlich bist du da! Es ist heute Abend so langweilig, weil Mami die ganze Zeit traurig auf dem Sofa sitzt!"

Rasch ging Deepak den schmalen Flur entlang ins Wohnzimmer. Ein Telegramm in der einen Hand, die andere auf ihrem vorgewölbten Bauch, blickte Rita ins Leere. Panisch griff Deepak nach dem Telegramm. Die wenigen Worte ließen sich mit einem Blick erfassen. Seine Augen verdunkelten sich in einem Schock von Trauer.

Sein Vater war gestern an einem Herzinfarkt gestorben. Deepak schien nichts zu sehen und nichts zu hören. Seine Augen waren trocken, auf seinen Wangen hatten sich flammend rote Flecke gebildet. Sein Atem ging leise. Beide saßen still wie Steinfiguren im Halbdunkeln nebeneinander. Dann nahm Rita seine Hand und drückte sie fest.

Deepak schaute sie an und nahm sie doch nicht wahr.

„Er hatte einen Herzinfarkt. Ich kann ihn nicht einmal mehr sehen. Morgen wird er verbrannt werden. Ich käme zu spät."

Plötzlich zitterte sein Mund, es zuckte in seiner Kehle. Sein Vater tot. Nie mehr würde er dessen weisen Rat erfragen können, nie mehr die tröstende Hand auf der Schulter spüren. Er konnte dem Manne, den er am meisten verehrte, dem er alles zu verdanken hatte, nicht einmal den letzten Dienst als ältester Sohn bei der Verbrennung erweisen. Er umklammerte das Telegramm in seiner Hand.

„Was sollen wir tun?", fragte Rita regungslos.

„Im Moment gar nichts. Es gibt aber nur einen Weg. Ich muss sobald wie möglich nach Indien zurückkehren. Das ist meine Pflicht."

Rita ließ sich neben ihm auf die Knie nieder und legte ihren Kopf in seinen Schoß.

„Und was wird aus uns? Im Februar kommt das Baby. Ich kann doch jetzt nicht, hochschwanger, nach Indien auswandern. Eine zweiwöchige Schiffsreise - und in Indien, wer weiß unter welchen Bedingungen ich dort unser Kind zur Welt bringen müsste..."

Deepak schluckte, auf seinem Gesicht zeigte sich ein mutloser Ausdruck von Niederlage und Müdigkeit.

„Natürlich können wir nicht sofort nach Indien ziehen. Ich werde weiter Geld schicken und meine Familie bis zum Frühsommer vertrösten."

Nachts lag Deepak wach und dachte an seinen Vater, wie er seine Mutter, ihn und seine beiden kleineren Geschwister auf der Flucht bis nach Delhi geführt hatte, wie er es ihm übertragen hatte, auf dem Markt Porzellanteller anzupreisen und ihm das Gefühl vermittelt hatte, erwachsen und wichtig zu sein in dieser schlimmen Zeit. Diese Zeit hatte ihn zum Freund seines Vaters gemacht, zu seinem Verbündeten. Er war nicht mehr nur der Sohn gewesen, dessen Ähnlichkeit mit seiner Mutter den Vater immer verblüfft hatte. Und jetzt hatte der Tod ihm diesen Verbündeten genommen.

Am 5. Februar 1971 wurde die kleine Vinita geboren. Ein rosiges zartes Neugeborenes, mit geballten Fäustchen, weinend und das Gesicht jammervoll verzogen vor Empörung über den beängstigenden, schmerzhaften Eintritt in die Welt.

In den ersten Lebensmonaten kränkelte sie. Immer wieder musste sich ihr kleiner Körper gegen Infektionen wehren. An einen Umzug nach Indien war nicht zu denken. Erst als sich zum Sommer hin ihre Gesundheit stabilisierte, begannen Deepak und Rita mit den Vorbereitungen für die Abreise.

261

Am 22. November 1971 fegte der Herbstwind das welke Laub durch die Straßen Berlins, und die über den Himmel verstreuten rosafarbigen Wölkchen ließen den Sonnenaufgang erahnen, als Deepak und Rita Puri um sieben Uhr morgens am Bahnhof Zoo den Zug nach München bestiegen.

Vikram hatte am Abend vorher vor Aufregung nicht einschlafen können und zockelte noch im Halbschlaf hinter seinen Eltern her. Er freute sich auf Indien. Dort würde er endlich keine dicken Winterjacken, blöden Mützen und Handschuhe mehr tragen müssen. Seine kleine Schwester schlief rotwangig und zufrieden, in dicke Decken gewickelt, in ihrem Kinderwagen.

Im Nachtzug München - Genua legte Deepak den müden Vikram, eingepackt in eine dicke Decke auf eine der Liegen. Der Liegewagen war gut geheizt. Die Wärme verstärkte auch Deepaks Müdigkeit. Er schlief sofort ein.

Natürlich! Das sah ihm ähnlich, dachte Rita, selbst zu aufgeregt, um zu schlafen. Sie versorgte die kleine Vinita, setzte sich neben den schlafenden Deepak und starrte in die Schwärze der Nacht. Der Zug raste über eine lange Brücke. Die Brückenpfeiler flogen an den Fenstern des Zuges vorbei, das Rasseln und Pfeifen zerrte an ihren Nerven. Der Zweiflerin in ihrem Innern sprach sie stumm Mut zu, bis die innere Stimme endlich verstummte und auch Rita auf ihrer Liege vom Schlaf übermannt wurde.

Wieder einmal erschienen ihr ihre Toten, begleiteten sie auf ihrer Reise. Ihre Mutter erhob sich aus dem zerquetschten Waggon, winkte ihr zu und wickelte sich einen Sari um die Hüfte, ihr Vater und ihr Bruder trugen Turbane. Hatte sich im Hintergrund eine neue Gestalt zu ihnen gesellt?

Die „Principessa" verließ am 24. November um acht Uhr morgens den Hafen von Genua. Die Lichter der Stadt verloren sich im Nebel. Im Osten gelang es den ersten Sonnenstrahlen, den Dunst zu durchbrechen. Der leichte Wind im Hafen frischte zu einer kräftigen Morgenbrise auf, je weiter sie sich dem offenen Meer näherten. Kalte Schauer liefen Rita Puri über den

Rücken – vor Kälte oder vor Aufregung? Sie wusste es nicht. Neben ihr Deepak. Sie spürte den heftigen Wunsch, ihn zu umarmen. Schweigend schauten sie sich an, gefangen von der Morgenstimmung auf See. Deepak Puri sah ihren zaghaften Blick, nahm sie in die Arme und erzählte ihr von den Unsicherheiten und Ängste, die er damals überwinden musste, als er zum ersten Mal europäischen Boden betreten hatte.

Sie würde es schaffen, dachte er, darüber brauchte er sich keine Sorgen zu machen. Vielmehr beschäftigte ihn die Gewissheit, dass Rita, sobald sie sich auf dem offenen Meer befänden, seekrank werden würde. Und die Kinder – wie würden sie es überstehen, wenn sie in unruhige Gewässer gerieten? Allein bei der Erinnerung an seine tagelange Seekrankheit damals, überfiel ihn das Mitleid mit seiner Familie. Ihm konnte ja nichts mehr passieren. Er war seetauglich.

„Na, bist du noch nicht seekrank?", fragte ihn Rita beim Mittagessen. „Du hast mir doch erzählt, dass es dir bei deiner ersten Schiffsreise so schlecht ging."

„Nein", lachte Deepak, „bestimmt nicht, ich habe meine Seebärenprüfung schon hinter mir. Hoffentlich werden dir in den nächsten zwei, drei Stunden nicht die Knie zittern. Dein Magen könnte Karussell fahren."

„Da irrst du dich aber, an dem Tag, an dem ich seekrank werde, werden die Fische im Meer seekrank."

Deepak brummte nur. Er versuchte, das verdächtige Grummeln in seinem Magen zu ignorieren und schaute über das Wasser. Nur das grüne Meer und der blaue Himmel breiteten sich rings um sie aus.

Gegen Abend verdunkelte sich der Himmel, und die frische Brise des Tages hatte sich in einen kräftigen Wind gewandelt, der immer stärker von Backbord her blies. Rita hatte das Gefühl, dass das große Schiff wie eine Nussschale schlingerte. Sie fragte sich, wie sich die „Principessa" bei diesem gewaltigen Seegang verhalten würde.

Bleich und verkrampft saß Deepak auf dem Rand seiner Koje und kämpfte gegen die Übelkeit an. Rita half ihm, sich auf die Seite zu legen, um ihm das Erbrechen zu erleichtern. Mit einem feuchten Lappen wischte sie ihm über das schweißnasse Gesicht.

„Meine Güte, dieses verdammte Meer", stöhnte er.

„Ist ja gut, mein Schatz. Du weißt doch vom letzten Mal, dass es nach ein bis zwei Tagen vorbei sein wird."

„Bis dahin sterbe ich!"

„Das wirst du nicht! Es sei denn, du ziehst die Gesellschaft der Fische der meinen vor", flüsterte sie und wischte ihm mit dem Lappen über die heiße Stirn.

Zum Glück zeigten die beiden Kinder überhaupt keine Anzeichen einer Seekrankheit. Vikram war nach dem aufregenden ersten Tag auf See sofort in seiner Koje eingeschlafen und Vinita brabbelte in ihrem Wagen friedlich vor sich hin.

Im Morgengrauen flaute der Wind ab. Das Schiff stampfte ruhiger durch die See. Es schien, als habe der Sturm der Nacht dem Morgen Frieden gegeben. Auch Deepak ging es wieder besser. Während die letzten dunklen Wolkenfetzen sich auflösten, trank er in seiner Kabine die erste Tasse Tee. Seine Stimmung war mit ruhiger werdendem Meer sprunghaft gestiegen.

Die Fahrt bei strahlend blauem Himmel entlang Afrikas Westküste rief ihm seine erste Schiffsreise mit Mohan Singh in Erinnerung. Damals waren sie durch den Suezkanal gefahren, der jetzt nach dem Sechstagekrieg Israels gegen Ägypten für die internationale Schifffahrt von den Ägyptern gesperrt worden war. Und nun... Sein Weg führte ihn zwar auf einer anderen Route, aber dennoch zurück nach Indien. Das Schiff bewegte sich gemächlich durch das glatte Meer. Deepak Puri lehnte achtern an der Reling und sah ins Kielwasser. Flüchtig spürte er den warmen Hauch des Südens auf seiner Haut. In Äquatornähe dann erschien ihm die Sonnenwärme wie ein Versprechen - die Heimat war nicht mehr weit. Auch Rita und die Kinder schauten fröhlicher drein, jetzt, wo ihre Gesichter an Deck nicht mehr blaurot gefroren waren vom eisigen Winterwind Europas.

Am Nachmittag des 5. Dezember 1971 sollte die „Principessa" im Hafen von Bombay einlaufen. Während Deepak Puri kontrollierte, ob sie alles Gepäck beisammen hatten, stand Rita Puri mit den Kindern an der Reling, in der Hoffnung, einen ersten Blick auf das Land zu erhaschen. Angestrengt starrten sie über den spiegelglatten Ozean, dessen Blau in der gleißenden tropischen Sonne fast weiß wirkte. Eine kleine Brise fuhr Vinita in die Haare und ließ ihre Locken tanzen. Rita betrachtete ihre Tochter. Wie seltsam, seit sie in den warmen Gewässern des Südens waren, dachte sie immer seltener an die Menschen, die sie zurückgelassen hatte.

Als endlich aus dem Nachmittagsdunst undeutlich die Silhouette von Bombay auftauchte, begann Rita sich Sorgen zu machen. Hatte sie die Freundlichkeit von Deepaks Familie richtig in Erinnerung? Deepaks Eltern, ja, ihnen war sie willkommen, das wusste sie. Aber sonst? Sie fragte sich, wie wohl die neue finanzielle Lage der Familie sich auf die Stimmung der Geschwister ausgewirkt hatte. Wie würden sie, Deepak und die Kinder aufgenommen werden? Es war so viel, was sie nicht wusste – und, erwartete sie zu viel von dem Leben in Indien? Aber, was sollte schon sein? Schlimmstenfalls würde es etwas eng im Haus in Kalka-ji werden, auf derlei unangenehme Überraschungen musste sie gefasst sein.

Sie grübelte über die letzten Briefe ihres Schwiegervaters vor seinem Tod nach, als Deepak sich hinter sie stellte.

„Schau", rief er gut gelaunt und deutete über den Bug der „Principessa" hinaus: „Wahrhaftig, Bombay, die verrückte Schöne!"

„Warum verrückte Schöne?", fragte Rita, aus ihren Grübeleien gerissen. Sie ließ sich gern von Deepaks guter Stimmung anstecken.

„Nun, Bombay ist im 17. Jahrhundert auf einer schmalen Landzunge errichtet worden und konnte sich nur nach Norden hin ausdehnen. Nach Süden hin gleicht sie einem Tollhaus. Dort leben in manchen Vierteln mehr als dreihunderttausend Menschen pro Quadratkilometer. Und auf der anderen Seite ist Bombay Glitter und Glamour", setzte er hinzu, „die Stadt der Reichen und Schönen, der Filmindustrie, der Phantasie und eben auch des Elends."

Der fischig-salzige Geruch des Meeres vermischte sich, je mehr sie sich dem Land näherten, mit vielerlei fremden Gerüchen. Deepak Puri sah seinen Vater wieder vor sich, wie er ihn damals in Bombay verabschiedet hatte. Unbewusst suchten seine Augen den Kai nach ihm ab, als könnten sie ihn irgendwo in der Menge entdecken. Wie schön wäre es gewesen, wenn er sie bei ihrer Ankunft hätte in die Arme schließen können.

Rita Puri fühlte sich wie betäubt von der schwülen Hitze, der stechenden Sonne, den Gerüchen, dem Menschengewimmel. Sie betrachtete Deepak neben sich, dessen Gesicht nach der Seereise tief gebräunt war. Er wirkte frisch, ausgeruht und fröhlich, als er mit den Koffern und dem Handgepäck die Gangway hinunterging. Während sie ihm mit den Kindern folgte, beobachtete sie misstrauisch, wie Hafenarbeiter mit vor Schweiß glänzenden nackten Oberkörpern große Seekisten, an Kränen baumelnd, aus dem Bauch des Schiffes entluden. Unachtsam, ohne allzu große Vorsicht walten zu lassen, ließen sie die Kisten auf den Beton des Kais knallen.

„Schau dir das an, Deepak. Sieht so aus, als könnten wir in Kalka-ji nur noch Kleinholz und Scherben auspacken. Mehr wird wohl von unserem Hausstand nicht übrig bleiben."

Deepak runzelte die Stirn.

„Es ist alles gut verpackt und außerdem versichert worden", antwortete er, von der Fragwürdigkeit seiner Antwort verfolgt, im Stillen hoffend, dass die Kisten ohne größere Schäden in Delhi ankommen würden. Das mit der Versicherung war eine Lüge. Das Geld dafür hatte er sparen wollen. Rita würde dafür kein Verständnis haben, das war sicher. Er stolperte über eine

Latte der Gangway, fing sich im letzten Moment wieder und lächelte ironisch: Wer den Weg der Wahrheit geht, stolpert nicht – wie passend. Der Lieblingsspruch seiner Mutter.

Oh, diese indische Luft, die Geräusche, der Geruch, was hatten sie doch für eine Verführungskraft. Nun ja, er war grenzenlos zufrieden. Gut gelaunt nahm er Vikram an die Hand.

„Lass uns jetzt den Bus zur Central Train Station suchen. Wir wollen doch den nächsten Zug nach Delhi nicht verpassen."

Der Bus durchquerte das Hafenviertel und Rita staunte über die vielen dunkelhäutigen Frauen mit ihren großen mandelförmigen, schwarz umrandeten Augen. Die grell-bunten Saris trugen sie eng um ihre Körper gewickelt und ihre Gesichter wirkten unter der dicken Schminke wie Masken. Auch ihr auffälliges, ja aggressives Verhalten erstaunte Rita. Fragend schaute sie Deepak an.

Deepak nickte: „Das sind Prostituierte. Viele von ihnen verkaufen ihren Körper, um ihre Familien nicht verhungern zu lassen oder selbst nicht zu verhungern."

„Quatsch, du willst doch nicht sagen, dass all die Frauen hier… Es sind ja auch ganz junge dabei, fast noch Kinder."

„Doch, sie arbeiten meist für ein Bordell, deren Betreiber ihnen den größten Teil ihres Verdienstes abnehmen und selbst im Dunkeln bleiben. Oft sind es hoch angesehene Mitglieder der Gesellschaft, Rechtsanwälte, Kaufleute und Bankiers. Die ganz jungen Mädchen werden meist ihren Eltern abgekauft, manchmal entführt oder mit schönen und falschen Versprechungen von zu Hause weggelockt."

„Wie schrecklich!" Die grausamen Tatsachen dieser armseligen Leben verstörten Rita. Sie zermarterte sich den Kopf mit der Frage, wie viele Frauen lieber den Tod wählen mochten, als ihren Körper zu verkaufen. Wie elend sie leben mussten! War es in der indischen Gesellschaft nicht vor allem die Ehre, die sie durch Prostitution verloren? Nicht nur in der indischen Gesellschaft, dachte sie, überall auf der Welt – und doch hier besonders. Aber war den Frauen diese fragwürdige Ehre überhaupt noch wichtig? In einem ausgezehrten Körper bedeutete Ehre sowieso niemandem mehr etwas. Sie hatten unter der Tyrannei der Gesellschaft so oder so zu leiden. Sie fragte sich, ob es überhaupt so etwas wie Ehre in einem Land gab, in dem noch so viel Armut herrschte? Sie schüttelte den Kopf, kuschelte sich an Deepak und versuchte, das Gefühl der Enge, das ihr den Hals zuschnürte, zu ignorieren.

Sie hatten das Hafenviertel hinter sich gelassen. Die Kulissen der Straßen, durch die sie jetzt fuhren, änderten sich ständig: vom Monsunregen verdreckte Mietskasernen, und dann wieder luxuriöse Einkaufszentren. Ein warmer Wind, der einem ätzenden Dampf glich, trieb Abfälle und bunte Plastikfetzen über den Asphalt, vorbei an viktorianischen Phantasiefassaden, vor denen verkrüppelte Bettler und zerlumpte Kinder den eleganten Passanten ihre Bettelschalen entgegenstreckten.

Rita Puri hatte das Gefühl, ihr säße ein Alb auf der Brust und sie könnte nicht aufwachen aus einem grauenhaften Traum. Sie wandte sich ab davon, ermahnte sich, vernünftig zu sein. Doch sie erkannte, dass „vernünftig" hieß, sich zu weigern, den Tatsachen ins Auge zu sehen. An vieles in diesem Land werde ich mich wohl nie gewöhnen können, dachte sie, und drückte ihre beiden Kinder fest an sich.

„Was für ein Chaos hier in den Straßen!", sagte sie leise.

Deepak zog die Augenbrauen hoch. Merkwürdig, ihr Erstaunen, ihre Worte ärgerten ihn plötzlich. Das war sein Land. Würde sie alles nur negativ sehen? Ach was, sagte er sich dann, ich muss ihr nur helfen, zu verstehen und sich zurechtzufinden.

So gelassen wie möglich antwortete er: „Und trotzdem ist es ein bestens durchorganisiertes Chaos. Schau zum Beispiel den Mann ganz in Weiß auf seinem Fahrrad."

Rita betrachtete den radelnden Mann mit seinem weißen *Nehru-Schiffchen* auf dem Kopf, von dessen Fahrrad dutzende Aluminiumbehälter hingen, die wie taunasse Trauben in der Sonne glitzerten.

„Das ist ein Dhabba-Wala. Er und viele andere seiner Zunft transportieren in den Blechgefäßen jeden Vormittag Essen in die

Geschäftszentren der Stadt. Mittagessen, das von Ehefrauen für ihre Männer gekocht wurde. Sie sind so gut organisiert, diese Dhabba-Walas, dass kaum einmal eine Dose verloren geht oder falsch angeliefert wird, obwohl die meisten von ihnen Analphabeten sind."

Diese Leute waren in Deepaks Augen ein soziales Wunder. Sie bewiesen, dass auch Analphabeten Würde hatten. Mit ihrem Geschäft verdienten sie ihren bescheidenen Lebensunterhalt. Der Mensch, der sein Mittagessen pünktlich erhalten musste, stand für sie im Mittelpunkt.

Der Bus drängelte sich im Schritttempo durch das Gewühl. Er wollte es Rita erklären... Das Chaos – es war nicht hoffnungslos.

„Die Frauen haben größtes Vertrauen zu den Dhabba-Walas, weil sie sich darauf verlassen können, dass das Mittagessen ihren Mann rechtzeitig erreicht. Eine indische Ehefrau meint nämlich, dass nur von ihr das Essen für ihren Ehemann mit genügend Hingabe und Liebe zubereitet werden kann, und es nur dann gesund ist und Kraft spendet. Die Inder sind besessen von der Furcht, dass ihre Mahlzeit von den falschen Händen zubereitet werden könnte."

„Und wieso?" fragte Rita ungläubig.

„Ein Moslem würde nie ein Essen anrühren, das von einem Hindu zubereitet wurde und umgekehrt. Jede Religionsgruppe hat bei der Zubereitung ihrer Mahlzeiten Vorschriften, die unbedingt eingehalten werden müssen."

Rita verspürte eine ungewohnte Erschöpfung im Kopf. Nicht die natürliche Müdigkeit nach einem anstrengenden Tag, nicht die Trägheit, die etwas Sinnliches in sich barg und die ein Abendspaziergang vertrieb oder noch wohliger machte. Es war eine Schwere, eine Zerstreutheit, eine Furcht - hoffentlich kein Vorbote.

Am Bahnhof zählte Deepak Puri das Geld für die Fahrkarten in eine Metallschale unter einem Schlitz in der Glaswand, die den Schalterraum von der Kasse trennte. Ein sehr dunkelhäutiger Mann mit dicken Brillengläsern zählte das Geld nach und schob

Deepak die Fahrkarten durch den Schlitz. In der Bahnhofshalle boten fliegende Händler ihre Waren an. „Mangos, Mandarinen, Papayas, Bananen!", schrie ein Junge in das Kreischen eines einlaufenden Zuges hinein. Er blieb mit seiner Handkarre, voll beladen mit reifen Früchten, bei ihnen stehen.

Vikram bestaunte die schönen Früchte.

„Mami, ich möchte diese dicken, roten Bananen essen. Und Mandarinen. Mandarinen möchte ich auch!"

Auch Vinitas kleine Händchen griffen immer wieder nach den Früchten, begleitet von einem schmatzenden „Hhm, hhm!".

Deepak kaufte Obst und bei einem anderen Händler mit Gemüse gefüllte *Samosas* für die Fahrt.

Ungläubig schaute Rita zu dem soeben eingefahrenen Zug hinüber. Unaufhaltsam quollen Menschen aus den Türen, ein nicht enden wollender Strom. Wie konnten sie nur, in diesem Menschenknäuel zusammengepresst, die Fahrt überstanden haben? Aber hatten sie denn eine Wahl? Gab es denn eine bessere Möglichkeit als die Bahn? Sie hatte es doch gesehen, in den verstopften Straßen kamen Autos und Busse nur mit Schrittgeschwindigkeit voran.

Ihre Liegeplätze fand Deepak Puri in einem Großraumwagen. Durch einen Mittelgang getrennt, waren rechts und links an den Außenwänden doppelstöckige Liegen angeordnet. Jeweils zwei übereinander und von der nächsten Kabine durch einen Vorhang getrennt. Eine dunkelblaue, gefaltete Wolldecke, ein eher graues als weißes Laken und ein Kopfkissen mit einem schmuddeligen Bezug fanden sich auf jeder Liege. Rita Puri beschloss, den Schmutz zu ignorieren. Sie zog den Vorhang vor ihre Liegen, nahm Vinita auf den Schoß und setzte sich neben Deepak, der Vikram eine Banane in die Hand drückte und sich anschickte, die nächste für Rita und Vinita zu schälen.

Er lächelte, als er sah, wie Vikram schmatzte. Wie viel Spaß wird Rita daran haben, auf Delhis bunten Gemüsemärkten einzukaufen, dachte er und sah seine Frau von der Seite an.

13

Es war schon dunkle Nacht, als endlich alle Kisten ausgepackt und die Dinge in den beiden Zimmern, die für Deepak und seine Familie geräumt worden waren, ihren Platz gefunden hatten. Ritas Befürchtung, dass die Seekisten nur noch Scherbenhaufen enthielten, war zu Deepaks Erleichterung nicht eingetroffen.

Die Familie versammelte sich im Innenhof. Savitri hatte fürs erste Tee, Mandeln und scharf gewürzte Knabbereien vorbereitet. Deepaks Rücken schmerzte. Erschöpft, aber zuversichtlich lehnte er sich zurück.

An diesem Abend drehte sich das Gespräch im Hof zwischen Deepak und seiner Familie nur um seinen verstorbenen Vater. Von Kindheit an hatte Deepak ihn verehrt und ihm auch in Europa die bewundernde Anhänglichkeit bewahrt. Er wusste, wie glücklich sein Vater gewesen wäre, hätte er Deepaks Rückkehr nach Indien erleben können.

Seine Mutter hatte Rita und die Kinder so herzlich willkommen geheißen, dass Deepak ein Stein vom Herzen fiel. Mit Rita im Arm war sie ins Haus gegangen und hatte ihm lächelnd einen Blick zugeworfen, als habe sie mit ihrer Schwiegertochter einen geheimen Pakt geschlossen.

Savitri saß, eine wollene Stola gegen die Kühle der Nacht um die Schultern geschlungen, auf der *Charpai* und betrachtete zufrieden ihre Familie. Aus den um den Innenhof liegenden Räumen drang Licht. Alle waren gekommen, um Rita und Deepak willkommen zu heißen. Selbst die hochschwangere Namita, die jeden Augenblick mit der Geburt ihres zweiten Kindes rechnen musste, hatte es sich nicht nehmen lassen, an diesem Abend dabei zu sein. Ja, Savitri war sich sicher: es würde bestimmt gut gehen mit Rita. Schon Deepak zuliebe würde Rita sich in die Familie einfügen, dachte sie. Wozu sich unnötige Gedanken machen.

Seit Gulshans Tod ging es ihr nicht mehr so gut. Die Verantwortung, die nun auf ihr lastete, hatte sie müde gemacht. Sie vermisste ihren Mann. Sie konnte nicht über den Hof gehen, ohne vor ihrem geistigen Auge zu sehen, wie Gulshan auf sie zukam – und sie wusste, dass Deepak es ahnte, dass er sah, wie ihre dunklen Augen ihrem unsichtbaren Mann folgten. Sie hatte nie ausgesprochen, wonach sie sich am meisten sehnte. Sie hatte nur gewartet und gehofft, dass Deepak bald zurückkehren würde. Diese Hoffnung hatte immer in ihr gelebt. Wenn sie an einem Schrein vorüber gekommen war, hatten sich ihre gefalteten Hände ohne ihr Zutun zu ihrer Stirn empor gehoben, in stummer Bitte. Wenn ihr die Last zu viel geworden war, hatte sie dem Pandit im Tempel eine Opfergabe aus Süßigkeiten und Früchten gebracht und Stunden im Tempel innig gebetet. Nun war ihre Hoffnung erfüllt worden. Deepak war zurückgekehrt. Müde, aber mit frohem Herzen entfuhr ihr ein Seufzer. Sie brauchte ihre Medizin. Die Aufregung und Freude über Deepaks Ankunft hatten ihren Blutdruck in die Höhe getrieben.

„Motu, bring mir die rosa Pillen."

Alle lachten, und auch Savitri schmunzelte. Wie gut, dass jede Tablette eine andere Farbe hatte.

Es war nahezu Mitternacht, als die fröhliche Gesellschaft sich auflöste und zu Bett ging.

Um vier Uhr morgens setzten plötzlich Namitas Wehen ein. Mit der Ruhe im Haus war es vorbei. Wie es Sitte war, hatte Savitri schon von vornherein die Hebamme Bhushan beauftragt, auch Namitas zweites Kind zur Welt zu bringen, so wie die meisten Sprösslinge in Kalka-ji durch ihre Hand das Licht der Welt erblickt hatten. So früh am Morgen geweckt zu werden, hatte die Alte mit dem zerfurchten Gesicht und den ständig in Tränen schwimmenden, wimpernlosen Augen mürrisch gemacht. Vor sich hin schimpfend packte sie ihr Kräuterbündel und folgte schlurfenden Schritts Naresh, der geschickt worden war, sie zu holen. Sie mussten noch am Haus der Schwestern Reeshmi und Gulab Devi vorbei, die der alten Bhushan bei allen

Entbindungen zur Hand gingen. Beide kannten die Alte seit ihrer Kindheit und zitterten dennoch unter ihren Befehlen.

Die Hebamme – sie war die Nachfolgerin der Hebamme Aruna, die Savitris Kindern in die Welt geholfen hatte - war berühmt in Kalka-ji, erzählte man Rita, denn sie arbeitete nicht nur gut und zuverlässig, sie machte auch Glücksbringer aller Art. Manchmal schlichen verstohlen ein Mann oder eine Frau zu ihr und ließen sich die Karten legen, um sich durch die geweissagten Abenteuer über den grauen Alltag hinwegzutäuschen und sich in Träumereien verlieren zu können.

Aber wehe dem, der die Alte verärgerte. Er blieb solange verflucht, bis es ihm gelang, sie wieder milde zu stimmen. Ihr Wort galt vielen als Gesetz. In ihren weißen Witwensari gehüllt, erschien sie so alt wie die Steine des Roten Forts in Delhi.

Rita wartete aufgeregt vor der Haustür.

Ausgerechnet sie... Die alte Bhushan begegnete dieser ungläubigen Fremden mit Argwohn und hatte wohl beschlossen, diese hellhäutige, viel zu große Frau einfach zu ignorieren. Sie schob sich an ihr vorbei, ohne sie auch nur eines Blickes zu würdigen und steuerte, Mantras vor sich hinmurmelnd, direkt auf das Zimmer zu, in dem Namita stöhnte. Ab und zu hörte man im Hof, wie sie mit schriller Stimme ihren Helferinnen Befehle zurief.

Dann ging alles sehr schnell. Der Schrei eines Neugeborenen... und Savitri erschien glücklich lächelnd in der Tür.

„Es ist wieder ein Junge!", rief sie der im Hof versammelten Familie zu.

„Rajan, du kannst jetzt deinen zweiten Sohn in den Arm nehmen und dich bei deiner Frau bedanken."

Rita hatte in den vergangenen Stunden beobachtet, wie nervös Rajan Gupta mit seinen Händen gespielt hatte, nie den Blick von der Tür wenden konnte, hinter der seine Frau lag.

Der kleine Schreihals wanderte von Arm zu Arm. Alle bestaunten dieses kleine Menschenkind und versicherten sich gegenseitig, welch ein Wunder die Götter doch wieder vollbracht hätten.

Auch Rita Puri freute sich über ihren kleinen Neffen. Nach allem, was sie gehört hatte, während die Familie im Hof saß und auf die Ankunft des neuen Erdenbürgers wartete, war sie froh, dass es wieder ein Junge geworden war.

Erneut war ihr aufgefallen, wie furchtbar fremd ihr vieles in Indien war, wie unverständlich, wie unglaublich. Für sie war es immer gleichgültig gewesen, ob ihr Kind ein Junge oder ein Mädchen wurde. Welchen Stellenwert aber ein Junge in Indien hatte, war ihr fast unheimlich.

Deepak verstand, dass Rita sich manchmal ins Mittelalter zurück versetzt fühlte. Es gab ja in Indien tatsächlich vieles, das zu unwahrscheinlich schien und dennoch auch von aufgeklärten Menschen geglaubt wurde. Und auch für ihn war es ein merkwürdiger Widerspruch, dass auf der einen Seite die Nachfrage nach alten Bräuchen, Religion und Magie wieder stieg, weil Menschen immer noch zu Tausenden hungerten, während auf der anderen Seite der Reichtum, die Sucht nach betörendem Glanz wuchs und menschliche Güte aus dem Leben verschwand. Vieles in Indien, das war Deepak klar, würden Menschen aus dem westlichen Kulturkreis nie verstehen. Ihm gelang es oft selbst nicht. Und gerade deshalb musste er Rita stark machen und ruhig.

14

Deepak Puri hatte schon in Deutschland beschlossen, sich in Delhi mit einem kleinen Planungsbüro für Verfahrenstechnik selbständig zu machen. Er setzte auf die guten Kontakte seiner wohlhabenden Freunde zur Industrie. Nicht erst heute beschlich Deepak Puri die absurde Gewissheit, dass in Indien nichts ohne Beziehungen ablief, aber mit Beziehungen alles möglich war.

Als er nach einem Gespräch im Restaurant Nirula mit Mahesh Taneja, der ihm seine Unterstützung und Referenzen zugesagt hatte, leichten Schritts den Connaught Place überquerte, hatte er das Gefühl, dass selbst die Luft von Hoffnung erfüllt war. Es wehte kein Wind. In der Ferne grummelte Donner. Vielleicht war es die Spannung in der Luft, die ihn in Hochstimmung versetzte. Er war einfach froh.

Auf der anderen Seite des Platzes hatte sich eine Menschenmenge um einen jungen Mann auf einer Kiste versammelt. Er fuchtelte wild mit den Armen, schien sich Gehör verschaffen zu wollen.

Neugierig überquerte Deepak den Platz. Mit heiserer Stimme wetterte der Mann gegen die Ungerechtigkeit des Systems.

„Unsere Regierung behauptet, Indien sei die größte Demokratie der Welt, mit allen demokratischen Freiheiten. Die Politiker und die Reichen in unserem Land, ja, die nehmen sich alle Freiheiten - in der Tat. Welche Freiheit aber haben wir, die wir den größten Teil der Bevölkerung repräsentieren? Ich frage euch, welche Freiheit haben wir? Wir, das Volk, haben doch nur die Freiheit arm zu sein!"

Deepak Puri ging um die aufgeregte Menschenansammlung herum. Die Worte des Mannes hatten seiner Euphorie einen Dämpfer aufgesetzt. Ja, es stimmte! Was war man in Indien ohne die richtigen Verbindungen? Gut, der Staat hatte noch unter Nehru begonnen, den Armen und Unberührbaren durch eine Quotenregelung den Schulbesuch und auch ein Studium an einer Universität zu ermöglichen. Aber das Gros des Volkes musste von Kindesbeinen an arbeiten. In vielen Familien war gar nicht daran zu denken, die Kinder zur Schule zu schicken. Hier ging es noch immer nur darum zu überleben, für den nächsten Tag genug zu essen zu haben oder sich einfach auch einmal einen Liter Milch oder eine Süßigkeit leisten zu können. Das war seit Generationen so. Es war schwer in Indien, aus den alten, vorgegebenen Bahnen auszubrechen und etwas Neues anzufangen. Ein Zitat von Lao-tse kam ihm in den Sinn: ‚Stets sorge, dass das Volk ohne Wissen und Wunsch sei. Und sorge zugleich, dass die Wissenden nicht zu handeln wagen.' Der Leitspruch einer jeden Diktatur, dachte Deepak. Aber Indien, nun ja, Indien war eine Demokratie. Was aber nichts daran änderte, dass immer noch die Hälfte der Einwohner weniger als einen US-Dollar pro Tag zur Verfügung hatte. Auch wenn sich die Ernährungssituation in den letzten Jahren verbessert hatte, so hatte eben immer noch ein Viertel der Bevölkerung nicht genug zu essen. Unterernährung und Fehlernährung. Deepak sah sich um. Selbst hier in der Stadtmitte, dem Geschäftsviertel New Delhis war es nicht zu übersehen – überall begegnete man dürren, zerlumpten Gestalten, an jeder Ecke saßen Bettler. Es war ja auch kein Wunder dachte er, voller Hoffnung flüchteten die Ärmsten vom Land in die Millionenstädte und landeten in Slums, niemand wollte ihnen Arbeit geben, niemand konnte es – es waren einfach zu viele.

In der Nähe von Kalka-ji hatte es in den Jahren seiner Abwesenheit rege Bautätigkeit gegeben. Ein neues Geschäftsviertel mit Behörden und Büros war rund um den Nehru-Place entstanden. Die Stadt entwickelte sich über ihre Mitte hinaus, und es wuchsen immer neue Geschäftsviertel nach, gesäumt von imposanten Boulevards. Dennoch traf man auch hier auf viel Improvisiertes und Missratenes und musste über Stein- und Abfallhaufen, über Unrat hinwegsteigen.
Deepak Puri mietete im zwölften Stock eines Geschäftshauses am Nehru-Place ein kleines Büro. Freilich konnte er es mit seinem knappen Startkapital nur mit dem Notwendigsten

einrichten. Mit jähem Bedauern dachte er an seinen Arbeitgeber in Berlin und sein gut eingerichtetes Büro. Wie einfach war das Arbeiten dort gewesen, weil alles vorhanden war. Ach, beginnen! Anfang, nicht Erinnerung – das war gefordert. Ein funktionierendes, praktisch eingerichtetes Büro wie in Berlin war ja schön und gut, aber ohne das dazugehörige Kapital einfach noch nicht möglich. Solange sich die Arbeit gut anließ, er Aufträge bekam, genügte es auch ohne großartige Einrichtung.

Er stellte einen jungen Mann für die Büroarbeiten ein. Das weiße Hemd, der weiße Kragen der Büroangestellten waren zum Statussymbol geworden. Viele junge Leute wollten sich bei der Arbeit die Hände nicht mehr schmutzig machen. Eine Arbeit im Büro – und sei es nur als Bote - war der Traum der Jugend.

Hoffnungsvoll begann Deepak Puri mit der Arbeit. Er besuchte innerhalb der nächsten zwei Wochen viele Firmen, führte umfangreiche Gespräche und brachte am Ende genug Aufträge ein, um das nächste halbe Jahr gut zu verdienen. Selbst einen Techniker musste er bald dazu einstellen, weil ihm die Arbeit über den Kopf zu wachsen drohte.

Als er sich morgens im Hof vor dem Spiegel die Krawatte zurechtrückte, freute er sich über sein Spiegelbild. Er lächelte, als ihm wieder einfiel, wie sicher Mahesh Taneja an seinen Erfolg geglaubt hatte. Fang einfach an, hatte er gesagt.

Deepak fand, dass es für Mahesh, der aus einer reichen Familie stammte, ziemlich leicht war, ihm Mut zuzusprechen. Er setzte sich zum Frühstück an den Familientisch. Mahesh hatte ja auch Recht behalten. Es war mit der Firma tatsächlich alles gut angelaufen. Aber es war eben erst der Anfang.

Deepak hatte das Glück, sein Leben lang optimistisch den Tag begonnen zu haben – und das Frühstück, das seine Mutter ihm vorsetzte, war köstlich. Die Sonne schimmerte schon durch die Fenster – Savitri hatte es nie gemocht, wenn die Vorhänge zugezogen waren, wie es in Indien üblich war, um die Sonne auszusperren. Sie brauchte lichtdurchflutete Räume.

Vikram und Vinita tanzten in ihren Schlafanzügen um Deepak herum und Rita machte sich mit seiner Mutter in der Küche zu schaffen. Er befand, dass seine Lebensfreude Grund genug für einen weiteren Chapati und ein zusätzliches Glas Lassi sei.

Rita freute sich über Deepaks Hochstimmung und setzte sich zu ihm an den Tisch. Mit welchem Genuss Deepak aß! Hier mit ihm am Tisch zu sitzen, das war ihr Leben. Und dennoch... Sie wusste ja aus Erfahrung, dass das Leben ein dorniger Rosenstock und das Glück die Blüte war. Zuweilen konnte sie das Gefühl nicht mehr beiseiteschieben, dass sie bei ihrer Vorstellung vom Leben in Indien zu sehr auf Wolken geschwebt hatte. Sie musste nun das Leben einer Frau führen, die immer im Haus zu tun hatte. Schon die Zubereitung von drei warmen Mahlzeiten am Tag nahm einen großen Teil ihrer Zeit in Anspruch. Häufig besuchte sie mit ihrer Schwiegermutter und ihren Schwägerinnen Freundinnen und Nachbarinnen, um zu einer Geburt zu gratulieren oder bei Kummer zu trösten. Die Frauen erzählten sich gegenseitig ihre Sorgen, lobten oder kritisierten – und der Klatsch trieb Blüten, traf aber auf geheimnisvolle Weise oftmals die Wahrheit. Mein Gott, wie anders war ihr Leben geworden. Natürlich musste sie sich in Gesellschaft der Frauen weiterhin unerschütterlich geben, sich ihre Zweifel nicht anmerken lassen, sachlich das Gute, das Schöne in ihrem Leben betrachten, sich darüber freuen. Vernünftig sein.

Und die Männer? Rita fand manches unerträglich. Der Mann - er verkörperte natürlich das allmächtige Männliche. Und manch einer setzte sich ungestraft über die geltenden Gesetze der Einehe hinweg. Nur Muslimen war es nach wie vor erlaubt, bis zu vier Frauen zu heiraten. In der neuen indischen Verfassung hatte man den vielen in Indien verbliebenen Muslimen einige Sonderrechte eingeräumt. Warum sollte dann also ein Hindu darauf verzichten, sich eine junge Frau ins Haus zu nehmen, wenn ihm der Sinn danach stand?

Und die Frauen? Bauten sie nicht ihre Macht im Haus vor allem auf der Anzahl der geborenen Jungen auf, die dann im Alter für sie sorgten? Diese Frauen wurden oft zu kompromisslosen Schwiegermüttern, ohne Nachsicht für ihre unfruchtbaren oder nur Mädchen gebärenden Schwiegertöchter.

Und der Klatsch blühte! „Nachbar Chander Desai hat sich eine neue junge Ehefrau, seine ehemalige Sekretärin, ins Haus geholt! Habt ihr die Neuigkeit schon gehört?"

„Nein! Wie ist das möglich? Setzt er sich über das Gesetz hinweg?"

„Wo kein Kläger ist, da ist kein Richter. Irgendwelche Tricks wird er schon angewendet haben. Vielleicht hat er jemand bei der Behörde bestochen."

„Natürlich! So muss es sein. Pah! Manche Leute nehmen sich eben alles heraus!"

Plötzlich war Rekha Desai, die erste Frau Chanders, von der schmeichlerischen Aufmerksamkeit der Frauen umgeben. Jede lächelte ihr zu, sagte ihr tröstende oder anstachelnde Worte. Es blieb den Nachbarsfrauen nicht verborgen, dass es in Chander Desais Haus jeden Tag zu lautstarken Auseinandersetzungen kam.

Als Deepak und Rita Puri von Chander Dasai zum Tee eingeladen wurden, begegneten sie Mala Desai zum ersten Mal. Stolz stellte ihnen Chander seine junge Frau vor, ohne die geringsten Anzeichen von Verlegenheit. Sie saß mit übereinandergeschlagenen Beinen im Sessel, als halte eine Königin Hof. Ihr grüner Seidensari betonte ihre bräunlich-grünen Augen. Sie war eine schöne Frau. Rita fragte sich, warum Malas Eltern dieser Heirat zugestimmt hatten. Es war doch bekannt, dass Chander Desai schon verheiratet war - ein kauzig wirkender Mann mittleren Alters mit einem Hang zu jungen Frauen. Er sieht aus, als würde er demnächst unter Denkmalschutz gestellt, dachte Rita giftig.

Auf den mit schönem Porzellan gedeckten Tisch stand ein frischer Blumenstrauß. Das ganze Zimmer war liebevoll hergerichtet. Das war's, schoss es Rita durch den Kopf. Es musste eine Liebesheirat gewesen sein, und Mala hatte sich über den Willen ihrer Eltern hinweggesetzt. Nein, nein, die Liebesheirat konnte man vergessen. Die Frau musste andere Beweggründe haben.

Und jetzt ging die Wohnzimmertür auf. Die „abgelegte" Frau, Rekha Desai, erschien mit verkniffenem Mund. Sie zog ihre Sandalen aus, bevor sie das Zimmer betrat und stellte ein Tablett mit einer Teekanne und verschiedenen Nüssen in kleinen Schälchen auf den Tisch. Wie eine Dienerin. Kaum zu glauben.

Rekha Desai bewegt sich wie eine Marionette, das Gesicht wie festgefroren in bitteren Gedanken. Vielleicht hatte sie schon immer befürchtet, dass dieser Tag kommen würde. Sie hatte ja keine Kinder geboren. Vielleicht hatte sie den Gedanken daran auch immer von sich geschoben. Das war wie mit dem Unglück, das immer alle anderen heimsuchte, nur vor der eigenen Tür Halt machte. Rita war voller Mitleid mit dieser starren, angespannten Frau, die von niemandem geschützt würde, weder von ihren Eltern noch von ihren Brüdern. Die sich hier im Haus ihres Mannes arrangieren musste, denn nur hier hatte sie trotz der Erniedrigung ein Mindestmaß an Sicherheit. Auf ewig abhängig...

Während Rekha Desai den Tee servierte und sich auf nackten Füßen wieder lautlos entfernte, führten Deepak und Rita Puri eine höfliche Unterhaltung mit ihren Gastgebern. Trotz aller Vorbehalte konnte Rita sich einer gewissen Sympathie für Mala Desai nicht erwehren. Im Übrigen war es nicht sie, die Verachtung verdiente, sagte sich Rita, sondern Chander Desai, der sich nicht um die Gefühle seiner ersten Frau kümmerte. Rita war bemüht, ihre Mimik zu beherrschen. Es fiel ihr nicht leicht. Erst zu Hause konnte sie ihrer Empörung Luft machen.

„Wie sicher sich die Männer ihrer Frauen sind! Aber, wen wundert es, wenn Mädchen schon als Kinder darauf gedrillt werden, dem Manne absolut hörig zu sein! Sie müssen die ursprünglichen „Werte" und Traditionen hüten - oft gegen das eigene Interesse. Und damit nicht genug, bezahlen die Eltern der

Mädchen die Männer auch noch mit einer großzügigen Aussteuer, wenn sie so gnädig sind, ihre Töchter zu heiraten."

„Du übertreibst mal wieder", brummte Deepak, „eine Aussteuer ist doch bis vor kurzem auch in Europa noch üblich gewesen."

„Ja, aber mit dem Unterschied, dass sich hier viele Familien finanziell ruinieren, mit Krediten zu Wucherzinsen. All das, um die Familie des Bräutigams zufriedenzustellen. Und das Mädchen ist dann auch noch verpflichtet, einen Mann zu akzeptieren, den nicht sie selbst gewählt hat, sondern ihre Eltern - ganz egal ob er hässlich, brutal oder lasterhaft ist. Auch wenn in manchen Familien die Töchter ein Mitspracherecht haben, was ändert das am Problem, dass sich die Eltern für die Aussteuer bis über beide Ohren verschulden?"

Deepak Puri nickte und knurrte: „Du hast ja Recht. Zum Glück gibt es inzwischen ein Gesetz gegen diesen maßlosen Aussteuerwahn."

„Hat sich deshalb etwas geändert?", fragte Rita zurück.

Rita Puris anfängliche Unbekümmertheit ging allmählich verloren. All diese Geschichten, die in ihrem Kopf kreisten. Vieles ängstigte sie. Manchmal hatte sie das Gefühl, den Boden unter den Füßen zu verlieren. Nicht dass die Nachbarn, diese braven indischen Menschen, ihre Heirat mit Deepak nicht akzeptiert hätten. So war es nicht. Es wäre ihnen aber auch nie in den Sinn gekommen, dass Deepak sich hätte in Deutschland niederlassen können. War es für sie doch nur akzeptabel, ein Leben in Indien zu leben. Die Deutsche, wie sie sie alle nannten, konnte wirklich von Glück sagen. War sie nicht in Deepaks Familie sehr großzügig aufgenommen worden?

Was wussten sie schon, dachte Rita in einem Anflug von Hochmut, hatten sie sich doch nie aus der Enge ihrer gesellschaftlichen Fesseln befreit, hatten nie über den Zaun geschaut. Wie ähnlich in ihren Urteilen und Vorurteilen sich die Menschen überall auf der Welt waren.

Das Leben in der Großfamilie hatte Rituale, verlief nach Regeln, die nur Rita nicht zu kennen schien. Nur Savitri, ihre Schwiegermutter, und Ram Chand, Deepaks vier Jahre jüngerer Bruder, waren immer gleichbleibend liebevoll zu ihr und versuchten, ihr das Leben zu erleichtern. Allerdings zeigte es sich immer deutlicher, dass nicht alle Geschwister sie, die Deutsche, in ihrer Rolle als Schwägerin und Frau des ältesten Bruders akzeptierten. Motu hatte geheiratet. Auch von ihrer neuen Schwägerin hatte Rita keine Unterstützung oder Sympathie zu erwarten. Als ihr das durch die täglichen kleineren und größeren Intrigen klar wurde, stellte sie ihre Gefühle noch weniger zur Schau und behielt ihre Gedanken für sich. Aber gut, dass sie rasch lernte, verschwiegen lernte, hinter ihrer deutschen Stirn, indische Idylle, familiäre Verstrickungen, Verletzlichkeiten verstehen lernte, in dem kleinen Haus in Kalka-ji.

So geht das Leben in Indien dahin, dachte Rita Puri an manchen Tagen, das Leben mit der Freude an den beiden Kindern, die sich inmitten der Familie wohlfühlten, dem stillen Einverständnis mit Deepak und auf der anderen Seite mit seinen prächtigen Hochzeiten oder seinen lauten Skandalen; es schlängelte sich in Windungen wie eine unbefestigte Straße, im Sommer staubig und im Monsun schlammig – selbst die Politik schlug Kapriolen.

Um ihrem Kopf etwas mehr bieten zu können, hatte Rita begonnen, sich mit der indischen Geschichte und Politik zu beschäftigen. Den politischen Teil in den Tageszeitungen las sie besonders aufmerksam. Inzwischen kannte sie sich etwas aus. Und sie bewunderte die Frau an der Spitze der Kongresspartei. Zunächst als Tochter Nehrus im Sinne der Partei als leicht zu steuernde Premierministerin eingesetzt, hatte Indira Gandhi ihre Machtposition stetig ausbauen können und unangefochten regiert. Die Unabhängigkeitsbewegung des damaligen Ost-Pakistan wurde von ihr aktiv unterstützt. 1971 kam es deshalb wiederum zum Krieg gegen Pakistan, in dessen Folge Pakistan geteilt und aus Ost-Pakistan der neue eigenständige Staat Bangladesch wurde. In letzter Zeit bekam es Indira Gandhi aber mit einer erstarkten Opposition im Lande zu tun, die ihr bei den folgenden Wahlen Unregelmäßigkeiten vorwarf und sie zum Rücktritt aufforderte. Wo aber, fragte sich Rita Puri, war Politik schon ehrlich und Politiker uneigennützig? Macht veränderte den Charakter, führte anscheinend überall zur Machtbesessenheit, eben auch in Demokratien.

Eines Morgens fand Rita vor ihrer Schlafzimmertür einen toten Gecko. Ein Holzspieß, wie man ihn für Fleischspieße verwendete, war durch seinen Körper gestoßen worden. Irgendjemand hatte ihr das tote Tier vor die Tür gelegt. Als sie es ihrer Schwiegermutter zeigte, wurde Savitri wütend. Sie zog Rita in ihre Arme und sagte: „Mach dir keine Gedanken, Kind. So etwas wird nicht wieder passieren."
Jetzt hielt es Rita im Haus nicht mehr aus. Sie gab Vikram und Vinita in die Obhut ihrer Schwiegermutter und ging zu Deepak ins Büro. Die dumpfe Leere in ihrem Kopf ängstigte sie.
Deepak schaute von seiner Arbeit auf.
„Ist etwas passiert", fragte er.
Als Rita nicht antwortete, läutete er zweimal mit der Messingglocke auf seinem Schreibtisch.
Mit müdem Schritt erschien der alte Bürodiener in einer zerschlissenen *Kurta* und einem großen gelben Turban auf dem Kopf. Langsam deutete er eine Verbeugung in Ritas Richtung an.
„Seth-ji?", blickte er Deepak Puri fragend an.
„Bring uns bitte zwei Tassen Tee, Chinu!"
„Han-ji!"
„Du bist doch nicht nur gekommen, um mit mir Tee zu trinken?"
Deepak schaute seine Frau aufmunternd an.
Rita wich seinem Blick aus.
„Ich bin heute von zu Hause geflüchtet, weil ich es nicht mehr ausgehalten habe."

„Was war los?"

Sie schaute ihn schweigend an. Dann zuckte sie die Schultern und schaute an die Decke, als suche sie dort die Worte. Was sollte sie sagen? Außer der Sache mit dem toten Gecko gab es ja nichts Konkretes.

Der Greis mit dem großen Turban erschien hustend wieder in der Tür und brachte auf einem Tablett dampfenden Tee in geblümten Tassen.

„*Lao-ji*", brummte er und blickte Rita mit seinen entzündeten Augen neugierig an. Dann ging er mit wackelnden Schritten zu dem stumpfen, schmuddelig aussehenden Fenster und machte sich mit einem Lappen an den dunklen Stellen zu schaffen, wo die Feuchtigkeit des letzten Gewitterregens eingedrungen war.

Rita und Deepak schlürften schweigend ihren Tee.

„*Achha! Chaloo*, Chinu!", sagte Deepak an den Alten gewandt und deutete zur Tür. Der Alte nickte mit wackelndem Turban und machte sich träge auf den Weg.

„Also, jetzt erzähl doch, mein Schatz?"

Rita saß aufrecht, die Hände im Schoß gefaltet. Ihre Lippen zitterten ein wenig. Aber sie fühlte sich endlich stark genug, die täglichen Querelen im Hause anzusprechen, die ihr die Tage, wenn Deepak im Büro war, so unerträglich machten.

„Seit dein Bruder Motu mit Achla verheiratet ist, werden im Haus Intrigen gesponnen. Achla und deine Schwester Nanawati stecken ständig flüsternd die Köpfe zusammen. Wenn ich in die Nähe komme, verstummen sie und schauen mich herausfordernd an. Sogar Vimla fängt an, sich an diesem Spiel zu beteiligen. Ach, ich fühle mich wie in einem Gefängnis, ständig beobachtet. Hochmütig und distanziert behandeln sie mich, als gehöre ich nicht dazu. Heute hat mir sogar jemand einen durchbohrten Gecko vor die Tür gelegt."

In ihren Augen glänzten Tränen der Wut. „Ich glaube, es ist das Haus…. Sie reden oft auf deine Mutter ein. Ich habe davon nur so viel mitbekommen, dass Nanawati Bhabi-ji bewegen will, das Haus auf ihren Namen umzuschreiben und uns hinauszuekeln."

Sie schluckte: „Sag mir, dass ich mich irre, und ich werde nie wieder ein Wort darüber verlieren." Ihr Gesicht verhärtete sich.

Deepak schaute sie schweigend an. Wie hatte sie sich in diesem einen Jahr in Indien verändert. Sie war unzufrieden geworden, nörgelte ständig an seinen Geschwistern herum, ließ sich von ihm kaum noch berühren.

„Lass uns ein paar Schritte gehen", sagte er, stand auf und hakte sie unter. Unter dem grau-schwarz gefleckten Himmel wurden sie sich plötzlich des Gefühls der gegenseitigen Ferne bewusst.

Deepak Puri fand zuerst die Worte wieder.

„Das mit dem Gecko war natürlich ein übler Scherz. Ich bin sicher, Bhabi-ji wird das in Ordnung bringen. Aber ich finde, du hast dich verändert, seit wir in Indien sind. Du wirkst unzufrieden."

Sie wich seinem Blick aus, seine Worte schmerzten, nagten an ihr.

„So siehst du mich also, unzufrieden? Habe ich nicht alles getan, alles versucht, um zurechtzukommen?"

Sie betraten ein kleines Restaurant, das gerade vor ein paar Tagen eröffnet hatte, setzten sich an einen Fenstertisch und bestellten *Masalla-Dosa*. Rita sah ihm zu, wie er sofort hungrig zu essen begann, während sie sich nur zaghaft kleine Stücke in den Mund schob.

Ohne einen Gedanken an seine guten Manieren zu verschwenden, redete Deepak mit vollem Mund auf sie ein.

Er war verärgert über das Urteil, das sie über seine Geschwister fällte. Sie würden es keinesfalls wagen, gegen ihn, den Ältesten, zu rebellieren. Zu dumm nur, dass Rita ihm das nicht glaubte. Er argumentierte, dass seine Familie ohne seine und Ritas Unterstützung die letzten Jahre doch kaum überstanden hätte. Er war überzeugt, dass Rita sich irrte.

Aber das Haus? Könnte sie hier vielleicht Recht haben, fragte er sich einen kurzen Augenblick. Aber nein, seine Geschwister wussten doch genau, dass Rita und er die Mittel für den Kauf gleich zweimal aufgebracht hatten.

Mit hochgezogenen Brauen sah Rita ihn an. Ihre *Dosa* lag immer noch fast unberührt auf dem Teller.

„Ich weiß, was du denkst... Der Spruch deines Vaters: Tue etwas Gutes und wirf es in den Brunnen. Das ist es doch?"

Aber sollte alles vergessen sein, fragte sie sich bitter. All die Jahre in Deutschland, in denen sie sich bis zum Äußersten eingeschränkt hatten, um die Familie in Indien zu unterstützen?

„Ach, Rita, ich glaube, du kommst mit dem Leben in der großen Familie einfach nicht zurecht. Du bist es nicht gewöhnt, dich einzufügen. Aber schau, auch das hat mein Vater immer gesagt: Wer im Teich wohnt, darf mit dem Krokodil nicht in Feindschaft leben - eine alte indische Weisheit." Er schaute sie mit einem schiefen Lächeln an.

Rita Puri hob empört den Kopf. Wo war seine Loyalität ihr gegenüber geblieben? Früher hatte er immer hinter ihr gestanden. Plötzlich merkte sie nichts mehr von seinem alten Vertrauen.

„Der Kluge gibt solange nach, bis er der Dumme ist! – ein alte deutsche Weisheit", erwiderte sie heftig. Sie fand, dass er nicht das Recht hatte, ihren Gefühlen so zu misstrauen. Bis spät abends arbeitete er im Büro. Er konnte gar nicht beurteilen, was im Haus vor sich ging.

„Mein Schatz, die Wurzeln unter der Erde fordern keinen Lohn dafür, dass sie die Zweige fruchtbar machen."

„Hör auf mit deinen Sprüchen! Meine Güte, siehst du nicht, was vor sich geht? Was soll ich mit deinen blöden indischen Weisheiten?", unterbrach sie ihn zornig.

„Ach Rita, versuche doch einfach, ihr Verhalten zu ignorieren. Deine Gelassenheit hat sich irgendwo unter dem indischen Staub verkrochen. Finde sie wieder – tue es für mich!"

Deepak küsste sie mit einem Zwinkern in den Augen auf die Wange.

Rita schaute in diese fröhlichen Augen. Wie viel Leben, wie viel Toleranz lagen darin. Wenn auch widerstrebend - die alte Zärtlichkeit war wieder da. Eigentlich war es bewundernswert, wie er versuchte, die Balance zwischen ihren eigenen

Schwierigkeiten in der Familie und ihrer Liebe zu halten. Rita wusste, dass diese Liebe und ihre Kinder das Beste in ihrem Leben waren.

„Du verstehst es doch immer wieder, meine negativen Stimmungen wegzuzaubern", sagte sie schon fast wieder versöhnt. Das unruhige Gefühl in ihrem Inneren konnte der Kuss dennoch nicht vertreiben.

Es war so verzwickt geworden.

15

Das ganze Jahr hindurch, seit Rita und Deepak Puri nach Indien umgesiedelt waren, hatte es einen intensiven Briefwechsel zwischen Deepak und seinem Freund Gerhard Wissmann gegeben. Gerhard Wissmann hatte endlich seine langjährige Freundin Sabine geheiratet, nachdem sie schon drei Jahre zusammen gelebt hatten. Deepak schrieb an Gerhard, dass der Februar die beste Jahreszeit für eine Indienreise sei. Sie könnten bei Deepaks Familie wohnen und gemeinsam Delhi erkunden.

Deepak hoffte, dass ein Wiedersehen mit den Freunden für Rita ein Lichtblick werden würde und ihrer immer schwieriger werdenden Beziehung gut tun könnte. Und er behielt Recht. Rita war außer sich vor Glück, als Gerhard und Sabine Wissmann in Delhi eintrafen.

„So, da seid ihr", sagte Rita fröhlich, als sie Sabine und Gerhard am Flughafen unter einem strahlend blauen Frühlingshimmel in die Arme schloss. „Wie herrlich, ihr habt den Geruch Deutschlands an euch, ihr riecht nach Winter."

Deepak zog eine Grimasse, und Gerhard schaute erstaunt von einem zum anderen, als könne er Blicke deuten. Erwartungsvoll hakte Sabine Rita unter und ging mit ihr voraus. Es gab so viele Neuigkeiten auszutauschen.

Gerhard konnte seine Aufregung darüber, endlich in Indien zu sein, kaum beherrschen. Am liebsten hätte er sofort alles, was er sich noch nicht angelesen hatte, aus Deepak herausgequetscht. Er sah Deepak an, dass er sich über ihre Ankunft freute, kannte ihn aber zu gut, um nicht den etwas angespannten Zug um seinen Mund zu bemerken. Auch Deepaks unbeschwerte Fröhlichkeit aus Berliner Tagen schien dahin zu sein.

„Täusche ich mich, Deepak, oder habt ihr beide Schwierigkeiten miteinander?", fragte Gerhard Wissmann, als sie mit den Koffern hinter den Frauen hergingen.

Deepak Puri zuckte die Schultern.

„Ehrlich gesagt, ich weiß nicht so genau, wie groß die Schwierigkeiten sind, die wir miteinander haben. Ist es nur wie bei einer Magenverstimmung? Oder vielleicht ist es mehr. Ich hoffe, dass euer Besuch sie etwas ausgeglichener machen wird."
Gerhard puffte ihn mit der Faust in die Seite und brummte gut gelaunt: „Echte Liebe muss auch Belastungen überstehen."

Es tat gut, die alten Freunde aus Berlin wiederzusehen, dachte Deepak, als er morgens an ihre Zimmertür klopfte. Die Familie war noch etwas enger zusammengerückt, damit Gerhard und Sabine Wissmann in einem eigenen Zimmer schlafen konnten. Deepak hatte sich für zwei Wochen Urlaub genommen. Seine Firma war inzwischen so gut organisiert, dass er einem seiner Ingenieure so lange die Leitung des Unternehmens übertragen konnte. Wie Rita freute sich Deepak darauf, Sabine und Gerhard Wissmann die Stadt zu zeigen.
Seine Mutter ließ es sich nicht nehmen, jeden Morgen ein kräftiges Frühstück, aus *Paranthas*, einem Gemüsegericht und hausgemachtem Joghurt zuzubereiten. Dazu servierte sie frisch gequirltes Lassi für Deepaks Freunde.
Verblüffend, dachte sie, seit die deutschen Freunde hier waren, strahlte Rita wieder. Diese Mutlosigkeit, von der Rita seit einiger Zeit befallen war, ängstigte Savitri. Deshalb sagte sie jetzt munter: „Wollt ihr euch heute nicht das Red Fort, die Jama Masjid und den Chandni Chowk ansehen. Oh, der Silberbazar", sagte sie gedehnt, „für euch Frauen eine Fundgrube. Es gibt dort wunderschöne Dinge", fügte sie augenzwinkernd hinzu."
„Hör auf, Bhabi-ji", rief Deepak lachend, „willst du, dass morgen die Pleitegeier über uns kreisen?"
Er sprang auf: „In zehn Minuten fahren wir, in Ordnung?"
Pünktlich nach zehn Minuten fuhr Deepak mit seinem neuen chromblitzenden Auto vor.
„Vor drei Monaten bestellt und vor drei Tagen geliefert", sagte er stolz.
Es war ein „Maruti", in Indien produziert. Indira Ghandis Sohn, Sanjay, hatte die erste Automobilproduktion Indiens aufgebaut.

Indisches Design in Zusammenarbeit mit Suzuki. Ein anderes Auto kam für Deepak Puri nicht mehr in Frage.

Hupend schlängelte sich das Auto durch die Straßen von Delhi. Gerhard Wissmann auf dem Beifahrersitz konnte das Chaos in den Straßen nicht fassen und fragte sich, wann das Auto wohl die ersten Kratzer abbekommen würde.

„Autofahren in Indien... Mein Gott! Säße ich am Steuer, nicht eine Kreuzung hätten wir überquert. Wir stünden immer noch an der ersten", sagt er kopfschüttelnd.

Die beiden Frauen im Fond lachten. „Mit dir am Steuer säßen wir auch nicht in diesem Auto", schrie Sabine Wissmann von hinten gegen den Lärm an. Ihr gefiel das alles so gut, dass sie ununterbrochen vor sich hin trällerte.

Während sich der Wagen langsam einen Weg durch den Verkehr bahnte, erklärte Rita Puri den Freunden Delhis wechselvolle Geschichte. Dafür hatten sich die einsamen Stunden gelohnt, dachte sie, wenn Deepak noch nicht zu Hause war und sie sich mit der Kultur und Geschichte Delhis über die Einsamkeit hinweggetröstet hatte.

„Delhi ist immer und immer wieder von Invasoren niedergebrannt und zerstört worden, Jahrtausende lang. Und dennoch war es von den jeweiligen Eroberern immer wieder neu aufgebaut worden. Wie ein Phönix aus der Asche... In vollem Einklang mit der hinduistischen Philosophie, dass ein Körper immer aufs Neue eine Wiedergeburt erfährt, bis er über alle Hindernisse hinweg zur Perfektion, dem *Nirvana*, gelangt", erzählte sie.

Man merkte Sabine Wissmann das Unbehagen an, wenn das Auto an Kreuzungen von bettelnden Kindern so lange umringt wurde, bis Deepak und Gerhard ihnen endlich einige Münzen gaben.

„Du liebe Güte, kann man denn als gut ernährter Europäer überhaupt etwas gegen das Elend tun?" Sie gab sich selbst die Antwort: „Wenig! Und das schlechte Gewissen nagt. Eigentlich ist alles, was man tut, wie ein Tropfen auf den heißen Stein, bewirken kann man in Wahrheit nichts. Vielleicht für einen halben Tag jemanden etwas glücklicher machen."

Das Auto hielt auf dem Platz vor den gewaltigen roten Sandsteinmauern des Red Forts. Hinter diesen Mauern ragten die Gebäude zwischen pyramidenförmigen Wipfeln der Ashoka-Bäume auf. Mit ihren Bogen und Türmchen schienen sie zu schweben.

Sabine schützte ihre Augen mit der Hand gegen die Sonne und streckte ihre Glieder, die nach der langen Autofahrt wie taub waren. Doch kein so bequemes Auto, dieser ‚Maruti'!

Vor dem gigantischen Tor des Red Fort erzählte Deepak, dass die brutalste und totale Ausplünderung der Stadt im Jahre 1739 bei der Eroberung durch den persischen Kaiser Shah Nadir stattgefunden hatte. „Der hat die wertvollsten Schätze des damaligen Reiches geraubt und nach Persien gebracht - den legendären Pfauenthron und..."

„Und die Briten", unterbrach ihn Rita, „haben den weltberühmten Koh-i-Noor-Diamanten an sich gerissen, ihn geteilt und in die Kronjuwelen eingesetzt. Wo er noch heute zu besichtigen ist", fügte sie hinzu, ging ein paar Schritte voraus und betrat vor den anderen die weiträumig angelegte Gartenanlage, durchflochten von roten Kieswegen, die zwischen Bäumen und Blumenrabatten hinan führten. Die Morgenbrise, die noch in Kalka-ji so angenehm frisch gewesen war, war jetzt nur noch ein matter Hauch, der zwar das Laub in den alten Bäumen des Forts wispern ließ, den Staub aber nicht mehr aufwirbelte. Das Zwitschern der Vögel und das Keckern der gestreiften Eichhörnchen gaben diesem historischen Bauwerk etwas unvergänglich Lebendiges. Irgendwo ließ ein Taubenpaar sein monotones dumpfes Gurren vernehmen, das sich angenehm mit dem Wispern der Blätter mischte. Irgendjemand musste den sich in den Gartenanlagen und auf den Mauern tummelnden Affen kleine Glöckchen umgehängt haben, die bei ihrem wilden Spiel hell klingelten. Sabine und Gerhard Wissmann schlenderten fasziniert den Weg entlang.

„Ja, diese alten Gemäuer sehen, sich vorstellen, wie Shah Jahan hier vor langer Zeit Hof gehalten hatte. Traumhaft! Und der starke Duft nach Sommerblumen verstärkt noch das Gefühl des Märchenhaften", sagte Sabine.

Auf dem Weg ins Innere der palastartigen Fortanlage kam ihnen ein junger magerer Inder mit tänzelnden Schritten entgegen. Von seinen Schultern hingen mehrere farbenprächtige, hauchzarte Baumwollschals herab, die an den Enden zu dicken Wülsten zusammengeknotet waren. Über zerschlissenen, verwaschenen Hosen trug er um die Hüften bunte Kordeln mit Glöckchen an den Enden, die bei jeder Bewegung – wie bei den Affen auf der Mauer - lustig klingelten. Seine nackten Füße steckten in ausgetretenen Latschen.

„Sahibs, Memsahibs, ich bin Ratan Lal, der Künstler des Forts. Ich biete euch eine grandiose Führung an, von der ihr noch lange träumen und euren Enkeln erzählen werdet."

Die vier Freunde lächelten. Verrückter Kerl...

Mit samtener Weichheit in der melodischen Stimme fuhr er fort: „Ich, der Poet, habe Gedichte über diesen Palast geschrieben, die die Schönheit und Erhabenheit der Räume mit ihren Bewohnern aus längst vergangener Zeit preisen. Durch mich wird der Tag zu einem Kunstgenuss für euch."

Sprach's, stellte sich auf die Spitze seines rechten Fußes, drehte auf seiner ausgetretenen Sandale eine Pirouette und ließ seinen rechten Arm in einer ausladenden Bewegung einen Kreis beschreiben, als umfasse er mit diesem wie ein Zauberkünstler die gesamten vergangenen Jahrhunderte. Seine dunklen Augen über den hohen, mongolisch anmutenden Backenknochen funkelten fröhlich.

Amüsiert sagte Deepak auf Deutsch: „Der Kerl geriert sich wie ein großer Künstler. Ein Spatz, der sich für einen Papagei hält."

Die anderen drei lachten. Eine Führung mit diesem Paradiesvogel würde ganz sicher lustig werden.

„Also, großer Künstler, was willst du für die Führung haben?", fragte Deepak, gespannt, wie die Dinge sich entwickeln würden.

Salopp und unbestimmt kam die Antwort: „Oh, Sahib, nur einen kleinen Obolus, damit der Künstler überleben kann. Die Höhe steht ganz in eurem Ermessen."

Im nächsten Augenblick marschierte er schon los und winkte den anderen, ihm zu folgen.

Vom Haupttor, dem Lahore Gate, ging es direkt in eine gewölbte Arkade, die früher den Hofdamen als Einkaufsmeile gedient hatte. Mit leichten Schritten, die eine Ballerina hätte vor Neid erblassen lassen, ging Ratan Lal voran und betrat mit großem Gestus eine Halle, die er zunächst, Gedichte rezitierend, durchwandelte, immer darauf bedacht, dass seine Gäste ihm folgten. Miniaturfriese und Blütenintarsien aus Lapislazuli, Malachit und anderen Halbedelsteinen zierten die Wände.

Ratan Lal versammelte die Freunde um sich und begann nun tatsächlich mit einer sachlichen Schilderung der Geschichte des Red Forts.

In dieser mit weißem Marmor und wertvollen Steinen reich geschmückten Halle hatte Shah Jahan öffentliche Audienzen abgehalten, sich die Bitten und Sorgen seiner Untertanen angehört und Recht gesprochen.

In einer zweiten, noch luxuriöseren Halle hatten die privaten Audienzen stattgefunden. Das ehemalige Prunkstück dieser Halle sei zu Zeiten Shah Jahans der sagenhafte Pfauenthron gewesen. Dieser Thron war aus massivem Gold, mit Pfauenfiguren in der Rückenlehne, deren Glanz und Farbenpracht durch die unzähligen eingelegten Edelsteine zu sprühen schienen. Zwischen den Pfauen hatte sich die Figur eines Papageien befunden, der aus einem einzigen Smaragd geschnitten worden war, erklärte Ratan Lal. Dieses Meisterstück aus wertvollem Metall, Saphiren, Rubinen, Smaragden und Perlen - man stelle sich vor - war nach der Eroberung durch Shah Nadir in Einzelteile zerlegt und nach Persien gebracht worden – welch ein kultureller Verlust für Indien. Der Schmerz hierüber verlieh seinem Gesicht den Ausdruck eines müden Uhus, der sofort wieder verschwand, als er mit theatralischer

Geste auf einen in Stein gemeißelten Spruch in persischer Sprache an einer Wand der Halle deutete.

Wenn es auf dieser Erde ein Paradies gibt,

dann ist es hier,

dann ist es hier,

dann ist es hier.

Er las mit Tremolo in der Stimme und machte danach eine lange Pause, in der die Besucher Gelegenheit haben sollten, einen Blick durch die Himmelspforte zu werfen, die er ihnen geöffnet hatte.

Gerhard und Sabine Wissmann schienen für einen Augenblick tatsächlich ebenfalls in Ehrfurcht versunken. Was für ein pompöses Schauspiel musste es gewesen sein, wenn der Kaiser auf einem Elefanten durch die Straßen von Alt Delhi ritt. Welch eine Demonstration der Mogul-Herrschaft auf der Höhe ihrer Macht.

Da standen sie nun vor den Prachtbauten des mächtigen Shah Jahan, der dennoch von seinem Sohn Aurangzeb entthront und in seinem Palast in Agra gefangen gehalten werden konnte. Der seine Gemächer nicht mehr verlassen und nur noch von den Fenstern des Palastes auf sein prächtigstes Bauwerk, das Taj Mahal, blicken durfte. Und, wenn der Mond nachts direkt über dem Grabmal aufging, hinüberschaute und Zwiesprache mit seiner geliebten toten Frau Mumtaz Mahal hielt. Welch eine Liebe – welch ein Schicksal!

„Unsere gewöhnlichen Namen gleichen dem Licht, das des Nachts auf den Wogen glüht und dann verschwindet, ohne eine Spur zu hinterlassen. Diese Namen jedoch, Mumtaz Mahal und Shah Jahan... Sehnsüchte...", schwärmte Ratan Lal, „zu kostbar, sie auszusprechen!"

„Schon gut", unterbrach ihn Rita Puri. Sie befürchtete, von Ratan Lals Poesie und Pathos den ganzen Tag festgehalten zu werden.

Ratan Lal musterte sie etwas konsterniert, fuhr sich mit seinen langen schmalen Fingern durch die schulterlangen wallenden

Haare und antwortete mit spitzen Lippen: „Zu den Fakten, Memsahib: das Red Fort wurde 1648 vollendet."

Als er nach drei Stunden seine Führung für beendet erklärte, ließen sich Sabine und Rita erschöpft auf die Reste eines Mäuerchens am Ausgang der Festungsanlage fallen und beobachteten das lange Hin und Her um die Bezahlung zwischen Deepak und Ratan Lal.

Da humpelte ein alter Sadhu in zerlumpten Kleidern, auf einen Stock gestützt, auf sie zu. „Gib mir deine Hand, Memsahib. Ich kann dir daraus die Zukunft lesen!"

Sabine schaute Rita erschrocken an.

„Er braucht das Geld", sagt Rita und hielt ihm ihre Hand hin.

Der Alte fasste mit seiner rechten Hand sanft zu. Seine krumme Adlernase berührte fast Ritas Handfläche. Mit seinem linken Daumen begann er, die einzelnen Glieder seiner linken Hand abzuzählen.

„Eins, zwei, drei - du wirst drei Kinder gebären -, vier fünf sechs - eines davon wird an einer Hand sechs Finger haben."

Er begann erneut zu zählen: „Eins, zwei, drei, vier, fünf, sechs, sieben, acht – du wirst sehr alt werden, mindestens achtzig. Er schaut Rita Puri mit seinen durchdringenden schwarzen Augen an und setzte erneut an: „Eins, zwei..."

„Halt", rief Rita. „Ist schon gut, Guru-ji, ist genug. Mehr will ich nicht wissen."

Beleidigt ließ der Alte Ritas Hand fallen und wollte sich abwenden.

„Warte, Guru-ji. Hier hast du deinen Lohn."

Sie drückte ihm zehn Rupien in die Hand und der Alte schlurfte zufrieden, mit wackelndem Kopf davon.

„Was soll das denn bedeuten? An einer Hand sechs Finger?", fragte Sabine.

Rita zuckte mit den Schultern.

„Ach, ich glaube sowieso nicht daran. Der arme Kerl brauchte wahrscheinlich Geld. Statt zu betteln hat er sich aufs Handlesen verlegt."

„Aber etwas beunruhigend finde ich das schon."

„In Indien hört und sieht man so viel Unwahrscheinliches, man darf einfach nicht alles glauben. Diese genetische Fehlbildung – beispielsweise zwei Daumen nebeneinander – gibt es tatsächlich. Ich habe hier einige Menschen mit mehr als 5 Fingern an einer Hand gesehen. In Europa lassen die Eltern ihr Neugeborenes mit solch einer Fehlbildung sofort operieren. In Indien können sich nur Reiche die Operation leisten."

„Schau!", Rita deutete auf die drei Männer, die immer noch über den Preis stritten. „Es scheint, als habe dieser Ratan Lal all unsere Energie aufgesaugt. Nur er scheint noch frisch zu sein. Wie er stampft, hüpft und streitet... Und wir sind für heute nicht mehr zu gebrauchen", lachte sie.

Gut gelaunt gesellten sich Deepak und Gerhard zu den beiden Frauen.

„Stellt euch vor, der Gauner wollte dreihundert Rupien für seine Führung haben."

„Und, was habt ihr ihm gegeben?", fragt Sabine gespannt.

„Zweihundert, und das sind immer noch hundert zu viel", brummte Deepak.

Alles, dachte Rita Puri vage, war genau so, wie sie es erwartet hatte. Sabine und Gerhard waren begeistert. Sie fanden, dass Indien so war, genau so, wie es sein musste. Rita genoss das Zusammensein mit den alten Freunden – irgendwie vielversprechend. Vielversprechend die gute Stimmung und wie lang sich der warme Tag hinzog.

Die drei anderen hatten inzwischen beschlossen, den Besuch des *Chandni Chowk* und der *Jama Masjid* auf morgen zu verschieben und stattdessen bei Nirula am Connaught Place einen Kaffee zu trinken. Auf dem Rückweg wollten sie sich das Grabmal des Humayun aus dem 16. Jahrhundert anschauen. Träge und für den Moment glücklich schloss sich Rita ihnen an.

Gestärkt und aufgemuntert vom Kaffee blieben sie auf einem der sternförmig auf das Grabmal des Humayun zuführenden Wege stehen. Aus dieser Entfernung konnte man das Mausoleum inmitten seiner gepflegten Gartenanlage besonders gut betrachten. Die Elemente des Designs waren ein quadratisches Gebäude, erhellt durch hohe Bogeneingänge und bedeckt von einer zwiebelförmigen Kuppel. Arabische Schriftzeichen und kunstvolle Darstellungen zierten den roten Sandstein.

Auf den Rasenflächen saßen Menschen allein oder in Gruppen. Die Freunde schlenderten weiter, an einer Gruppe Frauen vorbei, deren tiefe Stimmen und ausgelassenes Lachen zu ihnen herüber drangen. Eine der Frauen erhob sich plötzlich und kam mit großen Schritten auf Deepak zugelaufen. Sie hatte eine gute Figur und wirkte elegant in ihrem dunkelblauen Sari, der mit einer Brokatborte am Saum geschmückt war. Nur ihr schwerfälliger Gang und ihre kantigen Gesichtszüge wirkten irritierend.

„Namaste, Deepak-ji! Namaste Rita-ji!", rief sie schon von weitem mit dunkler Stimme und grüßte dann Gerhard und Sabine Wissmann mit zusammengelegten Handflächen.

„Dass ich euch heute hier treffe! Es vergoldet mir den Tag. Jeden Morgen schließe ich euch in mein Gebet ein. Ich bitte *Lord Ganesha*, dass er euch in diesem Leben für immer mit dem Mantel des Glücks umhüllen möge."

Mit dem Ausdruck ehrlicher Freude im Gesicht umarmte Rita die Frau und Deepak klopfte ihr auf die Schulter.

„Das ist unsere Freundin Madhu", stellte Rita vor.

Mit einem Lächeln neigte Madhu nochmals ihren Kopf. Aus der Nähe betrachtet betonte ihr kantiger Unterkiefer die vollen, schön gezeichneten Lippen und ließ die ausgeprägten Wangenknochen über den hohl wirkenden Wangen noch interessanter erscheinen. Ein kräftiges Make-up überdeckte nur mühsam einen Oberlippenbart.

Inzwischen waren auch die anderen Frauen aufgestanden und begrüßten Deepak und Rita wie alte Bekannte.

„Das ist meine Familie", stellte Madhu stolz vor und fügte hinzu: „Wären Deepak und Rita nicht gewesen, gäbe es mich wahrscheinlich nicht mehr, und meine Familie müsste ohne mich auskommen."

Die Frauen machten abwehrende Handbewegungen und ließen ein dunkles, vielstimmiges „Hare Krishna, Rama, Rama!" ertönen.

„Bei allen Göttern, es vergeht kein Tag, ohne dass ich an diese schwarze Nacht vor einem Jahr denke. Und diese Angst..."

Rita sah den erstaunten Ausdruck in Sabines Gesicht, als diese plötzlich begriff, dass sie keine Frauen, sondern Transvestiten – oder jedenfalls Männer in Frauenkleidern vor sich hatte.

„Ihr solltet uns wieder einmal besuchen kommen", sagte Madhu, während Sabine noch mit ihrer plötzlichen Erkenntnis beschäftigt war.

„Bringt doch eure netten deutschen Freunde einfach mit", fügte sie mit einem Seitenblick auf Gerhard und Sabine hinzu.

Deepak überlegte nicht lange: „Aber gern, wir wollten ihnen morgen und übermorgen sowieso Alt-Delhi zeigen. Wir könnten nachmittags zum Tee bei euch vorbeikommen."

„Gut, dann schlage ich übermorgen vor."

Und an Gerhard und Sabine Wissmann gewandt: „Ihr seid bei uns herzlich willkommen."

16

Auf der Rückfahrt nach Kalka-ji beantworteten Deepak und Rita Puri bereitwillig und geduldig Sabines und Gerhards neugierige Fragen.

„Seltsam, diese Transvestiten hier", sagte Sabine Wissmann. „In Deutschland gehen sie ja tagsüber ganz normal ihrem Beruf nach und leben ihre Veranlagung unerkannt des Nachts aus. Hier in Indien scheinen sie sich in sozialen Gruppen zusammenzutun und ihr Anderssein offen zur Schau zu stellen."

Mit einem Blick in den Rückspiegel zu Rita sagte Deepak: „In der westlichen Welt werden alle diejenigen verachtet, die anders sind. Alle, die eine körperliche, geistige oder moralische Schwäche zeigen. Doch", fügte er langsam hinzu, „wenn ich's recht bedenke, ist es in Indien inzwischen auch nicht anders. Die Engländer haben dafür gesorgt. Sie haben einzig ihre Vorstellung von Moral und Unmoral gelten lassen. Und Indien hat sich daran gewöhnt."

Das Licht einer Gaslaterne beleuchtete schwach den Innenhof des Hauses in Kalka-ji. Gerhard und Sabine Wissmann hatten vier Flaschen von Deepaks Lieblingswein aus Deutschland mitgebracht – Württemberger Schwarzriesling. Die Nacht war lau. Wie ein Theaterplafond spannte sich ein sternenklarer Himmel über der Dunkelheit. Deepak hatte Gerhard die Hand auf den Arm gelegt und nach oben geschaut. Leise benannte er die Sternbilder, wie sein Vater es ihm als Junge beigebracht hatte. Das Dunkel der Nacht gleicht einer Hülle, die von dem Licht des Morgens gesprengt wird... - wie oft hatte sein Vater diese Worte gesprochen.

Gerhard Wissmann, den die Transvestiten beeindruckt und verwundert hatten, wollte nichts über Sternbilder hören. Ihn interessierten Deepaks seltsame Freundinnen.

Deepak schaute noch einen Moment lang versonnen in die Weite des Himmels. „Nun gut", meinte er, „zurück zur grausamen weltlichen Wirklichkeit."

Er erinnerte sich nur ungern an die Nacht vor einem knappen Jahr, als sie nach einer Geburtstagsfeier bei Freunden gegen zwei Uhr morgens mit ihrem alten klapprigen Auto in der Nähe von Okhla auf der Mathura Road fast einen Menschen überfahren hätten. Plötzlich hatte da etwas Großes mitten auf der Fahrbahn gelegen. Deepak hatte so stark auf die Bremse getreten, dass das Auto geschlingert hatte und ins Schleudern gekommen war. Dann stand es – nur wenige Zentimeter von einem menschlichen Körper entfernt. Die Augen starr geradeaus gerichtet, hatte Deepak ein Dröhnen in seinen Ohren wahrgenommen. Bei Gott, beinahe...

Rita war schon aus dem Auto gesprungen. Vor ihr lag eine Frau. Offenbar schwer verletzt. Sie rührte sich nicht, blutete aus einer Kopfwunde. Ihr Gesicht war durch Prellungen stark geschwollen. Gemeinsam hatten sie die Verletzte vorsichtig – mehr gezogen, denn getragen - auf den Gehweg unter eine Laterne gelegt. Rita hatte schnell ihre *Dupatta* um die Kopfwunde der Verletzten gewickelt, um das Blut zu stillen.

„Ja, sagte Deepak, das war schlimm. Madhu war schwer verletzt. Wir haben sie ins Holy-Family-Hospital gebracht. Vermutlich haben wir sie vor dem sicheren Tod gerettet."

Er schwieg eine Weile.

„Madhu hatte damals keine Papiere bei sich und war nicht ansprechbar. Wir wussten nicht, wer sie war. Das alles hatte uns sehr mitgenommen, wir mussten uns einfach um sie kümmern. Als wir am nächsten Morgen ins Krankenhaus kamen, war sie bei Bewusstsein. Sie lag ganz still da, bedankte sich mit schwacher Stimme für die Rettung und bat uns, ihre Familie in Alt-Delhi zu benachrichtigen."

Deepak lehnte sich zurück und betrachtete den Himmel. Wie ruhig die Nacht heute war. So war es auch damals gewesen – eine ruhige Nacht, bis sie Madhu fanden.

300

„Als wir gingen, kam uns auf dem Gang eine Ärztin entgegen. Sie sprach uns an und fragte, ob wir wüssten, dass diese Patientin eine *Hijra* sei. Wir sahen uns erstaunt an und schüttelten die Köpfe. Ohne uns aus den Augen zu lassen, sagte sie, dass es keine Seltenheit sei, dass *Hijras* von Freiern oder sogar von der Polizei verprügelt würden. Dieser Patientin sei es wohl so ergangen. Sie war bis zur Ohnmacht geschlagen und danach hilflos auf die Fahrbahn geworfen worden. Hilfe könnten die *Hijras* in den seltensten Fällen erwarten.

Dann hatte sie auf ihre Hände geschaut, die Stirn gerunzelt und barsch hinzugesetzt, sie wolle es uns lieber gleich sagen, dass sie eine *Hijra* sei, falls wir damit Schwierigkeiten haben sollten.

Macht es Ihnen etwas aus, sie zu behandeln, habe ich scharf zurückgefragt. Wieder gesund werden, am Leben bleiben, das sei doch das einzig Wesentliche für die Patientin, und nichts anderes. ‚Natürlich', hat sie gemurmelte und sich abgewandt."

„Ihr müsst wissen", mischte sich Rita ein, „*Hijras* bedeutet Gotteskinder – so sagt der Volksmund. Es sind Transsexuelle, Transvestiten, Eunuchen. Viele werden ohne erkennbare Geschlechtsmerkmale geboren, nicht Mädchen, nicht Junge, andere lassen sich kastrieren, weil sie sich im falschen Körper fühlen. Die *Hijras* empfinden sich als das von der Muttergöttin Bahuchara Mata geschaffene Dritte Geschlecht."

Rita sah zu Deepak hinüber: „Erzähl du weiter, du weißt doch viel mehr darüber", forderte sie ihn auf.

„Ach, du machst das doch ganz gut."

Ungeduldig hob sie die Hände und zuckte mit den Schultern.

„Ist ja schon gut, ich mache weiter" sagte Deepak.

„Also, schon in den alten Schriften des Kama Sutra wird von *Hijras* berichtet, die Priestern und männlichen Gläubigen in Hindutempeln Liebesdienste leisteten. Selbst Gott Shiva ist nicht eindeutig einem Geschlecht zuzuordnen. Das höchste Wesen wird in der indischen Mythologie als ein komplettes Wesen aus Mann und Frau, mit männlichen und weiblichen Genitalien betrachtet. Wisst ihr, in früheren Jahrhunderten haben die *Hijras* nie als Außenseiter gelebt. Sie sind nie als pervers angeprangert worden. Im Gegenteil, als Glücksbringer wurden sie verehrt. Man sagte ihnen eine mystische Beziehung zu Geistwesen nach. Sie wurden als Heiler und Mittler zwischen der Welt der Menschen und dem Numinosen betrachtet. Daher stammt sicherlich auch der Brauch, bei Hochzeiten und Geburten noch heute ihren Segen zu erbitten. Verwerflich für die Doppelmoral des westlichen Denkens?" Deepak hob das Kinn und sah seine Freunde an. „Deshalb bekämpften die Engländer sie und alles, was nicht in britische Moralvorstellungen passte. Indien wurde die westliche Geschlechterordnung aufgezwungen."

„Europa ist mit seinen Eunuchen nie zimperlich umgegangen", sagte Gerhard. „Sie dienten beispielsweise in der letzten Phase des Römischen Reichs der degenerierten oberen Schicht als sexuelles Spielzeug."

„Auch die katholische Kirche hat sie benutzt", unterbrach ihn Sabine. „Der Klerus hat die Eunuchen bis ins 19. Jahrhundert hinein mit ihren schönen Singstimmen im Chor der Sixtinischen Kapelle singen lassen, und an der italienischen Oper haben sie es in Kastratenrollen zur Berühmtheit gebracht. Dafür wurden Knaben mit vielversprechenden Stimmen – übrigens damals auch unter primitivsten Bedingungen – kastriert. Doch nur wenige haben es bis an die Spitze geschafft, physisch und psychisch deformiert. Mit ihren Stimmen, ihren Rollen in der Oper haben diese wenigen ihr ganzes Elend ausgedrückt. Diese Tragik war es wohl, was den Menschen gefiel."

„Ja, ja, ich weiß was du sagen willst. Es war überall ähnlich", sagte Gerhard, „denn auch an den Königshöfen der islamischen Herrscher wurden sie benutzt, aber auch geachtet und respektiert als perfekte Haremswächter. Sie bekleideten höchste Positionen im Staat, beim Militär und als Ratgeber. Inshallah, Inshallah!", setzte er hinzu.

Rita Puri nickte. „Wir haben damals für Madhu das Richtige getan und dennoch - mir war die ganze Situation schon etwas unheimlich. Ich wusste nicht sehr viel über die *Hijras*. Nur dass sie bei Geburten und Hochzeitsfeierlichkeiten sangen, tanzten und grobe Witze machten. Sie schienen mir unberechenbar und vulgär, lebten im selbst gewählten Halbdunkeln der Zweideutigkeit und trauten keinem. Auch Deepak war unsicher gewesen, wie wir von den Angehörigen empfangen würden. Es ist eben eine zwiespältige Situation, mit *Hijras* zu tun zu haben. Du lieber Himmel, die Geschichten über sie..." Sie schwieg einen Augenblick. „Wenn sie bei Feierlichkeiten ungebeten ins Haus kommen, sind selbst die Armen bereit, ihnen Geld zu geben. Sie glauben, die *Hijras* brächten ihnen Glück und ihr Segen verleihe Fruchtbarkeit. Bei den Reichen treten sie meist ziemlich impertinent auf. Sie fordern größere Summen und drohen sogar, sich nackt auszuziehen oder den Rock anzuheben, sollten sie für ihre Darbietungen nicht ausreichend entlohnt werden. Meist ist das natürlich nur ein geschickter Schachzug. Die einfachen Hindus glauben nämlich, dass der Anblick der missgebildeten oder verstümmelten Genitalien einen Fluch bewirkt, der sieben Jahre lang anhält. Dagegen gilt der Segen eines *Hijras* als ungeheuer wirksam. Er könne den bösen Blick verhindern, vor bösem Zauber bewahren und eine unfruchtbare Frau Kinder gebären lassen."

Sabine hatte mit nach vorne gebeugtem Oberkörper gespannt zugehört, die Ellenbogen auf die Knie gestützt.

„Du liebe Güte! Wir haben ja nun heute Madhu und ihre..., ihre Familie kennen gelernt. Auf mich haben alle sehr freundlich und aufgeschlossen gewirkt."

„Wir waren damals auch überrascht von ihrer Herzlichkeit", bestätigte Rita.

„Als Madhu nachts nicht nach Hause gekommen war, hatte sich ihre Familie sehr gesorgt. So erschienen wir wie Götterboten, die ihre Achtung und Dankbarkeit zu spüren bekamen."

Deepak nippte an seinem Wein und sann darüber nach, wie das Bild des im Zwielicht lebenden, unheimlichen *Hijra* in seinem und Ritas Kopf ausgelöscht und ersetzt worden war durch eines, das von Vertrauen und gegenseitigem Respekt geprägt ist.

„Nein", antwortete Deepak kurz angebunden auf Sabines Frage, die seine Gedanken unterbrochen hatte, „die meisten Familien akzeptieren ein missgebildetes Kind in ihrer Mitte nicht."

„Oh! Und was geschieht mit den Babys?"

„Bei den einfachen Indern gilt es immer noch als die größte Schande für eine Frau, einen Hermaphroditen zur Welt zu bringen. Die Familie sieht es als Strafe Gottes, verstößt das sexuell nicht eindeutig geborene Kind und übergibt es den *Hijras*. Man weiß natürlich nicht, wie viele Familien ihr missgebildetes Kind dennoch großziehen und versuchen, es für das Leben stark zu machen, ohne dass irgendjemand von der Missbildung erfährt."

Jeder in Indien wusste, dass es sich in den Kommunen der *Hijras* sehr schnell herumsprach, wenn irgendwo ein Zwitter geboren wurde. Waren es die Hebammen, die es weitertrugen, waren es Familienangehörige, die sich des missgebildeten Kindes schämten? Wer wusste das schon. Häufig wurde das Kind gleich nach der Geburt resigniert den *Hijras* übergeben.

Ein leichter Wind war aufgekommen, der eine angenehme Kühle in den Hof brachte. Rita holte aus dem Haus zwei kunstvoll bestickte Kashmiri-Shawls, die sie sich und Sabine um die Schultern legte. Die Stille der nächtlichen Stunde umfing die vier Freunde. Es war so still, dass Gerhard und Sabine Wissmann zum ersten Mal seit ihrer Ankunft nur den Wind vernahmen und die Geräusche der Nacht – die größte Offenbarung in der Stille. Eine Zikade zirpte, eine Fledermaus strich über sie hinweg, und vom fernen Stadtrand her ertönte der Nachtgesang Indiens – das Heulen der Schakale.

Keiner war in der Stimmung zu Bett zu gehen.

17

In diesen Tagen und Nächten, angefüllt mit Gesprächen und Ausflügen, entsann sich Deepak der unbeschwerten Zeit in Berlin. Wie sie als Studenten oft unterwegs waren, zu einem fröhlichen Picknick im Grunewald oder nach einer durchfeierten Nacht zu einem morgendlichen Bad im Teufelssee, das die Müdigkeit vertreiben sollte. Müdigkeit! Bewegung, nicht Erinnerung, das war jetzt angesagt.

Deepak gähnte. Der Tag war nicht gnädig. Die Sonne stand schon im Zenit, als er aus der Tür seines Zimmers in den Innenhof trat und sich verschlafen die Augen rieb. Die Mischung sanfter Geräusche, die aus der Küche zu ihm drangen, war auch nicht dazu angetan, ihn munterer zu machen.

Noch halb schlafend, mit schlurfendem Schritt, kam ihm Gerhard auf dem Hof entgegen. Savitri steckte den Kopf aus der Küchentür und trocknete sich lachend die Hände an ihrer Schürze.

„Wer den Morgen verschläft, verschenkt die Stunde der Götter. Wenn ihr wie die Götter speisen wollt, solltet ihr euch sputen. Das Essen ist noch warm."

Deepak sah, wie der Gedanke an ein gutes indisches Frühstück unweigerlich ein Lächeln auf Gerhards Gesicht zauberte. Sie deckten gemeinsam den Tisch.

„Für heute habe ich unseren Besuch bei Mahesh Taneja und seiner Familie angekündigt."

„Wunderbar, wenn ich an ihn denke, sehe ich ihn fröhlich in seinem Zimmer auf dem Boden herumlümmeln und Geschichten von irgendwelchen Mädchen erzählen. Ich bin schon gespannt auf seine Frau. Ist sie wirklich so schön?"

„Hhm."

„Na ja, was bedeutete das schon in diesem Land, wo ich eine junge Frau schöner finde als die andere."

Selbst am frühen Nachmittag herrschte auf den Straßen von Delhi Verkehrschaos. Mahesh Taneja wohnte am anderen Ende der Stadt. Eine Stunde dauerte die Fahrt, bis Deepaks Auto vor einem großen weißen Haus im klassischen nordindischen Baustil hielt. Ein Bediensteter öffnete das große Eingangsportal. Beeindruckt blieben Sabine und Gerhard Wissmann einen Moment davor stehen. In der Empfangshalle schwammen in einer riesigen mit Wasser gefüllten Messingschale verschiedenfarbige Blüten in Mustern angeordnet. Ein betörender Duft erfüllte die Halle. Über weiche Teppiche gelangten sie zu einer überdachten Galerie um einen Innenhof, in dessen Mitte ein Springbrunnen in Form dreier am Schwanz zusammengewachsener Fische kühlendes Wasser spie. Weiß gekleidete Dienstboten verneigten sich im Vorübergehen vor ihnen. Mahesh und seine Frau Kamlesh erwarteten sie neben dem Brunnen. Kamlesh war tatsächlich eine Schönheit. Die dunklen Augen unter geschwungenen Brauen funkelten, um ihren Mund spielte ein einnehmendes Lächeln, als sie ihre Gäste begrüßte.

Auch nach seiner Rückkehr nach Indien so fröhlich, wie ein glücklicher Mann nur sein konnte, durchmaß Mahesh Taneja den Innenhof mit großen Schritten.

„Ich freue mich, euch hier in Indien zu sehen." Mahesh gab Sabine und Gerhard Wissmann die Hand.

„Deepak und Rita!" Er umarmte sie. „Weiß der Himmel, du wirst immer schöner, Rita. Außerdem heißt es, nur durch deine anregende Nähe sei Deepak ein so erfolgreicher Mann geworden." Er lachte und führte sie in einen kleinen Salon, in dem alles für ihren Besuch vorbereitet war.

Das mit Brokat bezogene Sofa mit den weichen Seidenkissen gab ihnen das Gefühl, in einem Wolkenbett zu sitzen.

„Ich freue mich, euch endlich einmal persönlich kennen zu lernen. Mahesh und Deepak haben mir viel von eurer gemeinsamen Zeit in Berlin erzählt", sagte Kamlesh herzlich. Sie schien die perfekte Gastgeberin zu sein und verstand es, ihren dunklen seidigen Teint durch dezenten Schmuck und den kostbaren Sari hervorzuheben. Der reich verzierte Tisch in der Mitte des Zimmers, mit seinen geschnitzten Stühlen davor, sah einladend aus. Er war mit Silber und feinem Porzellan gedeckt, mit Terrinen, aus denen ein köstlicher Duft nach exotischen Speisen stieg. Nicht nur die Curry-Gerichte, alle Speisen waren scharf gewürzt und dekorativ angerichtet.

Götterfiguren und Statuen in Wandnischen zogen die Aufmerksamkeit der Besucher auf sich. Es waren Akte, die männlichen mit erigiertem Penis, die weiblichen mit betonten Geschlechtsmerkmalen. Die Figuren verliehen dem Raum ein Flair von Erotik. Gerhard und Sabine Wissmann wussten natürlich, dass die heutige gesellschaftliche Struktur in Indien zwar streng moralisch geprägt war, die Götterstatuen aber in der Religion das Symbol für Fruchtbarkeit verkörperten.

Amüsiert fing Mahesh den Blick Sabines auf. „Indien ist voller Widersprüche. Einerseits prüde in den Moralvorstellungen, andererseits werden nackte, den Geschlechtsakt vollziehende Götter und Göttinnen angebetet. Und selbst diese sind zweideutig", setzte er spöttisch hinzu. „Nehmen wir beispielsweise Brahma, der als Schöpfer betrachtet wird. Er wird als Dreifaltigkeit dargestellt - insofern dem christlichen Denken verständlich. Der zweite Gott, Vishnu, gilt als der Beschützer, der Bewahrer der Welt, der das Dharma ins Leben gerufen hatte. Wie aber alle indischen Götter kann er viele Gesichter haben und in einer Vielzahl von Inkarnationen in Erscheinung treten, von denen die berühmtesten die des Rama, Held des epischen Gedichtes Ramayana, und die des Krishna, des heiligen Hirten sind."

Kamlesh machte eine einladende Geste. „Genießen wir das Essen in Gegenwart genießender Götter", sagte sie lachend, „du kannst deine religiös-kulturellen Vorträge ja während des Essens fortsetzen, falls es unsere Gäste überhaupt interessiert."

Schalkhaft setzte sie hinzu: "Bisher ist es keinem Gast in unserem Haus gelungen, sich seinen pastoralen Klugheiten zu entziehen."

307

Gerhard winkte ab. „Wir freuen uns, wenn wir etwas über Religion und Kultur in Indien aus erster Hand erfahren."

Mahesh warf seiner Frau einen triumphierenden Blick zu, formte ein Stück vom Chapati zwischen den Fingern zu einer kleinen Schaufel, tauchte es in das *Alu-Gobi* auf seinem Teller und verspeiste es genüsslich.

Deepak saß in bester Laune am Tisch, nahm von allen Gerichten und beobachtete seinen alten Freund. Mit welcher Freude Mahesh über seine Götterstatuen sprach...

Eben jetzt fielen die letzten Sonnenstrahlen durch das Fenster und ließen das Silber und das Geschirr auf dem Tisch funkeln. Auf Ritas braunen Haaren tanzten goldene Lichter. Deepak betrachtete die – wie in himmlisches Licht getauchten – Götterfiguren und dachte: Was für eine Sinnesfreude. Auch er kannte natürlich die unterschiedlichen *Avatars* von Vishnu, der häufig inmitten seiner Jünger sitzend, verschiedene Waffen in seinen vier Händen haltend oder auf einer zusammengerollten Riesenschlange schlafend oder stehend dargestellt wurde. Der Dritte im Bunde der Götter der Dreifaltigkeit war Shiva, der Zerstörer, der häufig mit erigiertem Phallus dargestellt wurde. Er war eine absolut widersprüchliche Gottheit, denn er galt ebenso als Zerstörer wie auch als Erneuerer, einerseits als entsagender Asket und andererseits als Inbegriff der Sinnlichkeit.

Mahesh Taneja schaute seine Freunde an und sagte mit einem vieldeutigen Lächeln: „Ist dieses Pantheon nicht äußerst befriedigend?"

„Absolut", erwiderte Deepak. „Jeder Gläubige kann sich in jeder Situation den für ihn passenden Gott wählen, ohne Gefahr zu laufen, gegen eine religiöse Vorschrift zu verstoßen."

Es wurde sehr spät an diesem Abend.

18

Savitri wollte aufstehen, um das Frühstück zuzubereiten, denn heute wollten Deepak und Rita mit ihren Freunden zum Chandni Chowk. Sie fühlte sich wieder nicht besonders gut und beschloss, noch etwas im Bett liegen zu bleiben. Sie dachte an die sieben Kinder, die sie geboren hatte. Leicht? Nein, gewiss war es nicht immer leicht gewesen. Und dennoch... Jedes Kind hatte ihr erneut die Botschaft überbracht, dass Gott die Lust am Menschen noch nicht verloren hatte. Nachdem Gulshan nicht mehr da war - erst dann war alles schwerer geworden. Sie hörte hinter ihrer Traurigkeit ein Wispern von Dingen, sah sie aber nicht mehr. Nun gut, jetzt musste sie aber das Naheliegende tun – Frühstück. Als sie aus dem Bett aufstehen wollte, fiel sie hin und wusste nicht sofort, was los war. Sie verstand gar nichts. Sie merkte, dass sie gestürzt war, und quälte sich wieder auf das Bett. Ihr Kopf war heiß und ihr Verstand war plötzlich so geschwächt, dass ihr das Denken schwerfiel. Erschöpfung vielleicht? Bestimmt nichts Ernstes. Sie fühlte sich so vollkommen kraftlos, dass sie aus lauter Mattigkeit weinte. Dann war Deepak da. Er saß neben ihr auf dem Bett. Vor dem Fenster bewegten sich die Blätter des Mangobaumes, den sie vor Jahren aus einem Kern gezogen hatte.

Der Arzt kam, ein langjähriger Freund Gulshans.

„Deiner Mutter geht es schon seit einiger Zeit nicht mehr gut, Deepak."

Seit dem Tod Gulshans hat sie immer wieder geäußert, dass sie auch bald sterben werde, weil sie ihre Kraft schwinden spüre", sagte er.

Hatte sie so viel an den Tod gedacht, dass sie in ihm schließlich mehr Sinn fand als im Leben? Deepak wollte das nicht glauben. Sie war immer so fröhlich...   Ja, ihre Kraft hatte zwar nachgelassen. Sie war oft müde. Aber dass sie an den Tod dachte, nein, das konnte er nicht glauben.

„Du wirst dich mit dem Gedanken an ihren Tod auseinandersetzen müssen. Viel Lebensmut hat sie nicht mehr. Ich habe ihr heute ein stärkendes Medikament gespritzt und die Dosis ihrer Tabletten erhöht."

„Was soll ich tun?"

„Du kannst nichts tun. Wir können nur hoffen und abwarten."

Deepak saß am Bett seiner Mutter. Die Angst, er könne sie verlieren, verstörte ihn. Es beruhigte ihn auch nicht, dass Savitri seine Hand nahm und leise sagte: „Geh und führe deine Freunde heute zum Chandni Chowk. Vimla und Naresh bleiben bei mir. Morgen wird es mir wieder besser gehen."

Savitri lächelte, aber Deepak bemerkte die Resignation in ihren Augen. Ihr Gesicht war nicht mehr offen. Sie hatte sich tief in sich selbst zurückgezogen, und es war ihm nicht möglich, ihr nahe zu kommen. Er seufzte bedrückt und versuchte, mit einer Umarmung den dichten Schleier der Ferne zu durchbrechen. Seine Mutter drückte stumm seine Hand und forderte ihn mit einem Kopfnicken auf zu gehen.

Rita hatte die ganze Zeit hilflos danebengestanden. Jetzt beugte sie sich zu ihrer Schwiegermutter, gab ihr einen Kuss auf die Stirn und flüsterte ihr ins Ohr: „Wir brauchen dich.'"

Der Chandni Chowk war ein mit unglaublich quirligem Leben erfüllter Bazar. In dem Gedränge schoben sich Händler, Käufer und Schaulustige Körper an Körper vorwärts. Fahrrad-Riksha-Fahrer betätigten ihre Klingeln wie besessen, um sich einen Weg durch die Menge zu bahnen. Es kam ihnen nicht darauf an, ob sie mal einem Fußgänger über die Füße fuhren oder das Ende des Saris einer vorübergehenden Frau mitrissen.

„*Chandni* bedeutet Silber, *Chowk* heißt Kreuzung. Ihr befindet euch auf dem berühmten Silberbazar von Delhi", setzte Deepak an. Eigentlich fühlte er sich nicht stark genug zu erklären, herumzuschauen, zuzuhören und zu reden. Die Sorge um seine Mutter fraß an ihm. *Um die sonnige Insel des Lebens wallt Tag und Nacht des Todes ewiger Meeresgesang.* Warum nur ging ihm dieser Satz Tagores nicht aus dem Kopf?

Rechts und links der Hauptstraße reihten sich schmale, zum Teil nur zwei Meter breite Bretterbuden dicht an dicht aneinander. Die über Straßenniveau gelegenen Verkaufsräume waren meist über kleine Holztreppen zu erreichen. In langen Glastresen blitzten auf samtenen Stoffen fein ziselierte Ketten, Armreifen und Ringe. Die Silberhändler dahinter hielten nach Kunden Ausschau. In Vitrinen hinter ihnen standen schwere silberne Leuchter, zarte Teeservice, Krüge und hübsche Döschen. Sogar behäbige Elefanten und manch exotisches Getier in unterschiedlichen Größen aus purem Silber warteten auf ihre Käufer. Die Juweliere lächelten leutselig, berieten und feilschten mit ihren Kunden. Auf langen, rot gepolsterten Bänken saßen sie sich bei einer Tasse Tee oder Kaffee gegenüber.

Endlich, nach langem Suchen, Schauen und Wählen hatten Sabine und Rita ein paar Ringe und Armreifen erstanden.

„Es ist schon später Nachmittag, und wir werden zum Tee bei Madhu erwartet", drängte Deepak ungeduldig.

Deepak und Rita führten Gerhard und Sabine durch die engen Gassen Alt Delhis, vorbei an Garküchen, wo in *Karahis* würzige Gerichte brodelten. Der Ruf des Muezzins vom Minarett der nahe gelegenen Jama Masjid erschallte zum Fünf-Uhr-Gebet über den Dächern der Stadt und verlor sich gedämpft im Gewirr der Gassen.

Das kleine Haus schmiegte sich hinter einem übel nach Urin und fauligen Abfällen stinkenden Torbogen eng an seine Nachbarhäuser. Ein metallener Türklopfer - eine sich im Tanz wiegende Inderin - zierte die schmale Eingangstür, die offensichtlich schon einmal bessere Tage gesehen hatte.

Deepak klopfte dreimal. Die Antwort war ein dumpfes Schweigen. Als er gerade noch einmal anklopfen wollte, waren schnelle Schritte aus dem Inneren des Hauses zu vernehmen. Eine junge *Hijra* in einem pinkfarbenen Sari öffnete ihnen die Tür, grüßte freundlich mit geneigtem Kopf und führte sie in einen überraschend schönen Innenhof. Unter einer hölzernen Veranda gruppierten sich Rattanstühle um einen runden Tisch. Gleich daneben waren bunte Sitzkissen auf einem Teppich ausgebreitet, auf denen sich drei weitere *Hijras* räkelten. Sie waren alle in hübsche Saris gehüllt und beschäftigten sich mit ihrem Make-up, so als wollten sie ein Fest besuchen. „Madhu erwartet euch, geht nur nach oben", riefen sie den Ankömmlingen entgegen.

Über eine enge steile Holztreppe gelangte man in das obere Stockwerk, das wie eine Galerie den nach oben hin offenen Hof begrenzte. An den Wänden hingen Aquarelle mit Gebirgszügen, Flüssen und sich in Blumengärten räkelnden Liebespaaren. Vor einer der in die angrenzenden Zimmer führenden Türen saß Madhu in einem geflochtenen Liegestuhl. Gelassen erhob sie sich und kam ihnen mit ausgestreckten Händen entgegen.

„Ich freue mich sehr. Herzlich willkommen in meinem Zuhause", sagte sie und ließ ihre weißen Zähne blitzen. Sie umarmte die Gäste und fuhr sich mit ihren langen roten Fingernägeln spielerisch über den Sari, wobei ihre fast bis zum Ellenbogen reichenden Armreifen verheißungsvoll klimperten. Ihre schönen langen, schwarz glänzenden Haare fielen ihr in weichen Wellen über die Schultern und gaben dem herben Gesicht Weichheit. Mit einer sehr weiblichen Geste deutete sie an, dass ihre Gäste es sich auf den bereitstehenden Liegestühlen bequem machen sollten. Das Haus, die Einrichtung, die Atmosphäre, die Bewohner – alles hatte einen Hauch von Pikanterie.

Madhu klatschte laut in die Hände. Gleich darauf erschienen zwei sehr junge *Hijras*, die ihnen scharf gewürztes Gebäck und Tee servierten.

Deepak Puri schlürfte abwesend seinen heißen Tee. Er grämte sich, weil er nicht bei seiner Mutter geblieben war. Es versetzte ihn in schlechte Laune, dass die anderen sich so unbeeindruckt unterhielten. Er stand auf - einen Augenblick lang wieder an der Hand seiner Mutter auf der Flucht aus ihrem brennenden Dorf. Er machte ein paar Schritte und lehnte sich an das Geländer der Galerie. Die anderen bemerkten nicht die Angst, die in seinen Augen flackerte.

Undeutlich hörte er Gerhard zu Madhu sagen: „Eure Lebensumstände sind bestimmt nicht einfach."

„Das stimmt", nickte Madhu. „Habt ihr in Deutschland mehr Verständnis für solche wie uns?"

Gerhard und Sabine Wissmann schauten verlegen auf ihre Hände. Was sollten sie auch sagen? Dies hier war alles so exotisch, kein Vergleich mit Deutschland. Und auch dort wussten sie nichts oder nicht viel über das Leben von Transsexuellen.

Madhu lehnte sich in ihrem Liegestuhl zurück und schaute den fünf Affen zu, die sich auf der Außenmauer des Hauses lautstark um die Banane stritten, die sie ihnen zugeworfen hatte.

„Ihr interessiert euch für unser Leben?", fragte sie leise. „Dann will ich euch meine Geschichte erzählen."

Unsicher nickten Gerhard und Sabine.

„Ich bin eigentlich nicht von hier. Ungefähr 60 km von Delhi entfernt wurde ich in einer Lehmhütte geboren", sagte sie versonnen, „Meine Großeltern waren einfache Bauern, aber mein Vater hatte es zum Schreiber des Dorfes gebracht. Nach meiner Geburt versuchte die Hebamme, meiner Mutter schonend beizubringen, dass... ja, dass ich eben nicht normal war. Und meine Mutter", sie lachte rau auf, „was tat sie, als ihr diese größte aller Schanden offenbart wurde? Sie zog sich in eine Ohnmacht zurück. Sie wollte nicht verstehen."

Madhus Mund war schmal geworden.

„Wie ein Lauffeuer sprach sich meine Deformierung herum. In den Dorfstraßen und im Bazar tuschelte man von nichts anderem als von der Schande, die meine Mutter über das ganze Dorf gebracht habe. Mein Vater genoss als Schreiber einen gewissen Respekt. Trotzdem war ihm klar, dass auch seine Stellung die Familie nicht vor dem gesellschaftlichen Ruin schützen könnte. Man würde sie wie Aussätzige behandeln. Er konnte die Augen davor nicht verschließen. Also beschloss er, mit dem Wenigen, was die Familie besaß, nach Delhi aufzubrechen. In Delhi wollte er mit meiner Mutter, die er vermutlich sehr liebte, und meinen beiden normalen Geschwistern", sagte sie mit bitterem Lächeln,

„ein neues Leben anfangen. Über mein Schicksal hatte er im selben Moment entschieden, als er von meiner Anomalität erfahren hatte. Deshalb suchte er sofort nach der Ankunft in Delhi eine *Hijra*-Gemeinschaft für mich. Die Vorsteherin war Manjula, meine wahre Mutter. Eine einflussreiche *Hijra* mit wichtigen Verbindungen in Delhi. Als Gegenleistung für mich besorgte sie meinem Vater eine Anstellung als Schreiber bei einer Behörde. Und ich, ich war Manjulas Baby. Durch mich fühlte sie sich glücklich... Ja, und ich war wirklich ein glückliches Kind. Manjula erzog mich mit Sorgfalt und gab mir all ihre Liebe Und ich erwiderte sie vorbehaltlos, diese Liebe. Manjula lehrte mich, eine *Hijra* zu sein, unterrichtete mich im Tanz, schickte mich zur Schule und gab mir Unterstützung, wenn ich unter der Verachtung der Leute litt."

Madhu schaute einen Moment in sich gekehrt den grünen Papageien zu, die in Gruppen schreiend von Baum zu Baum flogen. Keiner der Anwesenden sagte ein Wort.

„Ihr denkt jetzt vielleicht, dass ich zu bedauern sei." Madhu schaute sie mit ihren wissenden Augen an. „Nein! Nein, das bin ich nicht! Ich bin glücklich hier in meiner Familie." Sie suchte zerstreut nach einem bestimmten Keks in der Dose.

„Ach, wisst ihr, vielen anderen ist es viel schlechter ergangen als mir. Diejenigen, die mit einem normalen männlichen Körper geboren werden, sich aber im Innersten als Frau fühlen, gehen durch die Hölle, bevor sie sich und anderen eingestehen, dass sie im falschen Körper geboren wurden. Meist entscheiden sie sich erst dann zu einer Kastration, wenn sie psychisch am Ende sind."

Sie nippte an ihrem Tee und stellte die Tasse wieder auf dem kleinen Tisch ab. Jetzt hielt sie den Blick ihrer Gäste fest.

„Solche Kastrationen sind offiziell verboten. Deshalb werden sie in aller Heimlichkeit vorgenommen, in Dörfern, unter primitivsten Bedingungen und ohne Betäubung. Viele sterben dabei an Wundinfektionen, denn die Wunde wird möglichst lange offen gehalten, damit all das „Schlechte, Männliche" abfließen kann."

„Unvorstellbar", murmelte Sabine Wissmann. Eine Weile rührte sich keiner. Die zugezogenen Vorhänge vor den geöffneten Fenstern bewegten sich im Luftzug.

„In Europa können sich die Transsexuellen ganz offiziell unter ärztlicher Aufsicht einer Geschlechtsumwandlung unterziehen. Hier in Indien haben sie nur die Wahl zwischen der brutalen Kastration auf dem Lande oder einer illegalen Hormonbehandlung und Operation bei einem zwielichtigen oder mitleidigen Arzt. Ärzten, die sich auf eine Behandlung und Operation einlassen, droht die Schließung ihrer Praxis oder sogar Gefängnis. Deshalb gehen nur wenige das Risiko ein. Und wenn, dann lassen sie sich teuer bezahlen."

Erstaunlich, wie sachlich sie darüber sprach. Ohne eigene Schuld, durch einen genetischen Fehler oder eine Deformation gebrandmarkt und zu einem Dasein außerhalb der „normalen" Gesellschaft verurteilt. Von dieser einerseits als Glücksbringer betrachtet und gleichzeitig von eben dieser Gesellschaft der Lächerlichkeit und Verachtung preisgegeben. Dem Anschein nach war sie zufrieden mit ihrem Leben. Jedenfalls lehnte sie sich nicht gegen ihr Schicksal auf.

Gerhard Wissmanns Augen fingen Madhus unsteten Blick ein.

„Würdest du es vorziehen, im nächsten Leben nicht das Leben einer *Hijra* führen zu müssen?"

Es fiel ihr offenbar nicht leicht, sofort darauf zu antworten. Verständlich!

„Das Leben ist in Gottes Hand", antwortete Madhu endlich. „Wir sind Geschöpfe Gottes. Haben wir also eine Wahl? Ich bete für unser Wohlergehen in diesem Leben und versuche, mir und meiner Familie eine gewisse Moral zu erhalten. Aber das nächste Leben? Warten wir es ab."

Sie klatschte in die Hände.

„Jetzt wollen wir uns aber fröhlicheren Themen zuwenden. Unsere beiden jüngsten Mädchen wollen uns eine Kostprobe ihrer Tanzkünste geben."

Sabine Wissmann überfiel der heftige Wunsch, diese Frau in die Arme zu schließen. Mein Gott, wenn sie sich vorstellte...

Allmächtiger! Dann brachte sie es aber doch nicht über sich, Madhu anzufassen.

Zwei Mädchen erschienen mit einer älteren *Hijra*, die ein Harmonium über der Schulter trug. Madhu nahm die *Dholki* und gab den Takt an. Das Harmonium ließ seine stetigen, schwach tremolierenden, sanften Töne erklingen, zu denen sich die Mädchen im Tanz drehten. Sie bewegten sich biegsam elegant, nicht sexuell provozierend. Ihre runden, fraulichen Hüften, die ausgeprägten Brüste und ihre weibliche Ausstrahlung ließen nichts Männliches an ihnen vermuten. Nur ihre Stimmen waren dunkler, volltönender.

Aus einem der benachbarten Zimmer trat eine elegante Frau mit einem Arztkoffer in der Hand. Sie stellte ihren Koffer ab, nickte Madhus Gästen lächelnd zu und setzte sich zu ihnen. Als die Mädchen ihren Tanz beendet hatten, machte Madhu bekannt: „Sheela, das ist unser Besuch aus Deutschland."

Sheela mochte vielleicht fünfunddreißig sein, vielleicht auch etwas älter.

„Ich kann Ihnen gar nicht sagen, wie begeistert Madhu von ihren deutschen Freunden erzählt hat", sagte sie, während sie mit einem ‚Namaste' grüßte. Dann goss sie sich mit ruhigen, gelassenen Bewegungen eine Tasse Tee ein und nippte daran.

„Das ist Dr. Sheela Kapoor, bis vor acht Wochen noch die in Delhi bekannteste Kardiologin", stellte Madhu vor. „Die Leute kamen von weither angereist, um sie zu konsultieren. Jetzt tanzt sie bei uns."

Sabine Wissmann stellte ungläubig ihre Teetasse ab. „Was ist passiert?"

Ohne sich auch nur eine Gemütsregung anmerken zu lassen, antwortete Sheela Kapoor: „Nun…, es ist bekannt geworden, dass ich eine *Hijra* bin. Ein halbes Jahr habe ich noch weiter praktiziert. Es kamen aber immer weniger Patienten. Vor acht Wochen habe ich dann die Praxis und meine Wohnung verkauft und bin hierher gezogen."

Sie betrachtete ihre Hände. Als sie wieder sprach, wirkte sie fast glücklich. „Einige meiner Patienten sind mir dennoch treu geblieben. Zu einem solchen bin ich gerade wieder gerufen worden." Sie erhob sich. „Ich hoffe, ich werde Sie bei meiner Rückkehr noch antreffen. Es hat mich sehr gefreut." Dann ging sie mit ihrem Arztkoffer die Treppe der Galerie hinunter.

Einige Minuten herrschte erschüttertes Schweigen.

„Es braucht euch nicht peinlich zu sein", sagte Madhu. Auch sie hat sich mit ihrem Schicksal ausgesöhnt. Und sie hatte es gut als Kind und als junge Frau. Ihre Eltern haben sie so akzeptiert, wie sie geboren war. Sie waren aufgeklärte Menschen. Ihr Vater war auch Arzt und ihre Mutter eine bekannte Architektin. Sie trafen sofort nach der Geburt die Entscheidung für ihr Geschlecht. Sie erzogen sie als Mädchen, schickten sie zur Schule, ließen sie studieren. Sie stärkten ihr Selbstbewusstsein, wo sie nur konnten. Niemand, nicht einmal ihre Brüder, wusste, dass mit ihr etwas nicht stimmte. Ja, ihre Eltern gaben ihr das sichere Gefühl, ein Mädchen zu sein, verboten ihr aber, sich jemals auszuziehen. Es zieme sich für ein Mädchen eben nicht, brachten sie ihr bei." Madhu nickte bekräftigend mit dem Kopf.

„Erst als sie älter wurde, merkte sie, dass sie anders als ihre Freundinnen war. Und auch dann gaben ihre Eltern ihr Halt und machten sie stark. Wenn sie mit den Mädchen zusammen war, vergaß sie zuweilen, was oder wer sie war. Und sie war eine gute Studentin, schloss ihr Studium erfolgreich ab und wurde eine bekannte Fachärztin."

Madhu spielte mit ihren Armreifen und jetzt schwang wieder Bitterkeit in ihren Worten mit. „Erfolg ist aber auf Dauer nur dem beschieden, der in die Moralvorstellungen der jeweiligen Gesellschaft passt und deren Dogmen folgt."

„Und Sheela passte nicht?", fragte Sabine Wissmann.

„Richtig, sie passte nicht. Im vorigen Jahr erkrankte sie an Malaria. Als sie bewusstlos in Fieberträumen lag, holte ihre Hausangestellte einen Kollegen, der sie gründlich untersuchte - zu gründlich. Er gab ihrer Angestellten die Anweisung, sie alle zwei Stunden kalt abzuwaschen. Nach ihrer Genesung dauerte es nicht lange, bis sie von Patienten und Kollegen gemieden wurde. Natürlich!"

Madhu zuckte die Schultern und warf den Kopf zurück. „Und nun tanzt sie. Und wir fangen sie auf, wenn sie sich im Tanz zu heftig dreht und sich die Erde unter ihren Füßen zu öffnen droht."

Sabine und Gerhard Wissmann saßen steif da und wunderten sich, dass Menschen wie Madhu noch lachen konnten.

Madhu schien ihre Gedanken zu erraten. „Wozu Trübsal blasen? Das Leben ist eine Serie von naturbedingten und spontanen Veränderungen. Warum sich dagegen wehren? Das bringt nur Traurigkeit. Lass den Dingen ihren natürlichen Lauf. Und was Sheela betrifft: Die Sterne fürchten sich nicht, wie Leuchtkäfer zu erscheinen."

Es war spät geworden. Madhu begleitete die Freunde zur Tür. Auf der Straße, mit Madhus und Sheelas Gesicht vor Augen, ihren Stimmen in den Ohren, hinterließ die fröhliche Musik der *Hijras* in ihren Herzen einen traurigen Klang, den auch der Lärm des Gewühls in der Altstadt nicht zu übertönen vermochte. Zurück aus einer anderen, fremden Welt, eingehüllt in einen Schleier der Dunkelheit, bahnten sie sich den Weg zu ihrem Auto durch die engen, im Dämmerlicht liegenden Gassen.

19

Sabine und Gerhard Wissmann waren abgereist. Es schien, als würde die glückliche Zeit andauern. Tagsüber erledigte Rita Puri die notwendigen Arbeiten im Haus, spielte mit Vikram und Vinita. Die beiden entwickelten sich so, dass es eine Freude war, ihnen zuzuschauen. Am Ende des Tages aber erwartete Rita die höchste Belohnung: die Liebkosungen Deepaks, die sie den grauen Alltag vergessen ließen. Was bedeuteten schon die anhaltenden Feindseligkeiten Nanawatis und Vimlas, wenn sie sich nachts an Deepak schmiegen konnte.

Manchmal hatte Rita Puri das Gefühl, sie müsse mit Namita sprechen, die zwar nicht mehr im Haus wohnte, für sie aber dennoch eine Quelle der Kraft in dem undurchsichtigen häuslichen Gewirr war. Die beiden Frauen hatten sich von Anfang an zueinander hingezogen gefühlt mit einer Sympathie, die ihre unterschiedliche Herkunft vergessen ließ. Rita betrachtete Namita als ihre einzige Verbündete unter Deepaks Geschwistern. Sie war fasziniert von Namitas lebhafter Gestik, dem schönen beweglichen Gesicht, der rauen Stimme, die der Savitris glich. Oft beschränkte sie sich darauf, Namita amüsiert zuzuhören, wenn diese in flammenden Worten forderte, dass die Frauen nun endlich auch im Arbeitsverhältnis – ach was, in allen Daseinsbereichen - gleichberechtigt behandelt werden müssten, so wie Nehru es in der neuen Verfassung Indiens durchgesetzt hatte. Wenn sie sich ereiferte, dass, auch wenn die Ächtung der Unberührbaren vom Staat abgeschafft und unter Strafe gestellt worden war, das ja noch lange nicht hieß, dass die Menschen sich auch so verhielten. Die Gesellschaft müsse da hineinwachsen. Sie müsse genauso lernen, dass die Grundrechte auch eine Ehe zwischen Angehörigen verschiedener Kasten garantierten. Der Staat habe viel getan, ohne Frage, aber die Menschen müssten immer wieder mit der Nase darauf gestoßen werden, meinte Namita, nur so könne der künstlich gebremsten Entwicklung in Indien Einhalt geboten werden.

„Aber ist der alte Aberglaube gebrochen?", vermochte sie aufgebracht zu fragen. „Ja sicher, Indien beginnt sich umzusehen und der Gegenwart näher zu kommen. Aber wie es sich auch immer ändert, der alte Zauber wird bestehen bleiben und die Herzen der Inder gefangen halten. Wenn Indien sich auf Traditionen stützt, dann sollten es die alten Weisheiten sein. Festgehalten werden sollte das, was wahr, schön und gut ist in dieser rauen, rachsüchtigen und habgierigen Welt. Kräfte sollten nicht mehr vergeudet, der Geist nicht mehr eingeengt und in falsche Bahnen gelenkt werden."

Wenn Namita mit sprühenden Augen und geröteten Wangen sprach, verwandelte sich Ritas Lächeln in jugendliches Gelächter. Namita hatte die Kraft, Überzeugungen kühn und verwegen zu vertreten, und sie machte auch Rita Mut, sich zu wehren, sich den Respekt, der ihr als Frau des ältesten Bruders gebührte, zu erkämpfen.

Doch dann brach heimtückisch wieder eine bedrückende Zeit über Deepak und Rita Puri herein. Rita vertrug die einsetzende Hitze, die der Frühsommer mit sich brachte, längst nicht so gut wie die angenehmen Temperaturen während der Wintermonate. In den heißen Nachmittagsstunden erzählte sie Vinita und Vikram endlose verklärte Geschichten über Deutschland. Ihre von Heimweh geplagte Phantasie ließ sie ihre Heimat in den schillerndsten Farben malen. Sie berichtete von großen sauberen Städten, grünen Wäldern, verborgenen Flusstälern, wo es in den Gewässern von Forellen wimmelte, wo die Talgründe und Bergwiesen ganze Teppiche von Blumen trugen, wo im Frühjahr der Duft von Blüten die Luft sättigte, wo Äpfel und Walnüsse an trägen goldenen Sommertagen heranreiften. Solche Geschichten hörten die Kinder am liebsten. Sie erdachten sich ein Haus in einem grünen Tal, das ihrer kleinen Familie ganz allein gehörte. Es würde einen Garten geben, in dem Mandeln und Pfirsiche

gediehen, wo man Hühner, Schafe und Ziegen halten könnte,
eine Katze und einen kleinen Hund.

20

Rita Puri verließ Savitris Krankenzimmer nicht, ohne vorher den *Cooler* einzuschalten. Es war viel zu stickig in dem kleinen Raum. Savitris Rücken und Kopf waren von drei Kissen gestützt. Sie dachte an Gulshan und die glücklichen gemeinsamen Jahre. Aber öfter noch wurde sie von Erinnerungen und Ängsten aus der Vergangenheit bedrängt. Im Schein der Lampe griff sie zu dem Büchlein, das auf ihrem Nachttisch lag. Tagore, Gulshans Lieblingsdichter. Der *Cooler* brummte laut. Wahllos schlug sie eine Seite auf. Sie wusste, dass sich ihr Gesundheitszustand von Tag zu Tag verschlechterte. Wusste auch, dass die Intrigen gegen Rita und Deepak ein Ausmaß angenommen hatten, dass selbst Deepak sie nicht mehr ignorieren konnte. Und nachts, wenn sie aufwachte, tauchten Gestalten auf und verschwanden wieder.

Nanawati.....Als Kleinkind Glücksbringerin, als Erwachsene das schwierigste ihrer Kinder. Nun war sie seit langem mit Bharat Ram verheiratet, hatte zwei niedliche Kinder und gab immer noch keine Ruhe, obwohl es ihnen gut ging. Täglich kam sie an ihr Bett und drängte, Savitri möge ihr das Haus überschreiben.

Deepak..., wie er treu aus Deutschland Geld geschickt hatte für die Ausbildung seiner Geschwister, für die Hochzeiten seiner Schwestern und für den Kauf dieses Hauses.

Und Rita musste lernen, Deepak ein bisschen intelligenter zu behandeln, wenn sie wollte, dass...

Und wieder Nanawati. Wie sie anklagend die Hand hob und ihr einflüsterte, dass ihre Söhne sie ruinierten, sie in Krankheit, Not und Tod alleine lassen würden. Und erst recht die deutsche Schwiegertochter, die doch nur darauf wartete, dass sie stürbe.

Savitri lag unbeweglich da, aber mit kämpferisch geballter Faust. Zum Nark, zum Teufel, mit diesen Gedanken.

Rita sorgte sich um Savitri. Sie sah, dass ihre Schwiegermutter täglich schwächer wurde. Ohne ihren freundlichen Zuspruch und ihre fröhliche Wärme konnte Rita das Leben in Kalka-ji kaum noch ertragen. Sie sah für sich und die Kinder kaum noch eine Zukunft in diesem Haus, wo ihre Schwägerinnen ihr Lebenselixier aus dem Brunnen der Intrigen schöpften. Aber mit Deepak war nicht zu reden. Er wiegelte ab, stritt mit ihr. Er arbeitete jetzt meistens bis spät in den Abend hinein.

Deepak blieb bewusst länger im Büro. Wenn er dann spät abends nach Haus kam, setzte er sich an das Bett seiner Mutter, erzählte von seiner Arbeit und sprach viel über die Vergangenheit, die Flucht aus Pakistan, den Anfang in Delhi und über Gulshan. Bei diesen Gesprächen kam wieder Leben in Savitris Augen. Rita und die Kinder schliefen meist schon, wenn er lautlos das Zimmer betrat.

Am folgenden Sonntag wechselte plötzlich das Wetter. Dunkle Wolken überzogen den Himmel wie ein schwarzer Vorhang. Ein Sturm aus Süd-Ost ließ den Staub hoch aufwirbeln und den Tag noch dunkler erscheinen. Die Farbe des Himmels wechselte zu pflaumenblau.
Savitri war tot. Ihre Seele würde sich nach der Verbrennung und Vollendung der Rituale auf den Weg zu einer neuen Existenz begeben.
Die Familie stand an ihrem Bett, und Deepak betete laut.
Tod, dein Diener ist an meiner Tür.
Er hat das unbekannte Meer überquert und
deine Botschaft in mein Haus gebracht.
Die Nacht ist dunkel, mein Herz furchtsam,
und doch will ich die Lampe nehmen, mein Tor
öffnen und ihn willkommen heißen.
Es ist dein Bote, der vor meiner Tür steht.
Ich will ihn ehren mit gefalteten Händen, ihn
ehren mit Tränen; ich will ihn ehren und ihm
den Schatz meines Herzens zu Füßen legen.
Ist sein Auftrag erfüllt, wird er fortgehen, und
auf mein Morgen wird ein dunkler Schatten

fallen. In meinem verlassenen Heim bleibt
nichts zurück als mein verlorenes Selbst –
meine letzte Gabe an dich."

Deepak fühlte die Traurigkeit wie eine Erstarrung, wie eine
eisige Wand, während er die Hände der Besucher schüttelte und
Beileidsbekundungen entgegennahm.

Im Hof versammelten sich die Frauen. Ihre Wehklagen *„Haai,
meri Bähan! Haai, meri Mai! Haai…"* erfüllten das Haus. Ihre
Oberkörper wiegten sich, ihre Fäuste schlugen gegen ihre
Brüste. Unter ihnen saß auch Gulshans Schwester, die alte Bhua-
ji. Ihr Gesicht war nicht genau zu erkennen. Der weiße
Trauersari legte sich ihr wie ein großes Laken um die Schultern.
Sie schlug sich im Rhythmus ihres Kummers gegen die Brust.
Der Sari rutschte ihr vom Kopf und von den Armen. Ihre mit
Henna gefärbten Haare und die schlaffen Oberarme verrieten ihr
Alter. Sie sprang auf, bäumte sich auf und drohte dem
Himmel…

Rita Puri hatte keine Augen für das alles. Sie hatte alle Hände
voll zu tun, die Menschen im Hof mit Getränken zu versorgen.
Ihre Schwägerinnen waren unfähig, auch nur einen Finger zu
rühren.

Der Priester erschien. Er gab Anweisung, Savitri Puris Leiche zu
waschen. Ihre Söhne wickelten sie anschließend in ein weißes
Leinentuch und legten sie auf eine Bambusbahre, während der
Guru Mantras murmelte. Unter den Wehklagen der Frauen
trugen die Brüder den Leichnam ihrer Mutter mit den Füßen
voran durch die Hintertür zum Fluss. Rita folgte mit den
Schwägerinnen. Die Angehörigen, Freunde und Nachbarn
reihten sich in den Zug zum Verbrennungsplatz ein.

Eigentlich eine schöne Art der Bestattung, regte sich neben der
Traurigkeit ein Gedanke in Ritas Kopf. Statt in den Sarg gepackt
und unter die Erde gebracht zu werden - fürchterlich!

Am Verbrennungsplatz legten Deepak und seine Brüder Savitris
sterbliche Überreste mit dem Kopf nach Norden auf den
vorbereiteten Scheiterhaufen. Der Guru rezitierte Mantras,

bestreute den Leichnam mit roter und gelber Farbe und umrundete, gefolgt von der Familie, Savitris letzte Ruhestätte dreimal.

Mit der ersten Umrundung wurde Brahma, der Gott des Erschaffens, gewürdigt, mit der zweiten Vishnu, der Gott der Erhaltung, und mit der letzten Shiva, der Gott der Zerstörung. Deepak blieb am Kopfende stehen und blickte auf den mit Blumengirlanden und Rosenblüten geschmückten toten Körper seiner Mutter. Er fühlte sich einsamer als jemals zuvor in seinem Leben. *Das Leben ist ein Geschenk, das wir verdienen, indem wir es hingeben...* Woher kannte er das nur? *Im Leben sind Lücken geblieben, durch die die traurige Musik des Todes eindringt.* Deepaks Gedanken wanderten wirr. Er merkte nicht, dass alle darauf warteten, dass er den Scheiterhaufen unter Savitri entzündete. Erst als der Priester ihn leise aufforderte, reagierte er. Sein Gesicht blieb reglos. Wie sollte er das nun von ihm Erwartete über sich bringen? Das Elendsgefühl wurde übermächtig, und doch musste er es tun.

Gerüche von Sandelholz, Rosenblüten, Abwasser und verbranntem Fleisch sammelten sich in der Luft, vermischten sich und wurden vom Wind über den Fluss getragen. Dunkle Rauchschwaden stiegen zum Himmel auf. Knackende Holzscheite, leises Weinen - und immer wieder dazwischen die gemurmelten Gebete des Gurus.

Jetzt brannte der Scheiterhaufen lichterloh. Nun musste der Schädel zerschlagen werden, damit die Seele entweichen und böse Geister nicht davon Besitz ergreifen konnten. *Der Springquell des Todes macht das stille Wasser des Lebens spielen* - schwirrte es in Deepaks Kopf - *Lass dein Leben schön sein wie Sommerblumen und deinen Tod leuchtend wie Herbstlaub.*

Endlich war die Zeremonie vorbei. Deepak und seine Brüder sammelten Savitris Asche und die nicht verbrannten Knochenreste in ein Messinggefäß. Sie würden sie morgen dem heiligen Fluss übergeben.

Sehr früh am Morgen brachen Deepak, Ram Chand und Rita nach Haridwar auf. Über der heiligen Stadt lag eine Atmosphäre, wie Rita sie noch nie empfunden hatte – in keiner Kirche, in keinem Tempel, in keiner Moschee. Es war eine Mischung aus Frohsinn, Andacht und Traurigkeit. Manche Menschen kamen hierher, um ihren Körper im Ganges zu reinigen, andere, um im Angesicht des heiligen Flusses die Gnade der Götter zu erflehen, und viele waren gekommen, die Überreste eines geliebten Menschen der Mutter Ganga zu übergeben. Auch Savitris Asche würde der heilige Fluss weitertragen, bis sie sich schließlich in der Weite des endlosen Ozeans verlöre.

Am 13. Tag, dem Tag der *Kirya*, der zugleich das Ende der Trauer und der Totenrituale bedeutete, fand eine *Puja* statt. Im Hof saßen die Trauergäste mit gekreuzten Beinen auf einem großen Teppich. Ein Harmonium begleitete ihre Trauerlieder, während Rita und ihre Schwägerinnen Gebäck zum Tee reichten. Deepak richtete mit über der Brust gefalteten Händen Dankesworte an den Priester, über dessen Gestalt eine gewisse Hoheit und kühle Sicherheit lag.
„Lassen Sie mich Ihnen meinen Tribut der Verehrung und Achtung überreichen."
Er legte dem Brahmanen eine traditionelle Jasmingirlande um die Schultern und verneigte sich vor ihm.
Eine andächtige Trauerversammlung. Zuweilen erhob einer der Gäste bewegt die Stimme und erzählte Begebenheiten aus Savitris Leben – wie sie das Leben und Schicksal ihrer Familie in der schweren Zeit des Flüchtlingsdaseins würdevoll gemeistert hatte. Worauf wieder eine Welle der Trauer die Menschen im Hof erfasste. Die Frauen riefen: „*Sat Nam, Sat Nam, Sat Nam, Hari Oom!*"
Rita beobachtete mit geneigtem Kopf das Geschehen. Sie hatte viel für ihre Schwiegermutter empfunden, spürte eine tiefe Trauer, hatte Angst, wie es weiter gehen sollte. Dennoch empfand sie ein leichtes Befremden, wie hier getrauert wurde – einfach zu laut. Ihr war, als schwankten die Menschen zwischen

der blinden Anhänglichkeit an ihre alten Bräuche und der sklavischen Nachahmung fremder Lebensweisen. Und Deepak, wie fühlte sich Deepak bei diesem ganzen Trubel?

Sie sollte sich lieber darauf konzentrieren, ihren Schwägerinnen bei der Zubereitung des üppigen Mahls für die Gäste zu helfen, das den Abschluss der Sterbe- und Totenrituale bildete, ermahnte sie sich.

Bald ging das Leben im Haus in Kalka-ji wieder seinen normalen Gang. Rita Puri hatte in einem Winkel ihres Herzens trotz allem gehofft, dass nach dem Tod ihrer Schwiegermutter eine größere Nähe zwischen den Geschwistern entstehen würde. Alles, nur nicht wieder diesen Intrigen ausgesetzt sein. Hoffnung? Nein, Enttäuschung! Sie machte sich keine Illusionen über Ihr Leben in Deepaks Familie. Die Stimmung im Haus verschlechterte sich nach dem gemeinsamen Gefühl der Trauer um Savitri bald wieder.

Verbittert versuchte Rita, ihren Schwägerinnen, so weit wie möglich aus dem Wege zu gehen. Nanawati kam nun fast täglich ins Haus, um Vimla, Motu und Achla zu besuchen. Sie steckten ständig die Köpfe zusammen.

Nicht einmal Deepak konnte jetzt noch leugnen, dass hier irgendwelche bösen Ränke geschmiedet werden, dachte sie. Aber er war nicht mehr offen für das, was sie ihm sagte. Jedes Wort von ihr schien ihm lästig zu sein. Manchmal kam es ihr vor, als sei er ein Fremder. Ihr Inneres begann taub zu werden. Da waren kaum noch Wünsche, kaum Bedürfnisse. Das einzige, was von Bedeutung war, waren die Kinder und Deepak. Trotz des Wirrwarrs in ihrem Kopf, einem Gefühl des Elends, wusste sie, dass sie alles daran setzen würde, ihre Ehe zu retten. Sie liebte ihn doch! Um Himmels Willen, es müsste doch einen Weg aus dieser verfahrenen Situation geben. Mit einer unbewussten Geste der Abwehr hob sie ihre Hand und schob die Schwächeanwandlung beiseite. Es ging hier ja nicht nur um sie und Deepak, es ging auch um die Kinder. Sie musste und würde es schaffen. Zurück zu einem normalen Familienleben – sie wusste nur noch nicht wie.

Deepak Puri war es schwer gefallen, nach dem Tod seiner Mutter in das normale Leben zurückzufinden. Er spürte sehr wohl, dass seine Geschwister ein falsches Spiel spielten, und auch, dass er sich immer mehr von Rita entfernte. Außerdem ging ihm die Arbeit nicht mehr wie früher von der Hand. Er saß jetzt häufig in seinem Büro am Schreibtisch und schaute aus dem Fenster. Handwerker schufen dort allmählich aus Zement, Ziegeln und Metall ein neues Gebäude. Immer wieder musste er sich zwingen, seine Konzentration auf die Arbeit zu lenken. Viele Aufträge, die er früher selbstverständlich selbst bearbeitet hatte, gab er jetzt an seine Ingenieure weiter.

Er musste sich Rita wieder mehr zuwenden, ihr zuhören. Gar keine Frage. Wie viel echtes Gefühl, wie viel Verstehen war früher zwischen ihnen gewesen. Hatte ihn sein geschäftlicher Erfolg so geblendet, dass er die Person, die ihm am nächsten war, nicht mehr verstand? Hatte er nicht weit mehr erreicht, als er sich je erträumt hatte, und war dem Zweck damit nicht Genüge getan? Und wieder dachte er an die Geschichte von dem Hund, die sein Vater ihm häufig erzählt hatte, als er noch ein kleiner Junge war. Die Geschichte von dem Hund, der ins Ausland ging, in die Heimat zurückkehrte und sich mit einem Seufzer eingestand: Die Heimat ist schön, aber Verwandte können einem das Leben zur Hölle machen.

Ritas Augen hatten sich mit Tränen gefüllt, als er ihr die Geschichte vor ein paar Tagen erzählt hatte. Ihre alten traurigen und sorgenvollen Gedanken waren allgegenwärtig: „Ich stehe am Rande einer Klippe. Im Haus hängen die Augen deiner Geschwister an mir und warten darauf, dass ich einen falschen Schritt mache und abstürze. Es ist leicht, freimütig zu sein, wenn man sich nicht die Mühe macht, die ganze Wahrheit zu sehen. Ahnungslos, das ist es, was du bist", hatte sie gesagt und Deepak traurig ins Gesicht geblickt. „Das habe ich nicht verdient."

„Bestimmt nicht", hatte Deepak ihr liebevoll versichert und gewünscht, er müsse dabei nicht an die fröhliche Frau denken, die sie in Deutschland gewesen war.

Er musste sich auf diese neue Rita konzentrieren. Er verstand sie ja auch sehr gut. Nanawati war ein Drachen mit einem Flohhirn. Jeder in der Familie wusste doch, dass ihr Geist von Grund auf berechnend war. Er fragte sich, wovon sie träumte.

Und Vimla? An ihr konnte man bestens studieren, wie der Charakter die Physiognomie verändert. Deepak sah das alles, und dennoch gelang es ihm nicht, Rita zu beruhigen.

„Warum können sie nicht wenigstens freundlich und höflich sein? Manchmal erwidern sie nicht einmal meinen Gruß. Glauben sie, durch Grobheiten ihre Würde zu erhöhen?", hatte sie ihn gefragt.

21

Deepak fuhr erschrocken aus seinen Gedanken auf, als das Telefon auf seinem Schreibtisch klingelte. Es war Rita, die ihn fragte, wann er heute endlich nach Hause komme. Und er sagte ihr wieder einmal, dass es noch länger dauern würde.

Er hatte eine Affäre mit Subhria Sharma begonnen.

Der alte Chinu hatte ihm eines Morgens im Büro den Besuch einer jungen Frau angekündigt, die ihm etwas verkaufen wollte, das ihm die Arbeit erleichtern sollte.

Die junge, elegante Inderin, die dann sein Büro betrat, erschien ihm wie der Hauch einer Erscheinung, als sie mit leichten Schritten auf ihn zukam. Deepak hatte den Atem angehalten. Ihr hellblau-grau changierender Seidensari unterstrich ihre Eleganz. Die mandelförmigen Augen gaben ihrem ebenmäßigen Gesicht mit dem hellen, honigfarbenen Teint etwas Geheimnisvolles. Die Haut der Schultern und des schlanken Halses, die nur zum Teil von ihrem Sari bedeckt waren, schien transparent zu sein.

Er erinnerte sich, wie sich ihre Blicke getroffen und sie ihm den Anflug eines Lächelns geschenkt hatte. Er war aus dem Gleichgewicht gebracht.

„Geht es Ihnen nicht gut?", hatte sie gefragt, während sie ihm die Hand reichte.

Und dann seine dümmliche Antwort: „Doch, doch, natürlich, nur die Hitze in Delhi empfinde ich manchmal als quälend."

Sie hatte genickt: „Ich heiße Subhria Sharma und bin Prokuristin bei der Firma Mahendra-Consulting."

Sie war Unternehmensberaterin. Ihre Firma untersuchte die Arbeitsabläufe in Betrieben und beriet dabei, wie durch effiziente Büroorganisation Umsatzsteigerungen zu erzielen seien.

Seine Firma habe sich als mittelständischer Betrieb etablieren können, dessen Wachstumspotential noch gesteigert werden könne, und dass sie ihn gerne beraten wolle, hatte sie ihm eröffnet und ihm mit leiser Stimme ein Konzept für seine Firma vorgestellt.

Deepak hatte einen Consulting-Vertrag mit ihr abgeschlossen, und von nun an war Subhria jeden Tag im Büro erschienen. Gemeinsam hatten sie an Plänen gearbeitet, die das Unternehmen noch wirtschaftlicher machen könnten. Das Mittagessen nahmen sie zusammen in demselben kleinen Restaurant um die Ecke ein, in dem Rita ihm zum ersten Mal von ihren Schwierigkeiten in Kalka-ji erzählt hatte.

Er schmunzelte, wenn er daran dachte, wie die schlanke Subhria jeden Mittag ein volles Menü mit einem Dessert verspeiste. Sie hatte ihm erzählt, dass sie als kleines Mädchen schon so viel gegessen habe, dass ihre Mutter ihr immer damit Angst gemachte habe, dass sie als erwachsene Frau einmal wie ein aufgeblasener Luftballon aussehen würde.

Subhria Sharma war eine vernünftige Person. Sie verfügte über eine Klugheit, in der sich Diskretion und Klarheit die Waage hielten. So wie Deepak Puri von seiner Frau sprach, war ihr klar, dass er so glücklich verheiratet war, wie man das von einem attraktiven Mann wie ihm erwarten konnte. Ein Teil seines Temperaments trieb ihn aber offenbar, sich eine Liebschaft zu erlauben – natürlich rein sexueller Natur. Sie hatte die Absicht, die Erotik mit ihm leichten Herzens auszukosten Was das Gefühl anging, nun ja... Sie hatten herumgealbert, sie seien die idealen Liebespartner. Das war natürlich wunderbar, hieß aber nicht, dass sie für alle Zeit brillante Liebende bleiben würden. Doch zum Glück boten sich ihr noch andere Wege, resümierte ihr klarer Verstand. Und dann war es doch Deepak, der am Ende der Vernünftigere von beiden war.

Deepak packte die Zeichnungen auf seinem Schreibtisch zusammen. Auf dem gepflasterten Weg zu seinem Büro stand Rita und winkte ihm zu. Sie wollten bei Nirulas am Connaught Place zu Abend essen.

Sein schlechtes Gewissen meldete sich wieder. Zum hundertsten Male schwor er sich, das Verhältnis mit Subhria zu beenden. Doch sie war einfach betörend.

Vor der Tür legte er den Arm um Rita. Das Auto hatte er vor einem der Reihenhäuser gegenüber geparkt. Die Sonne war schon hinter der Häuserzeile versunken, und die Straße lag im Halbdunkeln.

Rita hob schnuppernd die Nase, als Deepak die Autotür öffnete: „Riechst du das auch?", fragte sie. „Hier brennt etwas, und es stinkt fürchterlich nach Benzin".

Auch Deepak roch es. Es war nicht der Geruch der Holz- oder Dungfeuer. Das hier roch anders.

Ein Schrei machte der gedämpften Stille in der trägen Sommerdämmerung ein jähes Ende. Aus dem nächstgelegenen Hof stiegen schwarze Qualmwolken in den Himmel. Ein Stöhnen. Und dann wieder ein Schrei, der wie ein unsichtbares Geschoss in die Höfe der Gasse fuhr. Erste Türen wurden aufgerissen.

Deepak lief zu dem Hof, aus dem der Qualm drang, und rüttelte heftig an der Tür. Die Schreie und das Stöhnen wurden jetzt von einem seltsamen Klatschen begleitet, das dem Stöhnen einen Rhythmus zu geben schien. Deepak warf sich mit der Schulter gegen das Tor. Das verrostete Schloss gab sofort nach. Beißender Qualm umgab ihn, als er in den kleinen Hof stolperte. Seine Augen brannten und begannen zu tränen. Undeutlich erkannte er eine Gestalt auf der *Charpai*, von deren Körper züngelnde Flammen in die Luft schossen und sich zu dicken Qualmwolken verdichteten. Ein Kopf wand sich rasend in Krämpfen auf der Liege. Deepaks Augen vermochten den Qualm kaum zu durchdringen. Er suchte nach etwas, womit er die Flammen ersticken konnte. Auf einer Wäscheleine hingen Handtücher. Er riss sie herunter und schlug wild damit auf die Flammen ein, konnte sie aber nicht ersticken. Mit einem der Tücher vor Mund und Nase suchte er den Wasserhahn im Hof. Irgendwo musste es doch einen geben. Endlich, neben der Haustür. Er ließ den vollen Strahl über die Tücher laufen.

Gleichzeitig donnerte er gegen die Haustür. Wie war es möglich, dass niemand im Haus die Schreie gehört und den beißenden Qualm gerochen hatte? Mit den nassen Handtüchern lief er zurück zur Liege und schlug wieder und wieder auf die Flammen ein. Inzwischen hatten auch einige Nachbarn begriffen, was geschah, und kamen mit Wassereimern zu Hilfe.

Endlich gelang es ihnen, die Flammen zu ersticken. Die Frau auf der Liege gab keinen Ton mehr von sich. Deepak hob sie auf. Ihre Beine baumelten in einem merkwürdigen Winkel leblos herab. Eine Nachbarin hatte in ihrem Hof rasch eine Decke über eine *Charpai* gelegt. Dort legte Deepak die Verletzte vorsichtig ab. Jemand hatte inzwischen über eine Notfallnummer einen Arzt angefordert.

„Ich glaube, es ist Nishu, Sandeep Aroras Frau", flüsterte die Nachbarin. Ihr liefen Tränen über die Wangen.

Ein Mann mit verschlafenen Augen stand plötzlich hinter ihnen. „Nishu! Was ist passiert?", schrie er voller Entsetzen. „Wir haben im Haus geschlafen, mein Bruder und seine Frau, meine Mutter und ich. Aber Nishu! ...Sie hat sich angezündet!"

Er warf den Kopf zurück und streckte die Arme anklagend zum Himmel. „Wie konnte sie mir das antun?" Seine Stimme überschlug sich. „Lebt sie noch? Kommt ein Arzt?"

Bruder, Schwägerin und Schwiegermutter erschienen und stimmten in ein vielstimmiges Klagen ein.

Der inzwischen eingetroffene Arzt untersuchte Nishu oder das, was von ihr übrig geblieben war. Er schüttelte den Kopf.

„Es sieht schlimm aus. Wo ist ein Telefon. Ich rufe den Krankenwagen."

Und an eine der umstehenden Frauen gewandt: „Wir brauchen Decken, damit ihr Körper nicht auskühlt."

Als er den Hörer auflegte, sah der Arzt den Ehemann nachdenklich an.

„Ihre Frau hat beide Unterschenkel gebrochen. Ich frage mich, wie sie sich in diesem Zustand mit Benzin übergießen und anzünden konnte?" Seine Stimme klang spröde. „Ich werde die Polizei benachrichtigen", fügte er hinzu.

„Ja, glauben Sie denn etwa, dass wir...?", fuhr der Mann ihn heftig an.

„Ich glaube nur, was ich sehe. Und das reicht", unterbrach ihn der Arzt und wandte sich mit angespanntem Gesicht ab.

Deepak sagte leise: „Das kann ich nicht glauben! Sie müssen sich irren!"

„Das sagen ausgerechnet Sie. Sie haben doch die Frau in diesem Zustand gefunden. Die anderen Nachbarn haben doch auch ihre Schreie gehört, und im eigenen Haus soll sie nicht gehört worden sein?"

Achselzuckend wandte er sich den beiden ankommenden Sanitätern zu und gab ihnen Anweisungen für den Transport ins Krankenhaus. Dann telefonierte er mit der Polizeidienststelle.

Die beiden Polizisten, die wenig später erschienen, schauten unbeeindruckt in die Runde. Der offenbar Dienstältere fragte: „Wieder ein Selbstmordversuch?"

Die Polizisten befragten den Ehemann, den Arzt und reihum alle Anwesenden. Auf losen Zetteln machten sie sich Notizen, die der ältere Polizist, nach Beendigung der Befragung, lässig in seine Jackentasche gleiten ließen.

Er sah den Ehemann an. „Die Ermittlungen werden im Krankenhaus fortgesetzt. Sie werden in den nächsten Tagen von uns hören."

Ohne auch nur eine Sekunde auf eine Antwort zu warten, machten beide kehrt und entfernten sich schnellen Schrittes.

Deepak schaute ihnen schockiert hinterher, bis ihre Gestalten in der Gasse mit der Dunkelheit verschmolzen.

Rita Puri hatte zitternd vor Erregung danebengestanden. Die Beklemmung schnürte ihr das Herz zu. Ihr Verstand weigerte sich zu begreifen, was hier geschehen war. Ihre Augen schwammen in Tränen. Alles erschien ihr so furchtbar unwirklich.

22

Deepak Puri und Subhria Sharma waren mit dem Auto weit über den Stadtrand Delhis hinaus gefahren. Hier floss der Yamuna rasch an Klippen vorbei und bildete hier und da kleine Wasserfälle. An tiefen Stellen kam er zum Stillstand. In diesen Becken spiegelte sich die Nachmittagssonne. Stromabwärts überspannte eine alte eiserne Brücke den Fluss. Sie war so schmal, dass gerade eben ein Auto passieren konnte. Ihr von der Sonne angestrahltes Metallgerippe leuchtete in der Nachmittagsstille. Ein Bauer mit einem Reisigbündel auf den Schultern überquerte die Brücke.

Subhria blieb stehen, strich sich die Haare aus dem Gesicht und schaute sich aufmerksam um. Stromaufwärts und stromabwärts war keine Menschenseele zu sehen. Vor einer Zeile dickstämmiger Bäume am gegenüberliegenden Ufer fuhr der Wind durch das hohe Ufergras und ließ die Halme wie Meereswellen wogen.

Sie waren völlig allein. Deepak strich ihr über das Haar, beugte sich hinüber und küsste sie auf die Wange.

„Sieh, wie schön es hier ist", sagte Subhria.

Sie ließ sich ins Gras fallen und schaute versonnen über den Fluss.

Deepak setzte sich neben sie und starrte in das rauschende Wasser. Rita hätte etwas Ähnliches gesagt, dachte er. Ahnte sie, was er hier tat? Sie hatte nichts gesagt. Doch seit dem schrecklichen Erlebnis gestern schien sie noch trauriger als sonst.

Plötzlich durchzuckte es ihn. Wenn es mit Subhria und ihm so weiter ginge, er den Dingen ihren Lauf ließe, gäbe es kein Zurück mehr. Wieder kamen ihm Worte seines Vaters in den Sinn: *Stelle dich nicht verkehrt zu deiner Welt und mache sie dir zum Feind!*

Subhria hatte die Veränderung in seinem Gesicht bemerkt.

„Das Schicksal der verbrannten Frau ist dir sehr nahe gegangen, nicht wahr?"

„Natürlich. Aber ich denke auch an meine Frau, an die täglichen Lügen und Ausreden. Ich glaube... Vielleicht hoffe ich sogar, sie möge es herausfinden."

Sollte seine Frau jemals Verdacht schöpfen, so wäre es nicht sie, die alles verraten würde, dachte Subhria Sharma. Laut aber sagte sie: „Und wenn sie es herausfände? Was wäre dann?"

Deepak zuckte mit den Schultern und wich ihrem Blick aus.

„Gut", murmelte Subhria und richtete sich auf, „wir sollten nach Hause fahren, damit du über unsere Situation nachdenken kannst. Morgen sehen wir uns dann wie immer in der Firma."

Deepak nickte und half ihr auf, wobei er ihr den Staub vom Sari klopfte.

„Ein andermal also", sagte er resigniert. „Ich hätte nichts sagen sollen. Ich fange an zu reden und ...", er hob resigniert die Schultern.

An nächsten Morgen erschien Subhria Sharma begehrenswert und fröhlich wie immer in Deepak Puris Büro. Sie schaute ihn an.

„Du siehst ja ganz elend aus. Hast du deiner Frau alles gebeichtet?"

Ihm war im Moment nicht danach zumute, mit ihr über ihre Beziehung zu sprechen. Ihn beschäftigten andere Dinge. Er beugte sich, ohne ihr zu antworten, über seine Zeichnungen.

Verstimmt wandte Subhria sich zur Tür. Es ergab sich an diesem Tage nicht mehr, dass Deepak und Subhria reden konnten. Er fuhr früher als sonst nach Hause. Die Erschütterung über das schreckliche Geschehen vor zwei Tagen zermürbte ihn; und Rita würde froh darüber sein, ihn jetzt zur Seite zu haben.

Bevor er losfuhr, wollte er sich in der Nachbarschaft nach der verletzten Frau erkundigen. Doch schon aus einiger Entfernung wehten Trauergesänge und Wehklagen zu ihm herüber.

Auf der Straße vor dem Haus der Unglücklichen hatten sich einige Menschen versammelt. Sie diskutierten. Manche zögerten, das Haus zu betreten, traten dann aber doch mit gesenktem Kopf ein. Andere weigerten sich, Kondolenzbesuche zu machen. Die Gerüchteküche brodelte. Es wurde spekuliert, wer von den Familienangehörigen wohl der Täter war.

„Was sind einige Menschen doch für unaufrichtige Kreaturen", sagte Deepak abends zu Rita.

„Alle sind überzeugt davon, dass die Frau von der Familie umgebracht wurde, und dennoch schütteln sie ihnen unter falschen Beileidsbekundungen die Hände."

In seinem Gehirn aber dröhnte es: Und du, wie aufrichtig bist du?

Die Spannungen in seinem Haus zermürbten Deepak. Sein Verhältnis zu Subhria entflammte zu neuer Leidenschaft. Einmal in der Woche traf er sich nun wieder mit ihr im Hotel. Doch er suchte auch häufiger wieder Ritas Nähe. Rita zu lieben und von ihr geliebt zu werden, war das einzige, was ihn vor dem Auseinanderbrechen bewahrte. Sein Verstand wusste aber auch um das Ungeheuer Unaufrichtigkeit, das seine Tentakeln um ihn gelegt hatte und ihn fest umklammert hielt.

„Du hast dich verändert. Was geht mit dir vor?", fragte Rita eines Abends.

„Nichts geht vor. Alles wie gehabt", erwiderte er.

„Wenn dich etwas quält, sag's mir, auch wenn es dir schwer fällt, darüber zu sprechen. Ich kann vieles verstehen."

Er schüttelte den Kopf. „Ich beklage mich nicht. Die Arbeit macht mir Spaß, ich bin erfolgreich. Versteh mich nicht falsch, aber ich weiß im Moment einfach nicht mehr, was recht und was unrecht ist. Deswegen bin ich verwirrt. Aber nicht böse."

„Ja, ich verstehe… die verbrannte Frau! Wie wird die polizeiliche Untersuchung ausgehen? Das Unrecht kann sich keine Niederlage leisten…, aber das Recht kann es."

Er seufzte und stützte seinen Kopf in die Hände.

Die Querelen um das Haus mit seinen Geschwistern, der Tod dieser Frau, seine eigenen Tollheiten und dann diese zermürbende Stadt mit ihrem Schmutz, ihrem Lärm, ihrer Unmenschlichkeit – mit einem Mal war das alles zu viel. Was für eine Erleichterung wäre es, Rita jetzt alles zu beichten, dachte er. Kein Versteckspielen mehr, kein Theater, keine Lügen. Aber er sagte nichts. Er brauchte etwas Zeit.

Einige Wochen später hörten sie, dass der Fall der verbrannten Frau als Selbstmord zu den Akten gelegt worden war. Natürlich. Wie hätte es auch anders ausgehen können. Das Unrecht kann sich keine Niederlage leisten...
Deepak wurde immer eigenbrötlerischer. Wenn er überhaupt zu Hause sprach, versank er danach sofort wieder in Schweigen. Mit der Zeit sollte sich Rita an dieses Schweigen gewöhnen und daran, dass er sich immer mehr in sich selbst zurückzog.

Eines Abends erschien Subhria Sharma in Deepaks Haus mit Unterlagen, die er auf seinem Schreibtisch vergessen hatte, die aber am nächsten Tag fertig zur Unterschrift vorliegen mussten. Die Familie saß gerade beim Abendessen. Auch Nanawati, Bharat Ram und ihre Kinder waren dabei. Subhria Sharma setzte sich zu ihnen an den Tisch.
Rita war Subhria Sharma schon einige Male im Büro begegnet, hatte ihr aber noch nie sonderliche Aufmerksamkeit geschenkt. Nun jedoch fiel ihr die Eleganz dieser Frau auf, und ihr stockte der Atem, als sie zufällig Deepaks Blick auffing, der Subhria zu verschlingen schien. Rita konnte es nicht fassen. Sein Gesicht leuchtete. Es schien, als habe sie ihn verhext.
Die Gedanken überschlugen sich in Ritas Kopf. War er deshalb in den letzten Monaten so merkwürdig gewesen, weil er eine Affäre mit Subhria Sharma hatte? Die Wut ließ ihr das Blut in den Kopf steigen.
Auch Nanawati schien die Situation auf einen Blick erfasst zu haben. Ihr Mund verzog sich hämisch. Die Klatschbasen würden sich ergötzen an Ritas Ohnmacht und an dem Skandal, den Deepak ihnen in die Hände spielte.

Oh, nein! Rita konnte nicht länger ruhig daneben sitzen bleiben. Das war wirklich zu viel! Dieser beleidigende schamlose Austausch der Blicke! Sie verließ den Raum und nahm Vikram und Vinita mit sich.

In ihrem Zimmer versuchte sie, Gewalt über ihre aufgewühlten Gefühle zu bekommen – ruhig zu werden. Sie las den Kindern eine Gute-Nacht-Geschichte vor, ohne das Gelesene zu erfassen. Als Deepak endlich das Zimmer betrat, schliefen die Kinder längst. Rita sah ihn mit stumpfen Augen an.

„Ich dachte, du wüsstest es längst", sagte er schleppend.

Die Wut und Empörung von vorhin stieg erneut in ihr hoch. Zwischen Tränen funkelten ihre grünen Augen wieder kämpferisch. Mit einer heftigen Bewegung drehte sie sich zu Deepak um.

„Nein, ich habe nichts gewusst... Woher auch? Ich werde mich aber niemals damit abfinden, das lass dir gesagt sein! Kämpfen werde ich, für die Kinder und für mich!"

Die lauten Stimmen ihrer Eltern weckten die Kinder. Vikram setzte sich in seinem Bett auf und rieb sich erschrocken die Augen.

„Was ist los, Mami? Ihr dürft nicht streiten!"

Er klammerte sich an seine Mutter. Rita strich ihm beruhigend über das Haar. „Ist ja gut, Vik, mein Schatz. Wir streiten nicht mehr."

Vinita hatte sich die Decke über den Kopf gezogen und wimmerte leise, bis Deepak sich an ihr Bett setzte und sie tröstend in den Arm nahm.

Als die Kinder sich wieder beruhigt hatten und eingeschlafen waren, tastete Deepaks Hand ungeschickt nach Ritas Fingern. Sie betrachtete sie wie ein lästiges Insekt, das sich an ihrer Hand zu schaffen machte.

„Nicht nur ich, auch du bist unzufrieden mit dem Leben hier", sagte sie gepresst, als erkläre das alles.

Er zog die Hand zurück und schaute bedrückt zu Boden. Er hatte das Gefühl, sie weinte, aber er wagte nicht hinzuschauen.

Plötzlich fühlte Rita durch das Chaos ihrer Gedanken Stärke in sich aufsteigen und Trotz. Heftig sagte sie: „Viele Männer kennen irgendeine Subhria. Auf den Namen kommt es nicht an. Wenn du in sie verliebt bist, bricht es mir nicht das Herz. Es verletzt nur meinen Stolz."

Unsicher suchte er ihren undurchdringlichen Blick.

„Ist sie für dich irgendeine Frau oder mehr?"

Er hielt ihrem Blick stand, wusste aber keine Antwort.

Rita senkte die Augen und ging in den Hof. Du lieber Himmel, sollte das das Ende sein? Lange starrte sie in die Dunkelheit. Der kühle Nachtwind fegte ihre Tränen und langsam auch ihre Wut hinweg. Dann stand Deepak hinter ihr. Vorsichtig legte er ihr den Arm um die Schulter.

Eigentlich war es ihm von Anfang an klar gewesen, Subhria Sharma war nichts als eine Affäre. Irgendwie musste er Rita das sagen. Nur, würde sie ihm glauben?

„Weißt du, Rita, wahrscheinlich geschieht nichts aus Zufall. Die Geschehnisse der letzten Tage haben mich aufgerüttelt, mir die Augen geöffnet. Ganz tief im Inneren weiß ich und habe es auch immer gewusst, dass ich dich liebe. Dich brauche ich! Subhria hat mich mit ihrem Charme und ihrer Eleganz fasziniert, in einer Zeit, in der ich meinte, dass ich mich familiär und irgendwie auch beruflich in einer Sackgasse befinde. Wahrscheinlich bin ich ihr deshalb so schnell verfallen."

Mit unbeweglicher Miene hörte Rita ihm zu. Sie senkte den Blick und antwortete nicht.

Plötzlich schien sich Deepak Puri seiner Gefühle wieder sicher. Wie sinnlos diese ganze Subhria-Episode doch war, dachte er neben seiner stummen Frau. Rita war sein Mittelpunkt. Sie war sicher und stark, trotz aller Probleme. Seine Gedanken wirbelten. Leben, Tod, Kinder, Familie. Und dann schoss es ihm wie ein Blitz durch den Kopf. Sie würden in Kalka-ji keine Chance haben. Sie mussten hier weg. Mein Gott – und alles, was er hier aufgebaut hatte… Oder wäre es nur eine Flucht aus Angst, seiner Geliebten wieder zu verfallen? - Es war so viel passiert.

In den letzten Monaten hatte er den Eindruck gehabt, er sei nicht mehr wirklich da. Etwas hatte still an ihm genagt, still und dennoch ganz laut. Voller Enthusiasmus war er zurück nach Indien gekommen, voller Hoffnung, hatte geglaubt, mit seinem Elan die Welt erobern zu können. Und wo war er angekommen? Er hatte sich wiedergefunden in Hotelzimmern, in den Armen einer Geliebten, die er kaum kannte. Er hatte gelogen und betrogen, hatte ein völlig verfälschtes Leben geführt, aber den Schein gewahrt.

Rita wandte sich um und ging zurück in ihr Schlafzimmer. Langsam folgte ihr Deepak und fand sie still auf ihrem Bett. Verwoben in alte Erwartungen ließ sie die Minuten verstreichen, in denen sie sich fragte, ob das Leben je wieder in ihr pulsieren und in seiner alten Unschuld zurückkehren würde.

Deepak setzte sich zu ihr. Sie schwiegen beide. Er klammerte sich nun an die Idee, dass sie weggehen sollten. Er war überzeugt, die Stadt und Kalka-ji hätten sie krank gemacht. Er glaubte nicht mehr klar zu kommen mit den Widersprüchen, den Grausamkeiten, den Unwahrheiten oder Halbwahrheiten, denen er erlegen war, mit dem Chaos in dieser Stadt. Und das Schlimmste für ihn war, dass sich Rita so verändert hatte, dass er sie kaum noch wiedererkannte.

Ich muss darüber reden, dachte er grimmig. Oh, wie schlecht er zu sprechen war auf seine finsteren Gedanken. Würde Rita nach allem, was er getan hatte, wie früher an seiner Seite leben können? Er wollte ihr sagen, dass er ohne sie nichts tauge. Das war eine Art Selbstverachtung, mit der er umgehen konnte. Doch er wollte nicht verzweifeln. Verbissen machte er sich mit Worten daran, Rita wieder an sein Leben heranzuführen. Seine Worte mussten einen Zauber bewirken. Sie mussten sie zurückzaubern.

„Rita, ich werde…", setzte er an. Doch Rita unterbrach ihn sofort. Müde schaute sie ihn an. „Lass uns morgen darüber sprechen. Kläre du im Büro dein Verhältnis zu Subhria, und abends können wir dann reden."

Würde sie je wieder hoffen können? Hoffnung, was war das für ein Gefühl?

Subhria Sharma sprang erregt von ihrem Stuhl auf, der souveräne Ausdruck war ihr vom Gesicht gewischt.

„Du hast Rita *was* versprochen?" Sie starrte ihn mit nervösen Augen an.

„Subhria…" Er hielt ihren Blick fest. Wenigstens für ein paar Minuten noch wollte er in diese Augen sehen. Und dann hörte er sich sagen: „Ich beende unser Verhältnis, beruflich und privat. Das ist meine Entscheidung."

Ihr Gesicht war eine Maske. Aus trockenen Augen sah sie ihn mit leichter Verwunderung an, als sähe sie ihn zum ersten Mal.

„Schon gut, ich verstehe", begann sie dann. „Du musst gar nichts sagen. Wenn es um unsere Liebe geht, dann…" Sie runzelte erregt die Stirn. „Und es gibt eine Menge anderes, was du mir auch nicht zu sagen brauchst."

„Mein Gott", Deepak versuchte, so feinfühlig wie möglich zu sein, „du hast doch immer gewusst, dass Rita der Halt in meinem Leben ist." Sein Ton war aufrichtig, aber seine Worte verletzten sie dennoch.

„Halt?", fragte sie unbestimmt, und ihre Augen ließen ihn nicht los. Dann lachte sie rau, und ihre Stimme wurde zu einem schleppenden Flüstern, als sie sich mit den Worten „Wir hätten so gut zueinander gepasst. Schade!", zur Tür wandte und das Büro verließ.

Bedrückt, aber auch erleichtert, sich endlich von dieser Last befreit zu haben, arbeitete Deepak bis zum frühen Nachmittag. Er wollte früher als sonst zu Hause sein, mit Rita reden, wie ihr Leben weitergehen solle. Er polterte die Steintreppen des Bürogebäudes hinunter und lief über die Baustelle zu seinem Auto.

Die Ampel an der großen Kreuzung, wo die Straße nach Kalka-ji abzweigte, sprang auf Grün. Wie durch eine Nebelbank sah

Deepak das andere Auto auf sich zukommen. Im nächsten Moment krachte es. Sein Auto drehte sich um die eigene Achse, sein Kopf knallte gegen das Armaturenbrett, und sein Körper wurde zwischen Sitz und Lenkrad eingeklemmt. Er verlor das Bewusstsein.

In Kalka-ji klingelte das Telefon. Rita hob ab. Sie warf den Hörer hin und in ihrem Kopf kreiste es wie ein Mahlstrom.

„Naresh! Naresh!", schrie sie mit sich überschlagender Stimme.

Naresh sah seine verstörte Schwägerin, die sich wie eine Verrückte gebärdete. So außer sich hatte er sie noch nie erlebt.

„Naresh!", schrie sie, „hol dein Motorrad. Deepak hatte einen Autounfall. Er liegt schwer verletzt im Holy-Family-Hospital!"

Die niedrig stehende Sonne warf flimmernd ihre letzten Strahlen durch das Fenster im Krankenhaus auf die weißen Bandagen um Deepaks Kopf. Es war, als wollten winzige leuchtende Kobolde durch ihren Tanz den reglosen Körper zu neuem Leben erwecken. Sie musste vernünftig sein, dachte Rita Puri, auch wenn es in ihrem Kopf und ihren Schläfen dumpf dröhnte. Deepak ohne Bewusstsein, weiß wie die Laken, in die er gebettet war. Sie nahm seine Hand, küsste sie, dachte nicht mehr an ihren Zorn. Sich nur nicht alles so plastisch vorstellen! Sich nur daran erinnern, wie er gestern wieder auf sie zugekommen war.

„Ich liebe dich, halte durch. Ich liebe dich." Oh, diese schrecklich erdrückende Ungewissheit. Er musste es schaffen!

Eine Hand legte sich auf ihre Schulter - der Arzt.

„Ihr Mann wird überleben", sagte er. „Es wird aber dauern, bis seine Wunden verheilt sind. Wir haben ihn in ein künstliches Koma versetzt, damit er sich so wenig wie möglich bewegt. Setzen Sie sich so oft wie möglich an sein Bett, damit er Sie sieht, wenn er aufwacht!"

Sie saß aufrecht, regungslos. Die Nebelwolken in ihrem Kopf, diese Angst, die Geschichten und Erinnerungen. Deepak würde leben!

Als Rita kurz vor Einbruch der Dunkelheit das Krankenhaus verließ und auf die Straße trat, war sie erstaunt, dass die Erde sich weiter drehte, das Leben hier draußen in seinen gewohnten Bahnen verlief – natürlich. Deepak würde gesund werden und ihr Familienleben würde sich, müsste sich ändern, da war sie sich sicher. Jene Jahre in Deutschland, vor Indien. Nur sie beide – später mit ihren beiden Kindern und dem wenigen Geld. Du lieber Himmel, wie glücklich sie gewesen waren in dieser Zeit. Ihre Phantasie ließ keinen Zweifel daran, dass dies ihr wahrhaftiges Leben war; Deepaks Hinwendung zu dieser anderen Frau - eine nichtige Verirrung, die bald überwunden sein würde. Und doch, sie wusste ja nicht einmal, ob er sich für sie oder die andere Frau entschieden hatte. Aber was sollte sie nun tun? Würde ihre Ehe in einem Desaster enden? Und wenn alles gut würde, was dann? Würden sie in Kalka-ji bleiben oder zurück nach Deutschland gehen?

Deepak lag nicht ansprechbar im Krankenhaus. Da gab es Nächte, in denen Rita den Eindruck hatte, mit ihren Kindern in ihrem Zimmer in Kalka-ji eingeschlossen zu sein. In der lang anhaltenden Stille schien es ihr, dass das Unglück ebenso wie das Glück und die Wahrheit in der Dunkelheit in ihr Bewusstsein drangen, während sie darauf wartete, was noch alles geschehen könnte; sie fürchtete, dass es nichts Gutes wäre.

Zwei Wochen dauerte es, bis Deepak Puri seine Umwelt wieder wahrnahm. Gott sei Dank, er lebte. Rita, die Kinder. Für sie musste er leben. Wie hätte er sterben können? Er verspürte wieder das Gefühl, wie wertvoll die Gegenwart war, wie viel Nähe und wie viel Ruhe seine Familie ihm gab. In den langen Stunden des Wachseins, grübelnd, unbeweglich im Krankenhausbett konnte er für einen gesegneten Augenblick die Wahrheit erkennen. Es war eine tröstliche Vorstellung zu wissen, dass eine Zukunft möglich war, eine Zukunft mit seiner Familie. Er fühlte sich unglaublich frei.

Bei Ritas nächstem Besuch zögerte Deepak keinen Augenblick und sprach das heikle Thema seiner Untreue an, ließ keinen

Zweifel an seiner Reue und erzählte ihr von seinen Gedanken im Krankenbett nach dem Erwachen aus dem Koma. Wie er sich immer wieder gefragt habe, welcher Dämon ihn geritten habe und ob Rita ihm je würde verzeihen können. Rita nahm seine Hand. Und als er das Blitzen in ihren Augen sah, da wusste er, dass nicht alles verloren war.

Und doch kostete es ihn Überwindung, über seine Familie und Kalka-ji mit ihr zu reden. Zu sehr sah er sich in seiner Verantwortung gebunden. Losreißen, sich davon frei machen... Glaubte Rita nicht auch, dass ein Umzug die einzig richtige Entscheidung wäre? Südindien, das wäre die Lösung. Er sagte: „Ich habe in der letzten Zeit viel über meine Geschwister und Kalka-ji nachgedacht. Es wird sich dort nichts ändern. Verrottetes Holz kann man nicht schnitzen."

Er holte tief Luft und wagte es: „Wir könnten nach Kerala ziehen. - Delhi, dem Haus in Kalka-ji den Rücken kehren, den Intrigen und der Enge."

Gespannt wartet er auf eine Reaktion.

Rita sagte nichts. Er konnte ihre Gedanken nicht deuten. Sie forderte ihn auf, weiter zu reden.

„Kerala", sagte er und schaute sie unsicher an. „Du weißt ja, dass ich Geschäftspartner in Südindien habe. Jedes Mal, wenn ich dort war, hat es mich fasziniert. Ein aufstrebender Staat mit großen Entwicklungschancen. Es ist einmalig schön dort", schwärmte er. „Wasserkanäle schlängeln sich durch die Landschaft. Alles ist grün, kein Staub, keine Trockenheit. Kokosnusspalmen und Kautschukplantagen, wohin man sieht. In den kleinen Ansiedlungen und Dörfern an den Ufern der Kanäle waschen Frauen ihre Wäsche und Kinder tummeln sich im Wasser. Es ist ein üppiges Land mit weißen, vom Meer umspülten Sandstränden. Dorthin würde ich gerne mit euch gehen", sagte er versonnen. „Ich müsste nicht einmal von vorn beginnen, denn einige Geschäftsbeziehungen bestehen ja schon, und weitere ließen sich problemlos aufbauen."

Deepak wirkte in den weißen Kissen und dem blauen Krankenhauskittel wie ein eifriger Junge, der unbedingt erreichen wollte, dass seine neue Idee auch den anderen gefiel.

Rita sah ihn an und versuchte, ruhig zu wirken. Noch wollte sie ihm nicht zeigen, dass sie ihm längst verziehen hatte. Bei sich aber dachte sie, Kerala! Ja, du und ich und die Kinder. Das Verlangen zu entfliehen, der Wunsch, sie selbst zu sein, trieben ihr Tränen in die Augen.

Deepak richtete sich so weit auf, wie sein schmerzender Körper es ihm erlaubte. Waren es Tränen der Erleichterung in ihren Augen? Er schaute sie mit gespielter Verzweiflung an. „Natürlich nicht, solange ich hier liege! Aber du und ich und die Kinder... Ja, wir können ziemlich sicher sein, dass es uns dort gefällt."

Rita holte tief Luft. Die Kehle schmerzte. Sie hatte für seine Familie getan, was sie konnte – vergeblich. Sie hatte versucht, sich in Delhi wohl zu fühlen, hatte vorgegeben zu sein, was ihr unmöglich war: eine angepasste Ehefrau, die sich in der Großfamilie allem unterordnete. Und all das andere, mit dem sie nicht fertig geworden war. Die vielen Bettler im Zentrum, eigentlich überall in der Stadt. Gedankenlos gingen die meisten an ihnen vorbei. Sie sah so vieles! Die Kleinkinder und Babys neben den Bettlern auf dem Pflaster. Manche mit Verbänden um Köpfe oder Glieder, um Mitleid zu erregen, mit Drogen betäubt. Kinder, denen Gliedmaßen fehlten, in Bettlerbanden organisiert. Vorsätzliche Verstümmelungen. Soweit reichte ihre Vorstellungskraft kaum. Sie blickte auf ihre Hände, die sich auf ihrem Schoß verkrampften.

Sie dachte an das nackte Mädchen, das ihnen in einer kalten Januarnacht vor das Auto gelaufen war. Mit starren Augen hatte sie um ein paar Rupien gebettelt. Die Temperatur war in dieser Nacht auf null Grad gesunken, dazu wehte ein bitterkalter, eisiger Wind. Unter Drogen – sie hatte die Kälte wohl nicht gespürt. Ja, dachte Rita, es wäre gut, in den Süden zu gehen, weg von alledem und vor allem weit weg von Kalka-ji. Kerala... Vielleicht ein kleines Haus auf dem Lande.

Deepak hielt ihre Hand. Er wollte heute keine Entscheidung von ihr. Das hatte Zeit.

In ihren Gedanken gefangen, ging Rita Puri zu Fuß meilenweit den Weg nach Hause. Plötzlich stieß sie an einer Ecke mit einem alten Sadhu zusammen.

„Oh, Guru-ji, verzeiht mir", stammelte sie.

Der Sadhu lächelte ihr so leicht zu, dass sie hinterher glaubte, geträumt zu haben. Sein Blick war seltsam sanft, als er sagte: „Ich segne dich und die Deinen, meine Tochter.", bevor er, ohne ein weiteres Wort, seinen Weg auf einen Stock gestützt fortsetzte.

Rita verharrte einen Augenblick, sah ihm nach, legte die Handflächen aneinander und murmelte: „Danke, Guru-ji. Danke!"

Teil 3

Vikram

1

Eine kleine Karawane aus Ochsengespannen rumpelte in der Morgensonne über die Landstraße auf die Bahnstation zu. Die Räder der Ochsenkarren sackten immer wieder polternd in die Unebenheiten der Straße und wirbelten so viel Staub auf, dass die Menschen vor dem kleinen Bahnhof die Augen zusammenkniffen und die Frauen sich schützend ihre Sari-Enden vor den Mund hielten.

Vikram war fasziniert. Von seinem Fensterplatz im Zug aus konnte der Neunjährige das Geschehen an der Bahnstation gut beobachten. Neben ihm tobte seine kleine Schwester Vinita auf dem Sitz herum. Es interessierte sie nicht, was da draußen geschah. Mit ihren vier Jahren nur darauf bedacht, die Aufmerksamkeit ihrer Eltern zu fesseln, kletterte sie über ihn hinweg und versuchte, sich zum Gepäcknetz hochzuziehen. Unwillig wollte Vikram sie abschütteln, aber Rita Puri war schon aufgesprungen und zog die Kleine auf ihren Schoß.

Mädchen, dachte Vikram verächtlich. Für nichts hatten sie Interesse. Er wandte sich wieder dem Geschehen draußen an der Bahnstation zu. Wie lange der Zug hier wohl noch halten würde? Würde die Zeit ausreichen, um noch einen Blick auf die Ladung der Ochsenkarren zu werfen? Er versuchte, seinen Blick zu schärfen und die staubige Luft mit den Augen zu durchdringen. Die Geräusche am Bahnhof, die fedrigen weißen Wolken hoch am Himmel, die gelb, orange und lila blühenden Büsche am Zaun, die grünen Papageien mit ihren roten Schnäbeln, die gewandt vor- und zurücksausten und bisweilen um ein Haar die Köpfe der Ochsen streiften...

Vikram spürte ein Kribbeln im Bauch. Kurz sah er zu seinen Eltern hinüber. Auch sie schienen wieder glücklich zu sein - und bessere Eltern als seine gab es nicht. Und dort draußen die rotköpfigen, olivgrünen Webervögel, sie schmetterten nicht von ungefähr in den Bäumen und Büschen. Ja, sie sangen für ihn.

351

Da gab der Schaffner das Signal zur Weiterfahrt. Ein Pfiff ertönte und der Zug setzte sich zischend und schnaubend in Bewegung. Bald würden sie durch Rajasthan fahren, das Land, das ihn schon immer im Geschichtsunterricht in Träume über die Vergangenheit entführt hatte.

Die Räder klangen wie dumpfer Trommelwirbel auf den Planken der Brücke, als der Zug einen Kanal überquerte. Ein Schwarm Papageien, der sich im Wasser vergnügte, schwirrte lärmend auf. Nachdem sie den kleinen Ort mit der Bahnstation hinter sich gelassen hatten, fuhr der Zug nun durch offenes Land. Die Luft war nicht mehr staubig, sondern gelb in der Morgensonne. Der schwarze Schatten, den der Zug in dem leuchtenden Sonnenschein warf, flog nebenher. Vikrams Herz jubelte, sein Blick schweifte weit, bis hin zu den kahlen, nur von Sträuchern und Flechten bewachsenen Hügeln am Horizont. Wenn der Zugführer die Geschwindigkeit des Zuges drosselte, das Rattern der Räder sich auf ein leichtes Klack-Klack-Klack reduzierte, hörte er seinen eigenen aufgeregten Atem. Er lächelte bei dem Gedanken an sein neues Zuhause in Kerala. Erfüllt von dem Gefühl einer unendlichen Freiheit in dem dahinbrausenden Zug, ahnte er, dass in Kerala alles besser werden, ja, alles gelingen würde.

Natürlich hatte er die Spannungen zwischen seinen Eltern bemerkt. Er hatte gelitten unter der bedrückenden Stimmung im Haus. Aber jetzt ... Sie waren auf dem Weg zu dem Haus und dem Garten mit den Obstbäumen darin, von dem Mami in Kalka-ji immer erzählt und von dem sie geträumt hatten; nicht nach Deutschland, aber nach Kerala, von dem Papa-ji so viel Schönes erzählt hatte.

Vikram beschloss, sich seine heitere Laune auch nicht von seiner kleinen herumtobenden Schwester verderben zu lassen. Er versuchte, seine Ohren zu verschließen und daran zu denken, was ihn in seiner neuen Heimat wohl erwarten würde.

Auch Deepak Puri hing seinen Gedanken an das neue Zuhause, an seine neue Firma nach. Die staatliche Einflussnahme auf die

Privatwirtschaft hatte zur Folge, dass Betriebe erst nach Erteilung einer staatlichen Lizenz und der Erfüllung umfangreicher Auflagen erweitert oder neu gegründet werden konnten. Das hatte die Verlegung seiner Firma nach Cochin nicht leicht gemacht.

Die Regierung hatte mit Schutzzöllen oder mit Einfuhrverboten den Zugang ausländischer Erzeugnisse und Investoren zum indischen Markt erschwert. Es sollten einheimische Erzeugnisse den Vorrang haben und damit Devisen gespart und Arbeitsplätze geschaffen werden. Schön und gut... Immerhin hatte Deepak Puri es geschafft, mit seinem deutschen Freund Gerhard Wissmann eine Kooperation einzugehen. Gerhard Wissmann hatte seit einiger Zeit vergeblich versucht, auf dem indischen Markt Fuß zu fassen. Ein Gesetz aus dem Jahre 1973 gestattete es ausländischen Investoren nur noch, in Gemeinschaftsunternehmen mit indischer Mehrheitsbeteiligung zu operieren. Deepak kritisierte das zwar als nicht offen und marktwirtschaftlich genug, aber dennoch, wenigstens war ihm die Möglichkeit gegeben, mit seinem alten Studienfreund zusammenzuarbeiten.

In den letzten Monaten hatte Deepak Puri kaum noch an Subhria Sharma gedacht. Wenn er sich seine Affäre mit ihr ins Gedächtnis rief, so geschah dies inzwischen mit einem peinlichen Gefühl der Erleichterung. Gott sei Dank war er dem entkommen. Er hatte damals zunehmend den Schein gewahrt. Dem Schein nach ein guter Ehemann. Dem Schein nach ein guter Familienvater. Doch inzwischen... Er lächelte vor sich hin. Die letzten Monate waren sehr arbeitsintensiv gewesen, geprägt von Reisen nach Kerala und Behördengängen. Aber als er später alle Formalitäten erledigt hatte, konnte er sich ein genaues Bild von seinem Leben mit Rita und den Kindern in Kerala machen.

Vikram beobachtete seinen Vater, wie er, in Gedanken versunken, aus dem Fenster blickte. Papa-ji machte sich bestimmt Gedanken um sein Geschäft. Vikram fand, er sei nun doch schon erwachsen genug, zumindest, wenn er sich mit seiner kleinen Schwester verglich, dass er seinen Vater unterstützen könnte. Er wollte ihn fragen, ob er ihm in Kerala auch in seiner neuen Firma helfen könnte, und wenn ja, wie man seinen Lehrern in der neuen Schule klarmachen könnte, dass dies wichtiger sei, als den ganzen Tag nur zu lernen. Ah, die neue Schule – ein bisschen entmutigend, der Gedanke daran. Man würde ihn sicherlich nicht ernst nehmen. Aber man wusste ja nie. Wenn sein Vater ihn vielleicht doch brauchte?

Rita betrachtete amüsiert Vater und Sohn, beide grübelnd, aber mit einem Lächeln auf den Lippen. Es konnten nur positive Gedanken sein, da war sie sich sicher. Und sie selbst war froh, Kalka-ji endlich den Rücken gekehrt zu haben. Es hätte keinen Sinn gehabt, nie wäre sie dort heimisch geworden. Kein Trost, die Unterhaltungen mit Namita, die mit ihrer kleinen Familie im Haus ihrer Schwiegereltern glücklich war. Kein Trost, der gutmütige Ram Chand, der verlässlichste und ehrlichste von Deepaks Brüdern, über dessen Bauch die *Kurta* spannte, der schon Geheimratsecken bekam und sich große Sorgen um den mangelnden technischen Fortschritt und das fehlende ausländische Kapital in Indien machte. Nicht einmal viel Trost bei Deepak, der sich nach seinem Unfall sofort euphorisch mit dem Umzug seiner Firma nach Kerala beschäftigt hatte.
Sie selbst hatte anfangs keine solchen Vorstellungen über Kerala gehabt wie Deepak, nur verschwommene Ideen. Aber er war da, der Plan von einem Leben mit Deepak und den Kindern in Südindien. Sie hatte ihn seit Deepaks Krankheit Monat für Monat mit sich herumgetragen. Der Plan war unverrückbar. Sie wollte alles verwirklichen, wonach Deepak und sie sich sehnten. Und dann, als sie das erste Mal vor dem Kerala-Haus mit seinen Holzschnitzereien gestanden hatte, da war es klar. Da hatte der Zauber Keralas auch sie ergriffen.
Rita sah ihren Mann an und war glücklich. Selbst der Gedanke an die Probleme mit Deepak, als er aus Unzufriedenheit mit den Lebensumständen in Kalka-ji mit ihrer Ehe haderte, änderte nichts an diesem Gefühl. Und diese Geliebte? Vorbei war

vorbei. Alles andere wäre nicht fair gegenüber Deepak. In jener bedrückenden Nacht ihrer Aussprache hatte er auch die Erfolglosigkeit eines harmonischen Zusammenlebens mit seiner großen Familie erkannt. Trotzdem - wäre es ihm gelungen, seine Familienprobleme befriedigender zu lösen, hätte er nicht so bereitwillig alles in Delhi zurücklassen müssen. Doch schließlich war es gut so, gut für sie, die Kinder und auch gut für Deepak.

2

Endlich war die Entscheidung gefallen. Deepak Puri hatte seine Firma von Delhi nach Cochin, einer der schönsten Städte Indiens, der Königin des Arabischen Meeres, verlegen können. Er war schon immer beeindruckt gewesen von dieser quirligen Hafenstadt im Zentrum der Malabarküste. Hier, in der ältesten europäischen Handelsniederlassung Indiens schienen ihm in den engen, winkligen Straßen und am Hafen die alten Zeiten wieder aufzuleben, in denen Kaufleute aus allen Teilen der Welt im Hafen ihre Schiffe vertäuten.

Kerala, der grüne Garten Indiens - das Land der Götter. Dieses Land vertrat wohl in seiner Widersprüchlichkeit und Vielfalt am eindrucksvollsten die Eigenschaften der indischen Seele. Keine Wahrheit, keine Ansicht wurde hier von Gedankenkünstlern, Träumern und Sprachgenies so fest gefügt vertreten, dass sie sich nicht im Laufe eines Gesprächs mit bewundernswerter Gelassenheit erschüttern ließen. Ein Land, verliebt in den Widerspruch.

Ach, es gab so vieles, was Deepak Puri an Kerala faszinierte. Bei seinem letzten Besuch in Cochin hatte ihn ein Geschäftsfreund ins Theater zu einer der ältesten Darstellungskünste, dem Kathakali, eingeladen. Überrascht hatte Deepak Puri erkannt, wie hier die Philosophie Indiens in den überlieferten Kunstformen des Tanzes erhalten geblieben war und in ihm eine tiefere Bedeutung erhielt. Es waren ausschließlich Männer, die dieser kraftvollen Tanzform Ausdruck gaben, in weiten wogenden Röcken und mit einem ausdrucksvollen Make-up aus Pflanzenfarben. Ihr Tanz erzählte Geschichten aus Mythen und Legenden, den großen Epen „Ramayana" und „Mahabharata". Die Tänzer verließen ihr weltliches Selbst und traten in die Welt des Übermenschlichen ein, wenn sich das Böse mit den Kräften der Götter maß, wenn Schwerter aufeinander prallten und zu dramatischen Bewegungen und Sprüngen die Trommeln schlugen, wenn das böse Tier gegen das gute kämpfte, der Mensch sich der Gottheit zu widersetzen versuchte. Die Drehungen und Sprünge, die sie dabei vollführten, waren so vollendet und kontrolliert wie die Bewegungen ihrer Augen und Augenbrauen und die Gesten ihrer Hände.

Nach der Vorstellung hatte Deepak Puri das Gespräch mit dem alten Direktor des Theaters gesucht. Der erklärte ihm, dass nicht nur die Bewegungen, sondern auch die Farben der Schminke und der Masken ihre eigene Bedeutung hätten. Grün stehe für Beweglichkeit, Grün mit roten Mustern und weißen Bällchen auf Nase und Stirn für edle Charaktere in Wut, Schwarz für Dämonen und Jäger, Orange für Frauen und Brahmanen.

Der alte Theaterdirektor, den sein in der indischen Tradition gelebtes über siebzigjähriges Leben Weisheit gelehrt hatte, sagte: „In Indien gibt es viele Dinge, die sich aus der Tradition verstehen lassen, und andere, die gar nicht für jeden verständlich sind. Wenn dir etwas begegnet, das dir fremd ist, nicht so, wie du es dir vorgestellt hast, mein Sohn, wenn ein Mensch anders lebt, als du es für richtig hältst, sollst du dich nicht fragen „warum?", du musst fragen „warum eigentlich nicht?"

Deepak Puri war es gelungen, schöne Büroräume im Geschäftszentrum der Stadt zu mieten und ein altes Holzhaus im Kerala-Stil zu kaufen. Es hatte kunstvolle Schnitzereien an den Giebelseiten und im Frontbereich und lag in dem kleinen Ort Vaikam im Backwaterbereich. Hier waren Dörfer und Siedlungen vereinzelt, wie im Gießkannenprinzip, auf Landerhebungen errichtet. Ein Gespinst aus Kanälen, Wasserpfaden und Seen umgab sie. Diese Gewässer wurden von 14 Gebirgsflüssen gespeist und osmotisch vom Arabischen Meer genährt. An den Ufern des Vembanattu-Kayal-Sees gelegen, war Vaikam in der Geschichte des Kampfes gegen die Diskriminierung der *Harijans*, der Unberührbaren, zu historischer Berühmtheit gelangt. Hier hatte Gandhi die Bewegung fortgesetzt, die gegen Ende des 19. Jahrhunderts in Südindien begonnen hatte. Anwälte, Händler und reiche Bauern der unteren Kasten hatten eine Kampagne gegen die Vorherrschaft der Brahmanen ins Leben gerufen, damals noch von den Engländern unterstützt, um die nationalistische, antienglische Bewegung innerhalb der gebildeten Brahmanenschicht im Keim zu ersticken. Für die unterdrückten Kasten waren deshalb Sitze in den Lokalparlamenten und den Verwaltungen eingerichtet worden. Diesen Kampf für gleiche Rechte weitete Gandhi später auf ganz Indien aus. Ein Ort, interessant genug, sich hier niederzulassen, fand Deepak.

Die notwendigen Renovierungsarbeiten am Wohnhaus und Grundstück hatten drei volle Monate in Anspruch genommen. Nun aber war alles getan. Das Haus wartete auf seine neuen Bewohner. Eine freudige Erregung erfasste Deepak immer, wenn er an dieses Land dachte, das von den Gezeiten des Monsuns hin und her gebürstet wurde. Wenn, wie vor drei Monaten im Juni, die heiße Luft von den Gewürzbergen und Kautschukplantagen aufstieg, sich über dem Meer abkühlte und mit den Salzen des Arabischen Meeres getränkt in grauen Gewitterwolken zurückkehrte. Er freute sich auf den Winter, wenn der Wind drehte und von Osten blies, das Land ausatmete. Ostwind, der die Feuchtigkeit aus den vom Monsun aufgequollenen Mauern pustete und den modrigen Geruch aus den Städten hinaus aufs Meer trieb.

Als Deepak Puri das alte Haus in Kerala vor einem halben Jahr entdeckt hatte, war er sofort voller Begeisterung darangegangen, Pläne für den Ausbau zu schmieden. Aber zuerst musste Rita es sich anschauen. Teilte sie seine Begeisterung, konnte er sofort den Kaufvertrag abschließen und mit den Renovierungsarbeiten beginnen. Die Bebauung in der Umgebung von Vaikam war locker, die Häuser standen auf großen Grundstücken weit voneinander entfernt. Es war einsamer als in Kalka-ji, von einer überbordenden Natur mit ihren Gerüchen, Geräuschen und Geschichten umgeben.

Er war mit Rita nach Kerala gekommen. Rita war gefesselt gewesen von der Landschaft inmitten von leuchtendgrünen, vom

Regen saubergewaschenen Reisfeldern, wo sich in den sumpfigen Wiesen weiße und purpurne Fischreiher niederließen. Mit Palmblattdächern gedeckte Lehmhütten schmiegten sich neben Bananenstauden in Bambushaine. Wasserlilien und Lotusblumen wuchsen in Wassergräben. Bunte Eisvögel flogen von Baum zu Baum. Bauern mit lose geschlungenen Turbanen standen bis zu den Knöcheln im Wasser und pflanzten Reisschößlinge in Reih und Glied. Da waren ganze Familien, die in Teichen mit Körben Süßwasserkrebse fingen. Hin und wieder konnte sie beobachten wie Männer auf Kokospalmen kletterten und die Früchte vom Baum holten.

Vor dem heruntergekommenen, von Kriechpflanzen überwucherten Haus hatte Rita einen Schrei des Entzückens ausgestoßen. Es war Juni. Der Südwestmonsun hatte eingesetzt, eigentlich kein guter Monat für die Entscheidung zu einem Hauskauf in Kerala. Wie immer in den Monaten Juni, Juli, August, hatte der Wind das Wasser über das Land gefegt, das sich in Pfützen und Schlaglöchern zu Seen sammelte, Straßen und Gärten überschwemmte. Das in kurzen Intervallen durch die Wolken schießende Sonnenlicht hatte sich silbern-grell darin gespiegelt. Und trotzdem! Ritas Stimmung war sprunghaft gestiegen. Begeistert hatte sie den verwilderten Garten erforscht, war die von Moos überwucherten Steinstufen emporgestiegen, die zum Haus hinaufführten. Sie hatte die roten gereiften Bananen am Baum bewundert und die nach Früchten duftende Luft eingesaugt. Ihr Gesicht hatte vor Freude geglüht und vor Feuchtigkeit geglänzt. Sie bekam inmitten eines verwunschenen Gartens ihr Haus, nach dem sie sich so sehr gesehnt hatte.

3

Der Zug brachte sie nun Kilometer um Kilometer näher, ihrem neuen Heim entgegen. Deepak spürte, nein, er wusste, dass Rita glücklich war. Und Rita war glücklich! Du lieber Himmel, wenn sie zurückdachte an jene Monate, da ihre Ehe zu zerbrechen drohte. In jenen heißen Sommermonaten hatte sie gespürt, dass Deepak nicht mehr bei ihr war. Die Stimmung im Haus war von Tag zu Tag unerträglicher geworden. Sie hatte sich danach gesehnt, auszubrechen, fortzugehen. Doch gleichzeitig hatte sie auch Angst davor gehabt. Oft hatte sie sich tagelang nur dumpf den häuslichen Pflichten gewidmet. Wenn abends die Kinder schon schliefen und sie in ihre innere Einsamkeit zurückkehrte, hatte sie sich manchmal bei der Vorstellung ertappt, dass es auch ein Leben ohne Deepak geben könnte.

Als der Zug nun durch die tropische Landschaft fuhr, waren viele Stunden vergangen seit ihren letzten unbehaglichen Gedanken an Deepaks Geschwister und das Haus in Kalka-ji. Während der Zug über die Schienen ratterte, lehnte sie sich in ihrem Sitz zurück und hörte Vikram zu. Mit kindlichem Eifer und vielen Worten, von denen er glaubte, dass sie seinen Vater überzeugen würden, erklärte er, was er alles in Kerala tun würde. Rita Puri blickte hinaus auf die vorbeifliegende Landschaft, die so viel versprach… Sie wusste nicht genau, was, aber sie sehnte sich danach.

Deepak Puri hörte Vikram zu. Dieses Kind hatte sich zu einem wissbegierigen, ernsten Jungen entwickelt, der viel mehr hinterfragte, als es Deepak für dieses Alter angemessen erschien. Die Jahre in Kalka-ji waren nicht spurlos an ihm vorübergegangen. Natürlich nicht. Zuviel hatte er mitbekommen. Jetzt spürte Deepak die Freude, mit der Vikram, gegen das Fenster gelehnt, interessiert die vorbeifliegende Landschaft betrachtete.

Und Vinita. Was für ein hübsches Kind sie war. Zartgliedrig und quirlig mit ihren langen dunklen Haaren und den grünlich schimmernden Augen ihrer Mutter. Sie hatte zum Glück nichts von den vergangenen Querelen bemerkt, nichts hatte ihren kindlichen Frohsinn bisher trüben können. Erschöpft von den Aufregungen des Tages, mit glühenden Wangen und vollgestopft mit den Köstlichkeiten, die ihre Mutter für die Reise eingepackt hatte, lehnte sie an Ritas Brust.

„Was lächelst du so in dich hinein?" Rita stieß Deepak übermütig ihren Ellenbogen in die Seite. Ihre Stimme klang fröhlich und sanft.

„Ach, ich freue mich einfach auf Kerala, unser schönes Haus und darauf, dass wir endlich ein eigenes Leben führen können."

Er zog sie an sich. „Es wird uns allen gut tun. Wie ein Neuanfang wird es werden. Wir werden *Malayalam* lernen müssen. Nicht ganz einfach! Besonders für Vikram. Seine Klassenkameraden werden kaum Englisch und schon gar kein Hindi, Punjabi oder Deutsch sprechen. Ach, was soll's, Kinder lernen schnell."

Rita lachte. Flüchtig rief sie sich in Erinnerung, wie schnell Vikram Englisch, Hindi und Punjabi gelernt hatte.

„Wenn das das einzige Problem bleibt."

Ritas Stimmung war mit jedem Kilometer, den der Zug zurücklegte, gestiegen. Sie fuhren nach Südindien, jubelte es in ihrem Kopf. Es fühlte sich an, als führe sie in der Zeit zurück. Zurück in ihren Gemütszustand vor Delhi, vor der Vertreibung aus ihrem ursprünglichen Glück. Zurück in die Zeit, bevor sie einsam, ohne Deepak war. Und die Landschaft dort draußen erschien ihr wie ein Versprechen, das sich allmählich erfüllte. Sie würden sich wohl fühlen. Und laut sagte sie: „Weißt du, als ich mit dir zum ersten Mal in Kerala war, kam es mir vor, als hätten seine Bewohner die Fruchtbarkeit des Paradieses in ihr Land geschmuggelt. Dort kann man sich doch nur wohl fühlen. Ich werde mir wohl in Zukunft meine Haare auch mit Kokosöl pflegen, die Haut unserer Kinder mit Palmöl einreiben, zum Kochen Kokosbutter und Kokosmark verwenden." Sie lächelte.

„Und abends werden wir in unseren aus Kokosfasern geflochtenen Liegestühlen auf der vom Mondlicht beschienenen Terrasse sitzen und Kokosblütenwein trinken. Und dann", setzte Deepak grinsend hinzu, „wirst du in einem Zimmer einen Tempel einrichten, in dem du jeden Abend den Göttern eine Kokosnuss zu Füßen legen wirst, damit sie in Kokosmilch baden können und deshalb wohlgesonnen und hilfreich ihre schützende Hand über unsere Familie halten."

Rita lachte laut heraus: „Glaubst du, die Götter würden sich korrumpieren lassen?"

„Bei allen unbestechlichen Göttern! Musst du immer das letzte Wort haben?"

Die Sonne stand noch nicht im Zenit, als der Zug im Bahnhof von Jaipur einfuhr. Vikram war aufgeregt. Sein Vater hatte ihm schon so viel von der Hauptstadt Rajasthans erzählt.

„Halte nur die Augen offen", hatte er gesagt, „in Jaipur kann am Bahnhof viel geschehen, das einen Jungen interessieren könnte."

Das berühmte Rajasthan! Land der Könige. Hier haben die Nachkommen kriegerischer Fürsten über Jahrhunderte regiert. Ihre Taten hatten für Vikram den Klang von Abenteuer. Mit Blut, Gewalt und Prunkentfaltung hatten diese Könige die Geschichte Hindustans geformt. Hier lagen die Städte und Dörfer nicht mehr dicht beieinander, sondern weit verstreut. Das Land selber war meist flach und öde, der Horizont grenzenlos. In den Dörfern und kleinen Städten, an denen der Zug vorbeifuhr, hatten die Menschen ihre Hütten und kleinen Häuser rosa oder blendend weiß bemalt, so als wollten sie die Farblosigkeit der Landschaft ausgleichen.

Die Tore und Mauern um den Bahnhof herum zeigten farbige Fresken, Maharajas mit ihren Kriegselefanten, verwittert von Jahrhunderten, aber immer noch schön. Selbst die Hörner der Kühe, die vor dem Bahnhofsgelände lagerten, waren bunt bemalt. Die Frauen auf dem Bahnsteig waren statt in Saris in weite Röcke in blau und scharlachrot, grasgrün, kirschrot, neongelb, orange und safrangelb gekleidet, verziert mit kontrastreichen Kanten, die mit den flammend roten Turbanen der Männer konkurrierten. Einige der Frauen trugen Töpfe, Wassergefäße und schwere, mit Obst gefüllte Körbe anmutig auf dem Kopf. Bei jeder ihrer Bewegungen klirrten und klingelten die Silberkettchen an Hand- und Fußgelenken.

Auf der staubigen Straße hinter dem Bahnhofsgebäude trottete ein Kamel gemächlich vor sich hin, als ignoriere es den schweren Karren, den es hinter sich herzog.

Plötzlich sprang Vikram auf. Bewundernd rief er: „Schau, Papa-ji, ein Elefant. Wie schön bunt sein Kopf bemalt ist!"

Der Elefant bewegte sich steifbeinig auf dem Bahnhofsgelände, von seinem Mahut geführt. Seine Ohren fächelten dem mit symmetrischen Mustern bemalten Kopf Luft zu und verscheuchten die Fliegen, die ihn zu hunderten umschwärmten. Seine faltige Haut, die, wie ein paar Nummern zu groß, seinen gewaltigen Körper einhüllte, wirkte ausgetrocknet, als sehne sie sich nach einem ordentlichen Schlammbad. Es hatte schon lange nicht mehr geregnet in dem Wüstenstaat. Seen und Tümpel waren längst ausgetrocknet, und das wenige Wasser, das noch aus den Brunnen zu schöpfen war, holten sich die Menschen von weit her. Die Elefanten mussten sich da schon mit wenig Trinkwasser begnügen, dessen letzte Tropfen sie dann genüsslich durch ihre Rüssel auf ihre Körper verspritzen.

Auch Rita beugte sich aus dem Fenster, um besser sehen zu können. Die kleine Vinita schlief inzwischen ruhig, ausgestreckt auf ihrem Sitz.

Indien, diese ständige Herausforderung der Sinne! Aber Rajasthan... Das ist die Krönung. Prall und bunt, Überbleibsel aus der Zeit der kriegerischen Rajputkönige. Wie mächtig und prächtig diese Maharajas gewesen waren.

„Fehlt nur noch, dass gleich ein Tiger den Bahnsteig entlangspaziert kommt", lachte sie.

Vikram sah sie entsetzt an. „Kann das wirklich passieren, Mami?", fragte er mit aufgerissenen Augen.

Deepak verdrehte die Augen und zog ihn an sich.

„Natürlich nicht! Deine unverbesserliche Mami scherzt mal wieder. Wo sollten die Tiger denn auch herkommen? Sind ja fast vollständig ausgerottet".

„Kann es denn passieren, dass die Tiger ganz von der Erde verschwinden, wie die Dinosaurier?", fragte Vikram, zwischen Neugierde und seiner ängstlichen Phantasie hin- und hergerissen.

Deepak zögerte. Die Regierung versuchte zwar, die Tiere und deren verbliebene Lebensräume vor Wilderern zu schützen. Es war aber kein Geheimnis, dass der Erfolg sich in Grenzen hielt. Der Mensch war eben das größte Raubtier!

Vikram sah Deepak forschend an. Er wartete auf eine Antwort. Dieses sensible Kind würde sich wieder tagelang mit dem Leid der Tiger befassen. Deepak lächelte beruhigend: „Die Tierschützer werden bestimmt alles daransetzen, dass das nicht passiert."

Stumm starrte Vikram auf den Bahnsteig, in Gedanken bei den bedrohten Tigern. Natürlich!

Der Zug nahm langsam wieder Fahrt auf und ließ Jaipur im flimmernden Dunst der Hitze zurück.

Am Spätnachmittag hatten sie Rajasthan hinter sich gelassen. Der Zug durchquerte eine Ebene, begrenzt von Hügeln, die zur Rechten Schatten warfen und das Tal halb bedeckten. Die Kuppen der Erhebungen standen aber noch im hellen Licht und ließen sie orangegelb erstrahlen. Der Wind wehte jetzt stärker und ließ Staubsäulen aufwirbeln. Deepak Puri stand am Fenster. Er spürte, wie der Fahrtwind den Schweiß zwischen seinen Schulterblättern trocknete. Der heiße, brütende Tag würde nun bald zu Ende gehen. Die Kuppen der Hügel wurden dort, wo die Schatten sich schon verdichteten, tiefblau und violett.

Vikram hatte sich neben ihn gestellt und betrachtete die vorbeifliegende Landschaft, die jetzt allmählich flach wurde und dem Auge nichts Außergewöhnliches bot. Deepak atmete tief die frischer gewordene Luft ein.

„Wir fahren jetzt durch Gujarat", sagte er und legte Vikram beide Hände auf die Schultern.

„Hier regnet es normalerweise reichlich. Getreide und Bananen, Mangos, Apfelsinen, Limonen und Baumwolle, alles gedeiht hier prächtig. Nichts gleicht dem Wüstenstaat Rajasthan und doch liegen beide Länder so dicht beieinander."

Als das Licht schwand, füllte die Umgebung sich mit Schatten. Ein warmer Wind wehte durch die geöffneten Zugfenster, geschwängert vom Duft blühender Jasminsträucher.

Allmählich spürte Vikram, wie die Müdigkeit ihn übermannte. Warum auch nicht – es war ein aufregender Tag gewesen. Er lehnte sich gegen die Schulter seines Vaters und war unversehens eingeschlafen. Ab und zu, wenn die Räder des Zuges rumpelnd über Weichen fuhren, erwachte er kurz, um gleich wieder weiter zu schlafen. Und jedes Mal, bevor ihm die Augen zufielen, ging es ihm durch den Sinn: die Welt war voller Wunder.

Vikram wusste nicht, wie lange er geschlafen hatte, als der Zug in einem Bahnhof für einige Zeit stehenblieb. Die Geräusche des Tages waren verstummt. Mit halb geöffneten Augen nahm er wahr, dass sein Vater ihn aufhob.

„Mein Gott, wie groß der Junge geworden ist, den kann man ja kaum noch hochheben", murmelte Deepak, während er ihn an sich drückte. Er legte ihn auf das Hochbett und deckte ihn mit einem Laken zu.

„Schlaf nur, morgen fängt unser neues Leben an!"

Vikram blinzelte nicht einmal, er dachte nur wieder, wie schön! Und schlummerte erneut ein. Er fühlte eine Leichtigkeit, als schwebe er dahin, als ließe er sich von den Wolken treiben.

4

Ein Mittag im August, jenem Monat, in dem der Monsun noch einige Male heftig aufbegehrt, ehe er sich aus dem Land zurückzieht.

Der Zug aus Delhi hielt nach einer 32-stündigen Bahnfahrt in Cochin. Vikram stand am vergitterten Fenster des Zuges mit einem Gefühl freudiger Erregung. Er beobachtete, wie sein Vater die Koffer mit ihren Namen darauf unter den Sitzen hervorzog und seine Mutter die Dosen mit den restlichen Tomatensandwiches und die Thermoskanne in ihre große Reisetasche packte. Sie drückte Vinita ein paar Bonbons in die Hand.

Die Kleine schaute Vikram auffordernd an. „Nimm eins!"

Vikram schüttelte den Kopf und folgte seinem Vater auf den Gang hinaus.

Auf dem Bahnsteig hüllte sie ein fischiger Dunst ein, gemischt mit dem Geruch nach Salzwasser. Deepak Puri hatte fast vergessen, wie feucht die Monsunluft im Süden sein konnte. Einer der Angestellten, die er für sein neues Büro eingestellt hatte, erwartete sie am Bahnhof. Es war Anil, ein dünner Mann, auf sehr langen Beinen, mit einem kleinen Kopf auf den knochigen Schultern. Das kantige Kinn und der scharfe Zug um seinen Mund ließen Starrsinn vermuten. Aber er war zuverlässig und pünktlich. Und das schätzte Deepak an ihm.

„*Namaskaram*, endlich sind Sie da", begrüßte er Deepak und Rita Puri nicht gerade euphorisch.

„Ihr Zug hat zwei Stunden Verspätung! Mir ist vor Langeweile nichts anderes mehr eingefallen, als gegen mich selbst zu wetten, wann die Gewitterwolken platzen werden", sagte er mit einem Augenzwinkern und deutete mit dem Daumen zum Himmel. Ein purpurner Sunbird flog über ihre Köpfe hinweg, aufgeschreckt durch das herannahende Gewitter. Sein scharfes Tsiswee..., Tsiswee klang empört.

366

„Aber jetzt schnell, damit wir trockenen Fußes ins Auto kommen."

„Danke, Anil. Wir sind froh, dass Sie gewartet haben. Wie läuft es im Büro? Hat sich während meiner Abwesenheit viel ereignet?"

„Probleme hat es bestimmt nicht gegeben, sonst hätten Sie davon erfahren. Aber gehöre ich zur Geschäftsleitung? Ich bin doch der Letzte, dem man etwas sagt", sagte er mit vorgestülpten Lippen, während er die Koffer in den Kofferraum wuchtete.

Deepak klopfte ihm beruhigend auf die Schulter. „Gut, gut, Anil, dann wollen wir mal."

Die letzten Gepäckstücke wurden Rita und Deepak Puri gerade auf den Schoß gepackt, als der Himmel sich öffnete und das Wasser herabstürzte. Schnell sprang auch Anil ins Auto. Da prasselten auch schon dicke, schwere Regentropfen in schmutzig-braune Pfützen und trommelten auf das Autodach. In Sekundenschnelle hatte die Straße sich in eine Schlammpiste verwandelt. Bäume und Sträucher wurden durchgeschüttelt und neigten sich unter der Gewalt des Regens. Durch die Scheiben war kaum noch etwas zu erkennen.

Gelassen startete Anil den Motor und schaltete die Scheibenwischer ein. Obgleich die Straße vor ihnen kaum zu erkennen war und erst recht nicht, was sich auf ihr bewegte, fuhr Anil schnell und wild, bremste einmal scharf, weil eine Horde Affen schreiend die Straße kreuzte. Er fuhr wie alle hier, ohne erkennbare Regeln.

Erstaunlich, dass es hier weniger Tote auf den Straßen gab als in Europa, wo alles so perfekt geregelt war, dachte Rita, und klammerte sich mit einer Hand am Beifahrersitz fest, während sie mit der anderen versuchte, Vinita festzuhalten. Es schien, als folge alles in Indien einer höheren Logik, schwer zu durchschauen für Europäer.

Nach zwanzig Minuten war der Spuk vorbei. Die Sonne lugte wieder zwischen den übrig gebliebenen schnell dahintreibenden grauen Wolken hervor, die sich schon wieder im Blau des

Himmels aufzulösen begannen. Die Mauern der Grundstücke, an denen sie vorbeifuhren, waren aufgeweicht, mit Moos überwachsen. Feuchtigkeit schien sie fast zum Bersten zu bringen. Das Hellerwerden des Himmels wurde begleitet von lauten Trommelschlägen.

Vor einem kleinen Tempel unter einem riesigen Banyanbaum mit biegsamen Luftwurzeln hockten Frauen. Aus duftenden Jasminblüten und orangenen Ringelblumen flochten sie Girlanden für das abendliche Gebet zu Ehren Ma Durgas, der Gefährtin des Gottes Shiva. Am Turm des kleinen Tempels funkelte in der Abendsonne Shivas Symbol, der Dreizack, dessen beide äußeren Zacken einen leichten Bogen nach innen beschrieben, während der mittlere Pfeil in den Himmel zielte. Der Trishul, die Waffe Shivas, war überall dort zu finden, wo er verehrt wurde.

„Hat der Dreizack Shivas eine besondere Bedeutung?", fragte Vikram seinen Vater.

Deepak nickte. „Hm, im Hinduismus bestimmen drei Kräfte – die drei Zacken – den Kreislauf des Lebens. Die göttliche Dreiheit besteht aus Brahma dem Schöpfer, Vishnu dem Erhalter und Shiva dem Zerstörer", erklärte er.

Gleich darauf überholten sie die Shiva-Prozession. Bunt bemalte Männer mit weit geöffneten Pupillen und stoisch gleichgültigen Gesichtern zogen hölzerne Wagen hinter sich her, die mit Haken in ihre gedehnte Rückenhaut gehängt waren. Kein Tropfen Blut floss aus den Wunden am Rücken. Schnell zog Rita Vinita vom Fenster weg und lenkte sie ab. Vikram starrte entsetzt auf das wahnsinnige Treiben und schlang die Arme um seinen Körper. Ein Blick genügte Deepak. Beruhigend zog er seinen Sohn an sich. Vikram vergrub den Kopf in seinen Armen und schmiegte sich an ihn. Sein Herz hämmerte wild. Deepak hielt ihn fest, bis er sich etwas beruhigt hatte.

„Es sind dumme Menschen", sagte Deepak leise. „Sie glauben, auf diese Art den Göttern näher zu sein, ihnen Opfer zu bringen."

Diese frömmelnden Idioten müssen sich mit Rauschmitteln in Trance versetzen, um den Schmerz nicht zu spüren, fluchte er im Stillen.

„Vikram, kein Gott würde wirklich wollen, was sie sich ihm zu Ehren antun."

Vikrams Nächte würden nun wieder von Alpträumen besetzt sein, die ihn nach dem Erwachen in einer Welle der Angst überrollen würden. Plötzlich hatte Deepak Puri eine Vorahnung, dass sein sensibler Sohn irgendwann einen Weg wählen würde, den er entgegen aller gesellschaftlichen Vernunft bis zum Ende gehen würde, solange, bis er sein Ziel erreicht und sein Leben nach seinen eigenen Vorstellungen eingerichtet haben würde.

Nach einstündiger Autofahrt hielt der alte dunkelrote Chrysler endlich vor ihrem Grundstück.

Das Haus lag etwas zurückversetzt in einem Kokoswald. Eine lange, unebene, mit großen Steinen befestigte Zufahrt führte zu einer Treppe aus behauenen Natursteinen. Darüber erstreckte sich eine Lichtung, auf der das Wohngebäude, mit je einem kleinen Nebengebäude rechts und links davon, stand. Hibiskussträucher, die wohl vor Jahren vom Vorbesitzer des Hauses gepflanzt sein mochten, säumten die Längsseiten des Hauses. Ein wohlmeinender Gärtner hatte liebevoll Blumenbeete angelegt, die ein Feuerwerk an Farben und Düften versprühten.

Deepak nahm Rita in den Arm. Beide blieben vor der Treppe stehen und betrachteten ihr neues Zuhause.

„Mami, Papa-ji, hier ist es schön!", rief Vikram und sein Gesicht hellte sich auf. Als werfe er alles Bedrückende von sich, nahm er zwei Stufen auf einmal, um nur ja als erster die Terrasse dieses schönen Hauses zu erreichen. Vinita mit ihren kurzen Beinchen konnte nicht Schritt halten und schrie hinter ihm her: „Vik, warte auf mich, ich kann nicht so schnell. Vik warte! Ich will erste oben sein!"

Oben angekommen wartete Vikram auf seine kleine Schwester, wieder ganz der neunjährige, fröhliche Junge, unbeschwert von trüben Gedanken. Er fasste sie bei der Hand, und gemeinsam liefen sie vor dem Haus auf und ab, schauten auf der Terrasse, die sich über die ganze Frontseite erstreckte, in jede Ecke, jeden Winkel, um nichts Aufregendes zu übersehen. Sie rannten zu den Nebengebäuden und versuchten, durch die Fenster hineinzuschauen. Vinita kreischte vor Vergnügen.

„Komm, lass uns hineingehen! Wir wollen sehen, wie es innen aussieht." Rita zog Deepak hinter sich her.

In die fast quadratische große Diele drang Tageslicht durch zwei kleine Fenster. Die Mitte der Diele aber wurde erhellt durch einen verglasten Lichtschacht. Hier hatte in den Jahren, als das Haus unbewohnt dem Verfall preisgegeben war, in dem zerstörten Fußboden ein Mangokern gekeimt, der bald, zu einem stattlichen Baum entwickelt, seine Krone aus dem an einigen Stellen reparaturbedürftigen Dach streckte. Deepak hatte den Baum nicht entfernen, sondern seinen Wurzelbereich mit Kies bedecken lassen. Um den Stamm war eine Glaskonstruktion mit dem Dach verbunden worden, sodass der Baum seine Krone weiterhin darüber ausbreiten konnte.

Staunend blieben Rita und die Kinder vor dem Lichtschacht stehen, in dem zwei Schmetterlinge eine wilde Jagd veranstalteten.

„Du hast den Baum gerettet!" Voller Dankbarkeit umarmte Rita ihn. „Du lieber Himmel, ist das wundervoll! Ein Traum!"

„Es hätte schrecklich gute Gründe gegeben, die Sache mit dem Lichtschacht fallen zu lassen. Der Aufwand war objektiv gesehen zu groß. Wenn ich aber dein Gesicht sehe… Es hat sich gelohnt!"

Deepak Puri ließ mit patriarchalischer Befriedigung seinen Blick über seinen Besitz und seine Familie gleiten. Ja, er wollte alles tun, seine Familie glücklich zu sehen.

Die Möbel aus Delhi waren schon mit einer Spedition vorausgeschickt worden. Deepak hatte sie in dem Nebengebäude lagern lassen, das früher als Gesindehaus gedient hatte. Rita sollte die Freude haben, das Haus nach ihrem Geschmack einrichten zu können. Am nächsten Morgen würden Arbeiter beim Einrichten helfen.

370

Für die erste Nacht hatte er Zimmer in einem Hotel in Vaikam reserviert. Rita aber weigerte sich, das Haus - ihr Haus - wieder zu verlassen.

Nun ja, warum eigentlich nicht. „Los, los, Kinder, holen wir uns Matratzen ins Haus. Wir schlafen heute auf dem Fußboden." Begeistertes Geschrei war die Antwort.

Der einzige Freund, den Deepak in Kerala hatte, war Sebastian Sydney, ein Christ, mit dem er schon von Delhi aus nicht nur geschäftlich verbunden war. In Kerala leben die meisten Christen Indiens. Sie lebten hier seit Jahrhunderten mit den Angehörigen verschiedener Religionen friedlich zusammen.

Wenn sie darauf zu sprechen kamen, wiegelte Sebastian ab, die Maharajas in Kerala hätten ja nichts zu befürchten gehabt. Sie waren ja vom Meer und den Bergen gut genug geschützt, um sich Toleranz leisten zu können. Und nie vergaß er darauf hinzuweisen, dass Indien das erste Land war, das Vertriebene aufnahm, die wegen ihrer Religion verfolgt wurden. Zuerst die von Nebukadnezar aus Jerusalem vertriebenen „schwarzen Juden". Und dann, im Jahre 52 n. Chr., die ersten syrischen Christen. Ein stolzes Lächeln umspielte seinen Mund, wenn er erzählte, dass diese Christen über das Meer gekommen und in Cochin an Land gegangen waren, in einer Zeit, als ihre Glaubensbrüder in Rom den Löwen zum Fraß vorgeworfen wurden. Und wenn er Deepak erzählte, dass Keralas kluge Herrscher Handel mit arabischen Kaufleuten ebenso wie mit den aus Spanien geflohenen „weißen Juden" getrieben hatten und dass sie auf Maharajas Grund und Boden ihre Moscheen und Synagogen errichten durften, dann hatte seine Stimme einen triumphierenden Klang: Wer Handel treibt, streitet nicht.

Sebastian Sydney, ein hagerer großer Mann, überragte Deepak Puri um einige Zentimeter. Mit seiner Größe und seiner Umtriebigkeit ähnelte er mehr den Menschen aus dem Norden. Er hatte nicht den glänzenden, dunklen, nussbraunen Teint der Südinder. Mit seiner Frau Theresa und seinen drei Kindern, dem neunjährigen Arun, dem fünfjährigen Binod und der zweijährigen Puneeta lebte er in einem schönen alten Holzhaus, das ständig voll von fröhlichen Leuten zu sein schien. Onkel, Tanten, Cousins und Cousinen, Nachbarn und Freunde - es machte immer den Eindruck, als sei ein Fest mit mindestens fünfzehn Leuten in Vorbereitung. Jeder wurde aufgefordert, zum Essen zu bleiben. Alles, was sie taten, war voller Freude. Auch bei der Zubereitung der köstlichen Gerichte, die, wie überall in Südindien, auch bei Theresa nur in zwei Geschmacksrichtungen angeboten wurden. Man wählte zwischen „hot" und „very hot". Alles wurde mit den kleinen, scharfen, roten Schoten gepfeffert, sogar die Liebe.

Auch Rita Puri bekam die Wirkung der scharfen Schoten zu spüren, als sie und Deepak bei Sebastian und Theresa Sydney gemeinsam mit anderen Freunden zum Essen eingeladen waren. Auf dem Tisch waren verschiedene Sorten Curry, gebratener Fisch, in Kokosmilch zubereitetes Gemüse und Reis in Schüsseln dekorativ angerichtet. Auf zwei fein ziselierten Platten lagen halbierte gebackene Bananen, mit kleingehackten Chilis bestreut. Rita füllte in die bereitstehenden kleinen Schüsselchen ein wenig von jedem Currygericht und vermischte es mit Reis. Als sie nach dem ersten Bissen endlich wieder Luft bekam, krächzte sie: „Oh mein Gott, Chili ist wohl die einzige Frucht, die zurückbeißt." Immer noch nach Luft japsend wischte sie sich die Schweißperlen von der Stirn: „Mir ist, als habe ich ein Loch in der Zunge..."
Theresa lachte hell auf, während sie die Schüsseln mit den Curries weiterreichte. „Das ist wie bei den Menschen, je kleiner, desto schärfer."
Dr. Malik James, ein Arzt aus der Nachbarschaft mit in Palmöl getränkten Haaren, der offensichtlich vorzeitig und ungebührlich in die Breite gegangen war, nickte zustimmend. Er formte ein wenig Reis genüsslich mit der rechten Hand zu einem Bällchen, tauchte es in das Curry, warf es sich mit einer schnellen Bewegung in den Mund und dozierte, während er schmatzend

kaute und seine Augen hinter den großen Brillengläsern sich schon auf die nächste Portion konzentrierten: „Wenn man bedenkt, dass der Chili von Kolumbus auf den karibischen Inseln für den Rest der Welt entdeckt wurde, ist es schon erstaunlich, dass die Asiaten und nicht die oberschlauen Europäer sehr schnell erkannt haben", sagte er mit einem Seitenblick auf Rita Puri, „dass Chili nicht nur die Geschmacksnerven stimuliert, sondern auch gesund ist, weil er neben Vitamin A doppelt so viel Vitamin C enthält wie Orangen. Kluge Mütter haben schon vor hundert Jahren ihren Kindern bei Erkältung eine heiße Chili-Brühe eingeflößt, die die Nebenhöhlen wie ein Wirbelsturm freipustet."

Das nächste Reisbällchen flog in seinen Mund. „Heute ist nachgewiesen, dass Chili den Stoffwechsel beschleunigt und eine vorbeugende Wirkung gegen Krebs hat. Von einer euphorisierenden Wirkung mal ganz abgesehen."

„Ich habe auch schon gehört, dass es Chili-Junkies geben soll", warf Deepak Puri ein und grinste, als er in Ritas tränende Augen blickte.

„Mein lieber Freund", sagte Dr. James und ließ seinen traurigen Hundeblick auf ihm ruhen, „schon im 15. Jahrhundert hat Amal Naj in seinem Buch ‚Scharfe Sachen' die Wirkung einer aphrodisierenden Mixtur beschrieben." Er hob bedeutungsvoll den Zeigefinger. „Ein Mann, der seinen Penis mit einer Mischung aus Chiliblättern, Rosinen, zerstoßenem Chili und Honig einreibt, kann jede Frau, selbst eine alte, in rasenden Liebesrausch versetzen." Vielsagend schaute er sich um. Nicht nur die Männer spitzten die Ohren.

„Die Wirkung wird durch das Capsaicin im Chili hervorgerufen, das zwar auf der Zunge brennt, aber nichts verletzt. Die Nerven schlagen falschen Alarm, was den Herzschlag erhöht und das Gehirn Endorphin ausschütten lässt, unser körpereigenes Schmerzmittel, das, ähnlich wie Morphin, berauscht. Das bewirkt den ganzen Zauber." Schmatzend kaute er auf seinem Reis herum, und die anderen Männer grinsten genüsslich vor sich hin.

Nach der opulenten Mahlzeit versammelten sich die männlichen Gäste im Garten unter dem riesigen Seidenbaum, der seine Krone mit den rosa fedrig-seidigen Blüten wie ein aufgespannter Schirm über einer Sitzgruppe ausbreitete. Die Frauen setzten sich auf die Terrasse. Es schien, als würde nie ein Schatten über diesem fröhlichen Haushalt liegen.

Rita Puri genoss es, mit Theresa Sydney durch den von vielen kleinen Lampen an den Wegrändern beleuchteten Garten zu schlendern. Die Mangobäume gediehen hier so prächtig, dass sich ihre Äste unter der Fülle dickfleischiger Mangos neigten. Ein Weg unter Kokospalmen führte zu einer kleinen Bananenplantage, deren Früchte Sebastian Sydneys achtzigjährige Mutter jeden Mittwoch auf dem Gemüsemarkt von Vaikam verkaufte.

Vikram und sein neuer Freund, Arun, steckten die Köpfe zusammen. Vikram fragte ihn über die Schule aus. Ob die Jungen ihn, der er aus dem Norden kam, anerkennen würden, und ob er diese merkwürdige Sprache Malayalam je lernen würde, die für seine Ohren klang, als schüttele man Murmeln in einem Tontopf. Er redete und sprühte, eben über die Schule, im nächsten Moment darüber, wie wichtig es sei, die Tiger vor dem Aussterben zu schützen und dass sich alle Länder der Erde dafür einsetzen müssten, was zum Teufel man doch auch erwarten könne. Man müsste auch die Jungen in der Schule dazu bringen, sich darüber Gedanken zu machen. Himmeldonnerwetter noch einmal, es müsste doch möglich sein, dass auch Kinder etwas tun.

Gelassen auf der Mauer sitzend und mit den Beinen baumelnd antwortete Arun seinem Freund gleichmütig, dass er mit den Tigern verdammt Recht habe. Jetzt aber sollten sie erst einmal erkunden, wie viel von dem leckeren Obstsalat noch übrig sei. Er legte ihm den Arm um die Schulter, als sie sich die Reste des Obstsalates aus der Schüssel fischten: „In der Schule wird es bestimmt klappen, und Malayalam ist auch gar nicht so schwer."

Und dann war er da, der erste Schultag. Die neue Schule lag nicht weit entfernt von Vikrams Elternhaus. Der Weg dorthin führte durch einen Kautschukwald, vorbei an einem kleinen Tempel, der Vikram besonders faszinierte, weil eine riesige Statue des Elefantengottes Ganesha davor stand, die das Dach des Tempels um einige Meter überragte. Eines Tages, dachte Vikram, werde ich hineingehen – aber heute... mein erster Tag. Da war sie wieder, die Angst.

Vor der Schule wartete schon Arun auf ihn. Er war umringt von einigen Jungen, die Vikram neugierig entgegen blickten. Als sie ihn in ihre Mitte nahmen und munter in Malayalam auf ihn einredeten, war der Bann gebrochen. Obwohl er nichts verstand, wusste Vikram, dass er Freunde in seiner Klasse finden würde.

Jeden Tag auf dem Weg zur Schule musste er an dem kleinen Tempel vorbei. Der Sing-Sang der Gebete lockte ihn, es drängte ihn hineinzugehen. Als sich seine Augen an das Dunkel im Inneren gewöhnt hatten sah er einen Priester, der vor einer mannsgroßen Ganesha-Figur kniete. Respektvoll blieb Vikram stehen. Wie merkwürdig, dachte er, dieser Priester betete nicht andächtig versunken wie er es bisher kannte. Er schien zu schimpfen, so als schleudere er dem Gott seinen ganzen Ärger entgegen. So ähnlich hörte es sich nämlich an, wenn sein Vater wütend seiner Mutter erzählte, dass in der Firma wieder einmal nichts geklappt hatte. Vorsichtig trat Vikram näher heran. Ob er ihn wohl verstehen konnte? Es waren bekannte Worte, die er hörte. Der Priester sprach Hindi. Er hatte die Hände gehoben, mit offenen Augen schaute er die Statue des Gottes an. *„Ganesha, hast du deinen rechten Eckzahn umsonst im Kampf gegen Parashurama verloren? Willst du deine schützende Hand nicht mehr über uns halten, nachdem die Führer meines Volkes in ihrem maßlosen Streben nach Macht und Fortschritt nun gar eine Atombombe gezündet haben?"*
Vikram war verblüfft. Das waren nicht die Gebete, die er sonst gehört hatte, wenn er einen Tempel besucht hatte. Er trat dicht an den Priester heran und kniete sich neben ihn.

„Du, Ganesha, der du verehrt wirst als Glücksbringer, als Hüter der Wohnstätten, du Wächter und Träger des Alls, sollst dich nicht abwenden. Führe meinem Volk sein Handeln vor Augen, lass es seine Lebensgrundlage nicht zerstören, jetzt, da noch nichts vollbracht ist im Lande. Die Ärmsten der Armen in den Städten und viele Bauern auf dem Land sterben noch immer, setzen ihrem Leben selbst ein Ende, weil sie ihre Familien nicht mehr ernähren können. Ihr Einkommen reicht nicht zum Überleben. Die Bauern müssen ihr Ackerland verkaufen und selbst ihre Arbeitskraft an reiche Grundherren verpfänden. Diese Schuldknechtschaft durch gewissenlose Geldverleiher zieht die eisernen Ringe um ihre Brust immer enger und raubt ihnen den Atem. "

Vikram schloss die Augen. Er begriff nun, dass der Priester sich bewusst bei dieser Schimpftirade des Hindi bediente. So konnten ihn die anderen Gläubigen im Tempel nicht verstehen. Vikram aber verstand. Es ängstigte ihn, was er da hörte, und dennoch konnte er nicht aufstehen, konnte nicht weggehen. Es war wie ein innerer Zwang.

„Ganesha, öffne den Führern Indiens die Augen, dass sie die Menschen unterstützen, die Natur schützen mit den vorhandenen Mitteln, anstatt diese Mittel im sinnlosen Wettrüsten mit Pakistan zu vergeuden und sich dem Größenwahn hinzugeben. "

Dann war es still. Vikram merkte, dass der Priester ihn ansah.

„Na, Junge, hast du mit mir gebetet?", sagte er auf Malayalam, das Vikram inzwischen ganz gut verstand. Mit freundlicher Geste strich er ihm über den Kopf. „Hast ja nichts verstanden." Und erklärend setzte er hinzu: „Ich bitte die Götter jeden Tag um ein Zeichen. Es muss etwas geschehen im Lande."

Damit wandte er sich um und beachtete Vikram nicht mehr.

Als Vikram nach Haus kam, saß Rita auf der Bank in der Diele neben dem Lichtschacht und putzte Gemüse. Sie schaute von ihrer Arbeit auf.

„Na, mein Schatz, heute kommst du spät. Hat dein Lehrer wieder kein Ende gefunden?"

„Nein, nein", antwortete Vikram, „es war nicht die Schule."
Schnell wollte er an seiner Mutter vorbei in sein Zimmer gehen.
Rita stutzte. Irgendetwas war doch nicht in Ordnung mit ihm.
„Halt, halt, junger Mann", rief sie ihm hinterher.
„Hiergeblieben!"
Vikram kam zurück und setzte sich neben sie auf die Bank. Da wurde die Tür aufgerissen. Vinita stürmte hinein, warf ihre Schultasche in die Ecke und rief mit einem schnellen Seitenblick auf Vikram. „Ich hab Vik im Tempel belauscht. Er hat neben dem Priester vor Ganesha gekniet." Sie schaute Rita triumphierend an. Das Donnerwetter würde bestimmt nicht lange auf sich warten lassen.

Rita sagte: „Vinita, nimm das Gemüse und bringe es in die Küche. Sonia braucht es, unser Essen ist bald fertig."

Vinita zog einen Schmollmund, nahm das Tablett mit dem Gemüse und brachte es der Köchin. Dann holte sie sich ihre Schultasche und ging wütend in ihr Zimmer. Gemeinheit! Vikram macht immer so komische Sachen. Aber egal, was er macht, nie schimpft Mami mit ihm so wie mit mir, dachte sie empört und knallte die Tür hinter sich zu.

Rita legte den Arm um Vikram. Im Tempel musste irgendetwas geschehen sein. Sie wollte ihn nicht drängen. Oftmals öffnete er sich nach ein paar Stunden und erzählte ihr, was in seinem Kopf gerade vorging. So zog sie ihn nur enger an sich und sagte: „Sonia hat heute für dich *Chhole-Bhature* gekocht. Sie weiß doch, dass du das so gern isst."

5

Die letzten Streifen Licht verschwanden hinter den Kokospalmen. Schlagartig wurde es dunkel. Eine Düsternis verschlang den Garten, die erst Stunden später von dannen ziehen würde, wenn der Mond aufgegangen war. Die Lichter im Haus gingen an. Von irgendwoher trug der Wind das Geräusch von Trommeln herüber.

Deepak Puri sah von seinem Platz im Garten Vikram lesend auf seinem Bett sitzen und hin und wieder durch das Fliegengitter des geöffneten Fensters hinaus in die Dunkelheit blicken, so als überdenke er Satz für Satz das Gelesene.

Kleine ängstliche Fledermäuse flitzten über Deepak hinweg und streiften fast seinen Kopf. Er war erst kurz vor der Dämmerung aus Cochin zurückgekehrt, hatte sich müde in einen Stuhl am Teich fallenlassen und entspannt den Kröten zugesehen, wie sie vom Rand des Teiches auf die dicken Steine im Wasser sprangen und wieder zurück, quakend und schleimig.

Nachdenklich ließ er den Blick auf dem hell erleuchteten Fenster seines Sohnes ruhen. Die vergangenen vier Jahre in Kerala waren glücklich gewesen. Sein Betrieb hatte sich genau wie damals in Delhi gut entwickelt, war zu einem Unternehmen mit sechzig Angestellten angewachsen. Seine Ehe war von stabilem Glück geprägt, nicht zuletzt durch Ritas fröhlichen Optimismus. Sie hatte mit dem Haus und Garten ein kleines Paradies geschaffen. Vinita, ein lärmendes kleines Schulmädchen, tollte mit ihren Freundinnen die meiste Zeit im Garten herum und ärgerte mit ihrer Lebhaftigkeit ihren stets über seinen Büchern hockenden Bruder. Sie neckte ihn, bezeichnete ihn als nagenden Bücherwurm und Streber. Abends aber, wenn sie sich müde getobt hatte, umschnurrte sie Vikram wie eine kleine Katze und bat und bettelte solange, bis er ihr eine der vielen Geschichten erzählte, die er in seinem Kopf angesammelt hatte.

Deepak wunderte sich. Es war schon spät, sie müsste eigentlich längst da sein. Kaum hatte er den Gedanken zu Ende gebracht, flog die Tür zu Vikrams Zimmer auf. Vinita stürmte herein, nahm Anlauf und hechtete kreischend auf das Bett. Ärgerlich schüttelte Vikram den Kopf.

„Brüderchen, liebster Vik, sei nicht langweilig!", hörte Deepak sie sagen, wobei sie von hinten ihre Arme um Vikrams Körper schlang. Vikram legte resigniert das Buch zur Seite.

Deepak lächelte draußen in der Dunkelheit. Das war typisch. Noch nie war es seinem Sohn gelungen, sich dem Charme dieser kleinen Teufelin zu entziehen.

Deepak dachte daran, wie Vikram schon als kleiner Junge von Büchern fasziniert war, wie die Geschichten, die er ihm erzählt hatte, in seinem Kopf Widerhall gefunden hatten. Jetzt war er auf der Schwelle zum Mann, fand eigene Geschichten und erzählte sie mit seinen Worten. Deepak Puri tippte mit dem Finger die Kröte an, die sich neben seinem Schuh niedergelassen hatte, stand auf, schlenderte zurück ins Haus und lehnte sich unbemerkt von seinen Kindern an den Rahmen der geöffneten Tür zu Vikrams Zimmer.

Vinita, rücklings auf dem Bett, kreuzte nachdenklich die Arme hinter dem Kopf. „Hör zu, Vik! Wir haben heute einen Neuen in die Klasse bekommen. Der hat ganz blasse Haut, heller als Mamis und viel heller als unsere - fast wie die Farbe des Sandstrandes mit ein paar kleinen roten Steinen dazwischen. Sommersprossen nennt man die. Dabei sind wir beide schon heller als die anderen in der Schule."

Sie schüttelte den Kopf und hob die Schultern. „Seine Augen sind hellblau-grau-blau. Und dann die Haare... - wie blasses Feuer, und auf den Armen hat er auch Sommersprossen, genau wie im Gesicht. Irgendwie sieht er so... so aus, wie ein Pavian am Arsch."

„Na, na", bremste Vikram sie.

Sie grinste frech und zwickte Vikram fest in den Arm. „Ist ja schon gut. Und wie der angezogen ist! Er heißt Matthew und soll aus England sein", sagte sie versonnen. „Ob da alle Leute so eklig aussehen? Was meinst du?" Ihr Kopf war voll von unausgesprochenen Fragen.

Vikram rieb sich seinen Arm und revanchierte sich mit einem Klaps. „Hier, du kleines Ungeheuer! Gib endlich Ruhe!"

Jetzt bemerkten beide, dass ihr Vater in der Zimmertür stand und Vinitas letzte Worte gehört hatte.

„Hoppla, ihr beiden, was sind denn das für Töne!"

Vinita hob trotzig das Kinn.

Vikram grinste. „Das war sicherlich nicht für deine Ohren bestimmt, Papa-ji."

Vinita kicherte verlegen. „Was soll ich denn machen. Ich finde ihn eben eklig."

Deepak setzte sich aufs Bett zu seinen Kindern. „Ich erzähle euch, was ich kürzlich auf einem Markt in Cochin erlebt habe."

„Au fein, fang an!", sagte Vinita und machte es sich in den Kissen bequem.

„Ich sah dort einen kleinen, zerlumpten, sehr dunkelhäutigen Jungen. Der beobachtete angestrengt einen Verkäufer, der am Gepäckträger und Sattel seines Fahrrads ein großes Netz voller farbiger Gummibälle festgebunden hatte. Der Mann war ein guter Verkäufer. Er ließ einen roten Gummiball hoch in die Luft springen und lockte damit eine Menge Kinder an.

Dann legte er den roten Ball zurück ins Netz und ließ einen blauen mit weißen Ringeln springen, dann einen gelben mit roten Punkten und schließlich einen ganz weißen. Alle sprangen zum Vergnügen der Kinder um ihn herum hoch in die Luft. Der Junge betrachtete eine ganze Weile einen dunkelbraunen Ball, den der Verkäufer neben all den anderen bunten noch im Netz hatte, und fragte dann:

‚Babu, wenn du den dunkelbraunen Ball springen lässt, würde er genauso hoch springen wie die anderen?'

Der Ballverkäufer nahm mit einem Lächeln den dunkelbraunen Ball aus dem Netz und ließ diesen besonders hoch in die Luft springen. Er sagte: ‚Nicht die Farbe, mein Junge, lässt ihn in die Höhe springen, sondern das, woraus er besteht und was in ihm ist.'"

380

Deepak kniff Vinita liebevoll in die Wange: „Denk mal darüber nach, mein Schatz."

Ging man den kleinen Weg hinter dem Haus entlang, so führte dieser nach einigen Metern aus dem schattigen Kokoswald hinaus, hin zu einem der Seitenarme des sich über mehrere Quadratkilometer erstreckenden Backwater-Areals. Hier tummelten sich jeden Tag fröhlich die Kinder im brackigen Wasser. Schreiend, lachend, tauchend, sich gegenseitig bespritzend und untertauchend erfreuten sie sich an ihrem Spiel, unbeachtet von den Frauen am Ufer, die dort das Geschirr der Familie vom vorangegangenen Mittagessen spülten oder die Familienwäsche wuschen. Sie tauchten die Kleidungsstücke immer wieder ins Wasser, rieben sie mit einem Stück Seife ein und schlugen sie auf einen Stein, sodass Seife und Wasser nur so spritzten.

Hier stand ein Mangobaum, der seine mit Früchten schwer beladenen Äste tief über das Wasser neigte. Das war Vikrams Rückzugsort, wenn er seinen Kopf nicht frei bekam von seinen Gedanken und nach Antworten auf seine vielen Fragen suchte. Auch an den Priester dachte er häufig, der ihn mit seinen Gebeten zu Ganesha früher so in Angst versetzt hatte. Unter dem Mangobaum konnte er in Ruhe denken, sich seinen Wunschträumen und Hoffnungen hingeben, konnte erkunden, wer er war. Hier konnte er seinem Kummer freien Lauf lassen, wenn er mit der Natur haderte, die ihm nicht die kräftige, muskulöse Gestalt gegeben hatte wie vielen seiner Freunde. Seine übermäßige Schlankheit und seine mit einer Brille ausgeglichene Kurzsichtigkeit brachten ihm wenig Achtung bei Gleichaltrigen ein. Selten fühlt er sich am richtigen Platz; nur unter seinem Mangobaum oder vertieft in die Diskussion mit Sebastian Sydney, dem Freund seines Vaters. Er hatte das Gefühl, unauffällig wie ein Schatten zu leben zwischen der Liebe seiner Eltern und den kulturellen Umwälzungen, die sein Land erfasst hatten. Der Kampf mit den Problemen seiner Pubertät laugte ihn aus. Vikram grämte sich, dass in diesen

Zeiten die albernsten Umstände genügten, ihn in schlechte Laune zu versetzen. Seine Schwester, wenn sie laut singend durch das Haus lief. Seine Eltern, denen es nie in den Sinn kam, dass er Probleme haben könnte.

Doch wenn er das Leben am Wasser beobachtete, die weißen dreieckigen Segel der Boote sah, die durch die Kanäle glitten, dann schien es, als bliebe die Zeit stehen, als bliebe alles so, wie es war, wie es in Kerala schon immer gewesen war. Hier konnte er sich dem Rhythmus des Südens hingeben, dem Pendeln des Windes in den Jahreszeiten von Ost nach West, dem Gefühl von Materie und Geist, der Frage nach richtig oder falsch. Vom Ufer im hohen Gras sah er den Booten nach. Aus Jackfruit-Baumstämmen gebaut, mit Kokostauen verbunden und mit Nussöl kalfatert waren sie Kunstwerke der südindischen Bootsbauer. Er schaute über die in der Nachmittagssonne glitzernde, sich leicht kräuselnde Wasseroberfläche und beobachtete, wie nur mit einer *Lunghi* bekleidete schwarzhäutige Männer die mit schweren Säcken und leeren Kokosnussschalen beladenen Boote durch das Wasser stakten. Die langen Stangen hoben und senkten sich im Wasser und schoben das Boot gemächlich durch die lilafarbenen Wasserhyazinthen, die den Kanal zu zwei Drittel bedeckten. Hier pulsierte das Leben auf dem Wasser, es balancierte auf Booten.

Wann immer er hierher kam, hatte er Bücher dabei. Oft waren es solche über Religionsphilosophie. Immer wieder hatte er sich die Frage gestellt, wer er selbst sei – mit einem Hindu als Vater und einer Christin als Mutter, die aber beide ihre Religion nicht praktizierten. Was sollte er denn nun sein? Und was war es, das die Menschen so in den Bann der Religionen zog, dass sie sich deshalb gegenseitig umbrachten? Einige religiöse Schriften der großen Weltreligionen hatte er schon gelesen. Die einfache Schönheit einzelner Stellen dieser Bücher fesselte ihn immer wieder, elektrisierte ihn und ließ ihn die Gegenwart des wirklich Großen empfinden. Einige Worte Buddhas oder Christus' leuchteten voll tiefer Bedeutung und schienen ihm heute noch genauso gültig wie vor 2.000 Jahren. Das gleiche Gefühl hatte er auch, wenn er versuchte, Sokrates oder die chinesischen Philosophen zu verstehen oder wenn er sich in die *Upanishaden*, die *Bhagavadgita* oder die Schriften von Tagore vertiefte.

Sein Vater missbilligte es, dass er sich mit seinen dreizehn Jahren mit derlei Themen befasste, statt mit den anderen Jungen Kricket zu spielen oder im See zu baden, das wusste Vikram wohl. Aber was sollte er tun? Er hatte eben einfach keinen Spaß daran, einem Ball hinterherzulaufen. Vaters Freund Sebastian akzeptierte wenigstens sein Interesse für religiöse Themen.

Mit ihm diskutierte er darüber, dass der Hinduismus, im Gegensatz zum Islam und Christentum, im üblichen Sinne des Wortes überhaupt keine Religion, sondern eher vielleicht eine Philosophie sei. Seine wesentliche Haltung schien zu sein: leben und leben lassen. Der Hinduismus bot sich eben nicht als eine Offenbarungsreligion an, zumindest nicht im Sinne einer strengeren westlichen Interpretation, meinte Sebastian Sydney.

Von Zeit zu Zeit sprach Sebastian Sydney mit ihm auch über aktuelle politische Themen. Es fiel Vikram schwer, sich hierzu irgendeine Meinung zu bilden.

Wenn er versuchte, mit seinem Vater über Politik zu diskutieren, seinen sich überstürzenden Gedanken freien Lauf ließ, meinte er Unwillen, ja, vielleicht sogar eine leise Verachtung zu spüren. In seiner Wut lief er dann ziellos durch die Palmenwälder, versuchte, zur Ruhe zu kommen beim Anblick der sich wiegenden Palmblätter, die sich gegen den blauen Himmel abhoben, beim Spiel der Libellen, die sich am Ufer der Kanäle tummelten. Oft fand er sich dann vor Sebastians Haus wieder.

So wie gestern, nachdem er eine Wahlveranstaltung der kommunistischen Partei besucht hatte. Die Kommunisten hatten in Kerala mit kurzen Unterbrechungen die Regierung gestellt und damit die Fäden der Macht über Jahre in der Hand gehabt. Was Sebastian wohl von den Kommunisten hielt? Waren es die Kommunisten, die Kerala zu dem Bundesland mit der höchsten Bildungsquote gemacht hatten, obgleich es statistisch eines der ärmsten Bundesländer Indiens war? Hatten sie durch Aufklärung erreicht, dass seltsamerweise hier die Geburtenrate nicht höher als in Mitteleuropa war? Bedeutete das dann wiederum, dass im restlichen Indien etwas faul war, oder war es nur müder Fatalismus, der das übrige Land umklammert hielt? Saugten die Kommunisten ihre Taten aus der Quintessenz des Wissens, aus der Erkenntnis, dass nur durch Bildung und Aufklärung Fortschritt im Land zu erreichen sei? Wie konnte man diese Fragen nur beantworten? Waren es die falschen Fragen? Und doch, wohin man sah, überall Armut. Die uralte Geschichte...

Manchmal, wenn es ihn interessierte, beteiligte sich auch Vikrams Freund Arun an den Gesprächen, die oft in der Abenddämmerung auf der Terrasse des Hauses stattfanden, während Theresa Sydney das Abendessen vorbereitete und Sebastian Sydney genüsslich seine abendliche Wasserpfeife rauchte. Meist jedoch lauschte Arun mit geduldiger Bewunderung, bevor er sich gutmütig abwandte und seinen Freund und seinen Vater ihren Spinnereien überließ, wie er es nannte. Nie aber empfand er so etwas wie Eifersucht.

„In Kerala sind neunzig Prozent aller Bauern Grundbesitzer. Die kommunistische Regierung hat Schulen und Bibliotheken, Krankenhäuser und Versammlungssäle gebaut", argumentierte Vikram, wie er es gestern bei den Kommunisten gehört hatte. „Die Bauern brauchen nicht aus ihren Dörfern weg in die Slums der Städte zu ziehen, weil die meisten durch die Rohstoffe des Landes ihr Auskommen haben. In fast jeder Hütte können die Kokosfasern zur Herstellung von Kokosmatten in den Fabriken oder der Kautschuk zur Verarbeitung in der Kautschukindustrie vorbereitet werden."

„Hm, das stimmt schon. Aber ist das die kommunistische Lehre?" fragte Sebastian zurück und nahm einen tiefen Zug aus seiner Wasserpfeife. „Oder ist es eher die Umsetzung der Ideen Gandhis: In jeder Hütte ein Spinnrad zur Deckung des eigenen Bedarfs, Bildung für das Volk, Sauberkeit und keine Scheu, sie durch eigenes Tun zu erreichen und zu erhalten? Wird nicht seiner Forderung nach Pressefreiheit und Föderalismus Folge geleistet?"

„Aber verflixt!", rief Vikram aufgeregt, „du musst doch sehen, dass sie vieles richtig gemacht haben, die Kommunisten. Sie haben die Landbevölkerung erzogen, haben sie gelehrt, Zeitung zu lesen."

„Mit dem Erfolg, dass viele Jugendliche vom Lande eben keine Kokosfasern mehr spinnen wollen", warf Sebastian ruhig ein.

Sebastians alter Schaukelstuhl machte auf der gepflasterten Terrasse knarzende Geräusche. Er bewegte ihn nur leicht hin und her und betrachtete die lilafarbenen Blüten der Lagerstroemia, die sich in den letzten Jahren zu einem stattlichen Baum entwickelt hatte.

Nach einer Weile sagte Sebastian brummig: „Die Kommunisten..., die Kommunisten, was sie sich alles auf die Fahne schreiben. Sicher, Analphabeten gibt es in Kerala kaum noch. Doch nehmen wir einmal die Religionsfreiheit: Haben nicht schon um die Jahrhundertwende die Weisen in Kerala gelehrt, dass gerade die Religionsfreiheit ein Grundrecht aller ist? Die Charismatiker von einst, sie haben uns ihre Enkel und Urenkel hinterlassen, die quer durch alle Gesellschaftsschichten agieren – nicht die Kommunisten."

Vikram antwortete nicht mehr. Seine eigenen Ansichten erschienen ihm manchmal selbst etwas nebulös, verschwommen. Ihn plagte nicht nur die Unruhe seines Alters, sondern auch der Zwiespalt in ihm selbst. Es war so viel, was in seinem Kopf wirbelte. In der Ferne grummelte Donner. Vielleicht kam sein Missmut daher, dass ein Gewitter in der Luft lag, überlegte er, oder war es nur, weil seine Stimmungen zurzeit lächerlich schwankend waren.

6

Bei den Göttern, dachte Deepak Puri, Vikram war so erwachsen geworden, kein Junge mehr…, schon achtzehn. Und in Indien gärte es wieder. Der Hindu-Nationalismus hatte Anfang der achtziger Jahre einen deutlichen Aufschwung verzeichnet. Im ganzen Land kam es immer wieder zu Unruhen und Demonstrationen von Extremisten. Er konnte nur hoffen, dass Vikram so vernünftig war und sich nicht in diesen Sog hineinziehen ließ.

Vikram saß auf dem Beifahrersitz, die Füße auf dem Sitz, die Arme um seine Knie geschlungen. Ein Moskito hatte sich auf seinem bloßen Arm niedergelassen. Er schlug ihn weg, ehe er stechen konnte. Die Mücke kam zurück und jetzt erschlug er sie mit der Hand. Genau wie die Politiker, dachte Vikram, verjagt man sie auf unblutige Weise, verzichten sie nicht auf ihre Macht und kommen zurück. Indira Gandhi war nach einer Wahlniederlage doch wieder an die Macht zurückgekehrt und jetzt hatte sie es mit der Zuspitzung des Konflikts im Punjab zu tun, wo separatistische Sikhs einen eigenen Staat forderten.

Vikram Puri besuchte seit zwei Jahren das Gouvernement-Sanskrit-College in Cochin. Seine Mutter und Schwester bekamen ihn nur noch spät abends zu Gesicht. Wenn er mit seinem Vater aus Cochin nach Hause kam, zog er sich nach dem Abendessen mit Tageszeitungen und Büchern sofort in sein Zimmer zurück.

Bei den gemeinsamen Fahrten nach Cochin in den frühen Morgenstunden, wenn der Nebel noch über den Kanälen hing, die Luft von nächtlicher Feuchtigkeit gesättigt war - und schließlich wieder in der Schwüle des späten Nachmittags auf dem Weg nach Hause, hatte sich zwischen Deepak und Vikram eine größere Nähe entwickelt.

Vikram schien in großartiger Verfassung zu sein, dachte Deepak Puri und schaute seinen Sohn von der Seite an. Zufriedenheit und Stolz vermischten sich mit einem kleinen Stich der Eifersucht, wenn er daran dachte, wie jung Vikram war und dass er sein Leben noch frei gestalten konnte. Er selbst war immer in das enge Korsett der Familienbande gepresst gewesen, immer mit der Last der Verantwortung auf seinen Schultern. - Doch nein... Er war hoch erfreut, dass Vikram ein freieres Leben führen konnte. Er schob diese Gefühlsaufwallung schnell beiseite, blickte über die Reisfelder und bemerkte die schwarzflügligen Stelzen, die mit ihren Schnäbeln im Wasser nach Futter suchten.

Deepak Puri dachte schon lange nicht mehr darüber nach, dass sein Sohn sich mit zu ernsthaften Themen beschäftigte. Er machte sich auch keine Sorgen mehr wie früher, dass er Vinita zugänglicher, weil unkomplizierter fand und dass Vikram das gespürt haben könnte. Hochgestimmt überlegte er, welches Glück er mit Vikram hatte. Mit welchem Feuereifer sich sein Sohn in sein Studium gestürzt hatte.

„Wenn man dich anschaut", sagte er schelmisch lächelnd zu Vikram, „dann springt einen das Glück aus deinen Augen förmlich an."

Vikram lachte. „Das hast du richtig erkannt, Papa-ji. Mir geht es großartig."

„Wirst du mir deine Freundin bald einmal vorstellen?", fragte Deepak vorsichtig.

Vikram sah ihn nicht an. Sie wurden auf der unebenen Straße ordentlich durchgeschüttelt. Er betrachtete die barfüßigen Kinder am Straßenrand und die alten Frauen in ihren luftigen baumwollenen Saris, wie sie Gewürze und Melonen verkauften.

„Du weißt also, dass ich eine Freundin habe?", fragte er wenig erstaunt.

„Ich finde, das ist nicht zu übersehen."

„Es ist Sheeba, ein Mädchen aus dem College. Ich werde sie euch bald vorstellen", sagte Vikram, ohne den Blick vom Straßenrand zu wenden, und Deepak drang nicht weiter in ihn, überließ ihn seinen Gedanken.

Dieser Tag im letzten Sommer, als der Monsun ausgeblieben war, die Reisfelder künstlich bewässert werden mussten und die *Backwater* sich in träge, grüne, stinkende Kanäle verwandelt hatten… Sheeba, mit kalkweißem Gesicht, krank vor Verzweiflung, hätte ihn auf dem Campus des Colleges beinahe umgerannt. Vikram hatte sie auf eine Bank gedrückt und beruhigend auf sie eingeredet. Ihr Körper hatte trotz der schwülen Hitze des Tages gezittert. Und er hatte sie umarmt, was er nie vorher getan hatte.

Zuerst war es aus ihr herausgesprudelt. Man hatte ihre Mutter gefunden. Sie war durch einen merkwürdigen Unfall zu Tode gekommen, den jedoch niemand als Selbstmord zu bezeichnen wagte. Es gehörte sich eben einfach nicht, seinem Leben selbst ein Ende zu setzen. Es wird Willenskraft erwartet, das Leben auszuhalten, und wenn es noch so erbärmlich, vor Schmerzen kaum noch zu ertragen ist. Am Morgen hatte ein Fischer die Leiche durch die grüne Wasseroberfläche des Kanals schimmern sehen. Um den Bauch hatte sie eine Tasche voller Steine gebunden. Sanfte Wellen bewegten sich wie ein seidener Teppich darüber. Der graue Morgendunst waberte über das Wasser, als tanzten die toten Seelen, deren Körper im grauen Nass ihr Ende gefunden hatten, einen Reigen und wisperten sich ihr Schicksal zu, gefangen und geborgen in der Weite des Kosmos.

Sheebas Vater, Anoop Nair, hatte die Tasche mit den Steinen im Brunnen versenkt und den Abschiedsbrief, der auf seinem Schreibtisch lag, ungelesen sofort verbrannt.

Sheeba hatte aufgehört zu zittern und kaum hörbar an Vikrams Schulter geflüstert: „Meine Mutter hatte Darmkrebs und war von der Chemotherapie so aufgeschwemmt, dass man sie kaum wiedererkennen konnte. Ihre Haut hatte sich in ihrem geschwollenen Gesicht gespannt und in entzündeten Pusteln aufgelöst. Jeder Tag war ein Kampf gegen die eiserne Faust gewesen, die ihren Leib zu sprengen drohte.

Vikram konnte gut zuhören und brachte es in den folgenden Wochen sogar fertig, sie hin und wieder aufzuheitern, sodass sich auf ihren Wangen dieselben Grübchen bildeten wie früher, in den Tagen jener verlorenen Unschuld, vor dem Tod ihrer Mutter.

Nachdem ihre Mutter geborgen worden war, wurde für die Totenrituale ein *Pandit* aus den Bergen geholt.

„Es muss einer sein, der hier unbekannt ist", hatte der Vater geflüstert. „Der hiesige *Pandit* wird reden und noch mehr Gerüchte in die Welt setzen."

Es war, als hätten ihm die Schatten seiner Vorfahren Sand in die Augen gestreut, als erkenne er nicht, welchen letzten Dienst er seiner toten Frau schuldig war.

Sheeba schien umgeben von einem Hauch Traurigkeit wie das stille Wasser eines Sees, das sich selbst dann nicht kräuselte, wenn man etwas hineinwarf. Nur Vikram vermochte das zu ändern. In seiner Gegenwart konnte sie zeitweise vergessen. Und ein anderes Gefühl stahl sich neben die Trauer. Wie konnte Sheeba ein neues Leben beginnen, sich eine Liebe gestatten, ohne zurückzublicken auf alles, was passiert war, schon Generationen vor ihr? Immer hatte sie geglaubt, die Dinge ändern zu können. Nicht nur die Art, wie ihre Familie den Traditionen eng verhaftet war, sondern auch, wie von jedem Familienmitglied Wohlverhalten erwartet wurde. Sie würden sich ändern, hatte Sheeba immer geglaubt und gelächelt. Aber nichts war geschehen. Nur ihre Mutter hatte etwas gewagt.

Vikram brachte Sheeba nach dem College mit nach Hause. Seine Eltern und Vinita begrüßten sie in der Diele ihres Hauses.

Rita Puri hatte sich mit den Jahren wenig verändert. Nur ihr Haar war von grauen Strähnen durchzogen, etwas bleicher geworden und schimmerte nun im matten Glanz der Sonnenstrahlen, die durch den Lichtschacht in die Diele fielen. Mit Würde stand sie da, als Sheeba eintrat und schenkte ihr ein herzliches Lächeln. Sie hatte zu genaue Kenntnis über die Situation in Sheebas Familie, um sich auf eine reservierte Haltung zurückzuziehen. Auch wegen ihres Sohnes, von dem sie wusste, dass er Sheeba liebte. Sie war stolz auf ihren tüchtigen, logisch denkenden Sohn, der so hübsch war mit seiner hohen Stirn, über die hellbraune Locken fielen. Den ganzen Tag hatte er vor Aufregung über Sheebas Besuch wie auf Wolken geschwebt. Sie war ja auch ein nettes Mädchen. Rita gönnte ihrem Sohn diese Liebe.

Deepak und Rita wussten, dass Sheeba einer alten, berühmten Familie entstammte, die ihre Nachfahren seit Generationen geprägt hatte. Es war oft eine Last, einer solch traditionsreichen Familie anzugehören. Die Dogmen der Vorfahren übten noch immer ihren Druck auf die nachfolgenden Generationen aus.

Sheebas Vorfahren stammten von der südlichen Malabar-Küste, die im letzten Jahrhundert Verbindungen zu den Maharajas von Travancore hatten und sich schließlich in den Feuchtgebieten von Ernakulam angesiedelt hatten, wo sie Hektar um Hektar Land für den Reisanbau gekauft hatten. Sie bauten sich große Häuser an den Ufern des Perivar, dort wo der Fluss seine Farbe von Grün zu Blau wechselte, um sich zum Delta zu verzweigen, bevor er ins Meer mündete. Sheebas Vater hatte im Laufe der Jahre nicht nur die Reisfelder bewirtschaftet, sondern auch in Kautschukwälder investiert und bald den wirtschaftlichen Schwerpunkt immer mehr in die Kautschukindustrie verlagert. In den letzten Jahren hatte er darüber hinaus nicht unerhebliche Gelder in eine riesige Shrimps-Farm gesteckt, die sich durch den zunehmenden Tourismus zu einem sehr rentablen Unternehmen entwickelt hatte. Shrimps waren inzwischen auch für die wohlhabende einheimische Bevölkerung zum Leckerbissen geworden, sodass nicht nur der Export florierte, sondern auch die Nachfrage im Lande gewaltig stieg.

7

Ihr Leben lang, so schien es Sheeba Nair, hatte sie versucht, sich einen Weg aus der Enge ihres Zuhauses zu bahnen. Alles Tun war verknüpft mit den Traditionen der Familie, aber ungeachtet dessen erkannte sie, dass in ihrem Herzen ein Gefühl von Freiheit aufloderte. Ihre Mutter hatte sich die Freiheit genommen und war in den Tod gegangen. Und sie, Sheeba, hatte eine kleine Freiheit gefunden bei Vikram Puri und seiner Familie. Sie genoss es, den lebhaften Unterhaltungen auf der Terrasse zu folgen, wenn die Puris Gäste eingeladen hatten, oder an den Nachmittagen im Garten neben dem Teich zu sitzen und mit Vikram zu lernen. Diese Begegnungen vor ihrem Vater geheim halten zu müssen, schien Sheeba wie ein berauschendes Spiel zu genießen. Sie gaben ihr das Gefühl, fern jener stumpfsinnigen Welt zu sein, in der alles langweilig ernst war. Sie gaben ihr das Gefühl, frei zu schweben, einen verborgenen Platz außerhalb der Zeit zu haben.

Manchmal sprach sie über ihren verbitterten Vater, der sich, in seinen Traditionen gefangen, resigniert immer mehr von der Welt zurückzog, sein Herz verschloss. Ein Mann, der nicht mehr neugierig war. Der nicht zweifelte oder nie daran gezweifelt hatte, dass das Leben nach einem früh verinnerlichten Plan zu funktionieren hatte. Er durfte nichts von Sheebas Verbindungen zu Vikram und seiner Familie wissen. Die überkommenen Moralvorstellungen seiner Brahmanenfamilie würden ihm verbieten, eine nicht von den Eltern arrangierte Verbindung zu einem Manne zu tolerieren. Unvorstellbar! Zumal Vikrams Vater kein Brahmane, noch dazu ein Punjabi aus dem Norden war, seine Mutter gar eine Europäerin.

„Er glaubt, dass unsere Familie etwas ganz Besonderes ist", sagte Sheeba, „allen anderen Familien schrecklich überlegen. Seiner Meinung nach sind wir es, die Indien repräsentieren. Wenn du mich fragst, warum, habe ich Schwierigkeiten, es zu erklären. Vielleicht muss er vorgeben außergewöhnlich zu sein, um sein Leben zu ertragen."

Wann immer sie Vikrams Familie besuchte, sagte sie ihrem Vater, dass sie bis spät abends in der Bibliothek des Colleges arbeiten müsse und anschließend den letzten Bus nach Hause nehmen würde. Bisher hatte ihr Vater diese Erklärung ohne nachzufragen hingenommen.

„Mein Vater ist sich kaum bewusst, wie ausgelaugt er ist, wie angespannt seine Nerven sind. Er sitzt fast nur noch in seinem Lehnstuhl auf der Terrasse und starrt über den Fluss." Mit einer ungeduldigen Geste wischte sie sich die Augen trocken.

„Er kümmert sich immer weniger um seine Geschäfte, überlässt alles seinen Managern. Und wenn diese sich beklagen, dass die Rohstoffpreise für Kautschuk auf dem Weltmarkt so stark gesunken seien, dass sich die Produktion kaum noch lohne, zuckt er nur resigniert die Schultern."

„Ich habe gelesen, dass Malaysia und Singapur den Kautschuk zu Dumping-Preisen auf den Markt bringen, aber dass es so schlecht um unsere Kautschukindustrie steht, das habe ich nicht gewusst", antwortet Vikram erstaunt.

„Es liegt sicherlich nicht nur daran, dass Vaters Geschäfte nicht mehr gut gehen. Er hat sich in den letzten beiden Jahren, seit meine Mutter so krank war, nicht mehr genug um seine Reisfelder, Kautschukwälder und Fabriken gekümmert."

Vikram dachte, dass es eben nicht ausreichte, zu produzieren und immer mehr zu produzieren. Die Organisation musste stimmen und ein gerechteres Verteilungssystem entwickelt werden. Die Landwirtschaft hatte in den letzten Jahren entscheidend dazu beigetragen, die wachsende Bevölkerung zu ernähren. Mit ausgeklügelten Bewässerungssystemen hatte man die Erträge steigern können. Auch der Reisanbau hatte Erfolge gebracht. Und dennoch - in der Landwirtschaft waren zwar zwei Drittel aller Arbeitskräfte tätig, sie erbrachten jedoch nur ein Drittel des Sozialprodukts.

Aber gut, im Grunde hatte er zu wenig Ahnung, hätte nie einen Wirtschaftsstudenten abgegeben. Hatte es zum Glück auch nie probieren müssen.

Auf dem sich durch den Kautschukwald ihres Vaters windenden Weg fragte Sheeba, ob sie weiter bis zum Fluss laufen wollten. Vikram Puri nickte und küsste sie, ohne auch nur eine Sekunde darauf zu achten, ob sie gesehen wurden, und drängte sie an den nächststehenden Kautschukbaum. Sheeba genoss sichtlich sein frivoles Tun. Doch dann merkte sie, dass sie festklebte. An jedem Baum verliefen den fleckigen Stamm entlang diagonale Schnitte bis zum Boden. Gummi sickerte wie dicke Milch aus den Wunden an der Rinde und tropfte in Hälften von Kokosnussschalen, die an den Enden der Schnitte festgebunden waren. Die Gummiflüssigkeit hielt ihren Sari fest wie die Saugnäpfe eines Kraken. Sheeba wand sich lachend, während Vikram versuchte, den Gummi vorsichtig zu lösen, ohne den Sari zu zerreißen. Amüsiert fragte er sich, warum sie sich keine Sorgen um ihren Sari machte.
Plötzlich stand hinter ihnen einer der Arbeiter, die jeden Tag die gesammelte Kautschukmilch abholten. Grinsend betrachtete er die Szene. „Hier", sagte er und drückte Vikram eine Flüssigkeit und einen Lappen in die Hand, mit der sich der Sari leicht reinigen ließ.
Bestimmt hat er Sheeba erkannt, dachte Vikram. Hier kannte doch jeder die Familie seines Arbeitgebers. Aber auch hierüber schien sich Sheeba keine Gedanken zu machen.
„Alles in Ordnung?", fragte sie.
„Bestens. Hab's gleich geschafft."
Der Arbeiter sah ihnen träge zu, froh über die unvorhergesehene Pause. Als Vikram ihm den Lappen zurückgab, fragte er: „Wollt ihr ans andere Flussufer zum Tempelfest von Hanuman? Ich könnte euch übersetzen. Mein Boot liegt hier am Ufer."
„Schon gut, wir wollen nur zum Flussufer, nicht zum Tempelfest."

Sichtlich enttäuscht nickte der Arbeiter, hob zum Gruß die Hand und machte sich am nächsten Baum zu schaffen.

Als Vikram und Sheeba sich dem Fluss näherten, schallten Gebetsgesänge vom anderen Flussufer herüber. Heute begann das Fest zu Ehren des Affengottes Hanuman. Die Gläubigen verehrten ihn, weil er nach der Überlieferung einstmals den Dämon Ravana auf Sri Lanka vertrieben hatte. Kein gläubiger Hindu würde jemals einen Affen verscheuchen, denn er verkörperte die Treue und Zuverlässigkeit in dieser Welt.

Purpurne Jakaranda- und alte Banyanbäume, Mango- und Bobäume säumten den Weg am Fluss. Hinter einem dicken Baumstamm tauchte plötzlich ein Mungo auf und schaute sie aus runden Knopfaugen aufgeregt an, aufgeschreckt durch brechende Zweige unter Vikrams und Sheebas Füßen. Auf den Ästen der Bäume sprangen schwarzgesichtige Affen hin und her und beobachteten misstrauisch jeden ihrer Schritte. Sheeba blieb stehen. Eine dicke rote, kugelige Spinne spannte ihr kunstvolles Netz von einem Baum zum anderen, richtete ihre irritierenden Punktaugen auf die Eindringlinge, ließ sich aber bei der Vollendung ihres Kunstwerkes nicht weiter stören.

Sheeba flüsterte: „Es ist, als sei man hier gar nicht mehr von dieser Welt – wir sind wie Geister."

Auch Vikram war fasziniert von der Idylle: der Blick auf die schilfbewachsenen Flussinseln, die Kolonien weißer Reiher und schwarzer Kormorane, die sich in die Luft erhoben, wenn die Trommeln am anderen Ufer des Flusses lauter wurden. Eine Menschenmenge hatte sich dort versammelt. Sie ehrten Hanuman mit jeder Strophe ihrer Gesänge. Geschmückte Elefanten stampften mit ihren stempelförmigen Füßen im Rhythmus und schwangen ihre Rüssel. Vikram stand völlig regungslos und schaute hinüber. Das hier war das ewige, das einzige Indien. Noch war hier nichts zerfressen vom Streben nach westlicher Lebensweise. Seine galligen Gedanken waren wieder da.

Seit er mit seinen Eltern nach Kerala gezogen war, hatte es auch hier Veränderungen gegeben, nicht zu übersehende! Es hatte zwar den Anschein, als hätten sich die Dörfer in den Backwaters ihre ländliche Ruhe bewahrt. In Wirklichkeit aber waren neue Häuser wie Pilze aus dem Boden geschossen, nur eben nicht gleich sichtbar, weil sie sich unter Bäumen duckten und die kleinen Sträßchen, die zu ihnen führten, von den Hauptstraßen aus kaum auszumachen waren. Der Fluss war an vielen Stellen begradigt worden. Die Backwaters verwandelten sich nach und nach in stinkende Abwasserkanäle. Zum kurzfristigen ökonomischen Nutzen wurde in die Natur eingegriffen. Es gab heute zwei Reisernten statt einer. Gut für die Menschen. Doch Gottes eigenes Land - wie es in den Touristen-Prospekten hieß - wurde mit Fünf-Sterne-Hotels überzogen.

Gut gelaunt unterbrach Sheeba Vikrams rebellischen Gedanken.

„Schau nur, die Elefanten. Was für Charakterköpfe sie haben mit den hervorstehenden Backenknochen und den hochgezogenen Mundwinkeln. Sie scheinen ewig zu lächeln."

Beinahe graziös bewegten sie sich, fand Vikram und gab sich Mühe, seinen Kopf freizumachen. Er versuchte, die Schönheit des Augenblicks festzuhalten. Das Gefühl der Flüchtigkeit des Lebens – für einen Moment war es nicht mehr da.

Sheeba hatte Recht, wenn sie Elefanten charismatisch fand.

„Mein Vater hat einige Arbeitselefanten mit ihren *Mahuts* angestellt", hörte er sie sagen. „Diese Männer, die mit ihren Elefanten leben, habe ich als Kind immer bewundert und ihre Nähe gesucht. Sie haben mir erzählt, dass Elefanten wie Menschen weinen, wenn sie leiden, und sie geben an ihre Nachkommen sogar Traditionen weiter."

„Das habe ich auch schon gehört, und ich habe gelesen, dass eine Elefanten-Matriarchin einmal dabei beobachtet wurde, wie sie eine Herde von über hundert Tieren an eine Stelle brachte, wo ein Elefant von einem Löwen getötet worden war. Jeder einzelne der Elefanten blieb kurz neben dem toten Körper stehen und ging dann weiter."

„Ja", nickte Sheeba, „sie betrauern sogar ihre Toten."

Vikram wandte kein Auge von der Szene am gegenüberliegenden Ufer.

„Wie lange wird diese Ursprünglichkeit hier in Kerala erhalten bleiben? Je undurchschaubarer und vielschichtiger, umso wunderbarer."

„Du bist ein Träumer, Vikram." Sheeba legte ihren Kopf auf seine Schulter, strich ihm zärtlich über den Arm und sah das Glitzern in seinen Augen. Grüne Augen mit einem Schimmer von Sinnlichkeit.

„Du wirst den Lauf der Zeit auch in Kerala nicht aufhalten können. Schau, wilde Elefanten gibt es ohnehin nur noch in den Nationalparks. Und dort sind ihre Feinde die Holzsammler und die Kühe. Die werden sich bald durch alle Wälder gefressen haben, wenn man ihnen nicht Einhalt gebietet."

Vikram wollte sich zwingen, nicht mehr an die Veränderungen in seinem Land zu denken. Doch es gelang ihm nicht.

Bei Windstille hing der Geruch von Exkrementen über manchen Backwater-Kanälen, immer dort, wo das Wasser zu einem dickflüssigen Rinnsal zusammengeschrumpft war. Wo sollten die Menschen aus den armseligen Hütten aber auch ihre Notdurft verrichten? Sie badeten und wuschen ihre Wäsche dort, wo das Wasser noch floss oder die Abwässer der Fabriken es verdünnte, dort, wo es zumindest noch den Anschein von Sauberkeit erweckte. Aber was wollte man denn? Ihr Geschirr und ihre Wäsche sahen ja noch sauber aus. Der schillernde Regenbogenfilm, den die Motorboote voller Touristen hinterließen, verschwand ja bald wieder zwischen den Wasserhyazinthen. Vikram schnaubte verächtlich.

Sheeba blickte ihn von der Seite an und holte ihn mit einem Kuss zu sich zurück. Der Missklang in seinem Kopf wurde leiser. Sheeba in ihrem weiß-blauen Sari, der Duft nach den sich auf dem Waldboden entlang windenden Kardamompflanzen, die vielen Schmetterlinge, die sich auf den Hybiskusblüten beim Saugen des Nektars ablösten, und die storchschnabligen Eisvögel mit ihrem blau-grünen Gefieder und ihrer gelben Brust - ein Idyll.

Die orangefarbene Sonne glitt durch die gebogenen Spitzen der Palmwedel. Noch einige Minuten hatten sie gemeinsam, bevor die Dämmerung einsetzte und Sheeba in das tote Haus zu ihrem Vater zurückkehren musste, der sich vom Leben abgewandt zu haben schien, keine Pläne mehr hatte. Wohin würde ihres Vaters Weg sie führen, fragte sich Sheeba, ohne dass sie Vikram ihre Furcht vor der Zukunft spüren ließ. Sie ließ sich ins Gras sinken und beobachtete Vikram. Niemand, den sie kannte, war auch nur in Ansätzen so wie er – eine erotische Mischung aus kompliziertem Widerspruchsgeist und nettem, liebevollen Jungen mit einem Hang zum Tragischen. Und da war noch mehr, was sie nicht erklären konnte. Waren es die Werte, die seine Familie ihm mit auf den Weg gegeben hatte, oder war es nur sein rebellischer Charakter? Was es auch war, er schien intensiver zu leben als andere. Das war es, was sie an ihm so liebte, und sein warmes Lächeln, ein Lächeln, das alle Mühe lohnte. Sie zog seine Hand zu sich und hielt sie fest.

Der Gesang am anderen Ufer verstummte, und die ersten Flughunde flitzten über den Fluss. Es wurde Zeit. Sheeba musste zurück nach Hause.

Vikram beschloss, auf dem Heimweg dem Tempel des Ganesha noch einen Besuch abzustatten. Immer wieder hatte es ihn in den Jahren nach seinem ersten Erlebnis mit dem Priester dorthin gezogen. Inzwischen war er willkommener Freund.

Heute fand er den Priester nicht in seiner Hütte, vielmehr kniete er betend im Tempel vor der Ganesha-Statue, die Hände zum Himmel empor gehoben, genauso, wie Vikram ihn bei der ersten Begegnung angetroffen hatte. Und wie damals betete er nicht, er klagte. Vikram kniete sich neben ihn. Worte wurden in den Raum geschleudert und sammelten sich wie in einem Echo in der Kuppel des Tempels.

„Schon wieder erschüttern Unruhen unser Land. In Amritsar haben sich militante Sikhs im Goldenen Tempel verschanzt. Sie fordern einen eigenen Staat. Antworte mir, Ganesha, wird aus der grausamen, blutigen Vergangenheit nicht gelernt? Wird die

Religion immer wieder benutzt, Habgier zu rechtfertigen und Macht zu erzwingen? Habt ihr Götter kein Einsehen mehr, keine Geduld mehr mit uns? Oder rüstet sich Shiva, der Zerstörer, um wieder über das Land zu fegen und es nach der Zerstörung einer Erneuerung zuzuführen? Und wo bist du, Sarasvati, Göttin der Weisheit? Warum schreitet ihr nicht ein?"

Er hatte Vikram bemerkt, schloss das Gebet, verneigte sich und stand auf.

„Komm, Vikram, ich habe mir wieder einmal Luft machen müssen. Jetzt koche ich uns Tee, und dann können wir reden."

Der Abend endete so wie viele in den Jahren zuvor: Ein Schwall von Worten ergoss sich über Vikram. Und Vikram hörte zu, bis der Priester ihn an der Tür der Hütte zum Abschied umarmte.

8

Noch bevor Vikram Puri seine Augen öffnete, wusste er, dass die Sonne schon aufgegangen war. Die rote Glut, die durch seine geschlossenen Lider schien, bildete immer neue Muster. Er hielt die Augen noch einen Augenblick geschlossen, um das Spiel des Lichtes zu beobachten. Aber gerade, als er die Augen öffnete, durchzuckte ihn ein Gedanke wie ein elektrischer Schlag. Die Trägheit des Erwachens fiel blitzschnell von ihm.

- Sheeba! Er würde sie verlieren! Auf der Kante seines Bettes stützte er den Kopf in die Hände. Was war los? Warum in Gottes Namen machte er sich Sorgen? Es war Sonntag und wie jeden Sonntag würde Sheeba zu Hause bei ihrem Vater bleiben. Die morgendliche Stille lastete drückend auf ihm, während er in die Küche ging und Teewasser aufsetzte. Würde es eine Zukunft für Sheeba und ihn geben, so wie die Dinge mit ihrem Vater lagen?

Als er bemerkte, dass Vinita schon das Haus verlassen hatte, rechnete er allerdings nicht damit, seinen Gedanken lange nachhängen zu können. Seit einiger Zeit machte sie im Garten noch vor dem Frühstück Yoga-Übungen, deren Sinn und Nutzen sie dann am Frühstückstisch ausführlich erklärte, wobei sie jeden zum Mitmachen aufforderte.

Kaum hatte sich Vikram mit seinem Tee an den Schreibtisch gesetzt, flog auch schon die Tür auf. Vinita stürmte herein und ließ sich empört prustend in den Sessel fallen.

„Heute habe ich meine Yoga-Übungen neben dem Teich gemacht und bin von diesen elenden Kröten gestört worden. Schleimig, mit ihren ekligen Warzen auf dem Rücken, hüpften sie laut quakend von Stein zu Stein. Ekelhaft, diese schleimigen Dinger! An Konzentration und Ruhe war nicht zu denken", sagte sie schmollend.

Vikram lachte und kniete sich mit seiner Tasse neben den Sessel. Vinita brachte es immer wieder fertig, ihn zu erheitern, selbst wenn er schlechte Stimmung hatte.

„Dann musst du dir morgen eben ein ruhigeres Plätzchen für deine Übungen suchen. Am Fluss, bei den alten Bäumen. Dort werden dir nur die Kormorane und die Reiher mit ihren unerbittlichen Blicken bei den Übungen zusehen."

„Ach, als ob man dort nicht gestört würde! Die blöden Streifenhörnchen! Die jagen die Baumstämme hoch und runter und der lästige Lärm der Grillen", sagte sie mit einer wegwerfenden Handbewegung. „Ich könnte sehr gut auf das ganze Viehzeug verzichten!"

Was für ein oberflächliches kleines Ding sie doch ist, dachte Vikram, nur an Dingen interessiert, die sie unmittelbar betreffen. Er schaute nachdenklich auf ihre unruhigen Hände.

„Die Natur ist, wie sie ist. Wir können nicht gegen sie leben." Ruhig schlürfte er seinen Tee, in Gedanken schon nicht mehr bei ihr.

Vinita schürzte die Lippen. „Weltverbesserer, Oberlehrer! Wie langweilig, wer soll dich verstehen?", rief sie beleidigt, stand auf und wollte sein Zimmer verlassen.

„Ach, Vinita, bleib doch noch. Leiste mir Gesellschaft. Ich habe es doch nicht böse gemeint", rief Vikram ihr versöhnlich hinterher.

Vinita machte kehrt, lachte und küsste ihn auf die Wange.

„Ja, ja, ich weiß schon: die Natur, die Natur! Morgen werde ich bei meinen Yoga-Übungen den hässlichen, schleimigen Frosch küssen. Vielleicht verbirgt sich ja ein wunderschöner Prinz in ihm. Die Natur hat es schon richtig eingerichtet", sagte sie spöttisch.

In diesem Moment kam Deepak herein und warf die Morgenzeitung auf den Tisch. Vikram und Vinita starrten auf die Schlagzeile: **Indira Gandhi ermordet! Erschossen von zwei Sikh-Leibwächtern!**

Indira Gandhi hatte den Separatisten im Punjab nicht nachgegeben und stattdessen den von militanten Sikhs besetzten Goldenen Tempel in Amritsar stürmen lassen. Und nun der Mord.

Nach minutenlanger Stille sagte Deepak schließlich: „Wenn ich auch viel an ihrer Politik auszusetzen hatte, in dem Punkt hatte sie Recht! Das Land kann nicht wieder in viele kleine Staaten aufgeteilt werden. Es muss doch endlich nach drei Jahrzehnten Unabhängigkeit zur Ruhe kommen. Und diese Politik ist nun ein Grund sie zu ermorden?" Er ließ sich resigniert auf Vikrams Bett fallen.

Vikrams Augen bewegten sich schnell über die Titelseite. Du lieber Himmel, dachte er, wie würde es jetzt weitergehen? Vielleicht würde Indira Gandhis Sohn, Rajiv, die Regierungsgeschäfte übernehmen. Seine Mutter hatte ihn ja in den letzten Jahren systematisch zu ihrem Nachfolger aufgebaut. Aber was wäre Indien dann anderes als eine Erbendynastie? War Indien zu echter Demokratie noch nicht reif genug?

„Die Sikhs wollen ihren eigenen Staat, koste es was es wolle. Jetzt, wo Indira Gandhi tot ist, wäre es durchaus denkbar, dass sie ihr Ziel erreichen", sagte Deepak und schüttelte den Kopf. „Andererseits bin ich zuversichtlich, dass die Kongresspartei die Sache in den Griff bekommen wird."

Irgendwie war auch die politische Entwicklung unausweichlich von Kausalketten bestimmt, dachte Vikram. Die Politiker konnten Abspaltungen nicht dulden, sie mussten Verantwortung für das gesamte Land übernehmen.

An diesem Sonntag kündigte die frühmorgendliche Hitze Schlimmes an, nicht nur den Tod von Indira Gandhi.

Die „Times of India" in der Hand saß Anoop Nair beim Frühstück seiner Tochter gegenüber auf der tiefen, überdachten Terrasse seines Hauses, eingehüllt in Schweigen. Die Meldung vom Mord an Indira Gandhi hatte ihn nicht gesprächiger gemacht.

Vor ihnen erstreckte sich der Park, in dem üppig blühende Blumenbeete die breiten Kieswege säumten. Mangohaine und ein schattiger Wald von Banyan-, Bo- und Gulmoharbäumen mit ihren feurig-orangenen Blüten bildeten den Hintergrund des Parks. Die elegante Auffahrt endete an einem Portikus, von wo

Steinstufen auf die Terrasse führten. Heute sah Sheeba die tellergroßen weißen und rosa Lotosblüten nicht, die den kleinen See rechts vom Haus bedeckten. Ihre Gedanken kreisten um den Tod Indira Gandhis. Ihr eigenes Zuhause verströmte heute mehr denn je den Hauch des Todes. Als ihre Mutter noch lebte, waren die Fensterläden immer geöffnet und die Räume im Inneren des Hauses hell und sonnendurchflutet. In jedem Zimmer schauten einen die Portraits aus der langen Reihe der Ahnen an. Es war, als atmete das Haus die Leben der zahlreichen Vorfahren. Doch jetzt war alles leblos und dunkel. Nur die Generationen hellgrüner Eidechsen, die hinter den alten Gemälden und goldgerahmten Spiegeln in den Zimmern wohnten, ließen sich nicht abweisen von verschlossenen Fensterläden und verriegelten Türen.

Seit dem Tod seiner Frau hatte Anoop Nair keine Instandhaltungsarbeiten mehr vornehmen lassen. Und der Monsun hatte sein Werk begonnen. Er bemächtigte sich, von seinen Bewohnern unbemerkt, des Hauses und tauchte es in die Farben der Natur, verwandelte weiße Wände und bedeckte sie mit braunen und moosgrünen Streifen. In dem einstmals gepflegten Garten ließ er Zäune und Bäume von Schlingpflanzen überwuchern wie ein Gärtner, der allem geschwind über Nacht eine neue Form verpasste.

Als Sheeba neben ihrem in brütendes Schweigen versunkenen Vater im Auto saß, gellten ihr noch immer die Stimmen der beiden aufgeregten Frauen im Ohr. Sheeba war verblüfft gewesen über den Anblick der beiden, die plötzlich wild gestikulierend, zappelnden, grellbunten Geistern gleich aus dem Nichts vor ihnen aufgetaucht waren und das stumme Frühstück auf der Terrasse abrupt beendeten.

„Die Shrimps-Farm! - Eine Krankheit oder so etwas! - Seth-ji, Ihr müsst schnell kommen! - Die ganze Zucht ist vernichtet! - Bei allen Göttern, kommt!"

Anoop Nair hatte die beiden Frauen angeschaut, starr in seinem Stuhl, Finsternis im Herzen. Sheeba war aufgesprungen, hatte ihren Vater aus seiner Reglosigkeit gerissen. Sie konnte den Schweiß auf ihrer Haut spüren, als sie ihn hinter sich her zum Auto zog.

„Vater, vielleicht können wir noch etwas tun, einen Teil der Zucht retten!"

Auf halbem Weg zur Shrimps-Farm beruhigte sich Sheebas Atem. Der finstere Himmel kündigte schon wieder ein Gewitter an. Die Straße vor ihnen schimmerte in der feuchten, schweren Luft. Mit unruhigen Augen schaute sie ihren Vater von der Seite an. Auch das noch, dachte sie. Behielt er noch die kleinste Hoffnung im Herzen oder würde es ihn endgültig zerstören? Sie schaute aus dem Fenster. Hier gabelte sich der Kanal. Der Regen hatte eingesetzt und erweckte das reglose Wasser zum Leben. Die grünen Wasserlinsen, die den Kanal fast völlig bedeckten, wanden sich wie Schlangen unter den dicken prasselnden Regentropfen.

Als sie auf der Farm ankamen, hörte es auf zu regnen. Doch der Regen hatte dem Tag nichts von seiner Schwüle genommen. Vor dem Büro stand der Manager inmitten einer kleinen Menschengruppe.

Sheeba sah in lauter bekannte erregte Gesichter. Schweiß glänzte auf ihrer dunklen Haut. Sie ahnten, dass sie mit dem Shrimpssterben auch ihre Arbeit verlieren würden. Oder würde der Seth-ji sie retten? Würde er das Unglück abwenden können? Sie erhofften sich alles von ihm. Als Anoop Nair in ihre Mitte trat, veränderte sich schlagartig ihre Mimik. Er würde es schaffen, so viel war sicher, las Sheeba in ihren Gesichtern.

Ihre Hoffnungen schmolzen jedoch wie Eis in der Sonne dahin, als sie Anoop Nair in respektvollem Abstand folgten. Sein Manager verschaffte ihm einen Überblick über das Ausmaß der Katastrophe. Ein Virus hatte auf einen Schlag die gesamte Shrimps-Zucht vernichtet. Sheeba sah, wie das Gesicht ihres Vaters sich mit jedem Becken, das sie abschritten, mehr umwölkte. Doch wenigstens verlor es die Starre, dachte sie dumpf. Jede Hoffnung noch etwas zu retten schwand dahin. Sie hatte das Gefühl ins Bodenlose zu fallen. Ihr Vater hatte gerade die Reisfelder der Familie verkauft und alles Geld in diese Shrimpsfarm gesteckt.

Plötzlich änderte sich alles. Die Katastrophe des finanziellen Ruins riss Anoop Nair aus seiner Lethargie. Der Wille zu überleben, gut zu überleben, in der Familie von Generation zu Generation mit der Muttermilch weitergegeben, schien in ihm wieder erwacht zu sein. Sein zur Maske erstarrtes Gesicht zeigte wieder Regungen. Sheeba spürte seine neue Energie. Sie schien sein Denken zu beflügeln und die Klarheit in seinem Kopf wieder herzustellen.

In der Dunkelheit des Abends saß Sheeba ihm gegenüber. Sie hatten kein Licht gemacht, als sie nach Hause gekommen waren. Nur ein Windlicht auf dem Tisch ließ hin und wieder seinen flackernden Schein auf dem Gesicht ihres Vaters tanzen. Kein Hungergefühl hatte sich eingestellt, kein Wort brauchte gesprochen zu werden. Sheeba wusste, dass ihr Vater dabei war, einen Weg zu suchen, wie es weitergehen konnte.

Sie stand auf und ging in den dunklen Garten hinaus. Der Himmel war nach dem Gewitterguss wieder klar und voller Sterne, die Luft nun nicht mehr schwer und schwül, sondern lau. Eine leichte Brise strich über ihre Haut. Morgen, dachte sie, morgen würde ihr Vater mit ihr über seine Pläne reden. Möglicherweise würde sich auch für sie alles ändern. Würde ihr Vater sie zwingen, einen Mann seiner Wahl zu heiraten – einen mit ausreichendem Vermögen für einen Neuanfang? Sie dachte an Vikram. Wenn sie ihn verlassen müsste! Sofort spürte sie Tränen, gegen die sie sich nicht wehren konnte. Nur nicht darüber nachdenken – noch nicht heute. Unter den Palmen schimmerte der Kiesweg im Mondlicht. Sie versuchte, mit ihren Augen die Dunkelheit zu durchdringen. Ein Vogel, vermutlich ein Kingfisher, erhob sich mit lautem Flügelschlag von einem Ast und flog über das Blätterdach davon. Sein Körper mit dem leuchtenden blau-roten Gefieder war jetzt nur ein dunkler Schatten.

9

Zwei Tage waren nun schon vergangen. Vikram Puri hatte noch immer nichts von Sheeba gehört. Weder war sie zur Vorlesung im College erschienen, noch hatte sie ihm eine Nachricht zukommen lassen. Sollte er bei ihr anrufen oder gar zu Hause vorbeifahren? Was konnte passiert sein? Sollte sich seine Ahnung vom Sonntag bewahrheiten? Unentschlossen, ob er wie immer in der Bibliothek arbeiten oder seinen Vater um Rat fragen sollte, schlenderte er nach der Vorlesung über den Campus.

Es war nicht Sheebas Art, ihn ohne Nachricht zu lassen. Obendrein war sie noch nie den Vorlesungen ferngeblieben. Er entschloss sich, mit seinem Vater darüber zu sprechen.

Das Bürogebäude war eindrucksvoll mit seinen kräftigen Säulen. Unter den Kolonaden boten unterschiedliche Geschäfte ihre Waren an. Ein Pförtner mit einem kunstvoll gezwirbelten Schnurrbart begrüßte Vikram freundlich. Der große, sehr jugendlich wirkende Mann sah aus, als habe er Glück bei den Frauen. Er begleitete Vikram Puri beflissen bis zum Zimmer seines Chefs.

„Ich hoffe, ich störe dich nicht, Papa-ji", sagte Vikram und zog die Tür hinter sich zu. Auch diesmal wieder nahm ihn die Aussicht aus dem Büro seines Vaters für einen Moment gefangen. Hinter dem Fenster, über einen Palmenwald hinweg, dehnte sich der leuchtend blaue Himmel, der irgendwo, unvorstellbar weit weg im Meer versank. Einige Boote mit braunen Segeln lagen wie kleine Punkte unbeweglich in der blau-grünen Weite und auf den Gerüsten der chinesischen Senknetze breiteten Kormorane ihre Flügel wie Umhänge aus.

Deepak Puri schaute von den Plänen auf seinem Schreibtisch auf. „Du störst nicht, Vikram", sagte er mit einem forschenden Blick in das Gesicht seines Sohnes. Er stand auf und legte

Vikram den Arm um die Schulter. Er klang sehr bestimmt: „Du kommst viel zu selten hierher."

Es klopfte. Deepaks Sekretär erschien mit zwei Tassen Tee auf einem Tablett.

„Seth-ji, ich habe mir erlaubt, Tee zuzubereiten. Schließlich kommt Ihr Sohn nicht jeden Tag zu Besuch."

Deepak nahm ihm das Tablett ab und setzte sich Vikram gegenüber.

„Du siehst aus, als hättest du nachts nicht viel geschlafen." Deepak war schon immer ein guter Beobachter und Zuhörer gewesen. Und natürlich hatte er bemerkt, wie unruhig Vikram war, hatte aber keine Fragen gestellt, obwohl er sich sorgte. Irgendwann würde Vikram über seine Probleme sprechen.

Er hatte ja schon vermutet, dass es etwas mit Sheeba zu tun hatte, war aber erstaunt, wie heftig Vikram jetzt reagierte, wie emotional er erzählte.

„Bevor ich Sheeba kannte", sagte Vikram, „war ich zufrieden, wie mein Leben verlief. Doch jetzt weiß ich, wie wichtig sie für mich ist. Ohne sie fühle ich mich wie ein verlassener Hund, der der Einsamkeit zu entfliehen sucht. Vielleicht sollte ich mir in der *Palmblatt-Bibliothek* aus den verstaubten Bündeln mein Schicksal lesen lassen", fügte er resigniert lächelnd hinzu.

Deepak Puri stand auf und schaute stumm aus dem Fenster. Als er sich umwandte, schien er einen Entschluss gefasst zu haben.

„Ich bin der Meinung, wir sollten beide zu Sheeba fahren und ihren Vater über eure Beziehung aufklären. Mir scheint dies der einzige Weg zu sein, Klarheit zu schaffen und Herrn Nair so oder so zu einer Entscheidung zu zwingen, meinst du nicht?"

Mit gesenktem Kopf nickte Vikram langsam.

„Das könnte aber auch bedeuten, dass er uns rauswirft, wenn er erfährt, dass ich schon seit dem Tod seiner Frau mit Sheeba befreundet bin. Und für sie könnte es schlimme Folgen haben."

„Das weiß ich. Aber ich rechne mit der Klugheit dieses Mannes, der die Toleranz Keralas seit Generationen verinnerlicht haben müsste. Vergangenheit und Zukunft sollten sich versöhnen lassen. Er wird sich nicht dem Lauf der Zeit entgegenstellen, nur, um an überkommenen Traditionen festzuhalten."

Der Sonnenuntergang vermischte das strahlende Blau des Himmels im Westen mit kräftig orangefarbenen Wolkenfetzen. Welch eine Farbpalette, dachte Deepak Puri am Steuer seines Wagens und fragte sich gleichzeitig, ob Vikrams Liebe in einer Enttäuschung enden würde. Nun ja, noch war nichts entschieden. Sie fuhren auf einen Tempel zu, der schrecklich mit rot-grünen Plastikblumen dekoriert war. Es schien, als bewege sich alles – Menschen zu Fuß, Fahrradfahrer, einfach jeder - auf dieser Straße auf den Tempel zu. Deepak musste in dem Menschengewühl die Geschwindigkeit des Autos so weit drosseln, dass Fußgänger sie bequem überholen konnten. Es war das Tempelfest der gewaltigen Mullakkal Devi, einer Gottheit, die von den Menschen ebenso geliebt wie gefürchtet wurde. Als sie endlich den Tempel passierten, erstrahlten die Figuren und Schnitzereien im Licht der untergehenden Sonne. Es waren Darstellungen von Göttern und Göttinnen, Dämonen und Biestern; ein Nebeneinander von Gut und Böse. Sie signalisierten: Wo das eine existierte, würde das andere nicht weit davon zu finden sein. Aus einem Lautsprecher plärrte religiöse Musik.
Noch ein paar Meter, dann hatten sie die Menge hinter sich. Deepak war froh, endlich dem Gewühl entronnen zu sein. Ein Seitenblick auf den in seinem Sitz verkrampften Vikram sagte ihm, dass sein Sohn Angst vor den kommenden Stunden hatte. Mit den letzten Strahlen der Sonne hielten sie im Schatten einiger Palmen vor der vom Regen gezeichneten Mauer mit einem eisernen Tor. In eine Granitplatte graviert stand „Nair House".
„Hier wären wir also", sagte Deepak mit einem aufmunternden Lächeln, „begeben wir uns in die Höhle des Löwen."
„Diese Hitze - ich habe das Gefühl, es sind mindestens vierzig Grad." Vikram ließ die Luft aus seinem Brustkorb entweichen und zog an der Kette, die von einer verrosteten Glocke

herabhing. Der laute Klang überraschte beide. Deepak schob den Riegel zurück und stieß gegen das Tor. Mit einem Quietschen schwang es auf und gab den Blick frei auf das Haus, das majestätisch und doch wie verwunschen am Ende des Weges stand. Alle Fensterläden waren geschlossen. Nur an der offenen Terrassentür spielte der Wind mit den leichten, weißen Vorhängen.

„Es muss jemand zuhause sein." Vikram konnte seine Gedanken flattern fühlen, schnell und verletzlich. Sie liefen einem Mann mit einer Gießkanne in die Arme. Wahrscheinlich ein Bediensteter. Vikram war sicher, dass es nicht Sheebas Vater war. Dieser hier war klein und rundlich, Sheebas Vater jedoch ziemlich groß und schlank. Im College war er ihm einmal über den Weg gelaufen. Und Sheebas Vater würde sich nicht dazu herablassen, die Blumenkübel selbst zu gießen.

„Wir möchten Herrn Nair sprechen", sagte Deepak Puri bestimmt.

Der rundliche Mann führte Vater und Sohn zum Haus. Vikram hörte nur seine eigenen raschen Schritte auf den Steinen und sein pochendes Herz. Sein Mund war trocken. Er spürte die klebrige Nässe des Schweißes auf seiner Haut. Dieser intensive Duft – Jasmin, dachte er gequält, das war Jasmin. Oh, es würde genug Zeit sein, sich hinterher aufzuregen oder zu freuen - je nachdem, wie Sheebas Vater reagierte.

Die Haustür aus poliertem, dunklem Holz ging auf und Anoop Nair kam ihnen bis zum Treppenabsatz entgegen. Hinter ihm trat Sheeba aus der Tür und blieb wie erstarrt stehen, als sie Deepak und Vikram erkannte.

Sheeba biss sich auf die Lippen. Wie stark ihr Gefühl für Vikram war, dachte sie im selben Augenblick. Schnell löste sie sich aus der Starre, ging an ihrem Vater vorbei auf Deepak und Vikram zu. Sie begrüßte beide und wandte sich an ihren Vater. Auf ihrem jungen Gesicht, das immer so geleuchtet hatte, wenn sie mit Vikram zusammen war, schien das Licht erloschen.

„Vater, das sind Vikram Puri, ein Freund vom College und sein Vater."

Höflich grüßte Anoop Nair und hob fragend die Brauen. Seine Stimme zitterte etwas. Er sah ausgezehrt und älter aus als Deepak, obwohl beide wahrscheinlich gleich alt waren. Seine faltige braune Haut hatte einen grauen Schimmer. Seit Vikram ihn damals im College gesehen hatte, schien er um Jahre gealtert.

Während Deepak Puri mit einigen belanglosen Worten die Schönheit des Hauses und des Parks lobte, stand Vikram stumm neben ihm.

Ohne auf Deepaks Höflichkeitsfloskeln einzugehen, unterbrach Anoop Nair. „Was verschafft mir die Ehre Ihres Besuchs? Sie sind doch sicher nicht gekommen, um mein Haus zu bewundern", sagte er ungeduldig.

Das war der Moment, in dem der blumigen Worte genug gesagt waren und Deepak Puri die Sätze sagen konnte, die er auf der Fahrt hierher in seinem Kopf immer wieder neu formuliert hatte.

„Ich würde gern mit Ihnen eine Angelegenheit besprechen, die meinen Sohn und Ihre Tochter betrifft", begann er und hielt Anoop Nairs Blick fest. Er formulierte so vorsichtig wie möglich und beschränkte sich auf das Nötigste.

Anoop Nair war zunächst sprachlos. Er machte einen kaum wahrnehmbaren Schritt zurück. Sein Gesicht wurde zur abweisenden starren Maske. Er machte den Eindruck, als habe er sich so eine Unverschämtheit in seinen schlimmsten Nächten nicht träumen lassen. Als Vikram schnell reagierte und sagte, dass er Sheeba heiraten möchte, verengten sich Anoop Nairs Augen zu Schlitzen. Sein Mund verzog sich arrogant und er spuckte die Worte förmlich aus.

„Schlagen Sie sich das gefälligst aus dem Kopf!" Er wandte sich an Deepak Puri mit vor Empörung gerötetem Hals. „Meine Tochter wird einen Mann meiner Wahl heiraten. Einen standesgemäßen Mann aus einer würdigen Familie. Was hinter meinem Rücken zwischen Ihrem Sohn und meiner Tochter geschah, ist verabscheuungswürdig. Ich kann nur hoffen, dass dieses unwürdige Verhältnis meiner Tochter zu Ihrer Familie nicht bekannt geworden ist. Hätte ich davon gewusst, wäre ich sofort eingeschritten."

Er holte kurz Luft. „Sie werden mein Grundstück jetzt verlassen und ich verbiete Ihnen und Ihrem Sohn jeden Kontakt zu meiner Tochter!"

Zornig ging er zurück ins Haus, drehte sich aber an der Tür nochmals um: „Und im Übrigen werden Sie so oder so keine Gelegenheit mehr haben, meine Tochter wiederzusehen."

Wie durch einen Nebel waren diese letzten Worte an Vikrams Ohr gedrungen. Sheeba stand wie versteinert daneben. Die Sprachlosigkeit, der Schock waren körperlich spürbar. Nur ein paar im Chor heulende Straßenhunde durchbrachen die Stille.

Anoop Nair öffnete noch einmal die Tür. „Sheeba, ich erwarte dich im Haus! Sofort!" Die Haustür knallte zu.

Was sollte sie tun? Sollte sie ihren Vater auf der Stelle verlassen und mit Vikram und Deepak gehen? Konnte sie das? Sheebas Herz schlug wild.

„Ich melde mich bei dir", flüsterte sie schnell. „Vielleicht rufe ich an." Mit Tränen in den Augen hob sie ihre Hände zum Gruß und lief die Stufen hinauf.

Anoop Nair erwartete seine Tochter in besinnungslosem Zorn, rasend über das Geschehene.

„Was für eine Schande für unsere Familie", schrie er und schlug ihr ins Gesicht. „Wie oft hast du diesen Kerl getroffen? Erst deine Mutter, und nun du! Ihr beide macht meiner Familie Schande. Schlangen, die ich in meinem Haus genährt habe!"

Sheeba presste den Mund fest zusammen, kein Laut kam über ihre Lippen. Sie ließ die Wut ihres Vaters über sich ergehen. Wie konnte er nur Deepak Puri und Vikram so behandeln? Sie hatte immer geglaubt, ihr Vater sei nicht wie die anderen seines Standes. Aber seit dem Tod ihrer Mutter wusste sie, dass sie sich geirrt hatte. Die Tragödie hatte seine Verbohrtheit vertieft. Er glaubte, nun habe ihn sein Karma eingeholt. Er büße für die Sünde aus einem vergangenen Leben. Die Maske des Biedermannes, die er getragen und die bis in sein Innerstes gewirkt hatte, hatte ihn geprägt. Seine wahren und guten Gefühle hatte er sich wie lästigen Schmutz von der Seele gewaschen und war nun entzückt von seiner eigenen Reinheit. Handlungen und Gedanken hatten seinen Charakter verändert. Aber die Lebenslüge als Biedermann konnte nicht dadurch zur Wahrheit werden, dass sie an Macht wuchs, dachte Sheeba.

Doch Macht fühlte sie plötzlich auch in sich wachsen – Macht über diesen Vater in seiner verbitterten Hilflosigkeit. Es war keine handelnde Macht, mehr eine innere. Sie war die Stärkere, das wurde ihr klar. Es war ihre Aufgabe, ihn dazu zu bringen, mit seinen Gefühlen wieder in Einklang zu kommen.

Kein Windhauch fuhr mehr durch die Palmen und ließ ihre Fächer erzittern, als Vikram und Deepak langsam und schweigend zurückgingen. Vikram fühlte sich leer. Mit den Händen verscheuchte er ungeduldig einige Moskitos, die ihn umschwirrten, und humpelte, als habe er einen Krampf in den Beinen, zum Auto. Sein Vater legte sacht den Arm um ihn.

„Es wird eine schwere Zeit für dich werden."

Deepaks Worte erreichten Vikram nicht.

Die Erde dampfte. Wie eine schwere nasse Decke lastete die feuchte Luft über der Natur. Alles blieb darunter gefangen und raubte einem jede Energie und Willenskraft. Da war nur Stille, kein Blättchen, kein Wölkchen bewegte sich. Mensch und Tier fieberten der Entladung entgegen, wenn das losbrechende Gewitter endlich die ersehnte Abkühlung bringen würde und die Lungen wieder frei atmen könnten. Noch rührte sich nichts unter der drückenden Schwere. Dann aber, plötzlich, wich die Stille dem Krachen des Donners, dem Pfeifen des Windes. Grelle Blitze zuckten über Häusern und Baumwipfeln, zerrissen den Himmel und verwandelten die Dunkelheit in ein gespenstisch grelles Lichtspiel. Ein wunderbar inszeniertes Spiel von Himmel, Erde und Wasser. Der Regen dröhnte und klatschte gegen das Auto. Deepak hielt am Straßenrand an. Auch die Scheibenwischer verschafften ihm keine Sicht mehr auf die Straße. Die Äste der Bäume schlugen vom Sturm gepeitscht um sich. Die Erde wurde zu Schlamm und verströmte einen satten, intensiven Geruch. Die Natur entfaltete sich ganz in diesem Schauspiel.

Rita Puri war mit der Zubereitung des Abendessens beschäftigt. Chilischoten, Koriander, Kumin, Kurkumapaste, Zwiebeln und Knoblauch schmorten im Topf und verbreiteten ihren Duft im ganzen Haus. Neben dem Herd lag auf einer Marmorplatte in mundgerechte Stücke geschnittenes Hühnerfleisch.

Vikram ging sofort in sein Zimmer. Er hatte keinen Appetit. Doch Rita bestand darauf, ihm wenigstens etwas Reis zu bringen. Als Deepak protestierte, sagte sie: „Ich werde solange nicht zu Bett gehen, bis Vikram etwas gegessen hat. Und", fügte sie schroff hinzu, „ein gefüllter Magen beruhigt."

Sie blieb solange neben ihrem Sohn sitzen, bis er ein paar Löffel von dem Curry gegessen hatte.

Vikram zog es hinaus in den vom Gewitter aufgeweichten Garten. Er setzte sich auf die nasse kleine Mauer am Teich und lauschte auf die Geräusche der erwachenden Nacht. Tränen hatte er keine mehr, nur Wut. Die Vorstellung, Sheeba für immer verloren zu haben, machte ihn so wild und unglücklich, dass er seinen Kummer am liebsten laut herausgeschrien hätte. Doch er wusste, dass er nichts tun konnte. Nie würde sie ihren Vater verlassen und gegen dessen Willen heiraten. Zu sehr war auch sie mit ihrem Fühlen und Denken eingebunden in die alten Traditionen ihrer Familie. Und dennoch wartete er ängstlich und voller Hoffnung auf eine Nachricht von ihr.

Als Anoop Nair sich beruhigt hatte und zu Bett gegangen war, ging Sheeba hinaus auf die Veranda. Da umkreisten nur große glänzende Motten die Lampe, und der Regen prasselte schwarz-silbern auf das Dach. Sie schlang die Arme um die Knie, und ihre Augen ruhten auf den alten Schnitzereien der Verandabrüstung. Das Prasseln des Regens wurde lauter und der Wind stürmischer. Auf der Straße hörte sie den dumpfen Hufschlag eines Pferdes, vom Sturm fast erstickt. Das Haus lag in tiefem Schlaf, und auch in ihr herrschte eine merkwürdige

Ruhe. Sie wusste, was sie auch tat und welche Pirouetten ihre Gedanken auch drehten, sie würde stets bei der Überzeugung landen, dass sie ihren Vater nicht alleine lassen konnte. Vor dem Tod ihrer Mutter hatte sie ein lächerlich verwöhntes Dasein geführt. Doch sie empfand nicht die Spur von Schuld. Mit Vikram hatte sie ein Idyll erlebt, eine schwindelerregende Freiheit. Dieses Leben würde nicht so weitergehen, das wusste sie. Sie nahm Füller und Papier und schrieb einen Brief an Vikram. Eine Motte mit purpurnen Flügeln ließ sich neben ihrer Hand nieder.

Zwei Tage später, als Vikram Puri abends vom College kam, lag der Brief auf seinem Schreibtisch. Ungeduldig riss er ihn auf. Auf dem Papier zeichneten sich Flecken ab. Sheeba hatte geweint, ihre Handschrift war ein wenig verzerrt, manchmal ein flüchtiges Gekritzel.

Ich kann meinen Vater jetzt nicht verlassen, schrieb sie. Meine Mutter ist tot, sein Geschäft ruiniert. Er will alle Brücken hinter sich abbrechen und hat beschlossen, das Angebot eines älteren Geschäftspartners aus Delhi anzunehmen, der ihn als Manager in seiner Fabrik einstellen möchte. Schon nächste Woche werden wir nach Delhi umziehen. Vikram, mein Liebster, ich werde dich nicht mehr sehen können. Mein Vater wird mich nicht mehr aus dem Haus lassen und mich mit Arbeit für den Umzug überhäufen. Doch ich glaube fest daran, dass auch diese Zeit vergehen wird. Unser Leben wird weitergehen - mit der Erinnerung. Sie wird nachklingen in unserem Leben wie ein Echo und uns Ruhe und Stille bringen. Ich werde versuchen, mit all meinen Sinnen die Zukunft zu erspüren, die Dinge, die ich noch nicht weiß. Natürlich werden mich die Ereignisse verändern. Aber eines ist gewiss: Ich werde keinen anderen Mann heiraten. Meinem Vater wird es nicht gelingen, mich dazu zu zwingen. Du wirst meine Liebe nie verlieren. Lebe dein Leben und versprich mir, dass du nicht trauerst. Der Gedanke an dich wird mir Halt geben.
In Liebe, Sheeba.

10

Nun war es gewiss. Vikram löschte das Licht in seinem Zimmer und stellte sich ans Fenster. Die frische Nachtluft würde vielleicht die Tränen und die Konfusion aus seinem Kopf blasen. Er fühlte die kühle Brise über sein heißes Gesicht streichen und schloss für einen Moment die brennenden Augen. Sheebas Gesicht erschien ihm. Die Konturen waren jedoch undeutlich, verschwommen. Panik stieg in ihm auf, dass er es vergessen und nie mehr klar vor sich sehen könnte.

Im Morgengrauen schlief er ein. Er träumte, dass er vor einem hohen Turm stand und ängstlich an ihm hinauf sah. Als er eintrat, fand er sich in tiefer Dunkelheit wieder. An der Wand tastete er sich mit den Händen vorwärts, bis er an eine Treppe stieß und beschloss hinaufzusteigen. Als er die zweite Stufe betrat, hörte er ein Krachen und Bersten; die erste Stufe war abgebrochen und von der Dunkelheit verschlungen. Entsetzt stellte er fest, dass immer dann, wenn er eine neue Stufe betrat, die vorherige polternd im Nichts verschwand. Er wusste nicht, wohin die Treppe im Turm führte, aber er musste sie weiter besteigen. Hinter ihm gähnte ein riesiges schwarzes Loch. Schweißgebadet erwachte er. Ein leichter Luftzug strich durch die Fliegengaze vor seinem geöffneten Fenster und bewegte sanft die Gardinen. Der frühe Morgen schickte sein kühles Licht durch die Palmen am Haus und gab ihren langen Fächern mit jedem Windhauch eine andere Gestalt. Im Zimmer war es noch dunkel. Vikram schloss die Augen wieder. Er würde über sein Leben neu nachdenken müssen. Gut, aber nicht heute. Morgen oder übermorgen. Heute war der Schmerz zu groß.

Nachmittags suchte Vikram Puri nun wieder häufiger seinen alten Rückzugsort auf: den großen Mangobaum am Ufer des Kanals. Der Baum, dachte er, wie das Karma, Symbol für Geburt und Tod, Wechsel und Dauer. Eine Gruppe Gazellen näherte sich dem Kanal. Das ersterbende Blau des Himmels beleuchtete mit seiner restlichen Helle die Herde und webte mit der Bewegung der Tiere eine unabsehbare Folge von Schatten, Zeichen und Ornamenten vor ihn hin, die zu verstehen ihm nicht gelang. Bald waren sie nur noch schemenhafte, tiefschwarze Schatten, die sich im Dunkeln verloren, seinen Gefühlen und Gedanken sehr ähnlich. Nur wenn er las, war sein Denken klar. Auch die lebhaften Diskussionen mit Sebastian Sydney ließen ihn für kurze Zeit Sheeba vergessen. Er überhäufte seinen Kopf mit Informationen, reagierte immer sensibler, nicht nur auf die vielen verschiedenen Einflüsse, die sein Land veränderten.

Keshav, Vikrams Freund am College, hatte Recht, es gab Themen, die jedem auf den Nägeln brennen müssten. Das war es, womit man sich beschäftigen musste! Keshav diskutierte mit ihm politische Fragen und dachte ständig darüber nach, ob und wie der Sinn des Lebens zu erklären sei. Häufig legte er jedoch einen religiösen Eifer an den Tag, der Vikram lästig war, ihn aber dennoch auf einen Besuch des Lotus-Tempels auf dem Gelände des berühmtesten Ashrams der Malabar-Küste neugierig machte. Dort lehrte der bekannte Guru Bhardwaj die Deutung der alten hinduistischen Schriften und Traditionen. Vikram hatte vorher schon viel über diesen Ashram gehört. Tempel und Ashram wurden finanziell von dem alten Maharaja von Cochin getragen, dessen Familie ihren Besitz dem Gott Vishnu vermacht hatte, als England ein Dekret zur Enteignung der Maharajas erließ. Ein listiger, kluger Beschluss. Denn wie sollte ein Gott steuerlich oder hoheitlich erfasst werden? So saß der Maharaja dem Tempeltrust als Gottes Diener und Treuhänder vor, bestimmte, dass mit den Geldern Schulen und soziale Einrichtungen finanziert wurden. Und Keshav erzählte Vikram, dass die dem Maharaja unterstellten Tempelpriester sich auch um das Geschäftliche kümmerten. Sie waren zu Vikrams Erstaunen fast alle gewerkschaftlich organisiert, die meisten in der kommunistischen Gewerkschaft. So sonderbar das für Vikram klang, Keshav fand es ganz natürlich.

Vikram hatte den Guru Bhardwaj zwar noch nie getroffen, dennoch war er kein Unbekannter für ihn. Der Guru stand in dem Ruf, ein großer Philosoph und weiser Lehrer zu sein. Vikram hatte einige Veröffentlichungen von ihm gelesen, in denen er erstaunliche Thesen vertrat. Die religiösen Bücher verstand dieser als menschliche Werke, die nicht ohne Einwand oder Widerrede hingenommen werden mussten. Der Gedanke, dass ein Mensch seelisch und geistig zu großen Höhen empor stieg und dann versuchte, andere zu sich herauf zu ziehen, erschien ihm viel großartiger und eindrucksvoller als die Auffassung, dass dieser Mensch die Inkarnation oder das Sprachrohr einer göttlichen oder höheren Macht sei. Guru Bhardwaj achtete einige Religionsstifter als erstaunliche Menschen, deren Gedanken und Philosophien die Menschen bis in die heutige Zeit hinein beeinflussten und leiteten. Denn viele Probleme des menschlichen Lebens hatten zweifellos etwas Beständiges, vielleicht sogar einen Anflug von Ewigkeit an sich.

Als Vikram Puri dem Guru zum ersten Mal gegenübertrat, war er beindruckt von dessen Erscheinung. Er hatte ihn sich als einen feingliedrigen, ätherischen Mann vorgestellt. Nun stand er einem großen, zwar schlanken und sehnigen Mann gegenüber, dessen Muskeln aber offensichtlich durch tägliche Yoga-Übungen gestählt waren. Er trug Safrangelb. Sein weißes Haar und sein weißer Bart waren lang, aber gepflegt. Aus dem bärtigen Gesicht blitzten Vikram kluge, fröhliche Augen entgegen. Als er Vikram lächelnd begrüßte, bildeten sich um seine Augen herum unzählige winzige Lachfältchen. Mit diesen Augen zog er sein Gegenüber in Bann.
Sie ließen sich im Vorraum des Tempels auf dem mit Matten bedeckten Boden nieder. Sofort gesellten sich einige Schüler des Gurus dazu. Keshav brachte ungeduldig und unkonzentriert die ersten Minuten hinter sich, in denen er sich eigentlich, wie alle anderen, durch Meditation auf die folgenden Gespräche einstimmen sollte. Vikram sah ihm an, dass er es kaum erwarten

konnte, dem Guru seine ihn stets beschäftigenden Fragen zu stellen.

„Guru-ji", begann Keshav schnell, kaum dass der Guru das Zeichen zur Beendigung der Meditation gegeben hatte, „würden Sie den Sinn des Lebens in den *Veden* suchen und erklären?" Es war offensichtlich, dass er keinem anderen Schüler die erste Frage gönnte.

Der Guru lächelte und nahm das Stichwort auf. „Der Name der Veden stammt, wie ihr alle wisst", sagte er mit leiser Stimme, „aus der Wurzel vid = Wissen. Die Veden sind eine Sammlung des vorhandenen Wissens, der Entfaltung des Menschengeistes in den frühesten Stadien des Denkens. Sie sind ein Gemenge von vielen Dingen: Hymnen, Gebeten, Opferriten, Magie und wunderbarer Naturpoesie. Die alten vedischen Arier glaubten auf eine unbestimmte, nicht klar definierte Weise an ein wie auch immer geartetes Weiterleben nach dem Tode. Allmählich bildete sich dann die Vorstellung von Gott heraus. Die Menschen begannen über das Geheimnis der Natur zu brüten, woraus der Forschungsgeist sich über hunderte von Jahren entwickelte, um am Ende der Veden die Philosophie hinzuzugewinnen."

Er machte eine Pause und schaute konzentriert zu Boden. Respektvoll warteten die Schüler, bis er weiter sprach.

„In der Rig-Veda, der ersten der Veden und dem wahrscheinlich ältesten Buch der Menschheit, finden sich die ersten literarischen Gefühlsäußerungen des menschlichen Geistes: das Feuer der Dichtkunst, die Begeisterung über die überwältigende Schönheit der Natur und der Versuch, deren Geheimnis zu entdecken."

Hier unterbrach ihn einer seiner Schüler: „Hat sich denn dieses Wissen kontinuierlich weiter entwickelt oder gab es auch Stagnation über einige Zeitperioden hinweg?"

Bhardwaj nickte und fuhr fort. „Indien hat von jeher den Weg des Suchens nach dem Sinn des Lebens beschritten. Ihn im Grunde nie verlassen. Denn ein Geist, der Schärfe, nicht aber Weite hat, bleibt irgendwann stecken und kommt nicht von der Stelle.

417

Die Schüler schwiegen. Vikram konnte es sich nicht verkneifen, trotz der andächtigen Stille eine Frage an den Guru zu richten, die ihn bewegte.

„Ich habe sehr wohl verstanden, Guru-ji, wie wichtig die Veden für die Entwicklung des Geistes der Menschen in Indien über die Jahrtausende waren. Aber kann Indien heute überhaupt noch eigene Lebensentwürfe und Philosophien leben? Einflüsse aus allen Teilen der Welt verändern das Leben und Denken in Indien. Wird die indische Kultur sich diesen Einflüssen unterordnen? Wird sie sich verändern oder gar untergehen? Oder glauben Sie, dass im Gegenteil die indische Kultur Einfluss auf das Denken in der westlichen Welt gewinnen wird?"

Nachdenklich schaute der Guru Vikram an, bevor er antwortete: „In der westlichen Welt herrscht die Vorstellung, dass wir Inder, geprägt durch unsere Religion, uns bis zu einem gewissen Grad dem Jenseits zuwenden, weil diese Welt uns nicht die Erfüllung bringen kann. Es geschieht jungen Menschen überall auf unserem Planeten, dass sie von der äußeren Welt nicht überzeugt und befriedigt sind, sondern nach einem inneren Sinn, einer psychischen und physischen Zufriedenheit suchen. Müssen sie denn nicht auch zweifeln an einer Welt, die durch dauernde Kriege und Krisen zerrüttet wird? Durch die Medien wird ihnen Zerstörung nicht nur von materiellen Werten, sondern auch von Menschenleben jeden Tag aufs Neue vor Augen geführt. Entscheidende ethische Werte können nicht überleben, gehen verloren oder können gar nicht erst entstehen. Ausgeglichenheit, Stabilität und ethische Lebensweise kann es nur geben, wenn die Strömungen des äußeren und inneren Lebens sich nicht im Widerspruch befinden, sondern parallel verlaufen. Ist dies nicht der Fall, muss sich der Mensch mit Konflikten und Krisen auseinandersetzen, die Körper und Geist quälen. Viele Menschen der westlichen Welt wenden sich deshalb unserer, der indischen Philosophie zu, wollen lernen und suchen."

Der Guru schaute in die Runde seiner Schüler. Sein Blick blieb an Vikram hängen.

„Ja, Vikram. Mit der Weiterentwicklung des Forschungsgeistes vertiefen sich die Rätsel einer übersinnlichen Welt. Das Suchen hört nicht auf. Welcher Sinn liegt hinter dem Leben, im Weltall? Dient es einem Zweck? Kann man das Sichtbare und das Unsichtbare in Einklang bringen und dadurch das Leben harmonisieren? So haben sich die beiden Philosophien „Lebensbejahung" und „Lebensverneinung" nebeneinander entwickelt. In der einen Epoche lag das Gewicht mehr auf Lebensbejahung, in einer anderen auf der Lebensverneinung. Die Grundlage und Entwicklungsfähigkeit einer jeden Kultur ist jedoch immer die Lebensbejahung. In Indien blühte in den Epochen der Freude am Leben und an der Natur ganz besonders die Kunst. Musik, Literatur, Theater, Tanz, Gesang und Malerei entwickelten sich mit ungeheurer Dynamik. Künstlerische Darstellungen, auch über geschlechtliche Beziehungen und deren Erforschung, erreichten einen Höhepunkt. Nie hätte eine Kultur, deren Denken ausschließlich auf das Jenseits ausgerichtet war, eine solch reiche Lebensanschauung hervorbringen und tausende von Jahren überleben können."

Vikrams Frage war damit nicht beantwortet. Das war wohl auch dem Guru klar. Aber Vikram wusste auch, wie schwierig, wenn nicht unmöglich es war, eine eindeutige Antwort zu finden. Indien war auf einen Schnellzug aufgesprungen. Sein Weg in die Zukunft und das, was dabei auf der Strecke blieb, war so ungewiss, so unvorhersehbar. Eigentlich blieb nur die Hoffnung, dass es genug Menschen gab, die sich der neuen Zeit nicht verweigerten, aber ebenso in der Lage waren, zu bewahren und weiter zu vermitteln, was an alten Werten und Traditionen bewahrenswert blieb. Es galt, den geistigen Ausgleich zu finden, den diese neue Welt brauchte. Und Vikram ahnte, dass der Guru im Augenblick nicht mehr zu dem Thema sagen würde.

Es war nicht üblich, dass Außenstehende an den täglichen Disputrunden im Ashram teilnahmen, umso erstaunter war Vikram Puri, als er dazu eingeladen wurde. Immer wenn es ihm seine Zeit am College erlaubte, schloss er sich den Schülern des

Gurus an. Von Woche zu Woche geriet er mehr in den Bann dieses weisen Mannes und hatte das Gefühl, seine Sinne würden geschärft und seine Augen blickten klarer.

Er wusste nicht, wie er sich das Vertrauen erklären sollte, das er zu diesem Menschen gefasst hatte, von dem er so wenig wusste. Der Guru hatte nie etwas über sich selbst erzählt. Wie auch immer, man konnte einen Menschen jahrelang kennen und im Grunde doch nichts von ihm wissen, oder man begegnete einem Menschen zum ersten Mal und war vertraut mit ihm.

11

Vikram Puri begann darüber nachzudenken, wie es wohl wäre, als Schüler des Gurus im Ashram zu lernen. Fast täglich sprach er auf dem Heimweg von Cochin mit seinem Vater über den Guru. Auch mit seinem alten Freund aus Kindertagen, Arun Sydney, der so gar nichts mit der Religionsphilosophie anfangen konnte, diskutierte er seine Überlegungen.

Der praktisch veranlagte Arun hatte Vikrams philosophische Neigungen ja nie so recht verstanden. Er lauschte Vikram ehrerbietig und deutete mit keinem Wimpernschlag an, dass er womöglich das Denken oder Nichtdenken der Sadhus im Ashram für weniger wichtig hielt als die Leistungen der Wissenschaftler und Techniker im Lande. Für ihn war der Eintritt in einen Ashram gleichbedeutend mit der Abkehr vom wahren Leben, hin zu einer Existenz jenseits aller Wirklichkeit. Religion und die Weisheit der Gurus? Nun ja, sie gaben vielleicht dem Leben vieler Menschen eine Richtung, einen Halt, eine Gesetzmäßigkeit, nach der sie leben konnten. Aber Vikram im Ashram?

Und er legte genau die richtige Unbeschwertheit an den Tag, als er Vikram all das sagte, wohl wissend, dass dieser viel tiefergehende Gedanken zum Leben hatte und seinen, Aruns Rat, nie befolgen würde. Im Übrigen, ob Vikram nicht mit seinem Vater darüber reden wolle? Der habe in letzter Zeit sowieso öfter nach ihm gefragt. Zu Hause könnten sie gemeinsam essen und bei Butter-Huhn und Lamm hätte sein Vater bestimmt überzeugende Argumente. Ob dafür oder dagegen, ließ er offen.

Sebastian Sydney freute sich über den Besuch. Vikram hatte ihm ja schon immer am Herzen gelegen. Zuerst scherzte er mit ihm. Er, der stets nicht nur über die neuesten politischen Entwicklungen Bescheid wisse, sondern auch über technische Fortschritte; er, der wisse, dass auch kulinarische Genüsse das Lebensgefühl steigerten, er wolle doch wohl nicht behaupten, dass er all dem entsagen könne, sich mit Asche einreiben und in Lumpen hüllen wolle. Mit einem breiten Lächeln sah er Vikram an. Vikram war jedoch nicht nach Scherzen zumute.

Wenn Sebastian diesen eleganten jungen Mann im Lehnstuhl auf seiner Terrasse so betrachtete, konnte er sich ihn nun wirklich nur sehr schwer als *Sanyasi* in einem Ashram vorstellen. Und was wollte Vikram dadurch bewirken, fragte sich Sebastian. Nichts würde er aufhalten können, nicht den globalen Einfluss, nicht die Abkehr von der indischen Kultur. Auch die Menschen in Indien strebten nach wirtschaftlichem Wohlergehen. Nur ein satter Mensch konnte sich den Stolz auf eine alte Kultur leisten, konnte sich mit den Künsten, den schönen Dingen des Lebens befassen.

„Du sehnst dich nach dem alten Wertesystem und wirst dem neuen Indien doch nicht entkommen, Vikram", sagte Sebastian, nun wieder ernster.

„Du lieber Himmel, was tun wir aber denn in Indien, um unsere Kultur gegen negative Einflüsse zu schützen? Haben wir uns nach dem Abzug der Briten auf unsere eigenen indischen Sprachen besonnen? Ha, wir haben die Engländer wie bisher weiter imitiert. Familien, die besonders vornehm erscheinen möchten, sprechen miteinander Englisch", entgegnete Vikram spöttisch. „Und der ganze Hokuspokus geht doch weiter. Wir kopieren ihre Art zu leben, zu essen und zu trinken. Und jeder zuckt nur mit den Achseln. Und dann die Armen auf dem Lande? Haben sie teil an den neuen Entwicklungen? Viele Bauern nehmen sich das Leben. Manche töten ihre gesamte Familie, weil sie durch Missernten oder kleine Investitionen bis zum Hals in Schulden stecken und die Wucherzinsen der verbrecherischen Geldverleiher nicht mehr bezahlen können."

Vikram schnaubte verächtlich. „Und ist es nicht seltsam? Egal wer, Imperialisten, Nationalisten, Kommunisten, sie fühlen sich fabelhaft, wenn sie von ihrer historischen Bestimmung sprechen. Hauptsache sie reden, da brauchen sie nicht mehr zu denken."

„Ich gebe dir ja Recht", erwiderte Sebastian. „Wir müssen unsere Werte in unserer eigenen Kultur wiederfinden. Aber bis sich unser Land auf diesem gefestigten Weg befindet, wird das Pendel noch heftig in alle Richtungen ausschlagen. Auch religiöser Fanatismus könnte wieder zu einer Gefahr werden. Die Geschichte hat doch gezeigt, dass Agitatoren und Demagogen die Verzweiflung der Armen für ihre Zwecke nutzen und eine beschützende Rolle vortäuschen. Wenngleich sie selbst ihr eigenes Leben nie für die Idee riskieren würden, sind sie doch gewillt, den letzten Slum-Bewohner für den Kampf um ihre Sache zu opfern. Das neue Denken in Indien verändert alle bisherigen Regeln."

Als Vikram sich an diesem Abend verabschiedete, ahnte Sebastian Sydney, dass niemand ihn von dem Entschluss abhalten könnte, ein *Sanyasi* zu werden. Er kannte Vikram aber auch gut genug, um zu wissen, dass er lernen würde, mit dem Konflikt zwischen Tradition und Erneuerung zu leben. Die Welt ist wie ein riesiger Strom, dachte er, der träge dahinfließt, in dem die Konturen der Vergangenheit, der Gegenwart und der Zukunft verschwimmen. Auch Vikram hatte darin seinen Platz. Die Welt war, wie sie war, aber eben auch durchaus von menschlichem Handeln beeinflussbar.

Sebastian Sydney, obwohl Christ, empfand die hinduistische Philosophie als logisch, nämlich als Einheit allen Lebens. Der Mensch war nur ein Teil des Ganzen. Im Grunde hatte alles seine Bestimmung, auch wenn man vieles nicht verstand. Es war das Karma, das Gesetz von Ursache und Wirkung, das Schicksal, das unser vergangenes Handeln für uns geschaffen hat, wenn auch kein unveränderliches Schicksal. Sebastian dachte - und er wusste, dass auch Vikram davon überzeugt war -, dass der Wille des einzelnen durchaus Einfluss auf das Karma hatte. Hätte man nicht diese Freiheit, die Folgen früheren Handelns zu verändern, befände man sich hilflos im Griff eines unvermeidlichen Schicksals. Und so, glaubte Sebastian, war es nicht.

Auch Deepak Puri hatte erkannt, dass sein Sohn sich mehr und mehr vom weltlichen Indien abwandte. Wie unkompliziert und fröhlich war alles gewesen, als er mit Sheeba befreundet war, in einer Leichtigkeit, die nun verloren schien. Deepak begleitete Vikram häufig auf seinen langen Abendspaziergängen, die zum täglichen Ritual geworden waren. Er war ihm ein guter Zuhörer, auch wenn er vieles nicht begriff, was Vikram ihm an Theorien darlegte.

Seit einiger Zeit machte Rita Puri sich Sorgen um ihren Sohn. Nicht, dass es jemals einfach gewesen wäre, ihn zu verstehen. In der Zeit mit Sheeba war er aber ein ganz normaler junger Mann gewesen, verliebt und sorglos. Seit Sheeba fort war, hatte er sich wieder in seine Nachdenklichkeit zurückgezogen. Natürlich, verstehen konnte sie es schon. Schließlich ging es ihr damals in Delhi auch nicht anders, als sie sich von Deepaks Geschwistern nicht angenommen fühlte, als Deepak sie betrogen hatte. Wie gut, dass diese Zeit hinter ihr lag. Hier in Kerala hatte sie ihren Optimismus und ihre Fröhlichkeit zurückgewonnen. Die gelassenen Menschen hier, der Alltag ohne Hektik. Der farbenprächtige Garten vor ihrem Haus, Deepaks liebevolle Art, die Kinder – all das machte sie zufrieden. Seit sie sich eine Köchin und ein Mädchen für die Putzarbeiten im Haus leisteten, blieb Rita auch mehr Zeit, sich mit anderen Dingen zu befassen. Das Hospiz-Projekt für krebskranke Kinder beanspruchte einen erheblichen Teil ihrer Zeit. Aber sie war dankbar dafür, dass das deutsche Arztehepaar, das in Vaikam ein Krankenhaus gebaut hatte, sie um ihre Mithilfe gebeten hatte. Im letzten Jahr war das Krankenhaus um den Trakt erweitert worden, in dem unheilbar krebskranke Kinder zusammen mit ihren Eltern in ihren letzten Lebenswochen betreut wurden. Einfach war es nicht. Häufig kam sie deprimiert nach Hause, wenn wieder ein Kind gestorben war. Dann setzte sie sich an den Teich im Garten, beobachtete das Spiel der Libellen über dem Wasser, hörte auf den Wind in den Palmen, bis wieder Ruhe in ihrem Kopf einkehrte – das Leben: ein Wassertropfen in einer Welle des Ozeans, ein Kommen und Gehen.

Am Teich wollte Rita auch Antworten finden, wollte herausfinden, wie sie Vikram helfen könnte. Doch im Grunde wusste sie, dass es unmöglich war. Selbst Deepak konnte ihm nicht helfen, auch wenn er sich noch so sehr bemühte, ihn zu verstehen. Wie einfach war dagegen Vinita in ihrem ganz normalen pubertären Verhalten, seufzte sie.

Und dann war er da, der Tag vor dem sich Rita Puri gefürchtet hatte. Rita beschnitt gerade im Garten die verwelkten Rosen.
„Was meinst du damit, du gehst weg?" Sie richtete sich auf und schaute Vikram stirnrunzelnd an. Deepak Puri, der auf der Terrasse in seinem Sessel in die Zeitung vertieft war, sah auf. Er war nicht sonderlich erstaunt über die Worte seines Sohnes.
„Ich werde als Schüler zu Guru Bhardwaj in den Ashram gehen und werde auch dort wohnen."
Rita glaubte, ihren Ohren nicht zu trauen.
„Was ist denn das für eine Idee? Du wirst leben müssen wie ein *Sanyasi*, weißt du, was das bedeutet?", machte sie ihrem Entsetzen Luft.
Aber Vikram hatte sich entschieden. Er versuchte nun, all die Liebe zu seiner Familie, aber auch seine Überzeugung, mit seinen Augen und seiner Stimme auszudrücken und sprach so einfach, ruhig und deutlich wie er konnte.
Rita hob die Hand und machte eine abwehrende Bewegung.
„Das kann nicht die richtige Entscheidung sein. Ich verstehe deinen Kummer wegen Sheeba und dass es nun Zeit ist für etwas anderes. Aber ein Ashram?"
Vikram sah sie stumm an. Wann war sie endlich still, hörte auf zu reden?
Er sehnte sich danach, mehr zu lernen, die Weisheit der alten Schriften zu studieren. Und er glaubte, sich etwas schuldig zu sein. Er wollte eine Pflicht erfüllen, in einer Zeit, in der die meisten auf ihren Rechten bestanden. Gandhi hatte einmal gesagt: Meine des Lesens und Schreibens unkundige, aber weise Mutter hat mich gelehrt, dass erst nach einer gut erfüllten Pflicht Rechte erworben werden können.

„Ich brauche nicht die Hektik des modernen Indiens. Ich habe mich entschieden", sagte Vikram abschließend.

Deepak Puri war aufgestanden und neben ihn getreten. Begütigend legte er seinem Sohn die Hand auf die Schulter.

„Ich respektiere deine Entscheidung, aber du musst auch erkennen, dass das Leben ein Ganzes bildet. Vergangenheit und Gegenwart sind ein wesentlicher Bestandteil von uns selbst, den wir akzeptieren müssen, erst dann sind wir erwachsen. Die Zukunft aber ist formbar. Ich weiß nicht, ob ich mich klar ausdrücke?"

„Ja, natürlich, sprich weiter." Vikram war froh, dass sein Vater dem Gespräch jetzt eine andere Wendung gab.

„Nur wenigen Menschen ist das Glück gegeben, ihre Zukunft selbst planen und gestalten zu können", fuhr Deepak fort. „Viele werden in soziale Verhältnisse hineingeboren, aus denen es selten ein Entrinnen gibt. Dieses Schicksal trifft besonders Menschen in den ärmsten Ländern der Welt, in denen auch der Staat kaum Anstrengungen unternimmt, die Ausbildung der unteren sozialen Schichten zu fördern. In Indien ist viel getan worden. Du hast dich ja genug mit der Politik in unserem Land beschäftigt, du kennst die Quotenregelung, die Angehörigen der Unberührbaren und der unteren Kasten bessere Chancen einräumt. Viele haben dadurch eine Schuldbildung, manche sogar ein Universitätsstudium erhalten. Ihre Zukunft ist dadurch planbar geworden. Sie können eine angemessene Arbeit bekommen und sich so aus den Jahrhunderte alten Fesseln ihrer sozialen Kaste befreien."

„Willst du mir damit sagen, dass ich das Privileg meiner Geburt nicht wegwerfen soll? Ich soll also die bessere Chance nutzen, die mir in die Wiege gelegt wurde."

„Nein, ich will nur dein Bewusstsein schärfen. Ich möchte nicht, dass du im religiös-philosophischen Nebel versinkst. Ich möchte, dass dir das Leben neben der Religionsphilosophie auch noch etwas bedeutet, dass du lachen und dich über alltägliche Dinge freuen kannst. Weisheit ist, wenn du die Ereignisse, die dich geprägt haben und auch deine Umwelt hin und wieder mit

Humor betrachten kannst. Du nimmst alles zu ernst, willst nur noch fliehen, kannst nicht mehr lachen."

„Nein", protestierte Vikram schwach, „ich kann auch lachen."

Er war überrascht, wie sein Vater seine Gefühle mit so wenigen Worten so treffend beschreiben konnte.

Jetzt mischte Rita sich wieder ein: „Wohin du auch gehen wirst, Vikram, so andersartig dein Leben auch sein wird, deine Kindheit und deine Familie haben dich geprägt. Aus ihnen wirst du Kraft schöpfen. Ich weiß, dass die Trennung von Sheeba dich tief verletzt hat. Ja, wie du sehr richtig sagst, dein Weg kann jetzt nicht mehr nur geradeaus führen. Das ist das Leben in seiner Unbeständigkeit."

Sie lächelte jetzt: „Dein Großvater, Vikram – ich habe ihn ja nicht lange gekannt. Ich habe aber selbst erfahren, wie weise er war. Wenn mir bei meinem ersten Besuch in Indien vieles so fremd, so beängstigend vorkam und er merkte, dass ich traurig war, dann hat er mich mit einem Satz von Tagore getröstet: Wenn du Tränen vergießt, weil du die Sonne nicht siehst, siehst du auch die Sterne nicht."

„Die Werte unserer Familie... Ich werde sie nicht vergessen, Mami. Aber ich will auch neue alte Werte kennenlernen und dann eine Entscheidung für meine weitere Zukunft treffen."

12

Erstaunt hielt Vikram Puri auf den Stufen zum Tempel seines Ashrams inne. Vor ihm stand, Fleisch geworden, der Gott Ardhanarishwara, in der Verschmelzung beider Geschlechter, halb Mann, halb Frau. Die rechte Seite bärtig, Gott Shiva mit dem Dreizack in der Hand und einem schwarzen Tuch über der Schulter, um den Hals eine Mala, eine Gebetskette aus Elaeocarpus-Beeren; die linke Gesichtshälfte aber, die Göttin Parvati mit schwarz umrandetem Auge, der halbe Mund mit rotem Lippenstift geschminkt. Große Ohrringe hingen bis auf die Schulter, Hände und Füße waren geschmückt mit vielen Ringen. „Namaskaram", grüßte die seltsame Gestalt und war schon, auf seinen Dreizack gestützt, an Vikram vorbei. Vikram schaute ihm nach, wie er, leicht vorgebeugt, barfuß über den gestampften Lehmweg davon ging. Von seiner Schulter baumelte sein einziger Besitz, ein Messingtopf für Wasser, eine dünne Decke und die Utensilien für einen kleinen Altar, den er jeden Abend wieder aufs Neue aufbaute.

„Das ist Rahul, ein ehemaliger Physik-Student aus Bombay", ertönte plötzlich die Stimme des Guru Bhardwaj neben ihm.

„Er hat irgendwann erkannt, dass Karriere, Erfolg und Geld nicht seine Bestimmung sind. In Haridwar ist er in einen Ashram gegangen, um zu lernen. Dann hat er drei Jahre nackt, als Sadhu, in einer Höhle meditiert, gebetet, und nun pilgert er durch Indien, besucht jeden Ashram, der auf seinem Weg liegt. Er braucht nichts, besitzt aber etwas Unbezahlbares: seinen Glauben und Zeit, endlos viel Zeit."

Vikram schaute der merkwürdigen Gestalt wortlos nach und über sie hinweg, dorthin, wo alles im Ungewissen, Unbestimmbaren blieb.

Vikram Puris erste Wochen im Ashram waren angefüllt mit langen Gebetszeremonien und religiösen Grundsatzdiskussionen. Das spartanische Leben, zwei karge Mahlzeiten täglich, sein

Nachtlager mit der dünnen Decke auf dem Lehmfußboden in der einfachen Hütte, die er sich mit drei anderen Schülern teilte, all das fiel ihm nicht leicht in den ersten Tagen. Doch bald gewöhnte er sich daran, betrachtete die Unbequemlichkeit nur noch als Nebensächlichkeit.

Wie ein Schwamm saugte sein Verstand alles auf. Nie wurde er der Fragen und Antworten, der Erklärungen und Abwägungen müde.

Vor dem Ashram standen auf beiden Seiten der Straße kleine Buden. Hier wurden *Puja*-Gaben zum Verkauf angeboten: Öllämpchen, heilige, mit Zinnober bestrichene Blätter, Obst und andere geweihte Gaben. Sobald ein Fest zu Ehren der Götter stattfand, fanden sich Händler mit vielerlei Waren ein. Vögel in Käfigen, unterschiedliche Tonwaren, buntlackierte Götterfiguren und Blumengirlanden, all das wurde den Gläubigen angeboten. Frauen und Mädchen ließen sich an solchen Festtagen dazu verlocken, eine weiße Blumengirlande aus duftenden Jasminblüten für ihre Haarknoten zu kaufen.

Kein Bote brauchte die Nachricht zu verkünden. Es war bekannt, dass heute das Fest zu Ehren Vishnus, des Erhalters, stattfand. Unter dem Banyanbaum, der seine Zweige schattenspendend vor dem Tempel ausstreckte, hockten Männer und Frauen mit feierlichen Gesichtern im Kreis. Rhythmisch ansteigend und wieder abfallend sangen sie unaufhörlich *„Namo Vishnuya! Namo Vishnuya!"*

Eine bunte Kinderschar hatte sich zwischen die Gläubigen gedrängt, um einen günstigen Platz in der Menge zu ergattern. Sie alle erwarteten den Guru. Im Hintergrund machten Händler auf dem Gelände des Ashrams gute Geschäfte mit erfrischender Kokosnussmilch und Wassermelonenscheiben. Sogar ein blinder Bettler tappte durch die Menge. Er rief: „Geben Sie einem Blinden eine Rupie. Erwerben Sie sich Verdienste zum Feste Vishnus!"

Endlich erschien Guru Bhardwaj, gefolgt von seinen Schülern. Er trug ein safrangelbes Gewand und die Kappe des heiligen

Mannes. Seine Schüler waren ebenfalls in gelbe Gewänder gehüllt. Als er die Stufen emporschritt, erhob sich die Menge und drängte in den Tempel. Nun läutete jeder, der das Tempeltor passierte, zweimal die große Messingglocke daneben. Ihr dröhnender voller Klang drang tief in den Geist und die Seele der Gläubigen und zerteilte den Vorhang der inneren Finsternis. Der Guru ließ sich mit gekreuzten Beinen vor dem lebensgroßen Bildnis des Vishnu nieder, der lächelnd Gnade und Güte ausstrahlte. Vikram Puri war seit einiger Zeit der Platz neben dem Guru vorbehalten, als einem der gelehrigsten Schüler.

Mit tiefer Stimme sprach der Guru die heiligen Worte: *„Namo Vishnuya"*, die von den Gläubigen feierlich wiederholt wurden. Dann las er die Lobpreisungen in Sanskrit aus den heiligen Schriften.

Erst als die Sonne sank und sich Dämmerung über den Ashram legte, beendete der Guru die Zeremonie und sprach seinen Segen. Nun ergossen sich Geldspenden zu Vishnus Füßen. Manche Frauen nahmen ihre goldenen Reifen von den Armen, andere legten goldene Halsketten dazu.

Vikram spürte Unbehagen. Was hier geschah, war ihm zuwider. Er sah die armen Bauern aus der Umgebung, willens alles zu geben, um Verdienste in diesem Leben zu erwerben; ein paar Rupien, oft ihre ganzen Ersparnisse. Die paar Münzen der Armen übertrafen weit den Wert der tausenden von Rupien, die von den Reichen in den Tempel strömten. Und Vikram wusste, dass die Zahl der einfachen Leute, die regelmäßig zum Tempel kamen, hundert Mal größer war als die der Reichen, die sich mit ihrem Geld das Wohlgefallen der Götter erkaufen wollten. Bei den Armen lag der wahre Glaube. Da waren die Arbeiter von den Kautschukplantagen, deren Frauen kleine Kinder auf den Armen trugen, die Öllampen und Früchte als Opfergabe kauften. Oder die Rikscha-Kulis, die dem Gott hoffnungsvoll den Ertrag harter Arbeitstage darbrachten. Da waren die Bettler und Krüppel von der Straße, Huren, die versuchten, ihr Gewerbe zu verbergen. Gab es Geld, das schwerer verdient wurde als das ihre, fragte sich Vikram.

In der folgenden abendlichen Gesprächsrunde mit Bhardwaj und seinen Schülern konnte Vikram nicht anders. Er musste die Spenden ansprechen. Sein Guru hörte ihm zu und nickte: „Ich verstehe deine Vorbehalte. Aber würden wir nicht gerade den Armen ihren Glauben nehmen, wenn wir die Annahme ihrer Opfergaben verweigerten? Und ist es nicht so, dass diese Gaben wieder zurückfließen an die Hungrigen und Notleidenden, an noch ärmere Familien, deren Säuglingen wir Milch und deren Kindern wir in unserem Ashram eine Schulbildung geben? Wäre es nicht vermessen, nur den Reichen die Möglichkeit zu geben, Verdienste zu erwerben? Denkt darüber nach."

13

Die Nacht war stürmisch. Vikram lag wach. Gegen Morgen verloren die Böen an Gewalt. Vom Wald her verebbte das Heulen des Sturms in den langen Palmenwedeln langsam zu einem Seufzen. Der Regen prasselte nicht mehr auf das Dach der Hütte. Nur noch eine leichte Brise trieb die Nacht vor sich her wie ein Hirte, der seine Ziegenherde dem Stall zutrieb. Als dann der Mond zwischen den Wolken verblasste und die Sterne ganz verschwanden, brach der Morgen in einer Flut am östlichen Horizont durch den verhangenen Himmel und schickte das erste Licht in das kleine Fenster. Die Gespenster der Nacht, die ihn immer wieder an seiner Rolle als *Sanyasi* zweifeln ließen, begannen, sich in der grauen Morgendämmerung aufzulösen. In der Frische des Morgens befreite er seine Gedanken von allen Fesseln. Es war schon richtig wie es war, dachte er versöhnlich. Fast zwanghaft räumte er seinen Schlafplatz auf. Leise, denn die anderen Schüler schliefen noch. Er musste es sich selbst beweisen, dass er einen eisernen Willen hatte, einen Plan für sein Leben. Er werde nicht von den Brosamen leben, die andere ihm hinwarfen, dachte er trotzig. Er konnte lernen, was zu lernen war, und jederzeit seinen eigenen Weg gehen.

Vikram Puri trat vor die Hütte, die die geheimen Gedanken der Nacht für sich behielt. Der anbrechende Tag war feucht und reglos, die Erde durchweicht. Die grauen Wolken begannen, sich im blauen Himmel aufzulösen wie von der Sonne geschmolzen. Vom Dach tropfte glitzernde Feuchtigkeit und klebte ihm das Hemd an den Körper. Seine Gedanken waren bei Sheeba – immer noch.

Doch gleich darauf war es vorbei mit der Ruhe. Aus allen Hütten strebten Schüler zum Frühstück quer über den Hof in den Gemeinschaftsraum.

Ein Besuch aus Europa, eine Frau, die den Ashram seit Jahren besuchte und finanziell unterstützte, hatte sich für heute angekündigt. Alles war in Aufruhr.

Gisela Garotti, die reiche Dame aus Rom, kam alle zwei Jahre. Eine Woche nahm sie an den Gebeten, den Meditationen, kurz, dem Leben im Ashram teil und verschwand dann wieder, nicht jedoch, ohne dem Ashram mindestens fünf *Lacs Rupien* für einen neuen Klassenraum, eine neue Hütte, oder was immer notwendig war, zu spenden.

Vikram Puri beschloss, beim Frühstück Rajinder zu fragen, was man so über Gisela Garotti erzählte.

Rajinder, ein älterer Schüler des Gurus, der die Garotti schon zweimal im Ashram erlebt hatte genoss es, Vikram alles zu berichten, was er über die Frau wusste.

Gisela Garotti sei eine Deutsche, die, mit einem Italiener verheiratet, in Rom lebte. Ihr Mann habe an der Börse mit Spekulationen Millionen gemacht, klärte er Vikram auf. Sie sei ihrer Häuser in der Schweiz, in der Toskana, in Paris und in Florida, ihres luxuriösen, aus ihrer Sicht eintönigen Lebens bald nach der Hochzeit überdrüssig geworden.

„Die Komplimente über ihre Schönheit haben ihren Intellekt, zum Glück für uns, nicht ganz in Eitelkeit ertrinken lassen. Sie hat lange nach einer sinnvollen Aufgabe gesucht. Wir haben sie aus ihrem langweiligen Dasein geholt."

Rajinder grinste vor sich hin. Bei einer Indienreise sei sie dann über den Guru gestolpert und so in unserem Ashram gelandet. Ihr Glaube an den Guru und den Hinduismus sei grenzenlos und so unerschütterlich, wie ein Glaube nur sein könne, wenn er auf äußerster Ahnungslosigkeit gründet. Man könne es auch Geschäftsgeist nennen, wenn man als guter Geist eines Ashrams erschien und sich damit Absolution erkaufte. Das müsse man ihr lassen – gar nicht so dumm, wenn schon nicht der christliche Gott, so wären vielleicht die vielen Götter Indiens größeren Bestechungssummen nicht ganz abgeneigt... Rajinder brach in vergnügtes Lachen aus.

„Tut sie denn etwas anderes als die vielen Reichen in unserem Land, die tagsüber ihren oft dubiosen Geschäften nachgehen und sich abends im Tempel mit hohen Spenden Verdienste und Absolution erkaufen?", fragte Vikram.

„Mag sein, dass du Recht hast. Ich sollte nicht höhnen", lenkte Rajinder ein. „Außer unseren Ashram und unsere Schule unterstützt sie nämlich noch ein kleines Dorf im Hinterland. Dort konnte mit ihrem Geld die erste Schule gebaut werden. Aber es ist eben so, so viel Großzügigkeit kommt einem doch wie eines der sieben Weltwunder vor." Seine Stimme klang immer noch ironisch.

Tatsächlich war bei der Ankunft des Besuchs der ganze Ashram anwesend. Die Schulkinder umringten sofort den Geländewagen, als dieser hinter dem großen Tor hielt. Ihm entstiegen zwei Europäerinnen. Die jüngere der beiden Frauen – sie war kaum älter als achtzehn – war trotz der Hitze mit einem hochgeschlossenen langärmligen T-Shirt und einem weit schwingenden Rock bekleidet. Sie war eifrig bemüht um die andere Frau, die die fünfzig schon weit überschritten zu haben schien, aber immer noch sehr attraktiv war.

Gisela Garotti! Vikram Puri war verblüfft vom Anblick dieser Frau, die so ganz anders aussah als seine Mutter oder die europäischen Frauen, die er kannte. Sie trug zu einem engen Rock ein ebenso enges wie tief ausgeschnittenes Mieder, das ihre Brüste kaum verhüllte. Er fragte sich, ob sie tatsächlich so schamlos war, wie ihre Aufmachung vermuten ließ, und warf seinem Guru einen hastigen Blick zu. Wie der wohl auf die offene Zurschaustellung der weiblichen Reize dieser Frau reagierte? Aber in Bhardwajs Gesicht zuckte kein Muskel.

Vikrams Blick huschte zurück zu dieser extravaganten Erscheinung. Sie war recht klein, mit feinen Zügen, die von strahlend blauen Augen beherrscht wurden. Aber es war ihr Haar, das seine Blicke auf sich zog, mehr noch als ihre Brüste. Flammendrote Locken umrahmten ihr Gesicht und ließen ihre Haut noch blasser erscheinen. Sie ging auf niemanden zu, stand einfach nur da und schaute mit diesen unergründlichen Augen. Erst als Guru Bhardwaj ihr ein paar Schritte entgegenkam, begrüßte sie ihn mit zusammengelegten Handflächen und geneigtem Kopf.

„Mrs. Garotti wird mit ihrer Sekretärin Monica ein paar Tage bei uns wohnen und an unseren Zeremonien teilnehmen", erklärte Bhardwaj, als ob das nicht alle bereits wüssten. Er klatschte in die Hände und wies zwei seiner Schüler an: „Vishwas und Roshan, Ihr kümmert euch um das Gepäck der Damen."

„Selbstverständlich, Guru-ji", kam es wie aus einem Munde.

„Wenn Sie mir bitte folgen würden", wandte sich der Guru wieder an die beiden Damen und gab Vikram zu verstehen, dass er sie begleiten sollte.

„Sie werden sicherlich hungrig und durstig sein."

Sie gingen in den spärlich möblierten Gemeinschaftsraum. Auf dem Boden lagen nur einige Schilfmatten, auf denen Kissenrollen für Bequemlichkeit sorgen sollten. Bhardwaj stellte Vikram als seinen Assistenten vor, an den sich die Damen in allen Fragen vertrauensvoll wenden könnten. Gleich darauf wurde ihnen frische Kokosmilch und auf Bananenblättern angerichteter Reis mit drei verschiedenen Gemüsegerichten serviert.

Die Damen schienen sehr zufrieden mit dem Empfang im Ashram. Der Guru wusste offenbar, wie er mit ihnen umzugehen hatte. Auch Vikram schien Eindruck gemacht zu haben. In seinen orangen Gewändern war er hübsch anzusehen.

„Ich bin neugierig, was sich im vergangenen Jahr zugetragen hat, Guru-ji", sagte Mrs. Garotti. „Hoffentlich können Sie mir nur Positives und Erfreuliches erzählen. Tragödien gibt es in Europa genug."

Ein schnelles Lächeln huschte über Bhardwajs Gesicht.

Vikram hatte gelernt, den Guru auch für Fähigkeiten zu bewundern, die nichts mit Religion oder Philosophie zu tun hatten. Wenn man es von ihm als Gastgeber erwartete, plauderte er gelassen über weltliche Dinge, zeigte sich weitgereist und belesen. Er konnte über westliche Literatur ebenso reden wie über die scharfzüngigen politischen Attacken der Kommunisten in Kerala. Erwartete man den in Meditation und Weisheit versunkenen Guru, so passte auch diese Rolle perfekt. Man hielt ihn für das, was er so natürlich zu sein schien. Seine

Empfindsamkeit und sein Einfühlungsvermögen befähigten ihn, die Seelenlage seines Gegenübers zu erspüren. Natürlich setzten ihn die Würde und sein Bekanntheitsgrad viel ahnungslosem Geschwätz über Religionsphilosophie aus. Aber auch dann konnte er geduldig zuhören und bald geschickt das Thema wechseln. Wurde er für seine Weisheit, seine Hingabe zu den Religionswissenschaften bewundert, so erzählte er, wie viel Freude er daran hätte, am Fluss über einem religiösen Text zu sitzen und das darin Gesagte sofort ringsum in der Natur bestätigt zu finden.

„Positives und Erfreuliches?" Bhardwaj nickte nachdenklich.

„Nun ja, es ist immer eine Sache der Betrachtung." Das leichte Lächeln umspielte immer noch seine Lippen.

„Ich will Ihnen ein Beispiel erzählen: Als ich vor Jahren durch eines der Armenviertel von Kalkutta reiste, traf ich eine Lehrerin, die ihre Schüler mit Leib und Seele unterrichtete. Sie war bekannt für ihren selbstlosen Einsatz. Eines Tages brannte das alte, renovierungsbedürftige Schulgebäude bis auf die Grundmauern nieder. Die Eltern der Schüler waren bedrückt, denn sie machten sich Sorgen um die Zukunft ihrer Kinder. Auch die Gemeinde resignierte, denn es fehlte das Geld, ein neues Schulgebäude zu errichten. Die Lehrerin aber war aus anderem Holz geschnitzt. Die Katastrophe konnte ihren Optimismus und Tatendrang nicht dämpfen. Sie machte den Eltern klar, dass in jedem Schicksalsschlag auch ein positiver Aspekt steckt. Im Gegensatz zu den anderen sah sie in dieser Tragödie eine Chance. Das Schulgebäude war ohnehin mangels jeglicher Instandhaltung stark heruntergekommen. Das Dach war undicht und in den Fluren fiel der Putz von den Wänden, aber es war eben der Ort, wo die Kinder lernen konnten und ihnen damit eine Zukunft gegeben wurde. So war sie also dann von Gemeinde zu Gemeinde durch ganz Kalkutta gezogen und hatte im Namen der Kinder um Spenden gebeten. Als sie den Eltern die Früchte ihrer Bemühungen vorlegte, ihnen aber gleichzeitig deutlich machte, dass die gesammelten Gelder bei weitem nicht reichten, um eine neue Schule bauen zu lassen, mit den Spenden aber zumindest die Baumaterialien bezahlt werden könnten, begriffen die Eltern. Alle waren bereit, beim Neubau der Schule für ihre Kinder mit anzupacken. Am Ende stand da ein neues Schulgebäude, mit dem sich Eltern, Lehrer und Schüler noch mehr verbunden fühlten."

Bhardwaj schwieg einen Moment. „Unerfreuliche Schwierigkeiten setzen oft ungeahnte Kräfte frei und ermöglichen neue Perspektiven."

Gisela Garotti nickte. „Wie recht Sie doch haben, verehrter Guru-ji."

„Aber Sie müssen erschöpft sein", sagte Bhardwaj. „Es war sehr rücksichtslos von uns, Sie so lange von Ihrer verdienten Ruhe abzuhalten. Morgen werden wir uns weiter unterhalten."

Die beiden Frauen erhoben sich leicht schwankend aus der ungewohnten Sitzposition.

„Meine Sekretärin Monica ist zum ersten Mal in Indien. Wir würden uns gern die Umgebung ansehen, vielleicht verbunden mit einem Ausflug ans Meer. Wäre es möglich, dass Vikram uns morgen begleitet?"

„Selbstverständlich", nickte Bhardwaj und schaute Vikram flüchtig an.

„Mit Vergnügen", sagte Vikram bereitwillig.

Am nächsten Vormittag führte Vikram die beiden Frauen durch den Ashram und zeigte ihnen, welche Einrichtungen im letzten Jahr mit Spendengeldern neu entstanden waren. Anschließend fuhren sie mit dem Geländewagen der Gäste zu einem entfernt gelegenen Strand. Ein schmaler sandiger Weg führte durch einen dichten Palmenwald, der sich unvermittelt zum Meer hin öffnete. Hier stoppte der Fahrer auf ein Zeichen von Vikram den Wagen. Vor ihnen erstreckte sich der Strand, weiß und ungeschützt vor der Mittagssonne, heiß unter ihren Füßen. Davor das Meer, in einiger Entfernung von einem Riff eingeschlossen. In diesem natürlichen Hafen lagen mehrere Boote vor Anker. Einige Fischer waren dabei, ein schweres Schlagnetz aus dem Wasser an den Strand zu ziehen.

„Das ist eine einfache Methode zu fischen", erklärte Vikram. „Zwei Fischerboote werden zum Riff gerudert. Jedes von ihnen wird mit einem Ende des Netzes versehen. Dann wird das Netz ausgeworfen und die Boote schleppen es gemeinsam langsam in Richtung Strand. Sobald sie seichtes Wasser erreicht haben, springen einige Männer aus den Booten ins Wasser. Sie nehmen die Seile der Netzenden und schwimmen ans Ufer. Wie Sie gerade sehen, entsteht so eine Art Becken."

Die beiden Frauen gingen neugierig ans Wasser, bis die auflaufenden Wellen ihre nackten Füße berührten. Die Haut der Europäerinnen begann sich in der sengenden Sonne schnell zu röten, obwohl beide einen breitkrempigen Strohhut trugen. Durch den dünnen Baumwollstoff ihrer Kleider schimmerten die Formen ihrer Beine und Vikram sah, dass sie nur ein Minimum an Unterwäsche trugen. Er war mehr irritiert über seine eigenen Empfindungen als über die spärliche Bekleidung der Frauen, die für westliche Verhältnisse als durchaus normal anzusehen war. Auch waren ihm die Blicke nicht entgangen, die Gisela Garotti ihm zuwarf.

Die Fischer beachteten die näher kommenden Menschen kaum. Sie waren damit beschäftigt, das Netz immer enger zu ziehen. Bei jedem Zug erklang ihr „Ho, hai, ha! Ho, hai, ha!" Es wimmelte im Netz von springenden, sich windenden Fischen. Die Rufe und Schreie der Fischer wurden lauter, als das Netz ins flache Wasser gezerrt wurde.

„Für sie ist es der Höhepunkt des Tages" sagte Vikram. Er hatte sich wieder gefangen. „Hoffentlich ist der Fang gut genug. Jetzt zeigt sich, ob sich die schwere Arbeit gelohnt hat."

„In Indien gibt es so vieles zu ergründen. Ich habe immer viel zu wenig Zeit", sagte Gisela Garotti auf der Heimfahrt. Sie ließ den Blick über die ärmlichen Hütten gleiten, an denen sie vorbeifuhren.

„Diese Fischer, was wissen sie von Sorglosigkeit? Trotz harter Arbeit müssen sie doch vor jedem neuen Tag zittern. Sie müssen jede Nacht hinaus aufs Meer und morgens zurück. Immer mit der Angst im Nacken, dass der Fang ausbleibt, dass es für ihre

Familien nicht zum Überleben reichen könnte. Sie leben und sterben, ohne je frei entscheiden zu können."

Vikram schaute sie erstaunt an. Diese Gedanken hätte er ihr nicht zugetraut. Er lehnte sich in seinem Sitz zurück.

„Angst?", fragte er. „Das ist ein Gefühl, das sie sich nicht leisten können. Angst kann tödlich sein."

Die beiden Frauen sahen ihn fragend an.

„Bei den Armen Indiens gilt das Gesetz des Überlebens, das Gesetz der Stärke. Jedem Kind wird hier immer wieder die Geschichte von der Cholera und der Angst erzählt, solange bis es begreift."

„Eine Geschichte über die Cholera und die Angst? Erzähl sie uns, Vikram."

Vikram lächelte. Er freute sich über ihr Interesse.

„Im Norden von Indien war die Cholera ausgebrochen. Sie war auf dem Weg nach Jaipur. In der Wüste Rajasthans überholte sie den prächtigen Zug eines Maharajas.

Wohin des Wegs? fragte der Maharaja, in der mit seidenen Kissen gepolsterten *Howdah* auf dem Rücken seines Lieblingselefanten sitzend.

Nach Jaipur - ich werde dort tausend Leben nehmen, triumphierte die Cholera.

Auf ihrem Rückzug aus Jaipur begegnete die Cholera wieder dem Zug des Maharajas. Der rief empört: Zehntausend Leben hast du vernichtet, nicht tausend!

Da lachte die Cholera höhnisch und antwortete: Nein, ich nahm nur tausend, die Angst nahm die übrigen."

Es dämmerte schon, als sie in den Ashram zurückkamen. Nach dem gemeinsamen Abendessen sagte Gisela Garotti plötzlich an den Guru gewandt: „Es ist so ein schöner Abend. Ich würde gern noch ein wenig spazieren gehen." Sie warf Vikram einen Blick zu. „Vielleicht könnte Vikram mich begleiten und mir noch einiges von den Projekten des Ashrams erzählen."

Ganz kurz zögerte Bhardwaj, sagte dann aber: „Natürlich wird er Sie begleiten!"

Gisela Garotti war schon aufgestanden. „Du willst mir doch sicher Gesellschaft leisten, Vikram", sagte sie.

Vikram warf seinem Guru einen hilflosen Blick zu, stand aber ebenfalls auf.

Bhardwaj sah ihnen mit undurchdringlicher Miene nach.

Die Nacht war sehr warm, nur wenig kühler als der Tag, und die Dunkelheit erfüllt vom Summen der Insekten. Gisela Garotti hakte Vikram unter und führte ihn mit sich fort ins Dunkel. Nie zuvor hatte er sich so unbehaglich wie in diesem Moment gefühlt. Er war sich ihrer Nähe sehr bewusst.

„Sehr viele weltliche Vergnügungen habt ihr in eurem Ashram ja nicht", sagte sie und zog ihn noch enger an sich. Vikram befeuchtete seine Lippen und versuchte, sich ihr zu entziehen. Sie waren der Krümmung des Weges gefolgt, der direkt zum Fluss führte. Es war so dunkel, dass man die Hand kaum vor Augen sehen konnte. Hier begegnete ihnen zu dieser Stunde niemand mehr.

„Ich glaube, wir sollten....." Weiter kam Vikram nicht.

Gisela Garotti nahm sein Gesicht zwischen ihre Hände.

„Du hast bestimmt noch nie eine Frau geküsst! Sieh her!"

Sie schlang ihre Arme um seinen Hals und küsste ihn auf den Mund. Wie von selbst legten sich Vikrams Hände um ihre Hüften. Für einen Moment gab er sich völlig diesem Schwindelgefühl hin, glaubte, Sheeba in den Armen zu halten. Doch plötzlich wurde er sich seiner Umgebung wieder bewusst, fühlte sich in die Enge getrieben. Was, zum Teufel, tat er hier? Auf dem Boden der Wirklichkeit zurück, stieg Abscheu in ihm hoch. Grob löste er ihre Arme von seinem Hals.

„Ich werde den Guru bitten, Ihnen während ihres Aufenthalts im Ashram eine andere Begleitperson zur Verfügung zu stellen", stieß er hervor, drehte sich um und lief mit großen Schritten zurück zum Ashram, das Gesicht gerötet vor Scham.

Der Klang einer *Chenda,* der vom nahen Dorf herüber geweht wurde unterstrich die Stille der Nacht. Bhardwaj saß mit gekreuzten Beinen vor seiner Hütte neben dem hölzernen Tor, so als habe er Vikram erwartet. Als Vikram sich verschämt an ihm vorbeidrücken wollte, stand er auf, legte Vikram eine Hand auf den Rücken und schob ihn in seine Hütte.

Mit einem lustigen Zwinkern in den Augen schaute er ihn an. „Na, was hat sie mit dir angestellt?"

Vikram fing den belustigten Blick Bhardwajs verlegen auf. Er stand regungslos in der Mitte der Hütte. Die *Chenda* dröhnte in seinen Ohren.

Schließlich ließ sich Bhardwaj auf der Schilfmatte nieder und deutete Vikram an, sich zu setzen.

Zögernd trat er endlich einen Schritt vor und kam der Aufforderung nach.

„Mach dir keine Sorgen, Vikram. Ich werde die Sache mit Mrs. Garotti klären. Es scheint mir das Beste, ihr den kleinen Charu als Begleiter zuzuweisen. Der wird ihr seine unbeholfene Achtung angedeihen lassen und kann sich endlich entfalten. Mrs. Garotti wird wenig Gefallen an ihm finden. Und dann, nach einer Woche, wird sie zufrieden davonfliegen wie eine Biene, die den Nektar aus ihrer Lieblingsblume getrunken hat. Glaube mir, bald wird das Durcheinander, das sie in deinem Kopf angerichtet hat, vergessen sein."

Vikram schaute Bhardwaj erstaunt an, senkte den Kopf und murmelte: „Sie haben gewusst, Guru-ji, dass es passieren würde. Warum haben Sie es zugelassen?"

„Eine Erfahrung mehr, Vikram! Du bist zu mir gekommen um zu lernen, bist in unbekannte Gewässer gesprungen, wolltest dein bisheriges Leben vergessen - was nicht geht. Du schwammst weiter und weiter. Was sollte ich tun? Ich muss dich lehren, nicht unterzugehen. Aber das eigentliche Ziel deines Weges musst du selbst wählen. Und", fügte er lächelnd hinzu, „wenn du deine Türen allen Irrtümern verschließt, schließt du die Wahrheit aus.

„Ich weiß schon Guru-ji, welchen Weg ich gehen will. Sie sind mein Vorbild. Ich will den Weg mit Ihnen gehen."

Bhardwaj nickte bedächtig. „Mit dem Vorbild ist das so eine Sache. Weißt du, einmal habe ich meinen alten Lehrer, Yogi Prakash, nach seinem Vorbild gefragt. Er antwortete mir, dass er in seinem Leben vielen Einflüssen ausgesetzt gewesen sei und sich nicht auf eine einzelne Inspiration festlegen könne. Wichtig aber sei, positiv zu denken. Wirkliche Größe ist, Herr seiner Gedanken zu sein."

Bhardwaj schwieg und betrachtete das Durcheinander von aufgeschlagenen Büchern auf seinem Arbeitstisch. Mit den Fingern seiner linken Hand trommelte er leicht auf seinen Oberschenkel. Auf dem gestampften Lehmweg näherten sich leichte Füße, die nur zu Mrs. Garotti gehören konnten. Vikram erstarrte. Die Schritte vor der Hütte hielten einen Atemzug lang inne und entfernten sich dann wieder.

Vikram ging es nicht sehr gut, obwohl er sich Mühe gab, das zu verbergen. Mit fest aufeinander gepressten Lippen schaute er Bhardwaj aus viel zu munteren Augen an. Ob der Guru wohl ahnte, dass er sich nie wirklich von dem Verlust Sheebas erholt hatte, sich nie erholen würde. Er hatte zum Guru zwar nie über seine Gefühle gesprochen, hatte aber vielleicht nicht genug verbergen können, dass er still trauerte. So musste er weiter seinen verschlungenen Weg beschreiten und den Tribut zahlen. Klang da ein wenig Wehmut in Guru Bhardwajs Stimme, als er sagte: „Schau, Vikram, welch schales Leben führen diejenigen, die nicht bereit sind zu suchen, zu zögern und auch Risiken einzugehen?" In Bhardwajs Blick sah Vikram nur Freundlichkeit und väterliches Wohlwollen. Er hätte aber in diesem Augenblick nicht zu sagen gewusst, was der Guru dachte.

Vikrams Wangen glühten, und er strich sich mit einer raschen Bewegung seinen zerzausten Haarschopf glatt.

„Du wirst den Weg finden, wirst erkennen, was vernünftig ist, um ein zufriedenes und, sagen wir, auch glückliches Leben zu führen", sagte Bhardwaj und beendete damit das Gespräch.

Erst später auf seinem Lager in der Hütte dachte Vikram duldsamer an die Geschehnisse dieser Nacht.

14

Am Flussufer funkelten nasse Blätter in den Bäumen wie
poliertes Metall. Ein Busch mit knallroten Hybiskusblüten ließ
seine Zweige dicht über das dunkle Wasser hängen. Nichts
deutete darauf hin, wie tief der Fluss war, wie reißend seine
Strömung. Äste, Baumstämme, ja ganze Bäume trieben
flussabwärts.

Guru Bhardwaj saß, umringt von seinen Schülern, am Ufer an
einem hohlen Baum. Die Gebetsrituale und die
Meditationsübungen waren abgeschlossen. Vikram lehnte sich
entspannt zurück. Welch eine Ruhe, dachte er. Solange es
Brahmanen wie seinen Guru gab, können Menschen, die Zweifel
in sich tragen, ihr Gleichgewicht zwischen Körper und Geist
finden. Doch gleichzeitig wusste er, dass das nur wenigen
vorbehalten war. Er schien nicht zu den Glücklichen zu gehören,
denn seine Zweifel überwogen. Und Menschen, die sich um ihr
tägliches Überleben sorgen mussten, hatten eben auch nicht die
Zeit, nach Gleichgewicht zu streben. Er dachte an die beiden
Fischer, die gestern mit einer Tageszeitung an der Mauer des
Ashrams gesessen hatten. Vikram hatte ihre Unterhaltung
gehört. Einer der Männer hatte laut die Schlagzeile vorgelesen:
„Immer mehr Milliardäre in Indien". Der andere hatte das
Gesicht zu einer Grimasse verzogen und eine wegwerfende
Handbewegung gemacht.

"Are yaar, kaya baat karte ho? Hast du schon gemerkt, dass sich
das indische Spinnrad schneller dreht oder sich der Fang in
unseren Netzen in Silber verwandelt? Selbst wenn unsere Netze
voll sind, können wir unseren Kindern keinen Kricketschläger
kaufen."

„Ach, auch die Reichen leben irgendwie in Ketten", erwiderte
der erste.

„Bei Shiva, was für einen Quatsch redest du? Ha, vielleicht
goldene Ketten? Oho, wie gern würde ich mich da anketten
lassen! Nicht mehr arm sein – das wäre was!"

„Ja, das wäre was. Recht hast du. Aber ich sage dir, die Reichen, die sind auch irgendwie arm in ihrer künstlichen Welt."

Der andere Fischer hatte ausgespuckt und war gegangen.

Die Männer hatten keine Ahnung, dass sie die glimmende Asche in Vikrams Kopf zu heller Glut entfacht hatten. Männer, die wenig oder keine Bildung genossen hatten, die immer treu in ihrem Glauben waren, die nie an den hergebrachten Formen, den Tabus und Ungerechtigkeiten gezweifelt hatten, ausgerechnet sie hatten ihn besonders verunsichert: Musste der Glaube nicht verglimmen in der Ärmlichkeit des Lebens? Konnte ein Mensch zwei Seelen in sich tragen, eine, die glaubte, und eine, die zweifelte? Wurden so nicht Rebellen geboren? War deshalb der Kommunismus in Kerala zur Blüte gelangt, weil viele sich aus einem inneren Protest heraus aufgelehnt und Gott und die Menschen herausgefordert hatten?

Die dröhnenden Gongschläge aus dem Tempel wurden selbst von Menschen gehört, die eine halbe Meile entfernt am Straßenrand Kokosnüsse und Jackfruits verkauften. Der Tempel hallte wider von den Versen der *Bhagavadgita*. Weihrauch stieg in die Kuppel des Tempels empor. Es war der Tag der Verabschiedung von Mrs. Garotti und ihrer Sekretärin. Die beiden Frauen saßen neben dem Guru in der Mitte des Geschehens und nahmen am Gottesdienst teil. Ein Priester ließ die fünfflammige, mit *Ghee* gefüllte Öllampe um den Kopf einer Vishnu-Statue kreisen.

„Om jai Jagdish hare, Swami jai Jagdish hare, Bhakt jano ke sankat…!"

Die Gläubigen wiederholten in beständigem Rhythmus wie in Trance die Gebete des Priesters. Der Raum war erfüllt von dem gebetsmühlenartigen Singsang.

„Om jai Jagdish hare, Swami jai Jagdish hare..., Om jai Jagdish hare, Swami jai Jagdish hare...!"

Bereitwillig hatte Gisela Garotti neben dem Betrag für den Ausbau der Schule eine große Summe für rituelle Zwecke und für die Speisung der Armen gegeben. Sie glaubte daran, dass Gott seinen Geschöpfen nicht nur eine Lebenszeit unter der Sonne gegeben hatte. Alles, was sie in diesem Leben tat, würde ihr das Karma für das künftige Leben auf die Stirn prägen, davon war sie überzeugt.

Vikram hatte erstaunt beobachtet, dass das Mädchen Monica sich mit Geringschätzung, ja Nichtachtung umsah. Er hatte dem zuerst nicht viel Bedeutung beigemessen und es ihrem anderen Glauben zugebilligt. Als sie jedoch am Nachmittag ihrer Abreise mit dem Guru und allen seinen Schülern ein letztes Mal Tee tranken, fragte Monica plötzlich an den Guru gewandt:
„Guru-ji, bis ich alle Eindrücke verarbeitet haben werde, wird viel Zeit vergehen. Aber, es ist merkwürdig, je mehr ich gesehen habe und je mehr ich darüber nachdenke, desto unverständlicher und widersprüchlicher erscheint mir vieles in diesem Land. Eine Frage beschäftigt mich so sehr, dass ich gern eine Antwort hätte."
Bhardwaj nickte ihr aufmunternd zu.
„Wie kann in einem Land, in dem tausend Götter herrschen, solch ein Elend, solch eine Armut, wie kann solch eine Schlechtigkeit herrschen, wie man hier täglich in den Zeitungen lesen kann?"
Ein flüchtiges Zucken zeigte sich um Bhardwajs Mundwinkel, dann legte er die Handflächen aneinander und neigte ein wenig den Kopf. „Liebe Monica, diese Frage wird Ihnen Charu beantworten. Er ist einer meiner gelehrigsten Schüler."
Mit einer kleinen Geste forderte er Charu auf zu sprechen. Diesem schaute der Stolz aus dem runden jungen Gesicht. Er setzte sich sehr gerade hin und schaute Monica direkt in die Augen.
„Wir selbst sind es, die das Feuer der Strafe über uns gebracht haben, weil kein wahrer Glaube in unseren Herzen ist", sagte er leidenschaftlich. „Wir trauen nicht unserem Karma, das jedes Leben auf der Erde lenkt. Nicht nur das unsere, auch das eines jeden Tieres, ja selbst das eines gewöhnlichen Insekts."

Monica unterbrach. „Wenn kleine Kinder in den großen Städten auf der Straße leben, betteln und sterben, würdet ihr ihnen dann den Vorwurf machen, zu wenig geglaubt zu haben?"

Die Antwort kam sofort: „Durch Leiden werden Sünden gesühnt, die in einem früheren Leben begangen wurden."

Da griff Vikram Puri ein: „Sollte Kindern nicht die Möglichkeit gegeben werden zu leben, erwachsen zu werden, um ein gottgefälliges Leben führen zu können und damit die Sünden eines vergangenen Lebens auszulöschen? Ist es nicht auch das, was der Hinduismus uns lehrt? Und die Sünder, die Übeltäter, die gut zu essen haben, die in Wohlergehen und eigenem Frieden ruhig schlafen können, bleiben sie unberührt vom Karma?"

Erstauntes, erschrockenes Schweigen breitete sich unter den Schülern aus. Auf Bhardwajs Lippen erschien ein feines, kaum wahrnehmbares Lächeln.

Das Mädchen Monica, das während der ganzen Woche kaum etwas gesagt oder gefragt hat, lächelte Vikram an und sagte unter Gisela Garottis vernichtenden Blicken: „Das war es, was ich wissen wollte."

Nachdem Mrs. Garotti und Monica abgereist waren, kam das Gericht in Gestalt von Charu über Vikram Puri. Charu bezichtigte Vikram des Unglaubens. Er müsse nun durch das Feuer der Läuterung gehen.

Wortlos stand Vikram auf, deutete in Richtung seines Gurus eine entschuldigende Verbeugung an und ging.

Er schlug den Weg zum Fluss ein. Der Fluss… Hier konnte er denken, schauen, warten. Gedanken hegen, die er nie aussprechen würde. Von der Stelle, an der er stehen blieb, konnte er über den gurgelnden Fluss schauen, über den Sumpf auf die am anderen Ufer gelegene, aufgegebene Kautschukplantage, von wo zwei Kormorane über den Fluss aufstiegen, um sich gleich darauf auf einem dahintreibendem Baumstamm niederzulassen.

Er musste Klarheit bringen in die Wirrnis seines Fühlens und Denkens. Der Besuch der beiden Frauen hatte es ihm gezeigt.

Hinter ihm ertönte plötzlich die Stimme seines Gurus.

„Ich wusste, ich würde dich hier finden. Ich ahne, wie dir zumute ist, - natürlich. Deshalb bin ich dir gefolgt."

Vikram schenkte ihm ein dankbares Lächeln, als sich Bhardwaj neben ihn stellte. Gemeinsam schauten sie über den Fluss, lange Zeit stumm.

Dann wandte sich Bhardwaj zu ihm. „Meine Auffassung von einem geistig aufschlussreichen Leben ist nicht blinde Akzeptanz alles Geschriebenen, sondern das Hinterfragen auch geltender Glaubensprinzipien. Unabhängig von dem, was wir im Leben erreichen wollen oder erreicht haben, die Lebensqualität hängt ausschließlich von der Qualität unserer Hingabe ab. Oft reicht es nicht, klug zu sein, um das Leben erfüllt zu leben, es gehört auch Geschicklichkeit dazu. Und vieles liegt an der Zeit, in der wir leben, und am Glück. Ich weiß, dass in dir die Gewissheit ist, dass alles Leben göttlich ist. Welchen Sinn hätte sonst das Universum?"

„Genauso, wie der Duft der Blumen im Park", sagte Vikram leise.

„Natürlich! Das ist Hingabe und Glück. Und die Kunst ist, diese Erkenntnis weiterzugeben. Um bei dem Bild der Blumen zu bleiben: Ein altes chinesisches Sprichwort sagt: Ein kleiner Duft bleibt haften an der Hand, die die Rosen überreicht. Und gleichzeitig wird nur der die Dornen sehen, der Augen für die Rosen hat."

15

Am nächsten Morgen, als Vikram Puri die Augen öffnete und das Licht des beginnenden Tages durch die Türritzen schimmerte, war seine Schwermut der vergangenen Tage vorbei. Vielleicht war es nur die Luft, die so verführerisch nach Rosen und Jasmin duftete. Vielleicht kam es daher, dass er nach den langen Monaten im Ashram fast vergessen hatte, wie das Leben in seiner Familie aussah, mit der Zuneigung seiner Eltern und seiner Schwester, mit den Neckereien und Scherzen. Alles schien ihm heute gut zu sein, die morgendliche Geschäftigkeit im Ashram, die Hühner, die gackernd und aufgeregt in ihrem Gehege hin und her liefen und die Zuversicht, die ihm der Guru gestern Abend durch seine Worte wiedergegeben hatte.

Bei den üblichen Gebeten und Gesängen vor dem Frühstück, die ganz von selbst über seine Lippen kamen, wanderten seine Gedanken, schien ein Gedankenfluss in den nächsten zu münden. Er spürte wieder das beglückende Gefühl, sich auf den Tag zu freuen. Dieses ewige Suchen, dieses Streben, den Geist zu verfeinern, muss einmal eine Pause haben, schoss es ihm durch den Kopf, während er für die nächste Litanei Luft holte. Er musste wieder einmal seine Eltern besuchen, raus aus dem Ashram, hinein in die Wirklichkeit.

Aber, wenn dann wieder Sheeba.... Nun gut, mit seinen Erinnerungen musste er leben. Und er konnte es, das wusste er inzwischen.

Als Vikram und Bhardwaj den Tempel verließen, warteten dort zwei Frauen auf den Guru. Sie saßen unter dem Banyan-Baum, die Enden der Saris über ihre Köpfe gelegt. Geduldig hatten sie auf das Ende der Morgengebete gewartet. Eine der Frauen hatte einen etwa zehnjährigen Jungen bei sich, der an der Schulter seiner Mutter schlief. Die Mutter, offenbar auch sehr müde, hatte ihren Kopf gegen den dicken Stamm des Baumes gelehnt. Als die Mutter den Guru aus dem Tempel kommen sah, rüttelte sie ihren Sohn wach und stand eifrig auf. Auch die andere Frau erhob sich und ging auf Bhardwaj zu, sich bei jedem Schritt schwerfällig in den Hüften wiegend.

Bhardwaj legte dem Jungen die rechte Hand auf den Kopf und begrüßte die Mutter mit einem fröhlichen „Namaskaram! Was für ein schöner Morgen, nicht wahr Shalini?"

„Ja, Guru-ji. Sie hatten uns bei unserem letzten Besuch aufgetragen, heute wiederzukommen. So sind wir vor Sonnenaufgang aufgebrochen, drei Stunden gelaufen, um rechtzeitig nach den Morgengebeten hier zu sein."

Bhardwaj legte auch ihr segnend die Hand auf den Kopf. „Ihr hättet euch wenigstens eine Rikscha nehmen sollen."

Shalini senkte den Kopf. „Ihr wisst doch Guru-ji, das Geld... Ashis hat junge Beine, und ich bin das Laufen gewöhnt."

Die andere Frau war in einigem Abstand stehen geblieben. Ohne die Hand von Shalinis Kopf zu nehmen, wandte Bhardwaj sich ihr zu und fragte: „Varsha, du bist zu früher Stunde hier? Warte noch etwas. Ich werde später mit dir im Tempel beten."

Er wandte sich wieder Shalini und ihrem Sohn zu. Sein Gesicht wurde weich, und er bedeutete ihnen und Vikram, ihm zu folgen, während er mit großen Schritten voran die Stufen zum Tempel erklomm.

So früh am Morgen herrschte im Tempel noch eine angenehme Kühle. Es war ruhig und dunkel. In einer Seitennische kniete eine alte Frau vor dem Bildnis der Glücksgöttin Lakshmi und murmelte leise ihre Gebete. Ein grüner Papagei, der sich in den Tempel verirrt hatte, durchbrach mit seinem aufgeregten Geflatterte die Stille, bevor er den Weg in die Freiheit wiederfand.

Bhardwaj ließ sich in einer abgelegenen Nische nieder und bedeutete Shalini und Ashis sich zu setzen.

Er sprach die scheue Shalini freundlich an: „So, da sind wir, meine Tochter, erzähle doch bitte meinem Schüler Vikram, warum du mich aufgesucht hast."

Shalini schaute Vikram vertrauensvoll an.

„Wir leben in einfachen Verhältnissen." Schnell fügte sie hinzu: „Wir kommen aber gut zurecht. Meinem Mann und mir macht eine Angewohnheit unseres Sohnes Kopfzerbrechen." Liebevoll sah sie Ashis an.

„Er nascht zu viel Zucker. Soviel, dass wir uns Sorgen machen." Verlegen schaute sie zu Boden. „Nicht, dass wir es ihm nicht gönnen, aber wir haben Angst um seine Gesundheit. Deshalb bin ich vor einer Woche hierher zu unserem Guru-ji gekommen. Wir wollten seinen Rat. Er hat mich dann aber wieder nach Hause geschickt. Heute sollte ich wiederkommen."

Shalini, Ashis und Vikram schauten Bhardwaj erwartungsvoll an.

Der Guru hatte die Augen geschlossen. Als er sie öffnete, richtete er seinen milden Blick auf den Jungen.

„Ashis, du bist ein guter Junge. Aber deine Mutter hat Recht, wenn sie sich Sorgen macht. Du sollst ab heute nur noch deine Milch oder deinen Tee süßen und sonst keinen Zucker mehr naschen." Mit den Augen fixierte er den Blick des Jungen. „Kann ich mich darauf verlassen?"

„Ja!", erwiderte Ashis.

Erstaunt schaute Vikram Bhardwaj an und auch Shalini war überrascht. Sie schob das Kinn etwas vor und nahm all ihren Mut zusammen.

„Ehrenwerter Guru-ji, das hätten Sie meinem Sohn doch auch schon letzte Woche sagen können. Dann wäre uns heute der weite Weg hierher erspart geblieben."

„Nein, meine Tochter, so einfach ist die Sache nicht. Es ist oft etwas komplizierter, als es scheint." Sein Gesicht war ernst, aber seine Augen blitzten verschmitzt.

„Bis zu eurem Besuch vor einer Woche habe auch ich heimlich – und dabei sah er Vikram entschuldigend an - viel zu viel genascht. Eine Unart, der auch ich verfallen war. Nach eurem Besuch aber habe ich sofort damit aufgehört und mein Verlangen nach Süßem erfolgreich bekämpft. Wie aber hätte ich davor Ashis raten können, etwas nicht zu tun, was ich selbst tat?!" Gut gelaunt kniff er Ashis in die Wange.

Shalini nickte stumm und presste die Lippen zusammen. Die Lachfältchen in ihren Augenwinkeln zeigten, dass sie ein lautes Lachen nur mit Mühe unterdrücken konnte. Vikram grinste und ließ hörbar die Luft aus seinen Lungen entweichen.

Unter dem Banyanbaum saß immer noch wartend Varsha. Bhardwaj stand neben Vikram auf den Stufen des Tempels und fragte ihn, ob er sich Varshas Klagen jetzt anhören sollte, oder ob sie ihren Hunger erst mit einem guten Frühstück stillen sollten. Vikram meinte, es sei besser, es hinter sich zu bringen. Bhardwaj nickte und gab Varsha ein Zeichen, näher zu kommen. Varsha ließ sich mit gekreuzten Beinen auf die Matte im Tempel fallen, zog den *Pallu* ihres Saris noch enger um den Kopf und musterte Vikram misstrauisch. Dieser betrachtete ihre herunterhängenden Mundwinkel, ignorierte seinen knurrenden Magen und wartete.
Bhardwaj schaute Varsha mit seinen klugen Augen geduldig an. Sie nestelte unruhig an ihrer goldenen Kette, die ihr bis auf die Brust reichte.
„Ich brauche etwas, Guru-ji, damit ich mit meinen häuslichen Belastungen fertig werde", sagte sie.
Gerechter Himmel, was sollte der Guru denn noch tun, fragte sich Vikram. Es genügte nicht, dass er fast täglich im Tempel mit ihr betete. Es genügte nicht, dass er ihr immer neue Gleichnisse vor Augen hielt. Wie schwer es manchmal war, duldsam zu sein! Diese schwierigen, immer klagenden Menschen, versunken in Melancholie.
Doch Bhardwaj hob die Brauen und lächelte. Er beugte sich dicht zu ihr und flüsterte ihr ein Mantra ins Ohr.
Varsha kniff die Augen zusammen und schaute ihm prüfend ins Gesicht. „Wird das helfen?"
„Das wird es, wenn du dich dreimal täglich zurückziehst und meditierst und das Mantra wiederholst. Allerdings wird es nur wirken, wenn du dich drei Monate lang damit beschäftigst, ohne deine häuslichen Probleme irgendjemandem gegenüber zu erwähnen. Auch zu mir sollst du nicht mehr darüber sprechen.

Wenn du willst, bete jeden Tag still für dich allein im Tempel. Nur dann wird das Mantra seine volle Wirkung entfalten." Zufrieden zog Varsha von dannen, und die beiden Männer konnten endlich frühstücken.

Zwei Jahre war Vikram nun schon im Ashram. Bhardwaj hatte ihn immer öfter mit Aufgaben betraut, die er früher selbst übernommen hatte. Vikram war fest davon überzeugt, seinen Weg gefunden zu haben. Er ließ nicht einmal den Gedanken zu, dass Sheeba ihm noch etwas bedeuten könnte. Es war eine Losgelöstheit, die ihn umfing, als würde die Gegenwart bis an sein Lebensende reichen.

Freundlich empfing er Nadeem, der ihn einmal die Woche aufsuchte, um seinen Segen für irgendeine geschäftliche Transaktion zu erbitten. Nadeem war ein Geizhals, immer bedacht auf den eigenen Vorteil. Auch heute jammerte er wieder über die großen Verluste, die er bei einem seiner Geschäfte erlitten hatte. Gut gelaunt beschloss Vikram, ihn einfach reden zu lassen.
Nach einer Weile schaute Nadeem Vikram betroffen an. „Hörst du mir überhaupt zu?", fragte er.
Vikram legte ihm freundschaftlich die Hand auf die Schulter: „Geh nach Hause Nadeem. Es wird ein freundlicher und erfolgreicher Tag für dich werden."

Die Sonne stand schon fast im Zenit. Grelles Licht umfing Vikram Puri, als er aus dem Halbdunkel des Tempels trat. Er hob schützend die Hand vor die Augen. Gegen das Licht sah er vor den Stufen des Tempels eine Frauengestalt in einem weiß-blauen Sari stehen. Wie ein Blitz traf ihn die Erinnerung: Einen solchen Sari hatte Sheeba an ihrem letzten gemeinsamen Abend am Fluss getragen. Plötzlich war alles wieder da – die Trommeln, die Elefanten, der klare Himmel, ihre Küsse. Er hatte das Gefühl, den Boden unter den Füßen zu verlieren. Langsam ging er die Stufen des Tempels hinunter. Der Saum seines orangegelben Gewandes schleifte Stufe für Stufe hinter ihm her. Vom ersten Moment an wusste er, dass sie es war. Er blinzelte gegen die Sonne. Sein Herz klopfte, als wolle es seine Brust sprengen. Sheebas Stimme drang wie von ganz weit her an sein Ohr.

„Ich bin zurückgekommen, Vikram!"

Mit dem jähen Gefühl, dass sie sich am falschen Ort befanden, nahm Vikram ohne zu antworten ihren Arm, führte sie aus dem Ashram hinaus und schlug den Weg zum See hinter dem Dorf ein. Beklemmendes Schweigen zwischen ihnen. Am Rande des Kanals, der in den See mündete, stakste ein schlaksiger schneeweißer Reiher mit seinen langen Beinen im sumpfigen, seichten Wasser. Mit seinem gelben Schnabel versuchte er, unter dem Teppich der Lotosblätter einen Frosch oder Fisch zu erhaschen. Dabei streifte er die blassrosa Lotosblüten, die unwillig auf ihren dicken Stängeln hin und her pendelten.

Immer noch stumm beobachteten Sheeba und Vikram den Vogel. Sheeba setzte sich ins Gras am Ufer in den Schatten der Bäume, nahm Vikrams Hand und zog ihn neben sich.

„Mein Vater ist tot", sagte sie leise.

Vikram, immer noch verlegen und unsicher, wie er ihr begegnen sollte, schaute ihr zum ersten Mal gerade ins Gesicht.

„Was ist passiert?"

Sheeba konnte ihre Enttäuschung über das Wiedersehen kaum verbergen. Hätte Vikram sie nicht sofort voller Freude in den Arm nehmen müssen? Aber was hatte sie denn erwartet? Er eignete sich eben nicht zum romantischen Helden, das wusste sie doch. Wären sie sich nie begegnet, hätte er vielleicht früher oder später ein anderes nettes Mädchen geheiratet. Aber so. Er hatte das Leben im Ashram gewählt, weil sie mit ihrem Vater nach Delhi gegangen war.

Nun gut, man würde sehen. Sheeba beschloss, Vikram nicht darauf anzusprechen, dass er sie einmal heiraten wollte. Durchaus denkbar, dass er seinen Antrag wiederholen würde, dachte sie. Aber das hieß nichts anderes als vielleicht, irgendwann, oder nie.

Als Sheeba in Delhi in ihrer Wohnung die Nachricht bekommen hatte, dass ihr Vater in der Fabrik einem Herzinfarkt erlegen sei, war ihr erster Gedanke: Jetzt kann ich zurück. Ich bin frei! Erst dann hatte die Trauer über den Tod des Vaters von ihr Besitz ergriffen. Sie schämte sich dafür. Aber, so war es nun einmal. Er hatte sie gezwungen, auf alles, was sie liebte zu verzichten.

Sie hatte ihren Vater in Delhi verbrennen lassen, die Verwandten verständigt und die Totenrituale vollzogen, bevor sie zurückgekehrt war.

Ein vollbeladener Lastkahn mit geblähtem Segel zog an ihnen vorüber. Der Schiffer hatte das weiße, dreieckige Segel aufgezogen, es sich am Steuer bequem gemacht. Er brauchte nun den Kahn nicht mehr mit der langen Stange über den See zu staken, ein kräftiger Wind nahm ihm die Arbeit ab.

Sheeba schaute auf die vielen kleinen Inseln im See, auf denen Schlangenhalsvögel, Kormorane und Reiher brüteten. Wie schön es hier war. Sie mochte nicht mehr an das laute Delhi denken, wo einem die Autoabgase den Atem raubten. Hier war ihre Heimat, hier würde sie bleiben. Egal, wie Vikram sich entschied. Vielleicht war seine Entscheidung längst gefallen.

Vor einer Stunde war Vikram noch ganz in seiner Aufgabe als Vertreter des Gurus aufgegangen, hatte den Menschen im halbdunklen Tempel, umgeben von Götterbildern, praktische Ratschläge für ihr tägliches Leben gegeben oder Trost gespendet, hatte versucht, Einfluss zu nehmen, hatte von Demokratie und Toleranz gesprochen und gegen das immer noch vorhandene Kastendenken argumentiert. Von den Kühen in vielen Farben hatte er gesprochen, deren Milch jedoch immer weiß war. Zu überzeugen hatte er versucht, pragmatisch, doch immer in dem Bewusstsein, dass eben auch die Spiritualität aus Kerala nicht wegzudenken war. Ob Kommunist auf der Suche nach der Wahrheit, Christ in Erwartung des Paradieses oder gläubiger Hindu. Alle waren sie bemüht, so viele Verdienste zu erwerben, damit das *Nirwana* in greifbare Nähe rückte.

Doch jetzt, hatte jetzt sein Karma die Hand im Spiel? Er legte Sheeba seinen Arm um die Taille. Vorsichtig versuchte er, seinen Gefühlen freien Lauf zu lassen. Stille kehrte in seinem Kopf ein. Ihre Taille fühlte sich zart und weich an. Mehr als zwei Jahre hatte er warten müssen! Das Sonnenlicht fiel durch die Zweige des Baumes und zeichnete Muster auf Sheebas Haut. Sanft zog er sie an sich und küsste sie. Wie hatte er vergessen können. Damals, die Augenblicke in aller Heimlichkeit. Er umfasste ihre Hand. Sheebas Gesicht spiegelte in diesem Moment ihre Seele wider, wie ein Versprechen, das endlich eingelöst wurde. Die Erinnerung war wieder da und erfüllte mit ihrer Farbigkeit seine Gedanken. Jede ihrer einfachsten Gesten und Worte erwachten zu bunter Lebendigkeit. Er wollte nun alles wissen, was ihr widerfahren war – vom Anfang bis zum Ende.

Er sah von der Seite, wie ihr Mund zitterte, als sie leise sagte: „Ich liebe dich."

Die Hoffnung in ihrer Stimme wühlte in ihm eine Trauer auf, dass er eine Weile nicht reden konnte. Er wich ihrem fragenden Blick aus, zog sie aber wieder enger an sich, schluckte und sagte: „Ich liebe dich auch… Wo lebst du jetzt eigentlich nach deiner Rückkehr?"

In ihren Augen standen Tränen. Hatte er denn noch immer nichts verstanden?

„Mein Vater hat nur die Kautschukwälder und die Reste der Schrimps-Farm verkauft. Unser Haus und der Garten sind noch in Familienbesitz. So gut es ging, habe ich erst einmal das Nötigste in Ordnung gebracht. Ich kann im Haus wohnen."

Der Monsun hatte aber in der Zwischenzeit in Haus und Garten ganze Arbeit geleistet. Das eiserne Tor war verrostet und ließ sich bei Sheebas Rückkehr kaum öffnen. Der einstmals gepflegte Garten war vom Grün überwuchert. Schlingpflanzen hatten ihre Wurzeln unter die Terrasse geschoben und den schweren Steinbelag wie Dominosteine durcheinander geworfen. Die Feuchtigkeit war in das Holz der Türen und Fenster gekrochen und hatte alles mit einem glitschigen grünen Belag bedeckt. Zum

Glück hatte ihr der Vater zumindest so viel Vermögen hinterlassen, dass sie Haus und Garten gründlich renovieren konnte.

Wenn Vikram seine Eltern besuchte, war Sheeba Nair von nun an immer dabei. Deepak und Rita Puri förderten die Zusammenkünfte. Es war ihnen nicht entgangen, dass Vikram auch nach zwei Jahren im Ashram ständig im Widerstreit mit seiner Berufung lag. Nun, nach der Rückkehr Sheebas, würde er vielleicht ins weltliche Leben zurückkehren.

Im Ashram verstrichen die Stunden dann in scheinbar vollkommenem Frieden, wenn er auf dem sicheren Boden seiner geistigen Fähigkeiten stand, in philosophischen Diskursen, oder wenn Menschen zu ihm kamen und um seinen Rat baten. Ihnen konnte er fast immer helfen, sich selbst aber nicht aus dem Zwiespalt befreien, der Unzufriedenheit, dem an Selbsthass grenzenden Gefühl. Es gab Tage, da hatte er alles ganz gut im Griff. Dann wieder war die nervliche Anspannung so groß, dass er auf langen Spaziergängen entlang des Flusses versuchte, seine Verzweiflung über seine Unfähigkeit zu einer Entscheidung zu bekämpfen. Dann kam er erst in der Dunkelheit zurück, in der Hoffnung, die abendliche *Puja* im Tempel werde das Unwohlsein des vergangenen Tages vergessen lassen.

Der Tag war wunderschön – einer der guten Tage. Schon sehr früh, nach den Morgengebeten, war Vikram Puri zum See gegangen. Er atmete tief die warme Luft und betrachtete voller Dankbarkeit die reich blühende Landschaft. Auf den Blättern der lila-blauen Wasserhyazinthen tummelten sich Insekten. Eine Gruppe Wasserbüffel hatte sich zum morgendlichen Bad im See versammelt und wälzte sich genussvoll im Schlamm des seichten Wassers. Vikram durchströmte Freude. Alles geht seinen vorbestimmten Weg, dachte er. Das unerschöpfliche Geheimnis, das dem Leben zugrunde liegt, würde sich auch ihm erschließen in diesem friedlichen Gefühl in der Stille.

Auf dem Rückweg traf er vor dem Ashram auf Bhardwaj.

„Wir sollten miteinander reden", sagte Bhardwaj während sie nebeneinander die Stufen zum Tempel emporstiegen.

Vikram nickte. Die Beklemmung war plötzlich wieder da.

„Natürlich habe ich bemerkt, wie du dich täglich mehr quälst, seit Sheeba zurückgekehrt ist. Ich habe lange darüber nachgedacht, bevor ich den Entschluss gefasst habe, dir diese Geschichte zu erzählen." Er blieb vor der Tempeltür stehen.

Vikram blickte zu Boden. Was wollte sein Guru ihm sagen?

„Als ich noch ein Schüler war", begann Bhardwaj, „kannte ich einen jungen, in Kerala sehr berühmten Sadhu. Er war bis weit über die Grenzen der Provinz berühmt für seine Fähigkeit, sich mental ganz in eine Situation, ein bevorstehendes Ereignis zu versenken. Die Menschen kamen von weit her, um sich von ihm Rat oder Lebenshilfe zu holen. Er saß jeden Tag in Meditation versunken am Kreuzweg vor der Stadt unter einem Baum – jeder wusste das. Und dann begegnete ihm ein Mädchen..."

Vikram, der darin geübt war zuzuhören, sah Bhardwaj mit unbeweglichem Gesicht von der Seite an. Er begann zu verstehen.

Bhardwaj blieb stehen und schloss für einen Moment die Augen. Es schien ihm schwer zu fallen weiterzureden.

„Nun, Vikram, dieses Mädchen… Es gibt eigentlich nicht viel mehr zu erzählen, als dass bald nach der ersten Begegnung der beiden der Platz am Kreuzweg leer blieb. Das Karma hatte entschieden."

Mit gesenktem Kopf hatte Vikram gelauscht. Er rang um Stille in seinem Kopf. Bhardwaj legte Vikram Puri segnend die Hand auf den Kopf und sagte: „Der Strom der Wahrheit fließt durch Kanäle von Irrtümern. Lebe wohl, Vikram. Wohin dich dein Weg auch führen wird, ich werde bei dir sein."

Vikram verneigte sich vor seinem Guru, berührte voller Achtung dessen bloße Füße.

Dann schaute er in den weiten Himmel über die Mauer des Ashrams hinweg ins Unbestimmte, das plötzlich für ihn fassbar geworden war. Sein Großvater kam ihm in den Sinn, der vor den

Massakern im Punjab mit der Familie nach Delhi geflüchtet war, und sein Vater, den es zum Studium nach Europa gezogen hatte, der mit der Familie in Delhi gelebt und sich dann entschlossen hatte, nach Kerala zu gehen. Auch sie waren den Weg ihres Karmas gegangen.

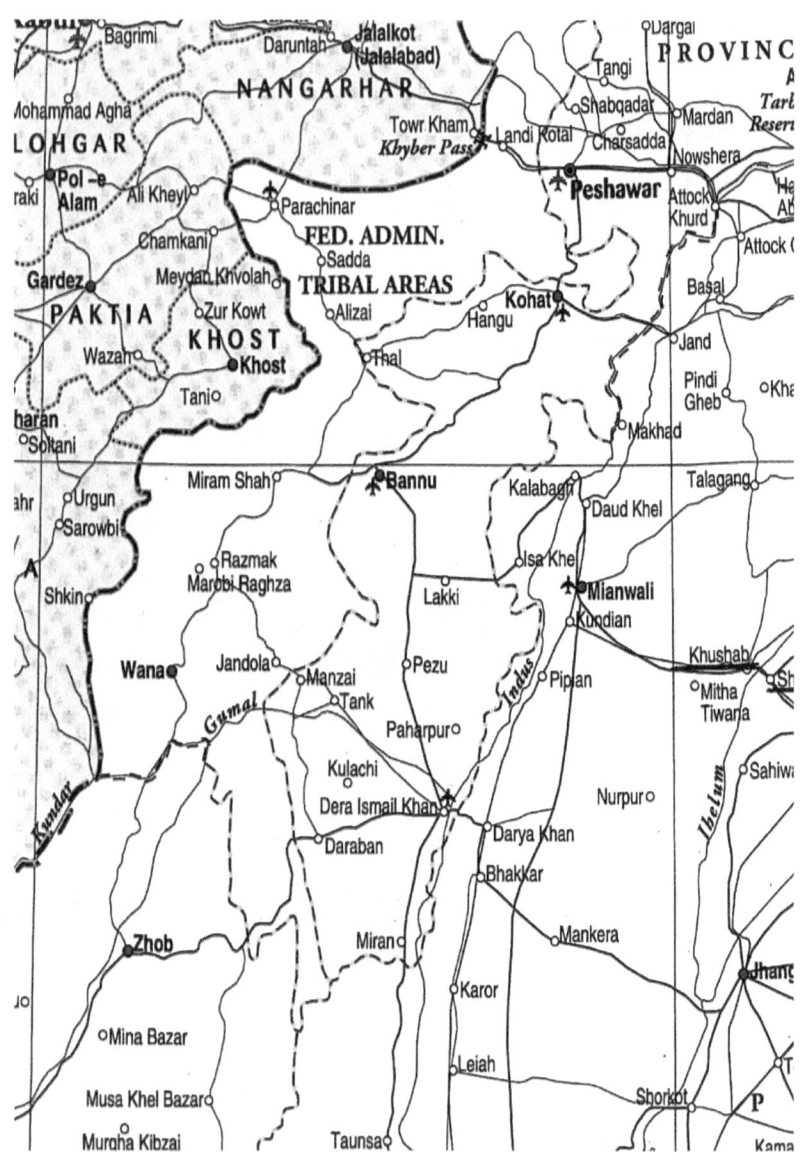

Ausschnittkarte des Punjab

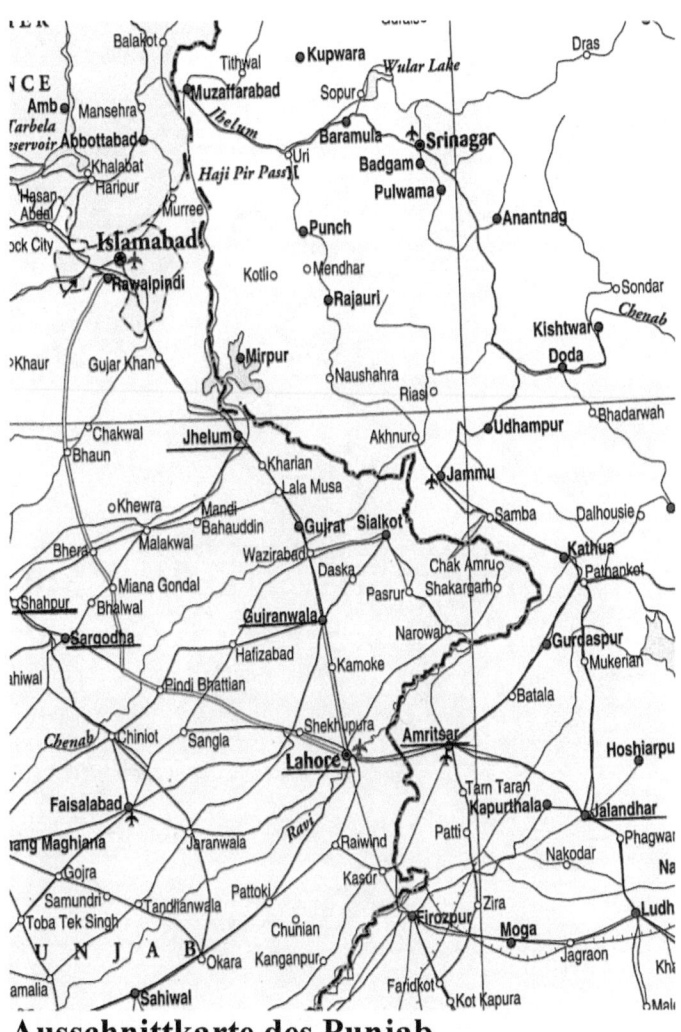

Ausschnittkarte des Punjab

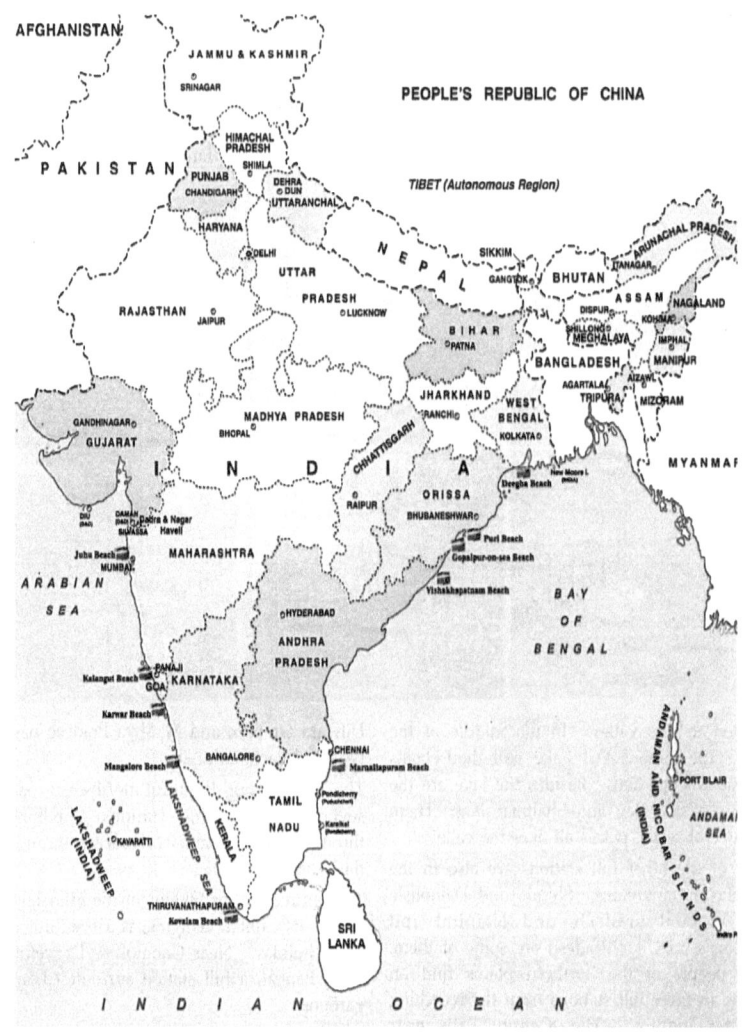

Indien

Nachbemerkung

Die Personen in diesem Roman sind frei erfunden. Ähnlichkeiten mit lebenden oder verstorbenen Personen sind reiner Zufall und nicht beabsichtigt. Die Orte in diesem Roman existieren jedoch tatsächlich, um dem fiktiven Geschehen Realitätsnähe zu geben.

Danksagung

Für erstes Lesen des Manuskripts und hilfreiche kritische Anmerkungen danke ich allen, die mich unterstützt haben, insbesondere Horst Trojan, meinem Bruder Rudolf Sorge, meinen Freundinnen Barbara Röltgen, Imke Hasse und Hilke Radowitz sowie meinem Schwiegersohn Olaf Pohl.

Glossar

Achaar	Pickels
Achcha	zustimmend: aha, so, so
Achcha Chalo	gut, komm
Ahimsa	Gewaltlosigkeit
Alu-Tikka	Kartoffelfrikadelle
Alu-Gobi	Kartoffel-Blumenkohl-Gemüse
Amritsar	Nordindische Stadt im Punjab mit dem„GoldenenTempel", Hauptheiligtum der Sikhs
Are yaar, kaya baat karte ho?	
	Freund, was redest du für Unsinn?
Arier	Edle
Arya Samaj	Hinduistische Reformbewegung
Ashram	Herberge. Orte der Zurückgezogenheit
Avatars	Unterschiedliche Erscheinungsbilder eines Gottes, Inkarnation.
Ayurveda	altindische Medizin
Babu	Mein Herr, Anrede für gebildete Inder
Backwater	Wasserkanäle in Kerala
Banyan-Baum	Indischer Feigenbaum
Bhagavadgita	Heiliges Buch, Teil des Epos Mahabharata
Bilkul Thiek	Zustimmung, sehr richtig, genau
Brahmane	Angehöriger der Priester-Kaste
Brahma	Gott der Schöpfung
Buddha	Prophet, Gründer des Buddhismus
Burka	Traditioneller Ganzkörperschleier
Chakra	Rad, Scheibe, Kreis, Zentrum. In der indischen Tradition religiöses Symbol
Chaloo, chaloo	Los! Los!
Chandni Chowk	Silberbazar in Alt-Delhi
Chapati	Indisches Fladenbrot
Chappals	Latschen, Sandalen

Charpai	Holzliege mit geflochtener Jute
Chaudri	Respektsperson, z.B. Führer oder Bürgermeister
Chenda	Trommel
Chhole-Bhature	Gericht aus Kichererbsen
Chunni	Langes Halstuch der Frauen
Cooler	Einfache Klimaanlage
Dal	Linsen
Dalai Lama	Tibetisches Oberhaupt
Dharma	In Sanskrit ein vieldeutiger und komplexer Zentralbegriff der indischen Religionen und Philosophien; Verschmelzung von Pflichten und Verpflichtungen
Dharamsala	Bezeichnung für eine klösterliche Unterkunft. Auch der Name einer Stadt in Nordindien, in der der Dalai Lama im Asyl lebt
Dholki	Kleine Trommel
Dhoti	Lendentuch; langes Wickelgewand
Dilliwala	Umgangssprache: Bewohner von Delhi
Djugghi	Hütte (Slum-Hütte)
Dudh-Wala	Milchhändler
Dupatta	Langes Schultertuch der Frauen
Durga	Göttin, auch Parvati genannt, Ehefrau des Gottes Shiva
East India Company	
	Zu Beginn des 17. Jahrhunderts wurde die East India Company gegründet: England trat damit in den europäischen Wettbewerb um den Indienhandel ein
Ganesh	Glücksgott, Sohn von Shiva mit Elefantenkopf
Ghee	Butterfett
Gurdwara	Sikh-Temple
Guru	Lehrer, Gelehrter
Guru Nanak	Heiliger und Gründer der Sikh-Religion

465

Haai, meri Bähan	Oh, meine Schwester!
Hai Ram	Oh, Gott!
Han-ji	Zustimmung: Ja, so ist es! Oder auch als Frage: Wie bitte?
Harijans	Unberührbare, Kinder Gottes
Hari Om	Gott ist groß
Havan Kund	Metallgefäß, in dem zu Feierlichkeiten ein mit Gewürzen und Ghee gespeistes Feuer zu Ehren der Götter entzündet wird
Haveli	Palastartiges Wohnhaus
Henna	Rote Pflanzenfarbe
Hijra	Kastrat oder Menschen ohne eindeutige Geschlechtsmerkmale, Transvestiten
Hind	In den Ländern Westasiens, im Iran, in der Türkei usw. wurde und wird Indien als „Hind" bezeichnet
Hindi	Indo-Germanische-Sprache, Nationalsprache nach der Unabhängigkeit. Hindi wird in Devanagari-Schrift geschrieben
Hindu	Gläubiger des Hinduismus
Holi	Fröhliches Frühlingsfest, bei dem sich die Inder gegenseitig mit pulverisierten Wasserfarben bewerfen
Horn please	Bitte hupen!
Howdah	Elefantensitz für 4 Personen
Jains	Gläubiger der alten indischen Religion Jainismus, deren Entstehung etwa mit der des Buddhismus zusammenfällt. Mahavira (der große Held), geboren um das Jahr 540 v. Chr., war ein Zeitgenosse Buddhas und Gründer des Jainismus
Jama Masjid	Große Moschee in Alt-Delhi, erbaut von Shah Jahan, 1644 bis 1658
...-ji	Die Endung „ji" wird an einen Namen angehängt, um Verehrung und Respekt auszudrücken

Jinnah	Mohammed Ali Jinnah, geb. am 25.12.1876 in Karachi, Gründer und Präsident der Muslim-Liga. Diese formte er zu einer politischen Partei, die sich nach anfänglicher Zusammenarbeit immer stärker vom Indischen Nationalkongress distanzierte
Kachcha	Eines der fünf Merkmale der Sikhs: Unterhose mit einem besonderen Schnitt – täglich zu wechseln
Kanga	Eines der fünf Merkmale der Sikhs: Ein kleiner Kamm für die langen Haare
Kara	Eines der fünf Merkmale der Sikhs: ein dünner Armreifen aus Stahl
Karai	Wok
Karma	Schicksal. Das Karma wird bestimmt durch die guten und bösen Taten des Menschen im gegenwärtigen Leben mit Auswirkungen auf die Wiedergeburten des künftigen Lebens
Kaste	Ursprünglich war die Kaste nur eine Berufsbezeichnung, ähnlich wie die Zünfte. Ein Wechsel von einer in eine andere Kaste war ursprünglich freizügig. Später wurde ein Wechsel nur mit Zustimmung der Priester möglich, die damit ihre Machtposition ausbauten. Im Laufe der Jahrhunderte ist daraus ein fest zementiertes System geworden
Kathakali	Ausdrucks- und Gesten-Tanz
Kes	Eines der fünf Merkmale der Sikhs: langes Haar (Haare und auch Barthaare dürfen nicht geschnitten werden)
Kirpan	Eines der fünf Merkmale der Sikhs: ein gebogenes Schwert
Kirya	Abschluss der Trauerzeremonie am 13. Todestag
Kismet	Schicksal
Kräuterdai	Kräuter-Heilerin

Krishna	Indischer Gott mit dunkelblauer Hautfarbe, gilt als Inkarnation Vishnus. Seine Liebesabenteuer sind häufig Themen der indischen religiösen Dichtung
Kurta-Pyjama	
	Männergewand: weite Hose mit langem kragenlosem Hemd darüber
Lac	1 Lac Rupien = 100.000 Rupien
Lakshmi	Glücksgöttin, Ehefrau des Gottes Vishnu des Erhalters
Lassi	Getränk aus Joghurt und Wasser
Lao-ji	Bitte schön! Höfliche Form beim Anbieten
Lunghi	Wickel-Lendentuch der Männer in Südindien
Mahabharata	Epos
Mahut	Elefantenführer
Malayalam	Sprache in Kerala
Masalla-Dosa	Südindisches Gericht: Aus Reismehl hauchdünn gebackene Fladen, gefüllt mit Kartoffel-Zwiebel-Gemüse
Mata-Ji	Höfliche Anrede für eine ältere Frau
Mehandi-Zeremonie	
	Am Vortag der Hochzeit werden der Braut Hände und Füße mit einer Henna-Paste mit kunstvollen Ornamenten verziert
Mehandi-Wala	
	Künstler, der die Verzierungen mit Henna vornimmt
Memsahib	Herrin, Bezeichnung für Europäerin in der Kolonialzeit
Milni	Begrüßung der Verwandtschaft anlässlich der Hochzeit-Feierlichkeit
Mountbatten, Lord	
	Louis, Earl Mountbatten of Burma, Als Sohn des Prinzen Ludwig Alexander von Battenberg, verwandtschaftlich eng verbunden mit dem britischen Königshaus. 1943 bis 1946

Oberbefehlshaber der Allierten Truppen in Süd-Ost-Asien. Von Februar bis August 1947 war er letzter Vizekönig von Indien

Muezzin Ausrufer zum Gebet der Muslime

Mushaira Veranstaltungen mit Poesie und Gesang

Namaskaram

Begrüßungsformel: Der Gott in mir verbeugt sich vor dem Gott in dir

Namo Vishnuya

Gelobt sei der große Vishnu

Nana Großvater – mütterlicherseits

Nani Großmutter – mütterlicherseits

Narak Hölle

Nawab Fürst

Nehru Jawaharlal. Erster Ministerpräsident nach der Unabhängigkeit. Spross einer alten asiatischen Aristokratie

Nehru-Schiffchen

Weiße Kopfbedeckung in Form eines Schiffchens

Nirwana Erlösung vom Zwang/Zyklus der Wiedergeburt

Paan/Paan-Wala

Das Betelblatt/Betelblatt-Verkäufer. Das Betelblatt wird u. a. gefüllt mit Gewürzen

Pacoras Mit Teig umhülltes und frittiertes Gemüse

Paisa Indische Währung: 1 Rupee = 100 Paisas

Pallu Das bestickte Schulterstück vom Sari

Palmblatt-Bibliothek

Eines der größten Phänomene der vedischen Astrologie, vor ca. 2000 Jahren v.u.Z. von Rishis (Sanskrit: Seher) mit Hilfe des Wissens der Astrologie, aber auch durch direkte seherische Einsicht in höheren Bewusstseinszuständen, niedergeschriebene Lebensläufe von Menschen aus unserer Zeit

Pandit	Priester, Gelehrter
Paranthas	Gebuttertes Fladenbrot, gefüllt mit zerkleinertem Gemüse
Parsen / Parsi	
	Ursprünglich aus Persien stammende Gläubige der Religion Parsismus. Nach der islamischen Eroberung Persiens um 642 fanden die meisten Parsen in Indien eine neue Heimat
Puja	Religiöse Messe
Punjab	Provinz in Nordindien; wörtlich: punj = fünf, ab = Fluss (Land der fünf Flüsse). Nach der Unabhängigkeit und Teilung Indiens im Jahre 1947 ist die Provinz zweigeteilt – einen Teil in Indien und der andere Teil in dem neu gebildeten Pakistan
Punjabi	Bewohner des Punjab. Auch die dort gesprochene Sprache
Radcliffe-Komm.	
	Kommission, die über den künftigen Grenzverlauf zu entscheiden hatte, wurde von Sir Cyril Radcliffe geleitet, der sich in der Gesellschaft und Geographie Indiens kaum auskannte; er hielt sich insgesamt ganze vierzig Tage im Lande auf
Rangoli	Ornamente auf dem Fußboden aus buntem Sand oder verschiedenfarbigen Gewürzen anlässlich religiöser oder familiärer Feste
Ramayana	Ramas Lebenslauf. Das erste große in 7 Büchern oder aus 24000 Doppelversen in Sanskrit verfasste Epos. Gott Rama befreit seine Ehefrau Sita aus den Klauen des Dämon Ravana, der auf der Insel Lanka (heute das Land Sri Lanka) lebte

Sadhu	Sanskrit: „der Gute". Ehrenname des frei umherziehenden Asketen in Indien, der bescheiden, zurückgezogen lebt und sein Wissen weitergibt
Sadhvi	Heilerin, Kräuterfrau
Saggan	Austausch von Geschenken bei Feierlichkeiten
Sahib	Herr, ursprünglich Bezeichnung für einen Engländer
Salzmarsch	Der Salzmarsch von Gandhi, den er am 12.03.1930 begann, auf einer Strecke von 200 km in 24 Tagen bis zum Arabischen Meer. führte Indien in der Konsequenz in die Unabhängigkeit. Menschenmassen schlossen sich Gandhis Marsch an. Er sammelte Salz am Arabischen Meer und verstieß so gegen das britische Monopol auf Salz in Indien. Er wurde verhaftet. Während der ganzen Kampagne wurden mehr als 50.000 Inder verhaftet, die ihr Salz selbst gesammelt oder hergestellt hatten. Gandhi hatte vor Beginn der Kampagne an den Vizekönig geschrieben und darin den Rückzug der Engländer und damit die Unabhängigkeit Indiens gefordert mit der Parole „Quit India"
Samosas	Mit Gemüse und/oder Fleisch gefüllte dreieckige Teigtaschen
Sanskrit	Altindisch (indoarisch), die in den Veden überlieferte älteste Sprache
Sanyasi	Asket, Mönch
Sardarni	Weibliche Angehörige der Sikh-Sekte
Sat Nam	Das Mantra des wahren Selbst
Sepoy	Indischer Soldat/Polizist
Sepoyaufstand	Militäraufstand von 1857: erster Unabhängigkeitsaufstand der indischen Soldaten in der englischen Armee gegen die englische Kolonialmacht
Seth-ji	Chef, Herr

Shawl	Langes Schultertuch oder Wolltuch
Shiva	Neben Vishnu der größte hinduistische Gott, Gott der Zerstörung
Shukria	Danke schön
Sikh	Angehöriger der Sikh-Sekte
Swa-haa	Amen

Tabla	Trommel
Tanga	Pferdekutsche
Tantra	Sanskritbegriff = das Wesentliche bzw. das innerste Wesen oder der Kern, die Essenz. Tantras sind Lehrschriften, die eine religiöse Strömung auslösten, die seit dem 5. Jahrhundert großen Einfluss auf Hinduismus und Buddhismus gewannen

Thiek-hä, Baba-ji

Sehr richtig! Baba-Ji ist eine Respekt-Bezeichnung für einen älteren Mann

Upanishad	Philosophische und theologische Abhandlungen in Prosa und Vers (in Sanskrit). Die älteren Upanishaden entstanden um 700-800 v. Chr. Sie brachten das indo-arischen Denken und die Entwicklung einen großen Schritt weiter

Veden	Die vier Veden (Sanskrit: das Wissen), die Schöpfung der Arier, sind eine Sammlung des vorhandenen Wissens jener Zeit, die Entfaltung des Menschengeistes in den frühesten Stadien des Denkens, das „Heilige Wissen" Indiens. Umfangreiche Sanskrit-Texte – vielleicht die ältesten indo-arischen Literatursammlungen der vedischen Religion, die auch zu den heiligen Schriften des Hinduismus zählen; bestehend aus vier Veden mit Liedern und Spruchsammlungen. Die älteste, die Rig Veda (etwa 1500 v. Chr.), enthält Götterhymnen – die Glut der Dichtkunst
Vishnu	Eine der Hauptgottheiten des Hinduismus mit vier Händen – auch Hari genannt; verkörpert das Prinzip der Welterhaltung. Vishnu entwickelte sich neben Gott Brahma und Gott Shiva und bildete mit diesen eine Dreifaltigkeit
Yamuna	Fluss durch Delhi